MEMORY HOUSE
记忆坊文化

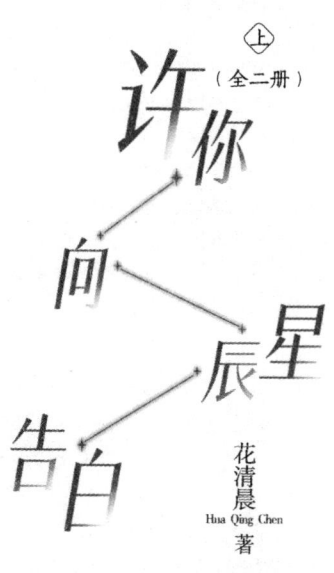

许你向辰星告白 （上）（全二册）

花清晨 著
Hua Qing Chen

图书在版编目（CIP）数据

许你向星辰告白：全2册/花清晨著.—南京：
江苏凤凰文艺出版社，2023.4
ISBN 978-7-5594-7355-4

Ⅰ.①许… Ⅱ.①花… Ⅲ.①长篇小说–中国–当代
Ⅳ.①I247.5

中国版本图书馆CIP数据核字(2022)第233311号

许你向星辰告白：全2册

花清晨 著

选题策划	北京记忆坊文化
责任编辑	白　涵
特约策划	绪　花
特约编辑	绪　花
版式设计	天　缈
营销统筹	杨　迎　史志云
出版发行	江苏凤凰文艺出版社
	南京市中央路165号，邮编：210009
网　　址	http://www.jswenyi.com
印　　刷	三河市国新印装有限公司
开　　本	880毫米×1230毫米 1/32
印　　张	16
字　　数	451千字
版　　次	2023年4月第1版
印　　次	2023年4月第1次印刷
书　　号	ISBN 978-7-5594-7355-4
定　　价	69.80元（全2册）

江苏凤凰文艺版图书凡印刷、装订错误，可向出版社调换，联系电话025-83280257

目录 CONTENTS

001 Chapter1
萍水相逢也许是场蝴蝶效应

021 Chapter2
如影而至的破财是孽缘的先兆

040 Chapter3
能屈能伸终将打败为所欲为

061 Chapter4
简单的快乐源于对未知的期待

078 Chapter5
到底是初生牛犊，还是社交天花板

103 Chapter6
英雄救美的关键，适时适地

You Are
My
Sunshine

119 ✦ Chapter7
成年人生存的无奈

141 ✦ Chapter8
打工人撩老板那是脑子有病

159 ✦ Chapter9
女人不能流泪

181 ✦ Chapter10
赚钱如蜀道难难于上青天

199 ✦ Chapter11
人必须无敌自信

214 ✦ Chapter12
糟糕，眼睛对视只会拼命逃跑

Chapter1
萍水相逢也许是场蝴蝶效应

《伏魔传》这种垃圾烂片居然还有人洗白称赞，片方给了你多少钱？

一部爱情烂片非强行说是本年度最值得期待的玄幻巨片，真是佩服。

水姐，作为粉丝，我想我信错你了……再见。

…………

庄籽芯望着屏幕上一条条骂她的评论，娇俏的脸上一双漆黑明亮的凤眼就跟瞎了似的，她口中嚼着口香糖，不停吹着泡泡，双手飞快地在键盘上操作着，远远望过去就像是一个没有感情的机器。

老板冷哥忽然兴冲冲地跑过来："《伏魔传》票房刚刚破五个亿了。甲方打钱了！并且加单了！加油！"

"加油！"办公室内一片欢腾。

"一周五个亿，也不枉我们日夜加班吹捧这个烂片。"小助理刀刀扬扬得意地说道。

庄籽芯面无表情地操起桌上的面巾纸砸向助理的脑袋："瞎说什么？烂片？甲方的东西永远都是第一位，懂不懂？"

"是是是，水姐说得是！"刀刀赶紧一番吹捧。

庄籽芯大学刚毕业便进了一家传统杂志社当编辑，她原本以为勤勤恳恳工作就是对生活最大的热爱。可人际关系是门学问，杂志社不大，关系却错综复杂，内斗不断，新人小菜鸟每日战战兢兢，好不容易站对了队伍，结果人事一变动，所有明争暗斗从头来过。

两年下来，因为站队问题，导致她辛苦熬夜做出来的选题三番五次被莫名其妙否定，所有努力瞬间化为乌有。后来她终于爆发了，新主编鸡蛋里挑骨头，又打回了她的选题，彻底惹怒了她，她决定不陪他们耗了，将辞职信怒甩在新主编的桌上然后离开。

"贵社庙太小，装不下我这尊纯铜镏金大佛！"

为了追求高薪，庄籽芯跳槽去了一家名不见经传的网络公司——昊月科技，主要负责撰写各类影视剧动漫的宣传软文及评论。

起初，她以为这家网络公司是个简单粗暴的无脑营销公司，不想老板表示自己是一个有志青年，面试她时就反复跟她强调："我们不要做网上那种没有质量的营销，我们要多多培养百万甚至千万粉丝的公众号，要提高自己的格调，努力往时尚传媒的方向发展。高格调，你明白不？"

"那我们公司目前有哪些知名的博主？"

"目前还没有。不过很快我们就会有了，这也是我们这次新招人的目的。"老板深情款款地看了她一眼，"小庄，我看好你！"

受到鼓舞，庄籽芯仿若打了鸡血一般，给自己起了个响当当的笔名叫"你霸气水姐"。在新公司，她尽情发挥，将她在杂志社里受到的怨气全部化为激情澎湃的文字，用心来"水"每一位客户。

因为她吐槽风格独特，文字犀利，没过多久便在网络中打出一片小天地，成了一名小有名气的博主，人称"水姐"。虽然她的粉丝有近一百万，但实际上大部分都是僵尸粉，每条微博的评论转发量最多也不过几百条。不过经她吐槽过的影视剧动漫口碑不论好坏，偶尔还是能吊在热搜榜的榜尾，这为公司拓展自媒体业务开辟了一片新天地。

所以"水姐"只是她的现在，成为"水后"才是她的终极目标。

公司虽小，但是她在这里如鱼得水。

庄籽芯嘴角轻勾，"噗"地又吹了一个泡泡，敲下一条没有灵魂的魔鬼评论："放下偏见才能看得懂，《伏魔传》加油！中国玄幻加油！"

老板忽然看向庄籽芯，道："小庄啊，有件事要你帮忙。"

庄籽芯回眸。

"前段时间美娟接了一个大单，对方希望我们能上门采访，这样宣传起来更加真实富有情感。需要采访的对象是位摄影学院的教授，年初时还获得了世界级大奖。"老板满心期待地搓着手，"本来采访的事应该由美娟亲自处理，但是就在刚才她老公打电话过来说，她可能要早产，提前进医院了。我想来想去，咱们公司最能说会道的人就是小庄你啦，所以采访这事交给你啦。"

庄籽芯烟眉轻扬，白皙漂亮的脸上爬满疑云。上门采访？这种宣传不是应该找娱记来得更快更直接有效吗？

老板似乎一秒读懂她的疑问，轻咳两声："如今咱们公司越来越好，业务范围也越来越广，我们逐渐要往多元化方向发展，所以上门采访这种事，是非常有必要做的。"

"可是我从来没有采访过人，我不知道要怎么采访……"庄籽芯倍感为难。

"不会可以去学一下嘛，没什么大问题的，我相信你可以的。这事就交给你了，就这么定了。放心，奖金不会少了你的。"老板脸上的表情十分丰富，三分为难夹杂着三分讨好，还有几分威胁。

庄籽芯看着十分无语。

"小刀，你把那个教授的资料都发给小庄，然后再联系一下美

003

娟，问问上门采访的时间定在哪天。"丝毫不给庄籽芯反驳的余地。

庄籽芯不解地看向刀刀，小声问道："美娟姐这是要往娱记发展吗？"

刀刀四十五度仰望思考："貌似美娟姐曾经当过娱记，后来为了生娃才来咱们公司。"

庄籽芯挑眉，没想到他们公司除了赚钱，还能休养生息。

刀刀又道："姐姐，大单，钱多啊，你就接吧。只有嫌钱少，哪有嫌钱多的呀？美娟姐费了九牛二虎之力才找到的客户，据说这次客户给钱超豪爽，啥都没干定金就打了三分之一。所以看在钱的面子上，不会采访也得上啊，反正最后都是写文章，你拿手的。"

庄籽芯嘴角抽搐，被迫接了一桩从来没有做过的采访。

她打开刀刀给的文件包，里面只有一张照片，照片中的主角是一位身穿黑红冲锋衣外套的男士，皮肤黝黑，一头看上去十分油腻的过肩中长头发盖住了眼睛，看不清尊容，满脸络腮胡，再长一点估计演钟馗可以不用化特效妆。这位年纪看上去约莫五十岁的中年油腻男左臂吊着绷带，右手高举着奖杯。

此人就是她即将采访的对象——美院摄影专业的教授。

庄籽芯看到他照片的第一反应是——他吃饭会不会把胡子一起嚼下肚？

"他叫钟戌初。钟楼的钟，戊戌变法的戌，初始的初。"刀刀翻看着手机上美娟姐的留言。

钟戌初……

庄籽芯喃喃念着这三个字，没想到如此豪迈粗犷的外表下还能有这样一个好听儒雅的名字："只有这一张照片，没有其他资料吗？"

刀刀耸了耸肩："美娟姐说，客户金主只给了这么一张照片，说是美院影视摄影与制作专业的副教授，二十八岁，信息就这么多，大概是想营造出一种宝藏男孩等人去挖的感觉吧。"

"二、二、二十八岁？！宝、宝藏男孩？"

她揉了揉干涩的双眼，还滴了两滴眼药水，对着照片看了又看，想确定照片里的人是二十八岁而不是五十八岁。

这年头有些人真是敢讲！

她在网上搜索了一下"钟戌初"三个字，找不到其他生活照片。不过网上倒是给了她一些其他资料。钟戌初拍摄了一组有关建筑工地工人辛勤劳作的照片，以黑白镜头生动而清晰地拍出了建筑工地工人在泥灰大楼建筑背景下的笑容与汗水，画面很有质感，在今年年初获得了徕卡奥斯卡·巴纳克摄影奖。据网上报道，钟戌初是从某农场赶去颁奖大会的，所以连衣服都没来得及换，领完奖又匆匆离开。当时，这则新闻在网上并没有引起很大的反响。

面对照片里这位头发油腻、衣着邋遢、胡须满面的"宝藏老男孩"，庄籽芯实在激不起采访的兴趣。在她心中，颜值即王道！

但是跟钱比起来，她决定放下王道，拼了！

哪怕对方英年谢顶，只要客户肯花钱，什么样的吹捧文章她都能写得出。一个小小的采访而已，难不倒她庄籽芯。只要钱到位，她什么姿势采访都无所谓！

她注视着照片，满目精光，蓄势待发。

这时，手机铃声忽然响了起来，是闺密姜陶陶："亲，你什么时候到？"

庄籽芯拍了一下脑袋，这才想起今天晚上约了陶陶一起吃饭，然而却因为《伏魔传》的宣传工作搞忘了。她看了一眼电脑屏幕上的时间，已经是傍晚六点半，立即回道："在路上了，塞车呢。"

"好吧，你快点来，我快要饿死啦……"电话里的姜陶陶有气无力。

姜陶陶是典型的宅女，平时大门不出二门不迈，若不是因为职业是编剧，她甚至都不想与人交流。

"等等我，马上就到。"挂了电话，她将钟戌初的照片导入手机，然后交代刀刀，"刀刀，江湖救急，你帮我联系那个教授，看他

005

哪天有空接受采访，确定之后打电话给我。我先下班去见我的小姐妹，对不住啦，回头请你吃饭。"

"没事，你赶紧去吧。"刀刀比画了个"好的"。

庄籽芯迅速收拾一番，然后开着她心爱的小甲壳虫匆匆赴约。

周末晚高峰，路上的拥堵是最能逼死人的节奏，庄籽芯拍着方向盘一路骂骂咧咧，终于将车爬进了世贸大楼的停车场。一推开车门，夹杂着汽油味的滚滚废气热浪般扑面而来，令人窒息。

她屏住呼吸，踩着亮闪闪的尖细高跟，甩着刚到手的当季限量款香奈儿包包一路狂奔向电梯。

眼看着电梯间就在前方不远之处，忽然，她整个身体被迫顿住，因为脚下的亮闪闪非常不幸地卡在了通道地面的缝隙里。

要命……她才买的仙女鞋！

低头的刹那间，她的呼吸本能一窒。天！她居然两只脚穿了不一样的鞋子，左脚是中规中矩的黑色，右脚是高调又奢华的亮闪闪，搭配起来居然是毫无违合感的黑白配！

通常好看的鞋子都不好穿，她新买的亮闪闪除了贵和不好穿，没有其他缺点。所以她为了适应昂贵的亮闪闪，在办公室里特地备了一双鞋跟差不多高但很舒服的鞋子。而方才为了赶时间，她竟然没有发现匆忙之间鞋子只换了一只……

简直是晴天霹雳！

亮闪闪虽然是个小众设计师品牌，但每一双鞋上晶光闪亮的碎钻，均由多年经验的老鞋匠耗费巨时一颗一颗手工粘贴，它们闪耀的每一束光芒都象征着穿鞋之人在快乐地展示自己的独特气质以及高调奢华。

眼下这样的不完美和不快乐，待会儿叫她怎么和陶陶激情澎湃地分享香奈儿和它？

亮闪闪的鞋跟极细，所以很容易卡进缝隙里。

庄籽芯用力抬脚，但是亮闪闪卡在缝隙里纹丝不动，反倒令她的

006

脚背被拉扯得生疼。她拿出手机，打开电筒，对着卡住鞋子的地方照了照，里面似乎嵌着一个凹槽钢条，凹槽口刚好紧紧咬住她的细鞋跟。

九月初，正值秋老虎嚣张的时节，整个地下停车场如火炉一般炙热。此时对庄籽芯来说，简直是灾难性的时刻。不过一分钟的时间，她便感觉身上出了一层薄薄的细汗，她用手轻轻扇了扇。

这时，身后传来一阵沉稳的脚步声，她不得不直起身体，理了理身上飘逸的心机仙女裙，保持优雅的姿势站定，佯装什么事都没有发生。

脚步声忽然慢慢在她的身后顿住，一个低沉而富有磁性的男士声音随即传来："麻烦让一下！谢谢！"

她轻咳一声，身体向左侧移了移，但是右脚仍旧卡在原地一动不动。即便身体形成了一个怪异的姿势，她依旧不忘扭着腰身拗了个自认为高雅的造型。

"谢谢！"身后的男人很快从她的身侧跨了过去，留下一缕淡淡的烟草味和一道颀长挺拔的身影。

庄籽芯松了一口气，脱了鞋子，正准备再次弯下身拔鞋子，谁知，那道身影忽然顿住转了过来。而她，刚巧弯成毕恭毕敬的九十度。

她秒穿好鞋子，弹直身体站好，优雅随时随地都不能丢。正想继续拗一个原来的造型，谁知抬眸的瞬间，视线掠过数米开外那个男人的脸庞，她整个人不由得怔住。只是惊鸿一瞥，她仿佛听到自己的心跳声漏跳了一拍。

这男人也太好看了吧……

他头顶上方的那一盏灯，比起周围其他灯略显明亮却又不张扬，恰到好处的柔白色灯光打在他的周身，如同舞台追光效果一样，让他整个人看起来柔和而又美好。一双如墨深邃的桃花眼，挺直的鼻梁，削薄的薄唇，以及完美性感的下颚线……俊美却不失阳刚之气，堪称人间极品。

像是一种面对美时自然而然的自惭形秽,她下意识低头去看自己脚上的黑白配。于是,那男人也很自然地顺着她的目光看去——

卡在缝隙里的鞋面上镶满了碎钻,在半明半暗的灯光下依然光彩夺目,而另一边自由飞翔无处安放的竟是只低调到没有一丁点装饰的纯黑色皮鞋。

鞋子显然不是一对。

主人也明显知道它们不是一对,穿着黑色皮鞋的脚下意识往里缩了缩,却因为无法支撑身体平衡,致使脚又崴了一下。

他的眉尾下意识微扬,见过穿AB款运动鞋的,还没见过穿AB款高跟鞋的,他不由自主地将目光上移。

庄籽芯太阳穴一跳,下意识将香奈儿挎好,迅速拗回先前的造型,冲着面前帅气的男人妩媚一笑,还不忘用手轻轻撩拨了一下她柔顺弹性的大波浪卷发。

"这位小姐……"帅气的男人又出声了,声线该死的迷人,"地下车库虽然不用花钱拼单摆拍,但是你这样挡着路……很不合适。"

他蹙眉,眼神里带着"看不懂女人"的嘲讽。

他竟然嘲笑她拼单摆拍?她明明是拿着手机打手电筒好吗?

上一秒的好感顿时随着满停车场的尾气呼啸而去,笑容在庄籽芯的脸上慢慢僵凝,她甚至能感到三叉神经在面部抽搐般地跳动。

她咬着牙根,忍不住在心中啐骂了一句:年纪轻轻,眼神却不好使。

她脚下用力,鞋子终于脱离了束缚。她挺直胸膛,拉了拉肩头季节限定的香奈儿,扯了一抹假笑,正要说话,这时,一个比她还要矫揉造作的女声传来,直穿透了整个地下通道:"欧巴……"

庄籽芯只能听懂"欧巴"两个字,其他韩语一句也没听明白。

小女生一路追着奔跑过来,没留意脚下,被突起的台阶一绊,整个人向前撞去,正巧撞在了庄籽芯的后背上。

毫无准备的庄籽芯直向前扑了出去,肩头的包包也跟着滑落。

帅哥眼明手快,迅速伸出手臂替庄籽芯挡了一下,不然以这股子冲劲,她将会与大地母亲来一次亲密接吻。

可能是因为身高的问题,又或者是帅哥出手的角度与速度,庄籽芯的身体没有按预期撞进帅哥的臂弯里,而是快准狠地将脖子卡在了他的手臂上。那一瞬间,她就像是失去知觉,也失去呼吸……

后背带来的冲击与卡住脖子的窒息,两种销魂的痛感相互交融,让庄籽芯僵了半响没有发声,她憋红了脸,捂着脖子拼命咳嗽。

即便是这样,她仍有那么一瞬间想到了她的鞋子,于是左脚下意识又往后缩了缩。

这细小的动作依旧没有逃过帅哥敏锐的视线。

帅哥收回手,伏在她的耳边轻声道:"其实不用藏,没有人会在意你是不是穿了双'鸳鸯鞋'。"

他看了她两眼,唇角微挑,转身走向电梯。

庄籽芯听到"鸳鸯鞋"三个字,瞬间呆住。

说什么没有人会在意,这不还是看见了吗?!

她看着他离开的身影神情复杂,内心凌乱不堪。

长相犹如洋娃娃般精致的韩国妹子不停地在同她道歉。

等洋娃娃带着尬笑逃离现场后,庄籽芯这才发现心爱的香奈儿掉在了地上。她赶紧弯下身去捡,忽然发现那时尚高贵又娇嫩柔软的皮面上不知何时被深深戳了一个黑色的小坑。她心碎万分地迅速捡起,拍了拍上面的灰尘。

皮面上留下的脚印明明白白地告诉她,这小坑是方才被她的亮闪闪踩出来的。

这一瞬间,她的头仿佛炸裂,什么都顾不上,抓着香奈儿向电梯间冲去。可偏偏就在这时,运送货物的工人推着推车从她面前强行挤过,直接将她挤向一边。

"借过!借过!"

等到工人推着车子离开,她再追过去,男人与洋娃娃乘坐的电梯门早已合上。

"啊!"庄籽芯望着电梯门气愤地扒着头发,疯狂跺着她的鸳鸯鞋,蹦出丧心病狂的麻花小碎步,"啊——啊——啊——"

尖锐的叫声在地下车库里四处回荡。

今天是倒了八辈子的霉,才能遇上这事。

进了电梯,洋娃娃便娇嗔地叫着:"哥,你干吗不等我?"

钟戌初斜睨了表妹陈未未一眼,道:"等你你就能好好看路不撞人了吗?"

"那当然,都怪你走那么快,人家用跑的都追不上。刚才吓死我了,吓得我都不敢说普通话。"

"真有脸!"这时钟戌初的手机响了起来,是师兄郑庭栋打来的,他连忙接起,"师兄。"

"戌初,给白平村父老乡亲准备的过冬的棉被、羽绒服、鞋子等都已经顺利抵达,过节的费用也都汇过去了。程守洛让我告诉你一声,说替各位父老乡亲谢谢你。"

开心温暖的笑容浮现在钟戌初的脸上:"又不是我一个的功劳,真正劳心劳力的是你们几个。"

郑庭栋道:"嘻,我们几个也只能多出出力。"

"哦,对了,恭喜你,你那部电影票房不错。"

"恭喜啥呀!我接这片的理由心照不宣。哦,对了,守洛想推广他们那儿的核桃和一些农副产品,想把白平村打造成一个人文无干扰、生态无破坏的乡村文化旅游景点。之前咱们不都讨论过吗,所以,我打算以一个纪录短片的形式来推广,周炜炜他们出文案,照片就全交给你了,最后再找些微博微信公众号,多弄一些软文宣传一下,就完美了。但是守洛昨儿跟我说,你们美院上面有意提拔你,要你去德国进修,怕耽误你。"

"什么耽误不耽误的,我暂时不打算去了,时间上没什么问题,只需要把学校里的课协调好。协调好了,随时都可以去。"

"你不去德国进修了?不进修,你怎么往上升?"

钟戌初轻笑了笑,回道:"出国进修有的是机会,但是守洛那边的事是当务之急,民宿的问题又一堆,再拖下去,守洛后面做事会更加艰难。"

电话里,郑庭栋短暂沉默:"行咧,兄弟们心照不宣,那就这么定了,你先忙,等你不忙的时候,咱们定一下去白平村的时间。"

"好,没问题。"

挂了电话,陈未未忍不住问:"哥,你又捐钱捐东西了?你是不打算去德国进修了?那你要去哪里?姨妈姨父他们知道吗?姨妈要是知道你不去进修,那还不炸翻天?"

"小孩子,哪来那么多问题?"

"我就不能问问吗?我这是关心你。还有,我才不是小孩子,我已经满十八岁了。"

"管好你自己的事,小小年纪,别整天跟个八婆一样。"

"哥,你这么说我太过分了,我要去姨妈面前告状。"

钟戌初不以为意地冷哧一声并威胁:"你有那个本事吗?还想要零花钱的话,就给我管住嘴。"

陈未未不甘心地做了个鬼脸,只敢在心中倔强:我就不!

"天空之城"号称S市最美高空旋转餐厅,位于市中心最高楼的顶层,除了每个临窗的位置可将S市璀璨美丽的夜景尽收眼底,还因为冷淡的装修风格,成了近一两年来游客打卡的网红餐厅。

钢琴师身穿酒红色的晚礼服,满眼深情地演奏着久石让的《天空之城》,然而满座的客人们并没有几个人能真正静下心来聆听优美的音乐,几乎都在拿着手机疯狂自拍。在这个浮躁的年代,不自拍发朋友圈似乎都不能证明自己过着与众不同的生活,不能展现自己的格调有多高。

庄籽芯在服务生的带领下，终于找到闺密姜陶陶，连声抱歉："对不起，来晚了。在停车场遇到一件倒霉事。"

"没……关……系……"姜陶陶一脸丧气地搅拌着面前的柠檬水，柠檬片早已被搅成了柠檬糊糊。

"刚才是真倒霉，在停车场遇到一男一女，女的冒冒失失撞了我，害我新买的香奈儿被踩了个洞。你看！"庄籽芯将香奈儿破洞的地方指给姜陶陶看，"四万块啊！"

"唉……"然而姜陶陶沉浸在自己的世界里毫无反应。

庄籽芯这才发现姜陶陶根本没有在听她说话："喂，你有没有听到我说话？"

姜陶陶总算回过神："哦……"接着又叹了口气。

"你怎么比我还丧？前两天不是说你写的那个片子播了吗？应该高兴才对呀。"

这一问，姜陶陶更丧了，深深叹了一口气："唉，还不是我二姨，整天在我妈面前说什么我眼光高，介绍了那么多个相亲对象没一个看得上。根本不是这样的好吗？就拿前两天给我介绍的那个男的来说，A大毕业的IT男，加公司股票年薪一百多万，结果加了微信之后第一句就问我是不是独生子女，家里有几套房子……"

"你家里有几套房子关他什么事？他想干吗？加股票年薪一百多万了不起哦，你应该立刻甩他一句老娘接一个剧本就一百多万呢。"

姜陶陶嘴角抽搐："我可能要去掉一个零。"

庄籽芯白了她一眼："然后呢？"

"然后我就问他哪里的，他说了个地名，我不知道是哪儿，上网一查，是隔壁省一个大山里的村子。"

"这……不是我矫情，也不是我瞧不起谁，而是我觉得两个人生长环境差异太大，日后很难相处。并且你在城市里待惯了，以后去他家里很难适应，也不可能不和他家里人相处。有些旅游景区开发比较成熟，还好一些，那些僻壤的卫生条件差的地方……姑娘，我建议你三思。"

姜陶陶连连点头。

庄籽芯继续说道："就拿我自己说，我这矫情性子，要我去农村生活，恐怕一天都待不下去。"

姜陶陶道："这些我都知道。关键是后面才气人咧，说什么希望结婚以后我不要写剧本，专心在家带小孩，他好安心在外打拼，最好生两个，一男一女才完美。天！还没有见面就跟我说生小孩，而且还是两个，还一男一女，什么鬼？"

庄籽芯听完，也一脸的难以置信："你二姨是来搞笑的吧，给你介绍这种人？"

"呵，我妈还觉得我二姨给我找了个金龟婿呢，这两天把我骂得抬不起头，搞得我都生理性抵触了。"

"拉黑算了，像他这种思想的男人，换谁都接受不了。"

"可不是！"

"你这天天被逼着相亲，跟你比起来，我突然感觉我天天吹捧烂片也还好了，哈哈哈哈……"庄籽芯说完，忍不住爆笑出声。

"你还笑，你是魔鬼吗？我都快被我妈逼疯了好吗！"

"好嘛好嘛，不笑不笑，姐妹，没什么事是一瓶好酒不能解决的！"庄籽芯帅气地打了个响指。

服务生应声到位："小姐，请问您要什么酒？"

她一拍桌子，豪情万丈："给我开一瓶江小白！"

那叫酒的手势与气势，宛若她叫了一瓶82年的白开水！

两个人酒足饭饱之后，勾肩搭背相携离开。

酒精侵蚀的红云爬上了庄籽芯白皙的脸颊，粉嫩嫩的，让她看起来更加娇俏可人，而姜陶陶圆圆的脸蛋看上去丝毫没有变化。

许是酒精上头，平日里尿尿的姜陶陶终于鼓起勇气说："我决定了，以后我二姨要是再跟我妈撺掇我的事，我就问她：'儿媳妇生二胎了没有？孙子考进名校了没有？她家买了学区房没有？贷款还清没有？'"

"干得漂亮！"庄籽芯一手勾着姜陶陶的肩头，一手向她伸出大拇指。

这时，庄籽芯手机响起来，是刀刀打来的，告诉她钟戌初表示不接受任何采访。

"什么？不肯接受采访？那客户要我们吹捧他干吗？到底在搞什么？"

姜陶陶问："谁啊？谁不接受采访？"

挂了电话，庄籽芯拧着眉心道："唉，我们老板想扩大业务转型，让我下周一帮一个休产假的同事去采访一个美院的教授，叫钟戌初，钟楼的钟，戊戌变法的戌，最初的初。现在这个教授说不接受任何采访，关键是要捧他的客户已经付了推广营销的定金了呀。你说奇怪不奇怪？"

"哇，这个教授的名字好好听哦，肯定是个大帅哥。"

"哈？帅哥？那是一个中年男人好吗？名字与长相完全不符！我给你看照片。"庄籽芯说着摸出手机，找到钟戌初领奖的照片，"我跟你讲哦，他才三十岁，才三十岁哦，不是五十岁。"

"这人怎么跟那个导演郑庭栋的风格如出一辙？都是这种爆炸乞丐头，最近流行这种风格？"

"我哪儿知道？"庄籽芯耸了耸肩，嗤笑一声，"唉，我怎么这么糟心呢？白天被《伏魔传》这个烂片折磨，晚上还要被这个钟戌初教授闹心，两个中年'抠脚大汉'！"

庄籽芯正吐槽着，身后忽然传来一个义正词严的声音，吓了两人一跳："《伏魔传》是不是烂片，跟人家导演长相有什么关系？你们在背后这样议论别人的长相好吗？"

钟戌初从来不知道原来师兄郑庭栋的随性也可以成为某些人口中的槽点，而且还莫名扯上了自己。

不理发不刮胡须早已成为他们摄影工作者的一种习惯，因为不仅可以避免一些不必要的麻烦，而且还可以节约很多时间，让他们更专注于工作。

前阵子他带着学生们去安徽山里采风，因为奶奶身体抱恙，这两天才回到家，老人家见到他乱蓬蓬的鸡窝头长胡须一番责难，他才不得已修理干净，否则他还能顶着他的鸡窝头和长胡须再坚持一段时日。

中年油腻"抠脚大汉"居然还有粉丝？

庄籽芯不可置信地回头，居然是之前那个带着莽撞韩国妹子的大帅哥。此时，他的身边已经没了那个韩国妹子。

"是你？我还正愁找不着人呢。"真是踏破铁鞋无觅处，得来全不费工夫。

"好帅……"姜陶陶一见到钟戍初，立即一张花痴脸。

庄籽芯用胳膊捅了捅她，提醒她保持大脑清醒。

钟戍初看到庄籽芯，也不禁微微一怔，是那个穿了双鸳鸯鞋并且一只鞋子卡在过道里还不忘自拍的女人。

他的目光下意识瞄向她的脚面。

庄籽芯瞧见他这不友善的目光，本能地将左脚往后缩了缩："看什么看？"

还说什么没有人在意？这家伙已经盯着她的鞋子看了三次了！说一套做一套，太过分了！

钟戍初冷冷地说："我眼睛看着地走路，有什么不对吗？"

庄籽芯被这么一说，忽然找不到反驳的话语。

这人明明长得这么养眼，居然是那个烂片导演的粉丝，品位真是奇特甚至可以说是重口，可惜了。

她走到钟戍初的跟前，将手中的香奈儿托在他的面前，挤了个看似温柔礼貌实际眼神带煞的笑容："支付宝、微信，还是现金？"

这女人什么意思？该不会将他误认成郑师兄吧？毕竟不理发不刮

015

胡子的时候，他们俩经常被人搞混。现在的十八线网红小明星，为了上镜真是不惜一切代价。

钟戍初微微蹙眉，上下打量了庄籽芯许久，冷冷地说道："不好意思，你的长相没有达到需要付费的标准。"

许是江小白的后劲有点大，庄籽芯一时间处于脑子挂机状态：什么长相未达到需要付费的标准？什么意思？

她目光迟钝地看着姜陶陶。

姜陶陶立即耿直地大声叫道："芯芯，他骂你长得丑，不值得花钱！"

这男人话中有话，不仅内涵她长得丑，还表达了因为她长得丑，所以他不想接受某种暗示交易……

庄籽芯内心抓狂，她自认不是那种倾国倾城的美人，但是在普通群众里，她绝对算是容貌上佳，化上妆那更是佼佼者，身边也不乏追求者。这样，居然还被人羞辱长得丑？

他可以羞辱她的香奈儿不是限量版，但是绝不能羞辱她长得丑！

还有，他是不是在暗示某种不法交易？真是枉费了这么好看的一张脸，原来灵魂是这么肮脏又下流。

"放屁！我是要你赔钱，我的长相跟你有什么关系？当谁对你有兴趣啊？你以为你谁啊？齐迹吗？"幻想是个女人就想泡他，这怕不是脑子有大病！

齐迹乃是当下很红的男明星，粉丝上至八十老奶奶，下至八岁小妹妹。他最近出演了一部校园青春偶像剧，庄籽芯和姜陶陶也因为看这部剧喜欢上了他。

"看你长得挺人模人样的，一开口就黄色交易，怕不是你就是干这行的。这墙上还贴着打黄扫非，你要是敢耍流氓，我立刻报警抓你。"

钟戍初嘴角抽搐，神情满满的不可置信。

现在网红开始换套路了？搭讪方式也更新了？这种一副包租婆附体，以索赔强势开场的套路，他还是第一次见。

"装什么装？赔钱啊！"

"赔什么钱？"

庄籽芯见他眼神迷茫，遂指着手中香奈儿上的洞洞，厉声道："之前跟你一起的那个韩国妹子，走路不看路，撞到我，害我的包包掉地上破了一个洞。"

地下车库光线昏暗，但是不难看出庄籽芯手中的白色香奈儿包面破了一小块皮。

钟戌初看了一眼包包，然后挑着眉看她："所以？"

"所以——赔钱！"庄籽芯将手中的香奈儿往他面前又伸了伸。

钟戌初冷嗤一声："你有什么证据证明这个包是我弄破的？"

即便庄籽芯脚下的鸳鸯鞋鞋跟不低，但是钟戌初188cm的身高对她来说还是有种无形的压力。

她调整好呼吸，站直身体，努力拉小两人的身高差距："你这个人的理解力怎么这么有问题呢？如果不是追你的那个韩国妹子走路不看路撞到我，我的包包怎么可能掉在地上被踩破？"

"难道不是你自己一脚踩上去的吗？"

庄籽芯窒息："如果不是找你的韩国妹子推我，我能踩到我的包？"

"那你去找她啊，你找我干吗？又不是我撞到你。"钟戌初毫不客气地回道。

庄籽芯再次窒息："你的逻辑真是可以，知道什么是蝴蝶效应吗？如果没有你，韩国妹子就不会追你，也不会撞到我，所有这一切都不会发生。"

钟戌初反倒说："那你其实应该感谢我，如果不是我好心替你挡了一下，那么身上有一个洞的可能就不是这个破包了。"

言下之意，很可能破的是她的脑袋。

但是，庄籽芯丝毫没有领会到他的言下之意，她在意的是——

"破包？！"

她瞬间炸毛，尖锐的声音穿透了整个地下停车场。

姜陶陶小心翼翼地扯了扯她的衣袖，生怕她那张妆容精致的俏脸瞬间变成黑山老妖。

"究竟是几万块还是几百块，谁知道？毕竟包只是一个道具。直接一点，说吧，你跟踪我究竟想要什么？"钟戌初看了看手表。

想她一双手在键盘上叱咤风云，而此时，竟然被眼前这个傲慢无礼且自大的男人弄得抓狂失语。姜陶陶经常说她就是个嘴炮，遇到厉害的角色，连个闷屁都放不出来。

她极力克制住随时要狂暴的情绪，生怕一个冲动就将香奈儿甩到他英俊的脸庞上。

"这位先生，我不知道整天围绕在你身边的那些女人都给你什么样的自信，才能让你产生这种'老子天下第一'的错觉。我现在跟你讲赔偿包的事，你别给我扯其他，我赶时间。"

钟戌初眉峰一挑，仔细看了看庄籽芯，道："我也很赶时间。不过看在你为了一份工，另辟蹊径成功引起我注意的分上，我也不能让你太失望。以你的条件，勉强可以从群演开始。这个电话，你记一下，需要的话可以联系。"

庄籽芯嘴角抽搐，究竟是她今晚江小白喝多了上头，还是这人是脑子有病？

钟戌初看向姜陶陶，姜陶陶就跟中了邪似的摸出手机，开始记号码。

"你记号码干吗？"庄籽芯看向好友。

"有备无患。"姜陶陶笑眯眯地存了号码，备注：大帅哥。

"记住！不要去整容，整容脸一律不收。"钟戌初从怀里掏出钱包，抽了两张红色的钞票，顿了下，然后又抽了一张，凑了三张钞票塞进庄籽芯手中香奈儿包扣的卡缝里，"三百块，够买一个山寨货

018

了。"说完他转身离开,径直走向对面的迈巴赫,很快车子起动,慢慢滑出车位。

"他……居然说我的包是山寨货,只值三百块?"庄籽芯抽出三张钞票,五根手指都在抽筋。

姜陶陶一脸痴痴地说道:"哇,他真的好帅!"

庄籽芯一下子反应过来,立马冲向迈巴赫。

钟戌初停下车子,打开车窗,义正词严地说道:"还有,钟戌初不是什么中年油腻'抠脚大汉',随意评价别人之前,首先要掂量一下自己几斤几两重。"

"你给我下来,赔我包!啊——"

车窗早已关上,她的怒吼声被隔离在外,只能在地下车库里回荡。

她拍打着车窗,然而车子擦着她的衣摆飞快开走,吓得她差一点摔倒。

她不死心地踩着亮闪闪的细高跟又追了几步,可是车子很快拐了个弯便消失在视线范围内,只留给她一串呛人的尾气。

"你大爷——"庄籽芯爆粗口。

果然是她江小白喝多了,所以反应明显迟缓,好在她不算智障,记下了车牌号:SA54N88。

吾四(是)你爸爸?

连车牌号都嚣张到无法无天!

姜陶陶盯着手机上的号码,继续犯着花痴:"我拿到大帅哥的联系方式了哎。"

庄籽芯一脸嫌弃地看着她:"你是不是傻?一点江小白就上头,盯着一串破号码也能傻笑成这样。"

"你才傻呢。有号码,还怕找不到大帅哥的人吗?"

"呵呵。"庄籽芯拿过姜陶陶的手机,直接拨了过去,并开了免提。

"对不起,您拨打的用户暂时无法接通……"

庄籽芯一脸嫌弃地将手机丢还给姜陶陶。

019

"可能地下车库信号不好,等上去了,我继续拨。"

姜陶陶这话刚说完,庄籽芯的手机铃声响了起来,是代驾司机。

"信号不好?呵呵。"

连续被打脸,姜陶陶只得乖乖闭上嘴,不过,她坚信大帅哥没有骗人。

代驾司机很快找到两人的位置。

等坐上车,姜陶陶忽然道:"你说大帅哥会是什么人呢?反正我觉得不像是导演粉丝,会不会是经纪人?所以我们说《伏魔传》烂片,他才那么生气。"

"呵呵,还经纪人?你想太多了。"车子一开出地下车库,庄籽芯便打开车窗连连深呼吸了几口气。

混账小白脸!给她等着。跑得了和尚跑不了庙,不管道路有多曲折,她终会把包包的损失给要回来,不然她就对不起她未来"水后"的称号。

Chapter2
如影而至的破财是孽缘的先兆

"请问……是钟教授吗？"

"是的。哪位？"对方轻应了一声，低沉的嗓音极富磁性，意外好听。

怎么莫名有点熟悉？好像在哪里听过。

庄籽芯扬了扬眉，轻声道："我是昊月科技的庄籽芯，想跟您约下采访的时间，您看您什么时间方便？"

电话里随即传来冷冰冰的三个字："不方便。"

庄籽芯一愣，刚要重问一遍，谁知对面却道："不要再打电话过来，说了不接受采访。"语音落毕，耳边传来断线的忙音。

从头到尾，对面都像是一个没有感情的杀手。

庄籽芯低眉看着手机屏幕上通话结束的画面，满满的难以置信。真的想不明白，有人掏钱捧他，他为啥不愿意？既然不愿意被采访，那个客户干吗还要花钱捧他？

于是她给美娟去了电话，美娟道："哦，我想起来了，那个客户

021

说过，钟戌初可能会拒绝采访，所以要我们想办法让他接受。你看我这真的是一孕傻三年，忘了说了。"

庄籽芯无语。这世上竟然还有这种操作？一个不想红，另一个还非得砸钱硬要去捧？

她挠了挠头发，决定去美院走一趟。

周末夜里突如其来的一场暴雨，浇灭了秋老虎最后的威力，燥热的气温终于降了下来。

周一一早，庄籽芯精心打扮了一番，踩着细高跟，领着刀刀一同前往美院。

走在美院的林荫小道上，不经意间抬眸望向如宝石般清透湛蓝的天空，云是那么淡，刺目灼人的阳光在不知不觉中收敛，微风吹拂在脸上犹如丝绸滑过肌肤一样轻柔。初秋到来，一切都教人心生安逸。

来往学生们的脸上洋溢着青春自信的气息，让庄籽芯的眉眼都跟着活跃起来。

一路上，她一双黝黑晶亮的大眼不停地转着，连连感叹："没想到美院这么多帅哥美女。刀刀，你看那边坐在回廊下画画的男生，肤白貌美大长腿。"

刀刀瞟了一眼，说："水姐，你居然还有心情看帅哥，不担心咱们这样冒失地跑来，万一钟教授不在怎么办？我听说美院一年要放三个长假，老师和学生们经常不在学校上课。"

细高跟一脚踩在金黄的枯叶上，发出轻柔的碾碎音。

庄籽芯在低眉的刹那间，仿佛看到上周末举着电话一脸混乱的自己。

"放一百二十个心，周末我特地托了人，已经搞到了他这一学期的课表，他今天上午有课。"庄籽芯胸有成竹，"再说跑得了和尚跑不了庙，就算今天他没来上课，我也可以按着课表经常来这里蹲他，我就不信，他这一整个学期都不来学校上课。"

她踮起脚尖，将脚下的树叶碾得更碎，然后昂首挺胸向那个正在画画的帅气男生走过去，声音轻柔地问道："这位同学，你好，请问影视传媒学院怎么走？"

男生停下画笔，侧过脸看到庄籽芯，漂亮的双眸忽然流露出害羞的神情："哦，沿、沿着这条道一、一直往前，过了前面操场往、往右走会有指示牌，然、然后跟着指示牌走就好。"

男生许是被庄籽芯这么直勾勾地盯着看，害羞又紧张，说话都有些结巴。

"谢谢你，小帅哥！"庄籽芯扬着甜甜的笑容，竖起手冲着他比了个"心"，然后挥挥手离开。

小男生害羞地低下了头，旁边的几个男生跟着起哄。

刀刀忧心忡忡地跟在庄籽芯身后，生怕待会儿见不到钟教授，又或是见到了却采访不到，没想到庄籽芯竟然还有心情和小弟弟互动，刀刀不由得对她这泰然自若的心态佩服得五体投地。

两人经过操场，金色的阳光洒在碧绿的草地上，小草们绿得更鲜亮了。

球场上一群男生正在踢着足球，疯狂地奔跑追逐，肆意尽情地挥洒汗水，让整个绿茵场变得生动鲜活，令人忍不住驻足，享受着初秋阳光温柔亲吻的同时，感受着绚烂振奋的青春。

庄籽芯远远眺望着这些朝气蓬勃的男生，唇角上扬，不禁发出感叹："年轻真好！"

草场边有一群正在围观的学生，其间还有人捧着相机在拍摄，嘈杂的呐喊声交织成一片。

惊鸿一瞥，人群之中一个帅气的面容忽然吸引住庄籽芯的视线。俊朗的外表、不凡的气质，如同众星拱月一般被一群男女生围着。他手中端着一架相机，正在跟身旁的人说着话，像是在指导。

等等，这个男人怎么看起来这么眼熟？

庄籽芯不禁顿住脚步，仔细看了看，竟是那天在停车场跑掉的家伙。

023

踏破铁鞋无觅处。

一想到她那个躺在柜子最角落里、毫无生气、仿佛永远失去生命的香奈儿，她便气愤不已。

她想都没想，快步走过去，冲着钟戌初叫道："54N88！"

钟戌初正在专心致志地向学生讲解运动过程中如何利用高速快门凝结高速运动的瞬间画面，根本没有听到这一声喊，直到庄籽芯忽然冲过来挡在相机的镜头前，液晶监视器上一片黑暗，他才蹙紧眉心，缓缓抬起头，转向镜头正前方那道身影。

蕾丝洋装，以银色丝线绣成的精美暗纹搭配着晶亮的钻饰，在灿烂的阳光下光彩摇曳。

钟戌初眯了眯快要被闪瞎的双眼，薄唇微抿，冷淡道："这位小姐，不好意思，你挡着我的镜头了。"

声音听起来冰冷不悦，甚至还夹杂着一丝斥责的意味，可是他沉静的面容上看不出任何情绪。

与上次同样狂傲的语气！

庄籽芯气不打一处来："54N88，你赔我包！"

54N88？这是家里其中一辆车子的车牌号。

这个女人是谁？怎么会知道他家的车牌号？

"你是哪一位？"钟戌初站直身体，自上而下凝望着庄籽芯，努力在记忆中搜寻着有关她的信息。眼前这个穿着打扮十分招摇的女人好像在哪里见过，声音也十分熟悉，尤其那气愤上扬的声调。

围在钟戌初身侧的学生们一个个露出好奇探究的目光，上下打量着这个与他们美院整体风格都格格不入的女人。

为什么她会这样叫钟教授？是钟教授的女朋友吗，还是追求他的爱慕者？

被当众质疑"你是哪一位"，这令庄籽芯有些恼羞。

即便是穿着高跟鞋，但钟戌初的身高依旧给她一道无形的压力。

出于本能，她捏紧拳头往后退了一步，深吸了一口气道："还要赖账吗？上周在世贸大厦停车场，你的女性朋友撞到我，弄坏我的包包，你身为她的朋友不但没有为此道歉，还带着她一起逃逸并羞辱了我。你以为天下之大，人海茫茫，我就找不着你们了吗？赔钱！"

钟戍初微微眯眼，记忆的闸门在一瞬间打开，忽然跳出一段有趣的特殊片段。

啊，他想起来了，是前几天在停车场遇到的那个鸳鸯鞋。今天她换了个妆容，难怪自己没有看出来。心底继而浮起疑问，这女人怎么会在这里？为了能上镜而跟踪他，这十八线的小明星现在已经到了这么疯狂的地步了吗？她究竟是怎么知道他和师兄的关系，并且还查到他在这里教课？

钟戍初的唇角微微上挑，扬起浅浅的弧度："哦，是你，那个鸳鸯鞋。"

他的声音懒懒的，像是片羽毛不经意间撩过人心尖。

面对庄籽芯的瞪视，他毫不掩饰眸底的嘲讽，但漂亮的瞳眸看上去是说不出的明澈。

庄籽芯本能地看向自己脚下的高跟鞋，是配成对的浅杏色，心里顿时如同服下定心丸。

若不是"鸳鸯鞋"三字勾起心底悲愤的情绪，她差一点要被他灿若桃花的神仙面容晃花了眼。

她捏紧拳头昂起头，正要反驳，一个男生突然叫道："小心！球！"

庄籽芯神情一滞，视线范围内，一个足球正朝她迅猛飞来。

这一次，钟戍初没有像上次一样绅士地替她挡球，而是护着身前三脚架上的相机，侧身向后退了一步冷眼旁观。

庄籽芯瞪着高速旋转的球体，面如死灰，完全不知该如何反应，只是眨眼的瞬间，那球便直中她的心口，痛得她龇牙咧嘴。

本来她就需要费力踩稳脚下的细高跟，才能控制好身体平衡，然而这突如其来的冲击力令她毫无招架之力，重心一个不稳，直向后栽去。

许是出于自我保护的本能，在倒地之前，她将手伸向面前的钟戌初，一把抓向他的衣服。

钟戌初万万没有想到她会来这么一招，根本来不及反应，连人带相机直向前扑去，和庄籽芯双双摔倒在地。

倒下去的瞬间，庄籽芯就在想，这种烂大街的"砸球梗"为什么会发生在她的身上？

下一秒，剧烈的疼痛便在她的四肢百骸迅速爆开，泪花如潮涌一般直涌而出。

要命！不仅是"砸球梗"，还有只会发生在狗血言情剧或是小说里更烂的"摔倒梗"，也都一并发生在她的身上。

曾经，她还吐槽过写出这种烂梗的作者和编剧，一定是没有好好学习牛顿的"万有引力"。而此时此刻，她只想说，是她低估了地心引力和他人！

她究竟是哪根脑神经搭错了，才要拉着这家伙一起摔倒？这男人砸在她身上的力道比起飞旋足球的撞击力，要来得更痛更惨烈好吗？

她内心无比绝望地呐喊：我错了！我错了！谁赶紧过来将这人从我的身上拉走呀？真的好痛呀！

刀刀一个没留神跟丢了庄籽芯，心慌地四处找寻，好不容易发现她的身影，恰巧看到这惨烈的一幕，整个人都不好了。

"我的娘亲喂！水姐——"刀刀三步并两步飞奔过来。

操场上的人都傻眼了。

有两个男生反应迅速，连忙上前搀扶二人。

"钟教授，你的胳膊破了！"

从小手臂到掌心都擦破了皮，但钟戌初无暇顾及，他爬起身第一反应便是查看摔在地上的相机，果不其然，镜头不知被什么东西磕花了。萤石镜片上几道极其细小的划痕如同白皑皑的雪地里突然被泼了一盆狗血一般扎眼。

钟戌初捧着相机的双手微微颤抖起来。

026

对摄影的人来说，镜头花了，就好比珍藏的名贵画作被人用刀划花。

摄影于他，等同于生命，而相机和镜头便是让生命延续下去的能量。

他的手紧紧握着相机镜头，手背上的青筋直现，俊美的面容宛如晴朗天空上忽然积聚了厚厚的乌云一样阴沉得可怕。

周围的学生都吓得大气不敢出，他们从未见过钟教授这般模样，平日里他温和谦恭，对待学生十分有耐心且细心，若是谁有困难，他一定第一个伸出援手，最多也只在期末考核时才会化身为魔鬼一下，但也不会太过刁难，所以他在学院里特别受学生欢迎。

踢飞球的那个孩子见自己闯了祸，连忙跑过来，冲着钟戌初不停鞠躬道歉："对不起！钟教授！对不起……"

这一声"钟教授"让疼到心肝肾都在颤抖的庄籽芯下意识凝神。

钟、钟教授？他……姓钟？刚好还是个教授？而且还是一个拿着相机的教授？

忽然之间，有一种不好的预感从心底凉飕飕直蹿向四肢，她不由得打了个冷战。

听到学生不停道歉，钟戌初渐渐平静下来，瞪着庄籽芯道："你是不是故意的？就为了个包追我追到这里？"

"我不是故意的……"

良好的修养，让钟戌初极力地克制着自己的情绪："你知道这个镜头值多少钱吗？"

庄籽芯看了看钟戌初，又看了看他手中的相机镜头，下意识抿紧嘴唇。

她很早就听说过，许多相机镜头会比相机本身要贵很多。所谓"摄影穷三代，单反毁一生"就是这么流传开来的。

她咽了咽口水，瑟瑟道："多、多少钱？"

"这一个镜头，可以买十个你那个破包！"说到"十个""破包"四个字，钟戌初几近咬牙切齿。

庄籽芯一下子感觉脊梁骨都在发寒。天啊，这一个镜头得要

027

四五十万？

在刀刀的搀扶下，她忍着痛爬起身，结巴着道："对不起，我……我不是有意要，要拉你的……"

那个闯祸的男生向旁边摄影系的男生打听镜头价格，当听到"差不多四五十万"时，腿都吓软了，带着哭腔向钟戌初道歉："钟教授，对不起，我真的不是故意的……"

钟戌初蹙着眉心，深吸了一口气道："这事跟你没关系，去干你自己的事去。"

男生哭丧着脸，看了看庄籽芯，连连向她和钟戌初道歉。

刀刀将庄籽芯拉向一边，小声道："你说这个钟教授会不会就是我们要采访的那个钟戌初教授呀？"

庄籽芯望着钟戌初挺拔颀长的身影，心里犹如打鼓一般"咚咚咚"地敲个不停，心虚地说道："应该没那么巧，跟照片里的人完全两个人。"

刀刀小声又道："可是那张照片，那人没理发没刮胡子，万一……"

庄籽芯心里"咯噔"一下，啐道："没有万一！"

虽然嘴上说得这般坚决，但是之前她心里就已经这么怀疑过，现在只不过抱着侥幸心理，祈祷老天不会万事都那么巧。若这人真的是钟戌初，那采访的事铁定得黄了，所以，这人怎么也不能是钟戌初。

钟戌初看向身侧其他学生，平静地说道："今天的课就到这里，下课了。你们该准备其他课准备其他课去，没事别在这里围观。"

学生们一个个应声，作鸟兽散去，生怕跑慢了，期末会挂科。

看到学生们都离开，钟戌初阴沉着脸转眸看向庄籽芯，冷冷道："你打算怎么赔我的相机镜头？现金、微信，还是支付宝？"

这男人将她的话学得有模有样，庄籽芯有些恼，便道："相机不是我摔坏的，我也不是故意要拉扯你，是出于本能。溺水之人都知道要抓根稻草救命。你若是好心帮我，一开始就可以避免这件事发生。"

"你还真是能强词夺理！我为什么要帮你？上次帮你，你反咬一口说我弄坏你的包，这次我若再帮你，你又有可能说我弄坏你的鞋子和衣服。"

庄籽芯抿了抿唇，深吸一口气道："那造成这件事也不只是因为我呀，若没有那个球击中我，我也不会拉你。再说了，你明知道这里是操场，被球踢中的概率很高，根本就不应该在这里拍照。如果你不在这里拍照，就不会遇到我和飞球，没有遇到我和飞球，这一切都不会发生。"

以牙还牙，以眼还眼，谁不会喽？

"我在上课教学！"钟戌初气得太阳穴直跳。

庄籽芯一听他说在上课，顿时心虚，但是不认输的内心让她坚持最后的倔强："我怎么知道你在上课？很生气是不？上次在停车场，你就是这么回我的，我只不过以其人之道还治其人之身罢了。"

"你……"钟戌初咬着牙，瞪着面前这个女人看了足足有一分钟，愣是气得说不出话来。

这女人的脑子"灵"得很，牢牢记着他的话，这会儿反驳得一点也不差。之前，他当她是一个会耍心眼儿的十八线网红，眼下看来，他可能需要给她重新定位。

刀刀忽然拉扯她的衣袖，小声道："水姐，你跟他认识？"

庄籽芯小声回道："不认识，但是有过一次孽缘。"

刀刀低声说："我真的好怕他就是那个钟戌初……"

"呸！别乌鸦嘴！"庄籽芯心里又"咯噔"一下，坚持他不是！

钟戌初听到这话，气得肝胆肾都要裂了，愤怒的情绪几近到了崩溃爆发的边缘。

他深吸了一口气问道："你叫什么名字？"

"干吗？"庄籽芯一脸防备，微微扬起下巴，道，"站不改名坐不改姓，我姓庄，庄籽芯，庄严的庄，米子籽，草头芯。"

出生的时候,她爹给她取名籽芯,所以她就是这么自信。

钟戌初听到"庄籽芯"三个字,感觉似曾相识,这三个字应该是在哪里听过?

很快他便想起上周接连接了几通骚扰电话,一家名不见经传的网络自媒体科技公司说是受安总委托,要来采访他,本来他当这是家骗子公司,不想却是父亲安排来给他做营销推广的网络自媒体。而更让他没有想到的是,面前这个他误以为是十八线网红小明星的女人,竟然是这家公司的员工,更荒谬的是她就是来采访他的!

想采访他?做梦去吧!

他冷冷道:"庄籽芯,昊月科技的对吗?"

"你、你怎么知道?"庄籽芯心头一惊,该不会是好的不灵坏的灵吧?她突然间没有勇气问他叫什么名字。

钟戌初冷笑两声,并没有回答她,而是冲着正好路过的两位保安招手:"李师傅、何师傅,有两个外来闲杂人在这儿闹事,打扰我教学,还弄坏了我相机镜头,麻烦把这两人请出去。"

两位保安一听,立即走过来道:"呀,弄坏了相机镜头,要不要报警?"

庄籽芯还没来得及解释,便见两位保安师傅板着脸对她凶巴巴道:"你们两个是什么人?怎么进来的?跑我们美院做什么?"

"师傅,我们不是坏人……"一连串的质问让庄籽芯手足无措,她完全没有料到钟戌初居然还能有这样的操作。

又不是中小学幼儿园,大学为啥不能进?

"不管你是好人坏人,这里是学校,闲杂人等,赶紧离开。"保安师傅二话不说,上前扯住庄籽芯和刀刀的胳膊,开始驱赶二人。

庄籽芯连忙解释:"师傅,我们真的不是坏人啊,我们也不是闲杂人等,我们是来采访的。"

"采访?你们是记者?采访谁?有登记预约吗?有采访证明吗?"

"我们是来采访钟戌初教授的。当然有预约,是约好的,不然我们也不会这个时间来呀。"哪有预约,她们根本是被拒绝了,但是庄籽芯不管,好不容易进来学校,她不能这么轻易走了。

两位保安听罢,立即回头看向钟戌初,一脸疑惑。

约好了?

钟戌初回道:"根本没有预约过,我不认识这两个人。"平静的面容看起来没有一丝波澜,仿佛所有都与他无关。

两位保安听罢立即回转头继续驱赶:"听见没有?钟教授说根本没有预约过。赶紧走!赶紧走!你们俩再在这里打扰教学,别怪我们不客气。"

庄籽芯不可置信地看向钟戌初,心里"咯噔"一下,然后一沉到底。她终于有勇气,结巴着问:"你、你叫什么名字?"

钟戌初唇角微扬,淡淡地说道:"行不更名坐不改姓,在下姓钟,复名戌初,钟戌初。"

两位保安听着笑了:"刚才你还说你们俩是来采访钟戌初教授的,钟教授站在你们面前都不认识,还来问名字?你们是来搞笑的吧?当我们都好骗?走走走!不走的话,我们要报警了。"

刀刀猛掐了一下大腿,叫道:"我就说他是吧,你偏不信。这下完了……"

庄籽芯嘴角抽搐,指尖都在发颤。

果真的是好的不灵坏的灵,他为什么偏偏就是钟戌初呢?照片里明明不长这样。天呀,这下她该怎么办呀?她真的不是故意的嘛。

她苦涩地笑了两声,强自镇定:"钟、钟教授,我想……我们之间……可能有点小误会,小误会哈。"

嘴角虽然强行向上弯着弧度,但她一双明眸大眼哀哀地看向钟戌初,仿佛只要钟戌初说一句拒绝的话,两行清泪随时都能委屈地流出来。

"小误会?不存在的。"钟戌初嘴角轻抬,脸上露出淡淡的笑容,语气也清清浅浅,然而透过清澈黑亮的眸底,只看到杀气腾腾。

庄籽芯一听,急了:"哎,钟教授,你听我讲……都是误会啊,

031

有什么话咱们好商量嘛。钟戌初教授……"语气几近哀求，哪里还有之前"宁可战死，也绝不低头"的气势。

钟戌初意味深长地看了她一眼，端起手中的相机对着庄籽芯"咔嚓"一下，然后对两位保安师傅说道："李师傅、何师傅，麻烦记住这两个人的长相，别让她们再溜进学校里来。社会太复杂，坏人太多，我们学校的孩子们都很单纯。"

两位保安师傅回道："没问题。"

钟戌初满意地点点头，临转身前又给了庄籽芯一个"皮笑肉不笑"的笑容让她慢慢体会。

庄籽芯彻底傻了眼，连忙叫道："钟教授！钟教授，有话好商量，有话好商量呀……"

两位保安师傅死死地拉住她，痛得她不停叫唤："哎哟，师傅，我们真的是来采访的呀，钟教授方才那是气话。"

"是不是气话，等下次你们拿到采访证明再来讲。赶紧走，赶紧走！"

"别拉我，我衣服要被扯坏了。哎哟，也别推我，我自己会走啦。"

庄籽芯在两位保安师傅的推搡下被请出了美院校门。这一路上，不少学生驻足，还有些学生好奇地拿出手机开始拍照。

庄籽芯只得放弃纠缠，以手捂着脸灰溜溜地离开。不管如何，她好歹是个小有人气的博主，万一要是被拍了照片发到网上扒皮出来，这脸可就丢大了。

马路上车来车往，汽车喇叭声与引擎声交织在一起，吵得庄籽芯脑壳痛。

"我的裙子……"

她低眉看着方才被拉扯的衣袖，果不其然，精致的蕾丝面料被扯了一个小口，裙摆后方因为摔在地上，生生被磨出一片毛球，还抽了丝……她这条价值两千块的裙子，是彻底废了。

苍天啊大地啊，为什么两次见到钟戌初，她都要破财？这人简直就是个散财童子啊!

刀刀急道:"水姐,下面该怎么办呀?"

"鬼知道怎么办呀?现在连门都进不去。"

庄籽芯的太阳穴开始抽痛,她也是脑子进水了,为啥要接这单活?不接这活,也就没这些破事。

两人垂头丧气地回到公司继续做事。

接连几天,两人连番给钟戌初打电话,他一个都没接,通通掐断,再拨打便是不在服务区内。

不能因为电话打不通就这么放弃了,庄籽芯决定再走一趟美院。

谁料美院每个大门外都贴着一张A4纸打印的告示,内容大意是提醒校内老师和学生,近期有外来人员冒充记者采访,谨防上当。

她气愤地一把将墙上的A4告示撕下来,揉成一团,想要扔进路边的垃圾箱里,想了想又将这张纸重新展平叠好,塞进身前的小包包里。

坐在门卫亭里的保安师傅一眼就瞄到了她,立即走出来:"你是什么人?在这儿干什么?鬼鬼祟祟的。怎么又是你呀?你怎么还敢跑我们学校来?"

庄籽芯一看,正是那天轰她走的保安,她踩着高跟鞋拔腿就跑,差点摔个狗吃屎。

到了周末晚上,庄籽芯将在美院遇到钟戌初及后来一系列的遭遇告诉了姜陶陶。

姜陶陶一听,可激动坏了:"原来停车场的大帅哥就是他呀。哇,你们的相遇够精彩够刺激够狗血,正好可以给我的剧本当素材,一部由香奈儿单肩包引发的都市爱情甜宠偶像剧,小有人气的'玛丽苏白莲花'博主遭遇'美强惨'摄影教授,流行与艺术碰撞,真实还原热恋细节,唤醒极致少女心。"

"等等,美强惨?他哪里美强惨了?这都是什么狗屁文案?"

"嗯……大帅哥的美我觉得不需要多做解释,"姜陶陶摸着下巴故作深沉,"大帅哥的强也显而易见,他要是不强,你咋又是破包又是被索赔的?他的惨嘛,人家上课上得好好的,莫名被人弄坏了一个几十万的镜头,这还不惨吗?很惨的哇!再说,'玛丽苏白莲花'那都是经过时间验证后,经久不衰的女主人设啊。"

"姜陶陶,你还是人吗?你不但没有帮我想办法,居然还有时间在这里想你的剧本!"庄籽芯气得肝都要抽搐了。

姜陶陶狗腿地抱过来:"我这不是为了逗你开心嘛。安啦安啦,船到桥头自然直,急也没用的,急坏了可是会长皱纹的哟,到时候你的小黑瓶小金瓶绿宝瓶SOS急救精华都没有用啦。"

庄籽芯想想也对,眼下也的确没啥好法子。

姜陶陶忽然跑去酒柜里摸了瓶红酒和两个红酒杯:"来来来,喝酒喝酒,没有什么愁是酒不能消的。"

两人对饮起来。

这一夜,庄籽芯睡得很舒服,很沉稳。

然而到了第二天宿醉醒来,头痛欲裂,她一手拼命地按着太阳穴,一手在床头摸索着手机。奈何昨夜忘记充电,手机早已关机。她艰难地起床,拉开窗帘,原本昏暗的房间乍亮,她不由得深深蹙紧眉头。

姜陶陶依旧像头死猪一样躺在床上一动不动。

庄籽芯扫了一眼床头的闹钟,已是上午十点半。因为随时随地都可能奋战在网络前线,所以她的工作不受工作时间的限制,尽管如此,人事经理却是个事儿妈,可谓拿着鸡毛当令箭的典型,若是没有同她请假,那对不起,必然当旷工半天处理。

所以,谋生从来都不易,天上不会掉馅饼。这是打工人们的深刻体会。

庄籽芯内心小小挣扎了一下,旷工就旷工吧。

手机终于开机,只见屏幕上一连串的消息提示,小助理刀刀和老板的来电占满了整个屏幕。

一下子这么多电话,这是发生什么大事了呀?

庄籽芯心里"咯噔"一下,看了一眼还在熟睡中的姜陶陶,便走到阳台上给刀刀回电话。

刀刀一听到她的声音,好似久旱逢甘霖,喜极而泣:"水姐啊,我的亲姐姐啊,你总算是开机了。我的天啊……"

"好好说人话,你和老板怎么突然给我打这么多电话?"

刀刀开始撕心裂肺地诉说:"客户的电话过来了,不仅要求解约退款,还要公司赔钱。现在老板一腔怒火,在办公室里四处找你呢,你快点来吧。"

挂了电话,庄籽芯烦躁地扒了扒头发。这件事情若是平息不下来,她有可能要卷铺盖走人,而她苦心经营的"你霸气水姐"这个号将要为他人作嫁衣裳,她要成为"水后"的梦想,真的就是梦和想。

她按了按抽痛的太阳穴,立即洗漱收拾一番,准备去公司。

"水姐!水姐!你可终于来了。"一进公司门,前台漂亮妹子立即迎了上来,冲着庄籽芯暗暗使眼色,"老板在办公室等你一个上午啦。"

"哟,我们公司的一姐来了!"说话夹枪带棒的是公司运营部一组的组长马浩磊,也不知他怎么做到可以一边说话一边做出一个无比夸张的猩猩脸。

马浩磊每天最爱干的事就是站在前台撩妹子。庄籽芯刚到公司的时候,他三天两头骚扰,甚至有一次在聚会吃饭的时候对她毛手毛脚,她便佯装不小心,毫不客气地将一碗热汤直接泼洒在他的裤裆里。马浩磊被烫之后就乖了,但从此以后看到她都是一副"得不到你,我就要败坏你名声"的贱样,说话永远都是夹枪带棒。

庄籽芯根本没把他当回事,冲他白了一眼,便向老板的办公室走去。

刀刀一见到她,神情悲壮:"我已经被骂过两轮了。水姐,你保重!"

"呸呸呸,乌鸦嘴!"她深吸了一口气,然而手刚搭上门把手,她便顿住,又深吸了一口气,在胸前画了一个十字,这才推开老板办公室的门。

老板正在低声下气地接着电话,面带微笑,不停地向电话里的客户赔不是,他的大背头不知在何时飘落了几缕发丝,衬得他多了几分慈眉善目。看到她进来,老板立即横眉冷对,转椅转了半圈,侧身对着她。

庄籽芯的印象里,老板永远都是刷着大背头,哪怕十五级台风来也休想吹乱他的造型。所谓头可断,血可流,发型不能丢!老板的个性也如他的大背头一样,走路永远都带风,为人处事都带"刚",他的至理名言就是:"只要你给我干出业绩来,你要天上的星星,老子爬梯子给你摘下来;你要海里的龙筋,老子就是背氧气瓶也给你刨出来。"

庄籽芯是头一次见老板这般低声下气,可见这一次她捅了多大的娄子。

"喂喂喂……安总?安总?喂喂喂……"

似乎不愿听老板解释,对方无情地挂断了电话。老板捏着手机,脸上的笑容也慢慢僵凝。

庄籽芯心头一惊,只见老板放下手机,转过身来,犀利的目光似要化成千刀万箭将她射成筛子。他就这么冷冷地盯着她看了足足三分钟没有开口,她每一秒都在担心老板能突然从裤腰上掏出一把枪"砰"地将她爆头。

脸部的肌肉微微抽搐了下,她小心翼翼地叫了一声:"老板……"

"讲!怎么回事?"

刀刀虽然被训过两轮,但是并不清楚庄籽芯和钟戌初之间的恩怨纠葛究竟是怎么一回事。

"之前他把我包弄坏了,不赔钱就跑了,那天我突然在美院看见他,所以就跑去找他赔、赔包,然后就有个足球这么'嗖'地飞过来。"庄籽芯比画着动作,"再然后……我跟他一起摔倒,他相机镜头就花了。"

越是说到最后,声音越小,"镜头就花了"五个字像是蚊子哼一样,但是老板还是听见了,"腾"地一下从真皮转椅上跳了起来。

"你知不知道这个客户多重要,还没开工就给我们打了一半预付款,不止采访钟戌初这一单,还有其他项目也要和我们合作,都是签约付了定金的,而且前天还给我们介绍了一个新客户。现在好了,对方不仅拒绝支付尾款,还要求我们退还定金,甚至保留起诉我们违约的权利,连介绍的新客户也黄了。你看看你,都干了什么事!

"你真的以为钟戌初就是一个简简单单的美院摄影教授?你有没有想过他的专业横跨了多少领域?时尚、明星、影视、综艺……这是多少商机?你知不知道我们公司现在的定位?从你进公司的那一天起,我就跟你说过,我们旨在为泛娱乐客户提供针对性的新媒体营销需求和解决方案,而钟戌初就是我们转型后的目标客户。

"我跟你说过多少次,你们现在不是单打独斗,而是代表我们整个公司,所以要谨言慎行。你一直是我冷昊天看中的人,我觉得你是支潜力股,你有能力成为年度十大人气博主之一,你的文章可以提升我们整个公司的格调,但是,你竟然为了一个破包,这样对待自己的客户。那个破包值多少钱?一万还是五万?你的目光能不能长远一点点?格局能不能大一点?你真是让我觉得瞎了眼!瞎了眼!"

庄籽芯全程低着头,被骂得大气不敢出一声,羞愧之色爬满了她的脸颊。这事确实是她的错,老板骂的都对。

"冷哥,我真的不知道他就是钟戌初啊,我要是知道是他,我肯定不会这么冒失。冷哥,你骂吧,你尽管骂吧。你说什么都对,都是我的错。"

庄籽芯不叫老板了,喊声"冷哥"打一打亲情牌。

"骂你有什么用?你觉得我骂你了,钟教授就能接受你采访了?客户就不要我们赔钱了?你说你是不是敌方派来的卧底?"

"我不是……"

"你不是,那你怎么能拿起枪杆子对着自己的队友?你对得起那些日夜跟你一起奋战的小伙伴吗?"

庄籽芯垂下头,惭愧道:"冷哥,你要我做什么都行,我可以去求钟戍初。"

冷哥暴躁地怒吼一声:"你要是能求得动钟戍初,还能搞成这样?你给老子滚出去!老子现在不想看到你!在这事解决之前,老子都不想看到你!"

"冷哥……"

"还不滚?你信不信老子拿四十米大砍刀出来剁了你!滚出去!"老板咆哮得唾沫星子直飞。

庄籽芯没敢多待一秒,连忙拉开门冲了出去。

门外围着一群偷听的同事,一见她出来立即作鸟兽散去。

下一刻,主管运营的经理被老板叫了进去,商讨事情。

为了缓解尴尬,人事部经理兼办公室主任跳出来大声说了一句:"都看什么看?不要干活啦?"

"唉,今晚又要加班,还以为能早点下班。"

"想得美!还有多少事要做!"

庄籽芯回到自己的办公桌前,来自四面八方的哀怨目光叫她如坐针毡。老板那句"你对得起那些日夜跟你一起奋战的小伙伴吗"一直回荡在耳边。

平日里,庄籽芯对待同事都很客气大方,同事之间的关系也处得十分融洽,可是这次因为她的失误,拖累了大家,虽然大家没什么怨言,但是哀怨的眼神叫她更加难受。

刀刀凑近了说道:"水姐,你先别着急,冷哥应该会想办法的。"

冷哥能有什么办法?刚才冷哥已经说得很清楚了,对方连赔礼道歉的机会都不给。

庄籽芯脸上浮起苦涩的笑容:"还有什么案子要跟,都给我吧,我带回家去做,冷哥可能暂时不太想看到我。"

刀刀立即道:"那你先回去吧,我把文件整理好了,打包发给你。有什么消息,我立即告诉你。"

马浩磊佯装不经意间飘过来:"有人要滚蛋咯!"

听着这扎心的话,庄籽芯咬咬牙,什么也没有说,收拾东西离开。

她失魂落魄地走进电梯,脑子里一片空白。

Chapter3
能屈能伸终将打败为所欲为

电脑屏幕上显示着一张人工采摘的长岛巨藻的照片，照片里一只粗糙的手从海水里提出一条超过两米长的巨藻，水滴从巨藻叶片上纷纷落下，沾着阳光，颗颗晶莹透亮，巨藻叶片透薄的地方能够清晰地瞧见它的纹路肌理。

钟戍初对着电脑正在重新调整照片的构图平衡和色温，这些照片是他两个月前去长岛拍摄的，将于半个月后用于知名化妆品"海洋之心"关于深海能量探索的艺术展，主旨是身怀对海洋的敬意，通过艺术的视角诠释海洋的无尽魅力，致力保护生态环境，守望最初的海洋。

照片已完成得差不多，就差最后一点修正。

忽然，手机铃声响了起来。

钟戍初扫了一眼，没有接，视线继续回到电脑里的照片上。

然而拨打电话的人仿佛是越过空间看穿了一切，坚持不懈，枯燥而单调的手机铃声便一直不停地响着。

在它就要停住的瞬间，钟戌初骨节分明的手指终于依依不舍地离开键盘，点开手机屏的免提键接通电话："什么事，何叔？"

电话另一端传来一个沉稳的中年男声："戌初啊，钟先生让我问你，那个叫庄籽芯的你想怎么处理？"

滑动着鼠标的手指微微顿了顿，钟戌初眉心轻皱，反应慢了半拍："庄籽芯是谁？"

"呃……就是弄坏你相机镜头的那个女人。"何立焕道。

钟戌初眉尾一挑，随即停下手里的工作拿起电话："何叔，是不是我爸让你找了那家公司替我宣传？"

何立焕道："戌初啊，钟先生本不想让你知道这事，所以才找了一家不知名的小公司合作，这次的事情是何叔没有处理好，给你惹麻烦了。何叔向你道歉。"

何立焕是父亲身边的得力助手，一直替父亲打理公司。

钟戌初不禁叹了一口气，果然又是父亲的安排。

"之前我就跟我爸说过，叫他以后不要再插手我的事。"

钟戌初的父亲钟爱国一直希望自己的儿子能扬名立万，成为全国乃至亚洲，乃至国际上都知名的摄影师。从接触摄影并向国内各杂志媒体投稿开始，钟戌初每次都能意外获奖。从小到大，大大小小和摄影有关的证书奖杯差不多要塞满一个柜子。

他一直为此感到骄傲，直到某一天，他偶然发现他会获得其中一个大赛的金奖，是因为父亲赞助了那场比赛。后来甚至有一些摄影比赛主动向他发出邀约，因为他可以带资入赛。

直到凭借自己的努力，他获得了徕卡奥斯卡·巴纳克摄影奖，他终于有机会自证实力。他以为这一次父亲可以停手了，不料各种采访邀约更胜以前，而最让他难以置信的是，父亲为了送他"出道"，竟然不惜雇用营销公司……

他真的只想安安静静做自己的事业，目前除了学校里的课程，还有许多商业合作，他很忙，完全不需要再提高所谓的知名度，锦上添花。

有家人支持固然好,可是他想要凭借自己的实力,证明他钟戌初可以做到他想做的事。

何立焕轻轻笑了起来:"钟先生说,成功并不是没有捷径,事实上许多有钱人都在走捷径。他是为了你好,想让你轻松一些,少走一些弯路。"

钟戌初道:"但是也没有必要请营销公司吧,我又不是明星。"

何立焕对此避而不答:"钟先生得知你最心爱的镜头被摔坏了,他很难过,立即安排人从国外重新采购。不过,为了尊重你的意见,所以他让我打电话问你,这事你打算怎么处理?"

"我能怎么处理?"钟戌初无奈地叹了口气,"他想干什么就干什么吧,反正不管我说什么,他依旧会按自己的想法去做。他自己看着办吧,别再来问我了。"

其实这事,他已经委托张律师处理了,显然父亲知道后,还想着横插一杠。父亲明知自己不喜欢他插手自己的事,可偏偏非要去做,这次请营销公司插手失败,他的老脸往哪儿搁?所以他不爽了,这通电话就是提前给他打个预防针罢了。

何立焕的声音随即高扬:"好咧,那就公事公办了。"

挂了电话,钟戌初不由得舒了口气,再看手机,微信接连收到师兄郑庭栋的几条信息:

"打你电话占线,就是告诉你,我和周炜炜他们几个商量过了,我们准备下个月初就动身去白平村。

"现在就看你的时间了,你看看你能否抽出时间,毕竟时间不短。

"收到回复我一下。"

钟戌初看了一下日历,立即回道:"我目前手里就一个国庆节期间海洋之心的艺术展,展览之后可以空很长一段时间。"

郑庭栋秒回:"太好了,那咱们就暂定国庆节之后出发,这段时间就各自提前准备准备。"

"好的,没问题。"

"得嘞，我去联系周炜炜他们几个，确认好时间再告诉你。"

放下手机，钟戌初看了一眼时间计划表，接下来需要忙碌的事情要更多了。

回到家中，庄籽芯为了让自己冷静下来，只能对着电脑奋笔疾书，一连写了三份稿，将原定下周的任务也全部做完。

每天她都会戳一下刀刀，了解一下公司的情况，重点是想知道冷哥气消了没有，那个客户的事有没有进展。

到了第三天，刀刀忽然打电话来，支支吾吾半晌才道："姐，情况不妙。"

庄籽芯呼吸一室。

刀刀继续说："对方律师坚持要求退还定金和赔偿违约金，冷哥给他们安总打了好多电话都没用，约对方出来吃饭，人家拒不见面，而且话里话外都在暗示……"

刀刀说了一半，忽然顿住。

庄籽芯急道："暗示什么？你一次性说完吧，我能受得住。"

"暗示……你'这样的人'不该留在公司。"刀刀急忙补充，"不是我说的你'这样的人'，是对方说的啊。"

庄籽芯听完沉默了，这暗示……不就是叫她走人吗？

隔了好一会儿，她才找回自己的声音："知道要赔多少钱吗？"

刀刀说："具体要赔多少，我不清楚，但是听说郝会计粗算了一下，七七八八超过三百万。对方说要让咱们记住这个教训。拿钱办事，就要懂规矩。"

庄籽芯愣住半晌，才问："冷哥怎么说？"

大约是为了照顾她的情绪，刀刀顿了顿才说道："冷哥还没有最后表态，我给你打这个电话，就是让你有个心理准备。"

其实这个电话是冷哥让刀刀打的，但是为了照顾庄籽芯的情绪，刀刀没有明说。

043

庄籽芯再次沉默了。

刀刀见她半晌不说话，便又道："姐，就算到最后不得已要离开公司，你也别沮丧，我这边会帮你留意，看哪边需要人。"

"好，谢谢。"庄籽芯好容易才找回自己的声音。

"你别谢了，我也帮不了你什么忙，有什么消息我会第一时间通知你。我先去忙了。你保重。"

"好，谢谢。"庄籽芯重复而机械地回复着同一句话。

挂了电话，庄籽芯整个人绵软无力直接瘫坐在地上，她仿佛陷入冰冷的湖底，四肢百骸都透着凉意，一直冷到了心底。

这两年，她没日没夜拼死拼活，抱着不"啃老"的决心，凭自己的能力好不容易赚了点小钱，不但拥有了一辆代步小车，还凑了个首付，在房价堪比天价的S市买了一套小公寓。

丢了工作，她每个月的贷款怎么办？

通过各种文章评论她获得了大量粉丝，顺利脱贫，虽然尚未致富，但是能在短短几年内在S市这样一个房价逆天的城市拥有属于自己的一套房子和车子，比起其他人来说，她幸运百倍千倍。

但是粉丝的追捧让她在某些时候会上头，整个人飘飘然。曾经有网友指责她，小心祸从口出，她不以为然，从未想过有一天她真的祸从口出。

庄籽芯给钟戍初打了几个电话，每次都是提示不在服务区，显然他在第一时间将她的手机号拉入了黑名单。

无措之下，她只能通过工作来麻痹自己。

这日，她写好了软文，正准备发表，忽然发现自己无法登录"你霸气水姐"这个账号，连续输了五次都提示账号和密码错误。

心里有个不好的预感，她当即给刀刀去了电话。

电话里，刀刀支支吾吾道："姐，'你霸气水姐'这个账号可能公司要暂时收回……"

"账号要暂时收回？什么意思？"庄籽芯的脑子里一下子一片空白。

刀刀这次没有回答，沉默以应。

庄籽芯差不多明白了，刀刀之前说冷哥没有最后表态，实际已表了态。那日刀刀会主动给她打电话，怕也是冷哥的意思，无非是想让她主动请辞。

"现在是谁在用这个账号？"

刀刀蚊子哼般地回答："运营一组马组长……"

"马浩磊？凭什么是他接管我的号？"果不其然，一听到马浩磊接管了账号，庄籽芯就跟孬了毛的猫一样怒吼。

"他对咱们这块业务一直虎视眈眈，你又不是不知道，这下子不正好乘虚而入。"账号转过去，对刀刀来说意味着他也要跟着一起转去运营一组，虽然他很气愤，很不乐意，但无能为力。

"冷哥在公司吗？你帮我把电话转给冷哥，我亲自同他说。"

然而电话转去之后，冷哥却十分冷漠地回道："小庄，虽然账号是你一手创建的，里面的文章是你写的，账号的热度是你辛苦弄出来的，但是根据合同规定，账号及其下文章的版权都隶属公司所有，你只是负责替公司管理账号的员工。"

庄籽芯忍不住脱口问道："但是为什么要把账号交给马浩磊负责？"

"为什么不能交给马经理？马经理的业务能力有目共睹。"冷哥也毫不客气道，"因为你的工作失误，给公司的名誉和金钱带来巨大损失，现在公司根据情况临时调配工作任务有什么问题吗？"

换句话说，别说账号交给马浩磊，就是交给阿猫阿狗，那都是他冷昊天说了算。

喉咙里仿若堵着一个大铅块，沮丧地听着手机里传来"嘟嘟嘟"断线的忙音，庄籽芯握着手机的手慢慢变得有气无力。

眼下，她真正感受到了什么叫作切肤之痛、剜心之痛。

"你霸气水姐"这个账号如同她的孩子一样，她含辛茹苦，看着它从一棵小嫩芽一点一点慢慢成长为一棵茂盛的大树,就在她满心期待它会成长为一棵参天大树之时,却眼睁睁地看着它被人连根刨起、拱手送人。

她含着眼泪翻看着"你霸气水姐"账号下的每一条文章,不死心地又试了几次密码,当最后一次还是提示账号和密码错误时,她的眼泪再也禁不住狂涌而出。

而今这个账号与她无关,仿佛这两年来她努力过的一切都不存在一般。

她再也控制不住,捂着脸难过地失声痛哭。

许久之后,庄籽芯冷静下来,重新在电脑前坐好,然后给冷哥又去了一个电话。

冷哥看着熟悉的来电显示,连掐了好几次,但最终还是败给了锲而不舍的庄籽芯:"庄籽芯,你到底闹哪样?"

"冷哥,这事咱们能不能好好商量下?给我一个改过自新的机会,你先别急着把'你霸气水姐'这个账号给别人操作,它是我亲手养大的孩子,我没办法眼睁睁看着它好不容易长大却去叫别人妈。钟戌初的事,我再去想想办法!"

冷哥这一次没有骂她:"我都没办法,你能想到什么办法?"

庄籽芯深吸一口气,道:"冷哥,客户的解约和赔偿要求不合理,我们公司只是没有顺利开展营销推广而已,并不代表我们公司违约。我得罪了钟戌初,我去赔礼道歉,请他谅解,这事与公司既定的其他项目是无关的,他们没有理由要求解约赔偿。我知道,按合约条款打官司,咱们公司未必会输。你主要是不想失去这么好的客户,不想造成行业的不良影响。这事因我而起,对方无非是想消气,既然他们想消气,那我上门去求他们谅解,争取继续合作。如果我不能挽回,你再让我走人,再把'你霸气水姐'收回去,行不?"

再三恳求下,她终于从冷哥的手上拿到客户的联系方式。

这日一早,庄籽芯洗干净脸,对着镜子仔细化了个精致的妆容,一改这些天的颓丧。她对着镜子看了又看,沉思片刻,用卸妆油将脸上的妆卸干净,重新化了个素颜妆。

她套了件黑色长风衣,衣摆过膝,整个人看上去优雅而庄重。正准备出门,忽然发现手中红色的戴妃小包与今天的行程目的有些不符,于是她不得不舍弃她心爱的戴妃小包,从柜子里翻出来一个八百年不用的白色小布包挎上。

丑就丑,不配就不配。期望客户看在她朴实无华的分上,能稍微开恩。

根据冷哥给的地址,"远道文化传媒"坐落于城中非常知名的一个文化创意产业园区内。那里曾是一片废弃的工业厂房,后来被改造成文化创意产业园区。

独具年代感的红砖黑瓦厂房,在经过一番整修改造之后,搭配着现代元素的超大落地玻璃窗、防腐木花架、铁艺雕花栏杆等,形成一幢幢LOFT模式的办公楼,不仅保留了独有的工业时代印记,同时让整个创业园区看起来潮流十足。

每幢小楼外披挂着成片绿茵茵的爬山虎,与暗红色的墙砖相映,在秋日里看起来如同春日般生气勃勃。

庄籽芯仰着头,顺着指示牌,一路找寻着"远道文化传媒",忽然视线范围内出现一张超大超醒目的《伏魔传》海报,正悬挂在正前方不远处的一幢小楼外。

她盯着《伏魔传》的海报愣了足足有一分钟,她记得和《伏魔传》相关的影视公司并不在这个园区。出于好奇,庄籽芯快步走过去,抬眸看向玻璃门外悬挂的铭牌,赫然写着"远道文化传媒"。

若远道文化传媒是《伏魔传》背后的潜在客户之一,这就难怪冷哥选择让她滚蛋,也不愿得罪客户了。

她推开玻璃门,前台接待的是两位漂亮的妹子。

两位妹子上下打量着她,视线落在她肩头的布包上,闪过一丝轻视，然后绽放出职业的微笑，询问她找谁。

庄籽芯谎称自己约了安总，但前台妹子也不傻，电话问询之后，露着职业化的甜美微笑将她无情地拦在了门外。

或许是上天突然开眼怜悯她，就在她不知如何是好之时，一位长相慈眉善目、体态浑圆的中年男子缓缓推门而入。

前台漂亮的妹子们一见到他，立即齐刷刷站直身体，优雅恭敬地说道："安总好！"

甜美的声音犹如春风细雨般浸润着心底，娇俏的面容带着和暖的微笑，与之前面对庄籽芯的职业假笑，简直是判若两人。

安总亲切地点头微笑，正要阔步走进办公室，庄籽芯看准时机迅速冲了进去，挡在他的面前高声叫道："安总！"

"你、你是谁？"安总被这一声惊吓得声音都在哆嗦，圆圆的眼睛上下扫视着眼前这个忽然蹿出来、全身黑漆漆的女人。

庄籽芯礼貌地伸出手："安总，您好，我是昊月科技的庄籽芯。"

安总和蔼的面容一僵，本能地将手往后一收："原来是你呀。"

庄籽芯激动地说道："安总您知道我？太好了。我今天来是想……"

她的话没说完，安总便挥了挥肉肉的手掌，无情地打断："所有事已经跟小冷都说清楚了，由律师处理，该怎么办就怎么办，没得商量。"

"安总，整件事其实是个误会。我知道因为我的过错，让你们很为难，但是坚持解约的话，对我们双方其实都没有什么好处……"庄籽芯的话没说完立又被打断。

"我可看不出来对我们有什么不好。"安总冷嘲一句。

庄籽芯还想再解释，只见"和蔼可亲"的安总冲着前台两位漂亮妹子严厉地说道："都愣在那里干什么？还不叫保安？"

"是。"两位妹子吓得花容失色。

"以后闲杂人等不要随便放进来。"

"是。"两位漂亮妹子迅速执行命令。

其中一位直接板着脸冲到庄籽芯的面前："这位小姐，没有预约不能随便进出我们公司，还请您出去。"

庄籽芯被隔开，安总转身向里间办公室走去。

"安总，您真的误会了……"庄籽芯见状，连忙推开那位妹子追上去，孰料一着急，两只脚相叠打了个架，她就这么毫无预示地向前扑了过去，扑通一下，直直地跪倒在安总的脚下。

这一举动惊住了所有人。

庄籽芯心下一横，就势挤出了一点泪花道："安总，给我一次挽救的机会吧，我去给钟教授道歉赔不是，能不能别解约？"

她索性壮了胆，紧紧抱住安总的小腿，同时也扯住了他的裤管。

其实在来时的路上，庄籽芯就已经下定决心，无论用什么办法，她也要求得原谅。现在老天爷都帮着她跪下了，她还要犹豫什么。

或许在别人看来，她这样的行为很疯狂，甚至有些低级，但是在不连累公司和同事，以及要回辛苦养大的"孩子"面前，面子又算得上什么，那都是浮云。

"你、你、你……想干什么？"安总惊吓得声音都变了调，双手死死地拽住腰间的皮带，生怕脚边的庄籽芯突然发疯将自己的裤子扯掉。

两位前台妹子见状，不知所措中夹杂着难以置信，紧张得大气都不敢出。

原本在办公区域内安静工作的员工，忽然听见外面吵吵闹闹，于是一个个好奇地看了过来。

接到呼叫的保安一走进来，见到这一幕眼睛瞪得老大，连忙冲过来一把抓住庄籽芯的胳膊："这位小姐，请您起来。"

庄籽芯死死地扯住安总的裤腿，叫道："安总，我求求你呀，再给我个机会……"

"你、你、你……怎么会有你这种人？你给我撒手！"安总使劲想要抽回腿，还要顾及着裤子不被拽掉。

"你别碰我！你再碰我我报警告你非礼！"庄籽芯死命甩开保安，两手死死抓着安总的裤管不放，要知道这一松手，合约和"孩子"就都飞了。

安总崩溃地怒叫："现在是你在非礼我！"

庄籽芯凄凄惨惨地说道："安总，您原谅我吧。我知道错了，我以后再也不敢乱说话了，求您给我一个机会吧……"

安总快要窒息了，想他一把年纪，风雨岁月中，什么场面没见过，如今却被这个小丫头片子闹得下不来台。他要是裤子被扯掉了，他的老脸往哪儿放？他不要面子的呀！他真是怄得一口老血都要喷出来。

"你快给我闭嘴！闭嘴！还有你们，还不快给我把这个疯子拉开！"

群众在老总的怒吼声中终于有了反应，一拥而上。

宣传用的海报已经印出一部分了，离化妆品艺术展没几天了，钟戍初今天刚好有空，到园区里来看看工作进展。

这刚停好车子，便接到郑师兄的电话："戍初啊，林灵从楼梯上摔下来，摔折了胳膊，这会儿正在医院里打石膏呢，医生说要静养三个月，不能跟咱们一起去白平村了。你那边还有什么朋友愿意一起去白平村吗？最好是个女的，能吃苦耐劳，有爱心，估计守洛那边有啥安排需要。"

"要女的？方便吗？"

"人家林灵不就是女的吗，现在这不是她去不了了嘛。"

"林灵姐跟着咱们一起都混了多少年了，早习惯了。这会儿上哪儿找个能吃苦耐劳的女的啊！算了，我回头问问看，有消息我回你。"

"行。"

挂了电话，钟戍初脑子里开始搜索一连串人名，一时半会儿也没想到合适的人选。他正准备从通信录里翻找时，忽然一个微信消息弹了出来："哥哥，人家想你了……"

不用点开信息，钟戍初也能知道这条信息是谁发来的。修长的手指迅速滑过信息，当作没有看见，然而紧接着又两条信息过来。

"我知道错了……哥哥，我以后再也不无理取闹了。"

"哥哥，我们复合好不好？"

是他前女友卢允夏发来的消息。他直接将信息滑上去，没有点开。

类似的消息，每隔一段时间就会发来，长一点半年，短一点可能一个月，而最近隔三岔五就会发来。虽然他已经拒绝过无数次，可是她就是不死心。

不过三秒，她的电话又打来了。他掐掉，她再打来，反复几次，他终于忍受不了接起，声音生硬冰冷："卢允夏，我已经跟你说过很多次，你如果再这样，我就把你拉黑了！"

"哥哥，我真的知道错了……"电话里卢允夏的声音带着哭腔。

他硬着心肠说："你是成年人，要为自己的行为负责。这是最后一次，不要再给我发信息打电话。"说完，他毫不客气地挂断了电话。

可下一秒，他又收到了微信消息："哥哥，我不会放弃的。"

这一次，他毫不犹豫地将那个甜美的头像删除拉黑，连同电话一起。

一段错误的开始，必须要正确地结束。

整理好心情，钟戍初刚踏上灰砖铺陈的台阶，便听到嘈杂的声音从玻璃门内传来。

他推开玻璃门，一进门便看见一个披头散发、全身黑漆漆的女人抱住安总的腿哀求着，一干人等费了好大的力气，才将她从安总的腿上拽下来。

可是那女人不依不饶，虽有群众拦着，但她还继续往安总的身上扑过去。

051

他下意识挑了挑眉。

安总一看到钟戌初，如同看到了救星，激动万分："戌初，你来得正好……"

"发生了什么事？"钟戌初走近，盯着跪在地上胡闹的女人，黝黑的星眸泛起精光。

原来是她！钟戌初微微眯眼，从第一眼开始，他便觉得眼前这个黑不溜秋的女人好像在哪里见过，声音也十分熟悉，尤其那几近破音的尖锐声调，没想到竟然又是那个"鸳鸯鞋"。

上次在美院受到的教训还不够吗？竟然还有本事追到这里来，真是勇气可嘉。

庄籽芯正在竭力地甩开拦着她的保安，可当听到这熟悉的声音和这熟悉的名字，顿时安静下来。她扒开披散的头发瞄向走过来的身影，只一眼，她便赶紧低下头。

竟然是那个让她咬牙切齿，逼得她走投无路的钟戌初。

他怎么会突然来这里？他怎么好端端的会出现这里？难道……这个公司背后的资本，还有他一份？

她本能一个哆嗦。

可是他若是这家公司的一分子，自己花钱捧自己，为什么还要拒绝她的采访？这不是有病吗？

她内心开始激烈地挣扎，是继续求情，还是立刻爬起身走人？

不行！一想到他那副鄙夷的嘴脸，还将她的照片贴得整个美院的人都知道，叫她在这个家伙面前低头，那是绝对不行的。

若不是他在那个地下停车场羞辱她，她今天也不会沦落到脸皮连着里子一起都不要了，跪在这里撒泼求情。

头可断，血可流，威武绝对不能屈！

安总这会儿总算放下心，一边提了提裤子，一边深呼吸几口气，恰巧对上钟戌初带着探究意味的视线，立即解释道："这个疯子，她就是那个……"

安总一下脑子卡壳，忘了庄籽芯的名字。

可不想钟戌初却微笑着说道："我知道。我认识。"

女的，无良自媒体，即将面临失业，等于有求于人。

一连串的信息在钟戌初的脑海里浮现，忽然间他有了一个很不错的想法。

暗室欺心，唯有回头是岸。

他不由得轻勾了勾唇角。

自打钟戌初进门之后，庄籽芯便有些打退堂鼓，准备悄悄地撤离。

趁着安总和钟戌初说话的当下，她猫着腰一点一点往门外挪，正当要越过钟戌初时，忽然她的风衣下摆被什么东西用力压住。

她使劲拽了两下，却怎么也拉不动，回眸一看，压着她风衣衣摆的是一只擦得光亮到能照出人影的黑色皮鞋，而这只皮鞋的主人正是钟戌初。

"喂，鸳鸯鞋，你这么大闹一番，说来就来，说走就走，当这里是什么地方？"钟戌初呵斥的声音并不大，反而有些好听。

"好帅哦……"

"声音好性感……"

除了庄籽芯，在场的许多女性不约而同发起花痴，完全忽略了"鸳鸯鞋"这么个重要的八卦信息。

原本有些畏缩的庄籽芯一听到"鸳鸯鞋"三个字，整个身体犹如猫儿奓毛般猛地立起。她今天一没有化妖艳的妆容，二没有穿不一样的鞋，三更没有背她的香奈儿，为什么这家伙还是能一眼认出她来？

为了确认，她本能地回头看了一眼脚上的鞋，确认是朴实无华的回力小白鞋，她放心了。

她抬起头，恼羞地扒开头发，大声道："你踩到我的衣服了！"

钟戌初低眉看了一眼，佯装无意踩到："抱歉。"他抬起脚并向后退了一步。

庄籽芯迅速站起身，一脸嫌弃地用力拍打着衣摆，趁着敌军不注

053

意,她转身快步走向门口。就在她手指离着玻璃门把手仅有几寸的距离时,她的衣领忽然被人从后方死死拽住。

钟戌初如魔咒一般的声音紧接着响起:"不是还没有闹完吗,怎么这么快就急着跑?你弄坏我镜头,理直气壮同我争执的劲头可不是这样。"

据说父亲那边已经施压了,大抵是让这个女人离开那家营销公司。只是没想到她竟然敢上门来闹事,胆有点肥。

既然送上门来了,他怎么能放过这样的好机会?

他看向安总:"她是来干什么的?"

安总想了想回道:"来闹事的吧。"

庄籽芯瞪大了眼,她哪里是来闹事的,她分明是来求和解的。

钟戌初意味深长地"哦"了一声,皮笑肉不笑地看着庄籽芯,忽地唇角一挑,抓着衣领的劲道又加了一成:"那我倒要看看她怎么个闹法?"

"我没有闹事,我是来和解的。"庄籽芯被拉扯着衣领十分难受,"你快放手,你这样对我可是人身侵害。"

"是吗?你上门闹事,有目共睹。我们还没有打110报警呢,你倒先反咬一口。"钟戌初手下的力道加重。

吃瓜群众看着钟戌初像老鹰抓小鸡一样,抓着庄籽芯的衣领,一路将她拎进了隔壁会议室,一个个跟打了鸡血似的跟到会议室的门口,准备围观。

"我警告你,赶快放手,我要离开这里,否则我要告你们侵犯我人身自由。"庄籽芯生怕衣服被扯坏,只能顺着力道向后退,可就在这时,风衣的腰带在拉扯之间散了开来,风衣直接从她的身上被扯下。

众人倒抽一口气。

庄籽芯大惊,连忙抱着双臂护着身前,瞪着眼道:"钟戌初,你要流氓!你不要脸!"

054

钟戌初愣了一下。

庄籽芯从他的手里一把抢过风衣，然后连退了几步。

钟戌初摊了摊手："抱歉！"不小心扯下她的外衣，确实不是他的初衷，只能说是一个意外。

庄籽芯抱着风衣直往会议室门外走，无奈群众围了一圈，堵住了去路。

身后钟戌初的声音传来："你不是说来谈和解的事吗？还没谈呢，怎么能说走就走？"

"我不谈了，行不？"庄籽芯咬牙切齿道。

"不行！"

庄籽芯回眸看向他，这男人有病吗？

钟戌初仿若吃定了她似的。

庄籽芯三思之后，咽下这口气，穿上风衣走回会议室，拉开一个离自己最近的椅子坐下。

围观群众连忙跟着一起向前进了一步，将会议室大门堵得严严实实。

钟戌看向助理，吩咐道："小唐，去把张律师复印的文件给我拿一份过来。"

小助理应声，连忙去找资料。

钟戌初看向安总，问道："你要一起谈吗？"

安总道："这件事他们冷总找我谈了八百回，都被我拒了。钟先生那边没有指示，我这边也不会有什么动作。既然今天你来了，这丫头又找上门，不如你看着办吧。要是搞不定，我再来解决。"

"那倒不用，也不是什么大事。"

"行，我还有个重要的事要处理，你先谈，我稍后过来。"

安总离开会议室，钟戌初将门关上，顺手按下墙上的自动窗帘的按钮。自动窗帘缓缓落下，盖住晶亮的落地玻璃墙，将一个个意欲探究的八卦视线严严实实地挡住。

安总瞪了眼围在会议室门的群众:"一个个都不用上班吗?"

众人唏嘘一声,作鸟兽散开。

九月末的天气,早晚有些凉,出门时需要穿一件外套,但白天温度升高,就和夏天差不多。经这么一闹腾,庄籽芯刚穿上风衣便觉得热,身前身后早生出一层密密薄汗。

她瞪了一眼坐在会议桌前的钟戌初,他正目光森冷地盯着她看。

她心一横,索性当着他的面将风衣脱下来,顿时觉得凉快舒爽。她瞪着钟戌初,"啪"地一下将风衣扣在会议室的桌上,输人不输阵。

事情闹成这样,超乎她的想象,原本想着最多被赶出去,谁知遇到钟戌初,竟然拦着她不让走。反正想逃也逃不了,索性见招拆招。

钟戌初忽然站起身来,一把将风衣夺了过去。

庄籽芯一见,脸都灰了:"喂!你抢我衣服干吗?"

钟戌初冷笑一声,开始翻找风衣的口袋。

庄籽芯冲过去抢夺自己的衣服:"你这是犯法,我可以告你!"

"你拿什么告?这个吗?"钟戌初从风衣口袋里搜出一支录音笔。

庄籽芯一见,急道:"把衣服还给我!"

这时,会议室门被敲响,助理小唐拿着文件夹推开门走进来,恰好瞧见庄籽芯从钟戌初的手中把风衣拿回来,眼神透露出秒懂的暧昧,迈着小碎步走到钟戌初的跟前,将文件递了过去。

钟戌初一脸冷淡,翻开文件。

助理快步走出去,将门带好。

趁着钟戌初看起诉文件的当口,庄籽芯环顾了会议室一圈。

会议室四周的墙上挂满了各种宣传广告海报,除了她熟悉的《伏魔传》,还有知名的化妆品品牌"海洋之心"。

"海洋之心"主打修复和抗衰老,许多明星都很推崇,除了贵,没有任何缺点,也是她最爱的化妆品品牌之一。

在一圈商业广告中,有一张照片十分醒目,吸引住了她的全部目光。它并不属于任何商业广告，而是一张照片。

对，没错，一张与众不同的照片。照片中是一群山区的孩子，穿着污旧的衣服，背着书包相伴走在山路间，冬日阳光的照耀下，一个个笑颜天真烂漫的，如同天使一般，山间的草木即便已经是枯黄的颜色，但在这一张张笑脸的映衬下，仿佛是春日来临，一片生机勃勃。

这张照片拍得十分好，只需一眼，任何蒙上阴霾的心都会被那一张张笑颜治愈。

庄籽芯望着照片中孩子们一张张纯真的笑脸，嘴角不由得浅浅上扬。

钟戍初恰巧抬眸看见，便顺着她的视线望过去，那是去年他在白平村拍的照片。

他合上文件，修长的手指轻敲了敲桌面。

庄籽芯回过神，一瞧见钟戍初的脸，上扬的唇角立即拉了下来。

钟戍初眉峰一挑："起诉书收到了？"

庄籽芯撇了撇嘴，这不是问的废话吗？但是表面上她还得装出一副可怜模样，声音里满满的委屈："收到了……"

钟戍初仿佛一眼就看穿她的伪装："正常点吧，不用那么假，你蛮横起来的样子我都记着呢。"他指了指自己的脑袋。

庄籽芯嘴角抽了抽。

钟戍初又道："所以，咱们开门见山，说说你今天来这里的目的，怎么个和解法。"

庄籽芯深吸了一口气，从座位上站了起来，向着钟戍初深深鞠了一躬，然后一脸真诚地说道："对不起！之前就应该来向你道歉的。都是我的错，我不知道你当时正在上课，是我的失礼与鲁莽，间接导致你的相机镜头损坏。是我的错，对不起！"她又深深鞠了一躬。

钟戍初凝望着她，她黝黑晶亮的双眸里没有之前那么多花样，他相信，她的道歉是诚恳的。

"我个人接受你的道歉，但公司业务往来的事情我管不了。"

057

庄籽芯刚松了口气，心又被悬起来："你能不能帮我跟安总说说情？"

钟戌初斩钉截铁地回绝："不能！"

庄籽芯一时语塞，咬了咬唇便又道："昊月与远道合作，就合约而言，昊月并没有违约。犯错的是我，是我与你的私人恩怨，远道没有道理说解约就解约。"

钟戌初一面在手机记事本上敲打着文字，一面漫不经心地回道："如果你离开昊月，那解不解约是昊月和远道的事，与你无关。"

"是，你说得没错。但是我需要这份工作，我不想放弃这份工作，所以我今天才会前来道歉。究竟要怎么样，才能让远道和昊月继续合作？我一定尽力去做，当然，违法的事我是不会干的。"庄籽芯咬着牙说完，手指紧紧地攥着。

内心的委屈莫名涌了上来，不知为什么，她很怕在这个男人面前哭出来，于是暗暗深吸了好几口气。

钟戌初静静地看着她，并没有急着回复她，而是按了一旁的对讲机，把助理小唐又叫了进来，然后让小唐拟一份合约。

小唐看着他手机屏幕上列的一些要求，不由得惊呆了。

这……不就是霸道总裁的甜蜜爱情契约？现在都是这么玩的吗？小唐强抑着心中的八卦，又瞄了一眼庄籽芯。妹子素颜看着都这么美丽，妆后一定更加无敌。

"呃……需不需要再加点其他什么条款？"

钟戌初想了想，道："意思不变即可，其他你看着办吧。一刻钟后能给我吗？"

小唐比了个"好"的手势，用手机拍下屏幕上的内容，便如风一般迅速离开会议室，随即外面办公室一片躁动。

约莫一刻钟之后，小唐准时拿着打印好的合约进来。

钟戌初看了一遍，十分满意，然后将那纸合约递给庄籽芯，道："你只要签了这个，我就可以和安总去谈谈，远道和昊月的合约也可以继续。"

助理小唐十分体贴地将笔和印泥递到了她的面前。

庄籽芯觉得事情可不是像他的神情表露得那么简单，本能地警惕起来，她微微蹙眉，接过那张纸一看，抬头赫然写着"雇用合约"，时间为期一年。她往下继续看条款，顿时，浑身的血液都开始沸腾了。

这哪里是什么雇用合约，这分明就是一份不可描述的"卖身契"。

最可恨的是，其中有一条明确规定，她这个"乙方"对于"甲方"钟戌初的传唤必须"随叫随到，不得违背"。什么？难道她是狗吗？还不得对外泄露合约内容，哈，这种丢人的契约，她怕是脑袋进水了才会跟别人分享。

她真是万万没有想到，只有狗血电视剧小说里才会出现的那种情节，居然会发生在她的身上？这人怕不是这种电视剧小说看多了吧，不然哪里来的这种灵感？真是令人恶寒呀！

她捏着纸和笔的手都在颤抖，然后不可置信地抬眸看了一眼钟戌初，俏脸上净是鄙夷和唾弃。

钟戌初漫不经心地说道："合约上虽然写着一年时间，但是我估计要不了这么久，说不准坚持到过完年就结束了，所以你只需要坚持几个月就行了。你放心好了，我不会要你做什么违法的事，更不会要你做什么有违道德伦常的事。还有，收起你那猥琐肮脏的想法，我对你没有兴趣，你大可不必担心。"

说完，还不忘上下扫视她一番，那鄙夷嫌弃的眼神真是绝了。

助理小唐一听，两眼"噌"地亮了，这两人果然有奸情，霸道总裁的爱情套路，不都是从"口嫌体正直"开始的吗。

庄籽芯嘴角抽了抽，觉得他的话是对她容貌的羞辱。高中时她还被模特经纪公司挖掘过，去拍过时装杂志的照片好吗？

钟戌初见她犹豫，云淡风轻道："如果你不想签，我也不勉强，那你可以走了，就当今天我们什么也没有谈过。"

此时此刻，钟戌初骄傲挑眉的神态在庄籽芯眼中看来，便是"我就是可以为所欲为"。她咬了咬牙，道："签了之后，远道和昊月的合约就继续履行？"

"白纸黑字上面都写着，我骗你对我有什么好处？"钟戌初蔑视一眼，认为她的担心完全是多余。

"行！我签！"庄籽芯闭上眼深吸一口气，两眼一抹黑地签了大名，并按了个红手印。签完，她的手指都在颤抖。

钟戌初抽回那张雇用合约，看了一眼签名，字倒是挺隽秀。他看向小唐："上周我听前台说，保洁刘阿姨生病了？"

小唐立即回道："新招了一个，明天可以就位。"

钟戌初点了点头，忽然道："哦，那现在让她去把茶水间、洗手间都收拾一下吧。"

小唐目瞪口呆。

果然是霸总的套路。

庄籽芯不可思议地瞪向钟戌初。

钟戌初微笑着看着她："好好干，手机不要关机，我随时会找你。"说完，他便起身离开会议室。

小唐一脸抱歉地看着庄籽芯："庄小姐，这边请吧。"

庄籽芯双拳紧握，深吸了一口气跟小唐离开。

在远道全公司员工惊诧的目光下，庄籽芯咬紧牙根艰难地完成了保洁阿姨的工作，好不容易挨到了下班时间，她头也不回地迅速逃离。

远道公司的员工望着她仓皇的背影，交换信息：据说这是小钟先生的"那个"，为期一年。这一年，大家可必须得擦亮了眼。

Chapter4
简单的快乐源于对未知的期待

庄籽芯刚签了"卖身契",没过多久便收到了冷哥的电话。冷哥在电话里狠狠夸奖了庄籽芯一番,远道与昊月会继续合作,那之前"账号易主""主动请辞"的话大约就是心照不宣,当作没有说过。

从这点上看,钟戍初算是个守信之人。

"远道那边说,要借调你一年时间……"冷昊天其实对庄籽芯能搞定这次的事感到十分意外和好奇,意图从她这里八卦出一点内幕。她究竟是用了什么法子搞定了安总,甚至还被要求"借调"。

庄籽芯在心中苦笑,哪是什么借调呀?她是签了"卖身契",必须给钟戍初打一年的工。远道用"借调"二字,算是给她留了面子吧。

碍于合约条款,她不能把与钟戍初签"卖身契"的事告诉冷哥,哼哼哈哈打了马虎眼,算是混了过去。

"小庄啊,你可要好好把握啊,将来前途无量。"冷昊天的潜台词其实是希望庄籽芯好好巴结"远道"这个客户,替他们昊月开辟光明的大道。

挂了电话，庄籽芯不由得松了口气。

"你霸气水姐"的账号她算是暂时留住了，但是这事在她的心里划下了一道不浅的口子，即便是愈合了，也一定不会忘记这种伤痛。从与昊月签订劳动合约的那一天开始，"你霸气水姐"就不是她真正的孩子，她不过就是一个"奶妈"，是她用情太深。

这一次是她做错了，她还有机会弥补，但是谁也不能保证类似的事情不会再次发生，到那个时候她可能想挽救也没有机会，也许她应该慢慢习惯和适应，将"你霸气水姐"仅仅当作一个道具。

"借调令"一出，庄籽芯回归昊月后身份地位猛涨。马浩磊见着她也没有以前那么嚣张了，当然，阴阳怪气的话还是没少说，私底下也不忘各种埋汰。

庄籽芯一派和气，不与他这个小人计较。

说来也怪，说好了"借调"一年，但是从那天之后，庄籽芯一直没有收到钟戌初的电话，时间轻轻松松就这么晃了半个月过去，她甚至怀疑钟戌初是不是人傻钱多，所以把这事给忘了。

一个眨眼，国庆来临，举国上下一片欢腾。

庄籽芯也没有闲着，但凡到了节假日，她似乎比平常更忙碌。虽说她是个娱乐博主，但是为了热度活跃量，节日当下，这相关民生百态与时俱进的文章也一个不能少。假期前两天接连赶了好几篇文章，累得她筋疲力尽，倒头就睡。

迷迷糊糊间，只听到手机铃声如催魂一般响了起来。她摸着手机眯眼一看，是姜陶陶："我已经出发了，还有一刻钟就能到展览中心，你大概要多久？"

庄籽芯一下子惊醒，狠拍了一下脑袋，想起今天约了姜陶陶一起去看"海洋之心"的艺术展。

"海洋之心"是每个女人都想拥有的奢侈化妆品品牌。作为一个精致的当代女孩，并不是一定需要名牌包包和服饰傍身，但是一定要舍得在自己的脸上下本钱。而"海洋之心"的护肤产品对她们这样的资深熬夜党来说，是砸锅卖铁都必须要买的。

"敷最贵的面膜，熬最晚的夜。"

早在几个月前就听说"海洋之心"要在S市举办艺术展，作为这个品牌的忠实用户，她自然是无论如何都不能缺席的。因为"海洋之心"艺术展的创意展区素来号称是各大美妆博主网红的自拍圣地，除了需要网上预约，必须早早前去排队。

"睡过头了，半小时准时到。"庄籽芯二话不说，掀了被子跳下床直奔洗手间。

等庄籽芯匆匆赶到国展中心，并没有看到姜陶陶。等了足足一刻钟，姜陶陶才慢悠悠地出现。

"海洋之心"的展馆设在国展中心A区，一进门便是由镜面与屏幕打造的科技感满满的沉浸式隧道，白色云朵与蓝绿色海水交织流动，走在其间仿若置身在冰川海洋的深处，沁凉舒爽，感受着大自然最纯净无瑕的呵护。

过了隧道，四处拍照打卡的人越来越多，庄籽芯和姜陶陶两个人也激动地拿出自己的手机。

五个创意展区对应了五款不同质地的面霜，"海洋之心"最受欢迎的精华面霜展区位于最后一个，一进去，立体巨幕呈现在眼前，视频里播放着采藻工人从海里将巨藻提出的画面，最后定格。

庄籽芯望着那张照片忽然间失了神，这张照片似曾相识。那间"受尽屈辱"的会议室，以及那个让她签下卖身契的男人，一下子侵入脑海。

庄籽芯打了个冷战，这么兴奋开心的时候，怎么会突然想起来那个该死的男人？

姜陶陶忽然道："走，我们去互动体验区，听说有专业摄影师可以拍质感大片哦，还可以修图，能省一笔写真照片钱。"

庄籽芯笑着白了她一眼："出息！"

到了互动体验区，庄籽芯正想着挑一件周边礼物，姜陶陶忽然激动地拍了一下她的肩头："看！大帅哥！"

庄籽芯一脸蒙："谁？"

"你的'美强惨'教授啊！"

"什么'美强惨'教授？"

庄籽芯顺着姜陶陶指的方向看过去，一旁的照片留念墙围着许多人，更有摄影师为参展的人拍照，只见闹哄哄的人群中，迎面走来一个高大熟悉的身影，竟然就是方才那个像幽灵一般侵入她脑海的男人钟戌初。

庄籽芯一见是他，本能低下头，侧过身体，佯装什么也没看见。

钟戌初一路径直向前走，从她的身侧越过，似乎并没有看到她。

庄籽芯连忙拉着姜陶陶往体验互动区走去，这刚走了两步，忽然钟戌初顿住脚步，回转身叫道："庄籽芯！"

庄籽芯蹙起眉心，佯装听不见继续向前，孰料姜陶陶紧紧拉住她喊道："哎哎哎，大帅哥叫你呢。"

庄籽芯瞪了一眼姜陶陶。

叛徒！

聪明的姜陶陶一下子就发现了什么不对劲："大帅哥怎么知道你的名字？"

钟戌初站在原地，嘴角之处挂着一抹捉摸不透的笑意，他意味深长地看着庄籽芯。

庄籽芯回过头看向他，一秒就读懂他脸上笑容的含义，乖乖走了过去。

姜陶陶热情澎湃，带着浑身的鸡血跟过去，冲着钟戌初直挥手招呼。

钟戌初礼貌地浅浅一笑，然后看向庄籽芯，道："你收拾一下行李，十号早上八点的飞机，机场见。"

"十号早上？八点？"庄籽芯惊讶不已，半个月不联系，一碰面就约她机场见，"要、要去哪儿？"

"去一趟云南。你多带一些保暖轻便的衣服,时间可能会比较久。"钟戌初神情认真,嘈杂的空间里,他的声音听着清朗温润。

一连串的问号在庄籽芯的脑海里盘旋,她选择最直接也是最核心的问题:"那机票……"

虽说是签了"卖身契"的人,但可不能赔了劳动力还得再赔钱,差旅费必须得报销。

钟戌初仿佛早已洞悉她的内心,一双睿智的深邃幽眸绽放着光彩:"机票小唐已经在订了,你只要带上身份证和行李就行了,航班信息随后应该会发到你手机上。"

钟戌初说完便转身走向展厅外,走了没几步,他回头又不忘叮嘱:"记得七点准时到机场,飞机不等人,而我,讨厌不守时的人。"

临转身前,他犀利的眼神中透满了警告的意味,似在说,你要是敢误点,试试?

庄籽芯四十五度望天,无语凝噎。

姜陶陶嗅出了一丝奸情的味道:"什么情况?好你个死丫头,居然隐瞒不报?快说快说!"姜陶陶伸手就往庄籽芯的小蛮腰上掐去。

"哎哟,你想哪儿去了?我跟他怎么可能有什么,我跟他就是债主与欠债人的关系!"

庄籽芯只好将为了还债被迫与钟戌初签了一纸卖身契,为期一年,甚至还被逼做了一天保洁阿姨的事说了出来。

姜陶陶听完,惊呼:"你真不愧有言情女主的潜质!上次我才说你们是偶像剧的甜蜜相遇,结果才没有几天,你们就开始上演虐恋情深霸道总裁的契约小情人了。哈哈哈哈!"

姜陶陶兴奋地发出了猪叫。

庄籽芯嘴角抽搐。她就知道,她把这事一说出来,姜陶陶那颗编剧小脑袋一定会开足了马力,意淫各种狗血剧情。

霸道总裁的契约小情人……

见怪不怪!

065

她蹙着眉心:"你说好好的,吸血鬼拖着我去云南做什么?"

总不能带着她去游山玩水吧。

姜陶陶黑亮的眼珠一转悠,双手一拍,激动道:"你忘了吗?霸总教授可是摄影系的教授啊,这突然拉着你一起去云南,八成是要拍大片呀。你想想,云南,彩云之南,那可是我们祖国最美的地方之一呀,多少大片诞生于此。他摄影系的教授不去拍片,能去干吗?你可要多带一些仙气的衣服去呀。"

是呀,"海洋之心"创意艺术展的照片全是经他之手,他这要去云南,也多半是去拍照。

庄籽芯摸着下巴,还是有些不确定:"他怎么可能替我拍大片,你想多了吧。说不准就是让我跟去打杂,提相机、提包裹的吧,说不准还得提鞋。"

姜陶陶啐了她一口:"庄籽芯你是猪吗?就算安排你提鞋,等到了云南美景之地,天天在一起,你狗腿地巴结几声,求人家大师替你拍几张照片,有什么不行的?"

"求他?哼!怎么可能?"

"你敢说你没求吗?没求吗?没求吗?"姜陶陶步步紧逼。

没求,还能签卖身契吗?

"你烦的哟……"

"瞧你,贱人就是矫情!走!买衣服去。"姜陶陶拉着她就要离开。

庄籽芯不解:"你不要拍照留念了吗?"

姜陶陶说:"那么多人,等挤进去天都黑了。你马上去云南了,安心等你的霸总教授给你拍大片吧。"

"什么我的霸总教授?"庄籽芯翻了个白眼,可是一想到十号之后自己有可能成为时尚大片的女主角,顿时心花怒放。

十号早上凌晨五点,天还没有亮,庄籽芯在闹钟铃声中惊醒,一想着八点的飞机,蒙眬的睡眼倏然瞪得跟铜铃般老大,身体像是装了强力弹簧似的,猛地从床上跳起,一路狂奔向洗手间迅速梳洗和化妆。满打满算,终于在七点之前赶到了机场。

她正在自助值机上托运行李,这时手机响了起来,一个陌生的来电。她接起,是钟戌初。

"到机场了没有?"他的声音清清冷冷,就像是一个没有感情的机器。

"到了,刚托运好行李,准备过安检。"庄籽芯小心翼翼地问,"你……在哪儿?"

钟戌初道:"赶紧进来吧,我在星巴克。"

"哦……"没有多余的交流,挂了电话,庄籽芯看着手机屏幕的时间,刚好跳向七点零二分。

说好七点整,他可真是准时。

她又看了一眼他的手机号,犹豫之下保存进了通讯录,不过储存的姓名是:"吸血渣"。

过了安检,很快找到星巴克,庄籽芯刚进门,一眼就在人群中看到了钟戌初。

咖啡馆早已成为人们融入当下生活的一个必不可少的交流场所,无声的远程办公,有声的谈判交流……然而在喧闹的机场里,这清晨的星巴克安静得就像是与世隔绝一般,每一位客人眼底都藏着一份静静的等待。

钟戌初便是星巴克安静组成员中的一位。

他身穿一件长袖黑色衬衫,旁边的椅子上挂着一件深色外套,桌前摆着一杯咖啡。远远望过去,即便是身着黑色,在人群之中他依旧如同黑幕下的星光一般璀璨耀眼。

他正对着笔记本电脑,右手在触控板上滑动,左手优雅地端起咖啡杯,手指修长漂亮,在纸做的咖啡杯映衬下,他的手反倒像是上帝精心雕琢的一件艺术品。

他轻啜一口咖啡,不由得微微拧起眉心,面部轻柔的表情仿佛像

067

是一首绝美的诗细腻地描绘出咖啡的味道。

庄籽芯听到自己的心倏然"咚"地一下,猛地下沉。

他今天为什么看起来这么光彩夺目吸引眼球?

她一定是紧张过度,太缺觉,所以产生幻觉了吧。

她深吸一口气,走了过去。

一道阴影投了过来,钟戌初像是有感知一般,抬起眼眸看向庄籽芯。

然而只是一眼,钟戌初差一点将喝进嘴里的咖啡全都喷出来。

眼前的女人穿了一件红色及脚踝的大摆长裙,身上还披了一件鲜艳的民族印花羊绒围巾,今日的妆容是娇媚高贵冷艳的复古妆,最要命的是她脚下穿着一双黑色带扣的复古高跟鞋,那鞋跟看着至少得有七八厘米高。

庄籽芯见他呆呆地望着自己怔了有好半晌没有回过神,不免心中疑惑,难道"吸血渣"被自己今日的美貌突然吸引住了?

她伸出手,小心翼翼地在他眼前招了招。

钟戌初回过神,蹙着眉心道:"你就穿成这样去云南?"

庄籽芯低眸看了一眼身上及脚踝的红色大摆长裙,不解地问:"不可以吗?"

陶陶说了,大红色的大摆长裙配上民族印花的羊绒围巾最配云南的蓝天白云了,照片拍起来一定超美的。

钟戌初当即陷入一片沉思,然后说:"我是不是没跟你说多带一些'保暖轻便'的衣服?"他刻意加重了"保暖轻便"四字。

庄籽芯蹙了蹙眉,回道:"说了。保暖的我带了,在行李箱里。裙子不轻便吗?洗脱都很方便呀。"

钟戌初嘴角微微抽搐,道:"你开心就好。"然后低头轻啜了一口咖啡。

庄籽芯不明白他到底想说什么,她穿裙子又哪里招惹他了,于是说道:"对啊,我穿裙子我开心。"

钟戌初不再说话,专心对着电脑办公。

庄籽芯很识趣，不会主动自讨没趣，本想找个离他最远的位置坐下，可是到处坐满了人，偏偏只有他对面的座位是空位。她忍不住想，该不会是"吸血渣"好心为她留的位置吧？"这里有人了"这几个字怎么也不像是从他的嘴里蹦出来的话。

庄籽芯点了一杯咖啡和一块蛋糕，坐下之后便打开自己的笔记本，开始浏览并回复粉丝们的留言。

可这刚坐下没多久，忽然，两个半高大的孩子追打嬉笑的声音传来。庄籽芯眉心微锁，循着声音来源看过去，两个孩子恰巧冲到了他们桌跟前。一个小朋友双脚绊住，直撞在他们的桌子上。

庄籽芯怕咖啡烫着他们，连忙将咖啡端起。

孩子的母亲连忙跟过来道歉："对不起，对不起，孩子不听话，到处乱跑。"

"没关系。"钟戌初起身去扶小朋友，小朋友刚爬起来，便嬉笑着围着钟戌初转圈圈。而放在他身后的公文包未能幸免，被两个孩子拉扯撞落在地，里面的文件散了一地。

母亲一脸尴尬，想要帮钟戌初捡东西，被婉言谢绝，只好将其中小一点的孩子强行抱走，另一个小朋友才乖乖地跟着一起离开店里。

庄籽芯回眸望着站在店外的爸爸拖着两个行李箱，神色严厉地训斥着两个孩子。

突如其来的一场闹剧莫名开场又莫名收场。

庄籽芯回过神看了一眼钟戌初，他已经收拾好东西重新坐下。

她轻撩起裙摆，正准备安静地坐下，忽然视线范围内出了一个白色的东西，像是一张明信片。她弯身捡起，是张照片。照片的反面赫然用铅笔歪歪扭扭地写着"给我最最最亲爱的爸爸，我永远爱你"，落款——福润，字迹略有些模糊。

她将照片反过来，竟然是钟戌初和一个小男孩的合影，两个人脸贴着脸依偎在一起，笑容十分灿烂。不得不说，笑起来的钟戌初是真的好看，犹如阳春三月，娇艳的花儿吐露着芬芳。

照片中的小男孩皮肤黑黢黢的，头发乱蓬蓬的，看起来有点污脏，但他的睫毛浓黑而长，一双漂亮的大眼清澈汪汪，闪着星光。

庄籽芯瞪直了眼，心里"咯噔"一下，他居然有孩子？当初她要采访他的时候，她清楚地记得刀刀搜集的资料中显示他是单身啊。

那照片里的孩子是……私生子？还是这人已经隐婚了？

一连串的疑问在庄籽芯的小脑袋瓜里快速旋转。

倏地，她手中的照片被抽走。

钟戍初冷冷地盯了她一眼，将照片收进包内。

这眼神，绝了，这孩子说不准真的是……

"收起你脑子里那些肮脏的想法！"钟戍初冰冷的语气里夹杂着警告。

庄籽芯本来还想打听一下，没想到他年纪轻轻的就结婚了？还有了小孩！但是这一句话彻底捻灭了她想八卦的念头，她安静若鸡，开始专心喝咖啡吃蛋糕。

之后直到登机，两人才有了再一次的眼神交流。

庄籽芯赫然发现钟戍初的位置是头等舱，而她的位置是经济舱。

钟戍初安然地在头等舱坐下，庄籽芯站在他的面前瞪直了眼。

他扫了她一眼，神情仿佛在说，他没有先进VIP贵宾室候机而是选择大众星巴克等她，已经是对她最大的仁慈与恩泽了。

空姐上前请庄籽芯尽快找到位置坐下。

庄籽芯冲着钟戍初冷哧一声，扬着尖细的下巴，背着她的小驴包，挺直胸膛，向经济舱迈去。

稀罕！她巴不得离他远远的呢。

三个小时的飞行，庄籽芯在飞机上美美地睡了一觉。当飞机快要降落的时候，她透过窗户向外看去，满目绿茵茵的青山连绵不绝，远处湛蓝的天空浮着团团镶着金边的白色云朵，无论任何角度看，那都是梦中的仙境。

虽然来云南旅游过很多次，可自打有了"你霸气水姐"之后，她变得忙碌了，所有时间几乎都泡在电脑和手机上，每天时刻都在关注粉丝们的评论及同行的动向，就连刚才在机场候机的片刻，她还在用笔记本电脑忙着写稿以及与粉丝们互动。

粉丝们得知她要飞往云南，一个个求她发美照。

这次能够再来云南，虽然是逼不得已，但是内心充满了激动和期盼。

云南，她又来啦！

飞机停在了丽江三义国际机场。下了飞机，清冷干燥却倍感新鲜的空气扑面而来。相对而言，即便是入了秋，地处华东地区的S市气候虽然要湿润温暖一些，但空气中飘浮的工业浊气也更多一些。

多新鲜的空气啊！

庄籽芯一面适应着西南的干燥气候，一面又感叹空气的清新。她贪婪地呼吸着清新的空气，然而强烈灼人的阳光让她一时间不能适应。她匆忙戴上墨镜，用披肩将头包裹好。紫外线可是女人娇嫩肌肤迅速老化的最大杀手。

她找了个自上而下看起来绝美的角度，用美颜自拍一张照片发了微博，配文：彩云之南，我来啦！

从下飞机到拿到行李，庄籽芯一直离着钟戌初有一段距离，生怕挨近了传染啥病毒似的。钟戌初也不介意，由着她去，提着行李箱快步往出口处走去。

接机的人是一个和钟戌初差不多身高的男人，他满脸胡楂，一身休闲的打扮，第一眼便让庄籽芯想起第一次看到钟戌初照片时的反应。

她离着远远的，注视着二人，左看右看都觉得这个满脸胡楂的接机人看着面熟。到底是在哪儿见过？她怎么就一点儿也想不起来。

郑庭栋迎向钟戌初，激动地伸手招呼："我还以为你小子要月中才能过来呢，没想到这么快。"

"事情都处理完了，早点过来，早点干事。"钟戌初笑容灿烂，笑声爽朗，与面对庄籽芯时判若两人。

071

庄籽芯喊然。

"钟戌初！"这时，一个高亢的男声从不远处传来。

庄籽芯循着声音望过去。一个皮肤略黑的男人一路向他们小跑过来，一见着钟戌初便激动地上前拥抱："好久不见！"

"程守洛！好久不见！"钟戌初激动地回抱。

庄籽芯偷偷扒拉下墨镜，盯着这个叫作程守洛的男人仔细看了看，大抵是高原地区紫外线较强的缘故，他的皮肤看起来黑红而有些粗糙，但绝不是难看的那种。他的五官轮廓十分立体，眼窝深邃，鼻梁高挺，身形挺拔，有点少数民族的味道，若是能仔细梳洗打扮一番，那绝对是一个美型男。

他与钟戌初两人，一白一黑，是截然不同类型的帅哥，两个人站在一起，十分养眼。

程守洛问："吃过饭没有？要不要先找地方吃一点？"

钟戌初道："飞机上吃了一点，暂时还不饿。先上车吧，还有很远的路，最好在天黑之前赶到村里。"

"得咧。走，先上车，我们到了村子里再好好聊聊。"程守洛一把接过钟戌初的行李箱，一行三人有说有笑。

庄籽芯忽然见到三人离开，而将她遗忘在原地，她急忙拖着行李箱追过去："哎——哎——等等我！"

程守洛率先听到声音，回过头便看见一个身着艳丽长裙的漂亮女人踩着一双高跟追过来，惊诧地问钟戌初："你女朋友？"

"他女朋友才不会跟来呢。"郑庭栋也怔住了，紧跟着调侃钟戌初，"你小子可以，坐个飞机都能遇上艳遇。"

钟戌初嘴角抽搐，刚才见到师兄和程守洛一时激动，所以将庄籽芯这个女人给忘了。

"什么艳遇？！"钟戌初冲着郑庭栋白了一眼，"不是你那天说林灵姐腿受伤来不了，让我给找个女的吗，还说是守洛要的。"

"什么？我要的？"程守洛不可思议，"我是要像林灵那样能跟孩子们交流的女性,不是网红啊,大哥。"

郑庭栋摆了摆手,立即辩解:"我可没让他找网红,我原话是让他找个像林灵一样,能吃苦耐劳,又有爱心的女同志。谁知道他把他艳遇找来了。"

钟戌初一脚踹上郑庭栋的小腿:"说什么呢?别以为你是我师兄,我就不敢踹你!你们放心吧,别看她这个不靠谱的样子,到时候宣传白平村,她绝对是气盖山河,一人顶千军万马。"

郑庭栋不相信地又看了眼红衣飘飘的庄籽芯,依旧难以想象:"有这么神?"

程守洛拍着钟戌初的肩头,笑道:"咱们阿初能看上的女人那一定是非比寻常,我相信阿初!"

郑庭栋眉眼一扬,心领神会地跟着笑了起来:"懂了,懂了。"

钟戌初也懒得解释了。等到了白平村,一切见分晓。

庄籽芯蹬着高跟鞋,气喘吁吁地拖着行李箱,终于一步一步艰难地追上来。就快要到三人跟前时,那地面有个小坑,她正好一脚踩进去,鞋子一歪,她的脚一扭,手里又拖着行李箱,整个人差一点摔了个狗吃屎。

程守洛见着,连忙绅士地搭了一把手,扶住了庄籽芯。

郑庭栋顺手接住了飞出去的行李箱。

嗬!28寸的行李箱,也不知道里面装了什么,重得像个炸药包。

"谢、谢谢……"庄籽芯大喘着气,站好身体,尴尬得脸微微泛红。

她接过行李箱,用行李箱挡住脚下,脚好痛,鞋底在地面暗暗蹭了蹭,意图减轻些痛感。本来穿个高跟鞋没什么关系,她早已习惯了穿着细高跟逛街时健步如飞,但是拖着行李箱飞奔的情形鲜少。况且这里又是高原地区,海拔两千多米,快走几步对她来说都十分吃力。这一路追过来,感觉去了小半条命。

钟戌初早就预料会有这一幕,视线不经意地眈了一眼她的脚下,抬眸再看她,一脸面无表情,仿佛看穿一切。

活该!

程守洛安慰道:"先顺顺气,高原地区,要先适应一下。"

他和郑庭栋两个人一脸惊奇地上下打量着庄籽芯,红色及踝的大摆长裙也就算了,这恨天高的高跟鞋……待会儿他们可是要上山的呀,有很长一段距离要靠走的,这在平地上都能崴脚,等上山不得遭罪?

郑庭栋蹙起浓眉,含蓄地问道:"你朋友……穿成这样,方便吗?"

钟戌初看着庄籽芯,冷哧一声:"当然方便,方便脱洗。"

郑庭栋和程守洛嘴角抽搐。

庄籽芯脸颊滚烫,她知道钟戌初是在讽刺她,可又找不到理由反驳,只好说道:"我带了其他衣服和鞋子,在行李箱里。"

郑庭栋扫了一眼沉如巨石的行李箱,瞬间明白为啥这么重。女人呀,这一出门,恨不得把家都搬出来。

程守洛笑着道:"带了就好。你好,初次见面,我叫程守洛,禾木程,守望的守,洛阳的洛。"

"程守洛……"好好听的名字,庄籽芯笑着回道,"你好,我叫庄籽芯,庄严的庄,米子籽,草头心。"

"哟,名字不错,好听。"郑庭栋伸出手,"我,郑庭栋,关耳郑,庭院深深的庭,栋梁的栋。"

"郑、郑庭栋?!你就是郑庭栋?!"庄籽芯难以置信地望着郑庭栋瞪圆了眼,庆幸及时掩住嘴巴才没有尖叫出声。

郑庭栋见她这般反应,笑了:"怎么了?"

"你真的是《伏魔传》的导演郑庭栋?"

"是啊,没错,就是我。"

"我的天哪……"庄籽芯不可置信地用双手捂住了嘴巴,眼神跟着下意识地瞟向钟戌初。

程守洛笑道:"怎么?这是遇上粉丝了?"

郑庭栋得意地挑了挑眉。

"粉丝,呵呵……"钟戌初不由得冷笑出声。

庄籽芯将手指又拉高了一些,挡住了半张脸,不敢看郑庭栋。

要命!难怪看着这么眼熟,原来这人就是她每天吐槽的那个烂片导演郑庭栋啊,而且最要命的是还当着"吸血渣"的面疯狂吐槽过,然后被"吸血渣"无情回复,所以才会结下恶缘,所以才会弄坏他的相机镜头,所以才会忍辱签下"卖身契",所以才会来到这里啊……

她皱着眉头,上帝啊,为什么要安排她有这样的机遇?要是让他知道她曾经那么恶毒刻薄地吐槽他,那得有多尴尬啊?这脸打得简直是措手不及啊。

这一切,仿佛就像是老天爷刻意安排好似的。

不,她忽然觉得是钟戌初故意安排的。

郑庭栋看向钟戌初:"瞧你这笑的?怎么?我有粉丝,你嫉妒?"

此时此刻,钟戌初不说话,唇角微扬,就这么静静地看着庄籽芯。

静静地看着你,看着你……

一脸看好戏。

庄籽芯忽然灵机一动,说:"郑导,我就是你的粉丝呀。我好喜欢你拍的《伏魔传》。夜羡和雪南的爱情真是太感人了,雪南死的时候,我和我闺密在电影院里哭得可惨了。"

这位可是财神爷爷啊,得好好把握,万一以后能介绍其他导演给她认识,她的业务就更上一层楼啊。说不准以后她还能采访娱乐圈各种大佬,哪还需要再受"吸血渣"的白眼啊。

郑庭栋笑道:"我还以为你会当面骂我拍的啥烂片呢。"

"怎么会呢?谁说那是烂片?票房在那儿呢。要是不好看,哪会那么卖座呢?真的拍得太好了。"庄籽芯一脸崇拜,狗腿劲十足,违心地将彩虹屁吹捧上天,"其实我是从事自媒体的,主要就是写写软文,宣传各类影视剧。《伏魔传》的剧情我可以倒背如流,虽然有工作的原因,但更多是我真的很喜欢那片子。"

郑庭栋有些意外:"原来你是做自媒体的啊。难怪阿初说你气定山河,一人顶千军万马。阿洛,你那宣传绝对不用愁了。"

075

庄籽芯斜睨了钟戍初一眼，阿初？哎哟！这称呼配上他这刻薄吸血的人设，简直就是一朵高不可攀、遥不可及的高岭之花。

钟戍初目瞪口呆地看着庄籽芯花式吹捧。这女人……真是不要脸。见过不要脸的，没见过这么不要脸的。当初背后痛骂《伏魔传》烂片的时候，那是恨不得将师兄埋尸了，这会儿竟然大言不惭地自称是师兄的粉丝，还敢说好喜欢《伏魔传》。

他忍不住伸手去掐庄籽芯的腮帮，想看看这个女人的脸皮究竟有多厚。

"嗷！"庄籽芯吃痛叫了起来，伸手打落他的手，然后对郑庭栋继续说道，"郑导，有时间，您给我留个采访吧，独家采访。这是来自忠实粉丝的深情恳求，求您一定要答应！"

郑庭栋爽朗地笑了起来："哈哈哈，好好好！你也别郑导郑导地叫，听着别扭。我是阿初的师兄，你可以跟着阿初叫我一声师兄，也可以叫我一声栋哥，随意啊，哈哈哈……"

"你……不要脸！"钟戍初指着她的鼻子骂道。

"多谢栋哥！"庄籽芯伸手拉下钟戍初的食指，斜眼看着他，得意地说道，"阿初教授，您别吃醋，欠您的采访，我一定给您好好写，包您成为头条人物。"

钟戍初咬牙切齿，这女人……他是哪根筋挡错了，才能认为她会回头是岸而带她来这里？

程守洛和郑庭栋眉开眼笑。

庄籽芯偷偷向着钟戍初吐了吐舌头，做了个鬼脸。

"好了。赶紧上车吧，还有好几个小时的路程呢。来，行李给我。"程守洛十分绅士。

"谢谢。"庄籽芯打心眼里欣赏眼前这个黑黢黢的帅哥，多绅士呀，可比钟戍初那个"吸血渣"优秀多了。她将行李箱递给程守洛的时候，还不忘白了一眼钟戍初，潜台词：看看人家，再看看你。

钟戍初冷哼一声，不屑一顾。

程守洛从庄籽芯的手中接过行李箱，笑道："有些分量。"

郑庭栋跟着笑了。

四人上了车，很快车子离开了机场。

程守洛负责驾驶，庄籽芯不想跟钟戌初挨着坐，于是抢了郑庭栋副驾驶的位置，并且加了郑庭栋和程守洛的微信，唯独没有加钟戌初的微信。

钟戌初根本不在乎，懒得理她。

一上车，庄籽芯就将见到郑庭栋的消息告诉了姜陶陶，还附上了程守洛的美照，很快微信消息炸了。

姜陶陶一面沉迷于程守洛的颜值，一面提醒她千万别暴露了，拿出赞美《伏魔传》时的气势抱紧大腿。

车子从机场开出之后，沿着高速一路向西。

程守洛一边开着车一边说道："你来了就好，大伙儿都在等你呢，一个个都想死你了。"

郑庭栋笑着说："最想你的就属竺溪嬢嬢和兰姐，天天追着我们问，你什么时候到。周炜炜昨天还跟我哭诉，为了一块饼，跟兰姐说你前天晚上到。结果你没来，昨天被兰姐追了一天，他说你再不来，不但那块饼要被打吐出来，连头发都要给兰姐她们薅秃了。"

钟戌初不由得轻笑起来，回道："他头秃了关我什么事，那是他熬夜熬多了，本来就快要秃了。"

"哈哈哈……"

庄籽芯听着三人闲聊，虽然八卦是女人的天性，但礼貌和涵养叫她只是静静地听着，没有插话。之后三人又聊了一些摄影相关的话题，她更插不上话，一路看着窗外，山高云低，青山绵延，美不胜收。

慢慢地，时间久了，窗外飞快掠过的美景忽然间就成了催眠信号。庄籽芯眨着眼睛，倦意袭来，头一歪，便靠着车窗迷迷糊糊地睡去。

Chapter5
到底是初生牛犊，还是社交天花板

车子行了一段时间，经过一个岔道拐了弯便下了高速，在省道上四平八稳地又开了段距离，便驶进了蜿蜒的山道。

途中，庄籽芯醒过来一次，原本坐在驾驶座的程守洛换成了郑庭栋。山路颠簸得厉害，人坐在座椅上也跟着晃动得厉害，脑袋随着车身的颠动左摇右晃，庄籽芯不由得一阵反胃。

她眉心蹙紧，闭着眼调整了好几回睡姿，试图压下心底一阵又一阵的翻江倒海，可突然脑袋毫无预警"砰"地一下撞在车窗上，将她整个人彻底弹醒了。

她摇下车窗，趴在车窗上开始干哕。

郑庭栋瞧见她的模样，笑着道："你晕车啊？"

"我不晕车，但是这山路颠得让我有点受不了。"

"再坚持一下，马上就到了。"

程守洛轻轻拍了拍车座，递给她一瓶提神醒脑的药油："擦一下，会好一点。这还有橘子，剥一个吃，再闻一下橘子皮，也会好一些。"

庄籽芯拧开药油在太阳穴和人中抹了抹，药油强力清凉的薄荷味散发开来，直钻入鼻子里，顿时神清气爽。她剥开橘子皮，吃了几瓣，心里好受了一些，不再犯恶心。

"颠习惯了就好，治晕车最佳的良药就是开车。"郑庭栋笑着说。

"这山路我可开不了。"庄籽芯看向窗外，山路盘旋，悬崖峭壁，让她做司机，怕是直接将车子开进山沟里，"这是去哪儿呀？"

之前来云南玩，玩的都是那些热门景点，什么雪山、古城、热带雨林、"女儿国"……此次跟着钟戌初这位"摄影大师"一同出行，庄籽芯一直期待着不一样的风景，沿途不断飞过的青山虽美，但也可谓是荒郊野岭，渐渐有些疲倦。

程守洛回道："白平村啊。"

庄籽芯看了看郑庭栋，又回头看了一眼程守洛，疑惑："白平村？那是哪儿？古村落吗？"

郑庭栋透过后视镜看向钟戌初，挑着眉说："你没跟人家妹子说去哪儿？"

"如果追溯我们白平村的历史，差不多也有千年，算是古村落了。"程守洛也好奇地看着钟戌初。

庄籽芯见二人的反应，立即回头一脸防备地对钟戌初说："你可是承诺过作奸犯科的事不会干！"

郑庭栋和程守洛一下子喷了出来。

郑庭栋笑着说："你这话说得我们像是人贩子。"

程守洛问："戌初没跟你说，这次出来是要去我们白平村？"

庄籽芯摇了摇头，道："你们难道不是来这边拍摄什么大片的吗？"

"是要拍大片，但可能不是你想象中的那种。"郑庭忽然恍然大悟，"难怪你穿成这样，敢情以为是来度假的吧。你这是被阿初拐来的吧？"

郑庭栋和程守洛总算明白，为啥庄籽芯一身度假风的大摆长裙加羊绒披肩了。

"我从来不强迫人，她是自愿来的。"钟戌初十分不屑地说道，清冷的声音里还隐隐透着不容抗拒的威胁警告——小心说话！

"呵呵呵呵……"庄籽芯不置可否地发出一连串的怪笑。

从来不强迫人？那个在远道会议室里强迫她签卖身契的人怕是鬼吧。

她是自愿来的？呵呵哈哈。没错，她的确是自愿的。可没人按着她的头签那份卖身契，她可以不签，因为她可以选择赔偿四十万和放弃"你霸气水姐"的账号。再说，来这里之前，她兴高采烈，满心期待，穿着她最漂亮的衣服跟来，哪不是自愿？呵呵哈哈。

程守洛看出点什么，沉默了一阵，道："你放心，我们不会把你卖进大山里。"

"我没说你们要把我卖进大山里。"庄籽芯有些置气，"就算是要把我卖进大山里，能不能先告诉我是去哪儿。"

程守洛道："不好意思，等一下我们要去的地方叫白平村，是个很美很淳朴的地方，相信我，待上几天，你就会喜欢那里。这次我请戌初和庭栋他们过来帮忙，就是为了发展咱们白平村，说得再通俗点就是帮我们白平村做宣传，帮助当地农民发家致富，防止返贫。"

程守洛是白平村的村支书，与郑庭栋和钟戌初是校友，大学毕业之后没有留在繁华的都市，而是选择归乡反哺。在他的带领下，白平村只用了近三年的时间便摘掉了贫困帽子。这一次他联系郑庭栋和钟戌初，是想将白平村打造成一个人文无干扰、生态无破坏的旅游乡村，通过拍摄一部宣传片，宣传白平村的风土人情，希望能够得到相关企业的支持与合作，帮助村民共同生产与发展，增加收入，防止返贫。

庄籽芯听完，脸色煞白，怔了半晌没说话。她不可思议地看了看程守洛和郑庭栋，最后看向钟戌初，他目光沉沉，神情严肃。

气氛也在刹那间变得凝重起来。

一时之间，她无法消化这么庄重神圣的事情，神情懵懂，似乎从她为了钱加入营销公司的那一刻开始,她就与"良知"二字背道而驰,并且越行越远。或许灵魂深处不允许她自暴自弃,每当看到微博上一些惨绝人寰的事情,她都会默默地捐款,每天也都会使用支付宝收集绿色能量种树,但是亲身实地参与帮扶这事,她想都没有想过,好像……有点不太合适。

不是她没有爱心,也不是她冷血,而是她清楚地知道自己几斤几两重,像她这种从小在城市里长大,五谷不分四肢不勤的人,根本没有办法适应农村的生活。之前她和陶陶深刻讨论过这个问题,以她这性子,万一公主病发作,这得多尴尬。

郑庭栋道:"你什么都不给人家妹子说,人家妹子好像都没有做好心理准备。"

钟戌初抿了抿唇,云淡风轻道:"就是守洛说的那样。如果你不愿意,现在下车也来得及。"

郑庭栋用脚狠狠踢了一下钟戌初:"你现在让人家妹子下车,还是人吗?这话怎么能说出口?"

庄籽芯冷笑一声:"他这么说,我可一点不奇怪。"

郑庭栋不可思议地看了看两人,道:"我算是看出来了,你们俩真的不是艳遇,而是遭遇。"

车内的气氛一下凝重起来,程守洛深吸一口气,想着打圆场:"戌初这样说也没错。咱们白平村的条件不比华东区的农村,贫穷落后,加上又是高原地区,城市里待惯了的人,可能一时间会很难适应。况且庄小姐是个姑娘家家,是我们考虑欠妥当了。庄小姐,如果为难的话,等我把庭栋和戌初送到村里,我再开车送你回市里,到时候你去旅游,还是回家都可以。"

所以去与留,整个难题包袱一下子全甩在了庄籽芯的身上,她变得骑虎难下。

钟戌初忽然道:"我是在拯救她那可怜且即将泯灭的良知。"

庄籽芯气不过回头用力地瞪了他一眼，然后咬起手指甲一阵沉默。她将脸转向车窗外，静静地看着车窗外飞驰而过的青山绿树，突然之间有些迷茫。

她的思想觉悟没那么低，"说走就走"从来就不是她的做事风格，也并不是骨子里那种被人瞧不起的脾气一下子上来了，而是忽然间有那么一个念头：不试试怎么知道自己不可呢？

从事营销这行后，她一直开玩笑说自己良知早已泯灭，但这些不过都是闲暇时调侃的玩笑话。她有满腔的热情，也有远大的理想，只是从未真正地付出和实现罢了。

试试就试试吧。

夕阳慢慢西下，映照着低低的云朵，将整个天空渲染成了一幅五彩斑斓的画卷。

钟戌初也不说话了，看着窗外，车子刚好穿过一个突出来空悬的石崖，熟悉的风景，最多再开几分钟就要到白平村了。

程守洛拨通手机电话，操着一口陌生的方言，交代电话另一端里的人准备来接车。

很快，不过几分钟，车子终于停下了。

庄籽芯下了车，四下望去，这里是一片空地，一道道汽车轮胎碾压过的痕迹杂乱不堪，占据了空地大半的面积，稀疏的野草在碎石泥土的夹缝中挣扎生存，旁边停着一辆面包车。这里应该是个停车场，又像是一个小型工地，一旁堆了好些泥沙、砖块和木料。

建筑材料堆放的缺口通往一条正在修的水泥路，道路入口的一段已经用水泥铺平，再往前便是土石路，两边杂树灌木丛生，好些个头戴草帽身穿着旧衣衫的工人正在辛苦地向前铺路，目前只能容许行人或是板车通过。

庄籽芯望着那条碎石夹杂的土路一直向前伸延，远远的，看不见尽头。

停车场旁的一棵古树上悬着一块木牌，上面用红漆写着"白平村"三个大字，字体苍劲有力。另一边的两个矮树间拉着一个醒目的标语"绿水青山就是金山银山"。

庄籽芯暗暗深吸了一口气，并且下定决心。

世上无难事，只怕有心人。

就当来这里度一个不一样的长假期吧。

程守洛打开后备厢，取出钟戌初和庄籽芯的行李箱："前面在修路，路太窄了，车子开不进村，大树等一下就到，帮你们把行李拖上去。"

"阿洛哥——"突然，一个高亢兴奋的大嗓门传来。

庄籽芯回眸，一个顶着一头鸟窝头的黑壮精神小伙，骑着一辆电动三轮车麻溜地停在了车前。

"阿初哥哟，你终于来啦！"精神小伙动作十分麻利，跳下电动三轮车便扑向钟戌初，来了个深情熊抱。

钟戌初那张万年冰山脸终于暖化，扬起大大的笑容，张开双臂回抱："你小子好像胖了不少。"

"嘿嘿，最近秋收，吃得多咯，胖了十斤。嘿嘿……"精神小伙露出一口洁白的牙齿，突然看到长发飘飘、衣袂翩翩的庄籽芯，顿时双眼一亮，眼前这个女人真是太漂亮了，比他们白平村的村花都还要漂亮，仿佛仙女下凡尘，"她……是你女朋友？"

庄籽芯无语凝噎，为什么这里的每一个人一见着她，都认为她是钟戌初的女朋友？难道她脸上刻着字吗？拜托！她是苦主啊，苦主啊！

郑庭栋打趣："她呀，是你阿初哥的冤家。"

"啥？冤家是啥意思？"憨憨小伙不停追问。

"就是仇家的意思。"庄籽芯终于忍不住解释。

谁知憨憨小伙激动道："那就不是阿初哥的女朋友啦。"他关注的重点那么与众不同，完全忽略了"仇家"二字以及"仇家"背后的含义。

"庄小姐，这是大树……"程守洛刚介绍了两个字，便被大树断了话。

大树激动地抢着说道:"我是大树,今年二十四岁,村主任是我爸。嘿嘿……"

大树的普通话音里夹杂着方言,十分喜感,再配着憨憨的自我介绍,令庄籽芯忍俊不禁。

这个大树莫不是传说中村主任家的傻儿子。

庄籽芯露出尴尬而又不失礼貌的微笑,微微颔首:"你好,我叫庄籽芯,米子籽,草头芯。初次见面,幸会。"

"你笑起来真好看,嘿嘿,比阿栋哥给我看的那些大明星还好看。"大树挠了挠鸟窝头,觉得话说得有些失礼,连忙又摆了摆手,"你的名字也好听,就跟你的人一样,真好看。"

听到有人夸奖自己长得好看,庄籽芯的内心其实早已乐开了花,但必须装作波澜不惊,表面依旧平静如碧潭。

她浅浅笑道:"谢谢夸奖。"手指下意识轻撩了一下长发,然而视线却在不经意间瞥见钟戌初。

他一脸鄙夷,不屑地轻嗤一声。

庄籽芯也在瞬间沉下面色,暗暗白了他一眼,说老娘长相平平无奇,瞧见没有?还是有人懂得欣赏老娘的美貌。

程守洛拍了拍大树的肩头,道:"大树,帮你阿初哥和庄小姐把行李搬上车,拉回去。"

"好咧!"大树二话不说便扛起两个行李箱放在了三轮车上,忽然他跑到车头,从车头的箩筐里掏出一样东西递给庄籽芯,"这是我刚摘的黄瓜和西红柿,给你。你放心,我都洗过了咧。"

庄籽芯看了看那沾满水的塑料袋,原本透明的白色眼下泛着泥土黄,她尴尬地微微抽搐唇角,方要拒绝,只见钟戌初一把接过来,从塑料袋里拿出一根黄瓜啃了起来:"中午到现在没有吃饭,我刚好饿了。"

钟戌初不说,庄籽芯倒也不觉得,他这么一说,她的肚子突然咕咕叫了起来。

"我也来一根。"郑庭栋抓了一根黄瓜也啃了起来,"不错,脆!"

钟戌初和郑庭栋两人一边啃着黄瓜一边往村里走。

大树憨憨地笑着,一脸期待地将西红柿和黄瓜又往庄籽芯的面前递。

庄籽芯看着二人,于是捏着兰花指挑了一根黄瓜,艳红色的水晶美甲与碧绿的黄瓜形成强烈的对比。

大树见她拿了根黄瓜高兴坏了,将整个袋子都塞给她:"你喜欢吃黄瓜?我家田里有很多,明天我去给你摘。"

庄籽芯尴尬地连忙说道:"哦,不用不用,你不用这么客气。"

"不客气!不客气!"大树高兴地跨上电动三轮车。

郑庭栋瞧着大树憨憨的模样,一眼就看出了什么,挤在钟戌初的耳边道:"完了,大树那傻小子好像看上你的小冤家了。"

"喊!什么我的小冤家?"钟戌初不以为然地冷哂一声,"我会提醒大树离那女人远一点。"

郑庭栋一脸坏笑。

"啊——"庄籽芯走了两步,突然鞋跟踩进了石子堆里,脚底下又是一歪,差点摔倒。

钟戌初回眸,立即翻了一个白眼。麻烦精!

"你这鞋子不能走这路。"程守洛冲着已经骑很远的大树高声叫道,"大树,你回来!带庄小姐一起回去!"

"不好意思,我其实带了球鞋,在行李箱里……不好意思,给你们添麻烦了。"庄籽芯咬着唇,一脸歉意。早知道刚才下车就该换了鞋,都怪她见着满地的烂泥石子,心疼她那几千块的日默瓦行李箱,所以抱着侥幸心理想踩着高跟鞋走进村子里。哪里知道踩着这双高跟鞋,简直是寸步难行。

程守洛道:"是你太客气了,你能远道而来帮助我们白平村,我不知道该怎么感谢你呢。"

程宝洛这么说,庄籽芯的耳朵不禁微微发热,真是满心愧疚。要知道她跟来这里的初衷一是因为欠债,二是想拍美美的照片,拿回去做公众号和微博号的宣传,吸引粉丝用。

大树一听要载庄籽芯回村里,激动得难以言语,连忙掉转车头折了回来。他跳下车,用衣袖来回擦了擦后座,生怕上面留有泥污脏了庄籽芯漂亮的碎花长裙。

庄籽芯看着那满是泥浆铁锈的三轮车,嘴角抽搐。她强作镇定深呼吸了一口气。脏就脏吧,反正天黑了,洗洗明天依旧靓丽如新。

她左手拿着黄瓜,右手轻轻撩起大摆裙,抬起脚想踩上三轮车,意图维持优雅的姿态上车,无奈这只脚找不着重心,另一只脚又使不上力,莫名形成了一个怪异的姿势卡在三轮车的车尾不上不下。

钟戌初唇角轻扬,举起手机,找了个最佳角度,对着她那笨拙而窘迫的姿态,"咔嚓"一声,拍了下来。

庄籽芯听到手机相机的声音,立即看过来,但钟戌初已经收起了手机。

郑庭栋饶有兴致地看着二人,这两人绝对有猫腻。

"等一下,后栏没开。"程守洛打开三轮车的后栏。

庄籽芯感到自己的脸颊快要烧起来。她咬着牙,用力踩上去,谁知三轮车的车头忽然翘了起来,她吓得人直往后仰。

大树尖叫着,幸亏有程守洛在一旁托着,庄籽芯才没有摔下来。

"没事,没事,不会翻的。"程守洛托着她的腰,终于将她扶上车。

庄籽芯摸出一包面巾纸,然后一张一张仔细地铺在三轮车后座上,这才小心翼翼地撩起裙子坐下。

所有人看着她,一阵沉默。

庄籽芯僵着身子,一只手死死地抓着扶手,心脏扑通扑通跳个不停。

刚才幸亏有程守洛扶她一把,若是摔下来,跌个四脚朝天,那她这一路一直努力维持的优雅女神形象可真是白费了。

"真是个麻烦！"钟戍初鄙夷，长腿一迈，轻松踩上了三轮车，坐在庄籽芯的对面。

"大树，你赶紧骑车座上，不然车子容易翻。"郑庭栋笑了起来，揶揄钟戍初，"你臭小子，就不能跟我们一起走？"

钟戍初调整了一个舒服的坐姿，懒懒地回应："我怕有人会诱拐纯良少年。"

郑庭栋笑道："你是怕小冤家被人拐了吧。"

庄籽芯脸红红，瞪着钟戍初，三轮车狭小的空间里放了两个大行李箱之后，已经很难再放下两个人的腿和脚，可偏偏钟戍初的大长腿就占了半个三轮车，害得她只能别扭地缩着两只脚，生怕与他沾上。

大树扯着嗓子高兴道："坐稳了，咱们回家咯！"

庄籽芯用力地咬了一口黄瓜，双眼恶瞪着钟戍初，恨不能将这个碍事的家伙一脚踹下去。

大树一边驾着电动三轮车一边回头看庄籽芯，见她在吃黄瓜，心里美滋滋的，于是道："你们城市里吃的黄瓜没咱们农村的新鲜，这黄瓜，我爹之前用大粪浇了好多遍，纯有机蔬菜，可有营养了，所以吃起来特脆特爽口！"

庄籽芯刚啃了一口，还没来得及咀嚼，听到这话整个人如雷劈一般，那一小口黄瓜卡在喉咙里不上不下。她一阵反胃："呕……"

三轮车刚好经过一段小坑，一个颠簸，她手一滑，黄瓜不慎颠落掉地。她看着掉进坑里的半截黄瓜，心痛之余却又暗松一口气，如释重负。

大树瞧见，道："掉了就掉了，没事，田里有很多，你喜欢吃，明天我再给你去摘。"

庄籽芯连忙说："不用麻烦了！不用麻烦了！"再美味再可口，只要一想到大粪淋漓的绝美画面，她都没了胃口。

钟戍初坐在她的对面，从头至尾，将她表情显露的所有情绪和想法尽收眼底。

他漫不经心地啃着手中的黄瓜，唇角浮出一抹不屑的嘲讽："嫌恶心？你后面吃的每一道蔬菜，都要经过排泄物的畅淋。"

"黄瓜都堵不住你的嘴！"庄籽芯白了他一眼，心里恨得牙痒痒的。

这"吸血渣"从一开始对她就没有一句好话，就算长得再帅再养眼，就这种讨人嫌的嘴巴，她现在都懒得再多瞧他一眼。

电动三轮车颠簸了一小段路，很快到了村子核心位置。

大树停稳三轮车便匆匆跳下来，想要搀扶庄籽芯下车，可是又怕自己一双污糟的手弄脏了干净的庄籽芯，双手在脏污的衣服上擦了又擦，伸出去又缩了回去，然后弯身放下后栏。

他憨憨地抓了抓头发："到了。"

"谢谢。"庄籽芯冲着大树浅浅一笑。

大树心里乐开了花，瞅着庄籽芯看了一眼，然后又不好意思地低下头傻乐半天。

钟戌初轻松跳下车，望着一排排外墙粉刷得雪白的瓦房，道："房子翻修得都挺好的。"

有几户迎着村口位置的墙面刷着"富强、民主、文明、和谐，自由、平等、公正、法治，爱国、敬业、诚信、友善"二十四字社会主义核心价值观，配着生动的彩画，映衬着蓝天白天青山绿树，在这大山里看起来特别得朝气蓬勃。

大树笑着道："是呀。阿洛哥说，争取到今年年底，让村里所有人家都住上新房。"

钟戌初拍了拍大树的肩头，心里一阵欣慰。自打程守洛回来当了支书，短短两三年的时间，这里可真是变了大模样。他还清楚地记得，当初第一次到白平村的时候，满眼全是土路，村民的房子破败不堪，他们几个都只能在户外支帐篷。

他拿出手机，选了几个完美的视角，拍了几张照片。

庄籽芯下车时，不经意瞥见复古高跟鞋的鞋面沾满了好些泥土，心里正念叨着待会儿安顿下来可要把她的宝贝鞋子擦干净。听到钟戌初和大树的对话，她下意识回眸看向身后，石板台阶上方是一间刚修好的白墙黑瓦房，十几米开外应是另一户人家，房子的外墙黄黄的，看上去像是用泥土砌的墙面，房顶铺着厚厚的茅草。许是年代久了，外墙的黄泥有些斑驳，到处坑坑洼洼，墙角的位置竟然破了好些个洞。

度假村的茅草屋她见过，也住过，可是像眼前这么真实的茅草屋，她是第一次见。其实在网上经常看到这样的照片，屋主多为年迈的孤寡老人，生活困苦。她不敢想象住在这间屋子里的主人生活会是怎样一番情景，只是见到这样的屋子，心里如同堵了东西似的，有些难过。

她忍不住定睛多看了几眼，好怕这间茅草屋突然倒塌。

完了，她头有点晕，晕到连看茅草屋都在倾斜。

忽然间，几个尖细高亢的女声传来："初初啊，你回来啦！"

"初初啊，你可回来呢！想死我们了呢！"

"初初？"庄籽芯歪着脑袋看向钟戌初，嘴巴咧开一道缝，整个眉毛都乐得挑飞上了天，"是你小名叫初初，还是你的爱称叫初初？"

钟戌初白了她一眼，没有理会她。

眨眼之间，几个穿着朴素的中年妇女来到跟前。

钟戌初温柔地笑了起来："竺溪嬢嬢，兰姐，葛红妈妈，桂华妈妈，丽芝嬢嬢，你们好。"

竺溪嬢嬢伸手拍着钟戌初的肩头，眉头笑弯了："哎哟，可真是想死我们了呢。"

"炜炜说你前天晚上来，结果没有来，骗了我好多饼，气得我哟……"说话的女人便是兰姐，本名王春兰，年纪看着约莫四十岁，算是几个妇人之中看着最年轻的一个，她浓眉大眼，个子不高，塌塌的鼻梁，皮肤略黑，颧骨上隐隐还能看见些许雀斑。

钟戍初笑道："我听说了。要怪就怪兰姐做的饼太好吃了。"

庄籽芯站在大树的身后，默默地看着这一切。当钟戍初绽放着花儿一般明艳的笑容说出这么恭维的话，她简直跌破了眼镜，满脑袋不可思议。这怕是一个假的钟戍初吧。

竺溪孃孃一眼就看到了庄籽芯："这位姑娘是……你女朋友？"试探地问完，还不忘与几位姑婶交流眼神。

没等钟戍初回答，庄籽芯立即抢着说道："你好，我不是钟教授的女朋友。钟教授是我们公司一个重要的客户，我们公司派我跟着钟教授前来学习。目前我是钟教授的助理。我叫庄籽芯，庄严的庄，米子籽，草头芯。请多多指教！"

庄籽芯十分谦恭地伸出双手，主动握住竺溪孃孃和各位姑婶的双手，一一招呼个遍。

几位姑婶见她这么热情有礼，一个个神情放松，防备全无，直笑着夸奖庄籽芯不仅人漂亮，还很懂礼貌。

钟戍初不可置信，在心中冷嗤，这女人还有着多副面孔。人虽然有些矫情做作，情商还不至于为零。不过，他倒是很想看看她能装到几时。

庄籽芯明眼人，可不傻。

凭借在传统杂志社那两年受到的血泪教训，现在的她可不再是当年的小白，早已练就一双火眼金睛。依钟戍初的俊美长相和卓越气质，不管放哪儿，那都是各位小姐姐馋他身子的首要目标，放宽了，可谓是老少通吃。

就凭几位大婶方才一见着他飞奔而来的速度，她立即判定高岭之花在此处"妇女之友"的地位，那绝对是坚不可摧。

同为女性同胞，她深谙"老阿姨"这个群体，不管是在城市还是农村，必定是个神圣不可侵犯的神秘组织。她必须得识相，要有自知之明。

兰姐笑着一把拉住钟戌初的手腕，操着乡音热情地说道："我不管啊，你今天晚上必须上我们家吃晚饭。"

竺溪嬢嬢不干了："怎么要上你们家吃饭？先上我们家才对。阿初啊，饭我都煮好了，鸡汤也炖好了，我再炒两个下酒菜就行了，包你们今晚喝得舒舒服服。"

"香饽饽"钟戌初笑容灿烂："兰姐，桂婶，今晚在哪儿吃，得看阿洛怎么安排。"

当了许久道具人的大树终于插话："今天晚上阿初哥和栋哥他们不能上你们家去吃，得要上我们家去。我爸……"

"我爸是村主任"这话还没撂出来，兰姐瞪着圆眼啐道："你爸是村主任那又怎样？他会烧饭？别整天给你老娘添乱子。你个小屁孩滚克（去）一边！"转身对着钟戌初又笑弯了眉，"我不管，我昨个儿跟阿洛说过了，今天你们几个要是不克我家吃芒芒（吃饭），以后他想叫我整哪样我都不会理了。"

大树还想争辩什么，就听有人叫道："阿洛来了。"

兰姐看着阿洛，远远地叫着："阿洛，你昨个儿怎么答应我的？"

程守洛笑着走过来，说："今晚谁也别争，他们得先上我家安顿，明晚你们再争。"

程守洛安慰了几句，兰姐稍稍缓和，转身就走。

一行人嚷嚷，但程守洛充耳不闻，脸上始终挂着柔浅如风的笑容，招呼着大树一起提着行李箱向自家的方向走去。走了一段，他才道："其实之前村主任，大树他爸，早就安排好你一来上他们家吃晚饭，偏偏不巧大树他妈前天摔了胳膊。"

钟戌初一听便问大树情况，大树说母亲上镇里医院吊了石膏，没什么大碍。钟戌初这才放心，眼见夕阳西下，待吃完晚饭，过去瞧瞧。

程守洛说："咱们这么多人，不能给大树家添麻烦了，今晚在我家将就一下，炜炜和开乐他们两个正在做饭呢。"

091

钟戌初惊道:"周炜炜和徐开乐负责做饭?那完了,我可没带泻立停。"

程守洛大笑:"放心吧,这几天我和阿栋吃得好得很。"

郑庭栋一边走一边又开始揶揄钟戌初:"你还真是个香饽饽!我和阿炜来的时候,可没你这么吃香,几位姑婶打完招呼就下地干活了,果然长得好看就是不一样。你要不要考虑一下我们娱乐圈?下一部戏,你当我的男主角怎么样?我力捧你出道,包你大红大紫!"

"神经病!我想出道还用得着你力捧?"钟戌初不屑地啐了一句。

庄籽芯跟在后面,一听便不由得翻了个白眼,满脸不屑。他背后的金主可厉害着呢。

大树激动道:"阿初哥你要是当明星了,我给你拎包。"

郑庭栋哈哈大笑:"对哦,咱倒是忘了你家老爷子,哈哈哈哈……"

大伙儿都心似明镜,白平村的人都很纯朴,对于郑庭栋和钟戌初几人的帮助,他们都特别感恩,兰姐和竺溪孃孃她们这么热情,是因为她们实在是找不着其他方式来感谢他们。

一行人顺着土路小道向上走了没多久,便来到一户人家。

三间红砖黑瓦房,没有村口那户人家的白墙黑瓦看起来漂亮崭新,但是有个非常不错的院子。这方院子与一路经过的人家不同,没有种什么蔬菜,也没有养鸡养鸭,庭中有一棵四五十厘米粗壮的银杏树,还种了好些花花草草,粉的红的,与绿叶相映,十分好看。银杏树下摆放着一张石桌,石桌旁有四张石凳。

远远望过去,这间红砖黑瓦的旧屋,在整个村庄里倒显得与众不同,雅致且有格调。

庄籽芯能一眼认出的花有玫瑰和芍药。女人的爱美之心,让她忙不迭拿着手机跑上前捧着花儿拍照:"哇,这玫瑰长得好好看呢。哇,这芍药好漂亮啊。这是什么花?好美!"

她的指尖正触摸着一簇白中带粉的花,五片花瓣张开像个小漏斗，花蕊细长，淡雅而娇美，她忍不住捧住嗅了嗅："还很香咧。"

钟戌初轻嗤一声："那是长蕊杜鹃！"

"杜鹃？"她在街边和公园里看到的杜鹃只有艳丽的玫紫色，原来杜鹃还有这么清新淡雅的颜色。

程守洛笑道："这些啊，都是在搞花卉种植基地的时候，戌初随手摆弄的。花卉种植基地里还有更多好看的花呢，想看过两天带你去。"

庄籽芯一边开心地连连点头，一边回眸眊了一眼钟戌初，这花他种的？不信！

郑庭栋拍着钟戌初的肩笑道："可别小看咱们钟教授，种花打核桃那都是一把好手。"

打核桃？那是什么操作？

庄籽芯不屑地撇撇嘴，举着手机，比了几个可爱的手势，疯狂一通自拍。

钟戌初瞄了一眼她的手机屏幕，嗤之以鼻："光线、构图都十分糟糕，这种滤镜不但把人的五官磨得自己爹妈都不认识，还破坏了整体色彩美感。这种照片也只能发发朋友圈，自欺欺人。"

"关你屁事！"庄籽芯瞪着他。

这人怎么这么碎嘴？她自拍关他什么事？摄影教授了不起？她就是喜欢开美颜自拍怎么着？

"钟戌初来了吗？"门里冲出来两个高瘦的男人，一个手中拿着菜刀，一个手中拿着锅铲。二人神色皆兴奋，举着菜刀和锅铲就扑向了钟戌初。

这人还真是个香饽饽，人见人爱。

拿菜刀的叫周炜炜，拿锅铲的叫徐开乐，之前被钟戌初鄙夷的"糟饭二人组"。

周炜炜人长得猴瘦猴瘦的，这入了秋的季节，又是在山里的傍晚时分，他也不怕冷，上身只着了一件短袖T恤，围了一个围裙。徐开乐人如其名，一米八的个头却是又胖又壮，圆圆的脸盘子，看上去就很逗乐。二人一胖一瘦，配在一起，画面充满喜感。

"哟，这位美女打哪儿来的啊？"周炜炜眼尖，一眼瞄见庄籽芯，整个人眉飞色舞，"老钟，你这人真不厚道，来一趟可真不会亏待自己，还把相好的给带上。"

徐开乐拍了一下他的脑袋："看破不说破，懂？"

又来了……庄籽芯无力地翻了个白眼，这一路走来，见一个解释一个，她累得慌。

大树突然插话："不、不对，阿栋哥说，庄小姐不是阿初哥的相好，是冤家！"

大树一本正经的神情让所有人都忍俊不禁，唯有庄籽芯狠拍了一下脑门，无语凝噎。他不说还好，他这一说，庄籽芯真想现场挖个地洞钻进去。

周炜炜眉飞色舞："冤家？冤家好！我最喜欢小冤家呢。"

钟戌初斜睨了他一眼，不说话，但眼神里满满的鄙夷。

程守洛抿着唇笑道："就你嘴贫。这位是庄籽芯小姐，做自媒体的，是来帮咱们的，你别没个正经样，吓着人家。"

"原来是自媒体大神，失敬失敬！鄙人周炜炜。框土口周，火字韦。"周炜炜连忙伸出手，一副绅士模样。

庄籽芯还没来得及开口回礼，只听他又补充："千万别叫我炜哥，要叫也得是炜炜哥，最好是炜哥哥。"

庄籽芯目瞪口呆。

"下作！滚一边去。"徐开乐用他那肥硕的小胖臀挤了一下周炜炜，"美女，你好，我叫徐开乐。想要开心快乐，找我就对了！"

庄籽芯露着尴尬而又不失礼貌的微笑，分别与周炜炜和徐开乐握手招呼。

周炜炜举着手，表情夸张地说："哇，今晚我决定不洗手了！"

钟戌初直接往赵炜炜手上一拍，道："别拿你那摸过屁股的手到处祸祸,赶紧洗干净了给我做饭去,我饿了。"

"老钟,你这人……不仗义。"

众人大笑。

虽然知道钟戌初是在说笑,可庄籽芯悬着刚和两位握完的手,笑也不是,不笑也不是。

"小冤家,你等着,我去给你做好吃的,保证你吃过就难忘。"周炜炜说着,迈着妖娆的舞步扭向厨房,嘴里还哼唱着,"小冤家你干吗,像个傻瓜,我问话,为什么你不回答……"

徐开乐也屁颠颠跟着一块儿去做饭。

郑庭栋一副老大哥的姿态:"炜炜这人嘴巴虽然有点贫,但是个活宝,天天逗乐。跟他在一起,多抹点眼霜,防着点长鱼尾纹就行了。"

庄籽芯一下被逗乐了,这一路颠簸,染了一身的疲惫,瞬间被这轻松愉快的气氛全都打散了。

大树一直望着庄籽芯乐呵呵地傻笑着,直到程守洛问了一句要不要留下来一起吃饭,大树这才说:"不了,今晚你们都不肯上我家吃饭,我得回去吃饭,免得我妈烧了好多饭菜。"

说着他便和众人一一打了招呼,最后不忘和庄籽芯说:"小芯,待会儿吃完饭我再来找你玩。我先走了。"然后三步一回头,依依不舍地望着庄籽芯离开。

郑庭栋忍不住笑了出来:"大树这孩子哟,昨天还嚷着要天天送昭如上下班。"

"昭如是谁?"庄籽芯没听出来话外之音。

钟戌初当然知道郑庭栋在说什么,于是冷冷道:"跟你说了你也不知道。"

"喊!"庄籽芯冲着他翻了个白眼。

钟戌初望着大门外那憨厚的身影,再看看眼前这个穿着红艳艳的女人,太阳穴莫名有些抽痛。

走进屋子，依旧是红砖铺地，墙壁是用木板隔成的，上面乳白色的油漆颜色还很新，让整个屋看起来明亮，应是刚刷过没有多久，但已没什么味道。屋门是老式的两扇对开木门样式，连门锁都还是拴销的那种，大红色的油漆亮堂堂，也是刚刷过的。屋子里的陈设全都是一些老式的旧家具，虽然看起来破旧，但是好在干净整洁，还带着浓浓的古董味。

这屋主一看就是个干净整洁、做事一丝不苟的人。

"老规矩，我和阿栋、开乐三人住东面，西面的厢房给你和炜炜。"程守洛将钟戌初的行李箱提进了西面的厢房。

钟戌初环顾四周，不由得感慨："每次来这里，就感觉像是回到了大学的时候。"

原来这里是程守洛的家。

庄籽芯站在大门边，守着脚边的行李箱，望着他们几个心里直犯咯噔。

东面房间住三个，"高岭之花"睡的西面房间只有两人，难不成她要去凑成三人房？

她小心翼翼地问道："那……我呢？"

钟戌初转过身来，一眼就看出她的担忧，道："原来林灵姐住在李昭如家里，你就也住那儿。昭如是个女的，年纪和你差不多大。她家还在后面，等吃完晚饭送你过去。"

庄籽芯顿时松了口气，悬着的心也落回原位，真是吓死她了。

钟戌初不由得冷嗤："你以为我会安排你跟我睡一间房？真是想太多！"

庄籽芯小弹簧一样立即反驳："谁想太多了？想太多的人分明是你。"

郑庭栋扑哧一声笑出来："说你们俩是冤家，一点也没错！"

庄籽芯耳朵微烫，要不是为了保持她的优雅形象，她真想跳起来灭了钟戌初。

程守洛笑着说:"昭如家比我们家条件要好一些,住她家更方便一些。"

"开饭咯!开饭咯!"徐开乐捧着一口老北京涮羊肉的铜锅放在桌子的正中。

"小冤家,来干饭咯!"周炜炜开始往桌上端菜,不一会儿桌上摆满了洗净的蔬菜和各种各样的菌菇。

郑庭栋瞧着满桌的冷盘生菜,立即道:"这就是你刚才说给人家妹子弄的好吃的?我还以为你去新东方好好学习,能给咱们整一桌满汉全席呢。"

钟戍初跟着揶揄:"阿洛说你们俩在烧饭,我脑子里第一反应就是去年烧焦了的香肠和鲫鱼,记忆犹新!"

周炜炜不乐意地跺着脚啐道:"那是去年,今年本神厨厨艺大长好吗?就你们两嘴挑,有吃的不错了。不行你们去做,知道这些菜哥哥洗了多长时间吗?看我一双白玉葱似的小手都泡白了。"

周炜炜将他粗糙的大掌举起,故作扭捏的模样,逗笑了庄籽芯。她抿着唇,极力克制着大笑的冲动。

周炜炜笑眯眯地问她:"小冤家,你喜欢吃火锅吗?"

庄籽芯微笑着连连点头:"我最喜欢吃火锅了,吃火锅很开心啊。"

周炜炜立即高扬下巴:"听见没有?还是妹子最贴心。"

钟戍初不以为然地冷哂一声。

徐开乐道:"要不是阿洛拦着叔婶他们,哪里还用咱们俩弄这些,一家蹭一口早就蹭完了。吸取去年的教训,今年我特地从家里背了一个火锅铜锅来。"

"好好学学开乐这智商。"郑庭栋率先坐了下来。

兄弟几个免不了又是一番斗嘴,相继在桌前坐了下来,独留了钟戍初旁边的位置给庄籽芯。

饿了一天的庄籽芯,闻着麻辣锅底的香气,口水早已忍不住泛上来,即便是再不想挨着钟戍初坐,可是她的胃提前宣告投降。她大人有大量,才不会为了一些鸡毛蒜皮的事跟他这个"高岭之花"一般见识。

程守洛给庄籽芯倒了一杯山楂酒,笑浅如风:"没有可乐果汁,只有山楂酒,自己酿的。"

庄籽芯谢过,浅尝了口山楂酒,入口酸酸甜甜,十分爽口,果香味盖过了酒味,若是不说果酒,会以为是果汁。

"好好喝呀。你真厉害。"她一脸迷妹笑容。

程守洛身上有种特别的气质,清冷之中不失温柔,眉眼之间始终透着一股坚毅的韧劲,或许正因为是他的肩上担着与众不同的责任。虽然庄籽芯认识他不过半日,却很喜欢他身上的这种特质,与他相处,感觉十分舒服自然,而不像她身边坐着的毒舌高岭之花。

"为了迎接老钟,这鱼和虾都是我和开乐一大早从溪里摸回来的,贼新鲜!小冤家,你尝尝!"周炜炜热情地捞起一条小鱼放进庄籽芯的碗里。

"谢谢炜炜哥。"

的确,"炜炜哥"叫起来一点也不尴尬,还十分亲切。

庄籽芯夹起那条小鱼,有些尴尬地说:"炜炜哥,你别叫我小冤家了,听着怪别扭的。小庄,小芯,都行。"她下意识瞅了一眼钟戌初,尤其跟这人是冤家,别扭死了。

钟戌初喝了一口米酒,视线恰巧与她对视,幽幽道:"鱼小,卡着了没地方上医院拔刺。"

庄籽芯刚轻咬了一口酥脆的小鱼头,被钟戌初这话一呛,猛烈直咳,连忙灌了几口山楂酒。

周炜炜道:"瞧你这话说的,看把人家小芯芯吓得。提醒人家说句鱼小刺多,有那么难?你女朋友怎么受得了你?"

这回郑庭栋和程守洛都没有接口调侃二人,和徐开乐三人笑着端起酒杯相互碰杯,庆祝有朋自远方来。

庄籽芯好不容易缓过劲来,惊道:"哈?他这种钢铁直男居然能有女朋友？"

钟戌初斜睨了她一眼，挑着眉不乐意反问："为什么我不能有？"

郑庭栋笑着说道："这点自信，戌初还真的有。当年上大学的时候，每天在宿舍和教室门口等他的妹子，能从咱们学校东门排到西门。"

徐开乐举手："我做证！戌初当年乃我们美院校草排行榜榜首，追她的妹子数不胜数。现在当了教授，队伍排得估计更长。"

庄籽芯听闻不以为然，冷笑几声故意嘲讽："啧啧啧，男人靠姿色出名是件多么可悲的事。像他这样毒舌的高岭之花，还能有看上他的妹子？八成是月老牵线任务不达标，硬将你这根钢筋给捋细了强行缠人家妹子身上，以完成业绩。"

"高岭之花？！哈哈哈哈……"

众人哄笑不止。周炜炜和徐开乐更是给庄籽芯竖起了大拇指。

"总算找到一个能克我们戌初的人了。来！小芯芯，敬你一杯。"郑庭栋端起酒杯敬庄籽芯。

庄籽芯举起手中的山楂酒，爽快回敬："多谢郑导，往后小妹在工作上就靠郑导多提携了。"

"客气客气。"郑庭栋笑眯眯一干为尽。

周炜炜和徐开乐忙不迭跟着一起碰杯凑热闹："来来来！敬我们的芯芯小妹以及我们尊贵的高岭之花！"

因为庄籽芯的伶牙俐齿，钟戌初第一次成了兄弟们之间调侃的对象，还得了个"高岭之花"的绰号。他与大伙儿碰杯，轻啜一口米酒，垂下眼睫，眸光浮动，一点也不见生气，嘴角边若有若无地浮出一丝笑意。本以为心情会像坏了相机镜头时一般糟糕，可不知怎的，他整个人心境宛如皓月当空，万籁俱静，莫名有些好。

周炜炜忽然问："小芯芯，你有没有男朋友？"

庄籽芯摇了摇头："没有。"

周炜炜一下子激动了："你长这么漂亮，居然没有男朋友？"

庄籽芯自豪地说:"单身使我快乐,单身使我幸福!想我正值青春妙龄,得抓住大把的时间赚钱呀,爱情这种浪费时间又浪费生命的奢侈玩意儿,不配我!对,不配!"

钟戍初嗤之以鼻:"那只能说明你身边的男人还都没瞎。"

"你是小学生吗?幼稚!"庄籽芯气不打一处来,直瞪着钟戍初,手中的筷子攥得紧紧的,理智告诉自己不能冲动,否则她真有可能冲着他一筷子扎下去。

"又来了!难怪阿栋说你们俩上辈子不是冤家,是仇家!都怪我嘴欠!"周炜炜给自己倒了一杯江小白,一口干尽,"小芯芯,别理他,他就是一小学生。"

庄籽芯端起果酒,猛干了一杯。

郑庭栋道:"你这不想谈恋爱的理念倒是和阿洛如出一辙,不过阿洛是一心建设白平村。"

"可惜了隔壁的……妹子哟……"周炜炜刚起了个头又及时收声,像是有种心知肚明、看破不说破的意味。

其他人也都默不吱声。

庄籽芯好奇地看向程守洛,从坐下来吃饭开始,最安静的就属他这个主人了。温柔轻笑间,眉心微锁,似乎藏着一份独属于自己的忧郁和沧桑,与世隔绝。

一桌菜有鱼,有虾,还有鸡蛋,唯独没有涮羊肉片。

周炜炜惋惜地说道:"要是来点腊排骨就完美了。昭如奶奶烧的腊排骨最好吃了。"

刚提到李昭如她就到了,真是说曹操曹操到。

一个清脆温柔的女声从后方传来:"阿洛哥,是林灵姐来了吗?"

庄籽芯回眸,一个穿着深色长袖长裤的女人出现在院里,她双手捧着一个陶制的大碗,里面装着满满的菜。

李昭如人如其名,长相素雅,眸光温柔,她有着被阳光温暖过的小麦色皮肤,健康而有光泽,让人羡慕。她的双颊透着红晕,与村里人的高原红完全不同，与其说她是村里人，她更像是一个城市人。

"林灵姐受伤了，这次没能来，这是戌初的朋友庄小姐，还是住你家，麻烦了。"程守洛回道。

李昭如上下打量了一番庄籽芯，双手不由得抓紧裤缝，庄籽芯精致的妆容和风情万种的模样，令她有些自惭形秽，但很快她便恢复神情，笑着道："阿初哥今天来，奶奶特地烧了腊排骨让我送来，还念叨你不肯让大伙儿上我们家吃饭。"

说着她将腊排骨放下。

程守洛道："人多，太麻烦了。"

周炜炜激动坏了："真是念啥有啥，我最爱吃奶奶做的腊排骨。"

"你吃过没？没吃过，一起坐下来吃。"钟戌初站起身，将自己的位置让了开来，和郑庭栋挤一边。

李昭如摇了摇头，浅浅笑道："谢谢阿初哥，我早就吃过了。"

话音落毕，忽然院外传来一阵吵嚷的声音。不一会儿，全村的姑姨叔伯全聚在了堂屋里。偌大的堂屋里挤满了人，每个人手中都提着东西，有鸡有鸭有鱼，还有整篮子的蔬菜菌菇……一个个都是为了感谢他们几个兄弟而来。

钟戌初他们几个也顾不着吃饭，全都站起来热情接待。挤在最前头的是几个小朋友，一个个脸上红扑扑的，有两个直接扑过来抱着钟戌初的大腿，高兴地叫着笑着。没一会儿，每个人都被村里的姑姨叔伯拉着小手热络地聊了开来。

庄籽芯一瞧见这么多人，下意识偷偷从包包里摸出小镜子左右照了照，一天下来没有过分浮妆，加上程守洛家自带"滤镜式"的暖色灯光，简直完美！

她收好小镜子，挺直腰板，优雅地端坐好，准备安安静静做个完美的工具人，不知是谁突然叫了一声她的名字，就这样被拉出去一一介绍。本就脸盲的她完全记不住谁是谁，从头到尾只能保持着尴尬而不失礼貌的微笑。

有两个刚及庄籽芯胯部的小姑娘，眨巴着水灵灵的大眼睛，一直盯着她看，直到不经意间她低头捕捉到二人的目光，两个小孩子立即害羞地跑回大人身边，可是羡慕的目光仍旧不愿离去。

白平村的村民异常热情，纷纷夸赞庄籽芯长得漂亮，钟戍初有这么漂亮的女朋友十分有福气。

庄籽芯刚解释了几句，便被众人你一句我一句的声音盖了下去，最终淹没。她不由得暗暗叹气：算了，今晚就看在大伙儿夸我好看的份儿上，让他们随便说去吧。

大树回家扒了两口晚饭，便又急匆匆地跑过来，可惜人太多，他也没能和庄籽芯说上几句话，便又让人叫走帮忙修水龙头去了。

Chapter6
英雄救美的关键，适时适地

不知过了多久，村里的人终于都散去，只有李昭如留了下来。偌大的堂屋又回到初时的安静。

所有人在桌前重新坐下，然而火锅已凉了。

他们兄弟几个打算热了锅再吃一轮，然而庄籽芯只感到头有些眩晕，很不舒服，甚至耳边还回荡着村里百人聚集后留下的嗡鸣声。她伸手捏了捏有些抽痛的太阳穴。

李昭如瞧见她脸颊红通通的，于是说道："那庄籽芯小姐……是先把东西放我家，还是跟我回去休息？"

"去休息吧。"头痛得越来越厉害了，庄籽芯决定跟李昭如回去休息。

"是这个行李箱吧。"李昭如伸手去提庄籽芯的行李箱。

庄籽芯连忙说："我、我自己来。"

然而却被程守洛抢先："天这么黑，山路不比平地，况且你箱子这么重，还是我来吧。"

103

程守洛提起行李箱率先往李昭如家走去。

李昭如嘴角翕动，默默跟上。

庄籽芯只得提着裙子，踩着高跟鞋追上前。

郑庭栋望着三人离开的身影，开始说道钟戍初："我说你，往日对谁都和和气气，怎么就跟小芯芯处处过不去？也不晓得帮人家提行李，送人家去住处。你把人家妹子千里迢迢带过来，不闻不问，就图气她？难道不是想着有什么发展？"

"我跟她不是你们想的那样，就是纯粹公司业务合作关系。"钟戍初倚着门扉，抬眸看向门外，一片黑暗，伸手不见五指。

周炜炜说："得了，跟兄弟们有啥好遮掩的。年初的时候你不是说要跟你那个祖宗一样的女朋友分手吗？小芯芯难道不是你新撩的妹子？"

郑庭栋说："人家妹子要不是对你有意思，能大老远地跟着你来这里？你看看人家大树，比你小，都比你开窍。"

一说到大树，徐开乐立即道："哎？你不提我差点忘了，大树这小子看着憨憨的，没想到这心思真多。昨天还屁颠颠地跟在昭如身后，今儿就转向小芯芯。"

周炜炜说："男人嘛，移情别恋正常，毕竟人家昭如妹子心里有人了。你呀，不求你向咱哥几个学习，好歹学学大树。"

三人你一句我一句，原本云淡风轻的钟戍初语气终于有了起伏："我和她真的不是你们想的那样。我骗你们干吗？"

郑庭栋摆了摆手："别解释，越解释越糊，到最后都是真香定律。"

钟戍初深吐一口气，道："你们知道她都干了些什么事？我在上课的时候，她冲过来把我的相机镜头弄坏了。"

于是他将从停车场遇到庄籽芯开始的起因后果全盘道出。当然，庄籽芯和她朋友吐槽《伏魔传》是烂片的事，他没有说。

"试想一下，你们先是听到有人在背后说你是被金主包养的小白脸，接着那人搅了你的课，砸坏你的相机镜头，完了之后还要采访你，三天两头像个女变态一样跑你学校蹲点，你们觉得会怎样？"

听完三个人都惊呆了。

周炜炜的声音叫得老大："我不信！"

钟戌初斩钉截铁地说："骗你们我是狗！不信你等一下就问她去！"

这回大伙儿都信了。

郑庭栋沉默了半晌，才说："你们俩还真是冤家！我说呢，你小子怎么突然就换女朋友了，不是你的风格。"

徐开乐道："他那女朋友有跟没有差不多，摆设！"

钟戌初冷哧一声："我已经很仁慈了，不仅没要她赔偿，还替她保住了饭碗，只要求她跟来白平村进行一下思想改造而已。我觉得我就是菩萨转世，圣母玛利亚。"

周炜炜似乎陷入美色当中难以自拔："我觉得小芯芯不是这样的人吧，背后聊八卦，那不是女人的天性吗？是个女人都喜欢在背后天南海北地瞎聊，她们背地里聊的比咱们男人还色呢。小芯芯要真不是你撩的妹子，那我可就去追啦。"

"周炜炜，你啥时候长了个恋爱脑？"钟戌初白了他一眼，无奈地叹了口气，一副恨铁不成钢的模样。

郑庭栋反手就给周炜炜脑袋一瓜子，说："臭小子你就安稳点吧，没事瞎搅和。没听过一句俗语，兔子不吃窝边草。"

徐开乐看着钟戌初道："不过说来你小子是有一套，不得不佩服，这样都能把人妹子骗来。"

钟戌初道："阿栋跟我说需要宣传，我是不想通过远道去找人，万一让我爸知道了，那家里全都知道了，鸡飞狗跳弄得尽人皆知。她刚好做这个的，反正都要赔我钱，不如过来帮帮阿洛，正好她也能得个教训。"

"可是来之前，你也没跟人家妹子说清楚，你看她穿的……"郑

105

庭栋眉毛微挑，语气微微顿了顿，"以为来跟你度假。我们是常年工作环境就这样，习惯了，但是一般在城市里待惯的人不一定能适应。咱们团队以前也不是没有招募过女孩子，到最后只有林灵一个人坚持了下来。"

说着郑庭栋不由得叹了口气。

钟戌初陷入沉默，这一点他的确是疏忽了。

他万万没想着庄籽芯会踩着高跟鞋出现在机场。

他脑海里不禁浮现出第一次在停车场遇到她的画面，还有在学校操场上不愉快的场面，每一次，她只要出现都仿佛要去参加什么盛装晚会一样，妆容精致，衣着配饰都很讲究。就在之前，她一路小心翼翼爱护她那奢侈品行李箱的模样，一眼就能被人看穿，一个这么在乎外表的女孩子，纵然能力再强，怎么就让他完全忽略了能不能适应山村贫苦生活这个问题。

他长吐一口气："来都来了，现在也顾不了太多，如果她撑不了几天，我立刻送她回去，也没什么大不了的。"

郑庭栋道："也行。这几天你就对人家妹子好一点，别天天像个敌人一样，我看她性格挺好，没你说的那么差。她若是能待下去，说不准就是咱们团队以后的得力干将呢。"

钟戌初不置可否地抿了抿唇角。

"既然想着人家能成为咱们团队的得力干将，那就要对人家妹子好一点。你还不赶紧去看看，天这么黑，她还穿着个高跟鞋，万一摔倒了怎么办？"徐开乐倒是个明白人。

钟戌初抿了抿唇没多说，转身出了门，身影很快融进了黑夜之中。

周炜炜站起身："哎，我也去看看小芯芯。"

周炜炜想跟过去立即被郑庭栋和徐开乐拦着。

"你跟着瞎起什么哄？一边去！"

从程守洛家里一出来，庄籽芯便两眼一抹黑。

即便漫天繁星，可是星光那点亮度只能点缀星空。

她摸索着手机打开手电筒功能，总算是照亮了一点前路。她小心翼翼地走下院门的台阶。

程守洛和李昭如两人健步如飞，前一秒还能听见两人说话的声音，下一秒就看不到人影了。庄籽芯站在小路中间，举着手机电筒前后张望，漆黑一片，完全摸不着方向，哪里还寻得着两人的身影。

方才听他们说往上走不了多远，便是李昭如的家。

她抬眸往程守洛家的后上方看去，隐隐约约，是有那么几户人家亮着光。于是，她撩起裙子小心翼翼地往右前方走去。

正如程守洛说的那般，她踩着高跟鞋，走在山石泥块的山道间，如履薄冰。

走了没几步，脚下不知被什么东西一绊，她整个人顿时失去重心，往前摔去，跌了个狗吃屎，顿时痛得她龇牙咧嘴，眼泪直涌上来，差点飙出眼眶。

她费力地爬坐起身，拼命按揉着摔疼的膝盖和脚踝，不用看，以这剧烈的痛感来说，她的膝盖一定摔破了。她真是太高估自己在这山野的夜行能力。

她想打电话联系，可手机也不知道摔到哪里去了，颓丧油然而生。怕是她只能坐在这里等程守洛回来，否则再贸然前行，她可能会不知摔到哪儿去，然后完美曝尸荒野。

一想到曝尸荒野，她心里就开始害怕起来，各种胡思乱想。

万一有狼怎么办？万一有毒蛇怎么办？万一有歹人怎么办？

想到有蛇，她想站起来，可是右脚踝的疼痛让她无力支持，折腾了半天，她决定还是老老实实坐着等待，两只手臂紧张地抱着双膝。

就在她胆战心惊不知所措之时，忽然一阵脚步声传来。她吓得抬眸看过去，一个人拿着手电筒正从程守洛家的方向向她走来。

随着那人越走越近，她头皮开始发麻，随手从地上摸着一个石块，心想：这人若是敢对她不轨，就别怪她不客气。

107

那人走到她的跟前站定，将光打在她的脸上。黑夜中，强光促使她本能用手去遮挡，而另一只手抓着石块毫不客气地朝那人用力掷去。

只听那人闷哼一声，然后怒骂一声："庄籽芯，你神经病啊！"

是钟戌初。

庄籽芯一听是他的声音，激动地大叫："钟戌初，我摔倒了，我走不了路，手机也不知道摔哪儿去了！"

她的声音里带着明显的哭腔，尽是害怕与委屈。

钟戌初嘴唇翕动，眉心微蹙，将手伸向她，拉她起来："你怎么坐在这里？"

庄籽芯揪着小脸，声音惨兮兮的："天太黑了，程守洛和李昭如他们俩走得太快了，我根本跟不上。然后我穿着高跟鞋突然就摔倒了……我不敢去追他们，我怕我一脚又不知道摔哪儿去，就只能坐在这里等他们回来。"说着说着，眼泪莫名地掉了下来。

刚才摔下来的时候，她都没有痛得掉眼泪，可就在见到钟戌初的瞬间，她完全克制不住心底的委屈与难过，任由眼泪夺眶而出。

"还算有点脑子。别哭了！先找手机。"虽是斥责，但钟戌初明显软了语气。

庄籽芯伸手迅速抹去眼泪，她怎么能在这个家伙面前哭呢？

钟戌初用手机拨打庄籽芯的电话号码，不一会儿，不远处的草丛里亮起了光，同时一首奇葩的叫醒铃声响起："姐姐上班迟到啦——蹦蹦蹦蹦蹦——蹦沙卡拉卡——快起床——蹦蹦沙卡拉卡——"

是一个非常年轻的男孩子歌声，本来声音听起来又暖又奶，然而却在唱到"快起床"时，直接凶残地叫破了音。这声在这黑夜中听来，差点儿将人的灵魂直接打出天灵盖。

钟戌初嘴角抽搐，通常脑子不好使的人才会使用叫醒铃声当电话铃声吧。

他顺着光捡起手机。

就差那么一点，手机可能会掉到土坡下方。

手机屏幕像闪电一样裂了开来，不知是保护膜碎了还是屏幕碎了，但好歹是找着了。

庄籽芯紧攥着手机，感激道："谢谢你……"

钟戌初叹了口气，庆幸听了师兄他们的话跟过来，不然这个女人出了什么事，他可能要不安一辈子。

"能走吗？"

庄籽芯试图往前走，脚踝之处顿时传来锥心的疼痛，痛得她低叫一声。

钟戌初下意识伸手扶住她，生怕她再摔倒。他蹲下身，用电筒照在她的右脚踝上，果不其然，那里肿得老高，得要有个两三天消肿了。

他抿了抿唇，深呼吸一口气，道："我背你。"

"啊？"她不由得一惊，"不、不用吧……"

"那你现在这个样子是能走还是能爬到李昭如家里？还是你打算在这里待到别人找轿子抬你走？"钟戌初又恢复到之前的凶恶口气。

她紧咬着下唇，不说话。

他眈了她一眼，虎着脸蹲下身。

她嘴角抽搐，迟疑不决。

"还想什么？快点上来！"

"哦……"她的脸颊突然烧了起来，一直延伸到耳朵根。她咬了咬牙，横下心，扶着他的肩头往他的后背慢慢趴上去，然而两只手不知要往哪儿放，只得架着悬空，生怕接触太多。

钟戌初感受到后背的重力很小，她很轻，身体软绵绵的就像团棉花。

"抓好了抓稳了，掉下去再摔了概不负责。"

他的话音落毕，庄籽芯忽然双臂交叉穿过他的脖子，紧紧地勒着脖子。

他只好说:"突然抓这么紧,你这是要勒死我。"

庄籽芯结巴着说道:"小、小时候我就、就这么勒着我爸,我爸也、也没被我勒死。"她脸颊烧得更厉害了。

钟戌初听到她的声音恢复正常,心里的石头也落了下来。看来她心理没什么大碍了,刚才那哭唧唧的腔调真不适合她。

"嗯,记住我是你爸爸。"

"你去死!"庄籽芯怒骂,抬手刚想抽他。

与此同时钟戌初忽然起身,吓得她赶紧抓牢他肩头的衣服,顾不得其他。他嘴角微动,双手托着她的双腿,把她整个人向上又托了托,然后大步向前走去。

"你是不是手也摔肿了?拿个手机电筒都拿不稳?"

"是你走路太颠。"

"你走路不颠,那怎么还是摔倒了?照好路,不然等下一摔摔两个。"

"那你走路走稳一点,眼睛看路也看仔细一点。"

"不行换你来背我?"

"我要是能走,还用得着你背?幼稚小学生!"

两个人就这样一路你来我往,总算消了之前的尴尬气氛。

这边,程守洛扛着箱子快步直往前走,李昭如一路追着他:"我奶奶让你们别忙,直接上我们家里吃饭,你偏偏不干……"

程守洛一边喘着气,一边说:"这么多人,又不是一两个,你奶奶行动本来就不便,怎么好意思麻烦她老人家。"

"可我会烧饭做菜呀,也没几个人……"

"阿栋和阿初他们,又不是第一次来,以前哪次过来,不都是咱们自己做饭。这么客气做什么?"程守洛将箱子往上送了送,深吸了两口气。

"可是庄小姐是第一次来啊,你们几个大男人哪会烧饭?"

110

"说得我们好像天天吃猪食一样。"终于到了李昭如家,程守洛放下行李箱,长长地舒几口气。

庄籽芯的箱子可真不是一般的重。

他忽然发现庄籽芯没有跟过来:"籽芯没跟过来?"

"不是啊,她一直跟在我身后啊。"李昭如这才发现跟在身后的庄籽芯不见了,一下子慌了,跑到大门外张望,外面漆黑一片,一个人影也没有。

她手足无措地说:"我明明看见她跟在我身后的呀。不会是跟丢了吧?"

程守洛蹙起眉头,道:"我出去找找。"

"我跟你一块。"李昭如急得跟着他又出门找人。

两人沿途返回,走了没多远,便瞧见钟戌初背着庄籽芯走来。

程守洛惊道:"阿初,你怎么背着籽芯?"

籽芯?钟戌初眉毛微挑,这个女人可以啊,刚见面就让周炜炜和徐开乐称她为小芯芯,一顿饭的时间,让程守洛从庄小姐改口叫她籽芯。不提大树,这兄弟们沦陷得也真快!

钟戌初说:"他们怕她穿高跟鞋走夜路出事,所以让我跟出来看看,果不其然,刚出门没走多久,就看见她坐在地上哭。"

庄籽芯倔强地回道:"你胡说,我才没有哭!"

钟戌初轻嗤一声,背着她走进李昭如的家。

他将她在凳子上放下,转身的刹那间,视线恰巧不经意落在她的脸上。

精致的眼妆经过泪水的冲刷,此时此刻已糊成一片,脸颊被冲出两条浅黑的泪痕,正好背着头顶上方的灯光,这张"平平无奇"的脸看起来就更加寒碜。

好一个"才没有哭"!

庄籽芯低头看着脚踝,一抬眸便看见钟戌初正盯着她看,嘴角之处还浮着一抹意味不明的笑容。

111

她不由得挑了挑眉，莫名有种不祥的预感。

他为什么用这种表情盯着她看？带着满腹疑惑，她还是非常感恩地道了一声："谢谢……"

钟戌初抿了抿嘴，问李昭如："小如，你家有跌打酒吗？"

程守洛和李昭如这才注意到庄籽芯的脚踝肿了起来。

李昭如立即说："有有有，我去拿。"

程守洛抱歉地说道："怪我只顾着扛行李箱，忽略了籽芯第一次来咱们白平村，初来乍到，人生地不熟，山里夜路更不好走。"

庄籽芯连忙说："不关你的事，是我自己的问题。我箱子很重的，没有累着吧？"

程守洛说："你这箱子最多也就三十多公斤，这么点重算什么。"

不一会儿，李昭如拿了一瓶跌打酒过来："都怪我没有跟着庄籽芯一起走。"

钟戌初忍不住出声打断他们："你们打算这样尴尬地一直互相道歉下去吗？要怪就怪她自己踩了一双高跷，穿双平底鞋哪会有这么多事？平底鞋能跟不上？"

他背着她时，喘息声有点重，庄籽芯本想着谢谢他，可他这一开口就让她憋着一口气，于是她小声反驳："来之前你又没跟我说来山里。"

钟戌初反问："我没跟你说带轻便的衣物？"

庄籽芯用力地咬着嘴唇，没有反驳，只是默默地脱下高跟鞋。

换作之前她一定会反驳钟戌初，可现在程守洛和李昭如都为了她而自责内疚，钟戌初这么说她，无非是想化解他们的不安，所以她接受指责。

她偷瞄了一眼钟戌初，他黝黑深邃的眼眸在灯光的照耀下明亮如星，似是在对她说：孺子可教，还没有那么笨。

钟戌初接过跌打酒，蹲下身对她道："忍着点！"说着，掌心沾着跌打酒往她肿痛的脚踝盖了上去。

"嘶——痛！轻点……"庄籽芯立即惨叫出声，眼泪差点又要飙出来。

"不痛没有效果。想要明天能正常走路，就忍着点。"

庄籽芯痛得龇牙咧嘴，实在承受不住了便大声叫道："钟戌初，你说你是不是故意的？现在找着了机会，就开始死命报复！啊啊啊！痛！痛！痛——"

"才看出来？"钟戌初不以为意，手下的力道更重。

"你、你、你……别让我找着机会。嘶——啊啊啊……"庄籽芯无奈只能拼命咬着自己的手。

程守洛和李昭如待在一边，也帮不上什么忙。

李昭如见她痛得厉害，于是伸出自己的手，说："要不，你咬我吧？"

庄籽芯泪眼婆娑地摇着头看她，打心里感激，这姑娘不仅人美，还善良，谁娶着她真是千百年修得的好福气啊。

钟戌初的手掌用力地在她脚上按揉着，渐渐地，她感觉比先前舒服了很多。热力透过他的掌心一点一点传到她的脚上，她的脸颊忽然间开始微微发烫，这是她人生第一次被一个男人这般握着脚按揉。

她咬着唇轻轻眈了他一眼，在头顶上方日光灯投影下，他俊美的五官显得更加深邃立体，尤其是那对如扇子一般的眼睫毛，纤长得让人嫉妒。

忽然，这对小扇子往上一抬，一双清明的眼眸直对上她，好看得摄人心魄。

这要是在古代，他若是不娶她，她怕是得要跳黄河了。哎哎哎？她这在想什么呢？

眼看着那浓黑的双眉轻轻一皱，清明好看的眼眸微微一眯，庄籽芯便感到脚踝处被按得一阵疼痛，终于反应过来，惨叫一声。

钟戌初站起身，轻勾了勾唇角将药酒递给她："明天早上你就这么上药。"

庄籽芯咬着牙瞪他，她刚才一定是眼睛被这灯光刺花了，才会觉得这个男人如天使一般。

钟戌初和程守洛都没再说什么，两人离开，只剩下李昭如和她两个人面面相觑。

李昭如又跟她道歉，弄得庄籽芯真的太不好意思了。

"你太客气了，是我给你添麻烦了才对。"

"不麻烦。阿洛和阿初的事就是我的事。哦，今晚还要麻烦你跟我睡一张床。不过床很大，不会挤着你的。你放心，我睡觉很安静。"没给庄籽芯插话的空间，李昭如急急地说完。

庄籽芯感觉出她的担忧，立即道："你真的太客气了。我其实没有想象中那么娇气和挑剔的。"说完这话，她心里不免有些心虚。

两人聊了一会儿，庄籽芯得知自己大李昭如两个月，于是熟络地叫她昭如妹子。

正如程守洛所说，李昭如家的条件要比他家好一些，而好一些也只限于房屋是"三面一照壁"的二层小楼结构，门窗和墙壁依旧是木制，不过上面多了些许精美的木雕装饰，一楼地面是水泥铺地。

这与她在丽江古城游玩时住宿的一些客栈很相似，区别就是客栈里的装修更加现代化，更加舒适。

屋子里其他家具也都是些年代久远的，好在主人懂得收拾，家具虽然看起来简单陈旧，但是经过屋主人的悉心整理，这条件简陋的屋子看起来十分干净舒适。

李昭如的奶奶年纪大了，视力不好，耳朵也有些背，天一黑便早早休息了。

李昭如搀扶着庄籽芯进了自己的房间。

床依靠着木板墙，半截墙壁都用白色的纸张贴得整整齐齐，干净无破损。床上用品虽只是普通印花、全棉质地，但看上去整洁又柔软。

庄籽芯心里悬着的大石终于放下了。这里各方面的条件远不及华东地区的农村，但绝不是网上看到的那种穷困山区仿若垃圾场的环境。

李昭如仿佛知道她的内心一般，笑着说："床单被套都是今天才换的，全新的。"

到了要洗漱的时候，李昭如领着她到了淋浴间，望着四面水泥墙和各种堆放的木桶木盆，庄籽芯只感到头皮一阵抽紧，心又悬了上来，呼吸凝重。

没有抽水马桶，角落的水泥墙上孤零零地悬着一个十分普通的淋浴花洒。从花洒的大小来看，目测水流不会太大。

"去年阿初哥他们给我们家装了太阳能热水器，今年年初，咱们白平村家家户户都装上热水器了呢。山里水小，洗的时候小心着凉。"李昭如甜甜地笑着，十分贴心地又给她拎进来两瓶早已准备好的热水，"怕水会凉，再给你两瓶热水。"

李昭如的贴心和细心，反倒让庄籽芯有些不好意思了。

"请问……我想上洗手间的话……"庄籽芯终于问出了这个憋了很久的问题。

"厕所在后院里，晚上起夜不是很方便，所以就用这个。"李昭如笑了笑，指着门后角落里一个印着大红色牡丹花的瓷制痰盂。

庄籽芯顺看过去，瞬间石化。

果然，她"最期待"的画面终究还是出现了。

虽然她从没有用过这玩意儿，但是俗话说得好，"没吃过猪肉，也见过猪跑"，在网络极度发达的现今时代，什么样的科普视频都会出现。所以，她知道将这个二十世纪八九十年代的产物弄干净，得靠一双手！

莫不是从今往后，她要在这山里刷这玩意儿刷上一年半载吧？一想到那幅"绝美"的画面，她不由得长吸一口气，开始高反。

这要是说给姜陶陶听，怕是能将她给笑死。

115

李昭如又道:"你放心,这个是我前几天去镇上新买的,没有用过。"

看那"牡丹花"的外观成色,庄籽芯当然知道这是新买的没错。可就是再新,它还是得要用手刷呀。

她咧开嘴笑了笑,努力让自己看起来很欣喜。

李昭如离开后,庄籽芯又仔细环顾了一下四周。

屋顶上方用电线简陋地吊着一个灯泡,瓦数不高,所以光线不是很明亮。黑乎乎的水泥墙在暖黄偏暗的灯光照耀下,从视觉上看来更加阴森压抑。顶上墙角,隐约还能看见层层叠叠的几张蜘蛛网,凑近了看,一个蜘蛛正卖力地顺着网丝往上攀爬。

安着花洒水龙头的水泥墙上开了一扇不大的小窗,隔着玻璃能清晰地听见屋外的山风呼啸不停,窗外黑漆漆的一片,什么都看不清,窗上的玻璃被野风吹得持续发出"哐哩哐当"的声音,令人毛骨悚然。

庄籽芯不敢再看,越看心越慌。

她哆哆嗦嗦地取出洗漱包准备卸妆,当看到镜中的熊猫眼,崩溃得她直抓头发。脑子里不由得想起她回复钟戍初的那句"你胡说,我才没有哭",而当时他只回了她一丝意味不明的笑。

所以她这副花妆的鬼样,钟戍初他们全都看见了。

啊——她苦心经营的一天,妆容精致、仪态优雅的一天,全都在刚才破功了。

云南温差较大,到了夜晚仿若到了初冬。

一面冷,一面是害怕。

庄籽芯以最快的速度冲完澡,出了淋浴间她便打了个喷嚏,她用手按紧了脸上的"男朋友"面膜。

云南的天气可真是干燥,洗个脸,仿佛将她脸上的水分全部抽干似的,所以贴面膜护肤是必不可少的。可不想回到房间,李昭如一见着她，吓得僵了有半晌没回过神。

庄籽芯立即反应过来，赶紧揭开半张脸，扶着她说："昭如妹子，别怕！是我，你小芯姐。没吓着你吧？"

李昭如回过神，温柔地笑着摇了摇头。

庄籽芯不好意思地挠了挠头发，然后塞给李昭如一片面膜："试试，'男朋友'面膜。用完，明天你的肌肤如剥了壳的鸡蛋一般光滑亮丽。"

"男、男朋友面膜？"李昭如惊讶不已。

一遇上美妆知识，庄籽芯便开始激动地说道："对啊。你要是约会见男朋友，提前敷一下，能帮你在15分钟内变得细嫩焕亮。还有个叫法，叫气死前男友面膜。"

"气死前男友面膜？"

"意思就是让他知道，老娘没有你依旧也过得很好。"

李昭如一下子听到这么多新鲜的名词，仿若打开了新世界大门，幽幽地说："我没有男朋友，也没有前男友……"

庄籽芯拆开银色封塑，然后将面膜纸贴在李昭如的脸上，说："我也没有啊，这只是一种比喻说法，强调能让你的皮肤变得更好。你的五官很好看，这里是高原地区，紫外线很强，所以要保护好自己的皮肤。"

"这片面膜多少钱？"李昭如小心翼翼地问。

"免税店里买大概六七十一片吧，商场里略贵一些，可能要一百。"

李昭如一听，吓得连忙阻止庄籽芯的手，要揭下面膜："太贵了。我不能贴。"

庄籽芯神情一滞，倏然意识到一个问题。她本能将李昭如当作一个不爱打扮的城市妹子，却忘了这里是白平村，一个刚刚才脱贫的小山村，这里的人怎么可能消费得起这种奢侈品面膜？

她忽然间有了一种万恶资本强行进入淳朴社会的罪恶感。她为自己刚才脱口而出的话而感到羞耻。

她抿了抿嘴唇，然后按住李昭如的手，真诚地说道："已经拆开啦，就算不贴也不能还原啦。你不要有心理负担，试用一下而已。你当我是你的朋友，招待我住在你家里，床单和牡丹花都是新的，这份情谊可比这片面膜贵多了。所以，这面膜，就当是朋友送你的礼物。"

李昭如细眉微蹙："谢谢你。"

"我谢谢你才对。"庄籽芯如释重负，顺势又抱了抱李昭如。

毕竟都是女孩子，爱美是天性。

李昭如对着镜子看了看，漂亮的眼眸里流光溢彩，脑子一边想着男朋友面膜的定义，一面又暗暗叹息。

折腾了一天，终于可以躺下休息。

山里的信号时好时不好，庄籽芯这才有空回复姜陶陶的消息。

这一天的奇遇，她都不知道该如何组织语言告诉姜陶陶。突然安静下来，高反的不适感随之而来，她迷迷糊糊地发完消息，还没等着姜陶陶回复，便撑不住沉沉睡去。

Chapter7
成年人生存的无奈

到了第二天,庄籽芯一睁眼醒来已是上午十点半,她倏地像个弹簧一样弹坐起,即刻下床换衣服。

太丢人了!刚来的第二天,她竟然睡到了十点半。

慌乱之下,她倏然顿住,这里可是云南,比起东部时差一个半小时,掐指换算,现在也就差不多早上九点钟,刚好上班打卡时间。

她顿时松了一口气,然后头顶上方却有另一个声音提醒:就算是九点钟,你现在起床上班也是迟到啊。

她连忙又加快穿衣服的速度。

昨天擦过跌打酒之后,今天脚踝不仅消了肿,走起路来也像以往一样没有任何障碍。她发自内心感谢钟戌初。

她又倒了一些药酒在脚踝上,轻轻按揉了一会儿直至药酒全部被皮肤吸收。

李昭如不在屋内。

庄籽芯正琢磨着,瞧见桌上压着一张字条,是李昭如留给她的。

"早餐在厨房的锅里温着,你起来记得吃。我去学校上课啦,得到晚上才能回来。中饭阿洛哥他们应该会来叫你。谢谢你昨天的男朋友面膜,今天皮肤很滑。昭如。"

字迹工整隽秀,字里行间满满的贴心与友爱。

庄籽芯看着这张字条,心里就像是被初春的阳光一直照耀着,暖暖的,柔柔的。

原来昭如是个小学老师,难怪了,她身上不仅有种淡淡的温文娴静的书香气,还有一种母爱的光辉,是老师没错了。

庄籽芯正在刷牙时接到姜陶陶的微信电话,一阵手忙脚乱,点开了免提。

电话里姜陶陶像个老母鸡一样"咯咯咯"笑个不停:"你这过山车急转弯的剧情,我作为职业民工编剧都自叹不如,挖空脑洞瞎编也绝对编不出来。哈哈哈哈……"

"我哈你个头!要不是你个死丫头……跟我说拍风景大片……我能穿成那样过来?呸!"庄籽芯终于吐了口中的牙膏沫。

"可谁能想到霸道总裁的甜蜜契约不是睡情人,而是要劳动改造情人。哈哈……精彩现实的生活永远百分百碾压电视剧情,哈哈……"

"什么霸总!我是信了邪才听了你的鬼话!"

"哎?玛莲白小姐,请问您今早的痰盂刷了吗?"

庄籽芯直接将漱口水喷了出来:"我——"

"哦,我亲爱的玛莲白小姐,祝您今天刷痰盂愉快!啊哈哈……"姜陶陶突然换成译制片的腔调,然后迅速挂了微信电话。

庄籽芯恨不能顺着网线爬过去掐死姜陶陶。

洗漱干净,做完护肤后,庄籽芯又迅速化了个淡妆。

拍风景大照的幻想虽然破灭,但是作为一个精致优雅的小仙女,哪怕不浓妆艳抹,每一个毛孔都在发光的美的细节也必不能少。

今天她穿上了她最心爱的运动鞋,身上一件潮牌卫衣加一条笔直修身的骚粉运动裤，整个人休闲干练又不失女人应有的娇俏可爱。

她用手中不过巴掌大的小镜子，从上到下照了一遍，十分满意。

正准备出门，可谁知一转身，视线刚好触及那个小小的牡丹花瓷制痰盂，她心房不由得跟着太阳穴一起抽痛。

经过一番强烈的思想斗争后，她不得不深吸一口气，停止纠结。

谁叫这是自己造的？就是跪着也得刷干净。

她双手捻起兰花指，端着"牡丹花"出了后院，找到李昭如昨晚提及的厕所。

站立在旱厕跟前，庄籽芯深深闭了闭眼，以手在身前画了十字后才鼓足勇气往里探头，生怕瞧见什么可怕的生物。

果然是传说中的"两块板"！

她半闭着眼，咬着牙，狠下心将污浊物飞快地倒入坑里。顿时，一阵酸爽的气息扑面而来，令她作呕，太阳穴之处更加抽痛了。

她用手指捏着鼻子，紧闭着嘴巴，甚至连深呼吸都不敢，然后提着"牡丹花"快速撤离。

忽然，一个熟悉的声音传来："哎！小芯！"

很久没有听到人叫她这么清新又脱俗的称呼了。

庄籽芯循声望去，土坡下方不远处，大树正咧着嘴，冲她热情地挥着手臂。

她还没来得及过多反应，大树已经三步并作两步跳了上来，朝她走过来。

大树瞧见她愁眉苦脸满满的不适，连忙关心地问道："小芯，你这是又高反了吗？"

"哦，是有点，头疼……"庄籽芯点了点头，下意识将"牡丹花"藏在身后。

她的动作很快，可大树还是瞧见了："头疼你就先歇着咯，别四处走动。给我吧，我来冲洗。"

庄籽芯本能回道："这哪能行。"

121

"这有啥子不行？再说，是我们白平村的卫生条件差，你一个城市的姑娘上我们这儿帮忙，是难为了。我们早都习惯了，给我给我。"

"不行不行。"说啥也不行。自己造的，怎么能交予别人弄？别说大树是个男人，就是个女人也不行，这也太不要脸了。

"没事没事。给我给我。"大树憨劲上来，直接伸手过去抢。

庄籽芯承认自己偶尔矫情又有"公主病"，但是自我认知极强，这种让别人刷痰盂的下作事，她可干不出来。她还是有羞耻心的。

两人为了一个牡丹瓷制痰盂僵持了许久，拉扯之间，忽然那大红色的盖子"嗖"地一下飞了出去，砸在了来人的脚边。

钟戌初刚进门，便被突如其来的"飞碟"吓了一大跳。待他定睛一看，地上的"飞碟"竟是桶盖，顿时一对斜飞入鬓的剑眉是当真要化成利剑插进头发丝里。

他瞅着二人，眉心深蹙："你们两个在干什么？"

"没在搞啥子。"大树意识到气氛不对，顺势夺过庄籽芯手中的"牡丹花"，竟然也学着藏在了身后。

"哎？你……"庄籽芯更尴尬了。

钟戌初板着脸道："大树，把东西还给她，你让她自己刷。一个成年人有手有脚的，又不是残废，刷个痰盂还要别人帮？何况还是自己用的。"

钟戌初有点生气，昨日她穿得花枝招展刚到村子里，就已经让大树晕头转向，今日更离谱，竟然能让大树抢着帮她刷……唉，他实在是找不着言语来描述。

他得想个法子，这女人有毒，绝不能放任大树这孩子就这么沉迷。

庄籽芯一听，气不打一处来："你这人……我有说我不刷了吗？"

大树见着这情形，吓坏了："阿、阿初哥，不、不怨小芯，是我偏要帮她，小芯她高反不舒服。"说着哆哆嗦嗦地将"牡丹花"还给庄籽芯。

庄籽芯气冲冲地走到钟戌初的跟前,捡起地上的盖子,然后狠狠白了他一眼:"就会站在道德制高点乱指责。"说完她又气冲冲地走到院外找了个僻静的角落将"牡丹花"放好。

"小芯,我去给你搞点井水。"憨憨的大树突然间开窍,拎起一旁的木桶就往外走。

庄籽芯追着说:"不用,我自己来。"

"要得,要得。"大树说话的声音明显都带着颤音。

阿初哥哥是他的偶像,是出了名的脾气好,从来不发火。可是刚才,他一眼就看出来阿初哥在生气。他从未见过阿初哥这么生气过,就算他再笨,也能看出来阿初哥是因为他在生气。他一定是做错了什么。

庄籽芯跟着大树走到井边。

本以为是那种需要扔桶下去的水井,却不想是泵井。

这种泵井,庄籽芯在华东农家乐的地方见过,没等大树教她,她便抓着杠杆用力上下按压,仿佛要将所有怨气都撒在这泵井上。

可那水泵就像是与她作对一般,她上下按压了半晌也不见一点井水出来。

"得加水,加了水才能出水。"

泵井旁放了一个木桶,木桶里有一小半水和一个葫芦瓢。大树往槽口加了一瓢水,不一会儿,井水哗哗地流了出来。

满满一桶水,庄籽芯拎起来有些吃力,桶里的井水直接泼出来溅了一地。她害怕鞋子被溅湿,连忙丢下木桶,往后跳了一步。她甩了甩手,木桶把竟勒得她掌心通红。

大树又道:"我来,我来。你提不动的。"

这一次庄籽芯没再推攘,别说这一桶水,估摸半桶水她提起来都费力。

"谢谢你,大树。"

"你跟我客气啥子哟?"大树一边提着水一边念叨,"刚刚阿初

123

哥好凶咯,从来没得见过他喃(那)样子呢。"

"从来没见过?他不是就是喃样子吗,每天趾高气扬的。"庄籽芯挑着眉,说话的语调都不由自主地开始模仿起大树。

大树摇了摇头,一脸认真地说:"没得没得,阿初哥人绝对的板扎①,对我们村上的阿姨娘阿婶那是绝对温柔咯,说话都是轻声细语,大伙儿都喜欢他,也不晓得怎么就对你喃样子凶。"

"可能是讲究领导派头吧,谁叫我就是个小助理呢?唉,反正我都习惯了。没事。"话虽这么说,但庄籽芯心里清楚得很。

钟戌初对她凶,那是因为她欠他钱。谁让她弄坏了他的宝贝相机镜头呢?在美院的时候,他比刚才可凶多了。不过这些话,她不能跟大树说。

算了算了,毕竟昨晚她脚扭着的时候,他还背了她,替她揉了脚,看在这份苦劳上,她决定大人不计小人过。

想着,这心中的气也消了一半。

柔弱归柔弱,刷"牡丹花"这事,她还是坚持自己来。

她让大树回屋里去,别盯着她看,她会不好意思。

大树一走,她便一边腹诽着钟戌初,一边手舞足蹈地将桶里的井水泼向"牡丹花"。

被井水淋透了的"牡丹花"在阳光下晶亮晶亮,像是小学生作文里描写的那样,同她愉快地打着招呼:"谢谢你主人,把我洗干净。"

好不容易将"牡丹花"刷干净,她提着刚转身,便被身后的人吓了一跳。

钟戌初像个幽灵一样立在她的身后。

她拍了拍胸口拼命压惊:"你知不知道人吓人会吓死人?"

钟戌初冷嗤:"放心,你脸皮这么厚,黑白无常见着一定会绕道。"

---

① 板扎:云南方言表夸奖赞扬。

庄籽芯佯装恭敬:"是,阎王老爷您说得对!"转过身便翻了个白眼,懒得同他啰唆,提着"牡丹花"就要往院里走。

却听钟戌初忽然叫道:"刷完了放太阳底下晒晒。"

庄籽芯转过身,蹙着眉头看着他,满头的问号。

这玩意儿刷完了不收起来,放太阳底下晒,这是什么骚操作?难不成这上面的牡丹花晒了太阳能变成真的?

钟戌初的视线直指她手中的"牡丹花",重复:"放太阳底下晒,杀菌!"

庄籽芯嘴角微微抽搐,听话地将"牡丹花"放在了一旁的树根下,晒着太阳。

奇怪的知识又增加了。

晒太阳杀菌,这操作真是绝了!

想她庄籽芯,一个精致女孩,竟然跟一个男人在这山沟沟里为了这玩意儿死磕了半天。

而此刻,钟戌初的视线却落在庄籽芯的脚上———一双价值几千块的白色运动鞋,他无奈地深叹一口气。

这女人……和允夏如出一辙,不仅每日花费很多时间描绘精致妆容,还喜欢全身上下用奢侈品牌傍身,追求浮华的内心显露无遗。

脱下高跟鞋,就换了一双这么贵的运动鞋,待会儿在这山里走一圈,就等着抱着鞋子哭吧。

"你来找我干吗?"庄籽芯没好气道。

大树抢着说:"快十二点了,要吃午饭了,今天上我们家吃。"

钟戌初应声:"师兄他们去田里拍摄素材,阿洛去镇上置办材料,中午都赶不回来,所以今天中午我和你去大树家里吃饭。"

庄籽芯暗自得意地翻了个眼,原来有人跟她一样,其实也是个闲人哪。

大树憨憨地笑着:"我妈烧饭可好吃咯。"

"呀!"一提到吃午饭,庄籽芯这才想起昭如给她留的早餐。她连忙跑进厨房，果然电饭锅还插着电，里面热着馒头。她赶紧拔下插头。

钟戌初盯了一眼手表上的时间，然后揪着眉心看向她："你该不是快十一点才起床吧？"

庄籽芯眨巴着眼故作一脸无辜："不是呀，十点半起的呀。"

"所以还早了半小时？"

"不止哦，还有时差一个半小时呢。"

钟戌初不可置信："你知不知道整个村子里的人已经干完农活回来了，就连昭如应该也上完一上午的课了，而你竟然十点半才起床，你怎么不睡到十二点再起床呢？"

庄籽芯自知起晚了理亏，但被说教之后还是有些不快，可她又不能明着跟债主对着干，于是夸张着表情嬉皮笑脸地说："哎哟喂，阎王老爷原来是嫌弃我起床太早，得嘞，明儿我就睡到十二点再起。谢阎王老爷提点！"

"你……"说教的话到嘴边，钟戌初被气得硬生生止住，一口气堵在胸口差点上不来，深吸一口气，"你开心就好！"说完，他便转身离开。

目的达到。

庄籽芯扬着眉毛，冲着大树笑道："大树，走，去你家吃饭，带路。"

大树乐坏了。

出了昭如家，往右手上坡的方向走了没多远，只见又一幢云南典型的"三坊一照壁"民居出现在眼前。远远看过去，白色外墙上的石灰鲜白又干净，房顶上的黑色屋瓦在阳光的照耀下黝亮黝亮的。

这一路走来，这算是村子里为数不多的新房舍了。

昭如家虽然也是"三坊一照壁"的结构，但整个建筑看上去略显老旧，墙壁上的石灰斑驳不堪，有些地方大面积脱落，一看就是失修了好些年。

蓝天白云之下，这栋民居是真的非常漂亮。

庄籽芯停下站立喘息，又有点高反了，虽然只是一丁点远的路程，可是只要往上稍稍一爬坡，她便要喘不上气。

大树激动地嚷着："我家到了。"

庄籽芯喘息着赞美道："这是你家啊？你家房子好漂亮。我要拍照片发到微博公众号上。"

她顺手拿出手机，选取几个非常好看的角度，调好焦距拍了几张照片。

大树憨憨地挠着脑袋说："唉，就外面漂亮哈，等下子进了我家，你可别嫌弃我家里都是破烂就好。"

"不会不会。怎么会嫌弃。"庄籽芯微笑着，心里却是有另一个声音在小声地说：程守洛家和李昭如家，她都见识过了，再破烂只要不是网上流传的那些垃圾场，她都可以接受。

她向下望去，大部分村居都是这种云南特有"三坊一照壁"式建筑，偶尔也会有几幢像是程守洛家那种天井式民居，前后为房，中间为天井院落，白墙黛瓦，明朗而素雅，与华东区的民居建筑十分相似，看上去更为古老一些。

她好奇地问大树："你们这里好多房子和我们那里的房子很像啊，就连说话的口音，某些词都很像。"

大树立即眉飞色舞，非常骄傲地说："难道你没发现我们村的人都是汉姓？其实我们村的人大多数都是汉族。据说从明朝时候开始，我们的祖辈们就从应天府南迁过来。所以你会看到有很多很老很破旧的房子与你老家那里的房子很像，说话某些口音也有些相像。经过几百年的岁月流逝，先人们渐渐融入云南这片土地，好多三坊一照壁的房子差不多都是近几十年才开始盖的。你可别小瞧了那些天井式院落的房子，有好几家都是百年的老房子呢。每一块砖、每一片瓦都是历史见证呢。你再看对面的山头，就那，一条山道过去，那边的人大多

127

都是纳西族。你再看那边，就是白平湖，湖对岸就是四川，所以我们这边人有时候说话还会夹着些四川方言。"

大树不仅将村里房舍细说一遍，甚至还将对面山头纳西族人的生活习性也简单介绍了一下。

庄籽芯眸光一亮，大树外表看起来憨憨的，但是这一说起白平村的历史，不仅普通话标准了，整个人形象都变得光辉高大起来，头顶上方的太阳仿佛就笼罩在他一个人身上似的。

"大树，没想到你知道这么多，说起来头头是道。"

大树骄傲地说："那是当然，我们村里除了阿洛哥和昭如姐，就数我最有文化了。我的志向就是成我们村最棒的向导。"

"大树你真棒！"庄籽芯露出甜甜的笑容，并向大树竖起了大拇指。

钟戌初一路跟在二人的后面，听着二人的对话，不禁也对大树刮目相看，这孩子这一年成熟许多，等到这里的旅游开发起来，他一定会是这里最好的向导。

大树突然害羞了，羞涩地望着庄籽芯说："小芯，明天我带你去白平湖捕鱼，白平湖是我们这里最美的地方，尤其冬天早上雾气起来的时候，那简直就是仙境。"

庄籽芯激动道："是吗是吗？太好了。"

听到这里，钟戌初不禁看向大树，面对庄籽芯的夸赞，这孩子竟然娇羞了，他将目光投向庄籽芯，忽然发觉她脸上的笑容灿烂若霞，明艳招人，对男人来说是极具杀伤性的武器。大树这孩子正值阳刚血性之时，哪里能禁得起这样的诱惑。昨天便是不对劲，今天更甚之。

钟戌初微微凝起眉头，开始思考带庄籽芯来白平村是对是错。不行，明天绝不能让大树带她去白平湖游玩。他得想法子，不能让大树这孩子继续沉沦下去，今天下午便要将二人隔离开来。

登上台阶，是一大片平整的水泥地，地上晒了好些菜，庄籽芯并不认识。

穿过照壁旁的木门，是个方正的院落，院子里种着好些漂亮的花草。

云南的气候得天独厚，这里家家户户都有个小院落，种着各式各样美丽的花草藤蔓，这一点是庄籽芯最喜欢的，也是她一直以来向往的。

忽然一个皮肤黝黑的女人从一旁屋里走出来，脚一瘸一拐的，是大树的母亲许艾萍。

"你们来咯，饭菜刚烧好。"许艾萍的口音略重，但是听着十分亲切。

钟戌初见着连忙道："萍婶，你去歇一下，我们来弄就好。"

"没事哦，我的腿好多了哟。"

钟戌初连忙进了厨房。

庄籽芯站在院落里，犹豫片刻，也跟进了厨房。一进门，她被眼前清一色的不锈钢灶台厨柜惊呆了。

见过城市里格调奢侈高雅的欧美风格，见过物美价廉普通复合板材质的简约风，也见识了昭如家的农家土灶厨房，然而却难以想象在这样一个小村落里，居然看到了饭店里才会用的不锈钢全套厨房设备。

银亮亮的台面和柜面，搭配着简陋的石灰墙和青砖铺地，看起来不止不协调，甚至有些滑稽。

她想帮忙的话还没说出口，热情的大树妈已经将她拉出厨房门外，让大树带着她去客厅坐坐。

大树乐意至极。

庄籽芯也不推辞。

然而一圈参观下来，庄籽芯忍不住被逗乐了。

除却整栋建筑的用材看起来新一些，屋内整体装修除了大树说的有点破烂以及摆放了些许不匹配的陈旧家具，还搭配了很多诡异的"不锈钢物件"。若说是工业风，可这里完全不是工业风的那种细节取胜，只有简单粗犷，而无细节韵味。

厨房也就罢了,最奇特的是,每个房间里还摆着一个柜门锃亮的银色铁皮柜。

依据家具的摆放位置,庄籽芯估摸这铁皮柜可能是个衣柜。

她忍不住指着那银色铁皮柜问大树:"大树,这铁皮柜是干吗的呀?怎么每个房间里都有一个?"

大树说:"哦,那是我们家衣柜。"

果然给她猜中了,还真是衣柜。

为什么会有人挑不锈钢柜做衣柜呢?庄籽芯有点想不通。

大树挠着脑袋憨憨地笑道:"不锈钢的柜子可好了,不容易点燃。要是其他家具也都能做成不锈钢的就好了。"

庄籽芯听闻忍不住喷笑,大树这审美有点崎岖啊,偏爱不锈钢。

"你很有个性嘛!你家这个装修很棒,非常棒,不锈钢叙利亚风!"

"续、续什么风?那是什么风?"

"就是非常简约大气的一种装修风格。"

"哦哦哦,原来我家这么厉害呀。"

"哈哈哈,是呀是呀。"

钟戌初端着菜进来,刚好听到二人的对话。从庄籽芯眉飞色舞的神情之中,他一眼就看出她的真实想法,于是一脸正色道:"去年大树家失火,屋子是后来重建的。萍婶怕再着火,坚持让大树他爸买了一套不锈钢的柜子当家具。"

许艾萍笑着道:"唉,当时全都烧光了咯,啥子都没得落下哟,要不是有你们和阿洛,我们家怕是到今年都没得个遮风挡雨的地方。"

庄籽芯听着,挂在脸上的嬉笑表情渐渐僵硬。

在她看来滑稽又可笑的东西,却是别人家的至宝,只因为不易点燃。

"对不起……"

大树笑道:"你咋子跟我说对不起?上我们家吃饭,不用客气。"

钟戌初眈了一眼,发出一声冷哂。

许艾萍笑着说:"没得事,整个村子都晓得,不是什么秘密,没得事哈。"

许艾萍的和蔼可亲,让庄籽芯暗暗松了好大一口气。

她尴尬且憨憨地笑着,余光不经意间瞥见钟戌初,他刚好也看向她。

四目相对,他瞪了一眼便移开视线,但那鄙夷的眼神配着他唇角不和谐的弧度,像是一把小刀直戳着她的脊梁骨,叫她坐立不安。

自始至终,大树和阿姨并不知道她为什么道歉,对比他们的纯朴善良,她就像是一个跳梁小丑,以自以为是的幽默抖机灵,殊不知根本就是在别人的伤口上撒盐。

她越想越觉得愧疚,像个犯了错的孩子一样低下头,绞着手指。

"庄小姐吃饭。"许艾萍笑着将一碗满满的米饭端在庄籽芯的面前。

"谢谢阿姨。叫我籽芯就好了。"庄籽芯受宠若惊,这刚捧起饭碗,还没来得及夹一口米饭,碗里已经被夹满了菜,"阿姨,我自己来……"

再看钟戌初的碗里,和她一模一样,菜堆得满满。

钟戌初一边说着谢谢,一边将碗伸过去,像家人一样毫不客气。

许艾萍恨不能将桌上的菜全都夹到他们俩的碗里。

大树笑着说:"小芯,你尝尝,我妈烧的黑山羊肉锅最好吃,里面的菌子都是今天一大早采的,最新鲜了。"

庄籽芯夹了一块山羊肉放入口中,肥瘦相间,肉质细嫩,入口完全没有羊肉的膻味。她忍不住赞道:"阿姨,你这羊肉锅烧得可真好吃,羊肉又嫩又滑,一点不输我们那边星级饭店厨师的水准,绝对可以评上'舌尖上的中国'。"

"庄小姐这说得我都不好意思咯,就是瞎弄弄,哪还能上什么舌尖上的中国。"许艾萍抿嘴笑了开来，高兴得连眼角的鱼尾纹褶皱都一起飞扬起来。

"阿姨，你别叫我庄小姐了，叫我小庄就行了。"庄籽芯说着忍不住摸出手机，拍了一张黑山羊锅的照片，"真的太好吃了，我等一下要发到网上。"

大树自豪地说："不是我吹，我妈烧的黑山羊肉锅，就是我们村里的招牌。"

庄籽芯竖起了大拇指。

钟戌初淡淡瞥了她一眼，昨天吃李昭如奶奶烧的腊排骨她也是这般激动，似乎一谈到吃，这女人便会忍不住眉飞色舞。

妥妥的吃货！

钟戌初不经意地轻轻勾起唇角。

庄籽芯抬眸恰巧捕捉到他的笑容，那笑容明明该死的好看，温暖又舒心，可她心底就像是有了个小恶魔一样，怀揣疑心，现在只要他笑，她便觉着他又在暗自嘲笑她。

"你笑什么？难道我说得不对吗？"

钟戌初挑眉看着她："你脸上写了四个字——做贼心虚。"

一眼就被他看穿，庄籽芯的脸颊一下子红了起来，她噘起嘴冲着他吐舌头，做了个鬼脸。

"幼稚。"钟戌初不屑地眈了她一眼，将筷子伸进羊肉锅里。

庄籽芯不甘示弱，便也将筷子伸过去，一下便将他看中的羊肉块抢夺过去。

钟戌初不可思议地看向她。

"啧啧啧，手上功夫不行啊，感统失调的话，这把年纪去医院，怕也是没救了。"她得意扬扬地将羊肉放进嘴里，脸上尽现贱贱的表情：抢不过我吧，我就是这么强大，有本事你来打我呀。

钟戌初无语凝噎，可看着她那副小人得志贱兮兮的模样，是又好气又好笑，不经意间唇角又忍不住轻勾飞扬。

"什么是感统失调？"大树好奇地问道。

庄籽芯刚想说是大脑功能失调的一种，却被钟戌初抢先："大树，上次推荐你的《动物世界》看完了吗？"

大树一脸蒙："什么动物世界啊？"

钟戌初说："就是鬣狗和猎豹那个。"

大树恍然大悟："哦，你说那个不要脸的鬣狗啊，我看了，看了，真是没想到鬣狗那么不要脸。"

钟戌初淡淡笑了开来，夹了一块肉给大树。

庄籽芯嚼着黑山羊肉，听二人的对话总觉着哪里不对劲。

她偷瞄一眼钟戌初，嚄！这家伙他又笑了。

他又笑了。不简单。

为了弄清楚钟戌初到底在笑什么，她找了尿遁的借口离开："阿姨，你们家洗手间在什么地方？"

"洗手间？"许艾萍一下子没反应过来，大树推了推她指向庭院，她才恍然大悟，"哦哦哦，茅厕哦，在那边咯。"

许艾萍指着院里的一道小门。

庄籽芯带着手机走过去，刚走到厕所门跟前，忽然想到李昭如家的旱厕，立即顿住脚步。

她怎么就想出来这么个尿遁的烂主意？

她拧着眉头站在厕所门外，回头往屋里看了一眼，钟戌初和大树母子二人正在说说笑笑，似乎并未留意到她。

她立即打开手机，开始搜索鬣狗与猎豹抢食的纪录片。浏览器一打开便是各种各样的抢食视频，她随手点开一个，《动物世界》经典洗脑片头曲开始回荡，随后赵忠祥老师淳厚磁性的嗓音解说娓娓道来。

一只体形优美，号称"草原赛跑小王子"的猎豹，守候多时终于捕猎到一只落单的羚羊。它正准备享用美餐时，忽然一群鬣狗悄悄走了过来。猎豹发现了鬣狗，立即松口丢下美味可口的羚羊，默默离

133

开。鬣狗们一脸坏相，掏着羚羊的内脏开始美滋滋地吃食。猎豹只能远远地观望着，流着口水……

原来鬣狗外号"草原上最不要脸的强盗"，所以就是王子遇着不要脸的强盗，那到嘴的美食也得拱手相让。

喵！这家伙，诱导大树说话，其实是在暗喻自己是王子，是可怜的猎豹，而她是鬣狗，是不要脸的强盗。

收了手机，庄籽芯气得头发丝都飞了起来。

坏东西，骂人都这么拐弯抹角。这一招她学会了，早晚她会用其人之道，还治其人之身。

不过回味过来，庄籽芯也为自己幼稚的举止感到好笑。算了，她大人不计小人过。

吃完饭后，庄籽芯便在院子里玩自拍，拍花拍草拍民居建筑，寻找各种角度力求拍美美的文艺小清新照片。

工欲善其事，必先利其器。

毕竟这些都是她可以用来发软文吸引流量赚钱的素材。

她端着手机走出院门。

不得不说，这里处处是景，美得手机镜头根本装不下。

大树家的位置刚好在村子的高处，站在院门前的水泥平地上远眺，风景极美。但大树说，就在他家后方离着不远的高处，还有个亭台，叫作七星望月台，那里才是纵览全村山景最佳的位置。

庄籽芯回头看了一眼那个高高在上的七星望月台，抵挡不住好奇心，一个人气喘吁吁地爬了上去。

古老的八角亭台，石基上爬满了苔藓，原本刷在木柱上的油漆早已剥落殆尽，灰白的木头露着沧桑的岁月痕迹。

她站在围栏处，远处的风景尽收眼底。

蔚蓝的天空干净得如同刚织好的绸缎似的，泛着柔亮的光泽。云近得不再是课文里的描述——远在天边，而是近在眼前，仿佛只要一伸手，就能够着那团团棉花状的云朵。

这地方真是太美了。

她拍了好些照片，又沿着原路返回。

途中只要看到美景，她便忍不住拿出手机拍照。

她盯着手机调弄镜头焦距，正要拍照，忽然屏幕里出现了两个熟悉的人影，站在下方的土坡上。她切换手机镜头拉近了看，竟然是钟戌初和王大树，两人好像正在为什么事情争执着。

钟戌初正往王大树的手里塞着什么东西。她又拉近镜头，是一沓粉红的钞票。王大树为难地抱着头，一脸痛苦的模样，像是在不停抗拒。钟初戌一脸正色，强行拉下王大树的手，将钞票塞进他手里。

隔着老远，庄籽芯虽然听不清二人在说什么，但几乎能判定钟戌初想给王大树钱，而王大树坚决不肯收下。

她猫着腰往坡下走去，找了绝佳的灌木丛蹲点，恰好能听清二人的对话。

大树说："不得行，我不能收这钱。就一顿羊肉，没得多少钱。"

钟戌初说："怎么没多少钱？我们来吃一次饭，婶子就宰一头羊。那羊羔好不容易长大，卖了能有不少钱，再说后面弄民宿需要用钱的地方多了去了。你不收，下次我就再也不上你家里来吃饭了。"

大树说："阿初哥，你咋个这样？要不是你，我们家今年哪里还能有房子住咯。不过是宰一只羊，让我爹妈晓得我收了你的钱，他们能扒了我的皮。"

钟戌初说："你把钱收下。这不是我一个人的意思，还有你程哥郑哥他们的意思。"

大树摆手："不得行不得行，你和栋哥炜炜哥乐哥他们这样帮我们村，吃一顿，我还要收你们钱，天打雷劈的咯。"

钟戌初叹了口气说："唉，你这孩子……虽说我们是来拍摄做宣传，但我们总要吃喝的呀，那还不是要经常麻烦婶子烧饭烧菜吗，吃饭怎么不需要钱？"

大树捂着耳朵死活不听。

庄籽芯正偷听着，忽然不知哪里来了一只无名野蜂，冲着她"嗡嗡嗡"地闹着。她不知这无名野蜂会不会蜇人，所以不敢太大动作，于是蹲着一点一点往一边挪去，意图离那野蜂远一些。

谁知，脚下的泥土被她这么一磨蹭，靠着坡边的泥土不知怎的突然裂了一个大口，碎石泥土一阵滚落。

她还没反应过来，只听"轰"的一声，脚下的泥块彻底塌落，她的左脚跟着滑下，紧接着她尖叫着整个人一屁股栽了下去。

钟戌初和大树听见动静直往她的方向看过来，只见绿茵茵的灌木丛之间露出她的运动裤。

钟戌初见状，顾不得塞钱，连忙三步并作两步跑过来。

庄籽芯跌了个四脚朝天，一脸狼狈地躺在田里哼唧。

钟戌初看着她无比凄惨的模样，嘴角不由得微微抽动，想笑却又得生生压住，跳下田埂，将她从地里拉了起来。

大树跟着跑过来，紧张地问："小芯，你没得事吧？"

屁股跌开花怕就是这种惨烈的痛吧。

"没得事……"庄籽芯不自觉地跟着大树一个口音，她抽吸了好几口气，痛得龇牙咧嘴，完全忘了表情管理，一只手无力地摆了摆，另一只手死命地按着跌得很痛的屁股。这刚揉了两下，忽然瞧见钟戌初的表情，顿时脸涨得通红。

她意识到自己应保持完美的职场形象问题，立即咬紧牙关，转而一副若无其事的样子云淡风轻地拍了拍裤子上的泥土，可当看到裤子上一大块草渍泥斑，她的心犹如当场被电击，一阵抽痛。

大树追问："小芯，你怎么在这里？怎么跌落下去的？"

庄籽芯一脸尴尬，她总不能说自己在偷听，结果一个没留神就这么摔下坡道。

"刚才我顾着拍风景，突然有个像蜜蜂一样的大虫子飞过来，把我吓了一跳，然后我脚一滑就跌下来了。"

钟戌初眈了她一眼，虽然对她的话将信将疑，但仍旧十分绅士地扶着她一瘸一拐地爬上坡。

"谢谢……"庄籽芯忽然惊道,"呀,我的手机呢?"

同样的画面,又一次出现了。

钟戌初掏出手机拨打她的手机号,不一会儿,她的手机在坡下的田里响了起来。

大树连忙走过去捡起来一看:"屏碎了。"

"我看看。"庄籽芯连忙接过来,吹了吹上面的泥土。

这次屏幕裂得像蜘蛛网一样。她仔细看了看,庆幸只是手机膜摔裂了:"没事,只是手机膜摔坏了,换张膜就行了。"

"哎呀吓死我了,没坏就好。"大树跟着松了口气。

钟戌初跟着看向大树,大树对上视线不由得一个激灵,抢着说:"我去找阿洛哥,看看路铺得怎么样了,有没有要帮忙的。我先走了哈。"

说完刺溜一阵烟地跑了,留下钟戌初和庄籽芯两人面面相觑。

钟戌初刚同大树说阿洛让他去帮忙,这钱还没给到这孩子,这孩子已经学会借此溜了,不过去帮忙也好,免得这孩子心里又想着带庄籽芯去玩。

他眈了一眼庄籽芯,于是率先开了口:"你这手机膜可能一时半会儿没地方可换。"

庄籽芯看了看手机,拧紧眉心,手中的手机是当前最高端的款式和型号,这穷乡僻壤的地方显然不可能有相匹配的配件卖,唯一的方法就是网购快递过来,但是快递能不能送到这里,是个很大的问题。

"快递最近可以送到哪里?"

"镇上。从这里过去差不多也得两三个小时的路程。"

"两三个小时……应该还好吧。"庄籽芯算了算,来回五六个小时,半天就过去了。

果不其然,钟戌初不客气地打击说:"没人会为了一张手机膜而刻意跑镇上。"

137

"我又没说要立即去镇上,我可以等。"

钟戌初没接话,转身离开。

庄籽芯忽然叫住他:"哎……"

钟戌初顿住脚步,一脸狐疑地看向她:"干吗?"

庄籽芯抿了抿唇,问道:"我们今天中午吃的羊肉,是不是要很多钱?"

钟戌初眉心一蹙,以为什么事,于是回道:"没多少钱。"

他转身又要走。

庄籽芯急道:"我不是问你觉得没多少钱,我的意思是……大树家是不是花了好多钱。你们刚才说的话,其实我都听到了,你想给大树钱,大树不肯要,我也看见了……"

钟戌初挑了挑眉,他就知道刚才她不是因为拍风景不小心摔下坡,而是因为偷听。

"然后?"

庄籽芯道:"我不知道那只羊对大树家来说很重要,如果知道,那我肯定不能白吃羊肉。所以羊肉的钱,我来给。"

她咬着唇,等待钟初戌的回应。

钟戌初很欣慰,这女人看着不靠谱,但还算良心未泯。

"不用了。"说完,他转身就走。

庄籽芯跟上:"怎么不用?这钱绝不能让你一个人付,这不是请客的事。你把你手机给我。"

"干吗?"

"什么干吗,我又不抢你手机咯,你怕啥?"

钟戌初看了她两眼,将手机递了过去。

庄籽芯先是打开自己的手机,通过微信,转了450块钱给钟戌初,然后又从他的微信里点开自己的头像,将那450块收下。

她考虑得很细致,像他这样自视甚高、傲视轻物的高岭之花,如果她直接从手机微信里转钱给他,他一定不会收,所以她才拿他的手机过来，替他收下。

她庄籽芯这个人，偶尔可能会小家子气、会抠门、会计较，但凡事都讲究光明磊落。老爸在世之时教育她最多的硬道理便是：不该占人便宜的绝不能占，这才是最大的精明。这羊肉的钱她必须得给。

她将手机还给他，弯了弯唇角，自信满满地说道："我查过了，一只羊差不多卖900块钱，虽然咱俩没有吃一整只羊，但是必须得按整只算，因为这只羊极有可能是大树家唯一的一只羊。二一添作五，我付一半，你付一半。你现在可以把900块钱的现金给我，我去帮你给大树。你放心，这钱我绝不会黑，我一定会想法子让大树收下这笔钱。"

钟戌初拿回手机，看了一眼微信对话框界面，果然上面显示已收款450元。看完，他一言不发，淡定地拿着手机转身就走。

庄籽芯有些不明白，追了过去："现金给我呀。你不给我，我怎么去给大树？"

钟戌初斜睨了她一眼，道："我为什么要给你现金？"

"不是给我，是给……"庄籽芯话说了一半便顿住，在原地愣了有两秒，忽然反应过来，"你该不是想黑我的钱吧？"

"黑你的钱？你怎么会有这种想法？钱是你给的，也是你帮我收的，我从头到尾没有操作过，丝毫不能证明它是用来兑现的，所以我权当这450块钱是偿还保证金。别忘了是你欠我钱，这后面至少还差三个零。"钟戌初说完继续往前走。

庄籽芯突然脑子开始打结："哎？你这人怎么就要无赖了呢？明明来之前我们不都谈好了吗？只要我卖命一年，所有债务既往不咎。你可别忘了，我可是签了卖身契的呢。"

"原来你对那份合约的理解是卖身契。"钟戌初扬起眉尾，佯装一脸失望，接着便连连点头，"很好，在古代，那些签了卖身契的奴才，通常都不配拥有自己的姓名，并且赚的每一分钱都是主人的。'你人是我的，钱也是我的'，这种话我就不说了，免得说出来我这

139

个主人占你一个女孩子的便宜。我也不剥夺你的姓名权，不用跟我姓，你就还叫你的名字。就很简单，这450块钱现在是我的钱。"

钟戌初扬了扬手机然后放入裤子口袋，露出一个狡黠而十分好看的笑容，转身离开。

庄籽芯嘴角抽搐，不可置信地立在原地，听完他的一派胡言。什么？她是奴才，他是主人？他竟然还异想天开地想剥夺她的姓名，给她冠姓，当爸爸？

老爸还教育过她另一个做人的硬道理——做人不可与人较劲，否则就等于给自己留后患。

如今这一点，她必须反驳，不是她非要较劲，而是从未见过如此无耻之人！

她一副好心，考虑到他会不好意思收钱，为了不占他便宜才主动向他要手机帮他收款。结果她这是搬起石头砸自己的脚。

小丑竟是她自己！

庄籽芯咬牙切齿，冲着钟戌初的背影大喊："钟戌初！你这个'吸血渣'！你这个坏人！你道德沦丧！你没有人性！你太坏了！"

昨日他背她的恩情，今日一笔勾销。

尖锐的声音划破天际，在空旷的山野里回荡。栖息在树上的鸟儿一下子惊起，扑腾着翅膀直向四周飞去。

钟戌初仿若没有听见，扬着唇角，心情舒畅地径直向前走。

庄籽芯气得在原地直跺脚。她知道，这450块钱除非是强抢他的手机划账，否则是别想要回来。

呜呜呜……她不能就这么算了。钱，是她的底线。她早晚要把这450块钱要回来，绝不会让他的奸计得逞。

Chapter8
打工人撩老板那是脑子有病

等到庄籽芯回过神,早已不见钟戌初的身影,大树家中也没了人,人生地不熟,她也不敢四处乱跑,只好独自一人往回走。

说是来帮扶,可钟戌初和程守洛他们并没有给自己派任务。钟戌初只带她吃了一顿饭便自个儿跑了,她也不知道该做些什么,想着自己微博公众号今天的文章还没有更新,于是决定先回李昭如的家完成今日的工作。

丢了450块钱的心痛让庄籽芯彻底忘了屁股摔裂的疼痛。

她一边走一边腹诽着钟戌初,走着走着,远远瞧见大树和另一位村民大叔,一个推着物料翻斗推车,一个推着简易的人力车往村口走。

"大树!"她连忙冲着大树挥了挥手,然后走过去。

大树听到声音回头,微微顿了顿停下。他见到庄籽芯有些不好意思,挠了挠头说:"小芯,刚才我不是故意丢下你和阿初哥……"

庄籽芯当然明白他想说什么,笑了笑道:"没事。我都没来得及谢谢你和阿姨呢，你们就都去忙活了。这位是？"

大树连忙介绍说："昨晚见过的，这是桂婶家的祥叔。祥叔，小芯昨晚见过了，我就不介绍了。"

昨晚一屋子的人，庄籽芯并未能记住几个人的脸。

祥叔本名王富祥，是许桂华的丈夫，个头不高，人精瘦精瘦的。其实祥叔年纪并不大，四十岁出头，许是皮肤长年受到高原紫外线的照射变得黑红，眼角嘴角爬满了皱纹，整个人看上去有些苍老。

"祥叔好。"她礼貌地向大叔微微颔首，并伸出手想行握手礼。

"你、你好。"祥叔愣了愣，伸出手，然而在看到庄籽芯不沾阳春水的纤细玉手和自己污脏粗糙的手对比之后，他便又缩了回去，只是憨厚地咧嘴笑了笑，什么也没说。

看得出来，祥叔是个老实而又不擅于言辞的人。

庄籽芯知道自己失礼了，为了打破眼前这个尴尬的局面，于是她笑着又问道："大树，你和祥叔这是要去干吗？"

大树连忙说："我们这是要去铺路。阿洛哥说了，要想富，先修路，为了方便大家出行，得先把村子里所有的路都修好。"

"哦，我知道了。"昨天来的时候，庄籽芯都瞧见了。

难怪村口的位置堆积了好多沙石水泥。村口通往村子有一长段路十分平坦，恰好能供汽车通行，但是再往各家各户走，全是岔路小道，只有窄窄的土石路。

昨日傍晚刚到，今日也只上大树家吃了顿午饭。整个村子，庄籽芯还没有全部走完，就凭她昨晚和刚才走过的每户人家门前的小道，想要全部都铺上平整的水泥，这绝对不是个轻松简单的工程，需要大量的人力物力及财力。

她内心不由得对程守洛敬佩起来。

大树又说："路修好了，建民宿需要的材料也就都方便运进来了。"

庄籽芯惊讶："民宿？这里要弄民宿？"

大树激动地连连点头："对啊对啊。阿洛哥说，要把我们白平村打造成一个人文无干扰、生态无破坏的美丽旅游乡村，家家户户弄起民宿，游客来了必定要方便出行才对。所以，修路是首要的。"

庄籽芯听了频频点头，没想到程守洛这么有想法，对他的敬佩又多了一层。

"小芯，我们先去忙了。"大树黝黑的皮肤上泛着高原红，一双黑亮的眼睛闪着激情澎湃的光芒。

庄籽芯道："哦，对了，你知道村子里谁家有无线网吗？"

虽说白平村这里通了移动信号，但毕竟还是在大山里，手机信号时好时弱。看看短视频，看看微博公众号，这些还算流畅，但是稍后她想要在微博公众号平台发布一些高清的照片和短视频，还是有些困难。

昨天晚上夜宿李昭如家时，她便查探过手机附近的无线信号，确认李昭如家里没有安装无线网络。

大树说："阿洛哥家就有啊。"

以前整个村子的对外通信联络都集中在村委会办公室里，自打程守洛接手村支书的工作之后，为了方便工作，便在家中也装了无线网。比起去村委会办事，村子里好些人更爱上程守洛家里，所以现在，程守洛的家成了大伙儿与外界联系的中心站，就像是白平村村委会的第二办公室。

"程守洛家有？那太好了！我正好手头上有个工作要做，需要用到无线网。"

"那你就上阿洛哥家用就得了，阿洛哥说了，争取在明年给我们白平村都装上宽带，让我们以后家家户户都能用上网络。"大树自豪地说道。

庄籽芯笑了起来："棒！我得先给他打个电话。"

很快电话接通，庄籽芯说明意图，程守洛便道："没问题。你直接过去。"

143

庄籽芯道:"可是你不在家,我一个外人过去方便吗?"

大树插话:"方便方便,喃(哪)个不方便。在我们白平村,家家户户都不闭户,你去就得了,别管家里有没有得人。"

程守洛在电话里听见,笑了起来:"大树说得没错,你尽管去就是了。"

"谢谢你,那密码是?"庄籽芯由衷感谢。

大树又抢先说道:"我告诉你密码哈,你记哈,9876543210。"

庄籽芯笑道:"哈,这么简单?"

"复杂了,喃个能记得住哈。"大树说完便哈哈大笑起来。

听见大树和庄籽芯爽朗的笑声,程守洛在电话里也不由得跟着笑了开来。

"哈哈哈……我回去拿个笔记本电脑,然后就上你家去。"

挂了电话,庄籽芯连声感谢大树,弄得大树极不好意思。

"去吧去吧,我和祥叔去忙了哈。"大树说完,便和祥叔推着翻斗车往村口快步走去。

庄籽芯欢天喜地地离开,不一会儿便抱着笔记本上程守洛家。

再次踏上石阶,庄籽芯迈进程守洛家的院门,竟然不由自主地轻手轻脚,大约是怕惊着院里的花花草草吧。

站在大门内,她望着静悄悄的堂屋,同样的简陋破旧,可是脑海里不停出现的却是大树家那几个不锈钢的柜子,在崭新而雪白的屋子里摆放着,让人有种很心酸的感觉。

庄籽芯内心感慨万千,脑海里只剩下"家徒四壁"四个字。

给钱这事算是印在庄籽芯的心里头,她寻思着不管如何,她得找机会让大树收下那只羊的钱。

她打开手机,无线信号满格,于是抱着电脑走到屋外的银杏树下,将电脑放在石桌上。仿佛知道她今日会来一般,这石凳上竟然摆着一个软垫。她会心一笑,坐下打开笔记本开始办公。

她输入无线网密码,很快便连接上网。她将早已写好的文稿上传

144

至公众平台。

昨日微博上更新的内容配图是程守洛家院子里的花花草草，评论里一下子多了很多留言，全是询问这是哪里。

她会心一笑，输入"云南白平村"几个字。按例浏览完所有粉丝的留言并作相应回复，她开始准备新的文稿。

虽然在来之前，她早已存好了几篇文稿库存，但是鉴于高岭之花阴晴不定的性格，她不能保证接下来每天还能像今日这样坐下来工作，或许明日她不只是刷"牡丹花"，而是有可能被安排去打扫猪圈。

作为一个智者，她绝不能被外力击倒，她要调整好自己的心态，保持平常心、快乐心以及勇敢心，去迎接每一个美好的明天。

她用两根食指戳着自己的嘴角向上，弯起一个美丽的弧度。接下来的任务，她便是要开始横扫烂片。

看最烂的片，写最痛苦的文案！

做这份工作，享受它带来的金钱快乐，同样也要承受金钱带来的痛苦。如果人世间有一种工作只享受金钱的快乐，而不承受痛苦，该是多么美妙。

为了钱，再痛苦她也愿意。

刀刀就像她肚里的蛔虫一样，给她发来了一份文档，标题直截了当——烂片大集合。

她打开文档，赫然发现清单里列的是清一色的恐怖片，当下天灵盖一阵抽紧。

她皱着眉头，拨通了刀刀的视频电话："哥，我可真是谢谢你啊，以前给我烂片就算了，现在居然给我的全是恐怖片。你看我像是能看恐怖片的人吗？"

视频里，刀刀故意将脸凑近镜头，只露了两鼻孔："姐，这人啊，是最能屈能伸的动物了，以前不看，不代表现在和以后都不看，看着看着就习惯了。"

"你才动物呢。你可知道我现在的生活比恐怖片还要恐怖？"

"姐，最近刚上了一部新片，公司上下现在全力在忙那片子的推广，恐怖片这块缺人弄啊。给你看我的黑眼圈。"电话里刀刀的声音听起来又累又丧，忽然就将眼镜凑到镜头里来。

庄籽芯手机屏的保护膜碎成了蜘蛛网，这一拉近，屏幕上就剩下刀刀的黑眼睛，配上蜘蛛网屏面，十分瘆人。

"你赶紧给我死开。吓死人了！你别给我装死。没人搞恐怖片这块，就丢给我？我是垃圾筒还是回收站？"

"姐，我给你的可都是恐怖片中的精华，烂片都没舍得给你呢。"

"我可谢谢你了。"庄籽芯没那么傻，仔细一想，觉得这事一定是被小人算计了，"是不是马浩磊那个贱人，又在冷哥面前说三道四，所以看恐怖片的任务就安在我头上了？"

刀刀是个聪明人，并不明说："姐，你就将就着看吧。云南风景那么美的地方，与恐怖片最配了。"

"我配你个大头鬼……喂？喂？喂？"庄籽芯话没骂完，就听见无情的断线声，再看对话框里，刀刀发来两个表情图——"靠别人的是公主，靠自己是光荣的打工人"和"打工魂打工人，打工都是人上人"。

果然是马浩磊那个小贱人搞的鬼！

两张表情图之后，刀刀又跟了一句："公主，加油！我看好你哟！"庄籽芯气得直翻了个白眼。

这人哪，只要一脱了势力范围，就跟插了翅膀一样爱上天。

庄籽芯猛掐人中，深吸一口气，看来除了手机保护屏，她还需要采购一批速效救心丸，以备不时之需。

她打开视频网站，准备开始扫片，这时，姜陶陶的信息又跳了出来："喂，女人，今天你和教授进展如何？"而后还配了张无比期待的眨眼萌图。

"什么进展？"庄籽芯回了一个"黑人问号脸"。

"昨天都给你揉脚了,今天还不拉个小手?按我们编剧开头一集定律,这是必须要吻上的。你已经慢了好吗?"

"我呸呸呸!自从做了编剧,你整天就在那儿瞎编。我跟他能有什么进展?他是拽狂大老板,我是心酸打工人,剥削者与被剥削者的关系,是建立在金钱关系之上的仇人,懂?"

"汉从门前过,不撩是罪过。这个道理你都不懂?"

"打工人撩老板那是脑子有病吧。你可知道他今天讽刺我什么?"

"讽刺你啥?"

"说是我草原上最不要脸的鬣狗,而他是草原上奔跑的小王子猎豹。"庄籽芯刻意发了一段语音过去,说了他与大树讨论鬣狗与猎豹抢食纪录片的事,并将鬣狗的纪录片也一并发了过去。

"这暗喻厉害了。你抢他什么东西了?"

"黑山羊肉呗,他用筷子夹黑山羊肉的时候,我给抢了过来。"庄籽芯发了一个无比自豪的表情图。

姜陶陶一看,立即回了一个"失敬"的抱拳图:"姐妹,我真是小看你了,还说自己没撩,你简直是撩汉于无形的高手啊。不过,你要加油,显然是你这功力不够,没撩成功,反被说是鬣狗。"

对话框里又跟了一个"我看好你哟"的加油表情包。

"我撩他?我这叫撩他?我那是气不过,就是不想他吃那块肉。对了,最过分的是,他还黑了我450块钱。"

"得得得,所谓当局者迷,旁观者清。女人,你已经慢慢深陷进爱情沼泽里,必将无法自拔。"

庄籽芯气到没语言,索性直接发了语音过去,一个字:"滚!"

"得嘞,小的这就滚。祝大佬您天天刷牡丹花愉快。"

庄籽芯气得只能发几个抽打的表情过去。

一下子安静下来,庄籽芯硬着头皮打开刀刀给的恐怖片清单,第一个便是《山村老尸》。这片子她小时候看过,是她的童年阴影。

147

小升初毕业那年暑假，因为年幼无知，她和一群小伙伴出于好奇，打开了这部恐怖榜霸榜第一的神片。看完之后她整个人傻了，整整三天三夜没睡着觉，每天晚上只要一闭上眼，她就看见楚人美在天花板上飘。长大之后，一遇到有小伙伴求推荐好片，她便昧着良心说这片一定要看，不看此生遗憾。结果便是收到诅咒：做人不要太楚人美。

想来这些诅咒终是灵验了，否则她也不会在风景如此壮美的地方，被迫重温《山村老尸》。

庄籽芯手快速颤抖着滑过，往下便是《午夜凶铃》和《咒怨》，看到这两个名字她便又失去了勇气。这些排行榜上赫赫有名的恐怖片，早已有很多自媒体人写过，她为什么要在这里受罪炒冷饭？一切不过是为了生存罢了。

任何东西都是要原创性，她剪辑片子的时候，台词文案都要对得上。任务已接，且不管是不是令她犯难的恐怖电影，这影评文章得先弄出来，所以片子必须得看。

于是她咬咬牙，打开了《山村老尸》。毕竟小时候看过，知道大致剧情，对于一些印象深刻的恐怖点，起码能够及时避雷，但其他片子就不一定了。

虽然在看之前，庄籽芯给自己打了很多强心剂，但看了之后她还是被吓到崩溃。每每遇到最精彩最恐怖的地方，她必须要将片子暂停截取。那种崩溃，大约相当于她站在玻璃栈桥上往返跑马拉松。

明天，她必须为自己的心脏向冷哥提出抗议。

随着时间的流逝，远处的天边越来越红，越来越暗，最后的霞光与夜幕来临之前的昏暗交织在一起，浓得像是一片抹开的血黑色。

眼看着太阳就要完全落山，《山村老尸》还差一点就要结尾了，也是揭开谜底最紧张的时刻，庄籽芯坐在庭院里，全神贯注地盯着电脑，丝毫没有察觉有人来。

这时，背后忽然传来一个幽幽颤抖的声音："小芯……你这是在看什么东西?"

庄籽芯一回头,一道黑影立在身后,甚至没有看清来人是谁,只是出于本能,她凄厉地惊叫一声:"啊——"然后跌坐在了地上。

大树被她的反应吓了一大跳,也跟着手足无措凄厉地叫了起来:"啊——啊——"

于是两人就这样面对面地惨叫开来,直到看清彼此,才停了下来。

程守洛和钟戌初等一行人忙活了一天,终于在天完全黑透前回到家,这还没进院门,便瞧见庄籽芯和大树两个人面对面地惊恐尖叫。

"发生了什么事?"程守洛连忙走过来。

"我不知道啊,我就是问小芯在看什么片子,然后她就吓得尖叫起来。"大树神志虽然恢复了正常,但是还是有些蒙,他一脸委屈,声音里甚至还夹杂着哭腔,显然也是被吓得不清。

庄籽芯好容易缓了过来,先前大树那一声,差一点把她从阳间带走。她手掌不停轻拍着胸口,指尖都在发抖。

与此同时,电脑里发出声音:"我现在见到你了,你并不是很恐怖……"紧接着音乐都变了,恐怖的声音随即而来。

周炜炜走到电脑跟前,屏幕里楚人美披头散发地飘过来,突然整张脸占满了整个屏幕,她瞪着一双恐怖的眼睛,只有眼白,然后张开她的血盆大口。

周炜炜当场头皮一阵发麻,天灵盖收紧,心脏猛地一击。他忍不住脱口而出:"哎哟!吓死老子了!"

徐开乐一下子乐了:"厉害了!小芯芯,你居然一个人在这里看《山村老尸》。"

钟戌初是最后一个踏上台阶的,本以为二人发生了什么意外,在听到周炜炜提到《山村老尸》之后,他便深蹙着眉心走过来。

电脑屏幕上画面一转,一面平静的湖水里伸出一只灰暗恐怖的手……

他紧抿着薄唇,看着坐在地上的庄籽芯,左右太阳穴跟着一阵抽痛。看她的眼神里除了怒其不争，还多了一丝别的情绪，比如：这人怕是脑子有问题？

他抬手捏了捏抽痛的太阳穴，然后深吸了一口气，在心中否定：脑子有问题的不是她，而是他。当初，他一定是脑子抽筋了，才会同这个女人签订契约，带她来白平村。从第一眼见到她，她就没干过一件正常人干的事。

他二话没说，将笔记本电脑合上，断绝了那恐怖的声音。

隔壁，离着几十米开外一位上了年纪的王大爷从门里走出来，站在院子里冲着他们喊道："啷个起的？好大的声哟。"

程守洛回喊："大爹，没得事哟，你早点睡哟。"

王大爷听闻点点头，慢悠悠走回家。

"你没事吧？"程守洛将手伸给庄籽芯。

"我没事。"庄籽芯惊魂未定，在程守洛的拉扯下，她好不容易站了起来，但是两条腿莫名发软，身子晃了两下。

程守洛连忙扶住她："你真的没事？"

庄籽芯摇了摇头，说道："没事，就是被吓到了，一会儿就好。"

徐开乐笑道："这片子我以前看过，至今都不敢再看第二遍。"

郑庭栋道："这片子我也看过，确实恐怖。"

大树道歉："对不起，小芯，我不是故意的。我没想到会吓着你。"

庄籽芯摆了摆手，道："不关你的事。"

钟戌初板着一张脸，冷道："你能不能干点正常人干的事？"

"别人一整天都在忙活，你在这里看恐怖片，你不被吓谁被吓？"

"你的意思是我被吓我活该咯？"

"我不是这个意思。"

"你就是这个意思。"

钟戌初深吸一口气，道："你说得对，我就是这个意思。"

庄籽芯本不想吵架，但是被钟戌初这么一刺激，火气也上来了，怒道："我看恐怖片怎么了？碍着你事了？是挡你走路，还是挡你吃饭睡觉了？"

她并不是故意要跟钟戌初对着干，但是他站在道德制高点指责她的语气，她实在是没法忍。她是签了卖身契，但她只是出卖她的脑力和劳动力而已，可没说必须要听他人格羞辱。她哪里不像正常人了？她勤勤恳恳、任劳任怨、鞠躬尽瘁地工作，这也有错吗？

如果说她有错，错就错在她不该贪钱替人接下那个采访，惹上他这个瘟神。被逼着签订卖身契也就算了，还要跟着来到这个人生地不熟的大山里帮扶。

她这才来第二天，她能知道要做什么？她什么都不会，什么也不知道。

她对自己几斤几两重，有深刻认知。人无圣贤。她需要一个适应期，不可能刚到这里第二天，她就能迅速适应这里的生活环境。

对他而言，她干什么都不对，连呼吸都是错的。

钟戌初不可思议："你——"

他这才开口说了一个"你"字，郑庭栋和程守洛怕他们两人吵起来，便开始做和事佬："哎哎哎，不就看个恐怖电影嘛，小事一桩，小事一桩。"

"小芯这第一天来，这里什么情况都还没熟悉，也不知道做什么事，无聊看看电影也是正常。"

大树开始着急："都怪我，我想偷偷看哈小芯在做啥子，要是一进门就和她打招呼，也就没得喃个事了。"

"不关你的事！"

"不关你的事！"

钟戌初和庄籽芯异口同声，一下子令所有人都笑了起来。

程守洛打破僵局："这天都黑了，大家都忙了一天，累了一天，都没有吃饭呢，赶紧先烧饭吃饭。"

周炜炜和徐开乐十分配合。

"小芯芯，你过来帮我和开乐一起烧饭。"周炜炜将身后背着的竹篓递给庄籽芯看,"你看,这是今天我们在田里拍摄的时候,我在水里摸的螺蛳。今晚我给你炒香辣螺蛳。"

庄籽芯瞪了钟戌初一眼,转脸便笑靥如花地对着周炜炜道:"我看看我看看!哇,你摸了这么多,还有鲫鱼。你这可真是名正言顺地'摸鱼'啊。"

周炜炜自豪地说:"那是。我还摘了好多菌子,在云南,不吃菌那都不叫到过云南。"

徐开乐道:"什么你摘的?明明是我摘的。"

庄籽芯故作害怕:"我听说云南人都是拿生命在吃野生菌。"

徐开乐道:"放心,绝对不会叫你拿命吃的。"

郑庭栋拍了拍钟戌初的肩头,笑着道:"男人!"

钟戌初深叹了口气,然后转向大树安慰道:"大树,今天这事不是你的错,你别自责了。还有,你今后最好离她远一点。累了一天,赶紧先回家吃饭去吧。"

"我……我……"大树嗫嗫嚅嚅,半晌说不出一句完整话。

这边周炜炜和徐开乐用老虎钳夹着螺蛳屁股,问庄籽芯:"你可真厉害,一个人在这儿看《山村老尸》,你不害怕吗?"

庄籽芯一边择着野菜,一边道:"怎么不怕?怕得要死好吗,再害怕也得看呀,谁叫这是我的工作呢?我们打工人哪有挑工作的份儿,只有工作挑我们。"

周炜炜惊奇:"啥?工作?小芯,你的工作是看鬼片?"

庄籽芯解释道:"对啊,我当前的工作,就是要在这张清单上,挑出一个情节奇葩或者情节恐怖又吸引人的片子出来,然后再做一个吐槽的影评文章,发到微博和公众号去。"

徐开乐道:"你们写影评,是真的要一个个扫片啊。"

"不然呢?你们以为我们自媒体就只是要耍嘴皮子吗?我们定期要看影片写影评文案的。你们能体会那种一边看片一边还要暂停截下最恐怖镜头的崩溃吗?"庄籽芯回眸看了一眼钟戌初,故意抬高音

152

调,"要不是为了生存,谁爱这么找虐?"

"原来是工作啊,真是难为你了。今晚你可得多吃一点。"周炜炜也跟着故意扯着嗓子说给钟戍初听。

"炜炜哥,你最好了。"

徐开乐立即道:"那我呢?我不好吗?"

"乐哥,你超棒的!"

钟戍初抿紧薄唇,转身进厨房淘米煮饭。

程守洛和郑庭栋也过来一起帮忙择菜洗菜,人多力量大,不一会儿,一桌菜热腾腾上桌。

庄籽芯夹了一个螺蛳,然后惊道:"哇,炜炜哥,你这香辣螺蛳简直是一绝啊,你这手艺可以开饭店了呀。"

周炜炜乐道:"不至于不至于。"

庄籽芯盛了一小碗菌菇汤,尝完之后又惊为天人:"乐哥,这些是什么菌?好好吃啊。"

徐开乐笑着道:"这叫扫把菌,你看它长得就跟扫把一样。这个叫羊肚菌,喜欢的话,明天我带你去采,然后再一一告诉你都叫什么名字。"

"太棒了!"庄籽芯激动完,又叹了口气,"可惜我什么都不会。"

周炜炜道:"不会没关系,你只要会吃就好了。"

"对!"徐开乐说着又往庄籽芯的碗里拨了好些螺蛳。

一桌人有说有笑,唯独钟戍初从头到尾闷闷地吃着饭,一言不发。

程守洛问他怎么不说话,他看了一眼滔滔不绝的庄籽芯,冷冷地说道:"有人会说会吃就行了。"

程守洛往他的碗里夹了一筷子野菜,笑道:"你知道吗?你现在整得就跟个怨妇似的。"

郑庭栋接着便道:"以前上学的时候,你三棍子都打不出个闷屁来,我们还以为你不会说话,后来发现你是神经不敏感,以为你这辈

153

子就这么云淡风轻波澜不惊地活下去，就连你那做事让人摸不着头脑的亲爹都难令你情绪波动。直到这次来白平村，我们才发现我们错了。没想到这世上还有这么个人，不仅让你知道什么叫作脑壳痛，还能让你的话变多了。兄弟啊，你应该感恩啊。"

钟戌初抬眸看了一眼郑庭栋，想说什么，最终还是叹了口气放弃，他又看了一眼庄籽芯，她正眉飞色舞地跟周炜炜徐开乐二人聊着天，于是他收回视线，默默地扒着饭。

程守洛和郑庭栋二人相视而笑，然后加入了他们，一同聊了开来。

庄籽芯忽然问："对了，今天怎么没见着昭如回来？"

程守洛道："学校里有个老师家里孩子病了，昭如今晚临时替她轮班，留在学校里照看学生们的起居生活。"

经过程守洛一番解释，庄籽芯这才了解，原来李昭如就职的安平苗圃希望小学刚好建立在白平村、沙头村、安善村三个村子最近的交汇中心点，三个村子离得最近的学生差不多都要走一个多小时的山路，而离得最远的学生来回则需要走三四个小时的山路。当初政府在建立希望小学的时候，考虑到这三个村子的孩子们来回上学路上需要花费很长的时间，于是在建造教学楼的同时还建造了学生宿舍和教职工宿舍，这样孩子们不仅能够省下路上的时间用来学习，也为当职的老师们提供了便利。

白平村学龄的孩子们周一到周五都安心地待在学校里上课，只有到了周五放学的时候，才会结伴从学校回到村子里。

"难怪昨天只看到几个学龄前的小朋友。"庄籽芯不禁感慨，以前就经常在电视上看到偏远山区的小朋友们为了上学翻山越岭，一天有一半的时间都花费在了路上。原来我们的党和国家，为了让山区的孩子们能够得到很好的教育，做了这么多事。

程守洛说："等得空了，带你去学校转转。"

庄籽芯十分高兴："好呀，好呀。"

饭后，庄籽芯主动收拾桌子并提出洗碗，却遭到了周炜炜和徐开乐的阻止:"女孩子家家的洗什么碗,就该十指不沾阳春水,漂漂亮亮的,像个小公主一样待着。"

"就是。这些粗活就让我们这些男孩子来承担吧。"

庄籽芯十分不好意思:"你们辛苦了一天,回来之后还又烧饭又洗碗的,我什么都没做,只会吃,你们这样,我太不好意思啊。"

"有什么不好意思的,你不是还有工作没完成吗?赶紧去把剩下的那点结尾弄完吧。"

"你害怕吗?要是怕的话,等我们俩忙完了,陪你把结尾那点一起看完。"

"那好吧,我先去把结尾弄完。辛苦你们俩啦。太不好意思了。"庄籽芯再三抱歉。

周炜炜和徐开乐异口同声:"没事!不辛苦!"

钟戌初立在门口,深锁着眉心凝望着两位小伙伴,有那么一瞬间,他不禁怀疑这两人是不是被庄籽芯施了法。

周炜炜恰巧撞见他鄙夷的眼神,于是啐了一句:"你看你这一天天的,能不能人与人之间少一点做作,多一点真诚?"

程守洛和郑庭栋两人捧腹大笑。

钟戌初二话不说,扭头走向程守洛和郑庭栋二人。

程守洛忽然问钟戌初:"阿初,你打算怎么安排小芯?"

钟戌初先是沉默一番,然后道:"我打算让她先熟悉一下村子里的环境,既然需要她来做宣传推广,她必须要对白平村的人、事、物都要有全面的深刻了解才行。我打算让她明天先跟着兰姐和竺溪嬢嬢她们后面熟悉熟悉。"

程守洛点了点头,道:"让兰姐和竺溪嬢嬢她们带着,妥。明天一早我就得盯着基建的事,我没办法带着小芯去找兰姐和竺溪嬢嬢她们,就拜托你了。"

钟戌初道:"你放心吧,我会好好交代兰姐她们。对了,修路的钱还够吗?"

程守洛道:"这次是户户通路计划,之前申请的政府批款已经拨了一部分,还有一部分没到账。你们帮忙筹资的款项还有不少,应该没什么问题。"

钟戍初不可置信地说道:"还有一部分没到账,时间久吗?会不会出什么问题?"

程守洛道:"等村口的停车场一铺好,我就上镇里去一趟,问问具体情况。"

钟戍初道:"辛苦你了,要我们陪你去吗?"

程守洛笑了起来:"不用,又不是小孩子。"

程守洛虽然笑着,但是笑容里隐隐有些苦涩。

郑庭栋一眼就看出他的难处,道:"我们不是当地人,人多去了反而麻烦。之前筹到的赞助款用得七七八八,也差不多了,后面还要改建民宿,又是一大笔钱。革命尚未成功,同志们还需努力啊。"

三个人一下子陷入沉默。

庄籽芯将最后一个片段截完,开心地合上电脑,伸了个懒腰。也不知为什么,自打大伙儿回来之后,她一点也不害怕了。

钟戍初找了机会,走过去别扭地叫了一声:"喂。"

庄籽芯听到,抬眸看了他一眼,扬着下巴高傲地回道:"我有名有姓,不叫'喂'!"

钟戍初吐了口气,认真叫道:"对不起,庄籽芯小姐!"

"什么?"庄籽芯用手遮着耳朵,佯装听不见。

"庄籽芯小姐。"钟戍初抬高了声音。

"呀,你在说什么?我听不见!"

"庄籽芯小姐!我要跟你说正经事。"钟戍初极力克制着自己随时要垮塌的情绪。

"我的样子像没在听正经事吗?"

钟戍初深吐了一口气,道:"好吧,明天我就送你离开这里,接下来的事我会让张律师处理。"

庄籽芯一听到张律师的名号，立即伸手拦住他，一脸正经地说道："张律师说他很忙的，你想找我聊正经事就不必打扰他了吧。说吧，找我有什么事？"

钟戌初无语凝噎，原来张律师的名号比他的话更管用。

"你不会认为我请你过来这里，是来度假的吧？"

庄籽芯反问："是要分配工作给我了吗？"

"是的，之前我一直没想好怎么安排你，打算明天让你先跟着兰姐和竺溪孃孃她们，具体安排你做什么，她们应该更有分寸。所以麻烦你明天起早，别再睡到日上三竿。"

"行，你是老板，我是打工人，老板说了算。"

钟戌初说完转身要走，庄籽芯忽然又拦住他："你好像还有什么事没有做完。"

钟戌初一脸不明所以："什么事？"

庄籽芯神情严肃："跟我道歉。"

钟戌初俊眉微拢，还是不明白。

庄籽芯翻了个白眼："你指责我看恐怖片的事，让我精神受到了伤害，你必须得跟我道歉。"

"庄籽芯小姐，你怕是忘了你现在是在为我工作吗？在替我工作的时间内干另一份工作，这叫作干私活。"钟戌初伸出手指，在庄籽芯的脑门上戳了戳，提醒她快点认清现实，"我才是精神受害者，你应该跟我道歉才对。"

庄籽芯目瞪口呆，简直不可思议。

"高岭之花，别以为你现在赢了。等到明年这时候，我一定要去你学校贴大字报，我要把你所有不要脸的罪行公之于众，让学生们都瞧瞧你的丑恶真面目。"

钟戌初嘴角轻抬，冷笑着道："你能进得了我们学校大门，算我输。"

"你给我等着！明年看谁坟头先长草！"庄籽芯越想越生气，万

157

恶资本家的心果真全都是黑的。

周炜炜和徐开乐闻风立即赶过来。

"我的天啊,你们俩怎么又吵起来了?阿初,人家小芯是个女孩子,你就不能让让?"

"老钟,你怎么了?你以前不是这样的,怎么这次来就跟变了个人似的。"徐开乐伸手探向钟戍初的额头。

钟戍初一巴掌拍掉他的爪子,没好气道:"你们两个才变了个人呢,见色忘友。"

"老钟,你说的是人话吗?"徐开乐和周炜炜两人抗议。

庄籽芯不忘煽风点火:"他本性就如此,只是以前掩藏得好,而我是个照妖镜,一下子就让他原形毕露。"

最终还是程守洛和郑庭栋出马,双方一顿安抚,这么个小纷争总算告一段落。

Chapter9
女人不能流泪

翌日,庄籽芯起了个大早,没待钟戌初召唤,她便一早就坐在程守洛家的院子里等待。

山里早晚温差较大,庄籽芯裹着厚厚的羊毛披肩坐在院子里,还是忍不住打了个冷战。

大伙儿一见着她都纷纷热情地打招呼,当然,除了钟戌初。

钟戌初只是目光轻轻掠过,不带任何情绪淡淡地扫了她一眼,只是一眼,他的眉头便又不由自主地拧在了一起。

今日庄籽芯依旧化着淡淡的精致妆容,唇上抹的唇膏,雾面哑光胡萝卜色,艳丽得宛若深秋里的红枫叶一般热情似火。这是她最钟爱的一支口红,特别适合云南这样明媚的初秋季节。

她穿着昨日那身烟粉色的运动裤,只是昨晚费了九牛二虎之力才将屁股后的泥巴印弄干净,上身穿上了同色系的外套,脚下的小白鞋也被她擦得锃亮,丝毫不见昨日灰蒙狼狈的惨状。

钟戌初抿紧薄唇,按捺住想要走上前糟蹋她小白鞋的冲动,他突然产生"恶毒的期待",这女人究竟能扛到哪一天才不会一直保持这样精致的装扮?

庄籽芯下意识看了一眼自己的小白鞋,然后又看向钟戍初,虽然他也是一身轻便的运动装,但脚下的鞋子已变成了朴实无华的军绿色帆布鞋。

他冲着她递了个眼神,淡淡地说道:"跟我来。"

又是这三个字。

庄籽芯翻了个白眼,像个乖乖兔一样静静地跟在他的身后。

沿着土坡小道,不一会儿,两人走到一户人家门前,依旧是典型的云南特色民居,乌黑的砖瓦,亮白的墙壁,都是最新翻修的。院外墙根脚下种满了花草,院里的三角梅红艳艳的,一直攀爬出了院墙,垂落下来,十分好看。

院完敞开着,钟戍初轻敲了敲了门扣,高声叫道:"竺溪孃孃,在家吗?"

不一会儿,便听见竺溪孃孃欢快高亮的声音传来:"是初初吗?我在的。"

一听到这个昵称,庄籽芯便撇了撇嘴,想笑,却又不敢明目张胆。

她还没来得及多打量这家小院,竺溪孃孃的身影便像阵风一样飘了过来。

"初初啊,吃过早饭没有?我昨晚做的朵朵糕,今早刚蒸的,还在锅里,热着呢。我去给你弄一份啊。"

钟戍初连忙道:"竺溪孃孃,你不用客气。我吃过早饭了。"

"哎哟,没客气。你们几个大男人哪里会做什么饭。"说着竺溪孃孃便走进厨房从蒸锅里拿了几个朵朵糕用盘子端了出来,"来,趁热吃。"

钟戍初推搡着:"兰姐,我吃过了,我真的吃过了。"

这时,另一个女声从院门外传来:"是初初吗?刚才我好像听到初初的声音呢。"

进门的是住在斜对面的兰姐，她的手臂里挎着一个竹篮子，一看见钟戍初便热情地说道："初初啊，我弄了石板粑粑，正要给你们送去呢。"

"兰姐，我真的吃过了，你们真的不用这么麻烦。我今天来是要麻烦你们另一件事的。"钟戍初看了一眼庄籽芯，"竺溪孃孃是我们白平村的妇女主任，兰姐是负责整个村的会计工作。两个人都是我们白平村最得力的干将。"

"哪有哦。"竺溪孃孃和兰姐不约而同笑眯眯地谦虚起来。

庄籽芯从第一天傍晚来，就知道兰姐和竺溪孃孃是钟戍初的头号粉丝，所以她很乖地在第一天就表明了自己的跟班身份。作为一个自媒体人必须要有相当的觉悟，尤其二位在村子里妇女中享有一定的地位，所以她得时刻铭记，在这里，她得要与这群"阿姨粉"打好关系。

她立即弯起嘴角微微颔首，向两位前辈展现出最温柔最贴心的职业微笑："竺溪孃孃，兰姐，你们好。"

钟戍初接着又说道："这位是庄籽芯，前天晚上大伙儿都见过了，是第一次来咱们白平村，好多人和事都不太了解。昨天我和阿洛他们都商量过了，可能需要麻烦你们二位好好带带她，让她尽快熟悉咱们村子的人事物，之后才能迅速开展下面的工作。有什么事呢，就尽管吩咐小庄同志，不用客气，小庄同志她很能干的。"

庄籽芯听这话，越听越觉得哪里不对劲，怎么都不像是在赞美她呢。

庄籽芯斜睨着眼看向钟戍初，高岭之花昨晚可是连最蔑视人的"喂"字都用过了，可从来没有用"小庄同志"这么正儿八经的称呼叫过她呢。

事出反常必有妖啊。

兰姐和竺溪孃孃二人相视一眼，竺溪孃孃冲着钟戍初笑眯眯地说道："初初啊，你放心啦。不出三日，我们保证小庄同志对我们白平村了如指掌。"

钟戍初感恩地点点头:"好咧,那我先去忙了。"

竺溪孃孃说:"赶紧忙呢,回头有空,一定要记得上我们家来。"

"回见。"

钟戍初一走,兰姐和竺溪孃孃两个人便冷静下来,望着庄籽芯的眼神也没先前那般热情洋溢。

庄籽芯依旧保持着先前彬彬有礼的模样,脸上挂着职业微笑,等待着二位向她布置工作。

兰姐拉着竺溪孃孃到一旁,小声地说道:"昨晚的事你听说了没?"

竺溪孃孃说:"当然了。说是看恐怖片吓着了一堆人,敬国大爹被吓得不轻,一大早起来在村子里头逢人就说脑壳子嗡嗡的。"

兰姐说:"大树他妈今天一早也跟我讲,大树昨晚回去就魂不守舍,嘴里一直念叨,她就差抓把米拿把菜刀挨着每条坡道上喊魂咯。"

竺溪孃孃说:"丽芝说昨晚上这小姑娘欺负我们初初呢,和我们初初吵了一晚上。"

兰姐回眸盯了一眼庄籽芯,道:"小姑娘看着长得有模有样,没想到还有两副面孔。不行,我今天要给我们初初出口恶气,不能就这么便宜她咯。"

竺溪孃孃说:"对!初初对大家都这么好,居然还能有人在我们的地盘上欺负他,这种事情绝对要严厉打击,严惩不贷。"

庄籽芯本来离着远远的,虽然听不清她们俩在说什么,但是看着她们俩看她的眼神总觉得哪里怪怪的,感觉她就像是一块待宰的羔羊。

她忍不住悄悄走过去,立在两人背后,但只听到"严厉打击,严惩不贷"八个字,于是问道:"请问……是发生了什么争执的事情需要处理吗?"

"吓死人咯。"

兰姐和竺溪嬢嬢两人被这突然来的一声吓了一大跳,两个人拼命拍着胸口。

"没什么争执。"竺溪嫂目光犀利地上下打量着庄籽芯。

庄芯籽一身粉嫩嫩的运动衫,一张小脸蛋白嫩嫩的,一双大眼睛就像是春天里的桃花一样明媚,一张小嘴就跟石榴花一样艳丽,就像是电视上的明星一样,与她家古朴的院落、四面斑驳灰脏的墙壁形成了鲜明的对比。

这小姑娘打扮得漂漂亮亮的,不禁让她想到了初初的女朋友卢允夏。

这种注重精致漂亮外表,追求浮华的城市女孩子,都是不属于她们这里的,也不适合初初啊。

竺溪嬢嬢在心里面自我安慰,这一切都是为了要帮小初初出气,接下来她要是有什么过分的事,也别怪她太狠心了。

她用力地咳了两声,操着一口不太标准的普通话说道:"小庄同志是吧,请跟我来。"

庄籽芯露出一个甜美的微笑,然后紧跟在竺溪嬢嬢身后。

竺溪嬢嬢走到院外,从棚子里推了一辆用木板围成的简易人力车出来。

竺溪嬢嬢看着虽然个头不高,但是力气很大,两条腿走起来路十分麻利,推着一个人力车在土坡上如履平地。

开始,庄籽芯用最快的步调勉强能跟得上,可是没走多远,她便开始有些上气不接下气。

好在竺溪嬢嬢领着她走了没多远,便到了一片菜地。地里绿油油的一片,她能认得出只有青菜和萝卜两种。

菜地旁有一间破旧的黑砖小矮房,远远地,便能闻到一股子臭气传来。

走近一看,这破旧的黑砖小矮房竟是一间猪圈。猪圈里养着几头精瘦的小黑猪,一听见脚步声便站起身来哼哼叫唤着。

竺溪嬢嬢将人力车停在猪圈墙外，然后走过去打开那扇木门，模仿着"噜噜"地叫了几声。几只小黑猪仿佛知道似的一个个夺门而出，撒着腿便四处跑开。

庄籽芯看着那一头头迎面狂奔出来的小黑猪，吓得连连往后退去，生怕它沾着臭烘烘的猪屎拱到自己。

竺溪嬢嬢又将旁边一个小木门打开，从里面取出一把铁锹，递到庄籽芯的跟前，说道："今天，你就先把猪圈清理干净。"

庄籽芯听闻，一脸的不可思议："什、什么？清、清理猪圈？！"

她不禁开始怀疑，这位竺溪嬢嬢是不是在刻意刁难她？看她这样子，也不像是个会清理猪圈的能手啊。

竺溪嬢嬢道："嗯，怎么了？"

庄籽芯有些为难地说道："竺溪嬢嬢，我从来没有打扫过猪圈，我不会……"

竺溪嬢嬢就知道这城市里的姑娘会是这样，嘲道："谁生来就会做这些？"

庄籽芯脸红一阵白一阵："竺溪嬢嬢，咱能不能换个其他的活？"

竺溪嬢嬢一改先前温柔和善的态度，冷笑一声道："其他的活？急啥子，等猪屎铲完了，会有其他活的。"

庄籽芯站得远远的，一点也不想接近那个猪圈。

竺溪嬢嬢看着她站得远远的，便道："庄小姐，你是跟着初初他们来我们这里搞什么帮扶宣传的吧？"

这次竺溪嬢嬢没有用"小庄同志"这么严肃的称呼。

庄籽芯点了点头："我是。"

"请问庄小姐，你来这里是真心的吗？"

面对这个问题，庄籽芯一下子怔住，一时间不知道该怎么回答这个问题。若说是本意，她根本没有想过要来这里，甚至可以说她算是被迫来的，但是自打知道钟戍初带她前来的目的之后，她便没觉得这是种强迫，所以她才会有些迟疑。

164

斟酌之下,她还是诚恳地说道:"我来这里是真心的。"

"既然是真心的,那就没有学不会的。林灵刚来的时候,也是什么都不会,但是很快什么都会了。她不会说'我不会',她只会问这个怎么弄,那个怎么弄。"

竺溪嬢嬢走进猪圈,一铲子一铲子将猪屎推到了一起,然后一铲子下去,将地上的猪屎麻利地铲起,丢进人力车里:"就是这么简单。"

庄籽芯看着她脚下黑漆漆的雨胶鞋,就这么走进去不过一分钟的时间,便沾了好多猪屎。她低眉看了一眼自己脚下雪白的鞋子,顿时头皮一阵发麻。如果就这么踩进去,她这双鞋子就彻底报废了。

她有些为难地看向竺溪嬢嬢,道:"竺溪嬢嬢,请问……你还有多余的胶鞋可以让我换一下吗?"

竺溪嬢嬢一眼就看出来她的犹豫,视线扫过她脚上雪白的运动鞋以及她那身漂漂亮亮的运动衣,然后冷漠地摇了摇头。她还没来得及回答,便听见兰姐讽刺的声音传来:"庄小姐,你当我们白平村是你们大城市哦,想要什么,随时随地都能变出来哦。不是你有钱,你想买什么就能买到什么的。"

竺溪嬢嬢道:"我要是什么都能给你备一份,还需要你来帮扶我们?"

兰姐和竺溪嬢嬢的话虽然十分尖酸刻薄,但确实是实情。

庄籽芯尴尬道:"我没有这个意思……"

"没得这个意思?"兰姐冷笑起来,上下鄙夷地打量着庄籽芯,"喔喔,这身衣服和鞋子我看就很有意思,到了我们这里,还想着自己漂亮的衣服和鞋子,哎哟闹着玩呢?小丫头,这里真的不适合你,回城市里去吧。"

竺溪嬢嬢接着说道:"要是为了拍几张照片,打个卡晒朋友圈什么的,那就请回去吧,赶紧打哪儿来回哪儿去。"

兰姐和竺溪嬢嬢两人相视而笑,"咯咯咯"笑得很大声,笑声里

165

不是透着损人的愉快，而是充满了胜利的嘲讽。

伶牙俐齿的小丫头，竟然敢欺负她们的初初，以为初初后边没人了是吧。

庄籽芯被说得脸一阵红一阵白。

这时，田埂上又走来两位婶子，远远地就问她们在笑什么。

二人也不避讳，立即走上前说道起来。

不一会儿，她们四个人便围着笑了开来。

虽然庄籽芯听不懂她们具体说了什么，但从她们上下打量的眼神和尖锐的笑声里，她能感受到，那讥笑嘲讽的主角一定是她。

庄籽芯心中明白，帮扶不是闹着玩的事。往浅了说，她从不是一个容易半途而废的人，不会因为别人激将几句就打退堂鼓；往深了说，在得知钟戍初他们此行的目的之后，她若不是发自内心想要做好帮扶这件事，早在途中知道真相的时候，她便要求钟戍初送她回去了。

最了解自己的人永远是自己。

在这群大妈的笑声中，庄籽芯又低看了一眼脚下的鞋子和身上的粉色运动衣。

不就是一双鞋子和一些衣服吗，脏了可以洗，洗不出来刚好当作务农的工作服呗。她今天还就不能让她们门缝里瞧人，把人瞧扁了。

她深吸了一口气，拿起一旁的铁锹冲进了猪圈，谁料一进去，浓重的骚臭味扑面而来，她直接脑门"嗡"地抽紧，整个人窒息，身体歪了两下，差点站不住，幸亏手里握着铁锹，撑住了，不然，极有可能她就这么给猪屎臭得晕倒在猪圈。

下意识，她扭头冲出了猪圈，甩了两下头，清醒一下。

她从不知道，原来猪屎这么臭。

这一下，可把兰姐和竺溪嬢嬢她们给乐坏了。

兰姐扯着嗓门笑道："回去吧，城里人，这里真的不适合你。"

庄籽芯顿时双颊滚烫，一下子红到了耳根。她低头看了一眼鞋子，果不其然，就这么冲进去十几秒的工夫，鞋子一圈沾满了黑臭的猪屎，鞋面上也沾了黑点。

眉心深蹙，她握了握铁锹把，深呼吸一口气，咬紧牙根再一次冲进猪圈。她屏住呼吸，学着竺溪孃孃的模样，抡起铁锹就是一铲子，想将猪屎甩进人力车里，可是偏偏她的力气太小了，铁锹并没有如她所愿地让猪屎划出一道完美的抛物线后落入人力车中，而是不偏不倚全抡在了猪圈的墙上，溅得到处都是，她粉色的运动衣也难以幸免。

她尖叫着，扔了铁锹惊恐地再次跳出猪圈。她想用手拍掉身上的猪屎，可万一没拍掉反而将猪屎拍进纤维缝隙里……

她的手僵在半空，再也下不去。

她一个精致的小仙女，昨日为"牡丹花"发愁，今日又沦落到因猪屎而崩溃，这往后究竟还有多少未知的可能会让她的华发生白……她简直是不敢想象，造孽啊！

她痛苦地皱着一张俏脸，脑海里蹦出两个吵架凶狠的声音：

"猪屎啊，还不逃哇？难道要被猪屎埋了吗？"

"逃哪儿去？逃走了不用还钱吗？不就是铲猪屎吗，怕啥？"

"哪有小仙女铲猪屎的？不要面子的哇？"

"负债超百万的小仙女不铲猪屎铲什么？面子值几个钱？二选一，铲猪屎或被告？"

被告与铲猪屎，她当然选铲猪屎啊！

竺溪孃孃不动声色地走过来，在经过庄籽芯身侧时，发出一声轻蔑的冷哂。

竺溪孃孃捡起铁锹，正要往人力车里铲猪屎。庄籽芯忽然冲到她的跟前，一把抓住铁锹。

竺溪孃孃脸上的笑容没了，取而代之的是严肃的神情。

庄籽芯抓紧了铁锹不松手，一脸认真地说："我可以的。"

竺溪孃孃忍不住冷脸骂道："日脓日脓的，滚克一边！"

在N市也有"日脓日脓"这一骂法，意思多为骂人蠢笨、做事呆

167

板不灵活。庄籽芯听着，感觉就很像是在骂她蠢笨，不管具体什么意思，反正听来一定不是什么正面的话就对了，可是"滚克一边"，她一听就明白了，就是让她滚一边去。

职场上遭受的冷言冷语，她经历的比这种让她"滚克一边"可厉害得多了。眼下，她人就站在猪圈前，她是带着一个真挚的心前来帮扶，无论做得好与不好，她庄籽芯，既然接下活，就绝不会轻易退缩。

她的衣服和鞋子已经沾了猪屎，若是她今儿不把这猪圈里的猪屎解决了，她便是对不起她身上的这身衣服和脚下的这双鞋。

她坚定地又重复一遍："我可以，我能行！"

竺溪孃孃忍不住说道："你行？行啥呢？铁锹都端不起来。"

兰姐看笑话似的说："孃孃，你就让她铲吧。"

竺溪孃孃回头看了一眼兰姐："等哈（下）弄得到处都是猪屎，你帮我整？"

兰姐笑得浑身在颤："你还怕这细胳膊细腿的城里人把猪屎铲到你家里头咯。"

竺溪孃孃看了看，于是将铁锹扔给庄籽芯。

庄籽芯二话不说卷起袖子，抡起铁锹铲了一铲，然后走出猪圈，走到人力车前，将那一锹猪屎丢进了车子里，再走回猪圈。

竺溪孃孃忍不住同兰姐说道："她这样是要铲到明天早上？"

兰姐说："就是铲到后天晚上，你也得让她铲，是她自己选的，不然还以为来咱们这里跟来旅游似的。"

另两位孃孃走过来，说："可不就是当旅游来着。"

"听说昨天她就睡到日上三竿才起床，打扮得像个孔雀子。"

"今天还不是像个孔雀子，这么一身浅色衣服和鞋子干农活，闹着玩呢。"

"我赌她在我们村里待不了多久就会走。"

"你是在说和初初的女朋友一样吗？"

"初初那个女朋友哦,不是我说,那姑娘模样看着就不是很讨喜。人虽然长得不丑,但是眼睛都长到头顶上,看人都是用鼻孔看的。初初这种乖乖的性子,以后要是跟那姑娘结婚,铁定是要吃苦头的。"

"你们说,这小姑娘是不是也想勾搭初初,才跟来我们村里?"

"八成是,什么助理,我看着不太像。炜炜和开乐说,追初初的姑娘能绕咱们白平湖一圈呢。"

"那不成咯。那我可得看着咯。"兰姐立即说。

四位婶子就像监工一样站在猪圈外一排,一边唠着嗑一边盯着庄籽芯干活。

庄籽芯内心即便有众多怨气,但也只能憋着,可当听到她们在说钟戍初和他的女友,并将她类比他女友时,心里的那团火气一下子积聚起来,突然力气也大了起来,铲起猪屎来也虎虎生威,有一铲子甚至都没用走到猪圈外,直接一铲子扬起将猪屎扔飞了出去,飞进人力车里。

这时,头顶上方的太阳越来越烈,天空蓝得如同擦得光亮的蓝色玻璃,吸收了所有的阳光后再向着地面反射,毒辣的光线就像是一道道利箭一样接连不断地射下来,刺得人皮肤生疼。

庄籽芯抬头看了一眼天空,立即被刺得低下头。

这高原的紫外线如此毒辣,幸亏她化了妆做好了防晒隔离,否则这一上午晒下来,得脱几层皮。

汗滴已经顺着额间的发丝一点点慢慢流向鬓角。

她从口袋里摸出一包面巾纸,抽了一张纸巾,轻轻地按向鬓角与额头,不敢使力,生怕弄花了妆。

竺溪孃孃见她铲得差不多,拿起一个铁桶从不远处的小溪里打了桶清水拎过去,然后将地面冲了一下。

混着残余猪屎的脏水顺着槽沟缓缓流出猪圈外。

竺溪孃孃将铁桶给她,示意她去打水,将猪圈的地面冲洗干净。

庄籽芯接过空桶走到小溪旁,弯腰去打水,可不想满满的一桶水连着铁桶重量超过了她的能力所及。

　　小溪边的泥土松软，她这一费力，身体重心一歪，一脚便滑进了溪水里，鞋子和裤脚直淹没在冰凉的溪水里。好在庆幸，她没像昨天那样，整个人跌个四脚朝天。

　　竺溪孃孃突然觉得心里过意不去，毕竟是个城里来的姑娘，十指不沾阳春水，为了给初初出口恶气，她们第一天就让人姑娘家做这种粗重的活，是不是太过刁难了？

　　兰姐面部的肌肉微微抽动，视线扭向一边，坚持己见。这姑娘从外表看上去就很不靠谱，浮华不实，必须得给点颜色瞧瞧。

　　竺溪孃孃叹了口气走过去，朝庄籽芯伸出手，说："你没事吧？"

　　"我没事！"庄籽芯面无表情。

　　她并没有将手搭给竺溪孃孃，而是选择将水桶甩上去，自己爬上田埂，然后走到清水的位置又蹲下身去，只打了半桶水提上来，再走到猪圈，将水泼出去。

　　每次她也不多提，只提半桶，她能承受得住。

　　来回几趟，这小小的猪圈终于冲洗干净。

　　庄籽芯走出猪圈时，全身一副狼狈的模样，头发散乱地在脑后随便扎了个小揪揪，好在脸上精致的妆容完好没有剥落。

　　她从裤子口袋里摸出一面小镜子照了照，庆幸地深吸一口气。

　　发可散，衣可脏，美妆绝不可花。

　　竺溪孃孃惊得一句话都说不出来。

　　人间竟有如此奇葩！

　　兰姐用胳膊捅了捅竺溪孃孃，小声说："瞧见没？你刚才就是瞎担心。人家美着呢，铲着猪屎还要照镜子。"竺溪孃孃白了一眼，扯着嗓子道："把猪屎推着跟我过来。"

　　庄籽芯看了一眼人力车，琢磨着电视上车夫拉黄包车的模样，于是反过身去拉人力车，但是车子沉重得纹丝不动。

竺溪孃孃虎着脸走过来,啐道:"憨不碌出①,推着车走会不?"说着,她双手抬起把手,毫不费力气地推起人力车往前走。

轮到庄籽芯,她几乎是使出吃奶的劲,才能将这人力车推动起来。

她双臂无力,根本控制不好车子的方向,反倒是人力车滚动起来反作用力于她,牵着她推得东倒西歪,直接压进地里。车轮压过的地方,那一排的青菜直接遭了殃。

竺溪孃孃急得直跺脚叫嚷:"憨不碌出!看着路!看着路!菜地里的菜都要让你压没了。"

"我看着路了,是车子不听使唤。啊啊啊——"庄籽芯被人力车牵着跑,满心担忧这破车会不会被她推翻,溅得一身猪屎。

兰姐站在一边,看着两个人嚷叫着,"咯咯咯"地直笑弯了腰。

庄籽芯推着车好不容易冲出菜地,走了没多远,便遇到一道浅沟,车轮子直接卡在那沟里。若不是竺溪孃孃眼明手快,及时拉住人力车的车把,人力车差一点要翻。

竺溪孃孃气得终于忍不住又骂了一句:"日脓!滚克一边!"

她将庄籽芯赶到一边去,接过车把手,稍稍使劲将人力车推出坑。

庄芯籽想要再接手,她又骂了一句"滚克一边",然后索性自己推着走。

那一瞬间,庄言芯的双颊涨得通红,一股子酸涩从她的心底直接涌上鼻头,涌上眼角,眼泪差一点就要夺眶而出。

她真的已经用尽全身的力气了,双手掌心红通通的,磨得很痛很痛,一握起拳头,那种干涩紧绷的刺痛感直传到心里,若不是她强忍着,早就化成眼泪抑制不住地往外涌。

她四十五度抬头仰望天空,倔强地不让眼泪流出来。

她吸了吸鼻子,用手指轻弹了弹眼角的泪花,然后快步跟上竺溪

---

① 憨不碌出:形容笨。

嬢嬢的步伐。

到了一个简陋污脏大棚处，竺溪嬢嬢终于停了下来。

这儿的气味远远比之前猪圈的味道更加刺鼻难闻，除了臭，还有一股子腐酸味。又酸又臭，混合在一起，那气味真是绝了，叫人隔夜饭都能反胃到吐出来。

竺溪嬢嬢将铁锹又递给庄籽芯，指着地上的坑让她将猪屎铲进坑里。

庄籽芯憋着气，只铲了一锹，便迅速转身跑到很远的地方，弯着腰就是一阵干哕。

就这样铲一锹，憋一口气，庄籽芯艰难地完成了埋猪屎工作。

兰姐远远看着，脸上露出满意的冷笑："臭吧？别着急，先喘口气，待会儿还要上我家铲猪屎呢。"

"什么？！"庄籽芯不可思议，一听到等会儿还要上兰姐家的猪圈铲猪屎，巴掌大的小脸变得煞白，接着又是一阵干哕。

兰姐鄙夷地说道："你不会以为整个村子只有竺溪嬢嬢家才有猪圈吧？"

庄籽芯脸色煞白，双拳紧握，紧抿着薄唇一言不发。

兰姐继续说："撑不下去就直说。我会打电话让阿洛他们将你领走，送你回去，你也就不用在我们村里遭这个罪。我王春兰，就是性子直，最看不得你们这些娇滴滴的城里人，打着来帮扶的旗号，其实是为了追男人，千里迢迢跑过来作秀。我们白平村不是你这种人为了谈恋爱而作秀的地方。"

"我不是来谈恋爱的，也没兴趣追着哪个男人满山头地跑。"庄籽芯憋了一肚子火气终于忍不住顶撞出口。

她算是看出来，这两位大婶从一开始就是在故意整她。

不是铲猪屎脏或累的问题，就是两人刻意的各种刁难，而让这两人刁难她的罪魁祸首就是钟戌初。一是知晓她昨日与钟戌初起争执，二是怕她怀揣不良心思勾引钟戌初，所以这才想着用铲猪屎来整她，甚至想逼她走。

兰姐冷哼一声："不是来谈恋爱，那你这打扮得花枝招展的给谁看呢？铲个猪屎都要照下镜子，是给那猪圈里的猪看吗？还是给这满山的雀子看呢？"

"我……"庄籽芯语塞，"我只有这些衣服。"

照镜子怎么了？谁规定铲猪屎不能照镜子，保持优雅美丽是她做人坚持的礼貌与涵养，甚至是她坚定勇气的来源。

"只有这些衣服，哎哟，真是笑死人了！"兰姐十分夸张地大笑起来，声音特别洪亮，像是恨不得全村都听见她的讥笑声。

竺溪嬢嬢心平气和地说道："你跟着初初来到我们这里，就该知道不是来旅游的。今天你铲的猪屎就是我们每天都要做的活。"

兰姐跟着犀利地说道："帮扶山村，可不是你们这些城里人，随随便便一个都能体会和明白的，以为就是件轻轻松松很简单的事。好好想想你来这里的目的，如果你只是想来几天旅游或者做做样子，趁早赶紧回去。"

庄籽芯咬着唇站在一边，内心犹如打翻了调味瓶，五味杂陈。

竺溪嬢嬢往猪屎里撒了混合发酵剂，用铁锹搅拌均匀，然后再上面盖上尼龙布。等所有都弄完了，她便推着人力车往回头。

兰姐双手抱臂走过庄籽芯的身边，视线再一次上下打量她，然后神情冷淡地走过。

庄籽芯深吸一口气，跟随在二人身后。

只是一个铲猪屎，埋猪屎，这一上午的时间很快便过去。庄籽芯甚至都不明白铲一个猪屎而已，为什么要做这么多的工作。

回到竺溪嬢嬢家时已是晌午。竺溪嬢嬢沉默着什么话也没说，洗干净了手，开始淘米做菜。

庄籽芯站在院门处，纠结半晌道："我先、先回去吃饭了。"

竺溪嬢嬢抬头看着她，凶巴巴地说道："你上哪克（去）吃饭？"

173

庄籽芯手指微动，不确定地指着某个方向说："程守洛家……"

谁知竺溪孃孃更凶："他们都在外面忙着，谁有工夫回来给你烧饭？你上哪克吃饭？"

若不是受钟戌初所托，她和春兰这会儿正在村委会里忙前忙后呢。

从铲猪屎开始，这小姑娘就像是个残废累赘一般，不仅添乱，还得有个人看着她照顾着她。越是整这小姑娘，越是整得自己一肚子气。她气的不是这小姑娘累赘，而是在气自己。为什么是在气自己，竺溪孃孃好半天都没闹明白。

庄籽芯像个犯了错的孩子一样，站在大门口绞着手。

竺溪孃孃从竹篮子里倒了一堆小山笋，手持着菜刀开始剥起来。

庄籽芯见着，赶紧走过来帮忙剥小山笋。

竺溪孃孃丢下菜刀，拿了个竹篮子转身又出了门。

庄籽芯只得埋头剥笋，小山笋笋细皮厚，她没做过这些事，只能用手指甲硬剥，有些费劲。

庄籽芯剥了几个，大拇指的指甲忽然"咯吱"一下硬生生磕断一截，之前做的水晶美甲直接挂了。

她皱着眉头，忍痛将那截断了的指甲撕掉。

她瞅了一眼地上的菜刀，想着竺溪孃孃拿着菜刀剥笋皮的模样，于是她也拿起菜刀对着笋皮去撕。

谁知道没把握好，锋利的刀口一下子切进了她的左手食指，切开一个小口，鲜血顿时冒了出来。

她疼得直丢了菜刀，将渗血的手指放进嘴里吮吸。

竺溪孃孃在后门山地里剪了几个菇子回来刚好瞧见，一股热血直涌上胸口，急道："日脓日脓的，喃个事都做不好，滚克一边！"

她连忙丢下新剪的菇子和竹篮，走进房间拿了一个云南白药创可贴出来递给庄籽芯："克弄一下伤口！"接着又碎碎念开来。

庄籽芯走到水池边上，山泉水从竹制的添水里徐徐流出来。她咬着牙将手指伸过去，冰凉的山泉水刺激着毛细血管，不一会儿血水没再从伤口渗出，她用纸巾将水擦净，然后贴上创可贴。

竺溪孃孃的丈夫王富忠扛着铁锹回来，见庄籽芯竖着食指傻愣愣地坐院里的竹凳上，上面包了个创可贴，而自家婆娘一边烧着饭一边不停念叨，不免惊奇。

"您好。"庄籽芯冲着王富忠礼貌地笑道，微微颔首算是打了个招呼。

"你好。"王富忠也跟着颔首打了声招呼，便凑到老婆身边悄悄地问，"啥子情况？"

"滚克一边！"竺溪孃孃瞪他一眼，让他滚一边去。

王富忠不敢多问，乖乖去一边洗了手，拿了张小竹凳坐下开始剥山笋。

待到饭菜全部端上桌，庄籽芯默默地端着饭碗，不敢说话，左手食指就这么直直地翘着。

竺溪孃孃看着她那竖着的食指便一肚子气，白眼就差飞上天。

王富忠为了缓和气氛，便拉着老婆开始谈论村子路铺的情况。

庄籽芯大致听了个明白，一周内靠近村口的主要干道会全部铺好，通往村民家门口，靠着村子上游十几户人家的道路会铺设得慢一些，月底的目标便是家家户户门口铺设好水泥路。

饭后休息了很久，待到太阳不是最毒辣的时候，兰姐果真如她所说，出现在竺溪孃孃家的门口，领着庄籽芯上她家的猪圈里去铲猪屎。

兰姐本想着继续好好整整这个丫头，谁知庄籽芯一声不坑，从铲猪屎到清理田里的杂草，兰姐让做啥，她就乖乖地做啥，也顾不得身上的衣服是脏还是臭，脸上的妆是花还是干净。

弄得兰姐也开始纠结，甚至有些内疚，后来见庄籽芯实在体力不支，她于心不忍，便让庄籽芯坐在核桃树下歇息，自己一个人去忙活了。

直到彩霞满天，庄籽芯拖着沉重的步伐终于回到程守洛的家。

周炜炜正在院子里准备饭菜,瞧见庄籽芯浑身脏兮兮的模样,吓了一大跳:"小芯芯,你这是怎么了?怎么这副模样?"

白日里粉得耀眼的运动衫经过一天的劳作,污脏一片,就跟从沟里捞上来的抹布差不多。脚下白色的球鞋被泥巴包裹着,哪里还能看出来它原本雪白冰洁的模样哟。

庄籽芯脸上的妆全花了,粉底经过汗水浸透彻底氧化斑驳,额角鬓角的汗滴顺势流过,所到之处都会呈现出一道白色浅浅的印迹。早上出门,扎得清清爽爽的马尾辫,这会儿不成形地全部散了开来,像个金毛狮子王样披在身后。

庄籽芯丝毫不在意这些,双拳紧握着,像个入定的老僧一般端坐在程守洛家院子里的石凳上,目不斜视地望着远方,面部神情凝重。

虽然只认识短短三天不到的时间,但在周炜炜的眼里,"庄籽芯"三个字就等同于精致的小仙女。眼前这副惨状,实在是与她的人设不相符合。

周炜炜被她的视线煞到,顺着看过去,她盯着的方向就是程守洛家门前通往村口的必经之路。

他伸手在庄籽芯的眼前招了招,追问:"小芯芯,你这是怎么了?"

庄籽芯也不搭话,只是死死地盯着前路。

徐开乐闻声跑了出来,瞧见庄籽芯的模样也吓了一跳:"这……到底发生了什么事?小芯芯为什么这么脏……这么臭?"

徐开乐下意识捏着鼻子挥了挥手。

周炜炜立即踹了徐开乐一脚:"哪里臭?会不会说话呢?"

徐开乐立即自抽耳刮子。

庄籽芯双拳紧握,薄唇紧抿,依旧一句话也不说,目不斜视地盯着前方。

这时,院外的小道上传来说笑的声音,钟戌初、程守洛和郑庭栋三人肩并肩地走回来。

三人先后踏上台阶进了院门,迎头看见庄籽芯,被她的模样惊吓住。

郑庭栋问:"什么情况?"

程守洛问:"籽芯这是怎么了?"

面对二人的疑问,周炜炜耸了耸肩,表示不知道。

钟戌初看着庄籽芯污糟邋遢的模样,隐约知道发生了什么,他拧着眉头没有问话,直勾勾地盯着她。

庄籽芯双眼就像是种了两团火似的,一看见钟戌初,腾地站起身,伸手就将掌心里紧攥的两团猪屎用力地按在了他的脸上。

许是猪屎按在他的脸上还不够解气,她双手在他的衣服上又使劲地擦了又擦。

众人倒抽了一口气,纷纷掩鼻。

"什么东西这么臭?"

"是屎吧?"

程守洛一本正经地凑近,看了看说:"是猪屎。"

原来庄籽芯一直紧握在手心里的是两团猪屎啊。

钟戌初就这么任由她将猪屎糊在脸上,僵在原地半晌没有反应。

庄籽芯擦完手,便冲着他狠狠地啐了一口:"你这个挨砍的歪货!"骂完,她头也不回地往李昭如家中跑去。

大树吃完晚饭便来找庄籽芯,这离着程守洛家没有几步远,便瞧见她披头散发、浑身脏兮兮地跑出门,于是一路追着喊:"小芯,小芯。"

郑庭栋看着钟戌初狼狈的模样,率先发出一声爆笑:"你小子到底是怎么惹人家美女生气了?能让人家把屎往你脸上糊。"

周炜炜和徐开乐两人笑得直拍大腿。

"小芯芯有语言天赋,这才来两天,都知道骂你挨砍的歪货!哈哈哈哈!"

钟戌初嘴角微动,咬着牙根走到水池边,拿起葫芦瓢从一旁的水缸里舀了一瓢水冲洗脸上的猪屎。

177

冰凉的山泉水让他即刻冷静下来，他从裤兜里摸出一包面巾纸将脸上的水擦净，然后拿出手机，给兰姐打了一通电话。

周炜炜和徐开乐两人见状，连忙凑到电话的跟前。

电话另一端兰姐一听是钟戌初的声音，十分高兴："初初啊，你们是要来吃饭吗？"

钟戌初道："哦不，兰姐，今天你和竺溪孃孃后来带着庄籽芯她……"

兰姐一听，没待钟戌初说完，便问道："小姑娘还好吧，没事吧？"

钟戌初沉默了两秒，回道："她还好，没事……"

周炜炜和徐开乐"佩服"地给他竖起了大拇指，都往他脸上抹猪屎了，还敢说没事，这睁眼说瞎话的心可真大。

于是，兰姐将今天让庄籽芯铲猪屎的情况大致说了下，然后又补充说："初初啊，不瞒你讲，我和竺溪孃孃就是看不惯她跟你说话趾高气扬的样子，一点都不客气，我们俩就寻思着要帮你出口气，给她点颜色看看，所以就带她去铲猪屎了。我知道，我们俩这么对一个从城里刚来的小姑娘，是有点过分，但是就是气不过她那么对你。"

钟戌初对她们而言，是亲人，她们舍不得打骂，自然是不容许别人打骂。

钟戌初明白她们是为了他好，但是……

他吸了口气委婉地说："其实，我跟她之间没有你们想的那么严重，朋友之间起争执是常事……"

然而兰姐并没有明白钟戌初的意思，反而是往相反的方向理解。

没待他说完，她便打断他继续说道："哎，我知道我知道，但是，这个小姑娘整天穿得妖五妖六的，不行的呀。初初啊，你不能跟她好的呀。你知道吗？她铲个猪屎，还要照下镜子，我和竺溪孃孃都不知道她是怎么办到的。哎哟，总之你跟她肯定是不得行啊。"

钟戌初捏了捏跳痛的太阳穴，说："兰姐，我跟她不是你和竺溪孃孃想的那样。"

"不是那样最好啦。她要是缠着你，包在我和竺溪嬢嬢身上，不出三天，我们包准让她主动回去。"

"兰姐，真不是你们想的那样……"钟戍初头大了，感觉越说越偏离之前的方向。

"你们几个要来吃饭吗？"

"不了。我就是问问今天的情况。"他选择放弃了，不再解释。

"哦，竺溪嬢嬢说了，明儿个带她上山打核桃。你放心啦，有我和竺溪嬢嬢在，包治矫情公主病，任她怎么矫情，我们都能给她打回原形。"

钟戍初抿了抿嘴："我这边还有事，我先挂了……"

带那个女人来白平村改造，本就是他的初心，他不该心软，之前的她是那么不可理喻。

挂了电话，周炜炜和徐开乐惊叫开来："钟戍初，可真有你的，你居然让竺溪嬢嬢和兰姐叫小芯芯去铲猪屎！你疯了吧？！"

钟戍初锁着眉心道："我没有叫竺溪嬢嬢和兰姐带她去铲猪屎。"

周炜炜说："也许你是没有叫，但是她们俩因为你而看不惯她啊。这不就是你不杀伯仁，伯仁却因你而死。"

"难怪小芯芯那副惨样。竺溪嬢嬢和兰姐可是村里出了名的两个比狠人还要狠一点的'狼人'啊。"徐开乐以手做刀在脖子处比了个斩杀的手势。

郑庭栋扑哧一声笑了起来，然后往徐开乐的脑瓜子上拍了一巴掌："背后这么说竺溪嬢嬢和兰姐，小心明天抓你去铲猪屎。"

徐开乐道："说的好像我没有铲过猪屎一样。"

程守洛抬眸望向李昭如家的方向，抿了抿唇道："我去看看吧，感觉籽芯的情况不是太好，毕竟是个女孩子家。"说着他便出了院门往李昭如家走去。

周炜炜道："这事不好怪竺溪嬢嬢和兰姐，要怪就怪阿初，都是他惹的祸。"

179

郑庭栋推了推钟戌初，道："你还傻愣在这儿干吗？还不跟过去看看。"

钟戌初锁着眉心看着师兄，有些迟疑。

郑庭栋道："看我干吗？竺溪孃孃和兰姐是下手狠了点，不管你和小芯怎么样，但是人好歹是你带过来的。"

徐开乐说："走吧，别忸怩，一起去看看。"

一行人推着钟戌初前往李昭如的家去。

Chapter10
赚钱如蜀道难难于上青天

出了程守洛家的院门，庄籽芯的眼泪便飚了出来，满脑子都想撕了钟戌初，以至追在身后的大树一直在叫喊她，她都没有听见。

之前打坏钟戌初的相机镜头，事业陷入绝境，被迫签下卖身契，她都没有这么委屈过。

她并不是一个爱哭的人，可是几次伤心欲绝都是因为这个男人。她怕是上辈子摧毁了整个银河系，才换来今生与他相遇。

庄籽芯含着泪一路狂奔回到李昭如的家中。

李昭如今日放学回来得早，正在做饭，一见着她的模样，惊道："籽芯，你这是……怎么了？"

庄籽芯擦干眼泪，眼线液睫毛膏早被泪水浸花，糊成一片。

她扶着门框大喘着气，这一路狂跑回来差一点让她断气，不知是因为高原反应缺氧还是因为她伤心难过得缺氧，说话开始抽气："昭如……不好……意思……我想……先洗个澡……稍后……我再……同你说……"

她张大嘴巴，深吸了几口气，然后走到水池边，用肥皂拼命搓洗沾了猪屎的双手。

李昭如吓坏了，不知如何是好，只得点点头："好。你赶紧去洗澡，洗完澡，正好来吃饭。"

庄籽芯洗完手，拿了干净的换洗衣服便走向淋浴室。关上木门，对着镜子，望着镜子里头那个脏兮兮没个人样的自己，她突然"呜呜"伤心地哭了起来。

内心的委屈，她不知道该要怎么形容。

她来这里的初心是为了还债，只是很简单地认为是跟着钟戌初前来云南拍风景大片，完全没有想过到这里帮扶，也从未想过在山村里帮扶会是怎样一番艰难的情景。

在得知是帮扶的时候，明明有选择的机会，她却凭着一股脑的热血选择了后者，甚至天真地认为帮扶只是件很容易的事，认为以往在云南旅游时留下的美好印象即是所有现象。

她错了，她大错特错。

这里没有高档精装修的轻奢民宿，也没有世界豪华五星级酒店，而是一个坐落在深山里真实的贫穷的小村落，除了五A级旅游景点拥有的绝美风景，它什么都没有，只剩下贫穷与落后。

曾在网上看过太多与扶贫相关的文章和新闻报道，她清楚地知道，那些勇敢善良的志愿者在山村里帮扶时所遇到的困苦与不易。明明很清楚地知道自己是怎样一个怕苦怕累又怕脏的矫情人，还偏偏不知天高地厚，非要强行选择像那些勇敢无畏的志愿者一样做一次善良的人，只因为一时的天真与热血。

然而这才经过一天的铲猪屎，她便受不了崩溃。她这不是热血，而是脑出血。她甚至不敢想象明天、后天、大后天，会是怎么样的情形，她不知道自己能够坚持几天，是否能保持住当时那颗好奇心与热忱心在这里坚持下去。

她恨不能立即逃离这里，回丽江，回城市，回到家，甚至有那么一个自私的念头，这里的人过得好不好穷不穷与她有什么关系？关她什么事？又不是她让这里人过得不好，过得贫穷。

这个念头一冒出来，她便开始唾弃自己、恶心自己，内心深处还有一个声音在劝阻她：庄籽芯，你可以的，不过是铲猪屎而已，瞧，你不是坚持下来了吗？难不成还有比这个更脏更累的事吗？你那么爱干净爱漂亮，连根头发丝都要保持光洁顺滑的人，今天这么污糟邋遢的样子不也坚持下来了吗？常言道：赠人玫瑰，手有余香。就算没有那么高尚的情操，但你是个聪明人，想想你的欠债，还有你的工作、你的房贷，这么多钱你都不要还了吗？人生在世，干吗和钱过不去呢？

去他的不为五斗米折腰！要不是看在钱的分上，她立刻、马上回家！

庄籽芯抱着头蹲在地上"呜呜呜"地哭了许久，渐渐地，她终于平静下来，然后擦干眼泪，起身开始卸妆洗澡。

温热的水冲刷下来，顿时去除了一整日的疲劳。

程守洛和大树先赶到李昭如的家中。

李昭如见到程守洛有些意外，笑了起来："阿洛哥，大树，你们怎么来了？吃过饭没？没有的话在我们家吃饭。我等一下就烧好了。"

大树连连摆了摆手："我吃过了。"

程守洛浅浅笑道："不用，炜炜他们在烧着呢。籽芯……她没回来？"

李昭如说："籽芯她去洗澡了。她怎么回事？回来的时候眼睛红红的，全身又臭又脏。"

程守洛叹了口气，道："竺溪孃孃和兰姐今天带她去铲猪屎了。"

"啊？不会吧……"李昭如有些不可置信，全村的人都知道籽芯是从城里来的姑娘，竺溪孃孃和兰姐没道理一来就让人去铲猪屎呀……

183

大树一听,也急了:"难怪我看见小芯身上那么脏,她好像还哭了。"

于是,程守洛便将兰姐二人为给钟戍初出气故意整庄籽芯的始末说了出来。

李昭如听完蹙起眉头,有些担忧:"阿洛哥,你说竺溪嬢嬢和兰姐她们这么做,会不会吓跑小芯?"

大树紧张地说:"小芯要走吗?小芯要是离开怎么办呀?"

程守洛沉默了,因为他对庄籽芯并不了解,经过两位这么一闹腾,他也不确定庄籽芯是怎么想的,会不会生气而离开他们白平村。

三个人正愁眉不展,郑庭栋推着钟戍初进了门,周炜炜和徐开乐紧随其后。

周炜炜最关心庄籽芯:"小芯芯呢?"

"在洗澡。"李昭如指了指淋浴室的方向。

大伙儿悬着的心顿时放了下来。

程守洛拍了拍钟戍初,道:"待会儿好好安慰一下吧。"

钟戍初始终沉默,一言不发。

过了没有多久,只听"嘎吱"一声响,淋浴间的木门从里打开来,庄芯籽抱着一团脏衣服从里面走出来。

沐浴过后的庄芯籽与化妆时的风格完全不同,顶着一头湿漉漉的头发,整个人看起来清纯又可爱,巴掌大的小脸,皮肤白皙又红润,亮莹莹的,仿佛能掐出水来。

周炜炜顿时眼前一亮,咧着嘴巴笑着赞叹:"小芯芯,你不化妆比化妆更好看呢。"

徐开乐也跟着应和:"化妆是帅气,不化妆像学妹。"

大树跟着附和:"小芯怎么都是最好看的。"

若是换作今天早上之前,庄籽芯一定会尖叫着将脸挡起来。她曾经的名言就是:除了她亲爹和老公,任何男人都别想看到她的素颜。

庄籽芯眈了三人一眼,道:"昧着良心说话,你们三人不会心痛吗?"

周炜炜和徐开乐异口同声:"说你不好看那才叫昧良心会心痛呢。"

凝重的气氛一下子被调动起来,众人会心笑开,但除了钟戍初。

被三个人一顿夸奖,庄籽芯内心其实是很高兴的,但她表面还是故作冰冷,因为那个说她平平无奇的昧着良心的人就站在跟前呢。

"你们几个不吃晚饭?不用烧饭了吗?"

大树说:"我吃过了,就是来找你玩的。"

周炜炜将钟戍初往她跟前一推,说:"这不担心你嘛。"

然而钟戍初却像个木桩子一样,就这么戳在水池边上,一动不动。

她白了一眼钟戍初,转身走到水池边上,将手中的脏衣服放进木盆里,然后倒了洗衣粉和水,浸泡开来。

程守洛见钟戍初不开口,于是说道:"小芯,对不起,我和戍初的本意是想让竺溪嬢嬢和兰姐带着你去熟悉和了解一下我们白平村平常劳作的情况以及村内村外的环境,中间可能某个环节出了点岔子……"

程守洛说着说着,便摸着脑袋尴尬得说不下去。

大伙儿以为气氛即将凝结,谁知庄籽芯抿了抿唇笑着道:"我知道,我没事。"

所有人都感到意外。

"你没事?"

"真的没事吗?"

庄籽芯笑着道:"我真的没事,是你们大惊小怪了,我能有什么事?"

"没事就好,没事就好。"

众人长舒一口气,看向面色凝重始终一言不发的钟戍初,敢情刚才将猪屎抹在他脸上撒气很管用。

庄籽芯道:"你们回去烧饭吧,我今晚在昭如家里吃饭。"

185

李昭如微笑着说:"我要赶紧做饭做菜了,不然天黑了都吃不上。"说着转身去厨房里忙活。

剩下几个大男人站在庭院里面面相觑。

这时,李昭如的奶奶拄着拐杖从屋子里头颤巍巍地走过来,一看见几个小伙子眉开眼笑:"留哈(下)吃饭呀?"

郑庭栋和程守洛立即大声说:"不了,这就回去烧饭。"

李奶奶的耳朵有些背,压根听不见两人说了啥,只是依依不舍地拉着程守洛的手,嘴里念念叨叨,到底说了些什么,大概也只有她一个人明白。

李昭如一瞧见奶奶这般,便羞红了脸跑过来,赶紧扶着老人家回堂屋里坐下。

程守洛不多说,同李奶奶打了声招呼,便和周炜炜徐开乐离开回家烧饭。

郑庭栋推着木头人钟戍初,示意他留下单独道歉,毕竟方才人多,小芯可能不好意思。若是想着人家姑娘留下帮忙,他今天必须得有所歉意表示。

原本大树想留下来同庄籽芯说说话,却被郑庭栋走时顺道拉走。

众人先后离开,偌大的小院一下子清静下来,只剩下庄籽芯和钟戍初二人。

钟戍初蹙着眉心,视线先是落在木盆中的脏衣服上,然后又悄悄落在她白皙素净的脸庞上。认识她这么久,见过她各种各样妆后的模样,倒是第一次瞧见她的素颜。哪怕是威胁她签卖身契那次,她的脸上也还是化着淡妆。

卸了妆的她,身上有股子恬静知性美,没那么妖艳世俗,整个人的气息都是平静淡然的,不见尖锐市侩。

他承认,周炜炜和徐开乐说得没错,眼前这个女人很漂亮,无论是化了妆还是不化妆,都很好看。他也承认,他就是那个昧着良心说假话还不会心痛的人,"平平无奇"四字评价是他故意打击,只是因为先前他纯粹看她不顺眼罢了。

当然，眼下这一切都不重要了。

庄籽芯找了个小板凳坐下，开始搓揉她最心爱的粉色运动衣，只是三两下的功夫，盆里的清水就变成了黑漆漆的泥水，一大勺洗衣粉下去连点泡沫都未曾泛起来，可见有多脏。

一些污泥和猪屎卡在衣服纤维的缝隙里，怎么搓揉都搓不掉，变成一团团灰黑的斑点。这身衣服算是彻底废了，虽然很心疼，但她也接受现实，既然决定要留下来，这些衣服废了也就废了。等回到城里，她可以买更多更漂亮的。

钟戍初低眉看着她洗衣服看了半晌，终于开口说道："你不要怪竺溪孃孃和兰姐，她们没有恶意。"

庄籽芯在心中冷哼一声，没理会他，继续埋头洗衣服。

钟戍初又道："如果你想回去的话，我可以明天就送你回丽江，回N市的机票我帮你订。"

庄籽芯本来气已经消了一半，被钟戍初这么一激，心中的火气"噌"地一下又蹿上来。她将衣服往盆里用力一砸，盆里的水立即飞溅出来，溅得钟戍初的鞋面全是水。

她抬眸看着他，冷冷地回道："钟戍初，你觉得你现在说的是人话吗？当初逼我签卖身契的人是你，骗我来这里的人是你，害我被整的人也是你，现在你轻描淡写地说送我回去，你可真行。"

钟戍初叹了口气，道："我没有骗你，我只是按着合约规定行事。当时我也有提议送你回头，你并没有反驳。"

"钟戍初，你这么牛，咋不上天呢？"庄籽芯气得全身发抖，火冒三丈，头发都不用电吹风吹干。

钟戍初蹙了蹙眉，说："那你现在要不要回丽江？"

庄籽芯端起木盆怒道："信不信我一盆砸死你？"

钟戍初抿了抿唇，说："我向你道歉。"

庄籽芯瞪了他一眼，重重地放下木盆，捞出衣服拧干，然后将那盆脏水直接往钟戌初的脚下狠狠一泼。

钟戌初反应灵敏，见势往后跳了一步。

脏水泼在泥土上溅起水花，鞋面上只沾了星点。

庄籽芯打了盆干净的水，继续坐下来洗衣服。

钟戌初又默默地看了她很久才问："今天的事，你要怎么样才肯消气？"

庄籽芯抬眸看他，冷笑一声说："想我消气？行，你给我把这双球鞋洗成原来的白色，我就原谅你。"

钟戌初顺着她的视线看过去，小凳子旁边放着两只黑不溜秋的球鞋，毫不犹豫地脱口而出："不可能！"

庄籽芯嘴角一撇，神情冷漠："滚！给你三秒钟，立刻从我眼前消失。"

钟戌初沉寂三秒，弯下身从她的身旁捡起那双鞋，然后静静地转身离开。

庄籽芯搓了几下手中的衣服，再抬眸只看到院门外他的背影，忍不住在心里啐道：挨砍的歪货！

绚丽的晚霞在天边尽力绽放着最后的光彩，很快便被夜幕吞没。仿佛只是眨眼的瞬间，夜空便如同一张巨大的黑绸悬挂在头顶上方，星辰像是被人随意撒落的钻石一般，肆意闪烁着璀璨的光芒。四周静得只听到虫儿在草间窃窃私语。

钟戌初拎着脏兮兮的鞋子进门，便听见周炜炜念叨："小芯芯今晚不在这儿吃饭，都不热闹了。都怪钟戌初那个挨砍的！"

徐开乐正好端着菌汤上桌，瞧见钟戌初进门："挨砍的回来了。你手里提着什么东西？"

钟戌初没有应声，看了手里的黑鞋子两眼，转身将鞋子摆放在门外。

徐开乐说："那不是小芯芯的鞋子吗？你偷小芯芯的鞋子干吗？"

钟戌初无语凝噎，恼羞地回道："我偷她鞋子干吗？我是有病吧。不是你们让我想办法让她消气的吗,她现在让我给她洗鞋子。"

郑庭栋正和程守洛用电脑播放今日拍摄的一些片段,听到二人的对话他不由得笑了起来:"人家小芯肯让你给洗鞋子,这就对了,说明人家同意留下来了,你知足吧。"

周炜炜端着一盘凉拌黄瓜、一盘凉西红柿、一盘凉拌樱桃小萝卜上桌。

郑庭栋顺势眄了一眼:"哎?周大厨,今儿怎么一道荤菜都没有?好歹弄个炒肉丝吧。"

徐开乐抢先说:"有凉拌菜吃就不错了。你们还想吃荤菜?"

郑庭栋说:"人民群众干活需要力气,没点油下肚怎么行?"

周炜炜说:"厨房里有刚榨的菜籽油,你抱着瓶喝去。"

郑庭栋说:"就算今儿小芯不在,你这大厨也不能消极怠工啊。"

周炜炜说:"小芯芯不在,本大厨没心情烧饭烧菜!想吃肉,你们找他去!"

钟戍初被指着鼻子,有些恼:"找我干吗?"

周炜炜说:"我跟你说钟戍初,你要是真把小芯芯气走了,我以后每天都让你们吃素。"

所有人都开始抗议。

钟戍初无奈地叹了口气:"行,都是我的错。我错了,我错了,吃完饭我就去刷鞋。"

"你们几个整天跟个小孩似的。"程守洛笑着,好不容易插上一句话,他拍了拍钟戍初的肩头安慰他,"明天小芯气消就好了。赶紧吃饭吧,我快饿死了。凉拌菜也是不错的。"

周炜炜吃着吃着,看了门外一眼,忽然说:"不行,我得去给小芯芯弄一双鞋,不然明天上山打核桃,小芯芯要没鞋穿了吧?"

徐开乐说:"衣服也得弄一套,她带的应该都是裙子吧。"

程守洛点点头:"等一下我给昭如打个电话,昭如家里应该都有。"

钟戍初蹙着眉头默默地听着，啥也不敢说，乖乖扒饭，现在的他，呼吸放屁都是罪。

郑庭栋问："阿洛，之前你弄的乡村旅游规划方案，后来上面怎么说，有回复了吗？"

程守洛叹了口气，道："半年前就提交过了，一直没给答复。上个月我才跑过镇上，等把村里的路全部修完，我打算再去镇上一趟，当面再问一下情况。我想着实在不行，就只能是动员一部分村民各自贷款来改建成民宿。按目前情况，想要整体打造特色山村文化旅游度假村，除了需要政府的扶持，更需要的是相关企业的资金支持。"

钟戍初听了，眉头一蹙："阿洛，不是兄弟我打击你，让村民贷款改建民宿，是个艰难的工作。"

程守洛说："我当然知道，好不容易带着村上都脱贫了，如果仅凭现有模式下的农副产品销售，就怕很快会返贫，所以我才会想着发展旅游业试试，带动农副产品经济。所以才找你们过来帮忙，你们思路广，路子多。"

周炜炜道："你这村支书确实当得不容易，又是当爹又是当娘。我看着都替你揪心。"

郑庭栋说："阿洛，你先不用太着急，兄弟们一定拼尽全力，先把咱白平村拍好了，不仅真实，还力求最美。用咱行业术语，有东西，咱才好去找资本。"

接着几个人一边整理素材，一边热烈地讨论明天的拍摄内容，最后一致决定明天再拍一次打核桃。

在钟戍初和庄籽芯来之前，他们不仅跟拍过村民打核桃的全过程，甚至连一年一度最热闹的"开杆节"都全程记录下来，但是眼下，他们的小队新增了一名成员庄籽芯，一个十指不沾阳春水的城市姑娘，将她打桃核的心路历程记录下来，说不定能够引起观众的共鸣。

可是大伙儿在讨论完之后又一阵沉默，因为他们不能确定，天亮之后,庄籽芯是否愿意留下来。

她不过才来两三天,也就这两三天的时间,大伙儿一致认为她带来了无限快乐,这是曾经从未有过的。

郑庭栋说:"还是老话讲得对,男女搭配,干活不累。"

所以为了留住他们的新成员,他们决定明天一早陪着一同上山。说不定劝一劝,给个台阶下,人家姑娘的气也就消了。

钟戌初乖乖地提着脏鞋子,一言不发,蹲在水池边,就着微弱的灯光,认真地刷起来。

程守洛吃完了饭,便给李昭如去了电话,让她给庄籽芯准备一身方便的衣服和鞋子。

挂了电话,李昭如小心翼翼地问庄籽芯:"小芯,你……不会要走了吧?"

庄籽芯说:"不会啊。干吗要走?"

李昭如顿时松了口气,道:"你别怪我唠叨,其实竺溪嬢嬢和兰姐人都很好,等时间久了,你就知道了。"

庄籽芯帮着擦桌子,笑着说:"我听到你和守洛的对话了。你放心,明天我还要跟着她俩一起上山打核桃呢。我没你们想的那么脆弱啦。我没有打过核桃,打核桃应该很有意思吧?"

李昭如说:"小芯,谢谢你。谢谢你没有……嫌弃我们。"

"哎哟,你这说的都什么话呢?什么嫌弃不嫌弃的,你们不嫌弃我添乱,我就要偷笑了。"

李昭如目光晶亮地看着她,又道:"你真的跟之前阿初哥带来的女孩子不一样。"

"因为我不是他女朋友。"庄籽芯顿了顿,虽说现在无比讨厌那个歪货,但还是不免有些好奇,"他女朋友怎么了?"

李昭如说:"去年跟着阿初哥来过一次,当时咱们白平村的条件比现在还要差一点,允夏她没有坚持下来,就住了两晚,第三天就回城里了。"

允夏……这是庄籽芯第一次听到钟戌初女友的名字，很好听。

庄籽芯嗤道："他能有女朋友，那也是老天爷打了盹。"

李昭如说："阿初哥很优秀的，喜欢他的女孩子很多。唉，我们这里的条件，确实是为难你们从大城市里来的女孩子，等到这里变成了旅游度假村，那时候条件应该会好一些，我们会弄许多的精品民宿，一定会让你们来了都舍不得走。"

庄籽芯连连点头："那我到时候住上个一年半载，也要像现在一样天天吃你的喝你的。"

李昭如笑了，忽然话题一转："对了，我听阿初说，你是中文系汉语言文学专业毕业，以前在杂志社待过。那……能不能拜托你，去给学生们讲讲课？"

"给学生们讲课？我没学过教育学专业的课程哎。我这半瓶子醋，晃荡晃荡地去给孩子们上课，会不会不太好？"庄籽芯虽然拒绝，但内心十分高兴，毕竟教育是重中之重。

担忧的同时，她又感到疑惑，钟戌初是怎么知道她以前在杂志社待过？难道是冷哥告诉他的？

李昭如说："不一定非得课本上的知识，可以是带孩子们一起读一篇文章，引导孩子们谈谈对文章的理解和看法，或者给孩子们传授一些互联网知识。"

庄籽芯说："分享阅读课？这个可以。他们都是几年级的学生？"

李昭如说："我带的班从一年级到六年级都有。"

"一到六年级都有。六年级，要上初中了……"庄籽芯沉思片刻，突然灵光一闪，"那学校里有生理卫生课吗？"

李昭如眨了眨眼，叹了口气说道："唉，我们这么偏远的山区怎么可能会开设这种课程。你……该不会是想教生理卫生吧？"

庄籽芯说："对。如果没有的话，我可以来给孩子上一节生理卫生课。生理卫生知识的普及，就应该从娃娃抓起，像我们沿海地区的城市，基本上从幼儿园就开始引导了，然后进入小学之后，就会开设这样的课程。但是据我所知，在农村，孩子们基本不会接触到这方面的知识。能够正确认知这方面的知识，对孩子的成长会有更好的帮助。"

李昭如的双眸如宝石一般透着光芒，她激动地说："小芯，你知道吗？我之前有提过开设生理卫生课，但是被否掉了。明天我再去同校长沟通沟通，你等我的好消息。"

庄籽芯说："不急不急。如果是去给孩子们上这方面的课，我可需要准备很多的资料。"

李昭如点点头："我等你通知。"

"嗯。"

"哦，对了，阿洛哥让我给你准备一身方便的衣服和鞋子。"李昭如从房间的衣柜里拿出一套校服，"这身运动服是今年我们学校搞活动，给我们老师一人发了一套，你和我身材差不多，应该能穿上。你可别嫌弃。"

庄籽芯摸着崭新的蓝红相间的校服，笑道："不嫌弃，不嫌弃，你干吗老说嫌弃，怎么会嫌弃？我都好多年没穿过这种校服了。好怀念。"她穿上外套激动地转了个圈，"怎么样？我是不是看着像个高中生？重返16岁？"

李昭如抿唇笑道："你真逗！"

庄籽芯脱下外套，小心翼翼地叠好，说："明天我里面穿着短袖T恤，外面就穿着它，上山打核桃！"

"这是我自己做的防晒袖套和口罩。如果热了，脱了外套，可以把这个套在手臂上，一来挡太阳，二来防蚊虫。"李昭如像变魔术一样不知又从哪儿拿出来一对碎花棉布做的袖套和防晒口罩。

庄籽芯将柔软的袖套套在手臂上，赞道："可以可以。昭如，你可真是一个贴心的可人儿，将来谁娶了你，那一定是积了几辈子的福。"

在节能灯莹白的光照下，李昭如的耳根有些微微泛红。

"鞋子的话，我家里没什么舒服的球鞋，都是这种解放鞋，方便下田干农活。你不要嫌难看。看着你脚好像不大，我穿38码的，如果嫌大，回头我在镇上给你买了带回来。"

"原来这种军绿色的鞋子叫解放鞋。"庄籽芯瞥了一眼自己红色的复古高跟鞋，再看着眼前绿色的土土的解放鞋，心里竟然觉着有种莫名的喜感。

"我穿37码的鞋。没事，我穿双袜子，再垫双鞋垫，就没事了。"

庄籽芯在心里琢磨着，稍后在网上买几套方便舒展的运动休闲套装，她既然做好"战斗"的准备，那就不能将昭如的校服弄脏了，毕竟这身校服的意义非凡。

如今快递业这么发达，到时候寄去镇上一个方便取件的地方，让他们开车载着她去提一下就可以了。

李昭如洗完澡，庄籽芯顺道又洗了一遍脸，双手触碰脸蛋，有些干涩地疼，她赶紧给自己和李昭如一人贴了一张面膜。

李昭如推搡着怎么也不肯再贴，觉得自己从小到大都长在山里，皮糙肉厚的，现在贴面膜就是在浪费庄籽芯的钱。但庄籽芯巧舌如簧，加上女孩子爱美之心是天生的，最后架不住庄籽芯的劝说，她才又乖乖贴了面膜。

李昭如贴着面膜，拿出书本笔记，开始备课。

庄籽芯也打开电脑开始工作。一整天都在铲猪屎中崩溃，冲了一把热水澡后，恢复了点体力和精神，她一点也不想休息。

赚钱使人快乐，于是她决定开始她的快乐。

连接好个人热点，她开始用电脑上网，网速虽然慢得堪忧，但好在勉强能够回复粉丝们的留言。昨天《山村老尸》的图片解说的帖子点击量意外地好，不仅转发多，评论留言也多，有佩服她看此片勇气的，还有因为她的解说去追看此片的。

经典的老片不仅是一代人的回忆，甚至是几代人的共鸣。

以前从不会对她发表软文做任何评论的冷哥，甚至用小号给她留言发来一连串的大拇指。

她斟酌了许久,决定将今天在猪圈里铲猪屎拍摄的一些照片发到网上。

打开相册,看到一张张充满味道的照片,她不禁开始佩服自己,当时双手污脏不堪,她还能摸出手机拍照,是鼓足了勇气。

那一瞬间,她脑子里除了想的是工作记录,还想到的是,这些全部都是钟戌初"虐待"她的证据。

照片上传成功之后,多余的文字没有,只配了一个号啕大哭的表情。

不一会儿,底下的评论爆了。

> 樱桃小圆子:"水姐,这是去农村体验生活呢吗?"
> 空空头:"看照片有点像云南。是云南哪里呢?"
> 不要喜欢我我不会爱你:"昨天的照片是天空与花草,今天的照片是铲猪屎,刺激!"
> 奶瓶断了:"哈哈哈哈,有趣,求水姐发更多的照片。"
> 闭月的小妖回复奶瓶断了:"是求发更多铲猪屎的照片吗?"
> 奶瓶断了回复闭月的小妖:"也有可能是铲牛屎,铲鸡屎……"
> 躺赢上上签:"姐姐,云南的紫外线很强,一定要注意做好防晒。"
> …………

看着粉丝们的热烈评论,庄籽芯嘴角的弧度就没有弯回来过,于是挑选了一些有趣的粉丝问题逐一回复,同时也将自己的疑惑抛出:"今天铲完猪屎之后又去埋猪屎。你们有谁知道为什么铲完猪屎后还要把它们埋起来?求教!"

在等答案的同时,她继续翻看其他评论,当看到一位粉丝提醒她做好防晒,她忽然想到什么,立即打开微信敲姜陶陶。

"女人,快把你上次推荐的晒后修复面膜的购买链接再给我一下。"

姜陶陶很快回了一串购买链接,问:"我刚才正好刷到你微博更新,你今天铲猪屎了?"

"嗯。"

"滋味如何?"

"黯然销魂。"

正聊着,微博提示弹出一条新的粉丝消息,一个叫"心怀善意"的粉丝留言:"猪屎每天都必须清理,如果不及时清理,猪很容易会生病。埋猪屎是为了将猪屎进行发酵,然后做有机化肥使用。"

庄籽芯还未来得及回复信息,这个叫"心怀善意"的粉丝又发了第二条:"猪屎不可直接使用于土壤里,首先因为猪屎便中含有大肠菌、线虫等病菌和害虫,直接使用会导致病虫害的传播、作物发病,对食用农产品的人的身体健康也会产生一定的影响;其次,未经处理的猪屎内含大量未消化的有机物质,这些有机物不但不能被农作物直接吸收利用,还会造成'二次发酵'现象。当农作物还是幼苗时,抵抗力很弱,发酵产生的热量会影响其生长,容易引起烧根、烧苗,甚至导致植株死亡。所以必须经过发酵腐熟之后才能作为有机化肥使用。"

原来是这样。

庄籽芯仔细读完,于是给这位粉丝评论:"谢谢你的科普!"

隔了没多久,这位粉丝回复:"以上文字摘自百度搜索。这些信息网上全部都可以查到。"还配上了一个"微笑"的表情。

读完评论,再看到那张笑脸图片,庄籽芯的脸色顿时沉了下来。

这个叫"心怀善意"的粉丝怕是个假粉。什么心怀善意,明明就是心怀恶意,尤其是最后那张笑脸图片,现在谁都知道那张表情图的真正意思吧。

淡定！无视！从容！

这是她成为大博主的六字箴言！

她与姜陶陶聊了一会儿，本没有打算吐槽今日发生的事儿，可偏偏姜陶陶哪壶不开提哪壶，只关心她与钟戌初的发展如何，这让庄籽芯有些生气："请不要在我面前提他。我今天就差跟他决裂了。"

姜陶陶立即追问："咋了？昨天不还好好的吗？今天又被教授训了？是刷痰盂不愉快，还是骂你看鬼片了？"

"没有。"

"肯定有。你要是不说，那我去亲自问教授。"

"等一下，你怎么会有他的微信？"

"我没跟你说吗？就是之前在世贸地下停车场教授给的电话，我后来打通了，原来是位选角导演，然后我就跟选角导聊起来了，他人可好了，不仅说要给我介绍剧本，还给了我教授的微信，然后我和教授就加上了。"

庄籽芯发了几连串的省略号。

"难道我没跟你说？"

庄籽芯的手机屏幕上只剩下一排排长串省略号。

"哦，那我可能忘了跟你说了吧。"

"去死！"

庄籽芯直接发了个凶残的表情包给她，文字配图："好了，你已经死了，可以闭嘴了，不要再说了。"

"姐妹，你怎么能这样对待你的小宝贝？我这加教授的微信号完全都是为了你呀。这样我可以多方面观察他，时刻仔细入微地观察他，他要是不好，咱就立刻撤，找下一个弟弟。"

"滚——"

"教授回话了。我要去和教授聊细节了。"

"滚！再不滚，老娘拉黑你！"

"好的，小宝贝，等会儿爷再来宠幸你！"

庄籽芯按着抽痛的太阳穴，她就是信了这"塑料姐妹花"的鬼话，才会带了那么多不实用的衣服和鞋子。

她打开淘宝，开始逐一采购手机膜、面膜、防晒、衣服、鞋子、帽子……除了赚钱，还能让她开心的就只有买买买。

然而最后结账，看着一串的清单及付款金额，她的血槽已空。她死命掐了一下人中，才抖着手按下付款键。

赚钱如蜀道难难于上青天，花钱如"迅雷不及掩耳盗铃"。

这简直就是她的真实写照。

这些不必要的花费，她全部用小本本记下了，以后她要加倍从钟戌初的身上赚回来。

嘤嘤嘤……

Chapter11
人必须无故自信

第二天一早,庄籽芯目送李昭如跟着出村的车子一起离开,然后她对着镜子开始化妆。

镜子里,她的双颊有些泛红。昨天晚上灯光昏黄,镜子里看得不是很清楚。这天亮后,自然光线将皮肤上的一点点瑕疵都照得清清楚楚,明明白白。

庄籽芯捧着双颊焦虑了好一会儿。

她本以为防晒霜和粉底液的防晒效果,可以杜绝这样的情况,现在看来,她小看了高原地区的紫外线强度。

等防晒护肤的脸基尼到货,起码得半个月,这半个月若是每天都像昨日那般劳作,她这皮肤必定是要毁了。

不行,她得要想法子自救。

于是,她化了一个素颜淡妆,然后从带来的衣服里,找到一条搭配衣着的丝巾,扎在了脸上,戴上墨镜,戴上昭如给她的黄色草帽,还有准备的水和干粮,便去了竺溪嬢嬢家等候。

竺溪孃孃正将所有鸡从鸡笼里放出来,瞧见一身校服的庄籽芯立在门口,于是便道:"如如,你喃个还没得去上班咯?"

"是我,孃孃。"庄籽芯摘下丝巾和墨镜。

竺溪孃孃两眼瞪得老大,仔细打量着她,只见她头顶黄色草帽,脚蹬绿色解放鞋,不由得佩服起她来。

原本以为经过昨日铲猪屎的脏累后,这小丫头一定会嚷着让初初和阿洛他们今日送她回去。谁想着,这小丫头居然全副武装,一早就站在自家大门口前。除了林灵,她还没有见过哪个城市来的小姑娘能有这种意志力。

然而总觉得着哪里不对劲,竺溪孃孃忍不住又多看了两眼。

好家伙!这小丫头的大红唇,那可是快要赶上她院子里的月季花。

罢罢罢,铲猪屎的时候,这小丫头都能掏出小镜子来左照右照,何况今天是上山打核桃。

又是蒙面,又是墨镜,整天神经兮兮的,这化个大红唇也没什么稀奇的。

"如如啊,你今个是不上课吗?"兰姐的声音从身后传来,同样也是将庄籽芯误认成了李昭如。

"兰姐,早!"庄籽芯转过头笑眯眯地打着招呼,声音亮如洪钟。

"作死咯,你嚷这么大声作甚?我耳朵又不聋。"兰姐被她这一声,吓得直拍心口,待看清人之后,下巴差点惊掉在地。

庄籽芯嘴角咧开,对着兰姐又是一阵吼:"我以为这样讲话,是这里的习俗呢。"

才过一天,她可没忘记,昨天铲猪屎时,兰姐的那一顿吼差点把她的耳膜吼破。

兰姐一脸嫌弃地挖着耳孔,三步一回头地走到竺溪孃孃的身侧,拉扯着竺溪孃孃的衣袖咬起耳朵:"她喃个还在这里?我看见草帽还以为是如如呢。"

竺溪孃孃拉垮着脸,说道:"我喃个晓得?"

兰姐又问:"那今个还要带她上山打核桃?"

竺溪孃孃说:"昨个话说得那么满,今个还能不克?"

"我晓得了,那我回克拾掇拾掇。"兰姐皱着眉头,出了门还要三步一回头地看一眼庄籽芯,生怕是自己眼花,出现了幻觉。

庄籽芯笑眯眯地冲着她挥了挥手:"兰姐,待会儿见。"

"真是个憨处处(脑子进水)。"兰姐小声啐着,转身就消失在巷口转弯处。

庄籽芯回过头看向竺溪孃孃,道:"竺溪孃孃,什么时候上山呢?"

竺溪孃孃板着一张脸,不理会她,默默地刷洗刚吃完的饭碗。

忽来手机响了起来,她擦干手一看,是钟戌初,连忙接起:"喂,初初啊。"

"孃孃,庄籽芯去找你和兰姐了吗?"

"一早就来咯。"竺溪孃孃斜眼看了眼庄籽芯,这丫头怕是一早打了鸡血,这么亢奋,待会儿上山打核桃,哭鼻子的时候在后头呢。

钟戌初说:"孃孃,你们等一下我,我跟你们一起上山。"

"哎?你今个不跟栋栋他们去拍摄?"

电话里钟戌初顿了顿,说:"哦,要的。正好你们今天上山打核桃,我们就跟着一起去拍摄,反正都是要拍的。"

"好咧,好咧。等你们哈。"竺溪孃孃高兴地笑了开来,眼角的皱纹就像是鱼尾一样散了开来。

庄籽芯虽然没有听到对话的全部内容,但也能猜了个大概,钟戌初可能要过来。

竺溪孃孃迅速洗完了碗筷,然后交代了老伴一些事,便开始准备上山的东西。

没一会儿,便听见一阵脚步声从院门外传来。

率先进门的是大树,他一进门,就笑眯眯地冲着庄籽芯打招呼:

"小芯，你昨晚睡得好不好？"

庄籽芯微笑着点头。

大树从衣兜里拿出两根煮好的玉米，递给庄籽芯，说："给！我妈今天一早煮的，之前还很烫，现在不烫了。"

两根金黄的玉米，包在白色的塑料袋里。白色塑料袋外还沾着水，一看就是主人在使用前用水清洗过。

庄籽芯内心感慨万千。

"谢谢大树，替我谢谢萍姨。"

"哎哟，大树哦，你这小子真不厚道。刚才一路走过来，也没见你说萍姨煮了玉米。"徐开乐的声音传来。

郑庭栋和周炜炜、徐开乐三人扛着摄像设备随后进了门，钟戌初走在最后。

大树一脸坦然："你想吃，上我家拿去呗，锅里还有好多。我这是给小芯准备的。"

周炜炜勒着大树的肩头，道："我们自己去拿，那能香吗？我真替昭如感到心寒。"

大树心虚地说："昭如走得太早了，我都还没见着她人，她就已经去学校了。"

徐开乐故意捏着嗓子怪里怪气地说："瞧你心虚的样子！典型的只见新人笑，哪闻旧人哭哟。渣男！"

大树不甘示弱地回道："你、你才渣男。你们两个比我也好不到哪里去。"

周炜炜改勒着大树的脖子，说："你小子现在翅膀硬了是不是？敢跟哥哥们这么说话。"

庄籽芯抿了抿唇，连忙打圆场："你们两个别欺负大树了。给！一人一根！"

她将两根玉米分别递给了周炜炜和徐开乐。

大树急了："小芯，那是给你吃的。"

庄籽芯手中的玉米，周炜炜和徐开乐哪好意思接。

他们俩连忙放开大树，说："我们是跟大树闹着玩，不是真的想要吃玉米。再说，哪能抢你的玉米吃呢。"

"没事，我一个人吃不了这么多。"于是，她要掰断一根玉米，一人一半，可惜力气太小。

徐开乐不好意思，只得接过，然后轻轻一掰，和周炜炜一人分了一半。

"我们小芯芯就是菩萨心肠。"徐开乐一边吃着玉米，一边还不忘挑衅钟戍初和郑庭栋，"对不住了，兄弟们，你们俩就眼巴巴地看着吧。"

郑庭栋白了他一眼，幼稚。

钟戍初索性很直白地说道："你们俩少恶心人了，早饭都要吐出来了。"

庄籽芯问："你们这是准备要去哪儿拍摄呀？"

周炜炜笑道："小芯芯，今天我们跟你一起上山，你打核桃，我们拍你打核桃。"

"真的吗？太好了！"庄籽芯高兴坏了，至少今天不会像昨日一样那么无聊，可是转念一想，他们要拍自己打核桃？完了，早知道她今天穿漂亮一点了。

周炜炜的目光从庄籽芯头上的草帽，一直扫到她脚下的解放鞋，嘴巴就差咧到了耳后根："小芯芯，你今天这身行头可以的。不过这草帽，好像跟以前看到的不太一样。"

其实庄籽芯头上的草帽，就是农村务农时戴的普通草帽，只不过她用绿色的尼龙绳绕着帽身和帽檐的连接处缠了一圈，然后再从两边穿出来，在两侧垂坠下来。

庄籽芯抬手扶着帽檐，然后踮起脚尖，在院子里走起了猫步："那当然不一样了。这可是我纯手工定制版的草帽，全球独此一家。"

徐开乐一下被惊醒，说："我知道，去年新出的款，好像8000多

203

一顶，好多网友评论，这不就是我家的草帽。"

庄籽芯连连点头："对对对，我昨天就一直在琢磨，这帽子改装一下，丝毫不逊色。"

"很好，很好，保持这个样子。"郑庭栋从一进门开始，就已经在拍摄。

他端着相机对着庄籽芯手中的帽子，来了个360度细节拍摄。

钟戍初半倚着门边，默默地看着他们几个"夸夸其谈"，而他就像一个被老师罚站在门外的小学生一样，孤零零地站在一边，眼巴巴地看着老师与同学们互动，一切与自己无关。

庄籽芯："这个东西叫什么？经常在电视上看到。"

徐开乐："吊杆话筒，用来现场收音的。"

庄籽芯："这是无人机？"

周炜炜："对，待会儿要航拍的。"

庄籽芯："我还没有玩过。"

周炜炜："回头教你怎么拍。"

庄籽芯："太棒了！"

…………

原本钟戍初对这一切都不屑一顾，可视线最终还是没能忍住，跟随大伙儿的谈论落在庄籽芯头顶的帽子上。

一顶再普通不过的务农草帽而已，经她的手改装之后，只有不伦不类与哗众取宠，根本看不出什么时尚感，竟然能被他们几个吹捧成"天上有，地上无"，让他这个美院教授感到疑惑不解，或许，他不懂时尚。

她今天穿了一身红蓝白相间的校服，扎了两根麻花辫，麻花辫上竟然还点缀着珍珠蝴蝶夹。

钟戍初嘴角不禁微抽，这女人究竟知不知道，稍后这几个小发夹将会成为多余的东西，被人无情舍弃。

她娇小的个头藏在宽大的校服里，看来虽土，不过倒有几分学生的模样，只是那脸上略施的脂粉与艳丽的大红唇，败坏了整体的学生感，全身上下，也就那双绿色解放鞋令她看来朴实无华了一些。

"你们都来了呀。马上就可以出发了。"竺溪孃孃终于准备好一切，手中拎着一个大号和一个小号的竹篓，她将小号竹篓递给庄籽芯："这个给你，待会儿打了核桃全放在这个篓子里。"

庄籽芯嘴角微动，保持微笑，刚要双手接过竹篓，大树急急地说道："小芯，我来帮你背。"

竺溪孃孃立即呵斥："你凑什么热闹？"

大树说："我也要去打核桃。"

"你打个鬼核桃！你妈胳膊摔了，前阵子我们帮你们家早把核桃打完了。"

"还有没打完的……"大树怯怯地刚说了一句，一瞧见竺溪孃孃瞪眼，便生生咽了回去，"那我帮孃孃你家打核桃不行吗？"

"你给我滚克一边，就你那点小心思，我喃个能不晓得？你赶紧帮着你阿洛哥哥去看看村里基建的事，这边打核桃没你啥子事。"竺溪孃孃二话不说，便将大树推出了门。

这傻小子的心思，她和春兰除非是眼瞎了才看不出来。

就在前两天，这小姑娘来之前，这傻小子还如如长如如短地叫唤着，这两天就变成了小芯长小芯短，幸亏如如眼里只有阿洛，要是心里没装个人，就依这小子朝三暮四、朝秦暮楚的鬼德行，还不被气死。

说得再难听点，你再热情有个屁用，你就是把心窝子全掏出来都没用，人家城里的姑娘，是你这傻小子能追求的吗？

竺溪孃孃气不过这傻小子见异思迁。

大树末了不死心地说："小芯，你等我收工后来找你玩哈。"

"好。"庄籽芯接过小竹篓。

小竹篓看起来有些年头，上面蒙着一层泥浆，背带也是黑漆漆的两条。

她在心中默念：对不起了，昭如，保不住你的校服了。

又在心中反复：在这里，不要在意脏与不脏，心中无尘，那便是干净。

周炜炜说："芯芯，要是觉得重的话，我来帮你背。"

庄籽芯摆了摆手说："没事，这还没有我们上学时候背的书包重呢。"

竺溪嬢嬢说："你们这一个个的都干啥子呢？没那么娇气，我找的是最小号的篓子，一点都不重的。"

周炜炜说："那行，等下山的时候，装满了核桃你要是嫌重，尽管给我。"

"谢谢炜炜哥。"

"喊！"钟戌初冷不丁地冒出一声冷嗤，转身出了大门。

周炜炜说："别理他，他就是一'直男癌'。"

庄籽芯不气反倒开心，她若是越丧，越正中敌人的下怀，她若是斗志昂扬，那气的便是敌人。

竺溪嬢嬢一脸嫌弃地越过周炜炜和徐开乐，然后从墙角拿了两根长竹竿和一个小梯子，连同大背篓一起递给他们，说："你们两个这么喜欢'帮忙'，那就帮我都拿着。"

周炜炜看见那大背篓，连忙推给了徐开乐，抢着两根竹竿便夺门而出。

徐开乐也不是吃素的，提着大背篓就快步追出去。

钟戌初叹了一口气，拦住徐开乐，从他手里接过大背篓背上。

竺溪嬢嬢啐道："一天到晚嬢嬢长嬢嬢短，说什么嬢嬢和春兰姐老是偏心初初，看看你们两个，整日里鬼戳戳（滑头）的，到头来还不是嘴巴无毛，办事不牢。"

庄籽芯一下子又学习到一个新鲜词，于是对着钟戌初就瞥了个白眼："鬼戳戳。"

钟戌初听见，斜眼看她："知道鬼戳戳什么意思吗？"

庄籽芯冷哼一声："反正在我这里，你'钟戌初'三个字就等于

'鬼戳戳'三个字。"

钟戌初方要回嘴，庄籽芯抢先一步："昨天我的鞋子，你刷干净了没有？警告你，刷认真点，必须要像A4纸那么白，没有A4纸那么白，我可不接受。"

"你……"

"你什么你？鬼戳戳！"庄籽芯冲着他做了个鬼脸。

兰姐正好背着竹篓从自家院里出来，正好瞧见这一幕。

钟戌初拉垮着一张脸。

昨天晚上为了给她刷那双球鞋，他可是费了老大的劲儿。

鞋子上沾满了猪屎，那味道臭得可以，他用山里的溪水冲洗了好多次，然后又泡在洗衣粉水里泡了很久，把黑水倒了后，才开始动手刷洗。反复几次，生怕刷得不够干净，她一气之下真的跑走了。

除了刷洗自己的鞋子，这还是他人生中第一次给一个女人刷鞋。

甚至刷自己的鞋子，可能都没这么卖力过。

得！为了大局着想，他惹不起。

有那么一瞬间，兰姐怀疑自己是不是眼花了，初初的头顶正徐徐冒着青烟。

兰姐抗议："我们初初喃个鬼戳戳哦？"

庄籽芯咧着大大的笑容道："那你要问他咯。"说完她冲着周炜炜和徐开乐叫道，"炜炜哥，开乐，等等我！"

最终大竹篓还是背在了周炜炜的身上，钟戌初扛起折叠小梯子，徐开乐需要扛着吊杆话筒，便不能分担提物。竺溪嬢嬢自个儿提着竹竿前行。

郑庭栋跟在队伍的最后，手持着摄像机，认真地记录着这个业余打核桃队的点滴。

顺着后山的山道一路向上，除了他们一行人，村子里还有好些人家前前后后地走在山道上。

开杆节过后，家家户户陆续进入打核桃的繁忙状态。

国庆节期间,整个山头打核桃的壮观景象更是延绵了数里,一些在外地务工的孩子借着国庆节假期回来,帮忙一起打核桃。

这段时间因为村子里修桥铺路,所以男性劳动力更是紧张。有的人家,女性同胞便成了打核桃的主力。有些人家在就近家门口的位置,已经开始打上核桃。

一路上,只听钟戌初他们不停地同村民们打着招呼。

沿途树木葱葱,阳光透过茂密的枝叶射下来,仿佛是散落的碎金一般,星星点点。一棵棵核桃树就像一把把撑开的巨伞一样,罩了整个山头。

湛蓝的天空纯净清澈,洁白的云朵在阳光的照射下,像一朵朵镶了金边且蓬松的棉花糖一样浮在半空中,低低的,柔柔的,仿佛只要伸出手便可摘得。

远处的青山连绵不绝,近处的梯田波澜壮阔。当下季节,一片片层叠错落的稻浪,金黄与碧绿交织,或许不如哈尼元阳梯田色彩多变,不如加榜梯田壮观秀丽,但依旧如梦如幻,如诗如画,尽现人类辛勤劳作之下的自然之美。

庄籽芯的心情一下子豁然开朗,这里竟然美得不似人间,能够将人的灵魂瞬间净化。

她双手弯成喇叭状,对着对面的山头大声喊道:"庄籽芯无敌!庄籽芯加油!"

"自——信——无——敌——"

"自——信——加——油——"

山谷里声音回荡,幽幽远远。

这种心情是旅游的时候不曾有的。

郑庭栋的摄像机镜头跟随她,将刚才那副画面拍了下来。

或许旁人一时间不能理解她的内心,但郑庭栋透过镜头,忽然读懂了。

原来小姑娘留下并决定坚持，其实是要莫大的勇气的。

他不经意地看了眼钟戌初。

钟戌初正凝视着她，慢慢地，他的目光也放向了远方。

周炜炜和徐开乐，也跟着庄籽芯一起喊了起来，声音在山谷里此起彼伏，悠悠荡漾开来。

因为来往白平村数次，周炜炜和徐开乐早已对白平村附近的山头湖泊了如指掌。两人充当起向导，向庄籽芯介绍，比如这片山头叫作白平山，对面尖尖的山头叫作白露山。村子往西走的下游，还有一片水域宽阔的湖泊叫作白平湖。

白平山，白平湖，白平村。

庄籽芯浅浅勾着唇角，心里暗念：这里的人也许有起名困难症吧。

早些年白平山杂树丛生，经过两代人的辛苦努力，将这里变成一片枝繁叶茂的核桃山。这里除了种植云南特有的漾鼻核桃、深纹核桃等，还引进了许多澳洲坚果。

庄籽芯像个好奇宝宝一样询问："澳洲坚果？是那个圆圆的，老年人最喜欢买的夏威夷果吗？"

周炜炜说："对对对。"

庄籽芯啧啧称奇："没想到这里居然还种夏威夷果，我以为那玩意儿全都是从国外进口过来的呢。"

竺溪嬢嬢立即自豪地挺起胸膛，从乡音转换成普通话开始普及知识："这东西洋名叫夏威夷果，原本是产自澳洲，差不多20世纪80年代，我们国家的研究人员从澳洲引进，然后就在我们云南广泛种植。现在在我们这里，我们都管它叫云南坚果。这东西好处可多了，特别适合孕妇和儿童食用，除了对改善脑部营养很有益处，还能降血压降血脂，防止动脉硬化，能够非常有效地保护我们的心脑血管，所以，这也是老年人特别爱吃的原因。对了，它还能缓解便秘，预防皮肤病。"

一提到缓解便秘，庄籽芯两只眼睛立即放出光芒："还能缓解便秘，这么神奇？"

也不知道是水土不服，还是怎的，自打来到这里之后，如厕对她来说，似乎成了一个大难题，她只能拼命地啃玉米，以至于所有人都当她喜欢吃玉米。大树每回来找她，都会怀揣两根玉米。殊不知，其实她是深受便秘困扰许久。

姜陶陶却一针见血地说："你便秘，绝对不是水土不服，而是你的屁股在想念家乡的抽水马桶。"

她想了想，也许是这个道理。每天手动清洗"牡丹花"，着实叫她崩溃呢。

郑庭栋在竺溪嬢嬢开口说话的同时，便将摄像镜头对准了她。

"以前，我们种植的核桃呢，都是靠望天收，上天让核桃树结多少就是多少，结多大就是多大。后来我们与专业的电商公司合作之后，接受种植专家的指导，开始进行科学种植，之后那些歪瓜裂枣的核桃数量减少，整体质量提升，不仅个头大，形状几乎整齐一致。"竺溪嬢嬢忽然顿住，指着不远处一棵核桃树说，"喏，那个就是澳洲坚果树。"

庄籽芯顺着看过去，一棵高壮的树上结着葡萄串一样绿色圆圆的果实。

兰姐接着说："上个月开杆节，已经打过一批核桃。现在又是一批，到月底也就差不多了。"

"开杆节？那是什么节日？"庄籽芯像个好奇宝宝，她一回头，视线正好落在背着竹篓走在她身后的钟戌初身上。

钟戌初原本想要超过她，这一抬眸，恰巧撞见她一双清澈晶亮、对知识无比渴望的黑眸，那纤长的睫毛像个小扇似的上下眨动。

当他以为别人会解释什么是开杆节时，所有人的视线都下意识地跟着庄籽芯一起看向他。

郑庭栋手中的镜头也迅速转向他。

钟戌初放缓了脚步，轻咳一声："每年白露这天，村子里都会举行核桃开杆祭典仪式，这意味着核桃已经成熟，正式进入采摘期。全国各地，很多种植核桃的地方，大多都会有开杆祭典仪式，区别在于各地祭典的方式有所不同。"

兰姐激动地给钟戍初鼓起掌来。

"白平村有句俗语：'白露到，竹竿摇。满地金，扁担挑。'满地金指的就是落地的核桃。白露节气知道吧？"钟戍初眉心微拢，眼神微挑，看向庄籽芯。

庄籽芯扬着下巴说："我当然知道。"

钟戍初追问："那白露是一年当中的第几个节气？为什么要选这一天开杆？"

他的语气明显听出来带点居高临下的意味。

庄籽芯只知道白露是二十四节气之一，但具体是第几个节气，她还真没留意过，只知道有句俗语说"立秋不是秋，天凉白露后"。也就是说，白露这天后天气会急转凉，中国大部分地区算是正式进入秋季，农民会忙于秋收，所以开杆节选在这一天，再正常不过。

虽然这些都是常识性的问题，但是他用了最讨厌的疑问句句型在藐视她。

庄籽芯故意模仿他的神情他的语调，高傲地回道："那你知道什么样的句型是最让人讨厌的吗？"

钟戍初凝眉。

庄籽芯说："你上学的时候应该没有好好听老师讲课吧。不然应该知道用疑问句做口语表达时，需要注意说话时的语气，否则很容易就会成为最讨厌的句型。所以请不要让疑问句成为缺乏美感的、讨厌式句型。"

说完，她冲着他扬起唇角，露出一个礼貌带点狡黠的甜美笑容，然后转身往前面走去。

周围鸦雀无声，隔了好一会儿大伙儿才反应过来，庄籽芯这话里话外是在暗讽钟戍初说话让人讨厌呢。

周炜炜有点佩服庄籽芯,骂人这么文绉绉的,不带一个脏字,听起来好像还很有道理的样子,不愧是自媒体大博主,乐得他忍不住笑出了声。

钟戍初意识到自己的问题,耳朵当即开始发烫,一下子红了起来。

他的薄唇绷成一条直线,双手也紧紧握成拳。

郑庭栋全程扛着摄像机,发挥自己的专业特长,利用运镜技巧,镜头多角度追随着每一个人。

为了保持人物情绪的丰富饱满,他将镜头慢慢推进,最后定格在钟戍初的眼前,给了他一个超级无敌大特写,所有镜头从头到尾一气呵成。

同样在队伍中间穿插收音的徐开乐,在庄籽芯反唇相讥时,将吊杆话筒悬在二人上方,以保证最清晰的音效。

庄籽芯说完后,他又将吊杆话筒推进到钟戍初面前,上面还挂有一个小型摄像头,清晰地记录着钟戍初的表情。

周炜炜操控着手中的无人机遥控器,将航拍摄像机升到了空中,本想将镜头也对准他,忽然良心发现:"这玩意儿用来拍你,感觉有点大材小用。"

钟戍初白了他一眼,径直往前走去,看着前方庄籽芯的身影,当即两个小人在心底打起来架来。

一个骂道:"钟戍初,你就是犯贱。好好地解释一下什么是开杆节不就完了,偏要冲上去戳人家痛处找骂,明知道这女人牙尖嘴利不好惹。"

另一个毫不客气反驳:"他就是看不惯她这个样子,一路在那里装可爱撒娇。"

"人家怎么他了吗?人家跟他撒娇装可爱了吗?人家跟别人撒娇装可爱关他屁事?"

"怎么不关他事?他们三个可都是他的好兄弟。"

"好兄弟怎么了?她是骗他兄弟钱了,还是骗他兄弟色了?你这是典型的皇帝不急,急死太监。"

"你才太监!"

"啧啧啧,男人啊,可怕的嫉妒心。"

"放屁!"

"看!说到痛处,恼羞成怒,急眼了吧。"

············

Chapter12
糟糕，眼睛对视只会拼命逃跑

蜿蜒向前的山路小道边杂草丛生。

起初，庄籽芯滔滔不绝地和大伙儿聊着各种有趣的话题。

在周炜炜的提议下，她成为几位"亿万摄影师"镜头下的模特，背着小竹篓一路摆着各种飒飒的姿势。然而爬着爬着，她就像一只蔫掉的小蘑菇似的，不但太阳穴"突突突"跳个不停，甚至连一句完整的话都说不出来，呼吸也开始大喘气。

夜里，山上刚下过雨，泥土沾着雨气，混成烂泥。

庄籽芯脚上的解放鞋即便是垫了鞋垫，还是有些大。有好几次，她差点滑倒，若不是周炜炜和徐开乐两人保驾护航，她怕是早就一脚滑空滚下山了。

她摘下草帽，有气无力地扇着，幽幽地问了一句竺溪孃孃："竺溪孃孃，还有多远？"

"到了。就在那边儿。"竺溪孃孃指着右手边的核桃树。

终于到了，庄籽芯立即找了棵树依靠着大喘气："我不行了，我要歇一下。"

兰姐说:"我们这才爬多久,这点远,我们连一个小时都没得爬到。小姑娘你这身体不得行啊。"

庄籽芯牵动嘴角,勉强挤了个笑容。

要知道在城市里,她这样的上班族,除了上下班,除了非必要的应酬,她们是一回到家能躺则躺,周末能不出家门就不出家门。

与那些在公园里飞檐走壁、气吞山河的大爷大妈相比,她就是一个废物好吗?

徐开乐说:"兰姐,你是不知道,现在在城市里,年轻人都跑不过老年人的。年轻人差不多都是体能废物。"

兰姐立即说:"你在说我是老年人?"

徐开乐挠挠头:"啊!我不是这个意思。"

"你就是这个意思。"兰姐立即举起竹竿,作势要打徐开乐。

"兰姐,我真的不是这个意思啊。"徐开乐扛着吊杆话筒四处躲避。

庄籽芯突然想起前天晚上,她也是这么质疑钟戌初,最后两人不欢而散。

作为旁观者,这样看起来是有些好笑且无理取闹。

女人的逻辑思维可能都是如出一辙。她忍不住偏过头看向钟戌初。

钟戌初刚刚巧扭开水杯盖,想要喝一口水,撞见她的视线,拿着水杯的手莫名一抖,僵持在半空中,喝也不是,不喝也不是。

难道她想喝他的水?

他反复思量,正犹豫要不要将水杯递过去,问她喝不喝水。

这时,只见周炜炜从身后的竹篓里掏出一个保温壶,拧开上面的盖子,往里倒了些温水,递给庄籽芯说:"小芯,喝水吗?给!"

"谢谢炜炜哥。不过昭如给我准备了水。"庄籽芯笑眯眯地拿起背在身上的小水壶晃了晃。

"哦,那行。"周炜炜笑着自己喝了起来。

钟戍初回过神，深吐一口气，认为自己一定是神经过敏。也不知从什么时候开始，这个女人的眼睛只要一看向他，他就会浑身莫名地紧张。

紧接着，庄籽芯对周炜炜又说："你饿不饿？我这儿还有昭如做的饼，你要不要吃？"

周炜炜摆了摆手说："早上吃得多，这会儿不饿，等饿了我再找你要。"

庄籽芯点头："好。"

钟戍初仔细听着两人的对话，庄籽芯同周炜炜说话时的语气和对自己说话时的语气，完全是两个人。她对周炜炜和徐开乐，甚至包括郑庭栋、程守洛和大树他们，都是轻声细语，娇颜巧笑，但只要说话对象一转换成自己，她就会像是一只炸了毛的猫。

钟戍初开始反思，自己有时候对她是不是真的太过分了？

但很快，他又否定这个答案。

因为他们都不知道这个女人的真面目，虚荣又嘴碎，靠着八卦赚着昧良心的钱。而他，一直是在拯救她那颗即将泯灭的良心。

他忍不住又盯了她一眼，只见庄籽芯打开水壶，小心翼翼地喝着水，喝完之后又以手背轻轻拭了拭嘴角，所有动作轻巧又柔美，与周炜炜的牛饮简直就是两幅画面。

他暗暗吸了口气，往一边走去。

庄籽芯望着眼前一棵棵高大的核桃树，每一棵至少都有两三层楼那么高，最矮的一棵树杈的位置起码也得两层楼高，而竺溪嬢嬢带来的竹竿长度勉强只能够着一些低矮垂下的树枝，那些长在树顶位置的核桃根本够不着。

难不成要爬上去？

这个答案很快得到了印证。

"竺溪嬢嬢，这核桃树这么高，是要爬到树上去打核桃吗？"

"当然是爬上去打核桃。"

兰姐拿过折叠的小梯子抵在笔直的核桃树干上,只见她戴上黑色的手套,"噌噌噌"蹬上梯子,三步并作两步直接就跳上了树杈。

庄籽芯站在树下抬头仰望,不过眨眼的工夫,兰姐已经站在头顶上方最高大的一棵核桃树上,惊得她目瞪口呆:"好厉害……"

竺溪嬢嬢笑着说:"春兰可是我们村今年和去年,两届开杆节'打核桃能手'的女子冠军。"说着她也戴上手套提着竹竿迅速爬上树。

两个人身姿矫健地分别登上两个树杈。

兰姐背靠着身后的树枝,两只脚一上一下,踩在另一个树枝上,只见她抬起手中的长竿,伸向面前的枝叶,左右挥打开来。

不一会儿,一颗颗硕大的绿色果实就这么噼里啪啦地掉落下来。

另一个枝头,竺溪嬢嬢也踩着树开打起来。

眼前这一切都是庄籽芯想都不敢想的画面,她以为打核桃就像是去桃园里摘桃子一样简单,毕竟两个果实里都有一个"桃"字,可不想打核桃竟是这样一个高难度的技术活。

她一边赞叹着二人身手矫健,一边开始担忧起来,昨日铲猪屎那可是在平地啊,今日这活儿得爬树,她怕是不可……

她凑到周炜炜和徐开乐的跟前,小声说:"你们俩打过核桃吗?"

"当然打过。"

"这么高的树,你们爬上去不会害怕吗?"

"我们男人爬树怎么可能怕?只可能激动坏了。"

"好吧……"她这是问错了人,她差点忘记他们两个是男的。

钟戌初从背篓里拿出聚丙烯编织袋,然后戴上手套,弯下身开始捡核桃。

庄籽芯瞧见他手中拿着一个像弯刀一样的工具,不过刀柄细长,刀头尖尖的,他将刀头往绿色的核桃果肉上一戳,轻松捡起,然后丢进编织袋里。

她刚准备弯下身去用手捡核桃,钟戌初见着,立刻说:"等一下!"

他从竹篓里又翻了一双手套递给她,她愣了一下接过戴上。

钟戌初将手中的刀也递给了她,说:"核桃皮的青汁容易染色,一旦沾上了就会变黑,不容易洗干净,尤其衣服注意些。"

庄籽芯隔着手套摸着厚厚的果皮,青褐色的皮肉上已经裂开一道缝,露出灰褐色的核桃肉。她用手用力一掰,随着黑色的汁液流出来,整个核桃也跳了出来。

她摸出手机,将核桃掂在手心里,十分细致地拍了一张照片,然后乐呵呵地将核桃丢进编织袋里。

郑庭栋他们三人也开始了拍摄工作。

庄籽芯捡核桃的手速不快,手中的刀有时候并不能一下子叉中小小的核桃肉。

相反钟戌初的速度可是堪称神速了,不一会儿,他手中编织袋的底部已经盛上了厚厚的一层核桃。

庄籽芯弯着腰艰难地与核桃做着斗争,没多久,一直处于弯曲状态的腰板便有些吃不消。

然而地上的核桃却越来越多,好像捡不完似的。从树上不停掉落的核桃时不时会掉下来一颗,正好砸中庄籽芯的脑袋。别看这小小的果实,砸在脑袋上着实有些疼痛,被砸了几次后,庄籽芯连忙将草帽戴上。

钟戌初捡了一小半口袋的核桃后,忽然仰起头对着树上喊道:"竺溪嬢嬢,兰姐,要不要我上去帮你们?"

竺溪嬢嬢听见说道:"行咧,你上来时候小心一点。"

钟戌初笑着说:"放心,这点高度难不着我。"

庄籽芯回眸,钟戌初攀着梯子很快上了树,他的身手虽然不如兰姐那么敏捷,但是他个高腿长,从梯子到树杈上几乎不费吹灰之力。

他接过竹竿,往树枝的高处攀了攀,庄籽芯的心一下子提到了嗓子眼。

只听竺溪嬢嬢说道:"初初啊,你打的时候小心一点,够不着的

218

不要再往上了。"

"放心！我有分寸。"钟戌初笑着回道。

竺溪嬢嬢说："我怕你走太上，摔着。"

钟戌初说："不会的。这棵核桃树差不多有百年了吧。我还记得前年开杆节时，十几个人一同登上去打核桃的场面。"

兰姐说："今年也是，你们来晚了，今年开杆节比往年都要热闹。"

庄籽芯抬头仰望，就这么傻愣愣地看着钟戌初，不知怎的，突然觉得他的形象一下子高大起来，脑海里不由得浮现出晨光下的美院操场。

那日阳光正好，他端着相机正在指导学生拍摄，气质温文儒雅，一言一行都是严谨细致。而眼下他蹬踩着树枝，挥舞着手中的长竹竿，整个人容光焕发，一颦一笑都是活力四射，轻舞飞扬。

与一路走来，那个刻板不苟言笑的人，完全是两个模样。

她甚至觉得，这样的他，看起来有种莫名的好看。

钟戌初用力地挥动着竹竿，核桃一个接一个地往下落，正巧有好几颗连续砸在庄籽上的帽檐上，差一点点就要砸在她的脸上。

庄籽芯终于回过神，立刻停止方才的错觉幻想，冲着钟戌初大喊："喂，高岭之花，你是不是故意的？"

钟戌初仿佛是在一夜之间就接受了"高岭之花"这个绰号，除了封住她的嘴，否则是别指望她忘掉这四个字。既然如此，他便也接受这样一个现实。

他低首望下去，视觉上庄籽芯看起来更加矮小，然而气势却不小，就像一只曼基康矮脚猫一样，总以为抬起它的小短腿，张牙舞爪就一定能够打败敌人，殊不知对方只要一根手指头就能将它按住。

他不禁失笑："核桃随意掉，我又不能操控，是你站的位置不对。"

庄籽芯说："这么大的地方，我还要往哪儿站？"

钟戌初说："那不行，换你上来打，我下去？"

庄籽芯望了望他站的位置，足足快要有一层楼多高，不禁咽了咽

219

口水，一下子尿了。她佯装没听见，弯腰继续捡核桃。

钟戌初挑衅说："怎么？不敢上来？我可记着，你在美院要采访我的勇气呢。"

庄籽芯咬着牙，抬眸瞪他，说道："激将法对我没用。"

周炜炜将无人机放飞，环绕着树一周进行拍摄，然后定在钟戌初的面前，道："我是看出来了，你这歪货就是存的坏心思。"

钟戌初不以为意地反问："我能有什么坏心思？如果想要深刻地了解白平村，认识白平村，打核桃就是必要的过程。我们几个谁没打过核桃？"

周炜炜说："小芯怎么能跟我们几个大老爷们儿比？她是女孩子。"

钟戌初说："林灵姐难道就不是女孩子了？"

周炜炜实在是找不到借口，有些为难地看了眼庄籽芯，然后又递眼神给郑庭栋和徐开乐，示意二人帮忙说说话。

郑庭栋收到信号，立即说："等一下找棵矮点的核桃树，小芯举着竹竿就能够得着。"

徐开乐跟着附和："对，旁边有一片全是矮的。"

兰姐站在树顶的最高枝，忽然冲着他们几个说道："没那么娇气！只要靠着树干，脚踩稳了没那么难。这棵树有两百年的树龄了，枝干粗平有力，很好踩。没事，等一下我们带着她，保准她摔不下去，本来就是来打核桃的，你们几个不在，今天我们还上不了树了？"

庄籽芯停下手中的动作，对周炜炜说："炜炜哥，你别说了，等下我就上去打核桃。"

周炜炜紧张道："你刚才不是说你怕的吗？"

庄籽芯说："昨天我连猪屎都铲了，爬树有什么难？这不是有梯子吗，只要不摔下来，就成了。"

钟戌初在树上笑了起来："这就对了。"

庄籽芯指着他道："高岭之花，你，等下给我站在树下接核桃。"

她就不信邪了，今天一定要将他的脑门砸上几个包。

说着，她便走向小梯子，扶着两边向上攀爬。

周炜炜和徐开乐见着，连忙上前帮忙扶稳梯子。

踩着梯子顶端，庄籽芯正打算双手撑着跳上树，这时钟戍初从另一个枝干上跳过来，冲着她伸出手，道："我先来带你，免得竺溪孃孃和兰姐还要从上面下来，再教你。"

庄籽芯将一只手递给他，另一只手半撑着树干，还没反应过来，她整个人就被提上了半空，她一下子就尖叫开来。

钟戍初被她的尖叫声惊住，连忙扔了手中竹竿，用手臂紧紧地将她捞进怀里。

头上的帽子直接被甩飞出去，庄籽芯一站稳，就吓得一只手勾住钟戍初的脖子，另一只手死命地抓着他的衣服。最夸张的是，她一只脚踩在钟戍初的脚上，另一条腿盘在了钟戍初的小腿上。

钟戍初被她拉拽着，差一点要摔下去，幸亏踩紧了树杈后，背抵住了树干，另一只手也紧紧地反抓着树干。钟戍初的脖子被她拉得直往下坠，为了保持平衡，他的后背又不能轻易离开支点的树干。他无比艰难地说："大姐，你能不能松手？你这样吊着我的脖子，我很难受啊。"

"你叫谁大姐呢？我不难受！"不说还好，这一说，庄籽芯勾着他脖子的手更紧了，若不是动作有难度，只怕她两条腿都要攀上他的腿，"你让我抓着，又不会死？"

"哎，你不能松手，那能不能高抬贵脚？"脖子被勾着，脚又被踩着，钟戍初别提有多难受，他怕支撑不了多久，两个人就要一起跌下树去。

"不能不能！我脚抬了往哪儿站？我知道了，你就想看着我掉下去出丑。我不管不管……"庄籽芯死抱着他，闭着眼害怕得不停哼唧。

两个人就这么踩在树上形成了一个怪异的姿势。

郑庭栋、周炜炜和徐开乐三人站在树下，看得直笑弯了腰。

踩在树顶上的兰姐和竺溪孃孃见状，也跟着发出无比欢快的笑声。

周炜炜拍着大腿大笑："钟戌初，你这就叫自作孽不可活。哈哈哈……"

钟戌初也懊恼，他为什么要挑事？非得让她上树，结果"小丑"竟是他自己。

兰姐很快止了笑意，冲着庄籽芯嚷道："小庄啊，你双腿站稳，你这样很容易把初初也带下树的。"

竺溪孃孃则还是一脸嫌弃："日脓日脓的，喃个这么笨的？"

兰姐说："算了，还是我下去吧。"

兰姐说着要下来。

钟戌初连忙抬头冲着上面喊道："兰姐，你不要下来，下来了没有地方落脚。"

庄籽芯听见也终于抬起头，只见她整个人吊在钟戌初的身上，而钟戌初一直很绅士，原本抱着她腰身的手早已松开，变得无处安放。

钟戌初低首正要再劝她松手，哪里知晓她从怀里抬起头，就这么不经意地，他的唇正好印在她的鼻尖上，只差一厘米的距离，就要落在她的唇上。

时间仿佛在这一瞬间静止。

两个人都下意识屏住了呼吸。

庄籽芯最先反应过来，惊得连忙往一边偏过脸。

她不敢大喘气，耳朵根烫了起来，心脏扑通扑通跳个不停。

下一秒，她又意识到因为自己太过紧张，两人贴得很近，她赶紧松了挂在他脖子上的手臂，和盘在他腿上的一只腿。

"对不起……"此时此刻，她真的很想跳下树，挖个地缝钻进去。

太丢脸了！她怎么能怕成这个鬼样？像个猴子一样攀在人家身上？

啊——她高冷高贵高雅高高在上的大博主脸面荡然无存！

"没事……"钟戌初紧抿着薄唇偏过头，暗暗深吸了一口气，视线忽然落在一旁刚好环绕飞行过来的无人机上，他顿时又紧张起来，应该什么都没拍到。

他低首往下看去，周炜炜和徐开乐早已笑得东倒西歪，又是站在树下的位置，或许没有看见刚才的画面。

当他的目光看向郑庭栋，然而师兄正在兢兢业业地端着摄像机对着他们。

刹那间，他的脸颊也燥热起来，拧着双眉尴尬地看着师兄。

郑庭栋冲着他眨了个眼，还竖起了大拇指。

钟戌初知道完了，师兄不仅看见了，还全部拍摄进去了。

庄籽芯松开手之后，调整站姿，这才发现她之前不仅像个猴子一样半挂在钟戌初的身上，还有一只脚直踩在他的脚背上。所以，钟戌初不仅忍着脖子痛，还要忍受脚痛。

庄籽芯更加羞愧了。

她用手捂着脸缓缓转过身，掉转了一个方向，背对着钟戌初。

她实在是没有勇气和他面对面。

太丢人了！她的一世英明全毁在了这棵核桃树上。

钟戌初在她转身的当下，很贴心地用手扶住她的胳膊。

"谢谢……"她羞耻得连声音都像蚊子哼。

她站稳后，抱住另一个树干，这才低头往下看去，只看了一秒，她便迅速收回视线，生怕多看一眼，两眼一抹黑能去了。

从上往下看去，离着地面好高。

她竟然头脑一热，爬上了这么高的位置。

小时候虽说也像个男孩子一样调皮，滚过地，爬过墙头，但是那时是初生牛犊，而今越是年纪大越害怕。

她现在抱着树干竟然一点点都不敢挪动。

方才为了捞她，钟戌初丢了手中的竹竿。

周炜炜捡起竹竿递给他,嘴巴就差笑咧到耳朵根,面对庄籽芯就又不一样,语气关心体贴:"小芯,你还好吧?"

钟戍初在心里暗骂:重色轻友的歪货啊!

庄籽芯不敢往下看,双手抱着树干,结巴着说:"我没、没事……"

钟戍初看出她的紧张,忽然意识到自己是不是冲动了。

他甚至忘了一点,庄籽芯虽然和林灵姐一样,都是能够独当一面的现代都市职业女性,但林灵姐从小在农村长大,所以比从小在城市里长大的庄籽芯,要更能吃苦一些。

除此之外,林灵姐还是一个母亲。

一个女人一旦从女孩转变成母亲,就会拥有足够强大的力量和勇气。所以林灵姐不适合用来做参照对比。

他甚至还忘了最重要的一点,他的前女友卢允夏,正是因为受不了这一切,才会愤然离开这里。

庄籽芯与允夏有很多相似的地方,比如过分注重自己的衣着外表,疯狂追求奢侈品。

也许唯一不相似的地方,是庄籽芯有一颗强大而坚韧的心。

他像是良心发现,说道:"你要是害怕的话,我扶你下去,然后找棵矮一点的核桃树体验一下吧。"

庄籽芯正在左顾右盼,两只脚往另一枝树杈上探了好几回,意图寻找新的平衡点,突然听到钟戍初这么说,不禁疑惑。

"我好不容易才上来,站稳了,怎么能下去?"

钟戍初眉心一蹙,难以置信:"你不害怕?刚才你明明怕得要死。"

庄籽芯耳根微微发热,说:"刚才……刚才是你提着我悬在半空,我能不害怕吗?"

钟戍初看了看梯子,再看看树杈的位置,明明就是一抬腿的距离,他不过是借力给她而已。

"我现在站稳了,也没有想象中那么可怕。再说不是有你吗?还有栋哥炜炜哥和开乐他们。"她抱着树枝低头又往下看了看,"这么点高,摔下去最多屁股开花呗,没什么大不了,我又不是登到树顶。"

钟戌初感到不可思议,于是将竹竿递给她,指着她对面一个垂下的枝头说道:"你就站在这里够着打吧,再往上,我看你也不太可。那个枝头上还有不少核桃,你先打打看,打完下去换棵矮点的树。"

庄籽芯没有接竹竿,而是背对着钟戌初,左手臂紧紧抓着身前的树干,然后将右手反过去对着他说:"你现在可以把竹竿递给我了。"

钟戌初将竹竿递她的右手中,然后帮着她一点点地往前送,直到那竹竿能够着核桃。害怕她掉下去,他不忘提醒她:"这只手抱牢了,另一只手握紧竹竿用力往下打。"

庄籽芯用力挥动竹竿打了一下,只拨动几片树上的叶子,核桃依旧稳稳地挂在枝头一动不动。她使足劲再向下用力打去,谁知这一下,是打着核桃了,但同时也将竹竿甩下去了。

她叹了口气说:"这竹竿拿在手里的时候,很轻,可等上了树,这竹竿就像突然变成了钢棍,怎么这么重?"

钟戌初耐心地说:"需要用巧劲。竹竿再往回收一点,你的大臂带动小臂都要使力,不能只是手腕使力。你这是费力杠杆。"

周炜炜又将竹竿捡起递给她,鼓励她:"小芯,加油。"

接过竹竿,庄籽芯深呼吸一口气,抓牢了树干,身体往前倾去,抡起竹竿用力打在核桃上。这回,核桃一颗颗掉落。

她高兴地笑了起来:"我成功了!这根枝头的核桃我承包了!"说着,她便又抡起竹竿打下去。

她开心得像个孩子一样,一竿一竿卖力地打下去。

竹竿挥下去的瞬间,她心里头竟然有一种说不出的激动,身体就像是注满了能量似的,活力四射。每打下一颗核桃她都会激动一下,脸上的笑容如这星碎落下的阳光一般灿烂。

郑庭栋开始感慨:"好像我们第一次打核桃的时候也是这么激动,就像是小孩子忽然找到了新鲜的玩法。"

徐开乐说:"我记得是大前年吧,正好是开杆节的时候,哇,那核桃打得那叫个开心。"

周炜炜望着庄籽芯的笑脸,不禁感叹说:"小芯果真不是一般女子,居然喜欢打核桃。"

郑庭栋回看了一下刚才拍着的画面,十分满意,于是对钟戌初喊道:"阿初,我们先去另一边拍摄了,回头等拍完了,再过来帮你们。"

钟戌初应声:"好!"

周炜炜和徐开乐冲着庄籽芯说:"小芯,你小心一点啊,回头我们再过来找你。"

"好哦。"

钟戌初站在树上,离着庄籽芯最近,他需要好好地看着她,以防她掉下去,可是她好像一下子就掌握了技巧似的,竟然胆大地往另一根树枝上走了走。

他只好跟过去。

方才听着师兄他们的感慨,他不由得多看了她两眼。

汗水正顺着她的额头一点一点渗出来,经过一番折腾,两根麻花辫子也变得有些松散,可这些都挡不住她阳光灿烂的笑容。

昨天铲了一天猪屎,他以为她会像允夏一样哭闹着愤然离开,然而她没有,除了气愤地将猪屎揉在他的脸上,就只是扔了一双被猪屎脏透的运动鞋给他,要他洗干净。允夏甚至什么农活都没有参与,只是纯粹受不了这里的住宿洗漱环境,便开始发难。

其实昨晚他就已经做好了准备,打算等到天亮再问她,若是坚持不下去,就立即送她离开这里。可没想到,今日一早,她又元气满满地出现在竺溪嬢嬢家,脸上依旧化着完美无瑕的妆容。

他的脑海里不禁浮现出,她抱着安总大腿叫爸爸苦苦哀求的画面,哪怕被迫同他签了卖身契,嗯,当然他并不认为那是卖身契,她依旧会精致得体地出现在机场。

所有难题，在她身上似乎都不是难题。

那些各种风格的精致妆容，如同她的铠甲一样，支撑着她前行。

他不禁对她有些刮目相看。

忽然一只纤细的小手在他面前招了招："喂，你傻了？盯着我看干什么？是不是又存了什么坏心思？想坑我？"

那根枝头上的核桃已经全部打完了，只剩下稀稀拉拉的几片树叶，可见打它的人使尽蛮力，毫无技巧可言。

若是核桃树成精，定是一个白发老爷爷，手摸着自己被打秃的一块头皮，用怨念的小眼神看着庄籽芯。

相比之下，站在高处的兰姐和竺溪嬢嬢，只见核桃簌簌往下落，叶子掉落得极少。

庄籽芯对着核桃树心存羞愧，一回头便瞧见钟戌初直勾勾地盯着自己，看得她心里扑通扑通跳个不停。

钟戌初回过神，视线连忙错开，说："我能有什么坏心思？谁能坑着你？"

"你没坑我？那卖身契是鬼给我签的？"

"那你的意思是现在还钱？"

"我可什么都没说。"庄籽芯立即怂了，佯装四处张望，"我就问还有哪边的核桃能打？"

她一边说着一边把脚跨回来，不忘拉住钟戌初的衣袖寻求平衡支点。

低枝头的核桃已经全被打完了，再往上便要像兰姐和竺溪嬢嬢那样登顶方可。别说她是个零基础的新手，即便是他这个偶尔打一回的老手也不敢贸然上去，尤其是经过方才尴尬又刺激的场面，钟戌初决定还是送她下去比较安全。

"你还是老老实实下去捡核桃吧。"

"我觉得打核桃比较适合我。"庄籽芯喜欢这种将果实打落的过程。

换句话说，打核桃的过程相当解压，挥竿的瞬间，她会幻想自己是一个拔剑的勇猛战士；落竿时，就像勇士之剑在斩杀每个让她不愉快的"敌人"。

然而钟戌初毫不客气地拒绝她："不要你觉得，我要我觉得。下来！"

说着他便踩下梯子下树，然后拉住她的手腕，要她跟他一起下树。

庄籽芯被他这一惊，被拉着整个人蹲了下来："你这是门缝里看人，把人看扁了。"

钟戌初说："别挣扎了，这棵树太高了，除了吊威亚，没有人能带你。"

庄籽芯抬头望了望这棵高大的核桃树，望着竺溪孃孃和兰姐登高的位置，也觉得那上面的枝头不太适合她这种菜鸟。

他又往下走了点，拉了拉她的手腕，见她抱着树干不动，说："你是不是在树上待上瘾了？想当猴子？"

庄籽芯反驳："你才想当猴子！我说你这人嘴巴怎么这么欠？你跟你女朋友也是这么说话的吗？"

"你想听我跟我女朋友说的话？"他忽然眼神微挑，唇角一勾，站在梯子上冲着她招了招手，"你不下来是吧？那行，我抱你下来。"

她不可置信，下意识抱紧了树干，声音陡然结巴起来："你、你、你这人怎、怎么这么不要脸？"她的脸颊微微泛热。

钟戌初见她的模样，不禁好笑："不是你问我怎么跟我女朋友说话的吗？我对我女朋友就是用抱的。"

"你神经病！滚开啦！"庄籽芯作势就要伸脚往他的胸口踢去。

也不知怎的，她一听见他说这话，就特别生气。原本和气的一张俏脸现在整个拉垮下来。

她转过身抱紧了树杈，弯膝一点一点慢慢向下探去，直到一只脚踩稳了梯子，这才对钟戌初冷道："还不下去？要我一脚踹你下去吗?"

"你真是狗咬吕洞宾!"钟戌初害怕她再出现什么状况,所以一直站在下方小心翼翼地守着,见她双脚都踩稳了梯子,这才下了梯子。

庄籽芯跟着也很快下了梯子,丝毫没有胆怯,比起上树时的艰难,这下树可以说是超乎想象的顺当。

下了树,她便拾起编织袋,默默地往编织袋里捡核桃。

钟戌初见她不说话,意识到之前的言行可能令她不高兴,于是借着捡核桃凑近她,小声说道:"刚才在树上,如果有言语唐突,我向你道歉。我是无意的,并不是真的想……"

话说了一半他倏然顿住,没再往下继续解释。

其实他本想说"并不是真的想要抱你",可是在那一瞬间,他意识到哪里不对。

如果没有那样的想法,他是绝不可能说出那种话的。

他为什么会想要抱她下树?这不太像是他会做的事。即便是真的没有这样的想法,但只要说出来,是很伤人的。算了,还是不要解释了,好像说什么都是错。

果不其然,庄籽芯抬眸恶狠狠地瞪了他一眼,乌黑透亮的双眸里清晰地映着他的身影,瞳仁一圈仿佛闪着小火苗。

女人本就很容易脑补,偏偏他还话说一半,就更令人讨厌了。

庄籽芯气不打一处来,"并不是真的想抱你",是要说这个吗?所以她是不值得人抱吗?

打个核桃而已,还要在她面前秀恩爱。

是在暗示她,他已名花有主是吗?叫她别对他有想法是吗?呸!有女朋友很了不起吗?等她离开这里,回去她就立刻去找个男朋友,说的好像谁不能找着另一半似的。

庄籽芯用弯刀戳着核桃,一个一个快速地丢进编织袋里,那手速可比之前快了几倍都不止。

所以，某种力量在某种情况下可以让人类有无限可能。

不一会儿，竺溪嬢嬢和兰姐也下树了，跟着将地上的核桃全捡进编织袋里，然后领着庄籽芯和钟戌初转战下一棵核桃树。

接下来的一些核桃树，相对之前的百年老树要矮许多，结的果实也少了一大半，只需要站在树下挥竿，基本上可以打个七七八八。

不远处，还有好些村民同他们一样穿梭在树林间忙碌着。

他们会使用核桃收集器收集核桃，这样效率更高一些。

竺溪嬢嬢为了让庄籽芯体验最纯粹的手工打核桃方式，便没有将收集器背上山。

除了帮忙打核桃，用单反相机记录村民打核桃的情景，也是钟戌初的重要任务。

在用单反相机拍照的过程中，不断有村民和他热情地打着招呼，然后一群人有说有笑聊了开来。

庄籽芯自始至终默默地打核桃捡核桃，也不插话，偶尔钟戌初举着相机过来搭话，她也不理会，只递给他一个冷漠的眼神，让他快滚。

钟戌初知晓先前的事令她不高兴，理亏，于是放下单反相机，乖乖地蹲下身，在树下捡起她打落的核桃。

时间一点一点流逝，太阳升得越来越高，紫外线也越来越强烈，照在人的皮肤上火辣辣地疼。

即便是在核桃树荫的遮蔽下，也渐渐感受不到阴凉的气息。

经过一上午的劳作，庄籽芯直感到筋疲力尽，汗水顺着额头鬓角不停地向下滑落，所到之处竟有一些被盐腌渍的刺痛。

她摸了摸滚烫的脸颊，抬眸望了一眼天空，竟然被热烈的阳光刺得有些头晕目眩。

到了午餐时间，她累到连一口水一口饭都不想吃，将草帽垫在屁股下，坐在树下，倚着树干开始闭目养神。庆幸的是，山间偶有一丝徐徐凉风拂过滚热的脸庞，她贪婪地享受着这份凉爽，没一会儿，便昏昏沉沉睡过去。

钟戌初正端着单反相机拍摄村民辛勤劳作之后分享食物的快乐，镜头一转，却见她在树下静静地闭着眼，睡着了。

兰姐拿着一块烙饼走过来，递给钟戌初，见他愣在那儿一动不动，顺着视线看过去，原来是那个城里来的小丫头累睡着了，于是便道："这小丫头可以。这么大的劳动量，竟然都不叫一声累。我去叫她起来吃点东西，不然到下午下山的时候，会没有力气的。"

兰姐正要走过去叫醒庄籽芯，谁知钟戌初一把拉住她，说："让她睡吧，等她醒了，再吃也不迟。"

兰姐看着钟戌初一阵迟疑，很快便点点头说道："行，我去那边先吃东西，等会儿你也过来吃点。"

兰姐拿着烙饼走回另一棵树下，和大伙儿一起边吃边聊了起来。

钟戌初走到庄籽芯的跟前，一言不发，盯着她看了许久。

沉睡中的她，面部表情不似清醒时灵动生气，有一份难得的温柔与恬静。汗水滑过肌肤，溶入粉底，形成斑驳的痕迹，成了她追求外貌最倔强的证明。艳丽的口红也有一点脱色，就是那纤长弯翘的睫毛，他不懂她是怎么办到的，竟然能做到依旧根根分明而不脱色。

外貌焦虑症在她身上体现得分外明显。他甚至还能清晰地记起第一次遇见她时，她的鞋跟明明卡在地下车库的缝隙里，她却还要在他经过时摆出优雅的姿势佯装在自拍，绝不让人瞧见她有一丁点的丑态。

他不禁唇角轻扬，笑容荡漾开来。

他端起单反对着她，透过取景器调整好镜头焦圈与视角，按下快门。

他的相机镜头下鲜少有女人，或者确切地说，鲜少有穿着打扮时尚精致的年轻都市女孩子。

就连前女友允夏，他也很少为她拍摄照片。为此允夏同他争论过很多次，质问他身为男友，为何不能为女朋友拍摄出精彩时尚的照片，让她晒在朋友圈里。

他记得当时他反问允夏，晒朋友圈的目的是什么？炫耀吗？她已经很美了，不需要通过照片来证明自己更美。

允夏很生气地说，晒朋友圈不是为了炫耀自己有多美，而是她想炫耀他这个男朋友有多厉害啊。

他则回答说，他厉不厉害不需要在朋友圈里晒，他又不是跟朋友圈里的人谈恋爱。

几次争论之后，他终于愿意为允夏拍摄照片，然而在他将精心拍摄的几组照片给允夏看时，却被允夏嘲讽他的专业能力，质问他为什么能把自己的女朋友拍得这么丑？根本就是在敷衍。

丑？敷衍？

对此，作为一名专业的美学摄影教授，他无法苟同，甚至认为他拍摄的照片里，那些角度才是允夏最灵动最好看的一面。

而她自己对着手机前置镜头摆拍，再经过软件滤镜处理过后的照片，不只是面部的肌理被磨平，而是整个面部骨骼都被磨变形了，完全不是一个正常人应拥有的脸。照片中的表情，在他看来根本就是矫揉造作。每张照片都可以说是十分难看。

每当她发微信征询他哪一张最好看时，他总是毫不违心地回复说都难看，此后必定是一场不欢而散。

他允许别人讨厌他这个人，批评他这个人，但是不能羞辱他的专业水平。

那一次，是他第一次和允夏发生激烈的争执。从那以后，允夏再也不吵着让他拍照。

镜头里，庄籽芯的身体一点一点向右滑落。

就在她要倒地的一瞬间，他连忙伸出手及时托住她的脑袋。

她睡得很沉，并没有因此而惊醒。

他托着她的脑袋不知该如何是好，怕她睡得不舒服，他便上前想将她的身体扶正再倚回树干上，结果她身体歪倒的斜度越来越大，他还没来得及调整她的脑袋位置,她整个人就直接倒在了他的身上。

这下,他离开不是,不离开也不是。

僵持了几秒,他想了想最终放弃,索性在她的身边坐了下来,任由她倚在自己的身上睡着。

不知过了多久,庄籽芯忽然从睡梦里惊醒过来,倏地一下坐直了身体。

钟戌初侧过脸,看着她呆呆傻傻的模样,不禁轻笑起来:"醒了?"

庄籽芯机械性地转过脑袋,看着钟戌初愣了好一会儿,才发现他坐在她的身侧,她疑惑地问道:"你怎么坐在这儿?"

"你说呢?"他的视线落在自己的右侧肩头,那上面还洇着某人的口水呢。

庄籽芯顺着视线看过去,他的肩袖水汪汪的一片……

那不是她的口水吧?难道刚才她是依着他睡着了?

她明明记得自己背靠着大树啊。可事实是钟戌初背靠着大树,她坐在他的身侧。

她依稀记得睡梦中自己靠着什么东西睡得很沉很舒服,难不成是真的靠在他的身上?这究竟是怎么一回事,难道她被瞬移了?

她盯着他看了半晌,钟戌初却不以为意地笑了笑,然后起身,走到竺溪嬢嬢和兰姐的身边拿了一块饼过来,递给她:"饿了吧?给!"

高岭之花莫名示好,非奸即盗!

但闻到食物的香气,她的肚子不争气地"咕咕"叫了起来。

她蹙起眉心,迟疑地接过:"谢谢。"

她的视线不经意落在他的肩头,那片湿迹怎么看怎么扎眼。

他顺着她的视线偏头看了一眼,笑道:"你放心,我不会叫你帮我洗衣服的。"

果然,那就是她的口水!

她更臊了,脸颊滚烫,怕是要烧成了猴屁股。

她死不承认:"说不定是你自己的汗,别想诬赖我。"

钟戌初失笑:"我说什么了?"

她白了他一眼,背过身去啃面饼。

她心虚了,埋头吃饼不搭理他。他笑意更浓了。

不知是她才睡醒的错觉还是什么,她总觉着哪里不对,钟戌初看她的神情就像是变了个人似的,眼底含笑,尽是温柔体贴。而竺溪嬢嬢和兰姐看她的眼神也变了,不再是先前母鸡护小鸡的架势,而是长辈看晚辈恋爱时的八卦劲头。

她低头用手用力地按了按睛明穴,清醒一下,这一切都是幻觉。

吃饱了喝足了,也有了气力干活,但好景不长。庄籽芯毕竟从小在城市里长大,娇滴滴的十指不沾阳春水,没多久便身疲力竭,只能坐在树下歇着看大伙儿劳作。

竺溪嬢嬢和兰姐就像两个女战神一样,树上树下,不知疲劳。

庄籽芯抬头仰望着她们,心中忽然感慨万千,也忍不住拿起手机对着她们拍摄起来。

也不知过了多久,忙碌的村民们终于收工,准备下山。

郑庭栋和周炜炜、徐开乐他们三人也取材回来。

"今年核桃收成比去年好,量多果子还大。"

竺溪嬢嬢一人背着一个大背篓,里面装着满满当当的核桃。满载而归,即便两个人的腰都被压弯了,但是依旧挡不她们脸上喜悦灿烂的笑容。

其实,打落的大部分核桃早已装进编织袋里,通过滑索运往山下。

为了让庄籽芯体验打核桃最原始的状态,竺溪嬢嬢才在出发时给她准备了小背篓。考虑到庄籽芯的体力,小背篓里只装了一点点核桃。虽然只是一点点,但是背在庄籽芯的身上,双肩沉重无比。

郑庭栋不禁赞道:"不容易啊,能坚持一天。"

庄籽芯不好意思地笑道:"今天是充实的一天。"

郑庭栋举着摄像机笑着对她说:"回头给你看片子。你很棒!"

庄籽芯高兴地说："是吗？"

周炜炜说："有我们郑导给你亲自拍摄，那质量是必须杠杠的。本来咱们的宣传片里是没有女主角的，不是我周炜炜夸海口，回头一定给你当成女主角剪出来。"

"哈，是吗？那为了这个女主角，我以后每天都要美美的。"庄籽芯洒脱地笑着。

郑庭栋欣慰地说："你适应得很快。有你加入我们团队，以后事半功倍。"

"哎，栋哥，你这么说我都不好意思了。"庄籽芯突然有些不好意思，她能明白郑庭栋想要说什么，"不过，我也觉得好奇怪，这种感觉也不知道怎么说。"

她盯着脚下绿色解放鞋踩过泥土与树叶，怔了许久。

精致挑剔到连头发丝都不允许粘在一起的她，竟然穿上这又土又丑的解放鞋劳作一天，这是以前打死她也不可能的事。来到这里才短短的两三天，她竟然改变这么大，不仅接受了铲猪屎，还爬树打了核桃。

或许，她骨子里就刻着那股不认输的劲。

今天，又是战胜自己的一天。明天，不知她还会接受什么，改变什么。

她拉了拉小背篓，嘴角处不由得漾起笑意。

MEMORY HOUSE

凤凰传媒
PHOENIX MEDIA

You Are
My
Sunshine

上架建议：青春文学 | 都市言情
ISBN 978-7-5594-7355-4

定价：69.80元（全二册）

许你向辰星告白

（下）
（全二册）

花清晨
Hua Qing Chen
著

You Are
My
Sunshine

江苏凤凰文艺出版社

MEMORY HOUSE
记忆坊文化

许你向辰星告白

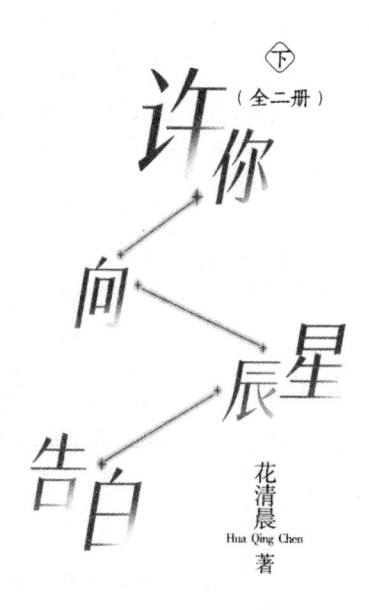

（全二册）下

花清晨 著
Hua Qing Chen

江苏凤凰文艺出版社

图书在版编目（CIP）数据

许你向星辰告白：全2册/花清晨著．—南京：
江苏凤凰文艺出版社，2023.4
 ISBN 978-7-5594-7355-4

Ⅰ．①许… Ⅱ．①花… Ⅲ．①长篇小说–中国–当代
Ⅳ．①I247.5

中国版本图书馆CIP数据核字(2022)第233311号

许你向星辰告白：全2册

花清晨 著

选题策划	北京记忆坊文化
责任编辑	白　涵
特约策划	绪　花
特约编辑	绪　花
版式设计	天　缈
营销统筹	杨　迎　史志云
出版发行	江苏凤凰文艺出版社
	南京市中央路165号，邮编：210009
网　　址	http://www.jswenyi.com
印　　刷	三河市国新印装有限公司
开　　本	880毫米×1230毫米 1/32
印　　张	16
字　　数	451千字
版　　次	2023年4月第1版
印　　次	2023年4月第1次印刷
书　　号	ISBN 978-7-5594-7355-4
定　　价	69.80元（全2册）

江苏凤凰文艺版图书凡印刷、装订错误，可向出版社调换，联系电话025-83280257

目录
CONTENTS

001 ✧ Chapter13
拼命三娘非浪得虚名

022 ✧ Chapter14
化妆是最基本的社交礼仪

044 ✧ Chapter15
不是冤家不聚头

065 ✧ Chapter16
不知不觉，总是在默默宠爱

082 ✧ Chapter17
旅行的意义是让人更快乐

107 ✧ Chapter18
情不知所起，只以为是中了毒

You Are
My
Sunshine

129 Chapter19
心肆意地动了，那一秒便是爱了

146 Chapter20
眼里有光，灵魂里有火

161 Chapter21
男人的嘴，骗人的鬼

186 Chapter22
失去你的那一秒，心突然变老

210 Chapter23
喜欢有很多种，但无论哪种都只想给你

231 Chapter24
离开不是告别，归来依旧是初心

258 番外
女友，请多指教

263 后记

Chapter 13
拼命三娘非浪得虚名

俗话说得好，上山容易，下山难。

一天的劳作让庄籽芯疲惫不堪，下山的时候，她的腿脚开始有些打飘，加上雨后地上的湿泥，她好几次脚底打滑差一点摔倒。

为了护着身后背篓里的核桃，又不拖累大伙儿的行程，她几乎用尽了毕生的平衡能力。

周炜炜几次看不下去，坚持抢过了小背篓。

回到竺溪孃孃家中，大伙儿将打来的核桃铺在前院里，铺得满满当当。

庄籽芯说："没想到今天打了这么多核桃。在山上的时候，我看着还有好多核桃挂在树上呢。"

竺溪孃孃说："我们这里的核桃哪里算多，和我们省的凤庆县、漾濞县、大姚县、昌宁县这些个'核桃之乡'比起来，我们白平山的核桃产量，那可是差远了。"

一连串的地名叫庄籽芯一头雾水："样、样必县？这名字听起来怪怪的？这几个县都在哪里呀？"

"漾濞都没听过？"钟戌初轻抬了抬唇角，然后开始科普，"漾濞，荡漾的漾，濞是三点水加个鼻子的鼻，在大理。凤庆，凤凰的凤，庆祝的庆，在临沧市。大姚，大小的大，女兆姚，在楚雄。昌宁，昌盛的昌，安宁的宁，在保山市。在网上搜'核桃之乡'都可以搜到。"

庄籽芯道："啊，原来是这两个字。"

她没来得及深想，钟戌初又问："漾濞核桃听过没？"

庄籽芯说："没。我吃核桃哪管它们产地在哪儿，好吃不就结了。"

钟戌初说："那你觉得最好吃的车厘子产自哪里？"

庄籽芯脱口而出："当然是智利啊！"

"呵！"钟戌初不置可否地轻嗤一声。

好个双标！

这一声"呵"虽说只有一个字，可听在庄籽芯的耳里，仿佛是在讽刺她：你倒是蛮会"吃"的，进口的水果就是比国产的好吃，外国的月亮是不是都比中国的月亮圆呢。

她脸一阵红一阵白，意识到自己对国产核桃的无知和对进口车厘子的偏爱，虽是无意，但对依赖种植核桃的竺溪孃孃和兰姐，甚至是整个白平村的村民来说，都是种无形的伤害。

她咬了咬唇，然后心有不甘地踢了钟戌初一脚，说："我不知道起码会不耻下问，你这种人如果当老师，必定只会打击学生的自信心。"

"不好意思，不用假设，鄙人就是老师。"钟戌初给了她一个自信且得意的微笑。

庄籽芯翻了个白眼，然后走向竺溪孃孃，说："竺溪孃孃，对不起，我不太懂。你继续说。"

竺溪孃孃接着说："除了那几个核桃之乡，昆明也在外围搞了核桃基地，基地那边的核桃树啊，有一百多万亩。我们这片山头，加起来也就一百多亩吧。虽然产量比不过这些县，但是我们白平山的核桃品质是最好的。核桃的果皮不像桃子、李子这些果实可以食用，剥去内果皮后，能食用的其实是核桃的种子。"

说着她从一堆核桃里挑了一个，剥开外皮果肉，露出褐色的核桃种子，然后又剥开这个种子，直到露出杏白的核桃肉，才递给庄籽芯，"这个，就是漾濞核桃。其实漾濞核桃，我们都管它们叫大泡核桃，因为它果大、壳薄、仁白。"

庄籽芯仔细看着捧在手心里的核桃仁："原来这就是漾濞核桃。今天我打了好多这种核桃。"

竺溪嬢嬢笑着说："没错。"

庄籽芯伸手捡了一个漾濞核桃，正要徒手剥开外面的果肉，孰料，钟戌初一把拍掉她手中的核桃。

"你干什么？"她一惊，再看掌心沾满了黑色的液，这才明白钟戌初的用意。

钟戌初将塑胶手套扔给她说："不长记性！"

庄籽芯冲着他扮了个鬼脸，然后起身用山泉水冲洗，可是掌心还是染了色。

她悻悻然拿起塑胶手套戴上。

竺溪嬢嬢一下笑了起来："越看越觉得你们两个像冤家。"

郑庭栋说："可不就是吗？嬢嬢你没发现吗，自小芯来了之后，阿初的废话可比以前多了好多。以前三棍子都打不出个闷屁来，现在就跟个话痨似的，各种抢话。"

徐开乐立即打趣说："栋哥，你这话里藏话啊。我怀疑你在内涵我们初初，就像你以前拍的动物纪录片里的雄鸟求偶雌鸟，人家鸟类抖鸟毛，你说他这是抖啥呢？"

郑庭栋连忙否认："我可没这么形容，你不要乱讲话，话可不能这么说。你这是污蔑我。"

庄籽芯顿时板起了脸，连名带姓叫着徐开乐的名字："徐开乐，你能不能别开这种低级的玩笑？人家有女朋友的！"

徐开乐不以为意地小声嘟囔："他那女朋友有跟没有，没差。"

可庄籽芯还是听见了，一脸严肃地说："就算女朋友有跟没有都一样，那也是有女朋友，至于他们两人的关系如何，那是钟戌初的私事。以后只要有一方非单身，都不要乱开这种玩笑。"

"哎，这不是我先起头的，怎么就全怪到我头上？"徐开乐还想着辩解。

周炜炜立即踹了徐开乐一脚："就你小子话多，叫你画蛇添足乱讲话。"

周炜炜睇了他许多眼神，眼睛都要抽筋了，意思就是全是你小子的锅。

徐开乐意识到说错话，急得直自抽嘴巴："小芯芯，对不起，我错了！哎，初初，你赶紧帮我说说好话。"

"要我说什么？你活该？"钟戌初低眉，抿紧薄唇，默默戴好塑胶手套，拿起一个核桃果肉，然后用刀一切一挑，挑出里面深褐色的果肉。

徐开乐了碰了一鼻子灰，只得继续讨好庄籽芯："小芯芯，我错了……"

庄籽芯道："别说话。剥核桃。"

"好好好！剥核桃，不说话。"徐开乐自认倒霉。

完全成熟的核桃外皮没那么难剥，只需沿着裂口轻轻一掰即可，根本不需要用太大的力气。

可庄籽芯偏偏带着一股怨气，双手用力地剥着核桃外皮果肉，仿若要将核桃置于死地。

这股子怨气约莫也只有庄籽芯自己心中清楚明白，总之，叫她生气的人除了高岭之花，没有别人。

钟戌初后面有意无意想要同她搭话，她都是直接给他一个白眼，然后搬着小凳子坐向别处，总之离他远远的。

钟戌初紧紧抿着薄唇，意识到她对这件事的在意，也变得沉默了。

二人便是一直这样隔得远远的，僵持到晚饭过后都没再说过一句话。

晚饭过后，庄籽芯坐在庭院里的银杏树下工作，怀里抱着竺溪嬢嬢家的小狸花猫——狗子。

狗子之所以取名叫"狗子"，是因为它能像狗子一样发出"汪"的浅短叫声。

狗子是只约莫半岁大的中华田园小公猫，毛色油亮，纹路清晰，两只黄绿色的眼睛又圆又大，如宝石一般透亮，与粉红色的鼻头构成标准的等边三角形，十分漂亮，乃猫中帅小伙，所以特招人喜欢。

狗子特别喜欢人多热闹。每当钟戌初他们几个一来，狗子就会天天蹲在程守洛家里玩，都不愿回家。起初竺溪嬢嬢还会来骂骂咧咧叫唤它回家吃饭，后来索性不管了，爱上哪儿野上哪儿野去。

可庄籽芯来了也没有几天，就莫名成了狗子最喜欢黏腻的人。

每天晚上庄籽芯在院里工作的时候，狗子都会趴在她身上或是趴在石桌上陪着她。

庄籽芯开玩笑对狗子说过："你要不要改跟我姓，叫庄狗子？"

狗子冲着她"汪汪"直叫唤，仿佛十分欢喜这个姓氏。

一只猫本该喵喵叫，却学着狗汪，这不是"装狗子"是啥？

众人都说，狗子这名，配她这姓氏真是绝了。

庄籽芯手撸着狗子柔顺的皮毛，一边下载着生理卫生相关的科普视频，一边将白天打核桃时拍摄的照片，逐一修图整理，准备撰写下一篇文章打核桃记。

大树吃完了晚饭，按惯例跑来程守洛家遛弯。

在等待视频下载的过程中，大树拿出手机，给庄籽芯看自己最近拍摄的短视频。

庄籽芯看过他拍摄的短视频，惊道："呀，大树，你这拍短视频的水准可以啊。看不出来你居然还会玩短视频？厉害了，大树！"

受到赞美，大树害羞地挠挠头说："都是跟阿栋哥和阿初哥他们学的。"

"这是哪里？好美呀。"

庄籽芯看着手机屏幕里的画面，一面湖水，腾腾地升着雾气，一些鸟儿在雾间穿行，仿若人间仙境……

大树惊道："这是白平湖。你不会还没去过吧？"

庄籽芯说："还没时间去呢，最近忙着打核桃。"

她不是来旅游的，从来到这里开始，每天都在感受真实的山村生活。

大树指着南面的方向说："你看就在那边，出村子，从另一条道过去，翻过那个小山头。"

庄籽芯顺着大树指的方向，黑乎乎的一片，伸手不见五指，啥也看不见。

她笑着说："没事没事，肯定有机会去的。你这短视频一个个拍得真好，有那种专业的味道。"

大树立即昂首挺胸："真的吗？我果然是我们村里，除了阿洛哥之外最厉害的人。"

听到这话，庄籽芯忍俊不禁。

每次一夸奖大树，大树都会无比自豪，脸上洋溢着纯真而干净的笑容。

大树没有很高的学识，没有优渥的家境，会充满不知从何而来的自信，可是庄籽芯从不会将他与"普信男"三个字联系在一起。

哪怕他会自恋，但是从他的身上，完全看不到丝毫在城市中混久了的油腻市侩气息，有的，只是那份久违了的在岁月中逐渐流逝的抱朴含真。

大树的眼神干净，他带给人的，永远都是骨子里最简单的快乐与美好。往往是从他的身上，庄籽芯能够看到不一样的真、善、美。

这就是庄籽芯喜欢大树的原因。

开始的时候，庄籽芯会认为他自信过了头。慢慢接触下来，她才发现，不是大树憨傻，不是他自信过头，而是他对白平村的未来，始终抱着与别人不一样的坚持与信念。他可以有很多机会去城市里打工赚钱，却仍旧选择和程守洛一样，执意留在白平村，为村里贡献着自己全部的力量。

大树忽然叹了口气，说："唉，拍得好有啥子用，都没得人看，没得人点赞，所以我也没得心情再上传新的视频。"

庄籽芯仔细看了一下，最新一条视频是五天前发的，但点赞、评论和转发全部都是零，其他视频也是寥寥无几的点赞和评论，数量不超过一只手。

她安慰大树说："虽然短视频目前不在我的工作业务范围内，但是我跟你说哦，没有流量不是你的问题，很多时候是平台限流。想要有人看到你的东西，第一，你必须要坚持不停地发作品，第二，就是要进行营销推广。"

大树一听需要营销推广，便丧着脸说："那要很多钱的吧……"

庄籽芯琢磨着，钟戌初他们这个团队的本意就是来拍摄宣传白平村。大树这些个纯朴真实的视频内容，同样也是宣传白平村最好的素材。

而今短视频这么火，出现许多现象级网红号，所以想要白平村为大众所知，短视频平台必须要好好地利用起来。

她虽然对短视频这块业务没有涉猎，但是道理都是相通的。

明天她就向她做短视频的同事请教，把大树的账号先推广起来，同时再建立起属于白平村的短视频号和公众号，多写几篇旅游推荐美文等，同步运作起来。

这样就完美了。

至此，她差不多算是明白，为啥八竿子打不到一起，钟戌初却偏偏"诱拐"她来这偏僻的大山里，说什么要对她进行思想觉悟改造。

其实那只是个幌子吧,他真正的目的,是她的专业与职业。

好家伙!

走一步看三步。

她果然还是单纯了。

即便是想通了,庄籽芯也并没有很气恼,反而摩拳擦掌,对这事势在必行,比起看烂片、写博文的本职工作,这更能让她斗志昂扬。

她暂时说不上来那种感觉,但忽然之间差不多慢慢领会到钟戌初他们的幸福快乐。

她深吸了一口气,然后郑重地对大树说:"大树,你先别管钱不钱的问题,啥都别想,你就继续发你的视频,白平村里的点点滴滴,所有好玩的好看的好吃的,你都用手机记录下来,然后上传。推广宣传的事,交给我。"

大树惊讶地看着她:"小、小芯,你、你有办法?"

庄籽芯拍了拍胸脯,笑着说道:"你也不看看我是做什么的,江湖人称'水后',放心吧,弄好了,你就是白平村的大红人啦。"

大树憨憨地笑了起来:"弄好了,我是不是就出名了,会有很多粉丝?"

"对。会有很多粉丝。"庄籽芯说。

"太好了。我要有很多粉丝,我就要是我们村里最牛的人了。"大树激动坏了。

此时此刻,在他的眼里,庄籽芯如同拿着魔法棒的小仙女一样,浑身晶晶亮,又美又仙又有魔力。

"视频下载好了。"庄籽芯双手一拍。

大树看着庄籽芯打开视频,是一个国外的动画片,出于好奇,也跟着一起看了起来。

视频全程说的是英文,大树看不懂。

看了没一会儿,他瞧见两个小人抱在了一起,然后还躺在了床上,紧接着就是女娃小人的肚子大了起来,再然后就是一个小婴儿从她的……就生了出来。

要命啊要命啊！这到底是什么动画片？国外的动画片怎么这个样子？太明目张胆了！太羞耻了！

"小芯，喃个外国动画片我怎么看着……有、有点别扭？你快别看了。"大树害羞地用手捂住眼睛，却又忍不住露开一道指缝偷偷看。

庄籽芯瞧见他的模样，不禁笑开来，说："这可不是什么动画片，这是生理卫生科普知识动画宣传短片呢。"

"啥子？生、生理动画短片？这是喃个东西？"大树丈二和尚摸不着头脑。

他自认为是除了阿洛哥和昭如以外全村学问最高的人，可是这个什么国外的生理动画短片，他看着不是不太对劲，简直就是少儿不宜。

庄籽芯说道："就是以我们人体解剖和生理知识为基础，阐述我们人类身体解剖的生理特点。未成年儿童大多都好奇，自己是怎么从妈妈肚子里出来的，刚才那个片段就是在解释我们人类从出生到生长发育的全过程。后面还会讲到男女生殖器官发育的区别、性教育、性犯罪等。这个版本的科普短片是我见过的最好的一个版本。"

大树听完目瞪口呆，不可思议地说："生殖器官发育？性教育和性犯罪？你要给安平小学的孩子们讲这些？"

"嗯。怎么了？这些知识非常有必要。只有深刻了解了自己的身体，才能更好地保护自己。这种课程在我们那边从幼儿园就开始了，是非常棒的教育课程。"

大树一阵沉默，然后才说："小芯，不是我故意要打击你的热情和自信心，这种课……我不是贬低的意思，就是在我们这里不太合适。"

"什么不太合适？"周炜炜和徐开乐走过来。

大树就指着电脑上的科普视频解释了一番。

周炜炜和徐开乐看着视频，挠了挠脑袋，说："这工作确实有点

009

难开展。"

"但也不是不可行。"

庄籽芯想了想，说："我知道你们要说什么，怕家长们会闹是吗？可是不试试怎么知道行不通呢？正确地了解人类生理卫生健康教育知识，才会对少年儿童有一个正确的引导。"

大树说："我们这里的人都很保守的。你这个绝对不成的。"

周炜炜解释说："大树的意思是说，你若是跟孩子们聊两性，父母可能会认为你思想不健康，说难听点可能会认为你作风有问题。"

庄籽芯沉默了，她知道，别说在这里了，就是在城市里，也有一些家长反对过，认为一些生理卫生教育的教材内容太过露骨。

可是站在教育的层面上看，那些教材是绝对没有任何问题的。这个版本的科普短片，也是没有问题的，但是怕就怕遇上某些思想保守且顽固的父母。

可正因为不遮掩地告诉孩子们，他们才能深刻详细地了解自己的身体，在成长过程中，才懂得如何保护自己和尊重爱护他人。

庄籽芯微微蹙了蹙眉，说："谢谢你大树。放心吧，我会注意尺度问题，而且上课用的所有教材、视频材料以及备课内容都要提交给学校和相关部门审核的。如果学校和相关部门那边审核不通过，我也上不了课。"

周炜炜说："我觉着吧，生理卫生课确实很有必要，况且李昭如不也说了吗，她一直想推进这门课程。挺好的。这不还要审核吗，只要审核通过了那就代表肯定没事。"

徐开乐说："是的，别那么悲观。凡事往好了想。"

大树抿抿嘴唇说："我就是说说我的担忧嘛。小芯，不管怎么样，我都无条件支持你。"

庄籽芯冲着大树做了一个比爱心的动作，笑道："谢谢你，大树。"

大树一见她比爱心，可高兴坏了，就差手舞足蹈。

郑庭栋对着电脑准备整理今天白天拍摄的素材。

忽然，钟戍初像一抹幽灵一样飘到他的身边。

郑庭栋一个激灵："你小子，吓我一跳。"

钟戍初搬了个小凳子坐在他旁边，说："今天拍摄的素材怎么样？"

郑庭栋说："都挺不错的。我琢磨着剪哪一段，留哪一段，感觉每一段都想要。"

钟戍初轻咳了两声："我帮你看看，如果是不太合适的片段就直接剪了。"

郑庭栋连忙护住电脑，斜着眼看他，嘿嘿笑了起来："想看？"

钟戍初神情别扭，声音含糊："你不是犹豫不决吗？本来就是要一起参谋，某些不必要的素材当然得删除。"

从钟戍初神神秘秘飘过来时，郑庭栋就已经看穿他的小心思。

小样！就是害怕自己和小芯在树上贴脸的事情被大伙儿知道，这种打着帮忙的旗号最无耻了。他决定再逗逗他这个一本正经的兄弟。

郑庭栋说："我现在又觉得所有素材都挺合适挺好的，干脆全部保留。"

钟戍初立即反对："不行！"

"怎么不行？我是导演，我说了算。"

钟戍初深吸一口气，目光急切地凝视着师兄："无人机炜炜给你了吗？"

郑庭栋瞅着他黝黑的双眼，坏坏一笑："你猜！"

程守洛走了过来，问："猜什么？"

郑庭栋说："哦，就是白天他在树上……"

钟戍初当场跳起来，用手狠狠捂住郑庭栋的嘴："上次你看中什么型号的无人机来着，型号和地址给我。"

"成交！"郑庭栋两眼含笑，虽然被捂着嘴巴，声音含糊不清，但是他一口就应下。

钟戍初气恼地用手狠狠按了他的嘴巴两下，这才松了手。

011

程守洛一头嫌弃地看着二人,发出灵魂疑问:"你们俩……这是在搞什么?"

钟戌初遮遮掩掩,说:"没什么。"

郑庭栋说:"就是兄弟之间平常交流,促进感情。你要一起加入吗?"

"谢邀!我一堆事要做呢,可没空和你们一起腻歪。"程守洛说着便往门外走去,打起电话。

郑庭栋递给钟戌初一张储存卡,冲着他挤眉弄眼,然后凑在他耳边轻声说:"刚才逗你的,留着自己慢慢欣赏。不是师兄我王婆卖瓜,就咱这水准,绝对是年度最佳爱情片里的最佳镜头,特浪漫。"

"我信你个鬼!"钟戌初一把接过储存卡,看了一眼另一边叽叽喳喳吵个不停的庄籽芯和周炜炜、徐开乐三人,脑子里不禁浮现出白天在核桃树上的情形。

总之,那幅画面绝不能让其他人看到。

兄弟也不成,那女人更加不可以。

他又低低地问了一句:"无人机呢?"

郑庭栋小声说:"放心吧,无人机没拍到什么。要是拍到什么,炜炜还不给你宣扬得这方圆几百个山头都知道。"

钟戌初不由得抿唇轻笑。

二人相视,然后并肩坐下来继续看素材。

钟戌初不得不承认,师兄郑庭栋是他们美院摄影系独具一格的鬼才。

这次打核桃,与以往相比,镜头里只是多了庄籽芯一个人,但是拍摄的角度与感觉完全不同。

就如郑庭栋对庄籽芯承诺的那样,她完全成了今天素材里的女主角。

她穿着宽大的校服,戴着最普通的农村草帽,穿着格格不入的解放鞋,在师兄的镜头下,土得独特,却又美得张扬。

他们之前拍摄的所有素材，毫无例外，全部都是纪录片模式的一本正经。但她打核桃时的一哭一笑，一惊一乍，将一个城市姑娘深入山区农村无法适应的情绪现状，展现得淋漓尽致。是所有素材中唯一的"不正经"笑点，对比后显得更加鲜明突出。

若是剪辑好了，将会非常吸引眼球。这是所有人都意想不到的特殊喜剧效果。

庄籽芯看到画面的时候，直叫唤："这是我？我的妈呀，怎么这么土？简直不忍直视，赶紧都删了。"

众人立即说："一点都不土。小芯很上镜。"

"你全都是真情实感，完全不用演，这是绝对的共鸣啊。"

"你这是妥妥地吊打某些流量明星。"

大伙儿一通猛夸，让庄籽芯将信将疑："真的这么好？你们该不是为了喜剧效果骗我的吧。而且，你们直男的审美不能信。"

"拜托！论审美，我们不但是认真的，我们还是最专业的，你质疑谁，都不能质疑我们美院毕业的人。大导演和美院教授还在这儿呢，有必要全都骗你吗？不信你问钟戌初。"

庄籽芯扭头看向钟戌初。

所有人都夸奖过她，唯独钟戌初天天和她唱反调，她可忘不了他之前形容她长相"平平无奇"。这次若是他也夸赞，她就信。

钟戌初在众目睽睽之下，点了点头，说："还不错。"

"看，听见没有？"周炜炜叫了起来。

大树说："小芯，就算是土，你也是咱们白平村里最时髦的人。"

郑庭栋忽然说："小芯的素材，我看要单独剪一集出来。"

程守洛说："对。可以与其他单元风格不同，立意不同。"

钟戌初摸着下巴，凝视着庄籽芯，深沉地说道："贫困落后的山村与文明先进的城市对比，文化生活的差异与碰撞。呼吁年轻人脱离当前社会浮躁，让情感迷失中的我们回归曾经的古朴纯真。"

周炜炜叫道："初初你太牛了！"

徐开乐说："成人版《变形计》？"

周炜炜立即道："请用'大人版'《变形计》，你用'成人版'三个字，那咱这集片子就很有问题，就完蛋啦。懂不懂？"

郑庭栋向周炜炜竖起大拇指。

几个人一拍即合，有了新拍摄的方向，就着这个开始热烈讨论起来。

周炜炜不忘抬头对庄籽芯说："小芯你要火了！"

庄籽芯被这么猛夸，一整晚心情奇好。在给姜陶陶嘚瑟完照片后，连表情包都变得嚣张起来。

姜陶陶一改先前"塑料姐妹花"的欠揍形象，直呼"苟富贵，勿相忘"。

差不多时间，庄籽芯准备回李昭如家，钟戌初忽然叫住了她。

庄籽芯一脸狐疑地看着他，只见他嘴角微弯，忽然从身后拿出一个小罐子，在她面前摇了摇，罐子里出沙沙的声音。

庄籽芯一见那个小罐子，脸色立即大变，伸手便要抢夺那个铁罐子。

钟戌初故意将小铁罐举得老高，以庄籽芯的个头，她再怎么蹦跶也绝够不着。

"快还我！"

钟戌初说："你可知你这行为叫什么？叫私藏劳动成果。"

"呸！那是竺溪嬢嬢同意我自己剥着留存的。"庄籽芯见够不着，索性狠狠踩了他一脚。

钟戌初一吃痛，立即放下手臂。

庄籽芯趁机抢过小铁罐。小铁罐里面装满了夏威夷坚果。

近日，便秘成了庄籽芯最大的困扰，在得知夏威果有缓解便秘的功效后，她便悄悄同竺溪嬢嬢说了便秘的事，竺溪嬢嬢就给她拿了一个小铁罐，让她自己剥了带走。

庄籽芯气极："你偷听我和嬢嬢说话。不要脸！"

钟戌初抿唇坏笑。

庄籽芯气得转身要走。

钟戌初再次叫住她，然后从身后拿出一双球鞋来，是先前那双沾染了猪屎的鞋。

"喏，洗干净也晒干了，还给你。"

庄籽芯接过，盯了几眼鞋子，虽然不如先前的颜色白得无杂质，但是也算是刷得很仔细很干净了。

说句不昧良心的话，他刷得比她干净。

再加上之前他夸了她，她看到了他的真诚。

她默默接过，什么也没说，昂着头转身就走。

钟戌初笑着喊道："便秘嘛，这两天就少吃一点辣的，多吃点清淡的蔬菜。"

庄籽芯立即回头一跺脚，凶巴巴地瞪着他。

不说便秘会死吗？真讨厌。

瞪完，她扭头就走。

钟戌初看着她的背影消失在黑夜中，嘴角轻扬，那愉悦的笑容久久不曾散去。

洗漱之后，庄籽芯贴上面膜，打开电脑开始工作。

李昭如继续在灯下备课。

庄籽芯打开下载文件夹，里面全是她今晚在程守洛家下载的生理卫生知识文档和视频。她在网上书店购买了S省小学使用的生理卫生课本教材以及适合小学生理解阅读的同类书籍，收件地址留的是安平小学。等昭如收到教材后提交到学校审核，只要学校和上级部门审核一通过，她便可以大量采购这些课本书籍。

当然仅仅是目前这些资料还是不够的，在去学校讲课之前，她必须做好充分的准备。

整理完这些，她又打开微博账号准备开始工作，赫然发现昨天的铲猪屎照片发布之后，一下子暴增了几百粉丝，就连评论也一下子冲到了三千多，转发量和点赞数更是惊人。

她不敢相信这个事实，甚至以为自己眼花，她揉了揉眼睛，这些红艳艳的信息提示是真实存在的。

她随即给刀刀发了信息，问他是不是冷哥安排人给她宣传了。

刀刀回复："大姐，国庆一堆新片上映，我们都忙成八爪鱼了好吗，哪有时间给你宣传？从国庆节到现在，我还没有好好休息过。不跟你说了，我要去忙了。"

原来不是。

以前她辛苦看烂片坚持吐槽更新，评论的粉丝却寥寥无几，所以她只敢称小V，而不敢自称大V。没想到几张铲猪屎的照片却让网友们找到了共鸣，居然有这么多网友都铲过猪屎埋过猪屎？难道她要从一名犀利的影视自媒体博主转变为一个朴实无华的乡村博主吗？

不管怎样，从未有过的成就感让她激动不已，甚至按捺不住雀跃，一下子开心地叫了出来，结果李昭如正在一旁备课，被她吓了一跳。

"怎么了，小芯？"

她抱歉说："没事没事。就是我涨粉丝了。哈哈哈——"

"是吗？"李昭如丢下课本，高兴地跑来看向她的电脑屏幕，看着她铲猪屎的照片，笑道，"哈哈，你这几张照片看起来真的很惨。"

其实为了无损她优雅美丽的小V形象，她已经挑了几张角度看起来并不是很惨的照片了。

李昭如看着电脑屏幕上几个平台的后台界面，虽然都是发布同样的内容，但是每个平台后台的模块与数据都不相同。她好奇地问："这就是你平时的工作？就是在网上发发照片和文字？"

虽然李昭如也会用手机登录微博或公众号关注和发布一些信息，但是在她的理解认知里，这些微博公众号上的大V不仅厉害而且离她都很遥远，她没有想过现实里会遇到一个活的离她这么近的博主，所以她很好奇他们平日里的工作都在做些什么。

"这个可以说是，也可以说不是，这其实只能算是动态分享。下面这些图解影评才是我真正的工作。"庄籽芯点开一个页面，然后滚动鼠标将网页下拉，点开其中一条微博向李昭如展示之前写的影评。

"其实按照正常规定来说，工作号是不允许分享私人照片信息的，但是鉴于我近期工作的'特殊性'，经公司特批同意后，允许我将在白平村的经历发表出来。"

她又点开电脑里的文档，随手点了几个文档，包括必看影片目录和影评。

"我每天需要看大量的影视剧，不论是新上映的还是很多年前的影片，然后根据这些影视剧的内容做成图文格式发帖解说，或者是针对一些烂剧烂片，直接截出他们的剧情槽点或者台词槽点发文吐槽，如果是剪辑短视频吐槽呢，我还需要写好整个视频的文案，俗称写观后感。"

李昭如听完感慨："你说的这些我都看到过。我们看起来可能就只有短短的几分钟，但是听你这么一说，工作量还很大。"

庄籽芯点点头："是啊，光是看影片就很头痛，不管好看的不好看的，哪怕要吐了，你都得要啃下去。"

李昭如说："所以大树说你看恐怖片就是这个原因？"

"是啊，我当时看得都快吓死了好吗，但是这是工作，我必须要克服一切心理障碍，硬着头皮也要啃下去，其实啃完电影，写完解说后，压力也就释放完了。再说，这部片子确实是部经典，值得推荐。有时候遇到喜欢的影片会有一种如获至宝的感觉。"

李昭如开始有些同情她了："啊，我以为你们这些博主，工作都是非常轻松呢，没想到是另一种苦。"

庄籽芯深叹一口气："天上不会掉馅饼，往往追求名誉和高利益就要承担背后的高风险，我所要接着的高风险可能就是指精神损失，一是来自工作内容质量本身的压力，二是来自网络舆论的压力。"

李昭如说："确实是，我在看很多文章的时候，下面总是有一群奇奇怪怪的评论，感觉戾气很重，其实作为路人，看到这种评论，我是更不愿意评论了。"

"唉……"

文章评论这种东西，写出来自是有人喜欢有人不喜欢，为了博取眼球，她必须要经常使用一些犀利的言辞去吸引大众，那么同样可能导致的结果是，她必须要接受一些"键盘侠"的肆意谩骂。

所以很多时候，她会对自己的工作产生怀疑，究竟是对还是错？然而往往总是反省没有多久，她便会向现实低头，向金钱屈服。

就比如这次的白平村之行，她有错的地方，也有无辜的地方，可是为了免债，她还是来了。

庄籽芯回复粉丝的评论后，将今日打核桃的照片一张张整理好，然后使用手机流量，再一张一张"龟爬"上传至网络，编辑好文字发布出去。

只是两天的劳作，让她感受到了全年的运动量，为了明天能够继续好好地干活，她必须保存体力，也顾不得等待粉丝们的留言回复，她决定合上电脑关掉手机，好好休息。

接下来的日子，钟戍初跟随程守洛忙村里基建的事情。郑庭栋、周炜炜和徐开乐三人则根据原定的拍摄大纲进行素材拍摄和整理，偶尔几个人会轮流互换着工作。

每天大伙儿能够聚首的时间，只有晚饭时分。

庄籽芯会在这个时间里，抓紧每一分每一秒，热泪盈眶地充分利用程守洛家的无线宽带处理工作，令一众大老爷们儿刮目相看，让他们见识到什么叫作"拼命三娘"。

这般励志奋斗、积极向上的精神，从某种程度上来说，算是触动到了钟戍初。

他不禁想起，当初为了保住工作保住账号，她在远道跪地的情形。她若是没有这股子韧劲，是不会破釜沉舟与他签"卖身契"。

从最初的交恶到眼下，他竟然有点欣赏这个整天作妖的女人。

因为庄籽芯的到来，白平村显然增添了好些与往常不太一样的生气。大树的口头禅里多了"小芯"这个名字。周炜炜和徐开乐在山野田间拍摄素材时，也不喊枯燥无聊了，互相打趣的话题里，也少不了庄籽芯的名字。所有人由衷佩服钟戍初，这么一个一板一眼的家伙，竟然能挖着这么一个活宝。

庄籽芯每日跟随着兰姐和竺溪孃孃上山打核桃，和当地的村民进一步接触。等所有核桃全部打完，差不多大半个月过去了。

起初，她还有精力早起护肤化妆，但随着每日的忙碌与劳累不断累加，渐渐地，她筋疲力尽，保证睡眠和保存体力成了最重要的事情。

也不知从哪一天开始，她选择彻底地放飞自我，因为多睡一秒钟，那梦都是蜜桃甜香味的。除了正常的护肤与防晒，她不再进行烦琐的化妆步骤，放弃做一个精致无瑕的女孩。

自打不化妆之后，她仿佛打开了新世界大门。她早已忘了素颜出门的感觉，原来脱下那层彩妆面具之后，整个人可以如此轻舞飞扬。

汗水流过脸颊时，不再是让人焦虑的闷塞黏稠感，每一个毛孔舒张呼吸都变得清透舒畅。她不用小心翼翼地对镜子一点一点仔细擦汗，甚至可以直接恣意地将山泉水喷洒在脸上，清洁降温后，学着大伙儿，直接用袖子抹脸，完全不用考虑花妆的问题。

这种感觉，就是一个字——爽！

虽说这不是众人第一次见识庄籽芯的素颜，但这一转变着实还是惊诧了所有人。尤其是竺溪孃孃和兰姐直呼"埋埋散"，小妖精终于回归人性，不再作妖了。

就连铲猪屎、打核桃都要照小镜子的人，竟然能够连续几日不化妆，这一定是哪里出了问题。

对此，庄籽芯显然不能暴露真相，而是故作轻描淡写地说，不喜欢汗水与粉底液泡在一起的黏稠不适感，每天化妆，皮肤也是会有负担的，皮肤是需要呼吸自由的。

钟戌初却毫不客气地当众戳穿她的假面具："难道不是因为你每天早上必须提前一两个小时起床化妆吗？"

庄籽芯翻着白眼回过去："我化妆起码是对别人的尊重。不像某些人，懒到连胡子都不刮，说好听一点，是不修边幅，说不好听，就是脏、懒、邋遢。哼！"

钟戌初下意识摸了摸自己的下巴，他差不多快有大半个月没刮胡子了，随手一抓，下巴上能抓起一小撮胡子，头发也过了耳垂下方。

职业使然，他们经常需要在户外拍摄，早就习惯了这种不修边幅，不拘小节，而眼下竟然能被说成脏懒邋遢……

目光不经意看向师兄郑庭栋，郑庭栋原本头发就偏长，习惯性在脑后扎小辫，但胡子刮得很干净，所以人看着也很清爽。

他下意识地又看向周炜炜和徐开乐。

什么？两人下巴上的胡子竟然刮得干干净净，头发也修理得整整齐齐，一丝不苟。这两个家伙，原来比他还要脏乱邋遢，不过半个月之余，他竟没发现两个人外貌有了天翻地覆的变化。

小丑竟然是他自己！

周炜炜和徐开乐每次都会跟着附和打圆场，但这次两兄弟就特别贱，不惜抛弃多年兄弟情跟着踩他一脚。

"小芯说得没错。早上刮个胡子，也不费时间。"

"就是。好好学学师兄，头发长了可以不剪，但请扎起来，披头散发的，像什么样。"

两人在调侃钟戌初时，内心暗自窃喜，因为早在之前，小芯芯就对他们的小胡子提过意见。

男人刮了胡子，整个人看起来不只是干净清爽，文静有气质，更多的是精神面貌不一样，会显得更加朝气蓬勃。蓄了胡子，会使男人看上去苍老，没有精神。

原本他们并不在意这些，每天开始刮胡子之后，忽然某一天对着镜子发现，没有胡子长头发之后，起码年轻了十岁。

那肆意奔放的青春又回来了。

对待外貌这件事，果然得听小芯芯的。

钟戌初面无表情地看着他们俩唱双簧。

"我们无条件支持小芯芯。"

"小芯芯不管是化妆还是素颜，都是美若天仙。"

大树的双眼里闪着光："我同意炜炜哥和乐哥！"

庄籽芯笑着捂起脸说："哎呀，我都要不好意思了。"

钟戌初难以置信地冷嗤："真是人性的卑微与可耻！"

"是人性的嫉妒与丑陋！有些人就是不思进取！"面对钟戌初，庄籽芯翻脸的速度堪比川剧变脸。

钟戌初虽然连声"啧啧"摇头，但是内心不得不承认，在男人看来，庄籽芯的素颜确实要比化妆的杀伤力更强。

又纯又欲，这到底是个什么鬼东西？

Chapter14

化妆是最基本的社交礼仪

　　核桃全部打完后,庄籽芯才知道,原来剥核桃不只是将种子剥下来,还要将里面的仁也一并剥出来,以供一些企业前来收购。

　　目前来白平村收购的客户企业都是一些小厂,核桃精深加工的产业链是匮乏的,主要靠手工剥,这样相对来说核桃仁的产量极低。不过,这同时也是白平村核桃的优势,纯手工剥出来的核桃肉散碎的少,能够卖上更高的价格。

　　剥核桃仁可不是像正常吃核桃那样,用核桃夹夹开,那样剥核桃肉十分容易碎裂,且卖不上价格。

　　庄籽芯戴好手套,一手拿着核桃,一手拿着斧头,看着竺溪嬢嬢和兰姐双手飞快砸核桃的模样,她深深皱起眉头。犹豫了很久,她发觉自己始终下不了手,她总是担心斧头下去,会不会把自己的手指剁了?

　　她对着斧头看了看,铁块锃亮如镜,都能照出她有些泛红的脸蛋。

修复面膜已经用得快差不多了,撑不了两天就要弹尽粮绝。如果再不去取快递,她这脸上的微红很快就要成为高原红。

她深吸一口气,举起小斧头就往核桃上砸去。

下手的同时,她握着核桃的左手本能松开,闭着眼整个人往后瑟缩一下,结果核桃没有砸开,一斧子砸在了树桩上。她吓得嗷嗷直叫唤。

竺溪嬢嬢见着,直接鄙夷啐道:"喃个还是日脓日脓的?你闭个眼在那儿砸喃个核桃哩?你在砸锤子嘛?"

庄籽芯撇了撇嘴,拿起核桃,深吸一口气,抡起斧子砸下去,快到核桃表面时,她又收了劲,然后将斧口沿压着核桃棱劈开,核桃应声裂成两半,可里面的核桃肉却并不像竺溪嬢嬢和兰姐她们那样直接飞出来。

她琢磨着,只能用手将核桃仁抠出来,结果核桃仁碎了一地。她叹了口气,将核桃仁碎捡起来丢进一个小簸箕里,那里面装的全是碎掉的核桃仁。

她拿起第二个核桃砸成两半,倒不出核桃仁,只得用手指去抠,结果又碎了。

如此反复,经她魔爪被摧残的核桃不下五六个。

她就想不通了,同样都是把核桃砸成两半,她怎么就砸不出一个完整的核桃肉?

竺溪嬢嬢看不下去了,走过来拿起核桃说:"你这砸错方向了。"

"眼要准,手要快。看清楚了。是这样砸。"竺溪嬢嬢拿起小斧头在核桃棱交叉的十字的方向轻巧一砸,核桃顿时裂成两半,两个完整的核桃仁掉落出来。

庄籽芯惊艳:"啊!居然是这样敲开核桃。那我们平时为啥吃核桃的时候都是沿着这核桃棱弄开?"

兰姐说:"你平时吃核桃要随时准备一个斧头在手边吗?"

"哦,也对。"

"憨憨。"

庄籽芯一下子找着了砸核桃的窍门，剥出来的核桃仁完整漂亮，虽然她还不能达到竺溪嬢嬢和兰姐的手速，但这已经让她开心不已。

她不忘拿出手机来拍照，将两颗完整的核桃仁对着碧蓝的天空，拍了一张意境满满的照片。

竺溪嬢嬢见着，又开始囔道："能好好干活吗？照你这速度，是要砸到半夜吗？"

庄籽芯立即将核桃仁投入箩筐中，然后学着清宫剧里小太监的腔调："喳！小的这就砸起，娘娘您可别急坏身子哪。"

一板一眼的竺溪嬢嬢忽然被她这油腔滑调逗笑了。

这一笑，许久都停不下来，带着兰姐也跟着一起笑起来。

两个人不约而同对着她啐道："憨憨。"

庄籽芯立即回以二人憨憨的笑容。

这是这么多天以来，两位第一次对她算是和颜悦色。

"嬢嬢。"这时门外传来程守洛舒朗的声音，"什么事情这么好笑？"

庄籽芯下意识看向院门，视线穿过程守洛的身体，看向他的身后，发现只有他一个人，心底莫名有些失落。

程守洛走过来，她立即献宝似的将手中的核桃仁举给他看："瞧，这是我砸的。我现在一斧子能砸出两个完整的核桃肉。怎么样？我厉害不？"

程守洛笑道："厉害。在机场第一眼见到你的时候，我就知道你很厉害。哈哈哈……"

"你这是故意逗我开心吧。"当时她穿着高跟鞋，箱子贼重，走一步喘三下。

程守洛笑道："没有没有。"

"嗯哼！哼——哼——"云姐突然大声咳，打断二人的谈话。

竺溪嬢嬢一收到兰姐的眼神示意，也立即大声说："阿洛，你找嬢嬢喃个事？"

程守洛这才想起来这里的目的，他将手上的钥匙递给竺溪嬢嬢，说："这是我办公室的钥匙，我怕我出克，万一村主任他们有什么事要进我办公室。"

竺溪嬢嬢接过钥匙："你这准备上哪儿克？"

程守洛说："我打算克一趟镇政府，处理一些事。"

庄籽芯一听程守洛要去镇上，立即说道："你要去镇上，能不能带我一起去？"

程守洛惊讶："你要去镇上？做什么？"

庄籽芯不好意思地说道："我在网上买了好多东西，已经到货好几天了，都在离这里最近的镇上的快递公司里放着呢。我想去拿一下快递。"

程守洛说："你早说呀。你早说的话，把地址写给我，我早帮你取回来了。"

庄籽芯连连摆摆手："不用不用，你把我带到镇上的快递站点，我自己去取就好了。回头你办完事，再来接我就行了。"

程守洛说："行，那你跟我走。不过你今天可能得要跟我跑一天才能回来了。"

庄籽芯说："没事没事。"

现在她在哪里待一天都一个样，也不知道这里的镇上长啥样，有没有好玩的、好吃的，去看看也不错。

她这心里想得美滋滋的，但竺溪嬢嬢和兰姐就不乐意了，两个人的脸一下子拉得有三丈二尺长。本来二人那一笑，一声憨憨，算是缓和了关系，这下瞬间又跌回了解放前。

竺溪嬢嬢和兰姐两人一心念着初初绝不能落入庄籽芯的魔爪，一个还没担忧完，这又来了一个程守洛。

别的不说，庄籽芯模样确实长得俊俏，又能说会道，韧性好，这要是跟着阿洛一起上镇上，两个人待上一天，相处久了，说不准阿洛的魂都能给勾走,那叫昭如这孩子该怎么办?

她们两人作为粉头,那是绝对不允许这样的事情发生,肥水那是绝不能流入外人田。

兰姐立即说:"快递让阿洛帮你取了带回来,省事,你就不用跟着克了。"

"我怕我买的东西,阿洛他分不清楚。"其实庄籽芯心里想的是,可不能让他们看到她买的那些快递。她还打算在快递站当场就把那些外包装拆了扔在那里。若是叫他们看到她买的快递,怕是要疯了。

兰姐说:"快递公司跟阿洛办事的地方又不在一起。你人生地不熟的,万一你走丢了怎么办?"

庄籽芯说:"不会走丢的,我就在快递公司等阿洛。"

阿洛阿洛,瞧瞧这一口一声阿洛。

兰姐顿时急了:"那也不成,怎么能放心将你一个姑娘家丢在一个陌生的地方?万一出什么事。"

"这……"庄籽芯算是听出来了,兰姐和竺溪孃孃这是不想她跟着程守洛一起去镇上。虽然怕出事这话说得没错,但是她又不是几岁的小毛孩,她是一个智商健全的成年人了。

程守洛说:"没事,我先陪小芯把快递拿了,然后我再去办事,到时候小芯在门口等着我就行了。"

庄籽芯眼睛一下子亮起来:"那……现在就走?"

程守洛说:"嗯。你有什么东西要带吗?"

"我就回去拿个包就行。"

"好,那我在南岔口等你。"

"嗯嗯。"庄籽芯迅速摘了手套,便要往院门外跑,突然想到什么,连忙回转身冲着竺溪孃孃和兰姐笑道,"竺溪孃孃,兰姐,等我晚点回来再来剥核桃,我先去拿快递了。"

"哎——哎——"

无论兰姐怎么叫唤,庄籽芯一蹦三跳,头也不回地冲出院门。

"孃孃,兰姐,你们忙,我先克镇上了。"程守洛笑着向竺溪孃孃和兰姐告别,然后也快步离开。

这两人前后脚一离开,兰姐就焦急地说:"孃孃,你赶紧想个办法撒。这要是阿洛也掉进克咋整?"

竺溪孃孃沉思几秒,然后摘了手套拿出手机,拨了一个号码出去,不一会儿,手机那端传来钟戌初的声音:"孃孃,找我什么事?"

竺溪孃孃问道:"初初啊,你现在人在哪儿?"

钟戌初说:"我现在在西岔口这边,看着忠叔他们搞路呢。"

竺溪孃孃急道:"你快别看了,你赶紧克南岔口找阿洛汇合。"

钟戌初眉尾微挑:"怎么了?"

兰姐凑过来对着手机大声说:"初初啊,你克就对咯,你再不过克,他们就要走咯。"

"他们?走?谁要走?走哪儿去?"钟戌初一下子没想明白,忽然意识到什么,"是不是小芯又出了什么事了?"

兰姐说:"她没出什么事,她是要跟着阿洛一起到镇上克。"

"上镇上?做什么?"钟戌初眉心微蹙,心里莫名慌了。

这是在村子里待不下去,要离开了吗?可是为什么不同他说?

自打那天玩笑之后,这些天来,他很注意自己的言行举止,绝不没事找事刺激她。甚至为了照顾她的情绪,免得劳累之后还吃不上什么好吃的,他还跟良叔一起去湖里捕鱼,然后把鱼交给炜炜和开乐。他也没有刻意嘱咐他们两人,但是知道他们两人一定会给她做些好吃的。

"好像是克拿什么快递。"

"拿快递啊,有阿洛陪着一样,不用我跟过去。"一听到拿快递,钟戌初提在嗓子眼的心一下子落回原位,"阿洛在反而好,我在的话,讲不了两句,我们俩就又要吵起来。"

027

他有些尴尬地扒了扒头发，方才他内心慌乱无比，有些反应过激，甚至搞不清楚自己为何会那么紧张她会离开这里。也许潜意识，他还是承认了，这人是自己利用不平等条约威逼来的。

兰姐急得恨不得要飙脏话："哎哟，阿洛等一下要克镇政府办事，她克快递公司拿快递，两个地方又不在一起，万一小姑娘家家人生地不熟的，走丢了咋整？"

钟戍初笑着说："她这么大的人了，又不是小孩子，怎么可能会走丢？"

榆木脑袋！

这回轮到竺溪孃孃也急了："哎哟，你这憨憨哟，阿洛带着她咋办事啊？再说了，她这人是你带来的，万一要是出了什么事，你咋向人家父母交代？"

钟戍初抿紧薄唇，好像两位长辈说得有道理。

"行，我马上过去，我陪他们一起去一趟镇上吧。"

听钟戍初这么一说，这下竺溪孃孃和兰姐悬着的心总算是落回了原处。

钟戍初挂了电话，和忠叔交代几句之后便赶往南岔口，到了南岔口，果然瞧见程守洛在那儿等着。

程守洛一见着他便道："西岔口那边铺得怎么样了？我今天还没来得及过去看看呢。"

钟戍初说："已经铺得差不多了，到晚上应该能全部铺完，明天开始铺北岔口。"

程守洛说："比我想象中的进度要快很多。"

钟戍初说："嗯，要不了几天，月底前肯定全部完工了。你等一下要去镇政府？"

程守洛点头："嗯。"

钟戍初说："我今儿听忠叔说什么修路造桥的款项还没下来，是前段时间你说的那个另一部分的钱吗？"

程守洛点点头说道："是的，我打了好几次电话，对方说电话里说不清楚，所以，我打算今天亲自去镇政府问下什么情况。"

钟戌初说："这个按理说是已经批示的，上面不应该扣押才对，去问一下也好，看看到底是什么情况。你也别太着急了。钱不够，你跟我们哥几个说。"

程守洛点了点头，说："钱够的，你们之前帮忙筹的资还有。"

"要我陪你一起去吗？"

"不用，小事。"

钟戌初抬眸望向下方。

南岔口是整个村子通往村口的核心岔道，就在几天前，这里还是一片坑洼不平的泥土路，眼下，已是干净平整的水泥路。

过几天，电力公司的人还要过来埋线，每隔二三十米，单侧都会安装太阳能路灯。

"哎？这里，图纸上有没有计划建一个公共洗手间？等后面要弄民宿的话，这里需要弄成一个中转休息站。"

程守洛道："有的。图纸应该要出来了，回头我去催催。之前我们商量过，等图纸出来后，还要在村里开一个大会讨论第一批民宿由谁家开始带头改建的问题。"

钟戌初点点头："我都已经开始期待未来的白平村了。你看这路，修得多好。现在就差西岔口和北岔口，最多再过几天，到月底整个村子的路一通，大伙儿不论是出行还是上下运输货物，就更加方便了。"

程守洛感慨道："要不是你们几个帮忙出谋划策，又拉来了一些集资，这路也许就修不了这么宽。"

钟戌初说："你啊你，老说这个就没意思了。我们几个老早就想好了，要在这里先占块最好的地皮，占据这里整个山头最好的风景，开一家超级民宿，然后坐着等收钱，收到手软。"

程守洛笑了，笑容明朗，发自肺腑，这笑容不仅包含对兄弟的感恩，同时还饱含了对未来的期许，期待阿初口中的那一天尽快到来，这样他心里的担子才能够卸下。

钟戍初又说："等到了镇上，你去镇政府办事，我陪庄籽芯去拿快递，免得你不放心她。"

"行。"程守洛顿了一下，忽地反应过来，"哎？你怎么知道小芯要去镇上拿快递？"

"竺溪嬢嬢和兰姐大概是不放心她，给我打了电话。"

程守洛失笑，直摇头。

钟戍初望着李昭如家的方向，凝眉："她怎么还没来？"

程守洛说："她说她回去拿个包就来，这有好一会儿工夫了。"

从竺溪嬢嬢家出来之后，庄籽芯便激动地一路小跑回李昭如家。许是跑得太急，迈进李昭如家门，她便上气不接下气。

这大半个月来，她每天跟着竺溪嬢嬢和兰姐上山下山，不仅适应了高反，就连体能也一下子锻炼上来。原来每天只能劳作上午半天，这下午半天就废了，而今她能撑下大半天来。

刚才这一下激动，她忘了可能会再次引起高反，这一路小跑回来，果真一阵头晕目眩，休息了好一会儿才缓过劲来。

她脱下身上的运动套装，这是之前铲猪屎时报废的衣服，如今只能被她当作工作服来穿。她打开衣柜，翻出一件仙女气十足的白色连衣裙换上，然后又脱下解放鞋，换上放在角落里安静沉睡了半个月的复古高跟鞋。

她在镜子前美滋滋地转了两个圈，披上宽大的围巾，忽然瞧见镜子里光洁的皮肤上除了双颊带着点红晕，找不到一丁点脂粉的色彩。这两抹红，可不是她刻意化了素颜妆的效果，她根本就没有化妆，纯素颜。

这脸上的两抹红，再晒下去，怕是很快要成为高原红了吧。

曾经坚持"不化妆不出门"的小仙女，竟然因为努力生活变得这么糙了。

待会儿还要去镇上,这可是她第一次去镇上。

她可是曾经立誓:每到一个新地方,必须要成为那条街最靓的仔。眼下面容如此清汤寡水,这完全不符合她的人设。

不行,她今天一定要化上精致的妆容去镇上。

可程守洛还在南岔口等着她,现在化妆铁定是来不及了,她想了想,只能将所有化妆品带在路上。于是,她又提上她的小化妆包,这才匆匆出门。

快到南岔口的时候,她远远瞧见一个熟悉颀长的身影立在程守洛的身旁,走近一看果真是钟戌初。

这两三日忙得天昏地暗,几乎见不着他的人影,这突然出现在眼前,她竟然有些莫名的紧张,脑海里甚至忍不住跳弹出那日并坐在核桃树下的情景,但很快又被他鄙夷的嘴脸取代。

她总觉得他哪里不对劲,目光盯着他的下巴看了好久,赫然发现他今天竟然刮了胡子。

她再仔细看了看他的头发,果然也比之前短了一些,只是耳根的头发如同狗啃似的参差不齐。这锯齿一样的平整度,怎么看怎么像是自己用剪刀随手剪的。

也亏了他这张脸长得够好看,否则是经不起他这么造。

钟戌初正和程守洛谈着事,说着说着,忽然视线范围内飘来一团白色的棉花云,亮得夺目。他定睛一看,是那个每天都要折腾幺蛾子的庄籽芯没错了,除了她之外,没人会在这里整天打扮得花枝招展。

今天一早,他明明见她穿着一身脏粉的运动套装,这会儿怎么就忽然变成一身纯白色的长裙了?

他眉心一蹙,直击灵魂发问:"你该不是回去换了身衣服吧?"

为了坚守"和平""和谐"共处的原则,他还有一句"不是要去镇上吗,你怎么还有时间换衣服的"生生咽在肚子里忍住没问。

"我那套运动服都变成了打粗干农活的工作服了。马上要去镇上拿快递,我总不能穿得像个土拨鼠吧,当然要换身干净的衣服。"

031

"白色，可真的干净！"钟戌初的视线又落在她脚下的复古高跟鞋上。

庄籽芯低眉瞅着脚下的高跟鞋，说："我这身裙子不能配运动鞋。再说我那双鞋，你并没有替我刷得很干净。"

钟戌初嘴角微微抽搐："你开心就好。"

庄籽芯忽然贼笑一声："是啊，我很开心。毕竟有人非常听话地刮了胡子，剪了头发。"

钟戌初当即嘴角微微抽动。好气哦！

程守洛笑着打圆场："穿着挺好看的。去镇上穿好看点，没错。"

庄籽芯拉过程守洛，笑着说："走走走。不理他。"

钟戌初暗叹一口气，开始懊恼：他这是怎么了？为什么嘴就是这么贱？一见着她就忍不住开始批评，他脑子里是装了自动喷淋系统吗？

"要想富，先修路。站在这里，我才能对这六个字有更深刻的理解。你看这路铺得多好。我来这里也没多久，就大半个月吧，这么短的时间，和我刚来的时候整个不一样了。"庄籽芯一边走着，一边感慨白平村里的变化。

程守洛笑着说："会越来越好的。"

原本通往家家户户的土路两边全是荆棘杂草，一到雨季，大雨无情地冲刷着路面，泥土大量流失之后，会在路面形成大大小小的泥坑。村民们出行都十分困难，更别说运输货物。如今不仅两边的荆棘杂草被清理干净，路面的土坑也被逐一填平，铺上碎石地基后再进行水泥浇灌铺设，一条条灰白平整的水泥路在村里纵横交错。

庄籽芯说："大树跟我说了，你想把白平村打造成一个人文无干扰、生态无破坏的乡村文化旅游景点，打算将村子的房舍逐渐改造民宿。阿洛，我支持你哦。回头我可以帮你参谋参谋，我庄籽芯别的不行，吃喝玩乐是最拿手的。"

程守洛笑着道："感谢感谢，你不提啊，后面我都要厚着脸皮请你帮忙呢。"

庄籽芯说："瞧你这话说的。只要你开口，但凡我能做到的，一定帮。"

程守洛说："我代全村人先谢谢你。"

走到村口的停车场，这里与之前庄籽芯来的时候相比也大变样，平整的水泥路将村里的小道和盘山公路衔接起来。

庄籽芯忽然回头，发现钟戌初一直跟在她和程守洛的身后，于是问道："高岭之花，你怎么一直跟着我们？"

钟戌初说："什么叫我一直跟着你们。许你上镇上，不许我上镇上？你再叫我高岭之花，我以后就叫你'装自信'。"

"哦，叫吧，我不在乎，本仙女的自信从来就不是装的。哼！"庄籽芯昂首阔步走向车子。

车子开出没多久，庄籽芯坐在后排，打开自己的化妆包，开始化妆。

钟戌初坐在副驾座猛一个回头便瞧见她的操作，整个人都不好了。

他嘴角抽搐："你怎么又开始化妆了？"

她反驳："怎么叫又开始化妆了？我本来就是一直化妆的，只是好多天没化妆而已。"

"唉……"他摇了摇头，忍不住叹息，"容貌焦虑症应该是种精神疾病了。"

"呸！你懂什么是容貌焦虑症？我又没有靠整容来获得安全感。化妆不仅是基本的社交礼仪，它更是一种自我尊重/自我励志。懂？"

"不懂。我只知道，某些人站在猪圈门口还要照镜子。"

"你懂什么！"她故意将沾了粉底液的美妆蛋，对着他的脸盖过去，吓唬他。

他毫不客气一把将她的美妆蛋夺了过去，作势要扔向窗外。

她叫着:"钟戍初,你今天要是敢把我的美妆蛋扔出去,我跟你讲,你今天就别想活着离开这辆车。"

"是吗?我看我今天能不能活着走出这辆车。"他长臂一挥,要将美妆蛋扔出去。

庄籽芯急了,伸手就要拉扯钟戍初的头发,钟戍初躲得快,但还是被拉扯住衣服。

程守洛怕再不说话,两个人能在车子里打起来,到时候不是钟戍初一个人别想活着离开这辆车,怕是他们三人一个都别想活着离开。

"哎哎哎,你们两个真是的,一言不合就开吵,今天还打上了。都给我坐好,等一下走盘山路,有你们两个晕头转向的。"

庄籽芯松了手,气得靠坐在左侧,离着钟戍初远远的。

钟戍初也觉得闹够了,于是将手中的美妆蛋扔给她,嘴角微弯,讥笑她:"憨憨。"

庄籽芯看着弹在座位上的美妆蛋,冲他翻了个白眼,不与他计较,然后迅速拿起美妆蛋继续化妆。

盘山公路不仅令人眩晕,还让人耳鸣。

庄籽芯手中的化妆刷有好几次没有抓稳,差点戳在脸上,折腾了近半个小时,她总算是将一个淡妆化出来。唯一美中不足的是,妆容里重要的长睫毛,是没有办法刷了。

钟戍初时不时透过后视镜,偷瞄她化妆,看到她化完妆之后,一点也没有想象中的糟糕,他不禁开始钦佩她了。

这种蜿蜒急转的盘山公路,她竟然可以坐在车上完成一个还算精细的妆容,也算是天赋异禀了。

开了两个多小时的山路,车子终于渐渐平稳下来。

庄籽芯像个好奇宝宝一样摇下窗户,一个蓝色的路标牌出现在视线范围内,上面赫然写着"响银镇"三个大字。

庄籽芯一看见指示牌,立即兴奋地叫道:"这个镇的名字起得真好,听起来就是那种很有钱的样子。银子与银子互相敲打,当当响,十分有画面感。这里原来是不是满大街的银子？"

程守洛一听忍不住大笑开来，说："嗯，差不多，这里在很多年以前，家家户户都是依靠制作银器为生，银器敲打的声音很响，所以取名叫响银镇。从明清战乱，到后来，时代变迁，这里大部分的人都不怎么打银器了，开始改做其他营生，只有剩下为数不多的几家比较出名的老字号招牌还在坚持。"

"哇，没想到我这么厉害，一猜就猜中了。"

"这里的雪花银非常有名，得空的时候，你可以去'李满银'老字号银楼看看。"

响银镇的名字虽然响亮，但街道两房的房屋有些破旧，门面房几乎没有什么华丽的装饰门头，墙壁灰白，参差不一。

好一点的商家竖了门头招牌，差一点儿的店铺便是老板随手在墙上或者门头上写上几个大字，算是有了店名。例如，街对面的米线馆，没有门头，只有墙上挂着一个手写着"木氏米线"的木板招牌。旁边的小餐馆，在玻璃门头贴了"顶好小吃"四个胶字，半扇玻璃门上贴了两个字"盒饭"，比门头还大上了一个字号。再隔壁过来一个修车补胎，什么招牌都没有，反正是个人明眼一看，就能知道老板是做什么行当的。唯一看起来高端大气上档次的门头招牌，也就是程守洛方才说的一家老字号银铺，名曰"李满银银楼"。

让整条路增添色彩的只有路两边的行道树，庄籽芯能认出来的有银桦树和冬樱花。

这些树应该有些年头了。

冬樱花树枝繁叶茂，树冠在不算宽的道路上面交连。再过一个月，冬樱花便要进入花期，盛开之时，这条路上的景色一定很美。

庄籽芯原本以为镇上会像丽江那样，拥有各式各样的小店铺，可以逛逛。可能是她想得太过美好，这里不是发达的华东区S省，也不是丽江那样的旅游景点，只是国内成千上万中一个再普通不过的平凡小镇。

张眼望过去，想找一家奶茶店，那些熟悉的烂大街的奶茶店门头并没有出现在视线范围内，庄籽芯的内心是有些失望的。但是看着街边的米线店，她就像是个不安分的哈士奇一样，忍不住舔了舔嘴唇，好想吃。

钟戍初一眼就看穿了她心底的想法，说："等陪阿洛去完镇政府，再带你去吃这里最好吃的米线。"

庄籽芯立即趴向前方的座位，一脸谄媚："真的？"

一提到吃，她便两眼放光。之前在路上与钟戍初互杠的场面，当即从她的脑子里自动清零，此时此刻，钟戍初在她的眼里，就跟路边的冬樱花树一样，美丽又可人。

钟戍初抿了抿唇，笑意尽藏眼底。

响银镇的镇政府大楼离着近，过了红绿灯，拐个弯便到了。

油漆斑驳的铁门进去之后，院内正中央的空地升着一面鲜艳的国旗。正前方是一幢凹字形的办公大楼，细小的长方形白色外墙瓷砖和深蓝色的铝合金玻璃窗，基本是乡镇建筑的统一审美和标配了。

下了车，庄籽芯和钟戍初便跟着程守洛爬上二楼。

长廊尽头的最里间，是财务室。财务室里只剩下一个会计在办公，另一位在出外勤。

庄籽芯隐约听见那位会计说："还没下来呢，具体什么情况，你可能要去问马主任。"

程洛守问："马主任在办公室吗？"

会计说："应该在的吧。你去他办公室看看。若是不在，你打个电话问问。"

没一会儿，程守洛便出来了。

庄籽芯跟着他折回，往回廊的另一个方向走去，到了中间楼梯口，钟戍初便拉住她，没再往前。

程守洛推开其中一扇门，进去没一分钟很快就又出来，站在回廊上打起了电话。

这时，楼梯上爬上来一个人，与庄籽芯迎面相撞。

庄籽芯眈了他一眼，是一位年纪约莫六十岁的大叔。

忽然，静谧空荡的办公大楼里，响起一阵巨响的手机铃声，震得庄籽芯的心脏"怦怦怦"跳个不停。

这人皱了皱眉头，从口袋里摸出电话眈了一眼，并未接，就这么随手将手机又放回裤兜里，任凭那手机响个不停。

走廊另一端的程守洛，许是听见了铃声，即刻挂掉，走了过来："马主任！"

马主任又是眉心一皱，不悦的神情很快消逝，脸上露出公式化的官方笑容："小程啊，进办公室再说。"

庄籽芯看着二人相继走进办公室，出于好奇心，她跟过去。透过门缝，她瞧见那位马主任往茶杯里倒满热水，然后在办公室桌前坐下，优哉游哉地喝起茶来。

她还想走近，听听程守洛要和这位官腔十足的马主任说些什么，这时，紧随其后的钟戌初一把拉住她，冲着她摇了摇头，示意她别太靠近门口。

于是，她便往一边退去，保证不在门缝可见的视线范围内。

不一会儿便听见里面隐隐传来两人的对话。

程守洛："马主任，户户通路计划的剩余工程款……"

程守洛话还没说完，马主任打断他，说道："哎呀，那个工程拨款不是我们不发，是真的没下来。下来了，我们干啥子不打给你们？我们扣着有什么意义？没得意义。"

程守洛说："可是离上一笔工程款到账，差不多快有两三个月了……"

马主任说："我晓得，晓得。但是钱没到账，我们拿什么打给你？你要知道我们整个云南，整个丽江，整个响银镇，可不止你们一个村子在申请户户通路计划，一个个都要排队的嘛。你以为我不着

037

急？我比谁都急。我恨不得我们响银镇下面的所有村子，全都跟华东的沿海地区一样，个个都是模范村。"

程守洛一阵沉默，然后又问："那之前我提交的旅游规划方案，上面有批示吗？"

马主任喝了一口茶，将茶叶吐在杯子里，说："小程啊，我已替你催过好多回了，上面还没批，我也没办法。以我工作这些年的经验之谈，而且之前我都给你说过好几回了，这么大的投资，你最好还是要多想想办法，不能完全依赖于上面，得联系一些知名的企业过来进行投资。有了这些投资，我们这边再一起联动，事情就好办了。"

程守洛说："那要不马主任你帮我向县里再打个电话？问问？"

马主任顿时拉下了脸："小程，你这是不信任我吗？"

程守洛说："我不是这个意思……"

马主任说："为了你的事，我今天上午还跟刘书记沟通过……"

两人的交谈声不轻不重，隐约能听到个七八成。

庄籽芯越听眉心皱得越紧。

这个马主任从头到尾就是在打官腔，若是真像他说的那样有心的话，应该顺手打个电话去县里问一问。可他偏偏不，就一直在那里打着官腔，说一大堆冠冕堂皇的话，这些个理由恐怕他早已记得滚瓜烂熟。

这些她以前在杂志社工作时见多了。

不一会儿，马主任起身送程守洛到了门口。

两人告别寒暄后，程守洛出来了。

庄籽芯看得出来，程守洛的脸上尽是失望与失落。

然而在看到她的时候，那灰暗的面容一下子又变得明朗起来，唇角边绽放着特属于他程守洛式的暖心笑容。

之前在跟随竺溪嬢嬢和兰姐她们打核桃的时候，她听到很多有关他的事迹。

他回乡任村支书后，不仅带领全村人开荒山，发展以核桃为主的生态种植业，还发展林花、林药、林菌等其他林下经济，只用了短短的三年时间，便让白平村这个人口不足500人的贫困小山村，人均发展核桃树达到了18亩，成为全县核桃树拥有量第一村。

　　正因为程守洛的坚持与努力，如今的白平村是一个"青山绿水皆为金"的美丽自然生态村。

　　去年，白平村人均年收入达到了5000元，比国家最低标准还多了一些。

　　5000元这个数，在S省内随便一个城市看来，都是很不起眼的小数目，可对白平村的人来说，却是一个巨大的数额，几近是往年的3倍，这是白平村人曾经连想都不敢想的事情。

　　庄籽芯在了解之后，对程守洛的敬仰有如滔滔江水，连绵一发不可收拾。

　　敬仰之下，她更多的是无限感慨。

　　国家一直在大力开展扶贫工作，许许多多基层工作人员甘愿不求回报，无私奉献自己的心血与汗水。

　　程守洛就是这样一个极不起眼，却始终甘之如饴默默奉献的基层村干部。

　　庄籽芯很难想象年收入5000元是怎样一个概念，她只知道，5000元也许只是她一个月工资的零头。

　　她不知道让白平村全村脱贫，程守洛和其他村干部需要付出多少的汗水与努力，但是她知道，将一颗颗青黑的果实从核桃树上打下、剥皮、剥壳，变成一粒油亮饱满的核桃肉，再到运出这座大山，需要付出多少时间、劳力和心力……

　　为了防止白平村返贫，夺取脱贫攻坚的最后胜利，程守洛对白平村不断有新的规划。这规划中的第一步便是需要修桥造路，让村子里的每一条道路都变得宽阔平坦，让家家户户门前都变得干净整洁，可没想到扶持的最后一笔款，等了两三个月都没有到账。

一时之间，庄籽芯的心情也跟着变得沉重起来。

她不敢多问，只是绽放着最真诚最灿烂的笑容，等到下了楼，出了镇政府大楼，她才敢给他打气说："别丧气，过几天要是还不到账，我陪你去县里问。这个马主任一看就是要退休了，你看他，喝茶的姿势都透着一股'多一事不如少一事'的味儿。"

钟戌初斜睨她一眼："就你知道。"

"去！"庄籽芯啐他一口，不理他，继续问程守洛，"阿洛，修路还差多少钱？"

钟戌初说："别问，问就是你掏不起。"

庄籽芯翻了个白眼，说："我又没问你。话说，你怎么不帮忙想想办法？"

钟戌初冷哼一声："幼稚！"

这时，程守洛笑着解释道："阿初他们已经帮了我们白平村很多忙了，如果没有他们几个，也就没有今天的白平村。这次全村户户通路计划，有一部分钱就他们帮忙筹到的。他们几个不只是出钱出力，连人都算半扎在这儿了。"

钟戌初轻敲了敲庄籽芯的脑袋，说："听见没有？"

庄籽芯拍开他的手，摸着脑袋，然后抬眸看向钟戌初。

从第一天认识他开始，她便觉得他毫无人性，不但从来没有一句好话，还为达目的，不择手段。尤其是经历了铲猪屎那件事，若不是她还能克制理性，怕是要将他埋猪屎坑里，同归于尽。

可是这大半个月经历下来，虽然每天都在与他斗嘴，但是随着对很多人与事的了解，她突然发现，他与她想象中的那个他，完全不一样。

就眼下，他即便是轻敲了一下她的脑袋，她都会觉得眼前有道光打下来照亮了他，他人不仅变得比以前更帅，甚至还有点可爱。对，就是可爱。

这样的可爱，也许是来自人性的光辉。

钟戍初眈了她一眼，问："你看着我干吗？没见过帅哥？"

"喊！"她回过神反讥，"老套！"

程守洛看着两人，笑了笑，然后又叹了一口气说："其实马主任有些话说得很对，不能一直想着等上面给扶持，还是需要我们自己多想办法，多吸引投资。"

钟戍初拍了拍他的肩头，道："走，先去吃饭，吃饱了肚子再想法子！"

庄籽芯立即高兴地说道："你说了请我吃米线的。"

钟戍初说："吃货！一提到吃，看把你高兴的！今天中午我请客，尽管点，只要你吃得下。"

"等着！我一定让你大出血！"

三人往车子走去，这时，几位熟悉的老人家迎面走来。

程守洛一看，惊道："山爹爹，平爹爹，贵伯伯，你们怎么到镇上来了？"

程守洛口中的"山爹爹"本名王镇山，是白平村的前任村主任；"平爹爹"本名程奉平，与程守洛是本家，是程守洛的三叔爷爷；"贵伯伯"本名王富贵，是竺溪孃孃的老公王富祥的大哥，与丽芝孃孃是夫妻。

三位长辈按辈分，有两位是程守洛的爷爷辈，另一位是叔叔辈。

钟戍初见着三位，跟着程守洛十分恭敬地叫了一声："山爹爹，平爹爹，贵伯伯。"

王镇山、程奉平和王富贵三人本来走得好好的，突然撞见程守洛和钟戍初，着实大吃一惊。尤其是程奉平，面部神情扭曲，仿佛"做了亏心事，遇见鬼敲门"似的受到惊吓。

王镇山含糊其词："我们上镇上来买点东西。"

程守洛便道："买东西，你交代一声我和阿初，或者其他人不就行了，哪还要亲自跑一趟。"

王富贵堆着笑脸说："没事没事，我们就是出来走走，挺好。"

041

程奉平从头到尾不说话,一直躲在王镇山身后。

三位长辈目光闪烁,似乎不大愿意与程守洛和钟戌初多作交谈。

王镇山说:"你们忙你们的事去吧,我们继续转我们的。"

说完三人急匆匆地离开。

钟戌初望着三位长辈离去的方向,再看看身后的镇政府大楼,隐隐觉得有什么不对。

程守洛也回眸看了一眼镇政府的大楼,与钟戌初视线交汇,最后什么也没说默默上了车。

在上车之前,庄籽芯忽然拉住钟戌初走到一边,问:"那个……村子里修路还差多少钱?"

钟戌初说:"刚才不是说过了吗,让你别问。"

"怎么就不能问了?"庄籽芯忸忸怩怩。

钟戌初眉峰一挑:"干吗?你要捐款?"

"可能我的钱也不是很多吧,但是我想为村里出份力。"

"你省省吧。好好把钱存起来,别忘了,你还欠我很多钱呢。债务还清之前,别想着其他事。"

钟戌初正要拉开副驾驶室的车门,庄籽芯抢先一步占了位置,将钟戌初赶到了后座。

钟戌初抿唇,眼底含笑,乖乖坐到了后座。

庄籽芯一边系安全带,一边问两位:"刚才三位长辈是谁啊?"

虽然她来了有大半月之余,但是村里几百户人家,并不能一一熟识。

程守洛向她一一做了介绍。

庄籽芯点了点头,忽然说:"阿洛,别怪我多嘴。就是……你们不觉得他们三个中老年男人一同出来转,哪里怪怪的?这条路边上也没什么可转的。"

除了镇政府大楼,就是一个镇医院。

三位长辈精神抖擞,一点也不像是生病的样子,再说他们"转"

的方向也不是医院的方向。

程守洛看向左侧倒车镜，三位长辈的身影在倒车镜里渐行渐远，顺着镇政府大楼的方向，拐了个弯便消失在倒车镜里。

他又看向后视镜，与钟戌初的眼神交汇。

钟戌初便道："村子里的老人家年纪大了，没什么事做，出来转转，不足为奇。"

庄籽芯说："大哥，最近是秋收季节，前村主任和叔爷爷看着年纪大一点，也就罢了，可是那位富贵大伯，和祥叔差不多年纪，不是应该在村里农忙或者帮忙铺路吗？他怎么还能有时间，陪两位老人家上镇上来转转？再说，这里离白平村开车要两个多小时的路程，来回就是五个小时，一天都没有了。这里是随便出来转转的地方吗？"

庄籽芯十分聪明，一眼就看出来问题所在，但是程守洛和钟戌初不想多说。

三位长辈确实不是出来闲逛的，他们的目标是身后的镇政府大楼，至于他们上这儿来有什么目的，显然是与白平村里目前的基建项目相关。

庄籽芯见两人沉默，便挥了挥手说："唉，算了，当我什么都没问。"

她看出来二人不想说，定是什么犯难的事。算了，不说就不说，反正也不是她该操心的事。

程守洛长舒了一口气，发动了车子："先去吃饭，然后陪籽芯去拿快递，拿完快递，就要麻烦籽芯陪我去采购一些东西。"

"没问题！"

Chapter15
不是冤家不聚头

程守洛很快将车开到了快递公司门口。

庄籽芯走进快递站，正在分拣快件的工作人员一个个停下手中的动作，忍不住上下扫视了她两眼。

这一看就是外来人员。

其中一位问道："手机尾号？"

庄籽芯迅速报了手机尾号。

快递小哥在采集终端上输入号码，找到快件，然后大叫一声："彭于晏女朋友？"

庄籽芯脸上的表情在瞬间石化。

这是她淘宝的收件人名，负责小区住宅的快递小哥和快递站，都很熟悉她，只要看到这个名字就直接给她送货上门。

这次购物，她完全忘了使用新地址时应该换一个正常点的名字。

如果在N市倒也无所谓，可这里是云南的一个小镇，这六个字与这里格格不入，听来不仅搞笑还有些尴尬。

最要命的是，此时此刻，钟戌初就站在她的身后。她耳朵根烧得滚烫，尴尬得脚趾在抠地，她甚至有种想要抛弃所有快件飞快逃走的冲动。

快递小哥将快件伸到她的面前，问道："'彭于晏女朋友'是你吧？"

庄籽芯尴尬地点点头，刚要接过快递，这时另一个大手伸过来，一把抓住了小纸箱。

钟戌初低眸看了一眼纸箱上的收箱人，再看看她，嘴角抽搐："彭于晏女朋友？你可真有脸！"

"关你什么事？爹味真重！多事！"庄籽芯夺回快件，转身就要走。

这时，快递小哥又叫住她："哎哎哎，'彭于晏女朋友'，你还有好多快件没有拿呢。"

庄籽芯倏然顿住脚步，脸上的表情再次僵凝。

快递小哥又拿了几个快件过来，非常善解人意地安慰她说："不用害羞，还好现在就你一个人来拿快件，要是到双十一的时候，'彭于晏女朋友''彭于晏老婆'至少得五六个，我们已经见怪不怪了。"

庄籽芯嘴角抽搐，万万没想到，这么偏远的一个小镇上，居然有这么多与她喜好相同的女孩子。

然而小哥越说越有劲："哎哟，美女，你这是搬家呢，买这么多东西，拿得回克（回去）吗？"

庄籽芯感觉自己的脸皮快要挂不住了，内心有一万头野马呼啸而过，她恨不得用旁边的胶带封住这小哥的嘴。

钟戌初凝眉看着堆在地上的纸箱，又看了看她，说："你到底买了多少东西？"

庄籽芯抿了抿唇，没有应声。

快递小哥抢着接话："不多不多，也就四五十个吧。"

045

"什么？也就四五十个？"钟戌初的声音陡然拔高了几个调，"你买了四五十件东西？你这是开超市吗？"

庄籽芯强扯了一抹笑，道："怎么？我不能多买一点东西吗？来之前，你又没有跟我说是要进村……"她越说声音越小。

钟戌初不可思议："那你也没有必要买这么多吧……"

快递小哥又抱了几个箱子过来，对庄籽芯说道："你男朋友吃醋了。下次买东西，你记得把名字改成你男朋友的名字再加女朋友三个字，他再帮你拿快递就不会这么暴躁了。"

说完，小哥将纸箱直接塞到了钟戌初的手里。

"他不……"庄籽芯刚想解释说他不是她的男朋友，话说到一半，她生生打住，取完快件就走了，她干吗要跟一个陌生人解释那么多？

钟戌初手里捧不下，望着地上越来越多的纸箱，他两边的太阳穴开始跳动。他深呼吸一口气，然后抱起地上一个大箱子，便往车子走去。

庄籽芯本想将一部分快递拆开，将纸箱子扔在快递站，几箱并一箱，再抱上车，谁知钟戌初直接"哼哧哼哧"抱着快递往车子走去，害她不得不抱着其他小箱子跟在后面。

她在心中祈祷，但愿车子能够塞得下。

程守洛瞧见他俩走过来，连忙下车打开后备厢："你们俩拿个快递怎么拿这么久？"

钟戌初眈了一眼庄籽芯，冷哼一声："人家快递小哥一件件取快递需要时间。"

程守洛看着几个箱子，笑着道："还好，就这么几个也不多。"说着，他就要上车准备离开。

"还没拿完呢。"钟戌初又冷哼一声，"不多？等一下你就知道多不多了。"说完，他便回头继续取快递。

程守洛望着他健步如飞的身影，疑惑地看向庄籽芯，道："你买了很多东西？"

"嗯嗯。"庄籽芯尴尬地点了点头。

程守洛跟进快递站，看着地上堆着大大小小的箱子，着实愣了半晌没说话。

钟戌初给了他一个"你终于理解我在说什么"的眼神。

程守洛二话不说，他抱起几个箱子往车子走去。

三个人跑了两三趟，终于把所有快件全部拿完。

快递小哥冲着庄籽芯挥了挥手："'彭于晏女朋友'，欢迎下次再来。"

庄籽芯头也不回地出了快递站。

程守洛看着地上四五十个大大小小的纸箱和袋子，再看看面包车厢的空间，有些犯难。感觉车子的空间不够放，待会儿，他还要帮着村里的人采购一些种子。

"早知道你买这么多东西，我就开卡车出来了。"

"不好意思哈……"这也是她没想到的。她以为只买了二三十件，结果竟然手一滑，买了这么多……

钟戌初说："拆箱吧，能省一点空间。"

庄籽芯立即反对说："不行！"

她本来想着程守洛去镇政府办事，她一个人在快递站拆快递，等程守洛来接她的时候，她已经拆完箱合并好快递。但是现在，她若是当着他俩的面拆开箱子，不用想，钟戌初一定会露出他高岭之花般"高贵冷艳并带有鄙夷"的眼神嫌弃她。

果不其然，她这个想法甚至才刚冒了个头，钟戌初便已开始皱着眉头质问她："你买了什么见不得人的东西？"

庄籽芯说："你才买见不得人的东西呢？我买的都是正常的日用品好吗？"

钟戌初不听她废话，挑了一个最重的纸箱子就要打开。

庄籽芯一把按住箱子，说："高岭之花，你这是在侵犯我的个人隐私，你知不知道我可以告你？"

钟戍初眼神一横，说："拆不拆？不拆的话，待会儿你全部自己扛回去。"

"拆！"一句话，让庄籽芯顿时软了下来。

钟戍初瞟了一眼她的手，她只得无奈缩回。

钟戍初拆开那只纸箱，当看到里面东西的时候，他面部的表情仿若被鬼用电棍戳了一棒。

竟然是满满的一整箱面膜！

正常日用品！好样的！

他咬牙又拆开另一个同等大小的箱子，居然还是满满一箱面膜。

他瞪了她一眼，这女人是九头鸟吗？需要敷这么多面膜？这么多要用到什么时候？

庄籽芯瞧见他的太阳穴正在跳动，连忙将纸箱合上。

"这两个整箱都是满的，并不起来。"她买这么多晒后修复面膜，并不是自己一个人要用，而是打算送给李昭如和竺溪孀孀兰姐她们。

她知道，她买这些面膜对她们来说，其实不只是奢侈的问题，更多的，是种浪费。因为长年生活在山区，终日劳作，加上条件不允许，她们根本用不着这些东西，但是她希望自己在这里一天，能够给到她们一天皮肤的保护。

钟戍初一言不发继续拆下去，正要下手其中一个最大号的正方形箱子。

只听庄籽芯说："那个也不用拆，是整箱的卫生卷纸。"

钟戍初不信她，还是划开胶带，果然箱子里装得满满的卫生卷纸。

一箱纸有32卷，这样的箱子有整整4箱，也就是说她买了128卷纸。

所以这女人不但有九个头，还有九个屁股！

他无语凝噎地望着她。

她小声地说:"我便秘,一用昭如家的草纸,便秘就更严重了……本来只打算买一箱的,然后商家搞活动,买四箱更便宜划算,我就买了。"

本来她说的声音很小,但是很快她就发现,买四箱卫生卷纸并没有什么大问题,大家都可以用嘛,所以越说,越理直气壮。她的小胸膛又挺了起来。

当钟戌初伸手要拆另一个纸箱子时,她看了一眼箱子上的发货店名,立即按住说:"其他都能拆,就这个不行。隐私!"

因为那是一整箱的卫生棉。

钟戌初怕拆开来又看到一箱面膜或者餐巾纸,于是深吸一口气,决定放过那只箱子。

接下来,从穿的用的到吃的,应有尽有,什么洗发精、护发素、沐浴露……只要是日常生活中能用到的,庄籽芯几乎都买了,且全部都是量贩式。

"我带来的洗发水用完了,昭如家里的洗发水,我不能用,含硅,洗了会秃头。

"我用不惯肥皂,这里气候很干燥,如果不用保湿沐浴露,洗完皮肤就会开裂,所以润肤露必须得用。

"这里太干了,晚上得开加湿器才能睡觉,前两天我都流鼻血了。

"洗衣粉洗衣服伤手又伤衣服,洗衣液比较好。哦,这个是洗内衣的,内外衣需要分开洗。

"毛巾时间用久了,细菌滋生,脸上容易长闭口,得要用洗脸巾洗脸。

"每天干活回来很累,泡个脚会舒服很多。你们都不泡脚的吗?你们这样不行啊,年轻就要学会养生啊,可不能等到年纪大了再……"

钟戌初每拆开一样东西,庄籽芯便要解释一下购买理由,且理由一个比一个奇葩，以致拆到最后，钟戍初终于崩溃了。

他按着太阳穴好久，深吸了好几口气才能缓过来。他生怕自己无法控制住内心的冲动，用武力封住她的嘴，将她打包塞进后备厢。

他忍不住开口说："庄籽芯小姐，你可以考虑在村口租间房子，然后开个杂货铺。"

"你这个提议真的是太棒了！"庄籽芯一脸笑容灿烂。

她知道钟戍初是在说反话，可是她就是不遂他的意，就是要顺着他的话说，然后气死他。

棒个头！钟戍初真想把她连同这些东西一起打包塞进后车厢。

程守洛也算是开了眼界。

原本以为庄籽芯只是买了一些简单的生活日用品，可也没想到她差不多将半个超市的东西都买了回来。这让他进一步意识到，大山里的物资很是匮乏，山区与城市的差距之大，他感觉自己身上的担子又变重了。

最后不只后车厢里塞满了东西，连后座上也堆满了东西，像衣服鞋子这些，与日用品相比，简直是小巫见大巫。

所有东西在钟戍初看来，最有价值的，是她买了不少文具和几十本国内外中英文版本的书籍："这些是你买给孩子们的？"

庄籽芯说："之前阿洛不是说过，要带我去学校里看看吗，我也不知道该给孩子们买些什么，想买些衣服鞋子，可又不知道他们的身高体形，于是就买了一些文具，还有一些书籍，等到去的时候送给他们，希望他们会喜欢。"

钟戍初淡淡地说道："还算良心未泯。"

庄籽芯冲着他做了一个鬼脸。

程守洛笑着说："我替孩子们先谢谢你。待会儿回程，正好路过学校，直接给送过去。"

庄籽芯连连点头："你不是还要买种子吗？那车子里能放得下吗？"

程守洛笑着道:"有没有听过一个广告词:五菱宏光,国货之光。"

庄籽芯抿唇笑了起来。

程守洛说:"早知道你今天买这么多东西,我就开卡车过来了。"

"卡车……"庄籽芯羞愧地挠了挠头,"不好意思,我也是没有想到,我居然买了这么多……"

"你居然还有不好意思的时候。"钟戍初一边冷嘲热讽,一边指着后座下面的空处说,"衣服鞋子都给我抱着,待会儿这里放种子。"

"干吗?我又没要你跟来。"

"我不跟来,你确定你能拿得动?"

"有阿洛在,阿洛会帮我的。就你话多,跟个八哥一样,好好学学人家阿洛。"

这一刀挑得可真是又深又狠!

钟戍初无语凝噎,拆箱的时候,他几乎都没怎么说话好吗,从头到尾都是她一个人在那儿说个不停。他已经极力地克制自己了,不然她没可能说完那些不可思议的理由。

"你们俩啊,真是不是冤家不聚头。"程守洛笑着拍了拍钟戍初的肩头。

"我来开车。"钟戍初走向驾驶座,拉开车门,坐了进去。

"你确定你来开车吗?"程守洛打趣他。

他冷哼一声:"我怕我坐在副驾座,能气得跳到后座掐死这个女人。至少开车我双手握着方向盘。"

程守洛笑着说:"就是因为你双手握着方向盘才更可怕。"

钟戍初的脸拉了下来。

"逗你的!"程守洛拉开副驾室车门,坐了进去。

等程守洛买完了种子和一些生活日用品,这才回程。

路上,程守洛忽然想起什么,回头看向庄籽芯,说:"昭如说你最近为了要给孩子们讲生理卫生知识,准备了很多很多的资料。辛苦

051

了！加油！"

庄籽芯说："你不会觉得我在你们这里给孩子们讲这个，有些不妥吗？"

程守洛笑了笑说："有什么不妥？我觉得非常好啊！能让我们这里的孩子更加了解自己的身体，不是件很好的事吗？他们不会一辈子都待在这里的，他们最终都要走出大山，接触到外面不一样的世界，那么从现在就学习和了解到这些知识，将来不仅懂得保护自己还知道爱护他人，还有什么能比这个更好的事情呢？"

庄籽芯深吸一口气，受到了很大鼓舞，说："谢谢你，阿洛。"

程守洛说："时代不同了，我们国家各项事业都发展迅速，人的思想当然也需要转变。一直停留在原始封建社会，哪还能有今天的美好生活呢？你说是不是？"

庄籽芯说："嗯，我一定会好好准备的。"

钟戍初说："你有什么需要，尽管说。"

庄籽芯透过后视凝视向钟戍初，他黝黑深邃的眼眸里透着赞许的温柔光芒。这算是他第一次主动表示支持她。

只是简单一句话，她知道，他一定会竭尽全力。

她往前趴了趴，说："这句话我拿小本本记下了。正好我还有很多东西要买，到时候你得陪我去快递站搬东西。"

"女人，请你不要得寸进尺！"

"女人？你好油腻！"

"我命油我不油天！"

钟戍初以为自己掌握了方向盘，便能控制住与庄籽芯斗嘴的欲望，然而一路上两个人还是不停地互相抬杠，程守洛趁机逗趣二人。

一路上气氛并没有想象中的僵凝，反而十分愉快。

两个人斗到最后，各自都忍不住笑了开来。

差不多开了一个多小时，终于到了。

下了车，庄籽芯望着眼前崭新漂亮的学校大门，不禁有些震惊。

红白相间的外围墙根前，种了一圈矮矮的绿色树丛。围墙上挂着几个金色大字：安平苗圃希望小学。

走进校门，第一眼看到的便是操场正中间高高飘扬的五星红旗。整个操场用水泥铺设而成，地面干净平整。一字形的教学楼外墙，刷着砖红与白色相间的外墙漆。楼梯位于教学楼架正中架空层的位置，透过楼梯往后望去，是一幢综合楼。综合楼之后又是一道围墙，围墙上的铁栅栏上爬满了三角梅。

轻风徐徐，艳丽的梅红色层层叠叠，荡起一片红色的波浪，煞是好看。

三角梅之后便是宿舍区。

整个学校都是砖红与白色相间的色彩，醒目又漂亮。

庄籽芯就像是刘姥姥进大观园一样，望着眼前的一切。

走近教学楼时，她忍不住偷偷瞄了一眼其中一间教室，里面的课桌椅崭新而整齐。孩子们穿着干净整洁的校服，每个人的脸上，虽说都带着点深浅不一的高原红，但是一个个头发整洁，脸庞干净，精神饱满。他们脚下的鞋子也都是干净完好的球鞋，没有想象中光着脚或是穿着草鞋。

她不禁发出疑问："这里真的是希望小学？不是普通的小学？"

钟戌初指着教学楼外墙面上挂着的一竖排闪闪的大字——安平苗圃希望小学。

庄籽芯盯着那几个大字看了许久。

或许是记忆里固有的印象，她以为希望小学还是十几二十年前在新闻报道里见到的模样，只有一两间平房可供学生上课，其他都是破破烂烂的样子。孩子们全都是满身泥土，脏兮兮的模样。

其实近些年来，她在新闻报道或者纪录片里，都看到过这样漂亮的希望小学。她以为那只是个例。当亲眼所见时，那些新闻报道，远不敌眼前的震撼带来冲击的十分之一。

所以她才会产生一开始的疑惑。

原来这一切都是真实的。

她不禁感慨:"我以为……我以为……唉,我是真没想到现在希望小学都是这么漂亮。孩子们穿得也整齐干净,一个个精神面貌朝气而蓬勃。"

钟戌初说:"这些年,为了保障教育第一,国家在各个贫困地区大力投入,建设希望小学,最大限度调动资源和动员各方力量。很多地方早就不是你想象中当年的模样,基本教育设施和器材都配备齐全。"

庄籽芯看了看四周的花草树木,又看了看教室里的孩子们,黝黑的眼眸里泛着晶亮的光芒。

程守洛指了指综合楼方向,说:"昭如的办公室在前面。"

三个人提着文具和书,穿过教学楼,来到综合楼,很快找到昭如所在的办公室。

宽敞明亮的教师办公室里,整齐有序地摆放着十来张办公桌,每一张桌子上都堆满了教学资料。

李昭如正埋首在办公桌前批改着学生们的作业,听到动静,抬眸看向门处,忽然瞧见程守洛、钟戌初和庄籽芯三人,十分惊愕:"阿初哥,阿洛哥,小芯,你们怎么突然来了?"她连忙起身相迎。

程守洛说:"去镇上办事,顺便帮籽芯拿快递。籽芯在网上买了好多文具和书给孩子们,所以干脆给送过来,顺道来看看孩子们。"

李昭如看着他微微抿了抿唇,没接话,然后转向庄籽芯说道:"呀,你怎么买了这么多东西?"语气里满是高兴,同时又有些歉意。

庄籽芯道:"不多,不多。我想到买书,也是受我小外甥的启发,他说他们学校每层楼都有个图书角,孩子们下课了,都可以到图书角去看书。我也不知道买什么东西送给孩子们,觉得书是最好最棒的礼物。"

"真的太谢谢了。"

程守洛和钟戌初早已是学校里的老熟人了,李昭如向办公室里另一位陈老师介绍了庄籽芯："陈老师，这位就是之前我提过的庄籽芯。"

"你好，你好。"陈老师十分热情，连忙起身去给三人倒茶水。

几人在办公室并未多作停留，李昭如放下手边的工作，带着他们在学校里参观。从音乐教室到多功能教室再到体育器材室，一路走下来，正如钟戍初先前所说，教学基础设施配备齐全，甚至每隔一层楼还配备了直饮饮水机。这些设备器材大多都是一些企业和社会个人对学校的捐赠物资。

此时此刻，庄籽芯感慨万千，比起鳞次栉比的高楼大厦和纵横交错的道路桥梁，没有能比在这偏远的山区里，看到一群穿着整齐的孩子，坐在明亮干净的教室里上课，来得更加震撼，更能感受到祖国的强大。

李昭如说："对了，小芯，之前和你提过，想请你有空给孩子们来上几堂课，刚好今天上面批准了，不知你什么时候有空？"

庄籽芯激动地说："批准了？"

李昭如点了点头。

庄籽芯说："我还有最后一点点资料需要整理，不过很快，今晚就能搞定。只要你这边通知，我随时都可以，时刻准备着！"

李昭如说："太好了！"

于是两个人针对上课的事情热烈地讨论起来。

之前庄籽芯还担忧投影设备，直接网购了一台投影仪，快件正在路上，方才在功能教室里看到了一套投影设备，她顿时放心了。

李昭如笑着说："据说下学期，我们学校要开网课，就是你们S省几个城市的重点学校，会派老师对我们云南这边进行教育支持，通过网络给孩子们讲课。好多地区初中和高中已经开课了。"

庄籽芯感叹。

几个人正准备往宿舍楼走去参观，这时一阵悠扬的音乐响起，是下课的铃声。

055

教学楼里传来学生阵阵欢呼的声音，放学的时间到了。

不一会儿，孩子们嬉笑打闹着拥出教室。有些走向图书室，有些奔往操场，大多数直向宿舍区跑来。

忽然，孩子们吵闹的声音里传来一个不一样的激动声音："爸爸！初爸爸！初爸爸！"

庄籽芯听到这一声回眸，一个个头中等、长得黑黢黢的小男生，一边激动地叫着"爸爸"，一边向着钟戌初扑过来。

庄籽芯听到那一声声充满惊喜激情的叫声，回眸瞧见这一幕，整个人目瞪口呆。

钟戌初有个儿子在这里？这个小男生怎么看着有些眼熟？

忽然一个画面从她的脑海里跳了出来。她想起来了，来时在机场的星巴克里，钟戌初掉了一张照片，照片里有个小男孩，和眼前这个小男生长得一模一样，只是现在更高了一些，更壮了。

之前她还在怀疑照片里的孩子是钟戌初的……私生子，现在看来十分明了。她为自己毫无根据的八卦瞎猜而感到可耻。

钟戌初见着这小男生，脸上舒展出愉悦的笑容，自然而然地张开双臂，大笑着迎接。

小男生像只小猴子一样，一下子蹦进了钟戌初的怀里，声音清脆而兴奋："初爸爸，你怎么今天过来了？你终于来了！你知道吗，可把我给想死了！"

钟戌初一把将小男生抱了起来，抱着他飞快了转了两个圈，笑着说："好家伙，王柏乐，你长高了也长胖了！爸爸也很想你。"

小男生激动地说："我都一米三八啦，快一米四啦。你去年走的时候，我才一米二八。"

"一年长十厘米，可以可以！"钟戌初终于放下这个小男生，伸手宠溺地刮了刮他的鼻头，又揉了揉他的头发。

小男生转向程守洛，热情地叫道："阿洛大爹，你也来啦。"

"嗯，大爹正好路过，顺道来看看你们。"程守洛给了他一个大大的拥抱。

轮到李昭如的时候,小男生恭恭敬敬地叫了一声"李老师"。

不管私下是什么身份关系,老师在孩子们的心中果然永远都是神圣严肃的。

小男生对钟戍初说:"初爸爸,我觉得你比上次干净了。"

钟戍初瞅着他黑红的脸蛋,挑了挑眉:"怎么说?"

小男生说:"你刮胡子啦,而且还剪了头发。以前你头发长胡子也长,就跟像山里的毛猴子一样。初爸爸,我可不是在骂你,我是觉得你这样变好看了。"

庄籽芯听至此没忍住,扑哧一声笑了出来。

钟戍初瞥了一眼庄籽芯,这女人高傲地扬着下巴,正斜睨着眼看他,犀利的目光里透着三分讥笑七分得意,仿若在说：看吧,我说得没错吧,是个小孩都知道要注意一下外表。

小男生眨巴着乌黑的大眼睛看向庄籽芯,心里自动生成三千个问号。

这位阿姨不仅长得漂亮,穿着打扮也是他们这里最好看的,就像是来云南旅游的游客一样。这不禁令他想起初爸爸的女朋友允夏阿姨。

允夏阿姨虽然长得也漂亮,可是他很不喜欢允夏阿姨,甚至希望初爸爸快和允夏阿姨分手,这样他以后就不用叫允夏阿姨妈妈了。

但是这位阿姨脸上的笑容,看着比允夏阿姨要舒服一些,至少无害。他以前最讨厌的就是允夏阿姨的笑脸,那就跟川剧变脸一样,前一刻对他板着脸,后一刻就会十分热情地搂着他笑,因为这时候初爸爸一定是从某个地方走出来。太假了太假了!

小家伙眼睛乌溜溜地转着,然后小声地问钟戍初说:"爸爸,这位漂亮的姐姐是谁呀?"

钟戍初一下子哽住,不知该如何介绍庄籽芯:"她是我……"

没等他想好,小男生便开口大声问道:"姐姐,你是我初爸爸的女朋友吗?"

庄籽芯先是一怔,然后蹲下身来,笑着说:"不是。我是他的助理,跟着他一起来这里工作的。"

小家伙被庄籽芯漂亮的外表吸引,同时又有一些防备:"唉,助理,可惜了。那你喜欢我初爸爸吗?"

这下换庄籽芯哽住了,与钟戌初两个面面相觑。

为啥现在的小朋友都喜欢关心这种问题?不论是城市里还是山区里,这才是一件可怕的事情呢。

庄籽芯还没有来得及回答,钟戌初便揉了揉小家伙的头发,然后岔开话题:"王柏乐,你还没有跟我说你最近的学习状况呢。"

小孩子毕竟是小孩子。

一听到学业问题,王柏乐立即从书包里掏出一张奖状:"爸爸,给你看,这是我这次参加省级绘画比赛,得的奖。省级第一名。我厉不厉害?"

"厉害!我们家柏乐最棒最厉害!"

王柏乐得到夸奖,脸上的笑容更加灿烂,将之前一系列想要问的问题全部抛诸脑后。

不一会儿,一大群孩子围了过来,围着钟戌初热情地叫着笑着,一个个争先恐后地将自己的作业本拿给钟戌初看。

钟戌初眉眼带笑,面部线条柔和,微笑着和孩子们交流,他整个人就是像被一团光包裹着一般,闪闪发亮。

庄籽芯看着眼前温暖的画面,甚至都怀疑自己是不是眼花,她仿佛看见了他头顶上悬着一个大大的光圈,他的身后长得一对白色的翅膀。

对,没错,此时此刻的钟戌初看起来就像是一个天使。

庄籽芯在心底说:高岭之花,就勉强让你当一会儿天使吧。

李昭如对庄籽芯说:"每次阿初哥只要从城里回来白平村,阿洛哥就失宠了。"话说了一半,她倏然顿住,没再往下。

程守洛不禁失笑:"是呀,但见新人笑,哪见旧人哭。"

李昭如听了这话,心中陡然一股怨气难平,咬了咬嘴唇,冷哼一声,眈了他一眼,便背过身去。

程守洛刚想说话,眼见这情形,话到嘴边硬生生憋了回去。

王柏乐拉着钟戍初的手,带着庄籽芯参观了学校的宿舍楼。

男生十人一间,女生八人一间,每层楼有一个公共的浴室卫生间,虽然条件看起来一般,但是在这大山里,能够有这么漂亮干净整洁的宿舍,实属不易。

因为考虑到时间问题,天色将晚,回村还有一个多小时的山路将行,一行人不得不离开学校。

临别时,王柏乐突然拉着钟戍初耳语:"初爸爸,你整天在外面奔波,你是不是要给我找个妈妈了?我不忍心看着你年纪一大把,还整天一个人往山里跑。"

钟戍初是又好气又好笑:"你人小鬼大。大人的事,别在那儿瞎操心。"

王柏乐说:"我觉得这个叫'装自信'的姐姐不错。不过你要是还没有跟允夏阿姨分手,你可别追人家,不然就是脚踏两条船,那可是渣男。"

"你什么时候连'渣男'这个词也学会了?好好学习,知道吗?"钟戍初捏了捏王柏乐胖嘟嘟的腮帮。

"哦……"王柏乐悻悻然,"初爸爸,你等我这周放假回家,跟你一起上山去摄影。"

"好。初爸爸等你。好好学习,知道吗?"

"知道,知道,你这话说了好多遍了。"

"我们回去了。"

"路上小心。初爸爸,阿洛大爹,庄姐姐,李老师,再见。"

一群孩子跟着要出校门送行,被李昭如阻止。

一行人终于离开学校,上了车。

回程路上，钟戍初不禁感慨："一年没见，小家伙们都长高了。"

庄籽芯十分好奇，忍不住问："在机场星巴克你掉的那张照片里的小男孩就是王柏乐吧？"

钟戍初点了点头。

程守洛这便说起了渊源。

原来三年前，一场暴雨引发了山洪和泥石流，王柏乐的父母和他正在蹒跚学习走路的妹妹，在那场自然灾害中一起丧命，正在上一年级的王柏乐便成了孤儿。

那一年，也是钟戍初、郑庭栋、周炜炜和徐开乐，他们几个一直从事慈善帮扶的兄弟，第一次到达白平村。在得知王柏乐的情况之后，几个兄弟商定，由钟戍初一对一资助王柏乐至大学毕业。

双亲去世之后，本就性格内向的王柏乐就更不爱说话了，很长一段时间，村里的人和学校的老师都怀疑王柏乐是不是变成哑巴了。

于是，程守洛带着王柏乐去了县城医院就诊，医生说王柏乐没有问题，建议他带着孩子去昆明云大医院再看看。

就这样，程守洛带着王柏乐一路颠簸去了昆明最好的云大医院，结果医生又说王柏乐一切都正常，而导致孩子不愿意说话的原因，是应激创伤性心理障碍。

程守洛说："一听到是心理问题，我当时也没了法子。"

钟戍初说："我记得，当时你还为此偷偷抹眼泪了呢？"

庄籽芯红着眼睛，忍不住问："那后来呢？小家伙怎么好的？"

程守洛睇了一眼钟戍初，笑着说："后来啊，那是多亏了初初。"

庄籽芯看向钟戍初。

钟戍初一双幽眸望着前方漫天的彩霞，浅浅笑了起来，那笑容竟有一丝羞赧。

"我记得，当时大伙儿提议送柏乐到N市儿童医院接受心理治疗，但是柏乐哭着不肯离开白平村，也就作罢。于是我就想，这事该怎么办？我的专业是摄影，那我就说带着他去学习摄影，试试看吧，没想到就是这么试试看吧，还真成了。"

看似云淡风轻地接过话题，可是言语述说中，庄籽芯好几次能够感觉到钟戍初的情绪波动。

作为资助人的他，每天带着王柏乐漫山遍野地去拍摄，大到山川河流，小到花草虫鸟。

起初王柏乐很是冷漠，无论钟戍初说什么，王柏乐就是看着他不说话。

钟戍初十分有耐心，他不管王柏乐态度怎样，从相机最基础的知识，一点一点教给他。虽然王柏乐不说话，但是慢慢地，他能感受到小家伙在跟着他学习。

有不懂的地方，小家伙看着明明就很想提问，可偏偏还是不说话。于是，钟戍初就开始引导性地提问，若是问对了王柏乐不懂的问题，王柏乐会点点头。

有了回应之后，钟戍初就更加有信心，就这样用一问一答的方式，教会了小家伙如何使用单反相机拍照。

到后来使用无人机拍摄时，钟戍初从王柏乐的脸上看到了灿烂而欣喜的笑容。

据程守洛说，那是小家伙双亲和妹妹离世之后，他第一次露出笑容。

就是这样一个简单快乐的笑容，让钟戍初信心倍增，觉得自己这一条路走对了。

此后虽然依旧没有言语之间的交流，但是王柏乐慢慢开始使用动作和表情，同钟戍初及村子里的其他人交流。

直到有一天夜晚，钟戍初带着他去了一个山头拍银河，王柏乐望着漫天的星辰终于开口说话了。他说以前爸爸带着他来过这里看星星，爸爸说，他的理想是当一个天文学家，可是因为家里的条件不允许，最后考上大学也没能去上，所以爸爸期望王柏乐将来能好好学习，考一所好大学，走出大山。

说到最后，王柏乐扑在钟戌初的怀里哭了，说自己很想爸爸妈妈和妹妹，他一个人好孤单。

钟戌初安慰着孩子，说如果不介意，以后可以把他当作自己的另一个爸爸。就这样"初爸爸"从王柏乐的口中叫了开来。

如今，打开心扉的王柏乐不仅重新开口说话，还变成一个小话痨。

庄籽芯没有想到那张笑容灿烂的照片之后，还有这样一段感人的往事。

从听到王柏乐得了应激创伤性心理障碍不能说话之后，她的两只眼睛就抑制不住地开始泛红，鼻子也开始有些塞。

钟戌初微笑着说他带着孩子山野湖泊四处找寻拍摄素材，教他如何拍摄，那一句句陈述听来平常无奇，可是句句透着当时的坚定与锲而不舍。

听到王柏乐终于开口说话，想念亲人，庄籽芯压着的眼泪再也没能忍住，全数涌上来，夺眶而出。

害怕被钟戌初瞧见嘲笑她，于是她打开窗户迎着风，可不想，风越吹，那眼泪滚得越快。

她吸一口气，悄悄打开包包，抽出面巾纸，摸出小镜子，然后对着小镜子用纸巾轻轻地擦拭着眼角的泪花。

还好，她用的睫毛雨衣一直很给力，除了两眼红得像小兔子的眼睛一样，眼妆并没有花。

钟戌初一个回头，恰巧瞧见她在偷偷擦眼泪，惊愕："你……哭了？"

"谁说我哭了？我只是眼睛被风吹着了……"

"哦，我知道，是进沙子了。"

"没进沙子！"

"你该不是听我说话就听哭了吧？"

本来庄籽芯已经收住，可偏偏被他这么一说，那股难掩的悲伤情绪一下子又涌了上来，她抽咽了一声："谁告诉你我听你说话听哭了？你这个人怎么这么讨厌？"

钟戌初不明所以："我怎么讨厌了？哎？我就回头看了一眼，我怎么知道你刚好在哭？这也能听哭？"

庄籽芯"哇"的一声哭了出来："钟戌初！你不说话会死吗？这时候你干吗要说话？你真的好讨厌！"

她流着眼泪，气愤地伸手拍向副驾座的椅背。

钟戌初躲闪："我为什么不能说话？你的泪点很奇怪啊。你该不会是感动得哭了吧？"

"你闭嘴！你讨厌！"

庄籽芯越是想止住哭声，情绪越是激动。本来她是被钟戌初的所作所为感动得流下眼泪，可是这人偏偏转头讥笑她的泪点奇怪，搞得她现在居然是被生生气哭了。

程守洛听不下去了，于是说："别说籽芯叫你闭嘴了，要不是我在开车，连我都想拿个胶带把你嘴巴封起来。"

一路一直沉默的李昭如，终于忍不住加入批评："阿初哥，你这是明知故问。籽芯不哭。"

还真是感动呀！

钟戌初恍然大悟，忍不住回头看了两眼庄籽芯，她正噘着嘴懊恼地抽噎着，想来是觉得被他感动到哭很是丢人。

"我才没有被你感动！"

抿着的薄唇不由得向上微微扬起，他淡淡地笑了开来，然后轻道："谢谢。"

庄籽芯瞧见他的笑容，更气了，眼泪又一次不争气滚了出来。

"不许笑，你给我把脸转过去！"她拼命拍着椅背。

"哦⋯⋯"钟戌初的笑容更大。

庄籽芯气极，索性用面巾纸挡在两人之间，阻隔他的视线。

程守洛被两个人弄得哭笑不得,一边安慰庄籽芯,一边对钟戌初说:"你小子要是再得寸进尺,小心要被灭口了。"

"我把脸蒙上,行了吧。"钟戌初用手盖住了脸,但是他真的是忍不住笑意,双肩不停地颤动。

这女人……竟然能被他感动到哭,这是他怎么也想不到的事。今天这事,他大约能笑一年。

庄籽芯急红了脸,也不想争执,索性也捂着脸"哇哇"哭起来。

太可恶了,这男人……

钟戌初趁机拿出手机,对着她"咔嚓"好几下。

程守洛余光瞥见二人,哭笑不得,忽然后视镜里看到李昭如,不禁问道:"昭如,你这一路上怎么都不怎么说话?"

李昭如淡淡地回道:"没有不说话,听你们说呢。"

程守洛抿了抿唇,也没再说话。

Chapter 16
不知不觉，总是在默默宠爱

早在团队成立之时，钟戌初他们几个就已经明确分工，周炜炜和徐开乐两个人负责烧饭，这择菜洗碗的"重任"自然就落在钟戌初和郑庭栋的身上，一人一周，这周刚好轮到钟戌初。

钟戌初替庄籽芯从镇上搬运了几十件快递回来，作为劳动力交换，庄籽芯答应替他洗一周的锅碗。

庄籽芯收到的快件里，最特别的一样东西就是好朋友姜陶陶寄来的"牡丹花"专用塑料增高坐便器。

当她拆开箱子看到这玩意儿的时候，心中那是五味杂陈。

姜陶陶对她绝对是真爱了，这玩意儿简直是解救她于水深火热，从此如厕不再尴尬痛苦，她感激涕零的同时，庆幸这条"漏网之鱼"没有惨遭钟戌初的毒手，否则她的脸面将荡然无存。

然而这只是她的自以为是。

姜陶陶一句话，即刻敲碎了她的意志："咦？宝，你怎么才收到呀？大帅哥没告诉你？"

"什么意思？他没告诉我什么？"庄籽芯当即警铃大作。

"就是大帅哥让我给宝你买这个东西的呀，他没告诉宝？"

"他让你给我买的？不是你主动给我买的？"

"对呀。咋啦？宝？"

庄籽芯当场石化。

她望向窗外漆黑静谧的夜空，今夜不曾下雨，可就在那一瞬间，她仿佛看见那浓墨的夜空突然划破一道光电，直向自己劈来。

"宝？大帅哥看来很关心你哦，知道你便秘之后，立即向我咨询。他说看你每天玉米啃得脸都黄了。真的吗？快拍张照片来给我看看，是不是真成小黄人啦？哈哈哈哈……"姜陶陶在电话里笑得人仰马翻。

庄籽芯嘴角不停抽搐，她就知道，她便秘的事让高岭之花知道了准没好事。

"放屁！他脸才黄呢！他才小黄人呢！"她随手取出小镜子，对着脸照了又照，无奈昭如家的灯所散发的光线本身就昏黄昏黄的，她咬牙切齿啐道，"笑笑笑，再笑我马上打120把你运走。"

姜陶陶立即止住肆无忌惮的笑声："宝，你别气，我不笑了。哦，宝你看到我给你寄的西梅了吗？你这取一趟快件不容易，可省着点吃哈。噗哈……"

"看到了，算你还有良心。"

"你呀，别总是跟大帅哥过不去，人家对你是真不错，哪有你形容的那么惨无人道。最近还向我询问你的心理健康问题，生怕你心理出问题了。"

"我心理有问题？他心理才是有问题吧。你没跟他乱说我什么吧？"

"那必然是猛夸我宝了。宝，你和大帅哥一起去了镇上之后有什么进展？"

"什么进展？看谁先弄死谁吗？"

"收快递那天,你不还说他为你刮胡子剪头发了吗?你还陪他洗碗一周。这样你们俩感情还没点增进?"

"我什么时候说他为我刮胡子剪头发了?什么叫为我?他那是被我说了之后的觉悟。还有洗碗,那是作为他帮我搬快递的交换条件。什么叫我陪他洗碗?"

"哎哟,一样啦。一个男人突然因为一个女人改变形象,就说明他很在意那个女人啦。洗碗明明可以交给你自己洗的嘛,可大帅哥不还是心疼地跟着你一起洗,没舍得让你独自一个人洗,你说是不是?"

面对姜陶陶的歪理邪说,庄籽芯竟然找不到一丁点反驳的理由,甚至内心深处有那么一个渺小的声音表示赞同。

这一周,他们两人洗碗意外洗得十分愉快。

她的脑海里甚至浮现出,她将洗洁精泡泡弹在他脸上的情景,他不仅不生气,甚至还冲着她温柔浅笑,目光深邃得如同蔚蓝静寂的海水一般让人沉迷……

什么鬼?!

她迅速回过神,伸手拍了拍自己的脸颊。有毒吧……

"姜陶陶,你是不是刚上缅甸去学了传销组织课?"

姜陶陶仿若没听见,继续沉浸在自己的世界里自言自语:"坐便器都能给宝你买,大帅哥这究竟是怎样一份深沉的爱?"

"你是不是最近赶剧本又赶到抽风了?上我这儿找素材来了?你给我闭嘴!"庄籽芯忍无可忍,下一秒忽然意识到有什么地方不对,"说起来他怎么会知道我要这玩意儿?你是不是有什么事情瞒着我?"

她吐槽"牡丹花"太矮,配不上她两米八的大长腿,这事她只跟姜陶陶说过,为什么高岭之花会知道她需要坐便器这事?

用脚底板猜,那也能想明白这事肯定是姜陶陶说的呗。

姜陶陶就算平时私下里把庄籽芯损完了,但她一颗赤诚的心始终

067

是向着她宝庄籽芯。在钟戌初来询问她宝心理问题时,那必须百分百替她宝卖惨啊。

她宝拉不下脸来干的事,她来做呗。这男人啊,其实心最软了,最见不得女人遭罪,尤其是漂亮的女人。

"啊!?宝,你在说什么?听不清。"姜陶陶将手机拿得远远的,嘴巴咧开的弧度是绝对的肆意妄为。

"我在说……姜陶陶,你是不是把手机拿开了?"

"宝,你那边信号是不是很不好?"

"我信号很好!姜陶陶,你别给我装!"

"宝,你信号不行,听不清。信号不好就算了,改天再聊。宝,你可要加油啊!我不打扰宝工作啦!我看好你!挂啦,我的宝!"

"喂?姜陶陶!喂?喂?"

姜陶陶果断挂了电话,不给庄籽芯任何追问的机会。

庄籽芯无语凝噎,眈了一眼墙角的坐便器,脑海里勾勒出钟戌初抱着它的画面,不由得一激灵。她甩了甩头,下一秒又飞快地给姜陶陶发了条信息:"姜陶陶,等我回去,一定扒了你的皮!"

姜陶陶回给她一个最简单的神秘微笑表情,气得她只得整理快件。

等收拾好大大小小的快件,庄籽芯发现替村里几位嬢嬢准备的礼物,竟然有两箱之多,她这个手无缚鸡之力的废材根本没法拿动。

正犯愁,脑子里灵光乍现,她竟然又想到了某人。

某人就某人吧。

于是,她便拨通了钟戌初的手机号码。

钟戌初正和师兄讨论着拍摄素材的问题,当看到手机屏幕上"装伞伞"三个字,心里猛地一惊。

自打来了白平村,庄籽芯就没给他打过电话,即便有事,也只会选择用微信留言。

而且,这一大早的,突然打这么一通电话过来,怎能不让人心惊肉跳。

他锁着眉心,毫不犹豫接起电话:"喂,你怎么了?是不是出了什么事?"言语之中竟带一丝忧心。

这厢,庄籽芯一派轻松地说:"哦,没出什么事啊,就是想请你帮个忙。"

钟戌初本能松了一口气:"什么忙?"

庄籽芯说:"你先过来昭如家里,你来了就知道了。"

"能等吗?我这儿还有一点事没处理,差不多半小时吧。"

"哦,能等,不急。"

"那待会儿我过去。"

挂了电话,郑庭栋便问钟戌初:"小芯找你?什么事?"

钟戌初蹙了蹙眉心,说:"不知道,说是让我过去帮个忙。"

"哎?她今儿没跟着竺溪嬢嬢她们一起弄核桃?"

"可能弄得差不多了吧。"

"那回头让她跟着一起去拍摄吧,我看了之前的片子,有她的画面,效果都挺不错的。不是还要去忠良大爹那儿吗,带她一起去。"

钟戌初点点头,深叹了一口气说:"我先去看看她又整什么幺蛾子,回头再跟你弄素材。"

本想着半小时之后忙完手头上的事再过去,偏偏这挂了电话,脑子里一刻也静不下来做事。

当钟戌初急匆匆地赶到李昭如家里,听到庄籽芯让他将两个箱子搬到竺溪嬢嬢家时,顿时内心复杂,这女人将他当搬运工使唤,是使唤出瘾来了?

"你又折腾什么幺蛾子?"

庄籽芯说:"别问,你就帮我把这两箱东西搬过去就好了。"

钟戌初伸手想要打开纸箱,看看里面是什么东西。

庄籽芯立即按住他的手背,说:"不能看,秘密!"

钟戌初低眉看着手背上那个白皙柔软的小手，喉咙一阵收紧。

这无意的触碰，如同是一根羽毛，在钟戌初的心间轻柔地撩拨而过，酥酥麻麻。

下一秒，掌心透过的热力直传到他的心房，令他的心房一下子快速膨胀跳动，全身的血液都跟着急速奔走。

他想要收回手，却不知怎的，莫名贪恋这份温暖的触感。

"哦，对了。"庄籽芯忽然收回手，转身在身后的纸箱里扒拉着什么。

手背上那温暖而柔软的触感忽然消失，钟戌初的心里莫名有一种空落落的感觉。

庄籽芯转过身来，冲着他咧了个大大的笑容，然后塞给他一支防晒霜："喏，送你的。"

钟戌初眈了一眼那个防晒霜，暗暗深吐了一口气，以掩内心的紧张。

"你微博接的三无产品广告，卖不掉了？"

庄籽芯当即瞪圆了眼，啐道："睁大眼睛看清楚，这是国内最知名的化妆品牌'兰泽'，是我们的国货之光。你才三无产品！"

钟戌初拧着眉心，盯着手中的防晒霜看了半晌。

庄籽芯有些生气："要不要？不要拉倒。阿洛、郑导、炜炜和开乐他们，才没你这么鸡毛。你这个人，就是狗咬吕洞宾，不识好人心。"

钟戌初挑眉："你也送他们了？"

庄籽芯冷嗤一声："不然呢？你以为我就送你一个人吗？不要还我！"

不由分说便想要从他的手中将防晒霜拿回来。

钟戌初的速度更快，收起掌心，便将防晒霜放进裤兜里，道："谁说我不要的？再加一星期的碗。"

"什么又加一星期的碗？"

这什么人？得寸进尺！

她都送他防晒霜了，竟然还想她再洗一周的碗。

"我不要你搬了，你走吧。我去找炜炜和开乐他们，大树也行。"她滑开手机屏锁。就算坐便器是他送的，她也不要他搬了。

钟戌初一把夺过她的手机，义正词严地说："你不觉得你这样很可耻吗？"

"哪里可耻了？一没偷，二没抢。就算是可耻，那也得可耻有用啊。"

"在这里都待了这么久，思想怎么就还没觉悟？整天想着不劳而获。"

"我、我、我哪里有不劳而获？明明是你这个'吸血渣'，剥削我。"

钟戌初突然伸出手指，按住她的脑门，一字一句地说："能买几十箱的东西，看来你很有钱，你是打算还钱了吗？"

一提到还钱，庄籽芯顿时没了气焰，咬牙弹开他嚣张的手指。

早知道不给他打电话了。

一定是她一大清早的脑袋还没清醒，所以才会想都没想就给他打电话。

"没钱！要钱没有，要命一条！"她没好气地说道。

钟戌初说："没钱还债，就要低调做人。以后有什么事情，不许去麻烦阿洛他们，包括大树。"

庄籽芯拧起眉心，斜睨着他。

不许去找他们，那要是以后有什么事，她找谁？

"以后有事只准找我。"钟戌初直接回答。

庄籽芯不可思议地看着他，这"高岭之花"可真是跳脱，方才明明还是个"吸血渣"，洗一周碗换搬两箱东西，怎么突然变得这么好心？再想想姜陶陶的话，她心底又开始莫名"咯噔咯噔"起来。

"总之我不加洗一周的碗。"她噘着嘴说道。

钟戌初忽然瞥见墙角支棱起的塑料坐便器,于是说道:"加了那东西,你便秘好些了吗?"

庄籽芯顺着他的视线看过去,瞪大眼:"那玩意儿真是你给我买的?"

"不然呢?"

这轻描淡写的三个字,如同蘑菇云一样,"砰"的一声在庄籽芯心底狠狠炸开了花。

"你为什么要留陶陶的名字和手机号?"她握起小拳拳。

"写我名字,你敢用?"钟戌初眈了她一眼,搬起两个纸箱就走。

她还庆幸那天拆箱,这东西逃过了他的魔爪,没承想那东西真的就是他买的……

现在想退货也不成,她现在已经离不了那玩意儿了……嘤嘤嘤……可恶!

"高岭之花,你别以为区区一个塑料坐便器,就想收买我对你趋炎附势。"

钟戌初根本就不理会她,所有注意力全集中在手里的两箱东西上。

他本以为这两箱东西轻飘飘的,没想到沉得就跟庄籽芯拖来的行李箱一样,随手一个都能砸死人。

他无语地摇了摇头,然后深吸一口气,快步搬着箱子走出门外。

虽然村里的路全部铺上了石块和水泥填缝,但是一路弯弯曲曲,上坡下坡,台阶无数。在高原地区,别说抱着重物走路,就是空手行走,也累得喘气,实属不易。

庄籽芯一路跟着他,瞧见他这样忽然有些内疚,于是开始念叨:"前面有台阶,你小心一点。"

"哎哎哎,前面下坡了,你小心!"

"你累不累？要不要歇一会儿？"

"放下箱子歇会儿吧。"

钟戍初忽然顿住，将两箱东西往上掂了掂，然后喘着气说："庄籽芯……你能不能……闭嘴……"

"哦……"庄籽芯抿了抿嘴。

钟戍初盯着她，却不动。

她这才意识到自己挡路了，立即干笑两声，错开身体，让出道路。

钟戍初才走两步，她便冲着他的背影大声喊着："高岭之花，加油——高岭之花，加油——高岭之花，你最棒——高岭之花，棒棒棒——"

钟戍初咬着牙，这女人……真幼稚！

气到最后，他自己都气笑了！

庄籽芯抿着唇，见目的达到，开心地跟着他一路手舞足蹈。

钟戍初"哼哧哼哧"搬了两箱东西，终于到了竺溪嬢嬢家。

"初初啊，你这一大早搬的啥个东西呀？瞧你这满头大汗。"竺溪嬢嬢见着，立即伸出手臂想要帮忙，可是没等借手，钟戍初已经将东西放在地上。

"你问她……"钟戍初指向庄籽芯，来回走动几步，不停地深吸气，好半天才调匀气息。

"这啥个东西啊？"竺溪嬢嬢用脚踢了踢那两箱东西，"哟，不轻啊。"

庄籽芯从口袋里摸出一包面巾纸，递给钟戍初。

钟戍初接过，擦了擦汗，说："嬢嬢，我还有事，我先走了。"

庄籽芯冲着他挥了挥手，笑道："谢谢你，工具人！一路好走，不送。"

钟戍初不可置信地白了她一眼，转身离开。

庄籽芯立即笑眯眯地对竺溪嬢嬢说："嬢嬢，麻烦你件事。"

竺溪孃孃一听，这小姑娘竟然请她帮忙，请平日里在生产劳动时，对她比较照顾的几位孃孃婶婶过来。竺溪孃孃没闹明白这小姑娘想干什么，开始没答应。可最终还是架不住庄籽芯的软磨硬泡，摸出手机给春兰打了电话。

兰姐正从村委会里出来，接到电话便往竺溪孃孃家来。到了南岔口，远远地，她便瞧见钟戍初在打电话。

她喊了钟戍初几声，钟戍初都没听见，于是她走上前，正打算伸手拍钟戍初的肩头，忽然听到钟戍初对着电话低吼："卢允夏，我人在哪里与你无关，别忘了我跟你已经分手了。从今往后，你想跟哪个男人交往，都是你的事，与我无关。我的事，也与你无关……别动不动就搬出你爷爷和我爷爷，就是搬出我和你的祖宗十八代，我跟你都没可能复合！"

兰姐一听到这话，吓得手僵在半空中，没敢拍下去。

手机那端，卢允夏不知说了什么，钟戍初背着身忽然说道："卢允夏，我不想钟卢两家几十年的情谊，因为你我的事而断了。请你不要再纠缠不清。若是你再这样，别怪我将你乱搞的事情告诉你爸妈。给彼此留点情分，给自己留点颜面可好？"

说完，钟戍初气愤地挂了电话。

兰姐瞪大了双眼，仿佛看到钟戍初的头顶上亮起一道绿光。

不得了了！

她们的小初初这是被绿了吗？小初初这么优秀怎么可能会被绿？卢允夏那姑娘凭啥子绿她们的小初初？

钟戍初一转身，便瞧见兰姐一脸八卦惊呆的神情直盯着他。

"兰……兰姐……"他有些尴尬。

兰姐关心地问道："初初啊，你这是和你女朋友分手了？"

"嗯。"钟戍初觉得没什么好隐瞒的，于是点了点头。

"是……允夏外头……有人了？"兰姐小心翼翼地问，钟戍初错开了眼神没有正面回答，但是他面部的表情已经给了兰姐答案。

兰姐只好又说:"初初啊,你别嫌弃兰姐八婆多嘴啊,兰姐这是关心你。"

"没事,没什么不能说的。可能……是我没什么时间陪她,对她也不够关心,所以……"钟戌初深吸一口气,淡淡地笑了笑。

兰姐皱着眉头,说:"没时间陪她?是不是因为你在这里忙我们村的事,才没时间陪她?"

钟戌初连忙说:"兰姐,不是这样的。你误会了。我跟允夏之间的事,是我自己的问题,在来这里之前我们就已经分手了,和我来白平村没有任何关系。"

兰姐叹了口气,说:"你呀……那允夏什么臭脾气,我们村里谁人不晓得?你别给她解释了。我就是怎么也想不到她能干出这事,明明有男朋友,她还能跟别人好。唉,我都不晓得喃个说你,要真是她犯的错,你做啥子还要揽在自己的头上?"

钟戌初沉默不说话。

兰姐又道:"分了也好,她根本就不适合你。不对,是她根本不配你。"

"兰姐……"

"好嘛,好嘛,我不说她就是咯。洛洛和栋栋他们知道不?"

钟戌初摇了摇头说:"目前只有你知道这事,我还没有跟他们说。"

兰姐一听便明了,于是说:"你放心咯,我不会给你到处说这个事情的。你忙克,忙克。"

"谢谢兰姐。我先走了。"钟戌初深吸一口气,转身离开。

兰姐望着他顾长挺拔的身影消失在山道间,心情又回到最初的复杂。

哎哟,她们的初初好可怜,家世好,学历高,长得这么帅,人这么好,居然被女朋友绿了。这老天真是没长眼啊。

身为男人,被女朋友绿了,真是个要命的事。不过分了好,她们

075

的初初值得更好的姑娘。

她得管好嘴巴,绝不能走漏风声。

可是事情不说出来,真的好气哦。

兰姐一边在心里念念叨叨,一边继续向着竺溪孃孃家里走去。

等几位孃孃婶婶到齐之后,庄籽芯当着她们的面,拆开了箱子。

箱子里面满满当当摆放了好些面膜和化妆品,还有一些防晒日用品。

"这是啥个东西?"

竺溪孃孃看着庄籽芯手中抖开的防晒脸基尼,眉心直接拧成了一个"川"字。

啥玩意儿?一个头套子上面几个洞,真丑!

"这叫脸基尼。"

王大树的妈妈许艾萍直惊呼:"啥、啥个?脸、脸基尼?这东西还要往脸上糊泥巴?"

"当然不是啦。这东西是用来防晒的,就跟平时你们劳动时用来挡脸的那个挂布差不多,只是面料更透气,更舒适。它是可以保护到整张脸的。看!像这样,戴在脸上防晒,防紫外线。"庄籽芯说着便将防晒面罩戴在自己的脸上。

竺溪孃孃一脸嫌弃:"什么鬼东西?这在眼睛上挖两个洞,给村子里其他人瞧见,还以为我们是来打劫的。丢死人咯!不要不要!拿走拿走!"

庄籽芯连忙说:"露两个眼睛是让我们刚好可以戴墨镜,保护眼睛。不过我给你们还买了防晒帽,有了防晒帽可以不用戴墨镜。"

兰姐说:"哎哟,这露两个眼睛怎么看都雀神怪鸟的。这玩意儿戴上能吸气?"

"当然能呼吸了。你看鼻子这里,是留孔设计。我妈每年去海边都是戴这个，一点也晒不黑。你们长时间在户外工作，要学会保护好自己的皮肤。紫外线对人的皮肤伤害最大。这些都是给你们买的，一人一个。"庄籽芯不由分说，往几位孃孃的手中一人塞了一件。

兰姐一脸不屑："无事献殷勤，非奸即盗。"

她才不会因为这点蝇头小利就被收买了。

在兰姐的眼中，只要是和初初对着干的，等同于跟她对着干，那必须要给按头的，想收买她，可是门都没有。

倒是许艾萍率先有些不好意思，说："唉，我们这都老皮老肉的，长年累月，早就习惯了，哪跟你们城里人一样，抹什么防晒霜。我帽子戴戴就好了。"

庄籽芯笑着说："萍姨，你这想法得改。我们女性同胞生来就很伟大，不仅生儿育女，还要撑起整个家，往往就疏忽了自己。所以呢，更要对自己好一些。"

提到什么对自己好一些，几位孃孃面面相觑，一个个都沉默了。平日里，她们几个除了山上采摘种植，回到家里还要煮饭洗衣，哪有什么时间照顾自己，对自己好一点？况且，她们也不知道什么叫对自己好一些，该如何对自己好一些。

"还有这些个，是我给你们每个人都买的洗面奶、特润霜、防晒霜、护手霜、修护面膜、身体乳……全部都是一人一套。"

葛红妈妈望着手上装着满满的一袋护肤品，忽然一阵瑟缩，于是将东西推了出去，说："这些东西都很贵吧，我不能要……"

"不行，我们不能要。"

"对，不能要。"

几位孃孃全部拒绝。

庄籽芯有些急了，本以为买了这些有用的东西，她们都会接受，可不想，怎就事与愿违呢？

她连忙按住葛红妈妈的手，说："葛红妈妈，这些东西一点也不贵，太贵的我也买不起。想我在这里白吃白喝这么久，每天还要劳烦你们几位叮嘱我，这几样东西算什么？"

庄籽芯的话虽有几分道理，但是站在几位孃孃的角度来说，她们不能接受这些东西其实是另有原因。

看看她们这一张张老脸，脸上的褶子怕是能夹死蚊子，再看这一双双黝黑粗糙、布满老茧的手，哪里需要什么防晒霜和护手霜。

这些个花里胡哨的东西，对她们来说，不仅是奢侈品，更是不实用的东西。

一年到头微薄的收入，能够吃饱穿暖，改善一下家庭的住宿条件，曾是她们最大的心愿。

如今这些愿望都实现了，但是要再增加这些个东西，她们可负担不起。不是她们不想对自己好一些，而是要结合实际情况，她们还没有达到这样所谓对自己好的能力。

这些道理，这个城里来的小姑娘，自是不会懂。

桂华妈妈也将东西推了过来，说："太贵重了，我们不能收。"

庄籽芯说："桂华妈妈，我弄坏你们家竹篓算不算钱？"

桂华妈妈先是愣了一下，然后说："竹篓是我自个儿编的，竹子它不要钱。"

庄籽芯摇了摇手说："竹子是山里长的，也许是不要钱，但是你编竹篓的时间是要钱的呀。桂华妈妈，你知道这年头在我们城市里，最值钱的是什么吗？是人工费用。在我们华东一些企业，老板最愁的是付人工工资。

"还有萍姨，我经常上你家蹭饭，羊肉要钱的吧。竺溪孃孃，你和兰姐教我打核桃选核桃剥核桃，还做饭给我吃，学费和饭菜都是要钱的吧？"

庄籽芯这么一说，几位孃孃都不说话了。

竺溪孃孃严肃的表情也慢慢松动，和兰姐对视了一眼，便道："都收下吧。我们也不能白给这小姑娘占便宜，往后她还要在咱们这里吃吃喝喝呢。"

这话听来虽然还是那么不近人情,可是在庄籽芯听来,这就是竺溪嬢嬢帮她找的最好的台阶。

她抱着竺溪嬢嬢的胳膊撒娇:"嬢嬢最好了。我最喜欢嬢嬢了。"

"你少来这套。赶紧给我放手。"竺溪嬢嬢被她弄得肉麻死了,连连拉扯着她的手臂。

可是庄籽芯不理会,依旧拉着竺溪嬢嬢的胳膊撒娇,弄到最后,她便也忍不住笑了。

兰姐毕竟是几个人当中年纪最轻的,对护肤品有些好奇,忍不住从中拿出一盒面膜,问道:"这玩意儿怎么画得跟个面具似的,我在电视上看到过广告,好像怪吓人的。"

"这叫面膜,深层补水,特别好使。"

庄籽芯立即让兰姐去洗脸,然后开始教她使用方法。

不一会儿,黑色的面膜在兰姐的脸上贴好,她对着镜子一照,吓了一大跳,伸手就要去撕。

庄籽芯连忙阻止她:"要贴十五分钟呢。"

"我这样很容易吓着人啊。"兰姐说出了所有嬢嬢们的心声。

庄籽芯说:"不会不会,你每周就贴一到两次,每次临睡前躺在床上贴十五分钟,十五分钟后撕下来洗掉,然后再抹上我送你们的面霜,就好啦。吓不到人的。"

其他几位嬢嬢一个个也跟着好奇起来,不停问:"感觉怎么样?"

兰姐说:"脸不干了,冰冰凉凉还挺舒服的。"

庄籽芯说:"要不都给你们一起贴上?"

别的买的不多,这面膜她可是论箱买的。

几位嬢嬢相视,最终还是抵不过好奇心和爱美之心,乖乖地一个个去洗脸,让庄籽芯给她们一一贴上。

"我这怎么是白色的,她那怎么是黑色的?"

079

"面膜功效不同,这膜的颜色就不同。"

庄籽芯给几位孃孃一阵科普,她们听到最后也是一头雾水。

"这一个面膜整的啷个费劲的。"

"哎呀,其实都是厂商的噱头,最主要的功能就是补水,补水就对了。"

庄籽芯举着手机,拉过竺溪孃孃和兰姐想要一起拍照。

竺溪孃孃看着手机屏幕的自己,贴着一张惨白的面膜,连忙挡住:"你这小姑娘花花点子真多。我和春兰一黑一白,跟你这合影不成了黑白无常了。不拍不拍。"

庄籽芯说:"那你说,你想我是白无常还是黑无常,我陪你。"

"不拍不拍。"

"来嘛来嘛,这是我们年轻人的潮流。看我给开了美颜。"

兰姐突然放开了,拉着竺溪孃孃:"孃孃,来吧,黑白无常就黑白无常。好玩。"

竺溪孃孃在兰姐的带动下,终于不再忸怩,跟着庄籽芯开始拗造型。

竺溪孃孃的老公王富祥从外面忙着回来,一进院门,瞧见一群女人贴着面膜在那搔首弄姿,着实吓了一跳。

他一边抽着烟一边忍不住吐槽:"一群老妖婆,在那里作啷子妖哦。"

竺溪孃孃听见了,立即上前扭着他的耳朵:"你说谁呢?说谁啷个老妖婆?"

吵闹嬉笑的声音不断。

庄籽芯举着手机各种为孃孃们拍照,她原本只想着将好东西带给他们,却不知彼此之间的隔阂已悄悄消散。

兰姐瞅着庄籽芯,嘴角不由得弯起,忽然觉得眼前这个小姑娘人挺不错的,没想象中那么讨人厌。之前还听开乐说,他拿她和钟戍初开玩笑,她很生气。这样和初初的前女友允夏比起来,这个小姑娘真是人品要板扎得多。

容她再观察一阵,若是这小姑娘真的人品板扎,她得要撮合着她和初初在一起,叫那个卢允夏没有任何机会。

Chapter17
旅行的意义是让人更快乐

自打"面膜情"之后，庄籽芯同竺溪孃孃和兰姐的关系更进了一步，成功加入了她们的粉丝团，虽然她是个伪粉。

除了钟戌初这个绊子，她可谓是在白平村里平步青云，不能说是呼风唤雨，那也是有求百应。

这整个白平村，谁家丢了只鸡，谁家公婆吵架砸破了锅，谁家父子干架掀翻一桌子菜，谁家存款多了一千块……有些事情甚至连钟戌初他们几个都不知晓，还得要通过她的口才能获悉。

钟戌初对她的八卦能力是瞠目结舌，一次次刷新他的认知，震惊之外竟然还多了一丝莫名的欣赏。

庄籽芯还意外得知了他们几个兄弟的一些事情。

职业使然，他们走过的地方多了，见到贫穷困苦的人多了，这站的高度慢慢也就不一样了。渐渐地，他们几个人就把公益事业当成回馈社会的最佳方式。

这一点，庄籽芯在经历了这两个月后，深刻有所认知，是打心眼里佩服他们几个。

这其中，受人误解最深的便是郑庭栋，都说他喜欢接商业烂片赚烂钱，殊不知背后为慈善公益事业做了多少奉献。

但凡接触过郑庭栋的人都知道他能力强、脾气好、热心肠，会被他的真情实意感动。

他原来有个幸福美满的家庭，老婆漂亮，女儿可爱，因为工作，他不得不天南海北地东奔西跑，没法照顾到妻女，也忽略了她们的感受。日子一久，他的妻子不堪丧偶式家庭教育，便向他提出离婚，女儿最终判给了妻子……

庄籽芯不禁唏嘘，难怪她经常看到郑庭栋掏出女儿的照片翻看，原来还有这么一段虐心的由来。一想到自己曾经也是误解他赚烂钱的黑子一员，她不免有些羞愧。

周炜炜出生于医学世家，从爷爷辈到父母辈，整个家族全都是医生，出了他这么一个奇葩，爱好摄影摄像。

徐开乐则出生于艺术世家，父母辈全都是大学民乐教授。徐开乐虽然是摄影系毕业，但在艺术这条道上，也还算没有跑偏。

这些，庄籽芯都曾听两位当事人说过。

轮到钟戌初，几位孃孃只知道他家境优渥，按她们的土话，家里不是开厂的就是挖矿的。女朋友是家里长辈从小给他定下的。

一提到他的奇葩女友，几位孃孃不约而同嗤之以鼻。

"卢允夏"三个字在白平村似乎就是禁忌之词。

在刚来的时候，庄籽芯就听昭如说过，当时她还小小共鸣了一下，毕竟城市里的姑娘为爱来到这里，是需要莫大的勇气的。

况且人家姑娘从小娇生惯养，自然比不得钟戌初他们几个糙汉子。

看看她，被折腾了多久，才能适应成这样。

竺溪孃孃忽然问："哎？小芯，你有中意的人吗？"

庄籽芯手捧着筛子，正拨弄着菌子，被这一问，手不由得一抖，一张俏脸尴尬地红了起来:"我?没有,暂时没想这些呢。"

桂华妈妈说:"你也不小了吧?喃个能一点想法也没有呢?"

庄籽芯干笑两声:"还好吧……在我们那边,像我这样二十几岁,都还是少女呢,没有男朋友的女生多了去……"

别说二十几岁,就是三四十岁的女性"单身贵族"那也是多了去。时代不同了,女性追求自由独立自强的信念也越来越强,男朋友什么的,那就都随缘随风去吧。

竺溪孃孃说:"也是,你们城市和我们农村没法比。我们这里呀,超过二十二岁就是老姑娘了。"

庄籽芯尴尬地又干笑两声,没敢接话。

这时,兰姐忽然冒了一句:"那你看我们小初初怎么样?"

庄籽芯一听,手里的筛子陡然一歪,上面的菌子差点撒出来。

其他几位孃孃也愣住了。

兰姐急急地追问:"小初初怎么样?"

庄籽芯深吸一口气,连忙摆了摆手,说:"兰姐,你就别寻我开心了。他可是有女朋友的。"

兰姐眉心一蹙,说:"那他要是没有女朋友呢?"

几位孃孃一个个不禁竖起八卦的小耳朵。

庄籽芯摇头:"我跟他不可能的。"

"喃个就没得可能了?"

"兰姐,你别逗我了,他就算没有女朋友,我也不可能喜欢他。我跟他根本就不是一个道上的。"庄籽芯拨弄着筛子里的菌子,心"怦怦"跳个不停。

兰姐一脸失落,自打前些日子得知她的小初初被允夏绿了之后,就好几个晚上没睡着觉。有好几次她都想告诉竺溪孃孃和桂华妈妈她们,但是每每话到嘴边,都生生忍住。

这毕竟是小初初的隐私,而且对男人来说,这还是件极不光彩的事。

一个家世好，事业好，长相又好的大男人呀，被一个女人给绿了，这要是宣扬出去……她的小初初怕是要很难做人呀。

这一个事情她憋了这么久，左思右想，觉得小芯芯这姑娘不错，也许撮合二人成了，这事也就没那么尴尬了。但是该怎么撮合二人，这是个难题。毕竟之前，她们想撮合阿洛和昭如，结果都没得成功。

竺溪嬢嬢瞧出端倪，拉扯着兰姐的衣袖，小声询问："你喃个没得事吧？"

兰姐没应她，转头又追问庄籽芯："小芯芯，那你看咱们村里的洛洛呢，你觉得他怎么样？"

上一秒，庄籽芯还在尴尬地脚趾抠地，下一秒就听到程守洛的名字，她不禁倒抽一口气。

李昭如喜欢程守洛，这可是全白平村人都知道的事。

她吓得连忙将筛子放下，双手摆成了拨浪鼓："兰姐，这玩笑更开不得。我怎么能喜欢程守洛呢？这个问题，不用追问，这是铁定不可能的事。"

且不说，昭如喜欢程守洛，就是昭如不喜欢他，她也绝对不可能喜欢程守洛的。

半晌没说话的桂华妈妈突然说道："哎，我说的吧，小芯和阿洛不可能的事。就你们在那瞎猜。"

庄籽芯这下恍然大悟，兰姐刚才是在套话啊。

原来除了钟戍初这个绊子，竺溪嬢嬢和兰姐她们对她的敌意，还有怕她蛊惑了程守洛。

她沉思几分，开始反思自己，是不是平日里看起来像是有失道德的不良人？

随即，她拍着胸脯向几位嬢嬢保证："天地可鉴，日月可表，我庄籽芯对程守洛那是绝无半点心思。各位嬢嬢你们放心吧，在离开白平村之后，我一定会尽自己最大能力，撮合他和昭如两人，他们两个就是天造地设的一对良人。"

085

这话一出，除了兰姐，其他几位嬢嬢顿时放心了。

殊不知大家都曲解了兰姐的意思，误以为她是在套话，其实只有她心中明白究竟是怎么一回事。

下一秒竺溪嬢嬢又担忧起来："我总觉得这两个人最近老不对劲了？都不怎么说话。"

桂华妈妈说："阿洛那么忙，昭如到晚上才回来，两个嘀个有工夫说话？"

竺溪嬢嬢叹了口气："不是这个意思。会不会隔壁村的人老是来说媒，她听到了什么风言风语？"

桂华妈妈说："相中我们阿洛的，何止是隔壁村的人？这方圆百里都是来说媒的，又不是一天两天的事，如如不会多想呢。"

竺溪嬢嬢说："唉，也有可能是我想多了。"

庄籽芯说："等晚上昭如回来，我来先探探咋回事吧。"

趁着做晚饭的工夫，庄籽芯一边择菜一边和昭如唠嗑，想借机打探一下昭如的内心想法。

谁知昭如一听，立刻郑重其事地说："我现在一心只想好好教书，做一名好老师，为我们县乡里多培养学生，激励他们上初中，上高中，考上大学。其他的事，一概不想。"

这回，换庄籽芯哑口无言了。

这语气，和自己白天如出一辙啊。

她心念：她刚来的时候，这姑娘对阿洛的爱慕之情是满满地挂在脸上，对爱情的期许与渴望，从晶莹透亮的大眼睛里直往外溢，合上眼皮子那也藏都藏不住。怎的？这才过了两个月，就突然对爱情绝望了？变成满满的事业心？

糟糕！昭如难不成因为和她走得近，受她的影响，对男生没兴趣了？连爱情也不懂憬了？

她这第一次想给人当红娘，还没能从人手里把红线牵出来，就先将人手里的红线给扯下来……

若真是这样,那她可就罪过了。

联想到白天里竺嬢嬢的话,她仔细回忆,近一段时间,昭如上程守洛家的次数好像变少了。即便是两个人偶尔碰上,昭如也不似以前一般热情,只是淡淡地寒暄两句,然后迅速走开。尤其上一次,从学校一起回来的路上,她一直没怎么说话,阿洛问她话,她也是冷冰冰的,爱理不理。

她思来想去,总觉得哪里不对。

两人之间或许发生了什么大伙儿不知道的事,若是这厢昭如不好意思开口,看来这事得从程守洛那边先入手。

这一吃完晚饭,她便找了个借口直奔程守洛家。

刚踏上台阶,她便瞧见程守洛和钟戌初,他们几个人正在灯下围着桌聚精会神地商讨着民宿的事情。

她不好意思打扰他们,于是悄悄走过去,在几人之间探了探头。

只听程守洛道:"根据我目前了解的情况,现在的民宿主要是以室内大面积留白,多采用北欧原木色的家具,搭配饰品做处理的方式。会大面积地运用玻璃,阳台、卧室、卫生间全部使用全景落地玻璃窗,视野更加开阔。浴室采用玻璃隔断,使整个浴室的设计都能尽收眼底,不会有传统上卫生间狭小沉闷的感觉。如今对客人来说,沐浴成了一种精致的生活享受。"

钟戌初凝眉,静默了几秒钟后说道:"但是如果我们这样改造的话,不仅会破坏村里原本传统建筑的构造,也失去了之前我们一直想要保留和复建'三坊一照壁'的意义。"

郑庭栋点了点头说:"对。那新中式呢?"

程守洛说:"新中式的话确实更适合一些,但是除了室内的设计,对庭院设计的讲究更高,可能还得搭配挑台楼阁、美人靠、腰檐、抛坊等,做到依山傍水,一步一景,不仅费时费力,费用上更比上一个方案要贵很多。"

徐开乐说:"那这些费钱的咱都不弄,就把房间做最简单的装修呢?卫生间弄好一些,农家乐不也成吗?"

钟戌初说:"这样做也不是不行,但是总觉得少了些什么。"

这时,周炜炜端着刚煮好的玉米走出来,说:"当然新中式好点,不过庭院一定要弄成那种错落有致,推开门窗就是花草树木,一步一景,仙气飘飘。"

庄籽芯在一边听着,表示赞同,然后顺手拿了根玉米啃了起来,所有人都没有发现她。

徐开乐不以为然地啐道:"嘁!我们现在家家院子,推开门窗都是花草树木。"

两人开始争执起来。

周炜炜鄙夷地回道:"懂不懂什么叫轻奢艺术概念民宿?你的院子只能叫农家乐,而我的院子就叫轻奢艺术概念民宿。你可别对外说自己是美院毕业的,我怕我们老院长气得拿笔扎你。"

徐开乐说:"咋就看不起我们农家乐了?我就不明白,我们农家乐怎么了?这对大部分人来说,难道不是经济又实惠?"

庄籽芯觉得开乐说的也有道理,毕竟不是所有游客住得起轻奢民宿。

周炜炜说:"没用,拍照不好看,不能放朋友圈。不信你上网上看看,是你农家乐照片多,还是我轻奢艺术照片多?"

这个问题,除了周炜炜,他们其他几个人还是真没有想过,因为在他们的手里和眼里,这世界就没有不好看的地方,也没有拍不好看的照片。

可是他们没有想明白,他们不是普通大众啊,他们可是专业摄影院系毕业的高才生。

庄籽芯这一听,连连点头,对她们女生来说,能放朋友圈的照片这点很重要。

徐开乐冷哼一声,表示不屑:"你说那些背靠道具拍的照片?就网上那些所谓的什么唯美意境照片？作为一名优秀的美院摄影系毕业的学生，我表示不能苟同，那是一点都不唯美，也没意境。图修得人物比例严重失调，就没一个正常人，直接给我尬得脚趾抠地。当然，我不否认这是种人物拍摄的艺术手段，但是，真的很丑。"

钟戌初下意识想起允夏，允夏总是喜欢将一些"反人类身体骨骼构造"的修图放在朋友圈里。

他、郑庭栋和程守洛三人一直在仔细倾听，分析着二人的意见，觉得他们说的都很有道理。

周炜炜说："那些道具是精髓，我们有时候在拍人物时，不也得根据情况使用道具吗。"

程守洛一下子听蒙了，眉心轻锁，问："道具？你们到底在说什么道具？什么意思？"

周炜炜还没来得及开口，只听一个细小含糊的声音，从程守洛的身后传来："长秋千、吊椅、天空之境……"

程守洛恍然大悟："天空之镜啊……"

周炜炜双手一拍，说："对，挑一个风景好点的位置，搞一个天空之境，弄一块大的玻璃平台，方便拍照。"

钟戌初嘴角微抿，率先说道："白平村要开发旅游，初心是想打造原生态旅游，弄这些东西，会显得格格不入。"

徐开乐立即跟着鄙夷周炜炜："你说你低级不低级啊？"

周炜炜急道："我说这么多，你们咋就不明白？大哥，你说得没错，我不否认，但是我说的这是一种吸引游客的手段。为什么全国各地的民宿，都会用这些东西来吸引人？那是因为大数据告诉他们，有人喜欢呀。请问，咱们这么费力帮助村民们开民宿，是为了什么？为了创收赚钱呀，提高咱白平村全体村民的收入啊，改善生活条件啊。"

这话让所有人都愣住了。

这时，那个细小含糊的声音从程守洛的身后传来："嗯，有道理。"

庄籽芯作为旁观者，发现他们几个虽然都是追求极致美学的专业人士，但是，除了周炜炜，全部都是直男思维，完全不懂她们女孩子爱美的心理，不明白她们想要什么。

她看过他们拍摄的人物照片，哪怕背影只是一张白纸或者一堵脏兮兮的墙，只需要一束光，他们都可以拍摄出完美的照片，全都是大师级别的高级雅致。

但是日常生活里，没有多少人懂这些拍摄技巧，也没有很高的审美能力，只能依靠美颜相机，搭配这些外在的道具，来展现自己认知的美。

这并没有错。

钟戌初听到这个不一样的声音，视线一下子落在程守洛的身后，一个鬼鬼祟祟的身影，在程守洛的身后摇来摇去，嘴里还啃着玉米。

他眉峰一挑，歪过身子看向庄籽芯，道："喂，你鬼鬼祟祟地躲在阿洛的身后干吗？"

"你才鬼鬼祟祟呢。"

庄籽芯一直在找寻机会想打断几人谈话，可当瞧见他们全都在全神贯注地讨论着民宿，实在是没好意思，于是站在程守洛的身后，一边吃着玉米一边听听他们讨论。

周炜炜瞧见，高兴地说："小芯，你来了啊。我刚要给你电话，问你吃不吃玉米呢？"

程守洛转首，看见她站在自己身后，微笑着道："小芯，正好，我们在讨论对村里几户意愿强烈的人家，先进行民宿改造，你帮忙给点意见。"

庄籽芯眉头轻皱，抿了抿唇，有些为难地说："我不懂装修哎。"

"没关系。你刚才不也听了很久了吗，你就说说你想住什么样的民宿。"钟戌初目光闪动，眼底尽是期许。

他知道她一向鬼点子很多，或许能够给大伙儿一些非常好的建议,帮助大家打开些新的思路。

庄籽芯对上他温和期待的目光,内心有些纠结,害怕自己的大实话能让眼前这几个男人的美梦破碎。

郑庭栋也笑着说:"没关系,你就便随说说。"

"要说真心话吗?"

"当然了。"

"那我说了……"她咬了咬唇,深吸一口气,鼓起勇气说道,"我先表示我现在说话的身份啊,是一名城市里长大的女孩子啊。我不想住农家乐,我想住豪华观景套房,270度全景落地玻璃窗那种,有山顶无边泳池,有天空之境,有悬空大床、长秋千、鸟巢、透明吊椅……"

钟戌初眉头一皱,不可思议地看她,面部神情也变得凝重起来。

"你们看,我说得没错吧。"

除了周炜炜,其他三个人集体倒抽了一气,头顶上仿佛飞过一群乌鸦……

"我不理解。"徐开乐忍不住蹦了四个字。

庄籽芯说:"其实不难理解,很多女生来风景好的地方,目的就是拍美美的照片发朋友圈。早之前我就说过了,我们女生拍照的重点,不仅是要背景美,而是要人更美。我们不要你们男生觉得好看,我们要我们自己觉得好看。轻奢民宿在我们女生眼里就是能够提高照片美感,完美在朋友圈炫耀的有利道具,否则也不会有那么多网红民宿受到追捧。甚至他们还能想到一个很戳我们女性的广告语——初见即热恋。"

她这么一说,集体再次沉默。

她又说:"以上我刚才说的,并不代表我赞成所有民宿的都要弄成这样,是基于我目前以及和我相似收入消费水平的群体而言。所以,开乐有他的道理,每种类型民宿的存在都有其必要,要考虑到各个层次的消费群体,他们的消费水平不一,对民宿的需求层次也不一，而且要结合当地的文化特色，不能一味盲目跟风追求这种轻奢。咱们白平村的建筑就是特有的文化特色，不是吗？"

徐开乐一下子乐了，但还是忍不住吐槽："你们女生追捧的东西怎么都那么奇怪？原生态、纯自然的不喜欢，喜欢这些假假的东西。"

庄籽芯说："不只是我们女生喜欢，你们男生也喜欢呢。你们怕是不知道，我之前去桂林，有好多家民宿店家，在稻田里安装了一个假阳台供旅客拍照使用。我看完评论才知道，原来他们假装住进270度全景豪华套房，小小的虚荣心得到满足，那一瞬间就会无比快乐。话说回来，旅行的目的不就是让人快乐吗？只要快乐就好了呀。"

"居然还有这种操作？"这回，别说其他人瞠目结舌，就连周炜炜也都惊呆了。

隔了好一会儿，郑庭栋锁着眉头说道："我差不多明白小芯的意思了。"

程守洛点了点头也说："我也差不多明白小芯的意思。"

郑庭栋说："大家说的都对。每个市场都分不同层次的客户群体，消费水平不同，那么定位就有所不同，必然要建造不同档次的民宿。有关轻奢民宿，可以不用多，但是一定要有，还要精。当然，这种轻奢民宿不仅是吸引网红前来打卡的噱头，无形之中也是种吸引人气的推广，带来高质量高消费的客户群体。话说，我们拍摄纪录短片的目的，最终不就是要把人吸引过来吗？"

程守洛扒了扒头发，觉得大家说的都有道理："可能我当初设想完全原生态的概念，有些太美好了。"

钟戍初蹙眉，拍了拍他的肩头，说："那倒也不是。明天我找设计院的朋友再沟通一下，听取一下他的市场意见。"

郑庭栋深吸一口气，说："嗯，最后总结一下，我们今天讨论的结果，也就是当前最主要问题——资金问题。想要做得好，我们必须得找到甲方才对。"

一说到甲方,大伙儿不禁都笑了。

程守洛想着可能还需要村民们借一部分贷款,一个头变成两个大。

他看了看时间,因为明天还要去安平小学进行拍摄,所以很快,大伙儿也都散了。

钟戍初准备洗漱休息,却见庄籽芯还赖在堂屋不走,两只乌溜溜的大眼睛直勾勾地瞧着程守洛,内心莫名涌起一股异样的不安,令他很不舒服。

他走过去,二话不说,将庄籽芯拎出了大门外。

庄籽芯不明所以地看着他:"喂喂喂,你干吗呢?"

他用身体挡住她的视线,没有好气道:"你干吗呢?一双眼睛直勾勾地看人……"

庄籽芯眉尾一扬,瞪着他说道:"你这人真是奇怪,我又没看你,你紧张个什么劲儿?你管我!"

她歪过身子,越过他的肩头,再次看向程守洛,想着怎么能从程守洛的嘴里套出点有关他和昭如的事。

钟戍初这下越发气恼了,移动身体,再次挡住她的视线。

她挪动一寸,他就挡一寸。

直到庄籽芯发现不对劲,恼羞地看着他说:"你干吗像个门神一样挡着我?"

"很晚了,你明天还要去学校上课,回去早点休息。"钟戍初冷冷地说完,一把拉过她,完全不给她反应的机会,将她带出了院门外。

庄籽芯被这么一提醒,便也没再反对,于是乖乖地跟着他往昭如家走去。

约莫是走了一小会儿,忽然发现哪里不对,这才意识到,她这一路是被他牵着手呢。

她连忙紧张地甩开手。

钟戍初回眸看向她,为了缓解尴尬,只好说:"路太黑了,我送你回去。"

庄籽芯忽然想到什么,于是凑到他的跟前小声打听:"喂,高岭之花,你知道阿洛有心仪的女孩吗?"

钟戍初一听,倏然顿住脚步,挂着脸冷冷地回道:"你问这个干吗?"

难道这个女人看上了阿洛?

他死死地盯着她,目光如同冰寒的利箭一般。

"也没什么?就是好奇阿初会喜欢什么样的女孩子而已。"庄籽芯并没有察觉他的异样。

钟戍初双拳紧握,咬紧牙根,冷冷地说道:"庄籽芯,我警告你,你不要对程守洛动什么歪念头。他不是你能喜欢的人,也不是你能随便去撩拨的人。"

庄籽芯深深蹙起眉头,不可置信地抬眸看向他。

这家伙……脑子里都在想什么呢?

她有些生气地回道:"你是猪吗?整天在想些什么呢?什么叫不是我能随便撩拨的人?我撩拨他干吗?我又不喜欢他。你简直有病!"

她气得快步向前走。

钟戍初被骂得傻愣愣地僵在原地,有好一会儿。

她不是喜欢阿洛?

钟戍初忽然反应过来,连忙追上她道歉:"对不起,我误会了……"

庄籽芯恼羞:"闭嘴!别跟我说话!"

她真是气得半死,居然被他误以为对阿洛有坏心思?她是这样的人吗?就算她欣赏阿洛,敬佩阿洛,她也是清楚地明白,他们两人根本就不是一个世界的人。

居然用"撩拨"这个词来羞辱她,真是气死她了。

她就是撩拨他钟戍初,也不可能去撩拨阿洛。

这个念头，陡然让她一惊。

啊！真是疯了！她干吗起这个念头想去撩拨他？神经病啊！

钟戍初再次道歉："对不起！"

她收住脚步，瞪着他看了几秒，然后冷静下来，说道："我只是想知道，他和昭如有没有可能，还是他心里早已经有了别的姑娘。你竟然乱给我扣帽子！"

"你想撮合阿洛和昭如？"

"不然咧？撮合你跟他？"

原来如此。

钟戍初恍然大悟，为方才的误解感到羞愧。

"阿洛心里有没有其他女生，我不能确定，但是就我们整天在一起观察所看，我觉得是没有，因为时间不允许，他心里头只有白平村大大小小的事，根本没时间恋爱。"

庄籽芯一听，那说明昭如还有希望，只要阿洛这铁树能开花，两人在一起就有希望。可是昭如突然态度转变，两人之间一定是发生了什么事情。

"你说，他会和昭如吵架吗？"

"他和昭如吵架？不可能！"

"可是今晚昭如突然跟我说，她以后只想好好工作，不想其他的。她这是样放弃阿洛了吗？"

钟戍初也陷入沉思，隔了好一会儿，才道："你若这么说，我突然想起来一件事。隔壁柳塘村的赛银姑姑，去年给她的侄女高雅说过媒，当时阿洛拒绝了。高雅是全乡信息收录的联络员，上周来村子做全村人信息资料的增补。"

"啊，我想起来了，那个黑黑瘦瘦的姑娘。"

"对。就是她。"

庄籽芯想起来之前她去村委会找过阿洛，在他的办公室里见过一个陌生的姑娘。

白平村里的人她几乎全都认识,那个黑瘦的姑娘有点脸生。

当时那个姑娘坐在阿洛的座位上使用电脑,和阿洛两个人有说有笑。

阿洛介绍时,她没听清叫什么名字,也不知道具体是哪两个字。

她之所以记得清楚那姑娘的长相,是因为那姑娘盯着她看了许久。

出于女人的本能,她完全有理由相信高雅喜欢程守洛。因为她去了之后,那姑娘看她的眼神里,明显带了些"别人察觉不出,但是本人一定能感觉到"的敌意。

她是一个外人,不必在意这些,但是昭如就不一样了。假若昭如撞见二人有说有笑的画面,高雅姑娘再使点小手段,很难不怕昭如误会。

"那个高雅怕是还想嫁给阿洛吧?"

"你怎么知道?"

"因为我是女的呀。"庄籽芯白了他一眼,"居然问这种问题,你傻不傻?"

钟戍初似乎明白了什么,于是说道:"回头我去探探阿洛的口风吧,毕竟他也老大不小了。"

庄籽芯的双眸一下子变得晶亮起来:"谢了。"

钟戍初嘴角勾起一抹笑容:"早点休息,明天还要上讲台。"

"知道了。"她冲着他做了个鬼脸,转身迈上台阶。

望着她纤瘦的身影推开昭如家门,钟戍初不禁唇角轻弯,心情跟着这漫天星辰都一起闪烁起来。

第二天一早,钟戍初开着面包车,载着庄籽芯、郑庭栋和周炜炜三人跟随李昭如一同到学校。

原本程守洛和徐开乐也打算跟来,但是由于村子的事太多,两人只得留下。

庄籽芯在李昭如的指导下，备了很久的课。

这会儿两人又在多媒体功能厅里准备了整整一节课。

郑庭栋和钟戍初将摄像机落在教室后方，开始进行调试。

周炜炜坐在教室后排，捧着脸盘子，瞅着讲台上的庄籽芯，如同粉丝一样憨痴地笑道："今天的小芯真漂亮，360度无死角，就是老师的样子，温柔大方，端庄典雅，知书达礼，秀外慧中……"

钟戍初不可思议地看着他："了不起！替你的语文老师感到欣慰，能一下子说出这么多成语。"

周炜炜白了他一眼："再怎么说，哥们我考上的也是211大学。"

已是十一月初，初冬的季节，云南的天气有些微凉。

今天的庄籽芯穿着一件天蓝色的连衣裙，外面罩了一件卡其色的长款英伦式风衣。

钟戍初原本不以为意，仔细琢磨，这大半个月以来，好像从来没有瞧见她穿过这么素雅的衣服，每日里打扮得花枝招展，要么红艳的大摆长裙，要么粉嫩的休闲套装，就连明明看来最素雅的白色长裙，与眼前这身相比，也显得不食人间烟火，过于招摇，更别说其他花里胡哨的衣服。

难不成是她临时买的衣服？所以前些日子那几十件快递里，她还刻意准备了上课的衣服？

这是有心了。

钟戍初挑眉，不禁对她有些刮目相看。

今天她脸上化着素雅的淡妆，过肩的长发全部束在脑后，扎了一个低马尾，上面别了一个黑白波点的蝴蝶结发夹，拖着长长的水晶珠坠子……

这么看来，确实如周炜炜描述的那般，端庄典雅，知书达礼，秀外慧中……

他竟然将这些成语记得一字不漏。

简直有毒！

097

他端起相机，对着庄籽芯拍摄起来。

第一节课下课铃声响过没多久，便有一群孩子在教室外探头探脑。直到第二节上课铃声响起，在李昭如的指引下，孩子们终于鱼贯而入。

刚进多媒体教室，孩子们很是兴奋，一个个叽叽喳喳热闹个不停。他们对生理卫生课也是很好奇，不知道这位漂亮的新老师要给他们讲什么内容。

不一会儿，每位学生手中都拿到了几本有关生理卫生的教材和图书，一个个迫不及待地打开。

第一次给孩子们上生理卫生课，庄籽芯本就十分紧张，尤其是再看到教室后排的摄像机位，以及坐成一排的校长和几位老师，她的心就跟打鼓一样，怦怦跳个不停。

她在心底不断提醒自己，今天可不比之前在山上打核桃。

于是，她暗暗深呼吸，调整气息。

她保持着微笑，柔和的目光一一扫过孩子们稚气纯真的脸庞，忽然在教室正中的座位上看到了一张熟悉的面孔，竟是王柏乐。

王柏乐从一进教室门，就瞧见了钟戍初他们几个，十分激动，然而在看到一旁坐着校长和几位任课老师时，立即捂住嘴巴变得乖巧。

他回眸用嘴型同钟戍初他们打了几声招呼，便双手抱臂，在座位上认真端坐好。

王柏乐看向庄籽芯，冲着庄籽芯露出一个大大的笑容。

看到这样阳光灿烂的笑容，庄籽芯仿若受到了鼓舞。

"开始上课啦，请同学们安静。"李昭如双手示意，顿时班级安静下来。

"同学们好，我姓庄，名籽芯，是你们的生理卫生课老师。"庄籽芯拿起粉笔，在黑板上写下了自己的名字。

这几日，她在昭如家里的小黑板上，每天用粉笔练习书写板书，练习了好久。

当她写完自己的名字，听到有同学窃窃私语说着她的名字：菜籽的籽，灯芯的芯。

她一阵欣慰，转身说："有同学知道什么是生理卫生吗？"

话间落毕，便有学生热情举手。

"培养我们养成良好的生活习惯，讲究卫生，勤换衣服，勤洗手。"

"让我们了解我们身体成长的知识。"

"教我们如何预防疾病。"

"同学们回答得真棒！"庄籽芯给了孩子们热烈的掌声，然后按照李昭如教的方法，用十分缓慢而轻柔的声音开始讲课。

"青少年儿童生理卫生啊，它主要阐述了，我们人类身体解剖的生理特点，就像刚才几位同学说的那样，它包括我们青少年儿童生长发育的过程和特点，还有我们常见的躯体疾病及其预防，还包括我们青少年儿童的安全教育和受到意外伤害时的临时处理方法等。"

虽然新来的漂亮的庄老师的话，有些拗口难懂，但是孩子们睁着一双双又圆又亮的眼睛，直盯着她，露着急切渴望汲取知识的眼神。

从个人日常生活用品卫生到餐饮卫生，庄籽芯从最浅显内容知识开始说起，课堂气氛十分活跃。

"相信同学们一定都很好奇，自己是怎么从妈妈肚子里出来的。有哪位同学知道？"

果然这句话一出，底下的学生一个个开始沸腾起来。

有的说，我妈说我是从她的胳肢窝里生出来的；有的说，我妈说她路过桥底下，我就从桥洞里钻出来了；有的说，我妈说我不听话，是从垃圾堆里捡来的……

同时，又一堆反问意见：你不是在你妈妈的肚子里吗？怎么就从桥洞里钻出来的？怎么又垃圾里捡来的？

学生们一个个七嘴八舌。

庄籽芯听了，忍俊不禁，果然大人们骗小孩子的招数，永远都不分时代，永远都是那么老套。

周炜炜听了，直接笑出声。他压低了声音惊叹："二十年前，我妈就是这么骗我，说我是从垃圾堆里捡来的。没想到过了这么多年了，在这里我又听到同样的骗词。真是同一个世界，同一个妈！"

郑庭栋和钟戌初也跟着轻轻笑了起来。

年纪稍长一点的校长从进多媒体功能室开始，就一脸严肃，这一下，也忍不住跟着笑了起来。几位老师也跟着一个个抿唇而笑。

终于有一个学生怯生生地说："我看过我妈的肚子，她肚子上有一条像蜈蚣一样的疤痕，我妈跟我说，我是从她肚子里剖出来的。"

庄籽芯欣然一笑，借此示意小家伙们安静。

"马上，庄老师要播放一个视频，这个视频呀，会告诉我们人类从出生到生长发育的全过程，后面还会讲到我们男女生殖器官发育的区别。"

坐在教室后方的校长一听到"生殖器官"四个字，这脸上的笑容瞬间僵住，嘴角忍不住微微动了动。虽然之前审核过递交的资料，但当众听到这几个字眼，他还是有些不能适应。

庄籽芯点开视频，投影仪的幕布上立即开始播放一个动画版的科普教育短片。

原版的科普教育短片是全英文的版本，虽然已做了中文字幕，但是庄籽芯担心孩子们看不懂或是来不及看字幕，便找了自己懂配音制作的粉丝，给这段视频加了中文配音。

学生们看完整个短片后，开始叽叽喳喳讨论起来。

坐在后排的几位老师也开始窃窃私语。

周炜炜率先说道："小芯厉害啊，这动画片有点东西。真没想到老外能做出这么好的科普教育短片，学习了。"

校长从最开始的眉头深锁，到后来慢慢舒展眉头，终于忍不住说道："我们好像真的很缺乏这方面的教育。"

郑庭栋说："我们那边的中小学，甚至是从幼儿园就开始，就有这样的课程。具体的课程内容，我不是很了解，但这个科普教育短片，确实做得不错，值得学习。"

钟戌初紧抿着薄唇，虽然一言不发，但是一双黑眸直凝视着讲台上的庄籽芯，向她递了一个赞许的眼神。

庄籽芯一个抬头，恰巧撞见他的视线，很快她便错开，准备切入到今天整个课程的核心主题。

"相信同学们看完这个短片，对我们的身体已经有了一个初步的了解，也知道我们男女生身体之间的区别。那么在今天最后的时间里，庄老师必须要告诉大家一个非常重要的事情，也是今天课程的中心主题，就是怎么样保护自己。这也是我们未成年人安全教育，最最重要的一块。

"首先，我们得明白什么是安全接触，什么是不安全接触。

"安全接触，可以是爸爸妈妈的拥抱，也可以是朋友之间的拉手。

"而不安全接触，就是熟人或者是陌生人，故意触碰我们身体的重要部位。

"什么是身体的重要部位呢？就是我们身体上，内衣和内裤遮住的地方。

"这些地方都是我们身体最重要的部位，别人绝对不可以触碰的。如果有人，无论是熟人还是陌生人，让你碰他的这些地方，都是不可以的。

"当然，如果爸爸妈妈在你身边的时候，医生叔叔或者阿姨需要检查你身体的这些部位，这个是可以的。

"但是如果有人，一定要记住，无论是熟人还是陌生人，想要触碰你身体的重要部位或者已经触碰，他可能会送你一些好吃的或者好玩的东西，又或者是打你骂你，威胁你不让你告诉其他人。这个时候，我们一定要明白，这个人是做了非常坏的坏事，他很害怕，所以才会打你骂你，威胁你，不让你告诉别人。而你，绝对没有做错任何事情，所以无论这个人怎么打骂你威胁你，你一定不要害怕，一定要告诉爸爸妈妈，或者是老师，或者是警察。

"你们要知道，大人们是很关心你们的，他们很希望你们告诉他们，有没有坏人欺负你们，并且一定会帮你们的。"

整个教室里鸦雀无声。

不只是学生们，连同站在教室后排的钟戌初、郑庭栋和周炜炜，以及校长和老师们都感到无比震惊。

直到一个掌声响起，教室里紧张的气氛才得到了缓和，紧接着一阵热烈掌声跟着响起。

庄籽芯望过去，竟然是一直站在教室最后方的钟戌初。

这个掌声无疑是给了庄籽芯最大的勇气。

这个掌声是对她的认可。

她轻弯嘴角，冲着他露出浅浅的笑容。

有个高个胖胖的小男生突然站起来，稚声稚气地说："报告老师，王柏乐第一节下课上厕所扒我的裤子。"

王柏乐很快跳出来，大声反驳："报告老师，是周至秦昨天先扒的我的裤子。"

然后有一群小男生抢着说："老师，我做证，昨天是周至秦先扒的王柏乐裤子。"

高个胖胖的小男生不服气："我叫周臻，我不叫周至秦！"

"昨天，王柏乐还把尿，尿在裤子上。"

……

教室里一下子充满了学生们各种报告的声音。

对于学生们勇于报告的事，庄籽芯感到十分欣慰，但是像王柏乐和周臻相互扒裤子的事，她还是将两个孩子单独叫了出来。

她拿了一张椅子，紧贴着墙放，然后让周臻先靠着墙站上去，随后又叫了王柏乐也站上去。

由于周臻又高又胖，座椅只有小小的一个方块面积，只够他一个人站立，王柏乐踩着椅子往上站了好几次都掉下来。

忽然周臻伸出双手将王柏乐紧紧地抱住,王柏乐终于没再掉下去。两个人稳稳地站在椅子上。

全班同学哄然大笑。

周臻和王柏乐两个人也相视而笑,周臻笑得极为开心,胖嘟嘟的脸上,两只眼睛都笑眯成了一条缝。

周炜炜大笑:"哎哟,不愧是我们的小芯芯,绝了!"

郑庭栋从摄像机后露出脑袋,笑着说:"活了这么久,才知道原来还可以这样。"

钟戌初凝视着庄籽芯,黝黑的眼眸中闪着赞许的光芒。

校长笑着说:"你们这位庄老师,很有意思,值得我们学习。"

李昭如带头给两位小朋友掌声,随即全班同学都鼓起热烈的掌声。

庄籽芯趁势说:"王柏乐同学和周臻同学的拥抱,就是庄老师刚才所说的安全接触,是朋友间的拥抱。同学们听明白了吗?"

"听明白了啦——"

"好,我们再次给王柏乐同学和周臻同学热烈的掌声。"

热烈的掌声再次响起。

与此同时,下课的音乐铃声也悄然响起。

"同学们,今天的课,就到此结束啦。下课。"

"全体起立。老师再见。"

"同学们再见。"

教室里顿时喧闹起来,同学们欢呼的声音此起彼伏。

庄籽芯长长地舒了一口气。

李昭如向她竖起了大拇指:"小芯,你处理孩子们之间的矛盾,这方法特别好,向你学习。"

庄籽芯用手挠了挠头,有些不好意思:"那我今天讲课讲得怎么样?"

李昭如说:"非常好!"

103

校长走过来,对着庄籽芯一顿夸张:"小庄同志,感谢你为我们和学生们上了一堂这么别开生面的课程。这个课程真的非常好,非常好。我代表全校老师和同学,向你表示感谢。"

校长的赞美令庄籽芯受宠若惊。

一番寒暄之后,庄籽芯恭敬地日送校长离开。

周炜炜鼓着掌一路走过来:"小芯芯,没想到你这么厉害,也好好给我们几个上了一节生理卫生课。"

庄籽芯说:"第一次给学生们讲课,我都好紧张。真的不错吗?"

周炜炜说:"那当然,必须一级棒!"

郑庭栋走过来向庄籽芯竖起了大拇指:"庄老师!"

"谢谢!"对庄籽芯来说,这一声"老师",是最好的赞美语言。

钟戌初站在讲台下方,隔着一米远的位置,凝视着庄籽芯娴静的身影。

其实有很多次,在程守洛的家中,他见过她用笔记本在网上工作时的样子,同样是聚精会神,认认真真,可今天,真的感觉不一样。

与平日里那个牙尖嘴利、聒噪不安的庄籽芯,判若两人。

此时此刻,他的脑海里尽是课堂上她谆谆教诲学生的模样,全身上下都闪烁着智慧的光芒,耀眼得让人睁不开眼。

庄籽芯一个眼神睇过来,恰巧撞见他直视的目光,立刻拉满了防备,率先说道:"只接受赞美,不接受批评!"

钟戌初唇角不由得轻抬,勾起一道弧线,清澈的眸底蕴藏着别样的笑意。

"我们要去校园里拍摄其他素材,等忙完了,一起走。"

"遵命!"庄籽芯调皮地向他敬了个礼,目送他们一行人离开。

庄籽芯收拾着东西,正准备离开教室,忽然有个小女生拉住她的衣袖,怯生生地问:"庄老师,我有个问题想问你……"

庄籽芯弯下腰,微笑着说:"嗯,什么问题?"

小女生说:"是不是,除了爸爸和妈妈,家里其他非常亲的人,也不可以随便摸自己身体的重要部位……"

小女生越说到最后，声音越小。

庄籽芯微微锁眉，先问道："同学，能先告诉老师你叫什么名字吗？"

"罗一柠。"

庄籽芯十分认真地说："罗一柠同学，你好，严格来说，除了妈妈、奶奶和外婆，其他任何人都不可以，包括爸爸、爷爷和外公在内的所有男性，都不可以。"

罗一柠听完，眉心微微皱了皱。

庄籽芯微笑着摸了摸她的头发，说："一柠同学，是不是有什么事想同庄老师讲？"

罗一柠摇了摇头，飞快地咧开嘴，说："没有，我就是问问。"

庄籽芯淡淡笑了笑，但愿是自己想多了，于是又摸了摸她的头发说："那以后要是有什么小秘密想同庄老师分享的，再来告诉庄老师。若是庄老师不在，可以先告诉李老师，李老师会第一时间通知庄老师，庄老师立刻就会来跟你聊天。"

"嗯，谢谢庄老师。庄老师，我先走了，再见。"罗一柠冲着她摆了摆手，飞快地跑出教室。

庄籽芯看向消失在教室门外的身影，抿了抿唇，然后问李昭如："罗一柠家里情况怎么样？家中还有哪些人？"

"有个奶奶，爷爷很早就过世了，妈妈和爸爸长年在广东打工，一般过年过节才会回来，还有个弟弟。"李昭如一下子紧张起来，"怎么了？是不是刚才她同你说了什么了？"

庄籽芯说："那倒没有。那……她家里的亲戚，有其他成年男性吗？"

李昭如想了想说道："应该没有。你也知道，我们这些小地方，基本上青壮年的男性都在外打工，一年回来一次。村子里大多都是留守老人和儿童。"

105

庄籽芯深吸一口气，笑道："可能是我想多了吧。"
李昭如说："我会跟进她家里的情况，回头我去家访一次。"
庄籽芯点点头。

Chapter18
情不知所起，只以为是中了毒

生理卫生课受到广大好评，庄籽芯一下子变得异常忙碌起来，除了给孩子们上课，每天还要参与村里的劳作，外加埋头写软文，打理微博公众号，与粉丝们进行互动交流……

整个人犹如不停转的水车轱辘，却没有一丝抱怨，与以前相比，她感觉更加充实和有成就感。

比起写影评，每天记录打核桃、剥核桃、干农活的辛勤劳作日常，更能让她激情澎湃，文思泉涌，再配上那些强烈对比的精华照片，文章整个文风，顿时从刻薄吐槽撕裂风，变成朴实无华的乡村情。

说来也怪，朴实无华的"乡村情"反而令她收获了一大票粉丝，有许多粉丝留言问：

花钱月下揍你："核桃卖不卖？"

是先有鸡还是先有蛋："核桃不卖，那核桃皮卖不卖？"

明天开始不熬夜："核桃皮不卖，那猪屎卖不卖？"

大橘为重啊:"楼上的都不要抢!快直接给我来五斤发酵过的猪屎。"
…………

甚至还有粉丝调侃她:你是不是最近突然从"电影频道"跳槽去了"农业农村频道"?

粉丝都很调皮,留言都很有趣。

事实证明,网友都喜欢真实接地气的东西。

不过,从这些幽默风趣的留言里,她是真的看到了商机。

身为老板的冷哥,嗅觉显然比她更加敏锐,一看到她的粉丝"噌噌"上涨,不再全是公司给弄的僵尸粉,立刻停止让她看恐怖片的摧残工作,转而非常和蔼可亲地叮嘱她:"不管每天有多忙,记得多拍照片多更新,未来公司走亲民接地气的这一条线,就靠你发展了。适当时候,咱也可以微博公众号带带货了。"

老板就是老板,这该死的迷人的商业头脑!

其实冷哥这句"带带货"正中庄籽芯下怀,她一直在等着冷哥主动说这句话呢。

如今各行各业,但凡从事自媒体火起来的大V小V都在进行直播带货。

那么白平村的核桃以及农副产品,自然也可以通过直播带货的方式推销出去。

如今时代不同了,自媒体不再被视为传统单一的信息传播媒介,而是互联网下全民皆是自媒体,从而带动了许多新兴行业的发展。

她创建的"你霸气水姐"就是一个活生生的例子。

自打上次知道大树喜欢拍短视频之后,她便立即创建了属于白平村的公众账号。

这个账号用来官方宣传白平村的所有信息,大树的账号则用来打造流量视频。

庄籽芯告诉大树,这件事暂时是只有他们两人才知道的秘密,若是弄不好,说出去也丢人。

大树欣然点头。每天吃完晚饭,他便上程守洛家来报到,和庄籽芯两人交头接耳,研究商量发布视频的事。

庄籽芯找了公司专业负责短视频的同事,一番沟通之后,这位专业的同事建议大树保持自己的亲民路线,视频可以剪辑得高大上,但是配合视频的文字、语言和音乐都要亲民接地气,主要以推荐当地的风景民俗,顺带捎上白平村的特产,可以从介绍网友们最感兴趣的"红伞伞,白杆杆"开始。

听取意见之后,大树的视频流量一下子上去许多,粉丝从原来两位数增到了四位数,评论终于上了两位数,再多一点能冲破三位数关头。

大树信心倍增,不懂就问,这每日小芯长小芯短地叫着,越发频繁。

众人虽然早已习惯了大树的见异思迁,但是瞧见庄籽芯同大树亲昵地交头接耳,也难免会想歪。

周炜炜和徐开乐几次打探都无果,两人不禁开始担忧:"你们说大树那小子会不会越陷越深啊?"

"不会。"钟戌初最初也有过这样的担忧,甚至言语之中有暗示过大树,离庄籽芯远一些。

孰料看起来憨憨的大树,一眼就看穿了他的想法:"你是不是担心我会喜欢小芯?会受到伤害?"

如此直白,弄得钟戌初有些尴尬。

大树十分坦荡说:"我是很喜欢小芯,但不是你们认为的那种喜欢。小芯她不属于我们这里,她属于你们城市。我对她就是最纯粹的朋友的那种喜欢。你们不用担心我。"

大树这么一说,钟戌初心里的石头一下子就放下了。

结果大树又跟着的一句话,让他后悔开启这种话题:"阿初哥,你才要小心。万一你喜欢小芯,小芯不喜欢你,你得要头疼了。"

当时他嘴角抽搐,毫不犹豫地说:"不可能!"

"小芯是个好姑娘呢。"大树看了他一眼,不置可否地耸耸肩,走了。

钟戍初锁着眉心,在心里坚定地重复:不可能!

可他怎么也没想到,大树真的一语成谶。

白平村的核桃和其他农副产品的销路,主要为传统的线下销售模式,依赖于一些长期收购的合作厂商。

程守洛上任之后,开始慢慢发展与专业的电商公司合作,销路一下拓宽,村民的收入增收不少。但是从去年开始,核桃的价格突然卖不上价。

因为云南特殊地理位置环境,十分适宜种植核桃。在国家大力支持下,核桃产业也越来越兴旺。

近些年来,一些原本不是核桃种植区的农户,看到核桃产业带来不少的利润,开始盲目转产,大面积耕种核桃,导致整个市场供大于求。有些地方核桃甚至出现滞销,农户血本无归。对原本就不富裕的农户来说,这无疑是雪上加霜。

核桃一卖不上价,村民们自是开始怨声载道。

程守洛各种安抚,为防止往后出现大批量核桃滞销,出现返贫,他开始琢磨打造旅游产业。

庄籽芯深入了解情况后,除了佩服,更能感受到钟戍初他们的任务,其实很艰巨。

她想要帮助程守洛和白平村,她唯一能想到的是,白平村可以尝试建立自己的品牌,在网络平台直接销货,或者是通过平台直播带货的方式销售,来扩大销路。

当然想要弄得好,这一切都要建立在流量的基础上。

近期视频发布之后,涨了些许粉丝和评论,但是在她这个自媒体人的眼里看来，这些播放量和粉丝量，是远远不够的，根本就达不到直播的数据要求。

她尝试在短视频平台建立了商城账号，将白平村所有土特产挂上橱窗，然而结果可想而知，一点也不理想。大半个月过去，销售记录为零。

果然，想做好销售不是那么简单的事。

大树再次陷入丧失信心的境地，庄籽芯去安慰他，这什么都还没有开始呢，目前只是测试阶段。

说到营销推广这一块，当仁不让，她想到的首选人物自然是她的老板——冷哥。

想着，她便毫不犹豫地给冷哥去了电话，希望这事能够得到大佬的推广与支持。

"冷哥，好久不见，我这有点想你了。"

电话另一端，冷哥冷不丁鸡皮疙瘩起来掉了一地，肉麻到直起寒战，这天气还没到腊月呢。

"有话快说，有屁快放。别给我整那些有的没的。"

在开口说想法之前，庄籽芯便又给冷哥戴起一顶高帽子："冷哥，您看您这些年，一直在用心做慈善事业，公司给您经营得是蒸蒸日上，红红火火，未来发展那是一片光明。您的思想境界与高度，一直以来是我人生的目标与前进的灯塔……"

冷哥虽然听得是心花怒放，喜笑颜开，但是心如明镜，知道她忽然耍起嘴皮子，必是有事相求，于是毫不留情地打断她说："别给我在那儿戴高帽子，有什么事，赶紧说。不说，我可就挂电话了。"

"说说说。"庄籽芯这才将想利用公司的资源，对白平村进行推广的事完完整整地说出来。

电话里，冷哥先是一阵沉默，然后隔了好一会儿才问："所以，远道这次借调你去他们公司，其实是钟教授带着你去云南山村里帮扶？"

庄籽芯说:"对。之前没跟您汇报,只是说过来拍摄纪录片,是因为最开始,我也不知道具体的情况,钟教授他们团队又不想对外张扬这事,所以我答应暂时保密不对外说。"

冷哥叹了声气说:"你这丫头,这样的事情怎么不早点告诉我?早点告诉我,咱们公司多准备一些物资给邮过去,也是好的呀。"

庄籽芯说:"这倒也不用……"

冷哥说:"这事就这么定了。你先去弄,弄好了宣传推广的事交给公司。"

庄籽芯有些不敢相信,冷哥想都没想,就这么一口气就答应了。

她害怕自己听错,于是说:"冷哥,你就这么答应了?你可是想清楚了,这后续可是需要很多钱的呀。"

冷哥没好气地说:"钱钱钱,什么事情都谈钱?你能不能有点思想觉悟?平日里冷哥是怎么教你们的?觉悟要高,思想境界要高,要懂得无私奉献,多回报社会,视金钱为粪土。"

庄籽芯欢快地笑出声,立即开玩笑说道:"冷哥,那能不能给我涨点'粪土'?"

冷哥立即冷起声音说:"庄籽芯,你信不信,我隔着电话一巴掌就给你抽过去。"

庄籽芯大笑起来:"哈哈哈……冷哥,你不仅是这世上最帅的人,还是这世上最可爱的人。谢谢冷哥!"

冷哥听了,笑了起来,虽然话说得狠,但声音透着不一样的温柔可爱:"得得得,你给我省省,少在那儿给我溜须拍马。赶紧给我滚蛋,老子忙得很呢。"

庄籽芯最后郑重地说道:"冷哥,我代表白平村的所有村民感谢你。"

电话里,冷哥又笑了,然后说:"你这两个月变化很大,看来这趟西南,你是没有白去。"

庄籽芯忽然有些羞赧:"我……真的变化这么大?听声音,您都能听出来？"

冷哥应声："嗯。等你消息了。"

挂了电话，庄籽芯像个孩子一样，高兴得手舞足蹈。

忽然，钟戌初清朗明润的声音从身后传来："什么事这么乐？中大奖了？"

庄籽芯转过身，正准备开呛，孰料一根黄澄澄的玉米正递到她眼前。

钟戌初轻咳一声，说："炜炜刚煮好的。"

庄籽芯惊奇地盯着那根玉米看了看，然后又微眯着眼瞅着他。

每天晚上饭后，小团队都会进行例会。例会上所有人要进行一天的总结和讨论。常常因为讨论太过激烈，一个个又闹肚子饿。加上庄籽芯晚饭吃得极少，炜炜出于心疼，不知从什么时候开始，他便下厨煮一些玉米、红薯之类的粗粮给大伙儿当作夜宵，既管饱又不胖。

每次煮好了后，炜炜都会在第一时间送过来给她尝尝。今晚忽然变成钟戌初这朵"高岭之花"为她送夜宵，不只让她感到意外，还有些心惊肉跳。

"吃吧。没有下毒。我若真想毒你，不如晚饭给你弄点红伞伞。"钟戌初将玉米往她面前又递了递。

"喊！"庄籽芯接过，玉米还有些滚热，确实是刚煮好的。

她轻咬一口玉米，真甜。

比起超市里供应的，这新鲜自种的玉米，味道就是不一样。

钟戌初凝视着她吃食的可爱模样，面部的神情变得十分柔和，甚至都有种冲动想尝一下那玉米的滋味，或者是……

庄籽芯毫无预示地抬眸，恰好撞见他含情脉脉看着自己，不由得身躯一震。

这人最近很不对劲，之前买坐便器给她，今天又送玉米，他想干吗？

"无事献殷勤，非奸即盗。说吧，你找我什么事？"她狠狠咬了一口玉米。

钟戍初很快被拉回现实，被自己方才脑子里的龌龊想法吓了一跳。

他暗暗深吸一口气，说："我想让你明天陪我去一个地方拍摄素材。"

庄籽芯嘴里包着玉米粒，一脸狐疑地看着他，道："为什么是我陪你？"

钟戍初回道："显然是因为其他人都有事情走不开。不然你以为我是在单独约你出去约会吗？"

庄籽芯撇了撇嘴说："敬谢不敏。我也很忙的，我也有好多事情要做。"

钟戍初忽然威胁说："你是不是已经忘了，你我之间合约的八字核心要素？"

庄籽芯的脑海里立即蹦出来八个字——随叫随到，不得违背。

这人……真是讨厌。连冷哥听声音都能听出来，她变了很多。就这人，还动不动拿捏着那个"卖身契"。

"去去去，我去还不成？什么地方？"庄籽芯没好气地咬了一口玉米，若不是这根玉米是炜炜辛辛苦苦地煮出来的，她真想还给他。

"去白平湖，取一些素材。刚好大树说你还没有去过白平湖。"钟戍初有意无意地说着，打算拍一些村民捕鱼的照片回来，顺便再去看看忠良大爹。

庄籽芯一听去白平湖，立即神采飞扬。

"小芯芯，吃棒豆啦！"

这时，周炜炜端了个盘子走过来，里面放着好几根刚煮好的玉米。

他瞧见庄籽芯手中已啃了大半根的玉米，又看看盘子里的玉米，着实愣了有几秒。

周炜炜挠了挠头，说："哎，小芯芯，你这棒豆哪儿来的，你啥时候去的厨房啊？"

庄籽芯没回答，只是斜眼瞄向钟戌初。

周炜炜顺着他的视线看过去，问道："初初拿给你的？"

钟戌初轻咳一声，神态自若地从盘子里拿了根玉米，啃了一口，说："你们俩聊，我和阿洛他们讨论民宿的事。"

周炜炜反应过来，惊叫："嘿，钟戌初，真的是你拿的？"

钟戌初压根不理会，一边咬着玉米，一边嘴角漾着浓浓的笑意。

周炜炜回过神来就开始念叨："这小子……也太不地道了。我就琢磨着，我明明煮了八根棒豆，结果装盘的时候就少了一根。我刚还以为是被猫偷了吃呢。我就想着咱村里的猫，它不吃棒豆啊。难不成是老鼠？小芯芯，我可不是说你是那老鼠。没想到咱村里最大的老鼠竟然是钟戌初。"

这回换成庄籽芯瞠目结舌。

好家伙，说什么玉米是炜炜让他拿来的，原来他是那只偷玉米的"老鼠"啊，可这真的不像他呀。他为什么要"偷"玉米给她吃呢？

周炜炜问："你明天有啥安排不？要不要跟我们一起去拍摄？"

庄籽芯说："明天？不行，我要跟着高岭之花去白平湖取素材。"

周炜炜惊道："去白平湖？白平湖不是去拍过了吗？就前段时间，你跟嬢嬢她们每天去打核桃的时候，我们就去拍过白平湖了，他咋还要去呢？"

庄籽芯一头雾水，说："你问我，我哪里知道哦。"

她啃着玉米，眼睛瞄着屋内的钟戌初，这心里头总觉得怪怪的，哪里怪有点说不明白，脑子里不由得崩出钟戌初之前的一句话："不然你以为我是在单独约你出去约会吗？"

单独约会……

他跟她怎么可能哟？他们两个人面对面，不打起来，就要感恩老天爷今日没往下扔雷了吧。

这玉米啃着啃着，咋这么塞牙缝呢？

115

等等,她怎么会突然有这种不可思议的想法。

庄籽芯,你的思想啥时候这么污浊了?首先,高岭之花可是那万恶的债主。其次,高岭之花是名花有主。这种事,哪怕就是有一一点点怀疑的念头都行。

阿弥陀佛,阿弥陀佛,恶灵赶紧退散。

庄籽芯深吸几口气,觉得正事重要,她得将自己的想法与程守洛沟通。

程守洛正和钟戌初他们几个讨论着事,一个个脸上洋溢着灿烂的笑容。

大约是今日收到镇上的好消息,那最后一笔工程尾款到账了,等财务这边对接好,便可以汇入村子的账户里。

本来晚上吃饭的时候,大伙儿决定弄个火锅,喝点小酒,庆祝庆祝,但是考虑这几日的事情较多,喝完酒之后一个个晕晕乎乎,没法继续工作,于是作罢,商量着等款到账后,一定要庆祝。

程守洛看到她问:"小芯,你找我什么事?"

"还蛮重要的事。"于是,庄籽芯将自己的想法说出来,并再三向程守洛强调建立属于"白平村"的自有品牌。

程守洛听完之后十分惊诧,内心充满了感激和感恩。

他万万没有想到,她居然一声不响地为白平村建立了公众号和短视频号,甚至还有想要做直播带货的想法,来帮助白平村进一步创收。

"原来你和大树这些天交头接耳,就是在筹谋这件事啊?"周炜炜问出所有人的疑惑。

庄籽芯笑着说:"对呀。不然你以为什么?"

周炜炜捏了捏鼻子,不好意思地说:"没什么没什么。"

徐开乐不停地捅着周炜炜,小声嘀咕:"我就说吧,咱这是思想龌龊,自惭形秽。"

程守洛叹了口气,说道:"你说的这种直销方式,其实前两年我们也尝试过，但是效果不是很理想。后来才发展与网络电商合作这块，好容易大家能赚钱了，现在又因为产量过剩进入滞销期，卖不上价。"

目前白平村的现状，全村留下的都是些年纪大的老人家，像兰姐、竺溪孃孃她们这样的骨干，都算是全村"年轻一辈"的中流砥柱。而像大树这样憨憨傻傻，不求回报，一心留在村子里建设的年轻小伙，全村也仅此一个。

白平村不仅缺乏电脑专门操作的人员，还更加缺乏这方面的营销推广资金。

这一次能将村子里的道路，上上下下，全部修整完毕，已经是个不小的突破。

庄籽芯当然明白程守洛担忧的宣传问题，冷哥那儿已经答应，问题等于解决了一半。

只要保证有持续性吸引力的短视频内容，有冷哥这位大佬的支持，还怕白平村不火？

众人在得知得到昊月公司大力支持一事，倍感震惊。

"那个……你们老板……他……唉，我这一激动，都开始语无伦次，都不知道说什么好。"程守洛激动得差点说不出话来。

庄籽芯笑着说道："阿洛，你什么都不用说，接下来，这事就先交给我和大树去弄。如果成了，不失为一种方式。如果不成，咱们不是还有其他路子吗，保持稳步前进就好。"

钟戌初凝望着庄籽芯，目光如沐三月里的春光一般柔和。

这段时间以来，她变化十分大，几乎是肉眼可见。可怎么也没想到，她竟然默默做了这么多事。

庄籽芯冲着钟戌初和郑庭栋两个人挤了挤眼，示意二人表示也多给点外力支持。

郑庭栋笑道："你这一挤眼，我们这就压力山大了。"

周炜炜举着玉米棒，做了一个撒娇可爱的动作，说："小芯，以后你们的短视频里若是缺男主角，请优先考虑一下我。"

　　庄籽芯说："那肯定。你和开乐，我都想好要给你们俩弄个剧本呢。"

　　周炜炜啃了一口玉米，矫情地跺着小脚，拉着她的衣袖说："咦，人家才不要跟他演，人家要跟你演嘛。"

　　徐开乐翻了个大白眼，啐道："戏台还没搭，你这就演上了。直接给我整吆了。"

　　周炜炜又是一跺脚，说："讨厌。"

　　徐开乐说："信不信我踹你，赶紧给我整正常了。"

　　说着两人追着屋子开始打闹起来。

　　庄籽芯笑弯了腰："我这脚本都还没开始呢，今晚这期不算哈。"

　　程守洛感动地说："小芯，谢谢你。"

　　庄籽芯摆了摆手说："嘻，你这客气啥？我这啥也没开始操作呢，等日后真的能直播带货那天，给销售出去了，再谢我也不迟。不早了，我先回昭如家休息了。"

　　"小芯芯，我送你。"周炜炜忸怩着妖娆的步伐，走向门外。

　　"嘻，不用。我又不三岁小孩，再说这路修得比我刚来的时候好多了。没事。"庄籽芯抱着笔记本电脑走出院门。

　　"你在家，我送她回去。"

　　钟戌初忽然轻描淡写地抛下一句，擦过周炜炜的身侧，穿过院门，走下台阶，跟随着庄籽芯一同消失在黑暗中。

　　"哎？哎？哎？"周炜炜连声叫嚷着，也要跟出来，但是被程守洛和郑庭栋硬生生地给拽住，"你们拽我干吗？"

　　郑庭栋说："有阿初送就行了，你跑出去凑什么热闹？"

　　周炜炜说："栋哥，你这话说得……我怎么就凑热闹了？"

　　程守洛连忙打圆场说："阿初应该是有什么事情，要和小芯单独说吧。"

　　周炜炜摸着脑袋，纠结地说："不对啊，这人最近有点不正常啊,平时也没见他这么殷勤。尤其是今晚,还偷了我煮的玉米拿给小芯吃。"

郑庭栋正喝着桂圆红枣枸杞茶,听周炜炜这么一说,差点将口中那丁点宝贵的枸杞茶给喷出来。

程守洛随即睇了他一眼,两人的视线在空中完美地打了个交汇。

"你们知道吗?我明明煮了八根,转个身就只剩下七根,我以为遭老鼠偷了。谁知我给小芯芯拿玉米的时候,小芯芯正啃着我煮的玉米……"

程守洛和郑庭栋都是明眼人,这几日来,但凡庄籽芯有什么事,钟戌初都是第一个冲在前头。做兄弟这么多年,若说那家伙对小芯没点什么想法,他们肯定是不信的,只是看破不说破罢了。

周炜炜说的这偷玉米一事,恰巧印证了二人之前的想法。

只是他们怎么也没想到,这人竟然会偷玉米给人家姑娘,这操作也真是绝了。

周炜炜说着说着顿住了,然后看向程守洛和郑庭栋二人,忽然之间仿若明白了什么。

他随即双手手掌一拍说:"钟戌初这小子,不厚道呀,对咱小芯芯有歪心思呀。你们知道吗?刚才我问小芯芯,明天跟我们去拍摄不,她说去不了,要跟钟戌初去白平湖拍素材。"

徐开乐也跟着恍然大悟:"你这么一说,我又想起来一件事。本来明天不是定好了去跟拍孃孃她们做的美食嘛,我就问他要不要再跑一趟忠良大爹家,毕竟忠良大爹做的鱼汤那可是方圆百里一绝。整得好,说不准以后还能上《舌尖上的中国》呢。结果他怎么说,说不用,上回拍的素材够了,然后还跟我拿了无人机的设备。你们说他这跟我拿无人机的设备想干吗?他就没打算跟我一起干活是吧。"

周炜炜气道:"这小子怕是趁机想和小芯单独约会吧?待会儿他回来,我就问问他明天跟不跟我们一起走。"

郑庭栋瞟了他一眼,啐道:"问什么问?就你话多。他就是明天

119

带小芯单独去拍摄白平湖有什么问题？就你在那儿瞎操心。"

周炜炜皱着眉头说："当然有问题。阿初他有女朋友啊，这要是他俩有点什么，那小芯不就成小三了？小芯现在就是我亲妹子，那是绝对不能背上小三这种污名的。"

程守洛说："你们呀，话是越说越离谱。阿初做事一直都很有分寸，说不定，不是你们俩想的那样。"

徐开乐想了想说："也对，万一不是这么回事，让小芯听到了可就不好了。别忘了上次我拿他俩开玩笑的事，小芯很生气。我到现在都心有余悸。"

周炜炜叹了口气说："得！谁叫他是我兄弟，他要是真看上小芯芯，那我只能去把他那极品的女朋友先解决了。"

程守洛不禁失笑："你真是越说越离谱。早点休息，明天还要继续干活呢。"

"散咯，散咯。"

庄籽芯一手抱着笔记本电脑，一手打着手机电筒，慢悠悠地走在山道上。

近两个月来，这条路她走了不下数百回。这道两旁的一草一木，一砖一瓦，早已清晰地刻在脑子里。

毫不夸张地说，即便是在这伸手不见五指的夜晚，她就是闭着眼，也能走回昭如的家里。

本来没什么可怕的，但是突然听到身后传来一阵的脚步声，她心底还是犯起了毛。

走着听着，这脚步声好像很熟悉。

她倏然转身顿住，将手机电筒往身后一照，果然看见钟戍初正打着手机电筒跟在她的身后。

她没好气地说："你跟着我干吗？"

"玉米啃多了，出来消化消化。"钟戍初云淡风轻地说道。

"你鬼扯吧,一根玉米,所有米粒掰下来都没二两重。"庄籽芯自然是不信他的鬼话。

"哦,那就当我鬼扯吧。"反正事实是什么根本不重要,重要的是他就是想跟着出来散步。

庄籽芯冷哂一声,转身继续向前走。

钟戌初快步跟上,与她并肩,一直默默的,也不说话。

庄籽芯总觉得他怪怪的,这哪里像是出来散步,这分明就是出来送她回昭如家。再说了,这条路她都走了千八百回,用得着他跑出来送她?

她越想越觉着这人最近很奇怪。

每天一早都会打电话来叫她起床,其实她早就不赖床了,来白平村最多一周不到,她便早起早睡。可是也不知从哪天开始,他就突然又打电话来叫她起床。

每天晚饭时间,他也会准时叫她去程守洛家上网工作,偶尔有那么一两天她想偷懒,他便会说:远道的工作你做完了吗?

所以,在他的鞭策下,她原来不像个水车轱辘也变成水车轱辘了。

今天更是离奇了,不仅偷拿玉米给她吃,还要送她回来……

这人该不是真对她有什么想法吧……

她轻皱了皱眉头,连忙往边上走了走,刻意与他保持着距离。

距离大了,钟戌初便也自动往她的身边靠了靠。

走着走着,忽然钟戌初长臂一捞,将她捞进怀里。

庄籽芯整个人僵住,双手抵着他胸膛,脑子里开始疯狂运作一系列的"动感画面",然后闭着眼结巴着说道:"你、你、你干什么?我们俩可是订了契约的,说好了不违反道德意愿的。"

钟戌初一脸莫名其妙,看着她怔了几秒才反应过来,然后冷哂一声:"你在想什么?你该不会以为我想趁夜黑风高强吻你吧?"

庄籽芯抬眸,露出一副"难道不是吗"的怀疑神情看着他。

钟戌初满脸嫌弃，说："你是不是最近网剧看多了，脑子里长满了红伞伞？"

庄籽芯不甘示弱地反驳："你才有毒呢。就这里的信号，我能看什么网剧？就算在阿洛家里有无线网络，我也都是在办公的好吗。"

钟戌初白了她一眼，将她的身体扳向左面，道："手里打着手机电筒，走路还能走歪掉，不是脑子里长满了红伞伞，就是从小感统失调。"

庄籽芯本想再反驳，可当看到左侧的路牙边，着实吓了一跳，本能向后连退了两步。方才若不是钟戌初捞她一把，她只要再往前走一小步，人一定就直栽下去了。这上下方的路，落差不多有一米多高，就算摔下去摔不死，也能把人跌个半月不能自理。

她咬着下唇，简直丢死人了。

人家为了她的生命安全着想，而她满脑子的……非礼画面。

她深呼吸一口气，为了掩饰内心的尴尬与丢脸，强词夺理："谁让你大晚上的，跑出来散步？这条路，我要是一个人走，我铁定掉不下去！"

钟戌初挑着眉，一脸不可思议地看了她几秒，竟然没反驳她，而是拉住她的手，将她往路中间拽了拽，做了个请的手势。

言下之意，现在整条路都是她的了，她横着爬都可以。

庄籽芯毫不客气地向前走，可走了没两步，身体又被迫顿住，倏然发现她的左手一直被他攥在掌心里。

她下意识想要收回手，却不想钟戌初一下子攥紧，不让她抽回。

她震惊地看着他。

他轻描淡写地说："送你到昭如家，保证你不滚下坡。"

"我……"她话音刚起了个头，他便拉着她向前走。

她只得跟着他，一路咬着唇，没再抽手。

初冬的夜晚温度有些低，尤其是在山里。

一身运动衣里即便是加了一层薄薄的毛衣，还是能感受到夜风刮来时,穿过心口的寒冷。

但很奇怪,自从被钟戌初牵着走之后,庄籽芯再也不觉得冷了。

他的手掌很大很热,在他手掌心的包裹下,她那微凉的手很快变得热起来,连同她的心口也跟着暖了起来。只有她的耳根,是越发地烫。

眼看着昭如的家就在前面,藏在庄籽芯内心深处的道德小人忽然跳出来。

她立即抽回手,说:"昭如家到了……"

掌中的柔软毫无预示地倏然消失,钟戌初顿感失去了什么,心底有些空落落的。

他暗吸了一口气,说:"明天早上,我来找你,一起走。"

庄籽芯轻应一声:"哦……"

钟戌初顿了顿,又道:"白平湖很美,应该可以给你很多灵感,第一期短视频的内容素材不必担忧。"

一提到短视频,庄籽芯双手一拍,便道:"幸亏你提醒,我等一下给大树电话……"

她话还没说完,便被钟戌初硬生生打断:"打电话给大树做什么?"

庄籽芯一愣,然后结巴着说:"不、不是要拍短视频吗,明天喊他一起去,正好看看他有什么好的想法……"

钟戌初察觉失态,于是说:"明天,阿洛应该会有其他工作安排他。白平湖他去了无数次,若是有好的想法,等你去了拍了素材回来,刚好沟通。"

庄籽芯挠了挠头:"也对哦……那明天我能带狗子去吗?"

"随你。我消完食了。"钟戌初说完,连声告别招呼都没打,转身离开。

庄籽芯眨巴着眼,一脸蒙地看着他转身,颀长挺拔的身影一点一点消失在黑暗之中。

123

一阵夜风吹来,她不禁打了个哆嗦。

这男人的脾气啊,就跟这山里的天气一样,每天都要来那么一场猝不及防的雨。

从昭如家回来,钟戌初的心情十分好,一路上嘴角都挂着浅浅的笑意。这刚回到小院里,便被周炜炜一把揽过。只听见周炜炜贱贱地笑道:"哟,小初初啊,这什么事把你乐得,一脸的春心荡漾?"

钟戌初立即抿直唇角,一脸嫌弃地拍开他的手。

周炜炜厚着脸皮又将手臂搭过去,继续撩事:"小初初,明儿,我们先去哪家开拍?丽芝嬢嬢家还是桂华嬢嬢家?"

钟戌初横眉一挑,道:"有话就说,有屁就放!"

周炜炜嬉皮笑脸地又说道:"刚才开乐说,他想去忠良大爹那儿吃鱼,要不,明天我们去忠良大爹家拍做鱼?"

徐开乐立即瞪圆了眼,指着周炜炜打着哑语:怎么是我要吃鱼?周炜炜你个坏坯!

钟戌初开始防备,斜睨着他俩说:"刚来的时候,你们不是就上忠良大爹家拍过了吗?"

周炜炜笑着说:"片子我看了,第一次拍得不行。栋哥,你说是不?"他一边说着一边冲着郑庭栋挤眉弄眼。

郑庭栋无语凝咽,笑道:"我可没说。"

钟戌初是什么人,从进门周炜炜勾着他的肩头开始,他就一眼看穿了周炜炜的小心思,立即掸开他的手臂,道:"相鼠有齿,人而无止。"

说完便进了屋子,拿了衣服去洗漱。

周炜炜指着郑庭栋说:"你……关键时候掉链子。"

郑庭栋笑着说:"人而无止啊!"

"哎哎哎?你们这咒兄弟死就不对了。"周炜炜屁颠屁颠地跟在钟戌初背后念叨,"你也别怪兄弟多嘴没提醒你哈。你要是真心喜欢小芯芯的话,那可得先处理好和允夏的关系。你要是真喜欢人家,你

124

这事必须得放在心头上。"

钟戍初走进厨房提了两瓶热水,忽然顿住脚步,回头瞪着了周炜炜一眼,一脸严肃地说道:"我和卢允夏年初就已经分手了。"

"可不能让人家小芯芯背骂名哈……"周炜炜念叨着,忽然反应过来,尖叫一声,"你说什么?"

钟戍初白了他一眼,拎着两瓶开水进了浴室,然后"砰"的一声重重关上木门。

周炜炜反应过来,拍着木门叫嚷着:"老钟,你刚才说什么来着?你再说一次?哎哎哎?你真的跟允夏分手了?什么时候的事?真的是年初?你们俩真的分了?"

周炜炜分明一字都没听落下,偏偏还要拍着门板一句一句追问钟戍初。

"周炜炜,你要再叨叨一句,信不信泼你一脸水?"钟戍初在里面低吼一声。

"得了得了,兄弟你洗澡先。"周炜炜一转身就扯着嗓子开始叫嚷,"哎哟我苍了个天的大地呀。老郑——老程——老徐——"

郑庭栋三人齐齐回首看着喜出望外奔来的周炜炜,一脸蒙。

"哎,老郑、老程、老徐,你们知道不?初初年初跟他那祖宗女友分手了。"

"啊?真分了?"

除了徐开乐惊叫,郑庭栋和程守洛两人淡定若木鸡。

这个消息在他们两人听来并不意外,而是意料之中的事。

两人相视而笑。

"都分这么久了,这小子才跟我们说。你说这小子是不是一点都不厚道。"周炜炜这才发觉郑庭栋和程守程两人漫不经心的样子,"你们两个是不是早就知道了?所以一直老那么拦着我,生怕我做个大灯泡。"

程守洛神秘一笑,说:"不好意思,和你一样,刚知道。"

125

郑庭栋说:"你难道不是大灯泡?我们虽然和你一样时间知道,但是我们两人有眼,能看明白。不像某些人,都提点了,还那么不会看眼色。"

周炜炜指着二人气得没话说:"就你们俩能耐。"他一把拉过徐开乐,"不行,待会儿等那小子出来,你跟我要好好审问他,具体啥时候分的?谁提的分手?"

徐开乐说:"怎么逼供?清朝十大酷刑?初初那张嘴能撬开,算我输。"

郑庭栋不置可否地笑着:"你们随意。"

程守洛眼神表示二位有能耐二位就上。

周炜炜说:"那肯定是撬都得撬开。你们又不是不知道,初初和那卢允夏分分合合多少年了。刚上大一的时候,就听说他有个未婚妻了。老一辈定的婚事,哪那么容易分的?也不知怎么的,我这心里毛毛的,万一卢允夏跑来和小芯碰上,两个人打起来怎么办?"

郑庭栋笑了:"放心,你就是打死卢允夏,她也不会再来这里。"

徐开乐说:"对!我赌一盆玉米。她要是能来,我吃一盆玉米。"

看热闹不嫌事大。

男人也有一颗八卦的心。

周炜炜念叨的声音终于消失在门外,钟戌初回过神来,望着脸盆,他手里拿着的葫芦瓢已经舀了满满的一盆冷水。脑海里一直飘荡着周炜炜的话,他开始有些沮丧。

他表现得就这么明显吗?连他那几个粗神经的好哥们都看出来了,那她一定看出来了吧。所以,才会想着明天又是约大树又是带上狗子。这是害怕同他单独相处吧,抑或是不想被人闲言碎语。

他深叹一口气,舀了一瓢水自头顶淋下,他不禁打了个寒战。

虽说山泉水贮存在水缸里没有自然流下时那么冰冷,可在这初冬的季节,一瓢下来,依旧让人领会到什么叫冰寒彻骨。

其实在晚饭之前，他都没有计划明天去看忠良大爹。

只是前几日，大树无意中同他提起，小芯没有去过白平湖，觉得白平湖特别漂亮，想去看看。他将这事放在了心里，琢磨着找个好天气带她去白平湖转转，顺道再去忠良大爹湖边的小棚子里吃顿鲜美的鱼汤。

恰巧开饭前，忠良大爹给他来了个电话，其实也没什么特别的事，就是随便唠唠嗑。聊到兴头，忠良大爹便问他什么时候过来吃他烧的鱼。

也便是这样，他觉得择日不如撞日，他便约了忠良大爹明日去吃鱼。

挂了电话那一刹那间，他刚好瞧见她凝眉认真工作的模样，许是鬼迷心窍，他便想着只带她一个人去白平湖。

甚至直到现在，他都还是想着明日只带她一人去白平湖。

他从未想过，这样的事情会发生在他的身上。在今晚答应忠良大爹之前，他甚至还在做思想斗争，他是绝不可能喜欢上那个整日里神经兮兮又牙尖嘴利的女人。

可是一通电话，却让他破防了。

他是真的无可救药地喜欢上那个死丫头了。

究竟是什么时候的事，他完全不知道，也完全想不起来。

或许是她跪在地上抱着安总叫爸爸的时候，或许是在机场的星巴克里见到她一身红色洋装轻舞飞扬的时候，或许是她将猪屎用力按在他脸上的时候，或许是她把那盆脏水泼在他脚下让他洗鞋子的时候，又或许是她将防晒霜塞进他手里打算收买他的时候……

脸海里浮过她来到白平村以后的画面，每一帧的回忆，除了让人忍俊不禁，还有脑壳痛，痛到每天都会忍不住想她。

或许脑袋里长红伞伞的那个人，是他吧。

这种感觉是从未有过的，即便是和允夏交往的时候，除了按照两家人的意愿未来会结婚，他对她没有任何的想法。甚至在得知允夏背

127

叛他，和别的男人上了床，他有的竟然不是愤怒，而是解脱。

他应该从未发自内心地爱过允夏吧。

他深吸了一口气，在心中下了一个决定。

Chapter 19
心肆意地动了，那一秒便是爱了

这一夜，庄籽芯也失眠了。

因为钟戌初，她心底那面平静了二十多年的湖水，竟然被肆意地搅动了。

天刚蒙蒙亮，她便瞪着两眼望向窗外发着呆。

回过神时，时针竟已过了七点。她这才手忙脚乱地开始化妆，本想化个精致美艳的妆容，可最后下手的时候，她又丧了。打扮那么美是给谁看呢？人家有女朋友。

于是她又换了个元气满满的淡妆，让自己看起来精神一点。

而在选衣服的时候，她又纠结了，几乎将柜子里所有的衣服都翻出来了。最终她默默套上了一件薄薄的咸菜色休闲小棉袄，将那白色淑女大衣放下。

八点半不到，钟戌初准时出现在昭如家门口，他怀里还抱着狗子。

庄籽芯一瞧见狗子，喜笑颜开，浑身的紧张感顿时消失。她接过狗子，抱在怀里，宠溺地撸了又撸。

钟戍初望着狗子，眼神里不禁流露出一丝羡慕的神情。

两人一前一后走到村口的停车场，钟戍初十分绅士地为庄籽芯拉开黑色大众小轿车的副驾驶室门。

这也是两人认识这么久以来，钟戍初第一次这么绅士地为她拉开车门。以往都是庄籽芯同他争抢副驾的座位。

"谢谢。"庄籽芯脸微微一红，抱着狗子坐进车里。

钟戍初关上车门，在心里暗暗舒了口气。幸亏他将狗子抱来了，不然这会儿真不知该如何缓解两人之间那种莫名的该死的尴尬气氛。

等到钟戍初坐进驾驶室，庄籽芯便问："阿洛他们今天不用车吗？"

钟戍初系好安全带，说："最近要运输材料什么的，面包车或者卡车用起来可能更方便一些。"

"哦……"庄籽芯抱着狗子，手指不自觉地逗弄着狗子的耳下。

钟戍初发动车子，刚想起步，忽然看到仪表盘上安全带的红灯提示，于是偏头看向庄籽芯。

她正全神贯注地逗弄着狗子，脸上挂着恬静宠溺的笑容，完全忘了系安全带这回事。狗子趴在她的腿上，发出舒服的咕噜声。

一人一猫，在淡淡的晨光之中有一种别样安逸的慵懒。

钟戍初抿了抿薄嘴唇，于是整个人倾过身去，将手伸向她的右侧。

庄籽芯本能一惊，抬眸之际，钟戍初的侧脸就近在咫尺。

不论是他，还是她，只要再有一个动作，两人之间这忽略不计的距离可能将会消失。

她不禁想起那天在核桃树上的情景，心开始扑通扑通地跳了起来。

钟戍初感觉到她的紧张，什么也没说，将手伸向她右侧窗边的安全带，很自然地拉下插入座位左侧的插扣里，整个动作一气呵成。

庄籽芯未敢出声,一颗心紧张得差点蹦出嗓子眼。她一点一点往身后的椅背上靠了靠,直到安全带插扣发出"咔嗒"的声响,那颗悬着的心总算是"咚"地一下归了位。

钟戌初察觉到她的紧张,于是故意保持这样近的距离,直视她的眼底,然后一木正经地说道:"虽然是在山里,这里没什么摄像头,但是也要注意生命安全,第一时间系好安全带。"

庄籽芯耳根顿时红了起来,结巴着说道:"系、系安全带嘛,你、你说一下不就行了嘛,干吗要凑过来?"

"因为……"钟戌初的声音忽然变得低沉而沙哑,凝视她的眸光也变得深沉起来,他一字一顿地回道,"我、喜、欢。"

庄籽芯双手紧张地抓着狗子的皮毛,以为钟戌初还要说第四个字时,不料他戛然而止,身体收回去坐直,然后拉开手刹,发动车子,一气呵成。

庄籽芯背靠在椅背,心脏怦怦跳个不停,目光僵直地看向车前窗,手却不受控制地拉扯着狗子的皮毛。

狗子突然发出一声抗议的猫叫。

庄籽芯惊慌失措地回过神,手忙脚乱地顺着它的皮毛抚摸,安抚它:"哦哦哦,对不起,对不起,乖,乖。"

与此同时,钟戌初的唇角扬起一道欠揍的弧线。

短短的两三分钟时间里,庄籽芯的心脏仿佛像是坐了过山车一样,忽升忽落,这不经意间,余光瞥见他嘴角轻扬的笑意,心里顿时气不打一处来。

这家伙根本就是故意的!害她误以为……该死的,这臭家伙居然变得如此油腻,要说这不是故意撩她,打死她都不信。

她气愤地用力咬着下唇,果然长得好看的男人都有渣的潜质。

她生气了,抱着狗子歪过身侧,脸转向右车窗,不看他。

钟戌初却并不知她生气了,还以为她害羞了,这一路上心情十分好,并打开车载广播,却不想里面刚好正在播放云南官方友情提醒广大市民注意正确吃菌的歌曲。

"红伞伞,白杆杆,吃完一起躺板板。躺板板,睡棺棺,然后一起埋山山。埋山山,哭喊喊,亲朋都来吃饭饭……"

一听到这个"红伞伞,白杆杆",庄籽芯就气不打一处来。

之前他就在嘲笑她脑子里长满了红伞伞。说什么她有毒,明明有毒的人是他好吗!

这边,钟戌初快乐地跟着哼唱起来:"吃饭饭,有伞伞,全村一起躺板板,来年长满红伞伞。"

"吵死了!"庄籽芯伸手将广播关了。

钟戌初笑容不停,按开广播,继续唱"红伞伞,躺板板"。

拗不过,庄籽芯抱着狗子背对着他,再也没说过一句话。

可这闷气生也没多久,车子很快便停下来。

钟戌初下了车,第一时间绅士地为庄籽芯拉开车门:"到了。"

这就到了?

庄籽芯回过神,看向车外,只是一个简陋的临时土坡停车场,周围长满了杂草。

从白平村村口离开到这里,最多也就开了约莫十分钟的路程,这么近的路程为什么要开车过来?

白平湖的水域面积很大,开车环湖一周差不多需要两个小时的路程。

其实从白平村出来过一条小溪,再走个十几二十分钟的路程就能到白平湖的湖边,那一段沿湖也就是大树经常去拍摄的地方。

而开车来的这个地方,则是钟戌初认为沿湖风景最美的一段。

他抿着唇,放在心底,却什么也没说。

庄籽芯带着满腹疑惑下了车,一回头,被眼前的美景惊艳。

一道木制的栈桥蜿蜒向前,桥下全是黄黄绿绿的绒草,一缕缕向两边铺开,站在栈桥上看过去,就像一块黄绿色的绒毯。脚下的木栈桥修建了应该有些年头,走起来嘎吱作响,有些木板条已经磨损破洞。

好在栈桥下并没有水,所以可以放心大胆地走在上面。

狗子"喵喵"叫了两声,从庄籽芯的怀里跳下,沿着栈桥直往前飞奔而去。

"哎,狗子,别乱跑……"庄籽芯一边叫唤着,一边小心翼翼地踩着栈桥快步追着。

下了栈桥,顺着棕底白字的景区旅游指示标牌一路向前,没走几步,视野一下子更加开阔,一面明静宽阔的湖水映入眼帘。

岸边立着两棵一高一矮的树,树叶已经变得金黄。

庄籽芯叫不出它们的名字,抬头仰望,当看到金黄的树叶映衬着碧蓝如洗的天空,才知道大自然的颜色竟是这么美,是任何颜料都无法调出的色彩,因为它们除了绚烂的色彩,还有光。

在阳光的照耀下,湖面像是撒满了细碎的金子一般,波光粼粼。一群群白色红嘴的鸟儿在半空迅速划过,然后一头栽向湖面,只见下一秒它们又从水里钻出来,浮在水面欢快地游着。

庄籽芯立在湖岸俯瞰湖底,湖水清澈见底,里面长满了鲜绿的水草,一缕一缕,随波肆意地摆动,鱼儿成群结队,在水草间欢快地穿越。

她眺望前方,整个白平湖水域宽阔,若不是远处连绵不绝的青山,她几乎以为白平湖的水面没有尽头。

蓝天白云,倒映在水面,整个湖面就像是一块碧绿的翡翠一样。

"天啊,原来白平湖这么漂亮,我以为大树拍的视频就已经很美了,没想到亲眼见着,觉得更美。"她忍不住感叹,然后拿出手机,开始不停地疯狂拍照。

钟戌初站在她的身侧,看向远方,叹道:"是啊。我和师兄他们几个,第一次来白平村的时候,就跟你一样,被这里惊艳了。"

原本以为程守洛研究生毕业之后会选择留在N市,可不想他毅然决定要回老家。

他们只道程守洛的老家在云南，一直以为是在丽江城里，一个个开玩笑要跟着他一起回丽江寻找艳遇。然而程守洛却说，他的家乡不在丽江，而是在离着丽江城有300多公里的一座大山里，一个叫作白平村的地方。那里是个非常美的地方，处处都是美景，随手一拍，都是绝美的风景大片，那里就是摄影天堂。

也是那次，他们第一次听到"白平村"这个名字。

出于对美景的好奇，对摄影天堂的追梦，所以那一年暑假，他们几个决定陪着程守洛一起回来看看。

当穿山越岭，终于来到这里，他们几个人肩并肩站在湖边时，一个人都没有开口说话，而是不约而同拿起相机，开始疯狂拍照。

当夕阳西下，美景渐渐隐匿，他们站在白平村里，一颗颗满怀热情而激动的心，最终还是被现实压平静了。

古朴宁静的小村落，虽然有着岁月长河打磨过后的沧桑之美，美则美矣，但实在是太破旧落后了。

也是在那一时刻，他们感受到程守洛回来家乡，打算重建家乡的决定有多么艰难。所以这些年来，他们几个兄弟每一年都会约好固定的时间来到这里，帮助程守洛，帮助白平村。

一年年，他们看到白平村变化之大，这与所有人的付出都分不开。

两个人沿着湖边漫步，庄籽芯听着钟戌初讲述当年的事，忽然偏过头看向他，不解地问道："这里这么美，为什么这么多年过去，还没有开发呢？"

除了几个棕底白字的景区旅游标识，再没别的。既然上面都派人来立了景区旅游标识，为什么不开发呢？

钟戌初深叹了一口气，道："去年和前年，阿洛他们都递过申请，旅游局也派人下来考察过，认为白平湖的景色虽然是不错，但是结合白平山白平村的地理位置和村子目前发展的情况来看，这里地理位置偏僻，道路难走，交通极不便利，需要不少投资，项目开发难度较大。还有个原因是觉得这里缺乏特色。"

庄籽芯道："什么特色？"

钟戌初说："白平村没有少数民族文化特色，与其他开发投资的旅游项目相比，不具备优势。要知道，云南最不缺的就是这样的美景，遍地都是。"

庄籽芯说："谁说这里没有特色文化？白平村所有的房屋建筑不就是特色文化吗？这么一大片的云南特色民居，怎么就不是文化？"

钟戌初说："这样的民居在云南各地有很多，毫不夸张地说，三五十里就有一处，规模还会比这里大得多，白平村的村民大多都是汉族人，与其他地方相比，缺少数民族文化特色。"

庄籽芯轻皱了皱眉心，心有不甘："可是有这样的特色民居，又有这么一大片水域的村落也许并不多呢。还有咱们的核桃、农副产品、鲜花，白平村有很多特色东西呢。再说了，咱们汉族文化更加源远流长呢。"

钟戌初轻笑出声，越看越觉得她很可爱。

庄籽芯信心十足地自说自话："没关系。想我泱泱中华大地，有太多很美的地方，都是因为交通不便而未能被开发。那些美丽的风景之所以能够被世人所知，不也都是因为你们这些从事摄影行业的人不远千里跑来，通过照片或者影片传递出去的吗。放心好了，等你们的纪录宣传片出来，这里一定会成为炙手可热的著名旅游景点。再加上我和大树弄的马上就要爆红的短视频号，我就不信这里不火。"

"嗯，你说得对。"钟戌初嘴角的弧度就没有落下过，漆黑清澈的眸底满满都是她的身影。

"所以啊，好看的地方就是需要营销。你想想咱们S省，不对，是咱隔壁的Z省，但凡有山有水的地方，他们都想尽法子给开发了。不是我故意贬低他们哈，有些地方瞅瞅，那都是啥风景呀，就是在山头上盖上一片高档民宿，然后找几个网红去打卡拍照，修过之后放在小红书上或者在几大旅游平台上吹一拨，那就会吸引一大拨情侣飞奔

135

去打卡。按我妈的俗语说，狗屎都能搓成黄金卖。"庄籽芯忽然指着那两棵一高一矮的树说道，"你看那边，那两棵一高一矮的树，咱们给它们起名叫作情人树，那片湖岸就叫作情人滩……"

钟戌初不禁眉尾轻挑，想了想说："那两棵树，我们都管它叫子母树，不叫情人树，就是两棵很普通的树而已。"

庄籽芯不可思议地抬眸，一脸嫌弃地看着他，说："大哥，请问你觉得是'子母树'吸引人，还是'情人树'吸引人？"

钟戌初轻轻勾了勾唇角，说："情人树吧。"

庄籽芯说："那不就对了！若是再编一段凄美的爱情传说，什么两个苦苦相恋的情人，因为受到有世仇的两大家族的阻止，爱而不能结为夫妻，痛苦不堪，终于在某一天，两人决定为爱厮守，反抗世俗，双双投湖自尽，最后幻化成两棵树，生生世世相守在这湖岸。这感觉不就来了吗？"

钟戌初望着她，眼神里泛起一层蜜似的光，微笑着说："你这剧本是梁山伯与祝英台，还是罗密欧与朱丽叶？故事会不会有点太烂俗了？在隔壁山头的彝族，我好像也听过类似的故事。"

庄籽芯扬起尖细的小下巴，自信满满地说道："哪里烂俗了？全国各地有名的景点，十棵树能有五对树叫作情人树，十块石头十个都能叫望夫崖。你甭管它烂不烂俗，老百姓就吃这一套。总之这两棵树就是咱白平村的梁山伯与祝英台，咱白平村的罗密欧与朱丽叶。"

钟戌初摸了摸下巴，好像她说的话，有那么一点道理，一时间也无法反驳，忍不住给她竖起了大拇指。

"你不愧是做自媒体的，这编起故事来都是一套一套的。"他由衷佩服她的小脑袋瓜转得灵活。

"那是，不然咱'你霸气水姐'也不能那么红。"庄籽芯一下子骄傲起来。

"是哦，红到差点被封杀。"

"喊！那还不是因为有人在背后搞鬼。"一说到这个，庄籽芯就气不打一处来，伸手掐向他的胳膊。

"君子动口不动手。"

"我今天就是小人做定了。"庄籽芯使劲地掐着他的胳膊。

"那我可不客气。"钟戌初忽然双手抬起，双掌夹住她的脑袋。

庄籽芯整个人被按在原地不能动弹，恼羞之余，抬腿便给了钟戌初一脚。

钟戌初眼明手快，迅速往后退步。

庄籽芯追上前就要揍他。

两人一前一后，就沿着湖边你追我赶，幼稚得就像是两个小学生。

跑了没多久，庄籽芯上气不接下气，双手撑着膝盖大喘息。

钟戌初走过去，关心地问："你还好吧。"

庄籽芯抬起手就想再打钟戌初，这一回钟戌初没有再闪躲，而是直接捉住她的手臂，将她一把锁进怀里。

庄籽芯一下大脑一片空白，整个人僵直地伏在他胸膛前，没法动弹，只听到他心口传来"怦怦怦"的心跳声。

狗子一直在两人的脚边到处溜达，见两人抱在一起，直接扑向两人的裤腿扒拉着，"喵喵"地叫唤着。

庄籽芯回过神，便伸手用力推开钟戌初。

钟戌初低头看着捣乱的狗子，无奈地叹了一口气，索性将它抱起来走到湖边。

庄籽芯见状忍不住惊慌失措地叫了起来："喂喂喂，你想干什么？"

钟戌初唇角微抽："放心，我不会把它扔进湖里。"

庄籽芯耳根开始微微发热。

到了湖边，狗子瞧见湖里一尾尾游动的鱼儿，"喵喵"叫得更欢了，一下子从钟戌初的怀里跃下。正好前方有一块跳板，它小心翼翼地走到那个跳板上，然后俯向身子，爪子开始不停地伸进湖里。

庄籽芯以前听过猫会钓鱼,可从未现场见过。

"狗子,你小心点,可别掉下去。掉下去,我可不会游泳救你哈。"她看着那块破败又年久失修的跳板,很担忧狗子掉下湖去。

钟戍初笑了开来:"你不用担心它,它可是老手,若是不看着它,它怕是能把这湖里的鱼全捞走。"

钟戍初的话音刚落,只见狗子的爪子轻松一勾,便勾住一尾小草鱼上来。

庄籽芯欣喜地叫道:"狗子,你厉害嘛。"

狗子叼着鱼,快速蹿上岸,然后"啊呜啊呜"地享用起来。

钟戍初瞅着一人一猫,嘴角噙着笑意,从工具箱里拿出无人机开始调试,准备拍摄。

为了缓和方才的尴尬,庄籽芯一点点挪过去,凑在钟戍初的身边,静静地看着他调试,等到无人机飞上天,她看着遥控器上支着的手机屏幕里的画面,忍不住惊叹:"俯瞰整个湖面,真的好美……我从来都没有玩过无人机拍摄呢。"

"你没玩过无人机?"钟戍初惊诧地偏头看向她。

她点了点头。

"我教你。"钟戍初二话不说,将无人机收了回来,然后将遥控器交到她的手里,开始指导,"拍摄前一定要先观察好周围的障碍物,然后找好手感,等无人机起飞,先稳住飞机动势。"

"啊,怎么稳住?它怎么不听我使唤?怎么幅度那么大?啊,要是掉到湖里去怎么办?"此时此刻,遥控器在庄籽芯的手里看来就像是一个定时炸弹一样。

眼见着无人机腾空之后,忽上忽下,忽左忽右,落差幅度十分猛,有好几次差一点就要坠落到地上。

钟戍初安慰她说:"放心,有我在,不会掉湖里。不要着急。操作杆幅度不要太大,开始运动时,可能需要关闭避障。你不要只看着画面,也要看飞机的动向,计算无人机与障碍物的距离。"

138

"还计算障碍物的距离？我两只眼睛根本就看不过来，都不知道往哪儿看……"庄籽芯双手捧着遥控器，跟着机体一同忽上忽下，忽左忽右，"啊啊啊，飞机要掉了，要掉了……怎么办呀？"

钟戌初被她的动作逗笑了，索性从她的身后将她整个人环抱住，手握着她的手开始操作。

无人机顿时稳住，停在两人的正前方。

庄籽芯一下子惊住，脑子里一片空白，双手看似捧着遥控器，十指却绵软无力，哪还有心思再去操作无人机。

"给一点右上升的力，再给点微弱的左转力，同时云台向下微动，开始寻找主体。"

钟戌初低沉富有磁性的嗓音在她的耳边轻轻响起，将她的神志稍稍拉回现实。

她垂眸看了一眼遥控器，他的大掌就覆在她的手背上，她的手指根本没有在动。她看着他灵活的拇指操作着，手背感受着他掌心一直源源不断传来的温暖……

这个男人究竟知不知道自己在做什么？

她身体开始发颤，她开始害怕，想要逃开这里。

究竟是害怕什么，她不敢想。

每当心中有臆想的念头升起，她便严厉害警告自己：庄籽芯，你醒醒，人家有女朋友。

另一个声音强调：对啊，他有女朋友的，为什么还能这样对她？这是不是有点过分？这分明是渣男啊！

她开始挣扎，想要缩回手，可是他却手掌用力，紧紧地按住她的手背，不让她逃脱。

她咬着唇，正当纠结着再一次使力想要收回手，然而他却又收紧了手臂，将她困在胸前的一方小天地里不允许她动弹。

"眼睛不要乱看，看屏幕和飞机。手不要乱动，要保持主体，再转移目标主体，主体呈现在画面中间后再慢慢调整，偏航跟随主体。"他的脸颊微微向下，几近贴着她侧脸的发丝，那低沉轻柔的声音像是催眠剂一样让她失去了抵抗力。

她根本没有注意到无人机一直围绕着他们两个人转。

"这个自拍运镜的亮点在于先降高度然后再升高度，慢慢收下降杆……缓缓收……再慢慢加油门让飞机上升。记住上升的过程中，尽量保持左偏移的平稳……"

他看似始终在漫不经心地教着课，而她根本不知道他在说什么。

"我……"她想说她不学了，这样根本没有办法向他学习，可是只说了一个"我"字，所有声音都消失在喉咙间。

为什么会是这样？她忽然觉得自己好恶心，竟然在贪恋他的怀抱。

无人机再次回到两人的正前方，然后一点一点慢慢落地。

他贴着她的耳朵，轻柔地说着："航拍不一定都是要高高在上的，从低向高也是一种讲故事的方式，讲究的就是娓娓道来，就像美酒一样，时间越久越淳厚。要相信自己。"

他将遥控器塞回她的手中。

"我……我太笨了，可能这东西不太适合我，还是手机适合我。"庄籽芯咬紧牙根，挣扎着想要脱离他的怀抱。

无论如何，这一次都要脱离开他的怀抱。

耳边忽然传来他不相信的轻笑，下一秒，他便收紧手臂紧紧环抱着她，脸附在她的耳侧，沙哑着声音说："籽芯，有件事我想同你说。"

这是他第一次这么亲昵地叫着她的名字。

忽然之间，她感到有些毛骨悚然，她开始害怕："有、有什么话，你、你，先放开我再说。"她再次挣扎。

却听钟戌初干脆而坚定地说："我喜欢你。"

庄籽芯倏然睁大双眼，背对着他，身体僵直，难以置信方才所听到的。

原来最近一段时间,她感觉到他的异常,是因为他喜欢她?这怎么可能?他一定是在开玩笑,他一定又是想要捉弄她吧……

她颤着声说:"你、你不要乱开玩笑,这个玩笑一点也不好笑——"

他没待她的话说完,便打断她:"我没有开玩笑,我是认真的。"

庄籽芯的脑子里乱成了一团,感觉自己的心脏都快要停止跳动了。

她深深闭起眼,脑子里有一个声音在不断地提醒她:一个明明有女朋友的男人,却控制不住喜欢别的女人,背着自己女朋友引诱别的女人,无论这个男人长得多好看,他就是个渣男。清醒一点吧,庄籽芯。你要是接受他,你就是破坏别人感情的渣女。

"对不起,我觉得这个玩笑有点过了。"她很生气,睁开眼,双手使力,用力挣脱他的怀抱。

从小到大,虽然不是第一次被男生表白,但是这一次,让她有点恶心。

钟戍初一把拉过她,将她整个人反转过来,迫使她看向自己:"庄籽芯,你看着我!我没有在开玩笑,我是认真的,我是真心喜欢你,我可以对天发誓!"

他举起他的右手。

庄籽芯双手捂住自己的耳朵,冷冷地回道:"停停停!我不想听!你不必为这种事向我发毒誓,跟我一点关系都没有。"

钟戍初拉下她的双手,神情十分难过地说道:"怎么能和你没有关系呢?明明你对我也是有感觉的,我能感觉到的,不是吗?"

庄籽芯用力抽回手,带着哭腔恼怒地大声回道:"为什么要和我有关系?你说我对你有感觉,就是对你有感觉?你说你喜欢我,我就一定要喜欢你?你以为你是谁?喜欢一个把自己逼入绝境的债主,我是有多喜欢受虐?你这个人,不仅莫名其妙,还让人恶心!"

说着,豆大的眼泪抑制不住地从她的眼眶里涌了出来。

"让人恶心"四个字,令钟戍初的脸色瞬间变得煞白。

原来自始至终,她都很在意他逼她签下"卖身契"这件事。他喜欢她,只令她恶心……他甚至还在自作多情地以为,她对他有感觉……

此时此刻,庄籽芯的内心不只充满了委屈,还充满了失望和恶心。这种失望和恶心,不只是对他,还有对自己。

对,眼前这个男人说得没错,她是对他有感觉。她不可否认,在他说喜欢她之前,那些不经意间的撩拨总是让她心猿意马,若不是良知和理智一直在不停地警告她,她可能随时就要落进他布下的网里,逃脱不掉。

一直以来,她坚定地认为,爱情这个东西可有可无,她的眼里只有赚钱。男人和赚钱相比,赚钱使她更加快乐,赚钱更能激发她的荷尔蒙。

可真当自己经历了,才知道,原来真正喜欢一个人的时候,并不需要很久,也许只是一天,也许只是一个小时,甚至可能只要一秒,你的心就这么肆意地动了。那时候你的眼里,再没了别的,只有那个日夜想念的人。

这些天来,她一直拼命地压抑着,挣扎着,不敢去面对和承认自己心动这件事。直到刚才,她还在疯狂自我欺骗,自我催眠,不敢将真正的内心解剖开来,一直在用"可耻"和"恶心"这类羞辱的字眼强行给自己打上烙印,逼着自己锁紧所有感情。可是因为这一句他喜欢她,就这么轻易地让她破防了。

他知不知道自己在做什么?他为什么能在肆意撩拨她之后,就这么轻松地将喜欢她说出来。

他知不知道,这样的他,会让人觉得恶心。

她为什么会喜欢上这样一个男人?

她觉得自己更恶心。

为什么要这么轻易地将喜欢说出来?

他望着她失控地哭泣，嘴唇抿紧，几番蠕动，想要说话，可是又不知该说什么，只能十分丧气地重复："对不起，是我莫名其妙，我让人恶心……"

庄籽芯抱着头蹲下身去号啕大哭。

钟戌初深吸一口气，十分难过地说道："我知道你可能一时间无法接受这件事，如果喜欢一个人能控制得住，我一定会想尽一切办法控制的。我试过，但是我发现我根本控制不住自己的心，我不知道原来喜欢一个人会是这样，我也不知道从什么时候开始就喜欢上你了，脑子里每天抑制不住想的全都是你……"

庄籽芯抬头怒吼一声："你能不能不要再说了？！你知不知道你每说一句，就让我更加恶心你？为什么你们男人总是可以把劈腿和出轨，说得那么清新脱俗？你在说这些的时候，你有没有想过你女朋友是什么感受？"

钟戌初听到这句，黯然的神情倏然僵住，脑海里浮现出昨晚周炜炜的话。

"你要是真心喜欢小芯芯的话，那可得先处理好和允夏的关系。你要是真喜欢人家，这事你必须得放在心头上……"

他以为庄籽芯讨厌他，是因为他逼她签"卖身契"，原来是误会他有女朋友。他一时情绪激动，竟然将这么重要的事给忘了。

他连忙激动地蹲下身，握住庄籽芯的肩头，说："籽芯，你听我说，如果你是在纠结我有女朋友的事，我跟你说，我现在是单身，没有女朋友。年初我就同她分手了，在认识你之前，我就已经和她分手了，所以你不会是第三者。"

庄籽芯倏然抬首，瞪大泪眼，不可置信地望着他。

钟戌初接着急急地又说："在昨晚之前，师兄他们也不知道这事，出于一些原因，我一直没跟他们讲，所以他们一直以为我还有女朋友，但是昨晚我说了这事，在今年年初，我确实就已经分手了。我对天发誓，我所说的每一句话都是真的，如果刚才有一句假话，我遭

143

天打雷劈……"

"你去死——"庄籽芯咬着唇，愤怒地伸手用力推开他，站起身痛哭流涕地跑开。

钟戌初被她推得一屁股坐在地上，连忙爬起来，追了过去。

他一把将她拉过来抱住，无论她怎么挣扎捶打他，他就是紧紧地将她抱在怀里不放手。

"对不起，对不起，都是我的错……籽芯，你打吧，只要你心里能觉得舒服，你就尽管打吧。"

过了许久，庄籽芯终于停下手不再打他，伏在他怀里呜咽抽泣着。

他轻拍着她的背，安抚着她："对不起，籽芯，是我太急了……我不是要你立刻马上给我答案，如果现在回答我，你感觉为难，我可以等……对不起……"

他在心里不断地咒骂着自己糊涂，应该第一时间就跟她说清楚这事。

在钟戌初的安抚下，庄籽芯逐渐平静下来。

"你好一点了吗？"

庄籽芯深吸了好几口气才缓过力气来，然后看着他说："你别说话，让我静一静。"

"好。"他将她紧紧抱在怀里。

"喵呜——"狗子的叫声忽然从两人之间传来。

庄籽芯低眉看了一眼脚下，狗子正低头蹭着她的脚踝。

她将狗子抱了起来，像之前一样逗弄它，先前的委屈恼羞也一扫而光，满眼都是温柔的光。

狗子的出现及时缓解了二人尴尬的气氛。

钟戌初望着一人一猫，暗暗舒了一口气，面部俊朗明晰的线条终于柔和开来，嘴角扬起欣慰的笑容。

他摸了摸狗子的脑袋，心念：待会儿一定要奖励狗子一个大鱼头。

方才他真的很丧,若只是断然拒绝倒也罢,但他内心真正害怕的是,籽芯是真的恶心他,讨厌他,从此再也不想搭理他。若是这般,他将会成为一具没有灵魂的躯壳,形如枯槁。

发丝沾在她的脸颊上,他伸出手轻揉地替她拨开。

她忽然惊醒,一阵兵荒马乱:"我脸上的妆是不是花了?眼妆是不是糊了?"

钟戌初先是一阵错愕,接着不可置信地笑了。

果然还是她庄籽芯。

"没有。"

她不信,从衣服口袋里摸出手机,对着手机壳背面的小镜子左照右照,一张俏脸揪成了苦瓜。

眼妆虽然没有花,但是脸上的粉底因为泪水的浸透而变得斑驳起来,一小块一小块的,浮在脸颊上。

她万分沮丧。

所有拥有贵妇粉底的女人都不可以轻易哭泣。

钟戌初轻柔地问她:"饿不饿?"

他这么一提醒,庄籽芯忽然觉得是有些饿了,于是点了点头。

"走,我带你去忠良大爹家吃鱼。"

"忠良大爹?就是炜炜哥和开乐他们天天心心念念的鱼汤?"

"嗯,忠良大爹煲的鱼汤是方圆数十里的一绝。"

钟戌初拉过她的手,往回走去。

Chapter20

眼里有光，灵魂里有火

两人回到车上，钟戍初发动车子，沿着来时的路，往另一个岔口的方向开去。开了几分钟不到，车子爬上一个高高的土坡，在一块空地上停了下来。

"到了。"

"等……等我两分钟。"庄籽芯从包包里摸出化妆工具，然后将脸上斑驳的粉底去除，重新补了一个妆。

这一次，钟戍初什么都没说，从她的怀里接过狗子，静静地看着她，脸上一直挂着宠溺的笑容。

"好了。"庄籽芯收拾好所有东西，侧过脸，恰好对上他那双深褐色的眼眸，那里如同白平湖的湖水一样，清澈明朗。

他的薄唇微微抿着，勾着一条淡淡的弧度，与曾经那个瞧见她化妆便凝眉的男人，判若两人。

她咬了咬嘴唇，说："第一次见忠良大爹，不能太失礼。"说完垂下视线。

至少不能让大爹看出来,她刚刚伤心地哭过。

钟戌初轻柔地替她拨弄了一下有些凌乱的发丝,然后温柔地笑着说:"好容易擦了口红,别把嘴唇咬花了。其实,你不管是化妆还是素颜,都很好看。"

庄籽芯倏然抬起头瞪着他,说:"我可是清楚地记得,某人之前说过我平平无奇。"

"哦,是吗?那大概是情人眼里出西施吧。"他不以为意地笑了笑,然后打开车门,抱着狗子下了车。

庄籽芯回味了一遍这句话,心底泛起如同蜜糖一般的甜味,但很快她又撇起嘴,哼,这不还是在说她平平无奇吗。不过,直男的审美,可以无视。

她对着镜子照了照,抿唇笑着,跟着一起下车。

一下车,一阵冷风迎面直灌过来,她不由得一阵瑟缩。

钟戌初见着,立即关心地问道:"冷?"

说着他将狗子递给她,作势就要脱下自己的外套给她。

她微微凝眉,看着狗子说:"还好,这不有狗子吗。狗子大概也没想到,今天被我们两个当作暖宝宝。"

狗子听到,"喵喵"叫了两声,表示抗议。

钟戌初不禁笑了起来。

庄籽芯抚摸着狗子的脑袋,说:"我也是你的暖宝宝呀,你在我怀里不也暖和吗?"

狗子又"喵喵"叫了两声,发出"呼噜噜"舒服的声音。

远远望过去,小土坡上盖了两间破旧的瓦房,旁边用木头和茅草支棱起一个高大的棚屋,正对着南边敞开一个门的位置,供人进出。

比起旁边破败的瓦房,棚屋看上去要新一些,建盖的年数不长,但一眼望过去,满墙全是填补漏洞的编织袋和塑料。

棚屋外站着两个穿着打扮看来不像是本地人更像是游客的人正在攀谈。

庄籽芯原本以为吃鱼是走进旁边的瓦房，可不想钟戌初领着她一路走进棚屋。

她带着满腹疑惑，双眼开始审视整个棚屋内的环境。

棚顶铺着厚厚的茅草，与木板搭成的围墙之间隔了约莫有十厘米宽度的通风空隙。夏天的时候，这样搭建的棚屋会很凉快，但是在入冬的季节走进这毫无取暖设施的棚屋内，只感觉到冷风从四面八方灌进来。

地面没有铺设任何砖块水泥，就是最纯粹最原始的泥土，不过，许是来往的人多了，这地面早已被人踩得夯实。

庄籽芯早已见识过白平村里比这还要破旧的茅草屋，也许早已习惯了这里纯朴的生活，这个棚屋如今在她的眼里看来，就是一家装修特别有返濮味道的餐厅。

一阵阵浓烈的鱼肉香气从西边简陋的厨房里传来。

自打进了棚屋，狗子闻着满屋的鱼香，那叫声都比之前更加透亮。

"我们先去找忠良大爹打声招呼。"

钟戌初领着庄籽芯走到棚屋的西边，那里还隔着一间伙房。

伙房比想象中要干净整洁得多，靠里一排，砌了两个四方方的小土灶，每个小土灶上都放了一口铁锅。旁边一张长方形的木桌上，一边摆放着几口不锈钢桶，擦得锃亮，里面盛着干净的山泉水，另一边整齐摆放着几个超大号的瓷汤碗。

一个身板硬朗的老人正在烹饪着鱼汤，正往锅里撒着盐，听到动静，回头一看，钟戌初正笑眯眯地站在门外。

"大爹，忙不忙？"

忠良大爹一瞧见钟戌初，立即高兴地说道："哎哟，阿初你终于来了，我刚还跟厚子说你怎么还没到。"

厚子是忠良大爹的儿子，小时候发烧烧得厉害，没能及时得到医治，烧坏了脑子。虽然是四十岁的人了，看起来还像个七八岁的孩子一样,每天陪着忠良大爹打打下手。

老爷子虽是七十多岁的人,但嗓门亮堂,一听就中气十足,身体硬朗。

钟戌初笑着回道:"我们先去白平湖拍摄了,所以耽误了一会儿。"

忠良大爹瞧见庄籽芯,立即眉开眼笑:"这次终于带女朋友来了。"

钟戌初看了庄籽芯一眼,不置可否地笑道:"她叫庄籽芯。籽芯,这位就是忠良大爹。"

"大爹,你好。"庄籽芯恭敬地叫道。

忠良大爹连忙说:"你们俩赶紧去找个座位坐下,鱼汤等一下起锅就能吃了。那边有茶水、吃的,阿初你先自己弄着,好好招待下小庄。我这边先给客人煲鱼汤。"

"大爹,你先忙,不用管我们。"

庄籽芯跟着钟戌初挨着墙角,在一张稍微能避风的小桌前坐了下来。

钟戌初给庄籽芯倒了一杯大麦茶,还给她拿了一碟瓜子和一盘子花生:"都是大爹自己种自己弄的。"

庄籽芯抓了一把瓜子嗑着,四下张望。

整个棚屋摆放了约莫四张圆桌,可供二三十号人同时用餐,但目前只有一桌客人,五个男人,穿着羽绒外套。他们正端着酒杯,一边喝着自己带来的啤酒,一边高谈阔论。

这时,挂在对面墙上的一面绿色旗帜映入庄籽芯的视线,仔细辨认,竟是来自河南郑州的一个自驾游车队。顺着这面绿色旗帜看过去,棚屋的屋顶上还挂着好几面红的黄的蓝的,来自全国各地车队驴友团的旗帜。

钟戌初顺着她的视线看过去,开始娓娓道来:"忠良大爹一家祖上,是咱们村里捕鱼的好手,每日将捕来的鱼卖给附近村子里的村民。忠良大爹他不仅会捕鱼，还会做鱼。他做的鱼是这方圆几十里的一绝。最早是几年前，上海一家自驾车队走到这里，偶然间吃到了大爹做的鱼，赞不绝口，就把自己的队旗留给大爹做纪念。后来大家口口相传，有不少车队驴友团相继找过来，吃完之后大家都养成了一个习惯，将自己的队旗签名留下。"

"这样很有意义。"

"大爹家原来住在山顶，后来年纪大了，索性就搬到湖边上来。原本这个棚屋也是没有的，只有隔壁两间瓦房，瓦房太小了，有时候一车队的人来了，没地方吃鱼，只能手捧着碗，坐在屋子外面土坡的石墩上吃，遇到刮风下雨的时候，可遭罪了。大概是两三年前，我们想着大爹能多招揽一些生意，多赚点钱，便帮他新建了这间棚屋。"

庄籽芯好奇地小声问："那……忠良大爹是不是这方圆几十里最有钱的人？"

钟戌初一下子笑了起来，道："忠良大爹做的都是小本生意，这一盆鱼汤，这么大的一整条鱼，也就卖个四五十块钱，米饭随便吃，不要钱。"

庄籽芯惊诧："这么便宜？忠良大爹不会亏本吗？要是我，这一盆鱼汤，怎么的也要卖它一个两三百块吧，小一点188，大一点的288。"

钟戌初笑着说："大爹说，咱们这地方偏僻，不好找，能跑来咱们这地方吃饭的人，那都是被咱们这里的美景吸引来的。若是人家饿了，你还要宰人家一刀，这就是不厚道，以后人家就再也不会来了，那咱白平村就要永永远远穷下去了。做人呢，不能只看眼前的利益。"

庄籽芯惊叹："我的天！忠良大爹这思想觉悟可真高。忠良大爹是党员吧？"

钟戌初笑容更大了："这你也能猜到？"

庄籽芯说："那必须的呀。能有这思想觉悟的，那肯定得是党

150

员啊。你看看我,就是妥妥的俗人一个,满脑子里想的就是如何赚钱呀。"

"说到赚钱,大概是在今年年初,有一家G省很有名的连锁餐饮店慕名而来,说是要花50万向大爹买这鱼汤的配方。大爹一听,脸一板,眼一横,直接让人滚。"

"50万就想买配方?脸可真大!这是哪家连锁餐饮店,快告诉我,我要把他家拉进黑名单,广告我的粉丝们,抵制他家。"

钟戌初笑了。

"大爹曾经说过,他的鱼汤只能在这一方土地上吃到,到了别地,那都不是这味。好吃的东西,一定不能做成流水生产做出来的东西,那是对食材的不尊重。"

"忠良大爹好有个性。我要给忠良大爹做一拨宣传,让更多的人吃到忠良大爹做的鱼。"庄籽芯摸出手机,开始拍照。

钟戌初看见她开启的美颜相机镜头,职业病便忍不住开始发作,冲着她招了招手,示意她将手机交给他。

庄籽芯一脸狐疑地将手机递了过去。

钟戌初点开原生相机,根据棚内的光线对着手机上的参数一番调整,然后将另一桌客人喝酒的画面拍摄下来。

对比之前庄籽芯拍的几张照片,粉白的滤镜将整个棚屋的感觉滤到尴尬。

庄籽芯盯着照片看了又看,嘴角抿起一道弧度:"不愧是摄影系教授,是有点不一样。有点东西。"

"那是当然。毕竟这是我的脸面和谋生技能。想想某人刚才拿着无人机拍摄的画面,啧啧啧……"

一提到无人机,庄籽芯的脸颊便微微发烫。

她抿了抿嘴唇,啐道:"废话,我又不是专业的。术业有专攻,懂不懂?快给我看看刚才无人机拍摄的画面。"

"还没有剪辑,你不怕看完自信心受到暴击?"

"我会没自信？呵呵，也不想想我叫什么！"

钟戌初笑着将手机递了过去。

庄籽芯打开视频，仔细看起来，前期画面真是一团糟，让人有种飞机坠毁画面的既视感。

钟戌初陪着她一边看一边笑。

她自信满满地说："这种开头，叫引人入胜。"

"你要感谢你爸妈给你起了个好名字。"

"那必须的。"

从他接手，开始手把手教她之后，画面清晰又稳定。但是接下来，镜头停住，画面正好是她躲在他怀里神情慌张，想逃避什么却逃不开。

这一看，就知道当时的她，脑子里想的一定不是拍摄，而是其他东西。

太尴尬了。

她大呼："不行，这段一定要剪掉！"

"那怎么能行？"钟戌初顺势要拿过手机。这是当时他刻意拍摄的画面，他喜欢看她缩在他怀中羞赧的模样。

他立即关闭了视频，然而屏幕刚好停顿在相册首页画面上，其中有一个相册的封面照片是庄籽芯倚靠在核桃树上沉睡的照片。

庄籽芯眉毛一挑："等一下！那是谁的照片？怎么看着像我？是我，对不对？你什么时候偷拍我照片了？"

"没有！你看错了。"钟戌初迅速将手机收回，藏在身后。

"不行，给我看看。"她伸手过去抢他的手机。

"那是我女朋友。手机是个人物品，你再抢就是在侵占他人财物。"他故意将手机拿得很高。

"呸！那照片里的人分明就是我。你偷拍我，侵犯我个人肖像权。拿来！"

"都说了那是我女朋友，里面的照片只能给她看，外人不行的。"

她的双颊一红:"你要不要脸?快点拿过来!"

她不由分说站起身来抢夺,终于看到了手机里的照片。

相簿里有她一个人独坐在核桃树下睡着的样子,有她倚着他肩头沉睡的样子,甚至还有她流口水样子……

一张张,有她,也有他,每一张照片里,她的模样明明看起来脏兮兮的,脸上的妆容也斑驳得厉害,可是每一张,丝毫不见狼狈感。她的睡容看起来十分平静满足,像是在梦中做着什么甜甜的梦。

随着手指反复滑动和放大,每一张照片,她竟然都舍不得删除。

这难道就是专业和业余的区别吗?

他忽然将手臂环过她的肩头,将她揽在怀里,手握着她的手,也握着手机,像之前在湖边操作无人机一样,然后附在她的耳边,轻轻说道:"我女朋友是不是很好看?每一张照片都美得像小仙女一样,流口水的样子都与众不同。"

他的声音低沉而充满了磁性,就像地心引力一般,让人忍不住向着他慢慢靠近。

她强作镇定,不能被美色蛊惑:"喊!油腻!谁是你女朋友?真油腻!这张流口水的必须删除,丑死了。"

"瞎说,我女朋友流口水那也是最美的口水。不能删!"

"我看你就是故意的,以后这些全是我的黑点,赶紧给我删了。"

"不行。"

两个人又开始进行抢夺手机的拉力战。

这时,忠良大爹端着做好的鱼过来,两个人立即停止打闹,正襟危坐。

忠良大爹十分自豪地说:"我这鱼汤啊,除了盐,一丁点味精都没有。别的不敢说,就这我做的这鱼汤,你们在其他地方绝对吃不到。来,好好尝尝。"

忠良大爹的视线刚好落在桌面的手机上,钟戌初立即将手机收起来。

忠良大爹刚才慈祥和蔼的神情一下子变得严肃起来:"有件事要事先申明一下,在大爹这儿吃鱼,有个规矩,就是不能看手机。如果吃饭还在看手机,那么是不会将注意力全身心投入在食物上的,这对食物和对做食物的人都很不尊重。上个月,有对母子当我说的话是耳旁风,一边吃鱼一边打游戏,被我请出去了。就是出十倍百倍价钱,也别想我做鱼给他们吃。这点阿初是知道的。"

钟戌初微笑着点头:"我手机已经关机了。"

庄籽芯咽了咽口水,不由得紧张。

忠良大爹点头笑了笑,神情放松缓和:"你们两个好好吃鱼,我先去忙。待会儿还有两桌客人要来。记得先喝汤,汤冷了就不好喝了。"

忠良大爹一走,庄籽芯立即松了一口气。

钟戌初也舒了一口气,然后说:"第一次来,炜炜和开乐不知道大爹会来真的,一边喊着鱼好吃,一边在那拿手机拍照嘚瑟,结果被大爹看见,直接把两人赶出去。后来两个人又是赔礼又是道歉,就差磕头认错。大爹虽然原谅他们俩,但是那一天的鱼就是不准他们两人再吃,到了第二次才准许他们进门吃鱼。"

"忠良大爹真不是一般的有个性。"庄籽芯望着忠良大爹板直的身影,不禁佩服这位老人。

在现在这个年代,年轻人上桌吃饭,哪有不碰手机的。

虽然刚才的气氛紧张,但是她欣赏忠良大爹这种率直。

"来,先喝汤。"钟戌初已为她盛好一碗鱼汤。

"谢谢。"庄籽芯舀了一勺品尝,然后惊奇地连连点头,"嗯,好好喝。"

她又舀了几勺,汤汁鲜美浓郁,一丁点腥味也没有。

"这鱼汤除了盐什么都没有加,怎么会一丁点腥味都没有?这也太好喝了吧。"

钟戌初端起碗喝了一小碗汤,说:"要不然会有这么多人慕名而来？这里要不是山路偏远了些，不然啊，这棚屋都不够坐。加上白平湖的水质好，鱼肉肥美，鱼基本是当天捞上来就当天做，这做鱼汤的水都是山上的泉水，可不是什么自来水矿泉水。"

"我一定要给忠良大爹好好宣传一下。这不仅是忠良大爹的一绝，也是咱白平村的特色一绝。民以食为天。咱们中国人都爱吃，通常哪里有好吃的，就往哪里去。你帮我看着一点大爹，我来拍照。"庄籽芯小心翼翼地摸出手机，生怕被忠良大爹瞧见了，给赶出门去。

钟戍初抿唇轻笑，也不由得佩服她，不管到哪儿，果然脑子里第一个想的都是营销。

"还是我来吧。"他拿过她的手机，调好参数，找好光线角度，以专业的水准迅速拍了几张照片，然后将手机交还给她。

"呼——"她一边瞄着忠良大爹所在的厨房位置，一边瞄着手机里的照片，真不愧是专业摄影系教授，张张爆美。待会儿发到微博公众号上，一定能馋死一堆粉丝。

她将手机收进外套口袋里，然后压低了声音说："我们俩这样，像不像跑人家店里偷人家家传秘方的小偷？"

他伸手捏了捏她粉嫩嫩的脸颊，笑道："你像，我不像。我可是光明正大地拍照。"

"嗷……你把我脸上的粉捏掉了！"

她抬手就要拍打他的手背，可是他的手像是变魔术一样，眨眼之间就跑到她的头顶上，然后又揉了揉她头顶上刚盘好的发包。

她瞪着眼看他，他笑着夹了一块鱼肉递到她的嘴边，哄着说："来，张嘴吃鱼，不然冷了就不好吃了。"

她气得一口吞掉鱼肉。她怎么就招惹了他这么个不要脸的主。

两人吃完午饭之后，庄籽芯开始帮忙刷锅洗碗。

钟戍初调侃她："看来那一周的锅碗没白洗。"

"废话真多！"庄籽芯瞪他一眼。

钟戍初亲昵地拍了拍她的丸子头，开始帮着一起刷锅。

忠良大爹忽然对钟戌初说："我听说阿栋的一部电影上映了。"

钟戌初笑了笑说："那片子票房很不错。"

"真是难为他了。"忠良大爹也跟着笑了笑，只是笑容有些晦涩。

他说完，识趣地搬了个躺椅坐在门外的空地上，然后慢慢躺下，调开广播，悠闲地晒着午后的太阳，不打扰他们两人聊天。

庄籽芯一边洗碗一边回头看了看老爷子。

她有一颗七窍玲珑心。

《伏魔传》虽然票房不错，但是网上骂声一片，都说那是个烂片，加上老爷子的笑容，总觉得老爷子的话哪里不对。于是，她蹭到钟戌初的身边，悄悄地问："大爹刚才那话是什么意思？"

钟戌初说："大爹希望阿栋拍自己想拍的东西。"

庄籽芯听了，十分感同身受："世间哪有那么多可能，做自己喜欢做的事呢。有时候为了钱，很多事都迫不得已。"

钟戌初挑起眉毛，说："你这是在说我威逼利诱你？"

庄籽芯抿了抿唇，佯装："有吗？"

钟戌初点了点头："你说有就有，你说没有就没有。"

庄籽芯开始挑衅："话说，你是不是经常利用这种手段，诱拐别人帮你做事？"

钟戌初不可置信地看着她，然后伸手弹了一下她的脑门，说："你是第一个，也是我活到现在，让我唯一一次这么做的。"

庄籽芯捂着脑门，噘起嘴巴叫痛："不是啦。我一直觉得很奇怪，那个相机镜头价值好几十万呢，其实你可以做很多事，让我赔钱就好了，为什么非要拐我来这里？毕竟，花几十万改造一个和你不相干的人，会不会……"

她含蓄地指了指脑袋，言下之意：你是不是脑袋搭错线了？

钟戌初眸光朗润地望着她。

还没等他回答，她突然惊叫："你该不会是对我一见钟情吧？咦……"

钟戌初真是又好气又好笑:"谁会对一个穿了左右脚不一样鞋子,鞋跟还卡在地上的笨蛋一见钟情?"

"我哪里笨了?谁不说我长了一张非常聪明的脸?"庄籽芯立挺直了胸膛,"再说,鞋子左右穿不一样,那叫时尚!鞋跟卡地上,那是我的错吗?那是鞋子和地的错!"

钟戌初痴迷地笑看着她眉飞色舞,嗯,是他脑子搭错线了没错。他就是沉迷她这种不要脸的强词夺理。

她用胳膊捅了捅他,又说:"说嘛,你到底为什么诱拐我过来?"她真的很好奇。

"注意用词。不是诱拐,是契约合作。"

"好,不是诱拐,是卖身契。快说嘛,快说嘛。"

"还记得在远道的时候,你为了不解约,跪在地上抱着安总的大腿叫'爸爸'?"

说到这个庄籽芯就十分尴尬,脸一红:"我那是被自己的脚一不小心绊住摔倒了,刚好跌跪在他裤脚边,才不是专门刻意给他下跪呢……后来嘛,脑子一冲动,就叫了爸爸,平时不都是叫金主的吗。"

"哈?是这样?不愧是你啊。"钟戌初嘴角弯起。

"不然咧?"

他深深地看了她一眼,说:"我自认为一直在从事慈善,帮扶公益事业,如果仅因为一个摄像机镜头,而逼迫一个女孩子做到这个份上,那绝不是我的初衷。所以,我想给你一个机会,一个既能够还债,同时还可以改过自新的机会。"

庄籽芯咬了咬唇,凝望他的目光变得更加柔和:"那……你是怎么想起来做慈善帮扶公益事业的呢?"

他轻笑了笑,开始讲述一段在庄籽芯看来简直不可思议的事情。

高三毕业那年夏天,他和小伙伴们一起去深山里旅游,结果在路途中遇到山体滑坡,他和小伙伴们被困数日,险些丧命,是当地的村

157

民不顾生命危险救了他们。从那次获救之后，他就决心要帮扶那些贫困的村民。最初是捐款捐物资，到后来上大学，遇到师兄郑庭栋他们，几个人一拍即合，于是便成立了帮扶小队。为了能够帮助贫困地区建立卫生所、防疫站、学校等筹措资金，他和师兄后来还成立传媒公司，开始接拍商业片及广告等，所以面对众人的唾骂，他们都问心无悔。

"所以远道是这么成立的？"庄籽芯听完，心灵受到了极大的震撼。

"嗯。"他点了点头。

其实在成立帮扶小队之后，他们也经历过好多次受伤，他甚至还有一次把胳膊摔折了。

他的奶奶最初以为他是在摄影的时候受的伤，闹着让他转专业，后来得知他是去帮扶，于是更加极力反对。因为他是家中独子，钟家三代单传。奶奶认可捐款捐物资，但认为没必要冒这么大的生命危险凡事亲力亲为。

家中唯一默默支持他的，只有父亲一人。母亲虽然嘴上不说什么，但内心也还是反对的，毕竟只有他这么一个孩子。好在母亲会想着当初他的命，是那些村民不顾危险救回来的，有时候便睁一只眼闭一只眼。

为了不让父亲夹在母亲和奶奶中间为难，所以他和师兄成立自己的公司做事会更加方便。

庄籽芯抬眸凝视他，他黝黑深邃的眼眸里犹如白平湖的水一般干净清澈，清晰地倒映着她的身影。若不是这么久的朝夕相处，她完全没可能这般近距离地细看着他。

很多时候，她觉得他纯真得像个少年，也不知为何会有这样一个念头，现在她明白了，正是这清明朗润的眸光，蕴藏了世间的真善美，而叫人移不开眼。

"在认识你之前，我眼里的慈善大概就只是每天网上集一点爱

158

心,捐献一点能量,或者是定期捐款,从未想过现场实地这么做。"面对他,她忽然有些自惭形秽。

他似乎一眼看懂她的想法,笑着说:"每个人都有贡献自己爱的方法。你这样做也很棒。"

她忽然向他敬礼:"尊重!向你学习!"

他笑了笑,开始收拾棚屋。他拿了工具,将有些歪斜的棚屋大门螺丝拧了拧,又将露在外头的山泉水管用海绵包了起来。

看天气预报,据说下周可能会有降雪,他索性又帮着劈了一堆柴火。虽然墙角的柴火堆了很多,但他觉得有备无患。

庄籽芯一听会有降雪,十分激动。

他揉了揉她的头发说:"到时候带你去赏雪的最佳地点拍照。"

这回,她嘟着嘴,拍下他的手:"把我头发摸脏了。"说完便抿着唇直笑。

忠良大爹一边抽着烟,一边看着两人前前后后地忙活着,脸上挂着淡淡的笑容,仿佛就像瞧见自己的孙子孙媳妇回来家里忙碌一样。

忠良大爹忍不住感慨:"今天啊,比过年还要开心。"

厚子将柴火码放整齐,冲着钟戌初傻呵呵地笑道:"我喜欢阿初来玩,可是阿初平时都很忙。"

钟戌初以往每次来都会陪着厚子玩无人飞机,那是厚子觉得最好玩的时光。

"放心,我每年都会来看你和大爹。"钟戌初对厚子说完,又拿出无人机陪他玩起来。

厚子虽然智力低下,无法拍摄优美的视频画面,但是摆弄无人机起飞的操作还是很厉害。

钟戌初索性让他当成遥控直升机来玩,很快便放了手,让他独自一人操作。

这让庄籽芯感到汗颜。

钟戌初拿起单反,开始对着厚子拍照,忠良大爹坐在湖边"吧嗒吧嗒"抽着烟,也成了钟戌初镜头下的模特。

这样的画面,宁静而悠远。

庄籽芯差不多有些懂了,为什么钟戌初拍摄的人物照片里,明明都是最底层最平凡的人,可是却一个个看起来生命力是那样旺盛。大约这就是人类最初始的模样。

她偏过头冲着钟戌初微笑,只见他端着相机,镜头正对着她。

她毫不拘谨,冲着她举起手,拇指和食指做了一个比心的手势。

夕阳西下,天色渐渐开始暗沉,两人决定回去。

忠良大爹特地装了一桶鱼虾给庄籽芯带着。

庄籽芯几番推托,但始终敌不过忠良大爹的盛情,只好将那一桶鱼虾全都收下,然后依依不舍地与忠良大爹和厚子告别。

Chapter21
男人的嘴，骗人的鬼

回去也就十分钟的车程，很快就要到村口，钟戌初远远地瞧见，正前方路中央站着一个熟悉的身影冲着他们不停挥手。

庄籽芯微微蹙眉，道："好像是大树。"

钟戌初将车子开近，果然是大树。他放慢车速，缓缓停下，摇下车窗。

大树一脸焦急地跑过来："阿初哥，你总算回来了。"

"怎么了？"钟戌初下意识蹙眉，看大树的样子好像发生了什么事。

大树看了看副驾座上的庄籽芯，又回头看了看村口的方向，不知该怎么说才好。因为村口的停车场，正有一个定时炸弹在等着阿初哥呢。

钟戌初疑惑地看着他："到底怎么了？"

大树只好焦急地说道："你手机为什么一直关机啊？"

钟戌初摸了摸手机，这才想起来之前在忠良大爹那儿吃午饭的时候,顺手将手机关了。

庄籽芯也是一脸狐疑:"怎么了,大树?我手机没关呀,你可以打我手机呀。"

大树的眉心直接拧成了川字。

他本来想打小芯的手机来着,但是被炜炜哥他们阻止,说是打她的电话,那简直如同自点炸弹,自找麻烦。

钟戌初开机一看,至少有五六十个未接电话,一连串的记录显示程守洛、郑庭栋、周炜炜和徐开乐他们四个人,几乎是一下午轮流给他打电话。

他眉心微蹙,这是发生什么重要的事了吗?

在几个人的未接电话下方,还有一连串的两个号码,一个是卢允夏的手机号,另一个是未知号码。

卢允夏又给他打电话了……

难道是因为她发生了什么事吗?

他深深蹙眉,然后拨了师兄郑庭栋号码回了过去。

不一会儿,郑庭栋接起:"我的大少爷,你总算是开机了。你昨晚跟我们说的事,是逗我们的还是真的?"

师兄的语气里是明显的焦急。

"昨晚说的什么事?"他不解。

郑庭栋说:"还能什么事,就你和允夏分手的事。"

他下意识看了一眼身旁的庄籽芯,薄唇一抿,然后认真地回道:"我什么时候骗过你们?当然是真的。"

郑庭栋道:"那你知不知道,卢允夏找你来了?她人现在就在村口停车场,等了你半天了。"

昨天他还信誓旦旦说她不可能来这里,哪知道吃完午饭没多久,他们几个人接连接到她微信和电话的轰炸,那仗势就跟皇太后出巡似的。

之前,他们一直怀疑钟戌初和卢允夏两人之间发生了什么事,但钟戍初不说,他们也不好多问,当然更不会主动去招惹卢允夏这个女人。

钟戍初抿紧唇,没有作声。

郑庭栋又道:"她昨天晚上的飞机到的丽江,为了给你惊喜,今天早上一大早就包了车过来。"

电话里又传来周炜炜的声音:"这哪是惊喜,分明是惊吓。我这嘴怕是开了光的。昨天都还没来得及审你呢,今天这女人就来了。老子中午接到她的电话,心脏病差点给吓出来。"

许是隔着老远说得不得劲,周炜炜索性将手机从郑庭栋的手里拿了过来:"老钟,你现在人到哪儿了?大树迎见你们没有?要是见着了,赶紧的,你带着小芯换条路进村,车子交给大树开回来。老钟,你有没有听我说话?"

"嗯。"

"你嗯啥?我说的你都听清了没?"

"嗯。先挂了。"钟戍初十分淡定地挂了电话。

"到底什么事啊?"庄籽芯就听见电话里周炜炜火急火燎的声音,什么让换条路回村子,其他的也没听清楚。

"没事。"钟戍初重新发动车子。

车外的大树着急了:"阿初哥,你现在不能回村。"

庄籽芯一脸疑惑地看着窗外的大树,然后问钟戍初:"你为什么不能回村?有人要抓你?"

钟戍初看了她一眼,淡淡笑道:"没事,他们大惊小怪了。"

庄籽芯蹙着眉心,满腹疑惑,看着前方村口,随着车子的移动,停车场离得越来越近。远远地,那里停着一辆陌生的白色越野车和一辆卡车。

进入停车场,钟戍初将车子停稳,熄火,下车。

庄籽芯刚解开安全带,就瞧见那辆白色越野车上跳下来一个身穿白狐狸毛外套,脚蹬白色长靴的漂亮女人,然后像只小狐狸一样扑向

163

钟戌初，抱着他的胳膊亲昵地叫着："戌初哥哥！"

戌初哥哥？

什么关系才会叫得这么亲昵？

庄籽芯下了车，忍不住盯了一眼那个女人，她皮肤白皙得犹如剥了鸡蛋的蛋壳，与在场所有男人的脸一对比，那就是天上的云朵和地上的泥土。

庄籽芯忍不住在心里吐槽：这种我见犹怜的公主式冷白皮，八成是医美的结果。

不过这个女人的五官底子很好，无论脸上是否化着精致的妆容，确实是个与之擦身而过，都让人忍不住回头张望的美女。

她忍不住又多看了这个女人两眼。

这女人的眼妆刻意化了眼尾，是那种超显无辜超显嫩的芭比娃娃大眼，嘴上抹的还是当季最流行的戚风砖棕柿红色，怕是今年秋冬刚出的最新款吧，她都没来得及去专柜试色呢。还有她耳朵上的那对耳环……

庄籽芯怎么也没有想到，白平村里竟然能出现第二个外表衣着精致的女人——一个穿着比她还要妖娆，妆容比她还能折腾的女人。

虽然今天她也化了妆，但因为最近她懒惯了，妆容几乎接近于素颜妆，加上她今天穿的是件平平无奇的咸菜色棉外套，和眼前这个女人轻奢的一身一比，她明显就输了。

简直是丑小鸭遇到白天鹅，这有点过分了呢。

早知道今天早上怎么也得穿上那件白色绒大衣了。

女人的胜负欲，总是体现在这么奇怪的地方。

比较完妆容服饰，庄籽芯这才重点拉回。

这个漂亮的年轻女人是谁？为什么张口就叫钟戌初"戌初哥哥"？

庄籽芯的脑子里不知为何突然跳出来一个陌生的名字，卢允夏？

卢允夏也瞧见了庄籽芯，犀利的目光上上下下打量她，带着三分鄙夷七分不屑。

钟戌初毫不客气地推开卢允夏，然后从后备厢里搬下一桶鱼，交给周炜炜。

郑庭栋、周炜炜和徐开乐三个人在他们回来之前，就在停车场上站成一排，神情紧张地迎接着他们归来。

刚好一路小跑追回来的大树眼见此情形，也吓得加入他们的列队。

钟戌初神态自若，走向庄籽芯，当着众人的面牵过她的手。

众人本能看了一眼卢允夏，然后倒吸一口气。

卢允夏见着，一张俏脸随即拉了下来，满满的不可置信："戌初哥哥，她是谁？！"

"跟你没有任何关系。"钟戌初牵着庄籽芯的手，绕过她，径直向村里走去。

庄籽芯即便再不聪明，此时此刻也能确定这个漂亮的女人是谁。是钟戌初那位传说中的前女友卢允夏没错了。看这架势，她忽然觉得是不是前女友还需要打个问号。

卢允夏冲到他们两人的面前，说："怎么和我没有关系？我才是你女朋友，你牵着别的女人的手算什么？"

果然！众人见状深深倒抽一口气。

庄籽芯抬眸看向钟戌初，极力克制情绪，嘴角微动："你不是说你分手了吗？"

钟戌初紧握着她的手，坚定三连："是的。没错。分手了。"

卢允夏冲着庄籽芯大叫："没有分手！只要我没有同意，我就还是他女朋友。你给我撒手！"她像是疯了一样打向两人牵着的手。

庄籽芯微微拧眉，想要抽回手，钟戌初却不让，死命握着不放开。

虽然卢允夏的巴掌全打在钟戌初的手臂上，但是庄籽芯依然能感受到痛感，甚至是恼怒。她瞪着卢允夏，又瞪着钟戌初："放手！"

周炜炜蹙眉，低声爆一句粗口，然后说道："我这嘴真是开了光。再这么下去，真要打起来。别吵了，有话好好说嘛。"

郑庭栋跟着出声阻止："是的,有什么话好好说。"

谁知卢允夏瞪了二人一眼："你们给我闭嘴!"那愤怒的眼神里包含斥责的意味:为什么钟戌初在这个地方有了其他女人,你们却一个都不告诉我?!

钟戌初怒不可遏地呵斥："卢允夏,请注意你说话的语气!"

卢允夏忽然抬起手臂,眼见着一巴掌就要打到庄籽芯的脸上,刚好被钟戌初及时抓住。

"卢允夏,你闹够没有?"

卢允夏咬牙切齿地骂道："难怪你一直不回我信息,不接我电话,原来是跟这个不要脸的小三在一起。"

钟戌初冷嗤一声："小三?你在骂谁?你有脸骂别人这两个字?你自己做过什么事你自己心里清楚。"

众人一听,不由得一惊,显然是话里有话。这两人究竟发生了什么事?作为兄弟,他们鲜少有见到钟戌初这么生气地对卢允夏说话。

"戌初哥哥……"

"年初我就跟你说清楚了,别在这里扯着不相干的人说事。从哪儿来给我回哪儿去。"他说完拉着庄籽芯往村里走。

"戌初哥哥,我错了……"卢允夏直拉着他的手臂。

这回,庄籽芯却不干了："你们俩的事,能不能先自行解决?别拉着不相干的人行不行?放手!"

钟戌初神情颓然："小芯……"

"放手!"庄籽芯瞪着他,目光坚定而愤恨。

男人的嘴都是骗人的鬼!

什么早就分手了?分明是黏黏糊糊,不干不净。

卢允夏冲着庄籽芯凶道："你干吗对我戌初哥哥这么凶?"

"关你屁事!"庄籽芯毫不客气地骂回去,惊呆了所有人。

"你?!你信不信……"卢允夏气极,扬起手又要掌掴庄籽芯。

但是这次庄籽芯比钟戌初还要快,抬起右手一把抓住了她的手腕：“你泰剧看多了吗？一言不合就要打人。”

卢允夏挣扎着又要抬起另一只手，这时钟戍初忍无可忍地抓住她的另一只手："卢允夏！"

庄籽芯趁机收回左手。

卢允夏不可置信地瞪着钟戍初："戍初哥哥，我在帮你啊。这个女人对你那么凶，还要打我……"

郑庭栋实在是看不下去，拍了拍钟戍初，道："有什么事，先到阿洛家再说吧。别在这里吵了。"

通往村里的各条小道上，远远地，已经站了好些村民在看热闹。

庄籽芯头也不回地直往村里走。

周炜炜提着鱼桶，立即叫道："小芯，你等等我！"

大树骑着三轮车追上："小芯，等等我。"

卢允夏拦着钟戍初又说："她是谁？不是村子里的人吧。她是哪里人？你们怎么认识的？"

钟戍初深吸一口气，握紧了拳头，冷冷地说："卢允夏，我不管你为什么来这里，请你立刻马上从我面前消失。"

"戍初哥哥，我错了。你别这样对人家……戍初哥哥……"卢允夏一路拉扯着钟戍初的衣袖，无论钟戍初怎么甩开她，她就是拉着他不放。

庄籽芯听见身后两个人吵闹得厉害，于是跳上大树的电动三轮车，说："大树，走！"

"带上我一个！"周炜炜提着鱼桶，也跟着跳上了三轮车，坐稳之后，便开始安慰庄籽芯，"你没事吧？刚才她没打着你吧？"

庄籽芯望着前方的路，幽幽地说道："我没事。"

周炜炜说："允夏她就是这脾气，比较难缠，我们几个看着她都头疼。"

庄籽芯忍不住回道："她什么脾气关我什么事，我为什么要受着？"

周炜炜有些尴尬,憋了好半天说:"也对。凭什么受着。"

大树只知道庄籽芯现在很生气,想离卢允夏和阿初哥远远的,所以他的电动三轮车也开得飞快。

如今村里的路,修得整齐平坦。大树骑着电动三轮车一路飞驰,鱼桶里的水和鱼虾一路晃动着。

到了离程守洛家最近的平台,大树停下三轮车。

周炜炜跳下车,将手伸给庄籽芯。

"不了。"庄籽芯摇了摇头,对大树说,"去昭如家吧。"

周炜炜一听,立即担忧地问:"那你晚饭怎么办?"

庄籽芯淡淡地笑了笑,说:"当然在昭如家里吃了。我又不是天天和你们一起吃饭,她家里有菜,等一下她也应该回来了。"

周炜炜急道:"不是,你看这么多鱼虾,等一下我和开乐杀了鱼,红烧、清蒸、烧汤都好吃着呢。"

"没关系,正好,你们有'客人'来呢。"庄籽芯微笑着回道。

"丫头……"

"谢谢你,炜炜哥,我没事的。赶紧回去准备烧饭烧菜吧。大树,走吧。"

大树收到命令,然后拉开手刹,扭动开关,往昭如家的岔道奔去。

周炜炜望着疾驰而去的两人,开始咒骂钟戌初。这臭小子,要是不好好解决问题,他第一个拿刀把他跟鱼一起炖了。

大树载着庄籽芯到了昭如家门口,扶着她下车,小心翼翼地说:"小芯,要不,你去我家吃饭吧?"

庄籽芯笑着道:"你这是要我把刚才的话再说一遍吗?"

大树挠了挠头说:"行,等吃完晚饭,我去阿洛哥家里帮你看着她。"

庄籽芯拧眉:"你要帮我看着谁?"

大树说:"就那女的,当然,看着男的也行。"

庄籽芯嘴角抽搐,无语凝噎,没来得及劝阻,大树已经骑着电动三轮车冲下坡跑了。

所以,这路修得是真的平坦。

钟戌初一路同卢允夏拉扯着到了程守洛家,没有见到庄籽芯,便急急地问周炜炜:"小芯人呢?"

周炜炜眈了他一眼,再看看卢允夏,没好气地说:"回昭如家了呗。"

钟戌初又问:"那她晚饭怎么办?"

周炜炜依旧没好气地回他:"怎么办?你还能怕她饿死不成?"说完,还不忘冲着他和卢允夏翻了记大白眼。

钟戌初烦躁地扒了扒头发,说:"你能不能好好说话?阴阳怪气的。"

周炜炜直接更加阴阳怪气:"我怎么没好好说话?我就阴阳怪气怎么了?不像一些人尽不干人事。"

卢允夏立即挡在钟戌初的跟前,说:"周炜炜,你干吗也凶我戌初哥哥?我戌初哥哥怎么不干人事了?"

周炜炜立即尿了一下,结巴着说:"我、我不跟女人计较。"

这时,程守洛从后院里走进堂屋,他身后还跟着三名工人。

三名工人一见着卢允夏,便说:"卢小姐,抽水马桶装好了,但是水压可能不够,如果不进水的话,需要自己往里面放水。今天最好别用,等明后天下面的胶干透了再用比较好。"

"热水器有现成太阳能的,这台我们就先拖回去了。"

"房间的地板铺好了,还有床、衣柜、化妆柜也都装好了。麻烦你验收一下,签个字。有什么问题,你直接打我们店里的客服电话。"

卢允夏走到西面的厢房间里看了一眼,然后就在单子上签了字:"行了,你们回去吧,有什么问题,我再给你们老总打电话。"

三个工人收拾好了,迅速离开。

钟戌初不可置信地看着卢允夏:"你在搞什么?"

程守洛一脸平静地说:"允夏安排人从市里拖了一个坐便器、一张床、一组衣柜和一个化妆柜过来,还有你住的西厢房已经铺好了复合地板。"

他尽量说得情绪看起来毫无波澜,其实在第一眼看到东西的时候,内心就像一列蒸汽式火车"呜呜——"地鸣叫启动。

刚吃完中饭,准备工作,他忽然就接到一个陌生电话,竟然是卢允夏。得知她已经到了村口停车场,连忙丢下手中的活赶过去。

等他人到了停车场,她已经带着人马杀到了他家。

等他再赶到家,这小祖宗已经命人开始安装抽水马桶。

她问他钟戌初睡哪一间屋,他先是愣了一下,毫无防备地答完,谁知她便命人拆了那一卡车箱子的包装。他才知晓,原来那些是地板、床、衣柜和化妆柜。

有那么一秒,他竟然开始瑟瑟发抖。钟戌初若是知道是自己卖了他,一定会像拆包装一样拆了自己吧。

所以接下来的几个小时,他被迫留守在家中做个"监工"。

徐开乐的关注点似乎与众不同:"为啥只给西厢房装了复合地板,没给咱们的东厢房装?"

卢允夏不屑地白了他一眼,眼神里尽是——你们,不配!

卢允夏主动抱着钟戌初的手臂,嬉笑着说:"你知道的,我在这里没办法如厕,也睡不惯这里的床。所以这次来,我自己带了马桶和床过来。这样就不怕了。"

钟戌初的太阳穴不停跳动着,额头上隐隐开始泛着青筋。

他用力甩开她的手,厉声道:"没人请你来!"

卢允夏就当没听见一样,冲着周炜炜笑着说:"周炜炜,你跟徐开乐是不是要烧饭了?天都黑了呢。"

这女人……周炜炜咬着牙,转身出了堂屋。

徐开乐也只好尴尬地赔笑两声，然后追随周炜炜去了。

"栋哥，麻烦你能不能帮我把行李箱先放在桌子上？我不想蹲在地上打开箱子。"言下之意，地板没有保洁过，她嫌脏。

看在钟戍初的面子上，郑庭栋只得捏着鼻子，帮她把行李箱架在了化妆柜上。

卢允夏就是有这个本事，每次都像个公主一样趾高气扬地指使在座的每一个人做事。每个人还有冤不敢伸，只能默默地干活。

也不知为什么，大家都有点怕她。或许不是怕，以前是看钟戍初的面子，都不跟她计较。可是今天按理来说，钟戍初都明说了已经分手了，他们居然还是第一时间听从了。

因为她会哭，哭到天崩地裂那一种，不达目的不罢休。

他们男人呀，天不怕地不怕，最怕遇到卢允夏这种无脑哭的女人。

卢允夏打开行李箱，开始往衣柜里挂衣服。

钟戍初深攥着拳头，咬着牙转身出了门。

卢允夏瞧见，连忙丢下衣服追了出去："戍初哥哥！你去哪儿？等等我！"

郑庭栋看着两人的身影消失在院门外，不由得叹了口气："这个女人是打算在这里长住？"

程守洛蹙紧眉头，说："看这架势差不多吧。还好，没买整套家具过来。不然住得更久。"

徐开乐突然挤了个脑袋过来："你们两位军师，不跟着出去帮帮兄弟？"

郑庭栋和程守洛互看了一眼，又回头看着他说："你怎么不去？你不是兄弟？"

徐开乐说："我是不想要命了吗？这种事我能去掺和？"

郑庭栋说："你倒不傻，就指着我们俩去？"

徐开乐嘿嘿笑起来："那不是逗着玩吗？"

171

程守洛说:"解铃还须系铃人。男女之间的事,还是得他们当事人自己解决。"

徐开乐说:"对了,那……今晚怎么睡?"

郑庭栋说:"你跟我们睡,你怕啥?"

徐开乐说:"我是怕我没地睡吗?我那是担心我炜大兄弟睡哪儿。"

周炜炜才杀了一条鱼,就急冲出来说:"你们不说,我差点忘了。她把床装在咱们西厢房,还把我的床扔出来,那我晚上睡哪儿?"

徐开乐说:"反正我们屋满了。你别想挤过来。实在不行,你睡西厢房床底下也成。"

郑庭栋和周炜炜异口同声骂道:"禽兽!"

程守洛摇了摇头,叹气说:"你们啊,都这时候了,还有心情说笑。赶紧烧饭烧菜。"

"得咧。等他们吵完回来,差不多铁定能开饭了。"周炜炜又冲回了厨房。

出了院门,钟戌初在山道上一路急走。

卢允夏跟在他的身后,几乎是用小跑的才能追上,跑了没几步便上气不接下气,头开始晕乎,但是她又不能放松,生怕跟丢了。

"戌初哥哥,你等等我……等等我……"

钟戌初赶到昭如家里,庄籽芯正在院子里淘米。

"小芯,你听我说……"

庄籽芯眈了一眼,没有应声,继续淘米。

他刚想开口说话,庄籽芯端起淘米水就往院墙根走。

钟戌初被迫向后退去。

这时,卢允夏正好上气不接下气地冲进院门。

庄籽芯眈了卢允夏一眼,扬起淘米水,就往两人的方向泼去。

还好两个人躲得快,那一盆淘米水全泼在了院墙角的花上。

嗯,这盆淘米水,她就是用来浇花的。谁叫有的人不长眼。

卢允夏尖叫着跳了起来,看着脚下白筒靴面上被溅了脏水,本想发怒,但是先前钟戌初的态度明朗,吵闹是没有用的。她不能叫眼前这个来路不明的女人占了上风。

于是,她拉扯着钟戌初的衣袖,委屈巴巴地撒娇:"戌初哥哥,你看人家的靴子嘛……"

钟戌初惊恐地看着卢允夏,忍无可忍地说道:"卢允夏,你是不是有病?"

卢允夏眨巴着两只大眼睛,深情地凝望着他,说:"是,我有,那也是因为你得的相思病。"

听到这话,庄籽芯一时没忍住,扑哧一声笑了出来。这土味情话说得……打死她也说不出口。

卢允夏冲着她没好气地说道:"你笑什么笑?我讲话很好笑吗?"

不是好笑,是可笑。

庄籽芯皮笑肉不笑,翻了个白眼,转身又回水池边继续淘米。

钟戌初方想追过去,但卢允夏偏偏一把拉住他的衣袖:"戌初哥哥……"

钟戌初蹙着眉心回眸看了她一眼,无奈地将她的手拿开,谁知道她得寸进尺,张开双手意欲拦住他。

钟戌初只好往旁边挪了挪,谁知卢允夏往后退了一步,索性一屁股跌坐在地上,哭了起来。

钟戌初难以置信地看着她,真的脑壳痛。这个女人永远都是这样让人无所适从。

钟戌初横下心进了厨房:"小芯……"

庄籽芯十分冷漠地淘着米,不理他。

他一把拉过她,迫使她看向自己:"小芯,你相信我。我在湖边说的每一句话都是真的。我没有骗你。"

173

门外，卢允夏坐在地上开始哭泣："戌初哥哥……嘤嘤嘤……"

"你女朋友摔倒了。"庄籽芯面无表情地将淘好的米锅抵在二人之间。

"她已经不是我女朋友了。我和她真的已经分手了。"

"你女朋友哭了。"

"小芯……你到底要怎么样才肯相信我？"钟戌初几近哀求。

忽然，李昭如的奶奶拄着拐杖从院门外走进来，瞧着卢允夏跌坐在地上哭泣，挡住去路，不由得怔住。

李奶奶又看向水池边的钟庄二人，布满褶皱的脸上写满了惊诧。她努了努嘴，忽然又笑了开来："初初啊，带女朋友来吃芒芒啦。"

所有人大气不敢出。

钟戌初回过神，率先高声叫了一声："奶奶。"

卢允夏坐在地上没吭声。

庄籽芯也跟着大声说道："奶奶，我正在淘米煮饭，你先回房间休息一会儿，等饭烧好了我叫你。"

老太太的耳朵不好："昭如今天又不回来？"

庄籽芯说："不是，她等一下就回来了。"

老太太说："哦，不回来就不回来吧。"

庄籽芯只有尴尬地笑了笑。

卢允夏已经哭闹了一会儿，发现钟戌初根本就没有搀扶她起来的意思，她只好改变策略。见到老太太拄着拐杖进门，她吓得缩起腿，乖乖爬起身，生怕那拐杖戳在自己身上。

老太太拄着拐杖，一步一步，慢悠悠地向屋子里走去。直到她进了房间，三人松了一口气。

庄籽芯平静地说道："钟戌初，这里是昭如家。如果你还知道什么是彼此尊重的话，麻烦你，带着你女朋友即刻离开，不要吵着奶奶。"

说完她硬生生推开他，走进厨房将饭锅放在电饭煲里插上插头，然后又搬了个小板凳在院里坐下，开始择菜。

卢允夏见势，跑上前死命抱住钟戌初："戌初哥哥，你看李奶奶还记着我是你女朋友呢。我真的知道错了。"

庄籽芯的手颤了一下，青菜叶边突然变得强韧有力，她用力才折断。

钟戌初压低了声音，生怕惊扰了老太太："卢允夏，我劝你最好知趣，自己离开，我不想在这里让你难看。"

卢允夏无视钟戌初的警告，依旧委屈巴巴地说："戌初哥哥，我这次一定不瞎闹了，我会留下来好好陪你。你吃什么我就吃什么，你要我做什么我就做什么。"

钟戌初发现他永远都和卢允夏说不到一个频道上，他说东，她就扯到西去。

庄籽芯虽然手里择着菜，但是视线范围内偏偏将两人的动作看得一清二楚。她狠狠地扭断一根青菜，仿佛那是钟戌初的脖子。

李昭如放学回来，才走到村口，就听到这个爆炸性的消息，连忙往家里赶。

走到程守洛家门口时，四个人一字排站在路中间等着她。

郑庭栋将事情的经过又详细说了一通，李昭如不由得蹙眉，这事真的有点棘手。

周炜炜将一条杀好的鲫鱼递给她，说道："唉，本来今晚要烧鱼给小芯吃的，她气得都不肯留下呢，只能麻烦你烧了。"

程守洛神情郑重地对她说："先将阿初和卢允夏劝回来吧。麻烦你了。"

李昭如眈了他一眼，接过鲫鱼什么也没说，便往家走去。

周炜炜忽然说："昭如妹子最近也不大对劲，好像看你的眼神都没有小心心了。你是不是被'下堂'了？"

程守洛望着李昭如纤瘦的背影，内心有些复杂。最近昭如对他好像是爱理不理，究竟发生了什么事，他也不是太明白。或许，他先前多番拒绝她，是伤透了她的心了吧，如今想通了，不再纠结了……不知怎的，他的胸口之处有些隐隐作痛。

李昭如走回家，孰料一进门，眼前的一幕，让她不由得倒抽一口气。

卢允夏拉着钟戍初在哭泣，而庄籽芯坐在院中择着青菜，如老僧坐定。

钟戍初一副要崩溃的样子，仿佛再多一秒，他就极有可能要掐死卢允夏。

李昭如见状连忙走上前，说道："阿初哥。我有话同你讲。"

钟戍初挣开卢允夏的手，然后跟着李昭如走到院门外。

"阿初哥，今天这种情况，我觉得你说什么都没有用。如果你真心喜欢小芯的话，就让小芯先冷静冷静吧。你带着允夏先回去，明天再说吧。今晚我会好好和小芯聊聊，劝劝她。"

钟戍初也终于冷静下来，深吸了好几口气，点了点头，然后迅速离开昭如家。

卢允夏根本不用送，见着钟戍初离开，自然也就跟着追了出去。

两人在院子里又吵又闹，终于走了。庄籽芯的心也终于平静下来。

这手中的青菜又变得脆弱而渺小，轻轻一折，连断几截。

李昭如走过去，捡起地上的小青菜，一起折了起来："今晚我们两个人，加奶奶，要不再烧个菌汤？"

庄籽芯说："那我去挖点菌子？"

李昭如笑着说："嗯。我去洗鱼。是炜炜给的鱼，他杀好了，刚才特地盼咐我，一定要红烧了给你吃呢。炜炜对你可是真的好呢。"

"那是忠良大爹捕的鱼，给了一桶。"庄籽芯扑哧一声笑了起来。

李昭如惊道："一桶？炜炜哥也太小气了吧，就给我拿了一条。"

"呀，这是那里面最大的一条。其他都没这个大呢。"

"行吧。"

两个人相继笑了开来。

此时此刻，程守洛家中可就没这么太平。

钟戌初将卢允夏挂在衣柜里的衣服一股脑地塞进行李箱，然后拖着她就往外走。

卢允夏哭得是上气不接下气，一手拽着行李箱，一手扒着程守洛家的院门，死活赖着不肯走。

"阿初，有什么事，等过了今晚再说。你别这样！"

"这天都已经黑透了，你就是要送她回丽江坐飞机，也得等明天天亮呀。万一开夜车，路上出什么事，怎么办？"

"你别这样，叫村子里的人看笑话呢。"

院门外，陆陆续续围观了好些个村民。大伙儿一看是卢允夏，谁也都没出声帮腔。

"你们几个都闭嘴，我就是今晚开车死在路上，也要把她送回去。"

几个人一听，哪还敢再劝。

这么多年来，他们哥几个从来没有见过钟戌初发这么大的火气，十头牛都拉不回头。这卢允夏到底做了什么事，惹得他这么恼羞。

竺溪孃孃和兰姐闻声赶来，见势连忙上前拉住钟戌初。

兰姐硬掰开他的手，低声说："初初啊，兰姐知道你心里委屈，但是今晚你怎的都不能开夜车送她回丽江。兰姐不是在劝你回头，而是她真出了什么事，你这一辈子都不会安心。你和小芯肯定也不会有结果。有什么事，等天亮了再说。听兰姐一次。"

钟戌初终于松了手，气愤地将行李箱一把扔在了地上。

"都回去吃芒芒，别在这儿看热闹了。"竺溪孃孃虽然很不喜欢卢允夏，甚至是非常讨厌她，但是不管怎么样，来者都是客。

她把行李箱提起来放正，又伸手将坐在地上的卢允夏拉了起来。

兰姐将钟戌初拉向一边，小声说："她对不起你的事，你不说，永远都不会有人知道。但大伙儿现在看你这样对她，都会觉得你很过分。怎么能这么对一个女孩子家，明白不？今天她既然来了，有什么事，你就跟她当面解决清楚，让她彻底死心，别觉得你好欺负。我知道你心地善良，不想将她的丑事传扬出去，但这是能一直瞒着的事吗？家里人那边一直不说，那肯定一直当你们俩是一对呀。你不用管两家人和气不和气，和不和气那是长辈们之间的事。你不能把自己委屈了。"

钟戌初终于冷静下来，深吸了好几口气。

兰姐继续又说道："今天你们在村口闹开来的事，现在我们白平村整个村子的人都知道了。我看得出来，你很喜欢小芯。你要是担心小芯误会什么的，我找机会跟她说说。"

钟戌初双眼看向别处，依旧沉默着，但是兰姐知道她已经算是说服了他。

"好啦好啦，你们这都没吃饭吧，赶紧先回去吃饭。"

程守洛主动上前提起卢允夏的行李箱，替她重新拿回了房里放好。

卢允夏在竺溪嬢嬢的护送下，重新回到程守洛家中坐着。

钟戌初回屋后，对卢允夏不理不睬，将床上的被子垫褥抱到东厢房，然后又将床板拆了搬到东厢房装好，重新铺上垫褥。

竺溪嬢嬢和兰姐将二人劝回屋里，看着双方情绪稳定，便也没多待，就各自回家了。

晚饭的时候，周炜炜烧了一盘红烧鱼。

卢允夏夹了好几筷鱼肉放进钟戌初的碗里。

钟戌初毫不犹豫地夹起丢进了周炜炜的饭碗里。

周炜炜夹在两人中间极为尴尬，他知道钟戌初不是嫌弃他烧得不好吃，而是不吃卢允夏夹的菜。

本来饭前坐座位，卢允夏就故意挑了挨着钟戌初的位置坐，可这家伙一点面子也不给，直接站起身，坐到了周炜炜的身边。这给周炜炜尴尬的。

好了，轮到吃菜，这两人也不放过他。

只要是卢允夏夹的菜，钟戌初全部都夹到了周炜炜的碗里。

还没吃两口，周炜炜饭碗里的菜堆得老高。

周炜炜有意见也不敢说，只能默默地受着吃着。他冲着对面的徐开乐挤眉弄眼，指望兄弟捞他一把，结果徐开乐直接背过脸去，以碗罩着脸扒拉着饭。

周炜炜恨不得将鱼刺穿他的碗底，叫他装。

饭桌上，气氛僵凝，谁也不敢先说话，生怕哪一句说不好，点着了钟戌初的炮台。

终于周炜炜遭不住了，说："这么多菜，我一个哪能吃得下，你夹给老郑、老程和老徐他们三个。"

周炜炜将菜夹给徐开乐，徐开乐立即抱着碗说："我吃饱了。我不要。"

他要夹给郑庭栋，郑庭栋直接以手盖了碗。

他又看了一眼程守洛，程守洛眼神直写着：别夹给我，我不要！

卢允夏忽然放下筷子，委屈地说："是不是我夹的菜有毒……"

周炜炜干笑："不是你夹的菜有毒，怕是我烧菜的时候放了红伞伞。"

钟戌初冷哼一声，然后站起身："我吃饱了，你们慢慢吃。"说完，他端着碗筷到了水池边，迅速将碗筷洗干净。

等他回来堂屋，他冲着卢允夏说道："明天一早，我开车送你去机场。"

顿时，这好不容易缓和的圆桌气氛一下子又回到了冰点。

卢允夏嘴巴一撇："我不回去……"

"由不得你！"钟戌初冷冰冰地说道。

大伙儿一瞧见女人哭，头皮都开始发麻。

179

卢允夏抽泣起来。

钟戌初冷笑一声，抱着电脑上东厢房办公。

周炜炜叹了口气，对卢允夏说："你和戌初有啥事，好好说不行吗？"

虽然上次来白平村，她住了三天就闹着回去，大家也能理解，那时候白平村的条件确实是差，皮白肉嫩如花似玉的城里大姑娘，换谁来确实难以遭这个罪。

卢允夏抽噎着说："是我做错事，我对不起戌初哥哥……我这次来，就是诚心认错，我已经改了……"

"你做错什么事了？"

卢允夏摇了摇头，委屈巴巴的，不再说话。

这弄得几个人更加糊涂了。

一顿饭吃得所有人如鲠在喉。

从小长这么大，卢允夏从未见钟戌初发过这么大的火气。即便当初得知她跟别的男人睡了，他也只是冷着一张脸，没骂她，甚至都没有一声怨言，只是很平淡地回了三个字"分手吧"。

就因为他这样的态度，她才会享受别的男人对她的追求和赞美。

她是个人，会寂寞，只要一无聊，就会想着去找乐子。而他一年当中，大多时间不是在大山里就是在大山里，除了拍摄就是在拍摄。

她真的太寂寞了，所以一旦身边出现一个有趣的男人，她便会立即忘了他。等到玩累了，她又会想起她的戌初哥哥。

他提出分手，她压根就没当回事。直到后来，她渐渐地才发现，她还是喜欢她的戌初哥哥。

她的戌初哥哥从来没有像今天这般生气，一切都是因为住在李昭如家里的那个女人。

没关系，她这次好不容易才下定决心追过来，目的就是要重新追回她的戌初哥哥，她一定不会像上次一样无理取闹。她不会让任何人抢走她的戌初哥哥。

明天她也一定会留下来。

晚饭之后，庄籽芯的微信短消息几乎是炸了，不仅是钟戌初，还有周炜炜、徐开乐和大树他们相继给她发来消息。

"这家伙是疯了吧，留我和人家妹子睡一屋？"周炜炜给她发了几张照片，钟戌初将床连被褥全部搬到了东厢房。

徐开乐也跟她哭诉："我被从东厢房赶出来了！今晚我要和周炜炜两个人在堂屋临时搭床睡。我们俩招谁惹谁了？"

虽然她没有回复，但是在心里向两位表示了抱歉。

大树给她发了好几段视频，她忍不住点开，视频里是钟戌初决绝地拉着行李箱，要送卢允夏离开，卢允夏扒着院门不肯走，直到竺溪嬢嬢和兰姐前来劝阻，一场闹剧总算是收场。

庄籽芯没想到大树真的去当小间谍了。

视频里，钟戌初的言行还算表里如一。她一时间也没之前那么气愤了。

大树又发了信息："阿初哥说明天一早还是要送她走。"

李昭如洗漱完回到房间，她盯着庄籽芯看了好一会儿，寻思怎么打开话题。

庄籽芯正好抬眸撞见她的视线，于是问道："怎么了？"

李昭如顿了顿，说："罗一柠你记得吧？"

"嗯。"

"我们学校刚好有个和她同村的罗老师，那次课后，罗老师去她家里家访。隔壁有个邻居算是本家姑姑，那姑姑的儿子正好上职高，暑假期间，有一次对小姑娘动手动脚了，还威胁她不准告诉爸爸妈妈和奶奶。"

庄籽芯抿紧嘴唇，预料到了事情的可能。

李昭如接着说："家访的时候，她勇敢地跟老师说了，然后她妈妈从深圳赶回来，两家差点打起来。罗一柠很聪明，反过来保护自己的妈妈和奶奶，说再有下次，她不仅会告诉学校，还会报警。"

庄籽芯顿时松了一口气，说："聪明的孩子。"

李昭如说："学校对这件事很重视，会持续关注。生理卫生课程真的对我们这些山村的孩子来说太重要了。小芯，谢谢你。"

庄籽芯羞赧地笑了笑，说："你又来了。每天都要感谢我很多遍。"

李昭如笑着说："今天去白平湖怎么样？那边是不是很美？忠良大爹烧的鱼好吃吗？"

"白平湖真美。忠良大爹烧的鱼非常好吃。给你看我今天在白平湖拍摄的视频。"

若不是今晚出现了卢允夏这个意外，这些高清视频和照片应该已经传上微博公众号了，粉丝们也一定会疯狂地询问，哪里可以吃到忠良大爹家的鱼。

李昭如顺着视频和照片，慢慢将话题绕回了她和钟戌初的身上。

庄籽芯何其聪明，于是抓住机会反问："别说我了，我这什么都不是呢，不如说说你。你最近和阿洛怎么了？"

李昭如本能一怔，嚅嚅地说："我哪有怎么，还不是和正常一样。"

庄籽芯说："我刚来的时候，你呀，看着阿洛的时候，两只眼睛全是小心心。现在，看见他跟个仇人似的，老死不相往来。"

李昭如又是一惊，说："有、有吗？"

庄籽芯说："当然。是个人都能看得出来。"

李昭如一下子泄了气，把那天在居委会见到程守洛和高雅有说有笑的事说了出来。

"也不知道从什么时候开始，我每次找阿洛哥说话，开始都好好的，说着说着他最后都会眼神闪躲，然后就会找借口先离开。他和高雅说笑的样子，十分自然，从来没有这样对过我……"

昭如越说越失落。

182

但庄籽芯从话中嗅到了不一样的蛛丝马迹。

按大伙儿先前说的，程守洛拒绝过李昭如，对她有愧疚之心。可是在她的观察之下，并非像大伙儿说的那样，也并非像李昭如说的每次都是她主动找程守洛说话，反而是每次昭如一出现，程守洛都会第一个先和她打招呼，仿佛众人之中第一眼就看到那个对的人一样。

程守洛也不是每次都急急地找借口离开，而是他每次都很忙，每次都是聊着聊着就被村民叫走了，甚至来不及打招呼就走了，至少她遇到过好几次是这样。

所以，会不会是昭如妹子有什么误解？

"可是你有没有想过一个问题，也许阿洛哥对高雅并没有什么想法。正因为没什么想法，说话才会十分自然坦荡。但是面对你，我总觉得他是那种很小心翼翼，甚至是害怕说错话，吓跑你了，而不是不想和你说话。这种，难道不是面对自己喜欢的人很紧张，才会有的样子吗？"

李昭如一惊，怔了有好半晌才开口说话。

"是……是吗？我完全没有这种感觉……我只是觉得有点累了，不想再像以前一样。他如果没有那样的心意，怎么追都没有用，还不如好好地充实自己。"

庄籽芯点了点头，说："也可能是我想多了吧。不过，你这样想其实也是对的。说不准他意识到失去你这个小迷妹之后，才会明白，得之不易的情感应该好好珍惜。"

李昭如一下被她说笑了。

"睡吧。"庄籽芯拍了拍被子。

李昭如点了点头，翻了个身睡去。

庄籽芯却睡不着了，于是给姜陶陶发去一条信息："在？"

不过一秒，姜陶陶立即回她："你跟我之间，什么时候需要这么多套路？讲！"

"他说他跟他女朋友年初分手了。"

"高岭之花？这是个表白的信号呀。"

"嗯。他跟我表白了。"

"哇哦。高岭之花可以的啊。怎么表白的？仔细描述下，方便电话不？好像这个点你们要睡了。"

"他女朋友来了，就在今天下午。"

姜陶陶发了一连串的符号和表情包，表示不可思议："你说话能不能别这么跳跃？上一秒说表白，下一秒说人家女朋友找来了。这是什么鬼节奏？你人呢？说话呀。"

"在。但，不知道说什么。"

"你肯定有很多话要说呀，不然你给我发信息干吗？你的字里行间，都透露着老娘气炸了，老娘憋不住，老娘有话要喷等这些信号。"

"你干吗，这么懂？"

"你忘了我是谁？我是可是剧神姜陶陶。"

此时此刻，庄籽芯急需小姐妹的帮助，一股脑地将心里的话吐了出来，把大树发给她看的视频，也一并转给了姜陶陶。

她最讨厌脚踏两条船的渣男。

姜陶陶看完了视频，好言好语地安慰她："视频我看了，我觉得高岭之花不一定是骗你。如果是骗你，他没必要当众这么对他这个女朋友呀。这视频里的感觉就是那种男女已经分手了，前女友还不死心地纠缠。你还是好好听听人家怎么解释吧，别这么一钉子就把人钉死，万一人家说的是真话，你岂不是错过了一段好姻缘？"

"不想听！"

"干吗不想听？矫情！你该不是害怕输给这个女人吧？她的颜值，我看是很能打的哟。"

"我呸！谁怕她了？！长得好看我承认，说我会输，我就不服！"

"看！就是这斗志。别忘了，你曾经可是你们公司的得力大将，一人顶过千军万马。"

"现在也是大将好吗……"

"是是是,所以,干吗躲着?就应该正面迎战!姐妹支持你,彻底干翻她。不过不管怎么样,记得给高岭之花一个解释的机会。听完解释之后,再做判断。如果真的是个渣,赶紧收手回来。"

和姜陶陶说完之后,庄籽芯的内心虽然舒服了许多,但这一夜也没睡得很踏实。

Chapter22
失去你的那一秒，心突然变老

翌日一早，钟戌初将还在睡梦中的卢允夏从床上挖起来，然后开始重复昨天傍晚上演的一幕。不论卢允夏如何哭闹，他始终一言不发，将她的衣服全部塞进行李箱里，拉着她离开。

众人崩溃。

新一轮的劝架开始。

钟戌初不说话，也不听劝，硬拉着卢允夏和行李箱往院门外走。

这时，庄籽芯拎着笔记本电脑从程守洛家的院门前经过，恰巧撞见这一幕。

钟戌初停下所有动作，小心翼翼地叫了一声："小芯……"

庄籽芯眈了他一眼，比起昨天在白平湖，波光潋滟下，那个叫人移不开眼的男人，只是一个晚上，下颔已经泛起青青的胡楂，整张脸看起来十分憔悴。

卢允夏也没有昨天傍晚时分见到的那般惊艳，看得出来，钟戌初没给她装扮的时间。她顶着一张素白的脸，见到庄籽芯时，甚至有些狼狈地扒拉了下头发，半遮住脸。

这下意识的动作，就是女人没有洗头没有化妆不想见人的本能。

庄籽芯收回视线，继续向前。

钟戌初即刻上前，想要拉住她的手，被她躲过。

经过一夜的思考，面对这样一个混乱的局面，是庄籽芯最不想掺和的。

她以为她会鼓起勇气，像姜陶陶教她的那样，干翻那个女人，可是真遇见了，她又怂了，只敢对着钟戌初发火。

她声音冰冷地说："来者即客。她千里迢迢追到这里来找你，你一大清早的就这样赶她一个女孩子走，会让人觉得你很过分。"

是了，她圣母附体。

"好，我听你的。"钟戌初吸了一口气，终于放下行李箱，"我送你去村委会。"

"不用，我自己会走。"

"我送你。"

"钟戌初，我警告你，我并没有原谅你，你别得寸进尺。"

钟戌初抿紧薄唇，望着她坚决的眼神，不敢再上前。

刚巧这时，大树骑着电动三轮车过来，冲着庄籽芯挥了挥手，喊道："小芯，上车。"

庄籽芯挺起胸膛，快步向前走去，坐着大树的电动三轮车去村委会。

村委会特地批了一小块地方专门用于网店直销。

庄籽芯将剪辑整理好的白平湖照片和视频一一发布到"你霸气水姐"的微博公众号上。照片和视频一经发布，不一会儿，评论区一条接一条，全部都是称赞白平湖美景的留言。

  麻辣鸡丝不辣："这是什么地方？好美——"
  迪士尼缉拿小公举："水姐，求攻略——这里太美了呀。"

这鱼汤看着好好吃呀。"

王谢堂前燕:"对对对,表示也想求一份攻略。想躺在湖边。"

就是吃不胖你来打我呀:"求地址,想去吃鱼。"

…………

庄籽芯看着网友粉丝们的反馈,感到十分欣慰。

能勾起众人的好奇心,就是成功的第一步。

处理完后台评论回复,她开始忙碌网店的事,率先从网店商城资源整合开始。

大树在她的指导之下,只花了一个上午的时间,就成功掌握了建档商品名称时的宣传核心技能。

眼下,她只有让自己疯狂地忙碌起来,才能暂时将"钟戌初"三个字强行赶出大脑。

庄籽芯为了避开钟戌初和卢允夏,想尽了一切办法,不走平常熟悉的路,不去程守洛家吃饭,不在正常时间点工作,就差半夜起来办公。

然而身在白平村,总是抬头不见低头见,村头不见村尾见,路上不见网上见。

钟戌初接连三天在微信上向庄籽芯解释,发了很多条信息之后,最终还是被拉入黑名单。

几个小伙伴,没有一个敢做他的说客,生怕也被拉进黑名单。

庄籽芯的身边一下子变得清净起来,她将所有的注意力全部投入在网店的事上。只有使自己忙碌起来,她才能不去想钟戌初和卢允夏的事。只要不看他们,不想他们,她的心里就会好过一些。

她和大树花了几天的时间,将之前村里弄的几个废弃网店商城进行资源整合,更新了所有商品的图片和宣传语,网店商城比之前弄得都像模像样。

然而这几天，钟戍初却是从未有过的煎熬，分外难受，宛如淹没在狂风海浪之中，越是想要牵住庄籽芯，她却被推得越来越远。卢允夏的纠缠，让他倍感痛苦焦灼。

他想见的人明明近在咫尺，却宛若远在天边，他不想看见的人，却无时无刻不像个幽灵一样在眼前晃动。

驱赶的言语说多了，伤敌五百自损一千，他不只是感到心累，更是觉得自己恶心。

每天只能压抑着内心对庄籽芯的思念，他不敢在路上守她，也不敢前去昭如家里找她。

他甚至想过拿"卖身契"去逼她听自己解释，但想想最终还是放弃，那样，只会将她推得更远，到时候，便再也回不了头。

他望着一条条被挡回来的红色提示信息，内心无比痛苦，忍不住又发了一条"我很想你……"随即信息便被挡回来，他彻底陷入沉默。

慢慢地，他变得越发沉闷，不再说话。

郑庭栋因为工作，临时回北京了，手中的所有工作全部交给钟戍初处理。

钟戍初刚好用繁忙的工作自我麻痹。

原来欢乐的小团队，氛围变得诡异僵凝。

不论是谁先开口，哪怕只是想调节气氛说句玩笑话，最终都会变成凝结在空气中的冰碴，扎得每个人浑身难受。

导致一切不愉快的人是卢允夏，然而卢允夏对目前的状况却是喜闻乐见，整日里打扮得光鲜亮丽，就是要力争压倒众人。她每日抄着两只手在村里四处游荡，吃吃喝喝，权当来休闲度假。除却住宿条件与星级度假村相差十万八千里，这里居然也没有她想象的那么差。

比起上一次来，这里变化挺大的，村里村外的每一条小道都铺设好了，还装了路灯，即便是晚上出行，也不怕看不见路。她不禁对程守洛刮目相看。

尤其在她改装了程守洛家的卫生间和替换了家具之后，她忽然觉得在这里度个假也是很不错的。

不过，她的目的不是来度假，而是追回钟戌初。

她坚信，她的戌初哥哥只是暂时被庄籽芯这个女人迷花了眼，用不了多久，就会跟她回去。

庄籽芯，听来像装自信。

原来自信都是装的，难怪怎么看都难登大雅之堂。这么一想，卢允夏心中更是得意。

这日，天色说不出的灰蒙阴霾，空气逐渐降到了零点以下，越发冰冷，不知不觉迎来了冬日的第一场大雪。

庄籽芯和大树两个人一早跟着祥叔上山，一路跟拍视频照片素材，检查还有没有漏做防冻的核桃树。

核桃树极不耐寒，进入冬季后防冻是重中之重，除了树干刷树木涂白剂，灌防冻水和树体包裹等这些常用的防冻措施都是必需的。

之前，庄籽芯看着他们采取千年传承的熏烟方式防霜冻，起初担心会不会闹火灾，后来才知道原来这样是在防霜冻。

古人的智慧流传至今，经久不衰。

她觉得很神奇，于是拍了照片视频放到微博公众号，结果收到众多粉丝反馈，原来好多地方都还在沿用这么传统的防冻方式。

前几日天气预报报道就在这一两天会有大雪，庄籽芯像个孩子一样，每天从早晨一直盼望到午后，就在刚才还在说天气预报不准，结果这话才说完没多久，晶莹剔透的雪花瓣便从天空一片片落了下来，落在她的鼻尖。

她看着手背上六角形的雪花，激动地大叫："大树！下雪了！快看，下雪了啊！下雪了！"

大树眯了眯眼，抬头看了看灰蒙蒙的天，不解地望着她："哦，下雪了，小芯你干吗这么激动？"

"下雪可以堆雪人啊。"

一提到雪人,这些天积聚在心中的所有不愉快,陡然全没了。

大树不能理解:"堆雪人?可是一旦下大雪,我们这里的路全部都会封了,我们就只能待在家里,哪里都不能出克。小时候,我觉得下雪很快乐,能堆雪人,打雪仗,后来长大了,就没那么快乐了,因为要铲雪,铲了雪也未必能出去。我不喜欢下雪。"

"哦对,对不住,我好像把快乐建立在你的痛苦之上。"

大树挠了挠头,反倒有些不好意思:"什么痛苦不痛苦对不住的,说到底还不是我们生长的环境不一样。"

"是,你不明白,我们长江下游地区对雪的执着。我们那儿的雪啊,都是雨夹雪,落地即化,即使经过一夜积了雪,但是等到第二天太阳一出来,雪很快就会化了。"她忽然摇了摇手指说,"不对,用不着等第二天。这几年,我们N市的市政扫雪特别积极,为保证第二天交通畅通,连夜就把雪铲没了,根本等不到第二天。年年都会上各大平台热搜呢。所以啊,我们那儿的雪啊,永远都是下了个寂寞。"

大树想了想说:"这样啊,那好吧,允许你看一会儿,看一会儿我们就得要下山啊,不然等雪积起来,山路会变得很危险,会很不好走。"

庄籽芯点了点头:"明白。我就拍几段视频和几张照片,然后我们回村里,搬个椅子在门口慢慢看雪。"

她伸手,看着雪花在手背上落下,消融,再落下,再消融,脑海里不禁想起几天前某人的承诺,说是等到下雪,要带她去全村赏雪最佳地拍照。

或许这山上并不是那个赏雪最佳的地方,但是她就在站在这里,看着漫天大雪纷飞,依旧觉得美得不可用言语描述,然而身边并没有那个承诺的人。

远眺下方的村子,或许他正在村子里陪着那个还是他女朋友的女人吧。

191

只要一想到这个，她就不禁觉得荒唐，这是她第一次真正意义地喜欢上一个人，这芳心刚刚许诺出去，还没有开始恋爱呢，居然就遇上一个渣。莫不是她之前的工作太负能，所以她被反噬了吧？

她咬着唇，甩了甩头，说好了拍完照就走，怎么还可以再想这些事情。

"祥叔他们呢？"

大树说："我刚才打电话了，他们在果园的另一头，找到两棵树漏了，弄完就下山，不过来跟我们会合了，让我们俩先走。"

庄籽芯点了点头，匆匆拍了几段视频和照片，立即收拾下山。

一路上，大树不停感叹："唉，我们的号现在还达不到直播的条件，不然的话，这会儿一边下山一边给粉丝直播下雪，人气一定会很旺。"

庄籽芯不禁失笑："刚才是谁说不喜欢下雪呢？还有谁催着我下山呢？这会儿又想直播了？"

大树说："那不是怕危险嘛。之前我在那些旅游视频号下，看到那些导游和向导，他们不管什么恶劣的天气，都会进行直播呢。今年夏天我就看到两个不同的UP主，在同一天下午一两点的时候，站在同一个梯田上直播。那个点的太阳啊，最毒，弄不好就很容易中暑。还有一个是黄山的导游，下着大雨上山给直播间的粉丝直播。为了点击量，真的太不容易了。我还得练练才行。"

庄籽芯一边小心翼翼地看着路往下走，一边说："哎，你也说了是刮风下雨，可没下雪呀。再说了，那些个地方都是成熟景区，咱这里叫作原生态未开发，当然不能冒险啦。看着点路。"

大树说："放心吧，从小到大，这整个白平山，我什么路都走过，倒是你，小心点。我走你前面，要是有什么情况，我能给你挡着，不怕摔着。"

"哈哈哈，好的。"

两人一前一后下山。

不一会儿,鹅毛般的大雪在树梢上,在岩石上,在山道上,铺上了一层银毯。

沾了雪的泥地渐渐变得湿滑,庄籽芯庆幸大树提醒早点下山,等着雪再下久一些,说不准真会遇上什么危险。

她眺望下方就在不远处的村子,已经稀稀落落亮起了灯,最多也就十几二十分钟的路程,便可到达。

这时,大树的手机响了起来,来电显示是钟戌初。

大树毫不犹豫地接起,信号似乎并不是太好,勉强能听清楚钟戌初的声音里带着明显的焦急:"大树,小芯是不是跟你在一起?"

大树说:"对,她跟我在一起。"

钟戌初又道:"你们两个现在在哪儿?我没在村委会看见你们俩人。下雪了,你们两个跑哪儿去了?"

"我们两个在山上。"

信号不稳。

"你们两个在哪儿?"钟戌初追问。

"在山上,靠近核桃种植基地这块。"大树也急了,听到手机里不停传来机器音,索性挂了,然后给钟戌初拨过去,结果对方不停占线。

两人一来一回,好不容易通上电话。

钟戌初又焦虑地重复问了一次:"在哪儿?"

"山上,靠近核桃种植基地这里。"

钟戌初听闻,焦急地大声吼道:"今天天气预报有雪,你们两个跑上山干吗?"

"祥叔他们正好上山检查还有没有漏做防冻的核桃树,小芯想再弄一些素材发微博公众号……"

"你们还缺什么素材?缺什么你们不能找我要吗?非得上山自己拍?就跟那些网红UP主一样不要命了!"

大树被钟戌初这一嗓子吼得嗫嚅地说:"不是,天气预报不准,昨天就说要下雪了,小芯说她从昨天一直等到今天早上,再到中午也都没下,以为今天不会下雪了,而且祥叔他们也在……"

"谁说天气预报不准的?那祥叔现在他们在吗?"

"祥叔他们在另一边,让我们先走……"大树就差哭了,"阿初哥,你别凶我了,我们已经下山了,正在往回走呢。"

大树完全没有意识到,自从接了电话之后,他的步子越走越快,完全将跟在后面的庄籽芯抛诸脑后,就连庄籽芯不停地在后面叫他,他也没听见。

"大树,你等等我呀。"

雪下得越来越大,泥地沾着雪就像是溜冰场一样,脚下根本控制不住地打滑。

庄籽芯眼看着大树越走越快,便也焦急地加快了步伐想要追上他,谁知两只脚不听使唤,迅速向下滑去,不慎右脚底一个打滑,她跌了个四脚朝天。

屁股仿佛被摔成了四瓣,痛得她龇牙咧嘴。

她好不容易爬起身,一个抬头却不见了大树的身影。

她顾不得身上沾满了污泥,心开始慌了起来,大声叫着:"大树,你等等我呀。你在哪里?"

然而得不到回音,她更焦急了,于是摸出手机给大树打电话,谁知他的手机一直占线。

"大树,你在哪里呀?大树!大树!"

她一边急得直叫着大树的名字,一边手扶着一旁的树一步一滑,十分艰难,然而还是一不小心再次摔倒。

山道随着雪的增厚,越来越湿滑,她接连摔了几次之后,差点掉下山道,她便吓得不敢再往前走。

她看着山道旁有好多腐烂的树枝,想从里面够一根上来做拐杖。

她尝试着蹲下身去够,却发现怎么够也够不着,只得将身体向前挪了挪,谁知重心太过向前,一不小心,她整个人往前栽去,摔进了前面一堆荆棘丛里。

她挣扎着要从荆棘丛里起身,谁知荆棘丛兜不住她的重量,下面又是空的,于是她整个人直接掉了下去,伴随她的一声惨叫"啊——"。

大树听到这一声凄厉的叫声,这才反应过来,糟糕!小芯还在他的身后。

钟戌初在电话里也隐隐约约听到了那一惨叫声:"是不是小芯?"

大树哭丧着脸说:"我就顾着和你说话,我忘了小芯还在我身后……"

钟戌初立即安慰他说:"你别着急,我已经往你们这边过来了。你先回头去找小芯,看看发生什么事。"

从给大树打电话的那一刻起,钟戌初已经往山上这边走,在听到庄籽芯的惨叫声之后,他的心直接悬到了嗓子眼。

他问清了大树他们下山的路,挂了电话之后,拔腿就往山上跑。

大树往回走,一路并没有看到庄籽芯的身影。他吓坏了,不停地叫喊着:"小芯,你在哪里?"

他拨打庄籽芯的手机,只听到听筒里的连线声不停地在响,然而一直无人接听。

庄籽芯从荆棘丛里掉下去之后,一头撞在树上,痛得她两眼直冒金星。等她摸着脑袋睁开双眼,赫然发现自己正好躺卡在两棵枯树之间。

她挣扎着,想要爬起,然而全身上下没一处能使上力气。若是站着卡住也罢,偏偏她是整个人斜向下侧躺地卡在枯树里。

想要呼喊救命,可是人卡在枯树里,根本打不开胸腔,声音也完全放不出来。

手机跌落在不远的地方,她眼睁睁地看着它响个不停,却根本够不着。

她费力挪了挪,想要够着手机,结果人卡得更紧了。她又向上挣扎了一会儿，很快便虚脱无力。

莫名的恐慌感向着四肢百骸袭来。

难道她就要这样卡在树里被大雪活埋了吗？

她的人生才刚刚起步，她还有好多事情没有做，比如赚很多的钱，比如谈一场刻骨铭心的恋爱……

好嘛，就算刻骨铭心的恋爱才刚刚开始，就已经被迫停了刻刀，但是，她还没有决定这刀要不要继续刻下去，能不能继续刻下去……

钟戌初，你在哪里？只要你再说一次，你没有女朋友，你已经分手了，我就信你……

洁白冰凉的雪花一片一片飘落下来，透过枝叶，落在她的眼上、唇上、脸颊上，变成一滴一滴晶莹的水珠不停地滑落。

庄籽芯渐渐感到绝望，越来越害怕，害怕得哭了起来。

她的脸上湿漉漉的，分不清究竟是她哭泣的泪水，还是雪水。

钟戌初终于在山道上见到了大树。

大树却没有找到小芯，急得差一点哭出来。

钟戌初让他冷静，追问他在哪里接了自己的电话，在哪里和小芯走丢的。

两个人一边俯首在地面找寻踪迹，一边声嘶力竭地叫着庄籽芯的名字。

钟戌初按着大树指认的地方，顺着山道一路仔细地查看地上的脚印，终于在一段山道边发现了异样，荆棘丛露出新裂的痕迹。

他冲着下方大声喊着："庄籽芯！你在哪里？听到回答我！庄籽芯！你在哪里？听到回答我——"

他一遍又一遍大声地喊着。

已经绝望的庄籽芯忽然听到钟戌初的声音从上方传来，一下止住了哭声。

她歪着脑袋，用尽全身的力气向着上面喊道："我在这儿——咳……"只喊了一声胸腔便被挤压得难受。

隐隐约约，钟戌初似乎听到一个微弱的声音，于是又喊了一嗓子："庄籽芯，你是不是在下面？听到回答我！"

"我在这儿……"庄籽芯又尝试喊话，然而胸腔被卡着，无法高声大喊。

虽然庄籽芯的声音十分微弱，但钟戌初还是听见了。

他激动地对大树说："你在上面接应，我去下面找她。"

大树担忧地说："阿初哥，你小心点，有什么情况，你一定要打我手机啊。"

"嗯，知道。"钟戌初不顾一切，一边顺着荆棘丛断裂的地方向下滑去，一边拨打她的手机，手机铃声越来越大，给了他信心和勇气。

终于，他在两棵枯树之间，看到卡住的庄籽芯。

庄籽芯一瞧见他，眼泪便如同断了线的珍珠一样，"啪嗒啪嗒"地直往下掉落。

"钟戌初……"

钟戌初瞧见她狼狈的模样，是又心疼又好笑。

"不许笑！咳咳咳……"庄籽芯气愤得又哭了，然后拼命地咳嗽。

"对不起，我不笑。"钟戌初紧张万分，连忙走过去，小心翼翼地将她从枯树间拉了出来，然后紧紧地抱在怀里。

庄籽芯趴在他的怀里，不顾一切"呜呜呜"地哭了开来："钟戌初，就在之前，我好害怕，我害怕自己就这么卡在树里，被大雪活埋了……呜呜呜……"

再也见不到他了……

钟戌初也有一些哽咽，不论是在电话里听到她惨叫的那一声，还是方才一路找寻她的时候，只有短短的半个小时，但是仿佛过了半个世纪那么久。

此时此刻，他不知道用什么样的心情去形容，如果他没有听到那微弱的呼救声，如果没有找到她，后果他简直不敢想象。

他双手捧住她的脸颊,不再有所顾忌,对着她的唇直接放肆地吻了上去。

双唇相贴的一瞬间,所有冰冷都被驱逐而去,她没有抗拒这个吻,甚至不带迟疑,任由他肆意掠夺。

先前内心的脆弱,在得到温暖怀抱的安抚之后,她竟然开始贪念他的怀抱,甚至还有了一个卑鄙的念头,不管他和卢允夏之间究竟是怎么样,她不想管了,她现在只想拥抱他,只想和他在一起。

她伸出手,紧紧地环抱着他的脖子,将他的脸颊用力拉向自己。

她笨拙而毫无技巧可言地回吻着他,咸涩的眼泪一点一点融入,越发刺激着彼此那颗无法平静的心。

到最后,她开始慢慢一点点啃咬着他的嘴唇,除了爱意,还连同心中的愤恨与委屈一起。

他知道,她在发泄心中不满,他并不阻止,任由她发泄。

如果她需要,他甚至可以将他的整颗心一并交出去,只要她不再不理他。

终于,她停下了啃噬,趴在他的怀里又"呜呜"地痛哭起来。

他将她拥抱在怀里,手轻轻拍着她的后背安抚着。

"对不起,是我打电话误事。"他忍不住轻柔地吻去她的眼泪。

她哽咽着摇了摇头,不关他的事,如果不是因为和他赌气,所有素材直接找他要都是可以的,她根本没必要在这样的天气跟着祥叔他们一起上山,还拖累了大树。

"阿初哥,你找到小芯了吗?"

直到上方传来大树呼喊的声音,两人才慢慢分开。

钟戍初抬头向上用力呼喊:"找到了,我们马上上去。"

大树高兴的声音传来:"好咧。"

"走,我带你上去。"

"我的手机。"

钟戍初捡了手机,拉着她正要往上爬。

可是才走了一步，庄籽芯便发出一声惨叫。摔下来的时候，她的脚也扭伤了。

钟戌初蹲下身，卷起她的裤角，看向她的脚踝，那里肿得老高。

"我扶你，你忍一下。快到上面，你踩着我的肩，我托你上去，上去之后，我再背你下山。"

钟戌初半扶半托，大树在上面拉拽，两人费了九牛二虎之力终于将庄籽芯拉了上去。

大树看着庄籽芯瘸着脚，立即自责地说道："都怪我！一接电话就忘了你。"

庄籽芯摇了摇头说："是我自己的问题，跟你没有关系。"

钟戌初快速攀上去，二话不说背起庄籽芯，往山下走去。

庄籽芯伏在他的肩头，忍不住又小声哭泣起来。

钟戌初回想找到她时的惨状："幸亏这离着山脚很近，摔下来没什么大碍，你要是在山顶这么摔下来，别说肿一只脚了……"

他说着说着便也说不下去，嘴唇抿住，眉头微蹙，面色如同这雪天一样阴霾。若是在山顶摔下来，或者没有找到她，那后果真的不堪设想。

庄籽芯将他抱得更紧，不停抽泣。

回到昭如家里，钟戌初将她放下，拿了药酒给她推拿。

庄籽芯被他按得不断发出哀号。

"忍着点，待会儿就好了。"钟戌初虽然内心十分心疼，但是下手的力道仍旧不减。

大树很是自责，本来待在屋里，想跟着一起照顾庄籽芯，后来发觉自己像个电灯泡，于是趁着两人不注意，便悄悄地离开了，将美好的时间留给两个人独处。

庄籽芯抽抽噎噎，回想起刚到这里的那天晚上，她一个人走在伸手不见五指的山道上不慎摔倒，在她最无助最害怕的时候，也是他及时出现，背着她回来，然后拿着药酒这么给她揉按。

她撇了撇嘴巴，忍不住又"呜呜"哭出声。

钟戌初手上沾着跌打酒，想替她擦眼泪，又怕辣着她，只得站起身，伸手将她揽进怀里，安抚她："不是不帮你擦眼泪，是怕辣着你。衣服借你，自己蹭。"

庄籽芯本来很难过，可是听到他这么说，没忍住，破涕而笑。又哭又笑，说不出的尴尬难为情，她索性双手捂起脸来。

他蹲下身，笑着拉下她的手，抬眸看着她被泪水浸润透亮的双眸，说："不能再哭了，眼睛已经肿得像核桃了。你是想商品介绍里多一个品种吗？核桃名字都给你想好了，美人眸。"

她吸了吸鼻子，撇了撇嘴，说："你怎么不说平平无奇核桃？我还没原谅你呢……"

钟戌初听了，轻轻叹了一口气："只要别不理我就好。"

这时，门外忽然传来一阵急促的脚步声。

庄籽芯抬眸看向门处，冲进来的人是卢允夏，她的头上身上都沾满了雪花，看得出来，她来得很急。

"戌初哥哥。"卢允夏轻轻叫了一声。

钟戌初回头眽了一眼卢允夏，仿佛当她是空气一样，继续给庄籽芯揉着脚踝，直到差不多了，才替她拉下裤脚，穿上袜子和鞋，然后轻柔地说："这次你的脚伤得比上次重，明天不一定消肿，这两天就在家里好好歇着，别到处乱跑了。网店的事，阿洛和大树，还有兰姐他们都会帮看着。"

庄籽芯轻应一声。

卢允夏望着钟戌初蹲着身子给庄籽芯从揉脚到穿鞋袜，双眼就差喷出火来，她愤恨地咬紧了牙。

这些天，钟戌初去哪儿，她就跟去哪儿，所以钟戌初才没什么机会和这个装自信的女人见面。

之前，她本在程守洛家里舒舒服服地烤着火，不想因为下雪，正在修片的钟戌初突然说是要去村委会看看。她知道，他去村委会就是要去找这个女人,若是她不跟着他,两个人说不准又会眉来眼去。

看着漫天飞雪,她咬了咬牙,跟着他一起去了村委会。

谁知到了村委会,没见着这个女人,他便开始焦虑地四处打电话,接着就是一顿怒吼。

她这才知道,原来这个女人和大树上山去了。

真是蠢透了!

天气预报明明预告说了有雪,还要发神经地跑去山上,这个女人一定是想要吸引钟戌初的注意力才故意这么做的。

她本以为钟戌初会在村委会等着二人下山,结果下一秒,就见他疯了似的,一边接着电话,一边跑出村委会。

她站在村委会的大门口,无论怎么叫唤也唤不住他。她跟出去追了没几步,他便没了踪影。

雪下得越来越大,地面很快就积了一层雪。

去山上的路有好几条,她压根就不知道他们走了哪条道,走到了哪里。

最后她选择在村委会里等他们回来,然而这个选择让她更是恼火,因为过了没多久,那个全村她最讨厌的叫什么兰姐的人回来了。

兰姐一回来,就各种给她脸色看。若不是看在钟戌初的面上,她才懒得搭理这村子里的任何一个人。

她就坐在村委会里一直等啊等啊,大门半敞着,外面下着大雪,风卷着雪花直往门里蹿。

整个村委会冷得宛如冰窖,也不知这里的人怎么坐得住的。

她坐了一刻钟不到,实在是受不了,于是冒着雪跑回程守洛家中继续烤火取暖。

直到方才,她看见大树往回走,这才知道钟戌初已经带着那个女人回来了,那个女人还受了伤,于是她又急匆匆地赶过来,恰好撞见这一幕。

说实话,不嫉妒不愤恨,那绝对是假的。

她和钟戍初从小就定了娃娃亲。大学时,两人在双方家长的见证下确定关系,但是,这么些年,他们两人几乎可以用"相敬如冰"四个字形容。她从未在钟戍初的眼睛里或者言语里,感受到过一丝的男女之爱。

为此,她发过脾气,也闹过假失踪,然而这些对钟戍初丝毫不起任何作用。

她从来没有见过钟戍初像今日这般紧张,不顾雪有多大,奋不顾身跑去山里找寻这个女人。

她一度以为钟戍初天生就是个不解风情的男人,是个毫无情趣的木头,是个心比孙悟空还要硬的人……直到这一刻,她才发现,原来是她错了,而且大错特错。

他会望着那个女人满目星辰地笑,说话的声音也是柔浅如风,眼睛里蕴藏着她从未见过的柔情蜜意……

看到这些,她真的快要嫉妒疯了。

为什么?

她费尽那么多心思,都没能得到他的心,为什么这个女人就可以这么轻轻松松地得到?

这一刻,她突然感到有些害怕。

曾经,她一次次犯错,她的戍初哥哥都会原谅她。她甚至以为只要她一直缠着他,哪怕是她犯了原则性的错误,他也会像以前一样,回到她的身边。

可是这一次,不一样了,因为多了这个叫"装自信"的女人……

不,应该还有办法。

她不会就这么轻易地认输。

庄籽芯见卢允夏这么直勾勾地盯着自己,心里有些发毛,于是说:"我想进房间休息。"

钟戍初立即说:"我扶你。"

"不用了,你走吧,我没事了。"庄籽芯轻轻甩开他的手,又回到了前几日冷漠的态度。

钟戌初一阵错愕，原本深邃黝黑的眼眸里满是星辰灿烂，却在被三连拒绝之后顿时变得黯淡无光，但很快他便回过神来。

或许，只要有卢允夏在，她内心便过不了那道坎吧。

他也不像以前那般纠缠，抿了抿唇，什么话也没说，默默地离开。

卢允夏一反常态，没有急急地跟出去，而是依旧站在堂屋里，死死地盯着庄籽芯。她挺直了胸膛，内心撑着一口气，让她必须在庄籽芯的面前撑住。

庄籽芯扶着墙单脚跳着往房间里走去。

忽然，卢允夏阴气森森地开口："你跟他不会有结果的。只要我不同意，他就没有可能和你在一起。就你这样的人，根本进不了钟家的大门。你趁早死了这条心吧。"

庄籽芯惊诧地回过头，看向卢允夏。

卢允夏嘴角扬起，露出一个蔑视的冷笑，然后转身离开。

庄籽芯抿了抿唇，从她弄坏钟戌初昂贵的相机开始，到她差一点被封杀，再到被迫与他签订卖身契，她便知道钟戌初不是她想象中的，那种靠着金主才能活的三流摄影师，除却美院摄影系教授这个身份，他的家庭背景一定不简单。

到了白平村之后，她对他了解更多了一些，周炜炜他们也和她说过，他是个含金汤匙出生的大少爷，那个Y&D海运集团就是他家的。她惊愕，海运集团的大少爷竟然热衷于慈善事业。

可是在喜欢上他的那一刻开始，她压根就没有想过两人之间差距的这个问题……

刹那间，她心中宛如堵了一块巨石，压得她透不过气来。她躺在床上，闭上双眼，告诉自己不可以再想这些事情。

不知过了多久，她迷迷糊糊睡去，又不知过了多久，她被一阵嘈杂的声音吵醒。

原来是村里的几位叔伯和孃孃带着几个孩子来看她，还有周炜炜他们几个。

她不慎摔下山的事，村里都传遍了。

昭如家里一下子塞满了人。

桂华妈妈自是毫不留情面地将丈夫祥叔数落一番。祥叔一脸愧疚，早知道发生这种事情，一定人齐了会合再下山的。

周炜炜说："小芯，你想吃什么？我都给你去做。"

徐开乐说："山珍我给你猎，海味我给你网购。"

庄籽芯不由得一笑。

许是下午受了惊吓，一下子被许多人围着，她看起来蔫蔫的，怎么提精神都差了那么一股子劲。

其实她心里清楚，这种事情传遍整个村子，真是丢死人了。

王柏乐挤到床头，悄悄地跟她咬起耳朵："籽芯姐姐，初爸爸很想你也很担心你，叫我过来看看你。他怕他过来，会惹你不高兴。"

庄籽芯笑着揉了揉他的头发，说："是他救的我，然后送我回来。这人走了还没有一个小时呢。"

王柏乐笑着又说："我知道。他就是想你呗。他怕他一过来，允夏阿姨跟过来惹你不高兴，所以叫我过来替他看看你，嘻嘻……"

庄籽芯笑了。

王柏乐又凑近她的耳朵跟前说："籽芯姐姐，我告诉你，我是不会叫那个允夏阿姨妈妈的。我支持你！"

庄籽芯又好气又好笑地捏了捏他黑红的脸蛋，说："要期末考试了，你是不是要去复习功课？"

王柏乐冲着她吐了吐舌头，说："知道了，知道了。我要是考了全班第一，你可要答应我一件事，你要和我初爸爸好好的，不要再和他闹别扭了。拉钩钩！"

庄籽芯抚摸着他的头发，不想他失望难过，只好伸出手与他拉钩钩。

小屁孩哪能懂大人的世界有多复杂。

王柏乐待了一会儿，便回去复习功课了。

其他人一个个慰问过后，也很快相继离开。

本以为人都走了，一下子清静了，谁知兰姐忽然去而折返，还给她带了碗腊排骨。

她有些不好意思："兰姐，给你添麻烦了。"

兰姐神色有些神神秘秘："麻烦什么呀。小芯，我有话跟你说。"

庄籽芯一头雾水："什么事，兰姐？"

兰姐走出房门，小心翼翼地看了看大门外，李昭如正在厨房里做饭，李老太太躺在自己的屋子里取暖。她走回来顺手将房门关上。

庄籽芯更加奇怪了。

兰姐开始问："小芯，兰姐问你，你对初初有那个意思吗？兰姐可能问得有点直白。"

庄籽芯眼神闪烁，违心地说："没有。"

兰姐不敢置信地问："一点意思也没有？真的一点意思也没有？"

还以为将人救回来，这丫头气便消了，怎么就还这么僵？

"初初他是个很好的孩子，他绝对不是个脚踩两只船的人。你相信兰姐，兰姐不会看错人。"

"兰姐……"庄籽芯再傻，也能看出来兰姐这是有心在撮合他们俩。

但是眼下的情况，她真的不太想谈这个问题。

"不不不，小芯，你不要误会了。初初他没有请兰姐来做说客，而是兰姐不想你跟他就这么错过了。他冒着雪上山找你的事情，大树都和我说了，如果他不是那么在意你，是不会不顾一切上山找你的。"

庄籽芯抿紧了唇，她明白，所以她才会在见到他的那一刻放声大哭。

205

可是回到这里，当看到卢允夏的时候，她的脑子里就会有另一个声音告诉她，她不能随心所欲，她不能做一个卑鄙无耻的渣女。

此时此刻，她也不知道该怎么办才好。脚踝的那一点肿痛，根本无法抵过她心口的疼痛，她的心真的好痛好痛。

兰姐看出来她的犹豫，于是说："他和我谈了很多，他跟我说他对你是真心的。他跟你在白平湖表白的对吧？你知道我们村和隔壁村子里的人谈恋爱，一般男的追女的，都会约克白平湖边上表白，就在那两棵树下，那两棵树就我们村里的情人树。"

庄籽芯怔住，抿紧唇凝视着兰姐："情人树？那不是子母树吗？"

"原来是叫子母树，但是后来越来越多小伙子在那树下跟姑娘表白，干脆大家都叫情人树。"

这个钟戌初完全没有跟她说。她当时提议叫情人树的时候，只记得他笑得很开心。

"兰姐看得出来，你是喜欢初初的，只是那个卢允夏突然到来，让你很难受。但是请你相信兰姐，初初是真心喜欢你，而且他是单身，他确实是和卢允夏分手了。其他人不知道，但是兰姐可以拍着胸脯向你保证，初初他是单身。"

庄籽芯抿了抿唇，望着兰姐的目光十分惊诧。

兰姐拉着她的手，又一次追问："你实话告诉兰姐，你对初初他中意吗？"

庄籽芯咬了咬唇，这才说了实话："我气他骗我。白天说喜欢我，到了晚上就有女朋友找来。"

"初初他没有骗你……唉，兰姐今天一旦说了这个事，就得要打嘴巴。"兰姐说着就给自己一个耳刮子。

这样吓坏了庄籽芯："兰姐！"

"小芯啊，身为男人，如果遇到这种事，那是真的倒了八辈子的霉。这个卢允夏她就不是个好人，是她背叛初初在先，初初为了保存她一个女孩子的颜面,所以谁都没说。兰姐之所以知道这件事,也是无意中听到的。"

"背……叛?"

难道是卢允夏劈腿了吗?

庄籽芯刚这么想着,没想到兰姐直接扔了个重磅炸弹。

"哎呀,就是绿了。这个女人,她耐不住寂寞,跟别的男人睡了,那个男人还是个有妇之夫,和初初认识。初初无意间撞见两个人去酒店开房。"

庄籽芯瞪直了眼,简直不敢相信耳朵听到的事实。

钟戌初被人绿了?他竟然会被绿了?他怎么可能会被人绿?

"初初为了维持她在两家的形象,给她留脸面,才没有说这事,但是提出了分手。这个女人不是个好人,年初的时候同意分手,后来又反悔,一直缠着初初,大概是觉得初初好欺负。"兰姐越说越气愤,"我们家初初那么好的人,居然被那样一个坏女人耍了,想想就生气。"

之前无意之中听到两人在电话里吵架,后来她找机会拉着钟戌初聊了好久,才弄清楚事情的来龙去脉。

原来这个女人总是嫌弃钟戌初只顾着工作,根本不管她的感受,她耐不住寂寞,于是就勾搭了一个有妇之夫。

去年12月上旬,钟戌初带着学生在外地拍摄,平安夜这天回不了N市,没法陪卢允夏过平安夜,于是两人就约好了过元旦跨年。谁知钟戌初提前结束了行程,在平安夜当天赶回了N市。

预订好的黑珍珠餐厅没有退订,因为钟戌初没法赶回来,所以之前两人商定由卢允夏带朋友去品尝。钟戌初想着顺道过去看看,没有提前联系卢允夏,算是给她一个惊喜吧。谁知到了餐厅之后,他刚好瞧见卢允夏挽着一个男人从餐厅里走出来,两人神情举止十分亲昵,宛如情侣。

两人离开餐厅之后便驱车前往离得不远处的一家五星级酒店。

钟戌初等了一会儿,才敲开房门,然后不堪的画面出现。

具体的细节,钟戌初没有同兰姐细说。

不巧的是,这个男人钟戌初也认识,是曾经合作过的某公司的一位副总裁,有家室。

卢允夏哭着同他道歉,钟戌初什么话都没有说,愤然离开酒店。

之后钟戌初提出分手,卢允夏也同意了,说会找时间向两家长辈说明,两人因各自工作繁忙感情渐淡,所以解除婚约。但不知怎的,过了年,卢允夏就突然反悔了。

钟戌初要求兰姐保证,这件事谁都不要说,他说他难堪不打紧,但是一个女孩需要脸面。

"都发生这种事情了,他竟然第一个想的,是这件事不能让人知道,他要维护卢允夏的脸面,不让她受到伤害。"

因为对钟戌初发过誓言,兰姐才憋在心里这么久谁都没告诉。

初初太善良了,始终想着给那个女人留面子,就没有想过这女人压根连里子都不要。那天看着他和小芯闹成这样,她那个焦虑啊。

好不容易到了今天,初初将小芯从山上救回来,她想着这算是个契机,无论如何也要把这件事说出来,告诉小芯。

庄籽芯内心一下子凌乱了。

她简直不敢相信这么狗血的事情竟然能发生在钟戌初的身上。

她最初讨厌他,是觉得他"爹味"浓,但是她从不否认他是个极为优秀的男人,喜欢他的女人怕是排队能绕美院操场几圈。就算他工作再忙,没时间陪伴卢允夏,但也不至于会落入被绿这样的境地……怎么能这么惨?

"这事我终于说出来了,心里也就舒服了。"这阵子可真是给她憋死了,每天见着竺溪孃孃、大树妈她们,就是不能说啊,憋死她了,憋坏她了,"你呀,好好跟初初聊聊,不要这么意气用事。应该帮着他,把那个坏女人从他的身边彻底赶走,不然初初就太可怜了。"

兰姐走了之后，庄籽芯僵坐在床上，内心犹如打翻了五味瓶。

她想过如果钟戌初真的脚踩两只船，她会将他暴打一顿，还想过将卢允夏也一起暴打一顿，但是她万万没有想到，真相竟然这么残酷。

她滑开手机屏幕，点开已经被她拉黑的钟戌初的头像，内心竟然生出怜悯之情。

这样看来，那天钟戌初只拖着卢允夏的行李箱走，算是对卢允夏非常绅士了。

Chapter23

喜欢有很多种，但无论哪种都只想给你

庄籽芯休息了两天，总算走路正常。

这两日，她只能站在昭如家的窗前，眺望着雪后的美景。平日里忙惯了，一下子歇下来，她很不适应。一能走路，她便直奔去了村委会。

这两天钟戍初也一直忍着没来找她，他害怕他去找她，卢允夏就会跟着。他不想她见着卢允夏心情不好，每天都叮嘱大树和昭如，监督她好好搽药油。

傍晚，大树骑着电动三轮车载着庄籽芯回去，快要到程守洛家的时候，庄籽芯的脑海里忽然浮现出兰姐的话："不要这么意气用事。应该帮着他，把那个坏女人从他的身边彻底赶走。不然初初就太可怜了。"

姜陶陶的话也相继浮现："干吗躲着？就应该正面迎战，那女的要是再敢使坏，姐妹支持你，彻底干翻她，叫她从哪儿来滚回哪儿去。"

一个声音，忽然很大声地从脑海跳出来：庄籽芯，别走，去干翻她！

另一个声音接着跳出来说：赶紧下车，干翻她！

她在心底低吼一声：好！干翻她！

于是，她出声叫住大树："大树，停一下，我今晚在这里吃晚饭。"

大树闻声立即拉了手刹，回头惊诧地看着她："小芯，你不上我们家吃晚饭了？确定要在这里吃晚饭？"

她坚定地说："嗯，我今晚要干翻她，代我跟萍姨说一声抱歉。"

大树一惊："你、你、你要干翻谁？"

她今晚要干翻那个女人——卢允夏！

"今晚干它三碗饭！"

庄籽芯下了电动三轮车，刚要上台阶走进小院，只听身后传来一声急切的叫唤："小芯？"沙哑的声音里充满无限期待与惊喜。

她回眸，钟戍初正扛着摄影器材，站在山道上的不远处凝望着她，他身侧依旧跟着牛皮糖似的卢允夏。

这一回，庄籽芯一点也没有生气，只是唇角轻抬，扬着温暖轻柔的笑意向他走过去，说："你回来了？才收工？炜炜和开乐他们呢？"

钟戍初见她态度回转，那压在胸口的巨石顿时卸下，立即扬着笑脸回应："开乐在后面，炜炜先回来烧饭了。你……这是刚忙完回来？"

"嗯。"庄籽芯点了点头，看着他抱着一大堆东西，关心地问道，"抱着这么多东西，你累不累？"

其实，这些器材完全不需要抱着，只要找个小推车全部装上拖回来就行了，省时还省力。

但钟戍初之所以这么抱着，就是不想卢允夏与他有什么肢体接触。

他方要回话，卢允夏故作十分亲昵地一把拉住他的衣袖，声音嗲

211

哒地说："戌初哥哥，我饿了，我们进去吃饭吧。炜炜哥还在等我们呢。"

钟戌初手里抱着东西，想要甩开她的手不是那么方便，于是往前挪了一大步，站在庄籽芯的跟前，眸光闪烁凝望着她，小心翼翼地问："今晚……是要回来吃饭吗？"

庄籽芯甜甜地笑了笑，毫不犹豫地说："是呀。"

从头到尾，庄籽芯都没有正眼看卢允夏一眼，只是余光就能感知到她的气愤和嫉妒。

"太好了，赶紧进来吧。"钟戌初高兴坏了，于是抱着摄影器材率先踏上台阶。

庄籽芯刚要跟上，卢允夏先她一步，故意将她挤向一旁，然后叫着"戌初哥哥"，追着钟戌初踏上台阶。

雪后山路原本就湿滑，虽然院门外的积雪铲了些许，但庄籽芯的脚伤才好，被这么一撞，没站稳，直接摔在了门口的积雪上。

钟戌初回头，恰巧看见这一幕，不由得眉头深锁，瞪了一眼卢允夏。他万分抱歉地看着庄籽芯，腾出一只手递给她，紧张地说："你还好吧？脚有没有再伤着？"

"没有。哪有那么娇弱。"庄籽芯将手递给他，起身。

她抿了抿唇，冲着一旁的卢允夏不以为意地轻嗤一笑。

等着，待会儿就干翻她。

"要我帮你拿吗？"庄籽芯伸手要为钟戌初分担重量。

钟戌初紧握着她的手，说："不用，走两步就到了。你小心点，这砖头还挺湿滑的。"

"嗯。"她微笑着点头。

不用她出手，卢允夏已经完全被隔离在两人之后。

卢允夏气得咬紧牙根，低骂了一声。

庄籽芯听到了，回眸淡淡地看了她一眼，眸光里闪烁着胜利的光芒。

这才是餐前小点心，后面还有大菜呢。

她满意地收回视线，抿着唇角，牵着钟戌初的手走进屋内。

周炜炜听到声音，闻声赶来，瞧见庄籽芯，立即激动地叫道："小芯，你终于回来啦？老郑回北京了，不然看见你，肯定高兴坏了。你等着，我今天烧辣兔煲。今天我们外出拍雪景，刚好猎的。"

庄籽芯撸了撸衣袖，说："那我是去挖菌子还择菜？"

周炜炜说："不用，你脚才好，就去前面坐着休息就好。开乐刚才发信息说，最多五分钟他就回来了。"

庄籽芯说："才几天我没在这里吃饭，就把我当客人不用干活了？"

周炜炜压低了声音道："我这不是给你机会，好好跟初初相处吗？不然——"

他的眉毛挑起，目光斜飞向堂屋里的那个无尾熊卢允夏。

庄籽芯眈了一眼，不以为意地张开手，比了一个手势，说："格局要大！"

周炜炜点点头说："大大大。还是庄老板，大格局！"

不一会儿，徐开乐进门了，程守洛也回来了。

两人一见着庄籽芯，心花怒放。今晚他们可以解放了，终于不用害怕某人暴走，也不用担心某女哭唧唧。今晚总算有人来镇场子了。

当然，最欣然的莫过于钟戌初。

庄籽芯不与他置气，他已经感恩。他顾不上其他，陪着她一起去菜地里挖菜、择菜，哪怕一句话不说，只是默默地跟着她，陪着她，内心都觉得无比幸福快乐。

卢允夏看着两人踩在田里，望着自己脚下的马丁靴，今天陪着他们拍摄雪景素材，一路湿滑，已经累得她够呛，鞋面沾满了好些泥土，方才她好不容易清理干净。这会儿两人就在眼前，跑不远，她也不想跟着去田里，再弄脏鞋子，于是就站院门外远远地看着两人。

她知道钟戌初还在跟她生气，躲着她。

213

没关系,路遥知马力,日久见人心。

可接下来的画面,叫卢允夏从淡定从容直接变换到面容扭曲。

钟戌初的脸上洋溢着幸福而灿烂的笑容,她望着他脸上的笑容,露出不可思议的表情。

这笑容,完完全全是那种发自内心的开怀大笑,眸底的星光,眼角的细纹,面部每一丝肌肉轮廓都自然而然地随心轻舞飞扬……

这样的笑容,在面对她的时候,从未有见过。

只因为挖野菜挖菌子,这有什么值得笑的?

她的钟戌初,怎么会做这种事情?

在除了卢允夏外的几个人的齐心协力下,一顿丰富的晚餐上桌。

卢允夏依旧紧挨着钟戌初坐,总之,他坐哪儿,她就跟着坐哪儿。

庄籽芯则乖乖地坐在程守洛身侧,不争不抢。

钟戌初见着,立即移了过来。

周炜炜识趣地让道,往旁边移了一个位置。谁知这屁股还没有坐热,卢允夏站在他的旁边,冲着他直横眼,示意他滚开,他只好又乖乖地让道。

徐开乐说:"你就是不知趣,那两边的位置是你不花钱就能坐的吗?"

周炜炜无奈地摊手,大声说道:"老子就是花了钱,也不配坐。"

庄籽芯抿唇笑了笑,说:"什么花钱不花钱的。我这不是跟洛哥有事要谈嘛,明天我就坐你身边吃饭,行不行?"

她今晚选择坐在程守洛的身边,是因为白天里做的好些工作,需要与他沟通呢。

周炜炜夹了一块野兔肉给庄籽芯:"就知道小芯最好了,你这些天没来,我烧菜都没劲。野兔子,我和开乐今天猎的,贼新鲜。"

卢允夏不可一世地冷嗤一声,见识到众人对庄籽芯的喜爱,可是万万没想到周炜炜这么能"舔"。

214

这个周炜炜，不管在什么地方，永远都改不了"舔狗"的属性。当初，对自己也是鞍前马后的，现在，呵……真是来一个捧一个，活该"舔"到最后一无所有。

"谢谢炜炜哥。"庄籽芯笑眯眯地接过，咬了一口，立即称赞，"好好吃，果然吃肉就是要吃炜炜哥烧的。我前几天烧的鲫鱼跟你的比起来，真的太惨淡了。"

卢允夏听了直接做了一个作呕的表情，故意侧着身子面对钟戌初，压低声音说给他听："真恶心，让人想吐。"

钟戌初故作惊讶地说："你恶心？那就赶紧回房休息吧，别吃了。"

卢允夏难以置信地看着钟戌初，然后手指向庄籽芯委屈地说："戌初哥哥，我说的是……"

她指着庄籽芯却一句话也说不出来。眼下这个情况，她不能直接指名道姓，只会让人觉得她小气，挑事。

庄籽芯冲着她轻勾了勾嘴角，露出胜利的表情，然后夹了一块兔肉给坐在她身侧的程守洛吃："阿洛，尝尝，你最近辛苦了，忙了一整天，吃好一点。"

卢允夏咬紧牙根，心念：原来这个女人是个高端玩家。外表清纯可人，仿佛有一种与生俱来的亲和力，似乎是人畜无害，其实为了达到目的机关算尽，看似办事能力强，其实很会来事，而且很会抢男人。

她真是小看了这个女人。

她夹了一块兔肉到钟戌初的碗里。

钟戌初看了看，冲着周炜炜使了一个眼色。

"为什么今天又是我？"周炜炜虽然嘴上这么说，但还是乖乖地将碗递过来。

卢允夏气得直咬着牙，手中的筷子捏得死紧，再大一点力气，怕是能将筷子夹断。

她不能发火，她忍。

215

这时钟戍初夹了一筷子菌子到庄籽芯的碗里："尝尝。"

"嗯。"庄籽芯微笑着接过，方才她硬生生憋住没敢笑。这下，她可以小人得志，扬扬得意了。

果然，卢允夏的脸青绿。

可是庄籽芯小看她的脸皮了，她立即将自己的碗伸到钟戍初的面前，嗲嗲道："戍初哥哥，人家也要吃。"

钟戍初眉尾一扬，说："就在你面前，你不会自己夹？"

卢允夏不可置信地嘴角一抽，镇定地说道："那她也够得着，你为什么要夹给她吃？"

钟戍初看了看她，毫不客气地说："因为这里的菜，除了兔肉，都是她采的，她择的，她洗的，还有她炒的，夹给她吃有问题吗？"

言下之意，就是她卢允夏为这桌菜零贡献。

卢允夏被堵得半晌说不出话，"叭"的一声放下筷子，说："难怪这么难吃。"

钟戍初严肃地说："难吃你可以不吃，没有强求你留下来。"

卢允夏被这么一说，小嘴委屈地一嘟，两只大眼立即蒙上了雾气，下意识用力地咬着唇，下一秒"啪嗒"一下，一颗珍珠般大小晶莹剔透的泪珠滚落出来。

除了钟戍初，众人一瞧见她这般，一个个立即放下筷子，急了。

庄籽芯不由得在心中惊叹：这女人牛，段位可以，至少王者以上。这种秒变脸秒含泪的演技，向天再借五百年，她也做不到。这点，她承认自己输了。她悔恨啊，没有将这片段拍下来，不然发给姜陶陶看，铁定直呼今年的奥斯卡影后都输了。

当然，既然要来干翻这个女人，她也不是吃素的。

于是，她用手臂拱了拱钟戍初："哎呀，你这说的什么话呀？人家妹子大老远地跑来这里找你，瞧你把人家说的，都弄哭了。之前你帮我洗鞋子搬东西，从来没叫一声累。吃饭嘛，帮人家夹一下菜会死啦。"

钟戌初刚吃进嘴里一块兔肉，被辣呛得直咳嗽。

他歪过脑袋，不可置信地看向庄籽芯。

他和卢允夏划清界限，还不都是为了她，害怕她生气。她竟然反过来这么说他，几个意思？

周炜炜和徐开乐坐在一边，直接听得笑喷出来。

这两个女人真是一个比一个厉害，一个比一个能演戏。老郑这次走得可惜，错失两名好演员，不然可以直接收了这两个女人去演戏。

庄籽芯向程守洛递了一个眼色，悄悄做了个鬼脸。

程守洛了然，也忍不住笑意。

庄籽芯起身，夹了一筷子菌子到卢允夏的碗里，假惺惺地说："哎呀别哭了，他不夹给你吃，我夹给你吃。你还想吃什么？我给你夹。"

"谁要你夹？！"卢允夏吸了吸鼻子，一巴掌挥开她的手，那筷子菌子直飞出去，卤汁溅得到处都是。

太过分了！钟戌初除了请她吃饭，送她东西，从来没有为她洗过衣服和鞋子，凭什么会为这个女人洗鞋子？这个女人就是故意当众说给她听的，还惺惺作态夹菜给她吃，分明是在看她的笑话。

钟戌初厉声说道："卢允夏，你不要太过分了！能不能尊重这里的每一样食物？"

庄籽芯立即拦住他，说："钟戌初你干吗？这不关她的事，是我刚才筷子没抓好，我再给她夹。"

"谁要吃你烧的菜？"卢允夏又一次打翻庄籽芯手中的菜。

钟戌初怒道："卢允夏，你真的一丁点都没有变！不是每个人都要忍受你的大小姐脾气。"

庄籽芯见势当即换了一副委屈模样，说："啊，是我烧的菜不合你的口味吗？对不起啊……我之前烧的时候，他们几个都觉得挺好吃的，所以我才自告奋勇，哪里晓得……"

卢允夏气极，终于憋不住内心真实，直接说了出来："你少在那里恶心人了！他们几个眼瞎看不出来，我看得出来。我知道你是什么货色！你这个不要脸的女人！"

骂完，她站起身冲到房间里去哭，用力地带上房门。

庄籽芯望着她离开的身影，一脸惋惜，然后故意大声指责钟戍初："唉，都怪你，好好一顿饭，人家妹子都还没有吃几口呢，你就这样把人家赶跑了。你会不会待客啊？"

她的声音很大，就是故意说给卢允夏听。即便是房门关上，但是依程守洛家房屋的结构，是一丁点也不隔音。

这回，徐开乐和周炜炜再也不掩饰，直接捧着肚子大笑。

庄籽芯这个女人，不仅叫卢允夏吃了瘪，还顺带将钟戍初也一并教训了。

"一石二鸟，你可真是绝了。"徐开乐冲着庄籽芯竖起大拇指。

"果真只能用魔法才能打败魔法。"周炜炜抱拳佩服。

钟戍初当然知道庄籽芯故意的，别忘了，当初他刚带她来的时候，她也是这么当着众人的面这么对他的。

"确实都是我的错。我认错。"他想想都不禁觉得好笑。

庄籽芯这一仗是打胜了，内心雀跃不已，待会儿她还要将此事分享给好闺密姜陶陶，可是表面依旧波澜不惊。

她坐下故作一无所知："你们在说什么呀？我怎么都听不明白？我说错了什么？"

程守洛笑着说："你没错，没错。"

她冲着程守洛调皮地眨了眨眼。

程守洛的笑容更大。

"吃肉吃肉。"

周炜炜和徐开乐开始抢兔肉。

庄籽芯伸着筷子分别在两人的筷子上敲打："你们两个大男人，怎么可以吃兔兔？少吃一点！留点菜，等会儿给人家妹子在锅里热着。"

周炜炜和徐开乐内心：绝了。

218

女人的世界呀，真是复杂。

难怪古人云，宁可得罪小人，莫要得罪女人。

晚饭过后，几个人聊了一会儿天，庄籽芯看了看时间准备离开。

反正今天已经给了那个女人教训，她的目的已经达到，心情特别好。

钟戌初送她回去，走了一半路，忽然拉住她的手，说："小芯，我带你去一个地方。"

她撇了撇嘴，说："刚下过雪，冷死了。大晚上，乌漆墨黑的，去什么地方？"

他牵过她的手，说："一直想带你去的地方，刚好下过雪，今晚的天气很合适。"

"你不用去哄你的女朋友？未婚妻？"

"我的女朋友在这里。"他举起握着她的手。

庄籽芯娇羞地笑了笑，说："走吧。"

两个人顺着程守洛家后方的小道，直往大树家的方向走去。

"这里不是去大树家的方向吗？"

"嗯，大树家是村里住户的最高处，但是我要带你去的地方，比大树家还要高一点点，爬个几分钟的台阶就到了。"

"比大树家还要高一点，那不是七星望月台吗？"

"对，就是那里。"

两个人打着手电筒，拾级而上，很快便到了七星望月观景台。

七星望月台，还是之前来大树家的时候，她白天里爬过的，后来也爬过两三回，但是从未在这样一个伸手不见五指的夜晚登上来。

钟戌初忽然抬头指向天空，说："看！银河。"

庄籽芯抬头，不禁惊呼："啊，好美！"

她来到这里两三个月了，虽然看过好多次银河，但是这一次是最美最清晰的。

长长的银河星带，星星点点，宛如黑色的绸缎上撒满了璀璨的钻石，一直延绵到天边。

"其实，夏天站在这里观看银河会更美，除了蚊子有些多。到了冬季虽然也可以看到，但是不如夏天的明亮。前两天刚下过雪，雪后的天空干净清透，今晚的夜色特别好，所以看得特别清晰，算是这段时间以来最适合观看银河的天气。其实很早之前我就想带你来了，只是那个时候，你每天都跟在竺溪孃孃她们身后忙着，到了晚上又在忙着账号，看着很累很累。"钟戌初慢慢地说着。

庄籽芯一边感叹星空的美，一边幽幽地回道："那能怪谁？还不都是因为你，想尽各种法子虐我。算了，我大人不计小人过。这里真的好美好漂亮……"

钟戌初侧目望着她，唇角轻扬，道："我见过比这更美更漂亮的银河。"

庄籽芯看向他，好奇地问："在哪里？西藏？"

他摇了摇头。

"内蒙古？"

他还是摇了摇头。

就在她疑惑正准备问是不是新疆的时候，他忽然靠近她，带着几许诱惑的意味轻柔地说道："我见过最美最漂亮的银河就在……你的眼睛里。"

她下意识咬着唇轻笑："真是又土又油腻。"

他又憨又傻地笑个不停，然后问："冷不冷？"

毕竟是冬季雪后的夜晚，而且还在半山腰上。

这一问，庄籽芯不禁打了个哆嗦，虽然已经将羽绒服的帽子戴上，可还是顶不住寒气。

钟戌初带了厚厚的羊毛围巾，顺手将围巾裹在她的头上脖子上。

"你不冷吗？浪漫归浪漫，但是山风吹多了可是要生病的。"她将围巾取下，展开，像半个小毯子一样，盖在两个人的头上，瞬间温暖起来。

山风在耳边呼啸。

他忽然将她整个人揽入怀里。

她惊愕地抬眸看他,而他恰好也低眉看着她,两人嘴唇之间的距离,只差那么寸许。

黑暗之中,她隐约只能看到他大概的轮廓,除此之外,感受到的全是他温暖的气息。

她不禁笑了起来,然后将手机的手电筒打开,对着自己的脸说:"这样像不像恐怖片?"

他却不笑,伸手按住她的手。

灯光暗了下去,却刚好在黑暗里形成一个朦胧的光晕。

他将脸凑向她。

他的呼吸离她很近,直接喷洒在她的脸上。

她的脑海里不禁浮现出之前他救她的情景,正当她胡思乱想的时候,他忽地以手抬起她的下颌,下一秒他的唇重重地映在了她的唇上。

"庄籽芯,我爱你!"

她轻笑一声,很快便完全沉溺在他的细吻之中……

直到庄籽芯忽然打了个喷嚏,钟戌初害怕她冻着,才拉着她的手匆匆下山。

到了昭如家门口,两人依依不舍地告别,钟戌初忽然拉住她的手不让她走:"微信黑名单是不是该解除一下?"

"哦……"她拿出手机一番操作,从黑名单里将他的名字解除。

他抗议:"你不能给我换个备注吗?"

"当然不能。'高岭之花'可是我对你的爱称。懂?"

他轻笑。

"把你的手机给我。"

他乖乖地把手机递过去。

她点开微信,看了一眼,便气得直跺脚:"'装伞伞'是什么鬼东西？为什么我在你的手机里叫这个？你才有毒呢。"

他大笑。

"就这，你还想改我手机里的备注？你给我把备注改回去。"她愤愤地踢了他一脚。

"如果叫你小可爱，那就是装可爱，叫小宝贝，就是装宝贝，这多不好。"

"绝交！"

他笑着一把将她抱住，在她的耳边轻声道："因为要时刻提醒自己，不能被你这个假蘑菇精给迷晕了。"说完，便忍不住在她的唇上轻轻偷了一吻，"明天见，我的小伞伞。"

她回过神，想揍他，他却一下子往后跳得老高，跑走了。

她在原地跺着脚，又是气又是笑。

有时候，爱情的甜蜜，就是这么简单。

见证两人爱情的，不只有这漫天的星河，还有那令人讨厌的重感冒。

两个人夜晚在半山腰浪漫的代价，便是不约而同地患上了重感冒。

钟戌初长年东奔西跑，身体素质好一些，抱着被子蒙头捂了一身汗，冲了一把热水澡，隔天见好。

庄籽芯的情况相对糟糕一些，感冒咳嗽流鼻涕一样没少，咳到嗓子哑了说不出话来，脑子昏昏沉沉，勉强支撑着躯体，连带网店销售的进度都放慢了。

所以啊，这男人，就是女人事业成功路上的绊脚石。

周炜炜打趣二人："你们俩是不是干了什么见不得人的事，才同时中招？"说完还不忘用手比画两个亲亲的动作。

钟戌初白了他一眼，但随后的笑容里满满的幸福嘚瑟。

卢允夏见着气极，跑到村委会里，将正撑着病躯辛苦工作的庄籽芯羞辱一番。

"不要脸的女人,你是不是背着我,勾引我戍初哥哥了?"

庄籽芯咳个不停,防止将感冒传染其他人,这两天都刻意躲着大伙儿,被卢允夏这莫名其妙地一通骂,情绪一激动,差点将肺咳出来。

卢允夏见她咳得难受,讥笑:"你不是挺能说的吗?现在怎么哑巴了?"

这个女人怕是疯了,没瞧见她咳成这样?算了算了,不能变成和她一样的泼妇,有失仪态。

庄籽芯之所以最初不想掺和两个人的事,就是怕事情会演变成现在这样,两个女人有失仪态地互相撕骂。

为免卢允夏在村委会里撒泼,影响村委会的形象,庄籽芯只得默不作声离开。

卢允夏依旧不依不饶,一路追着她骂:"你说话,别在那儿装死!"

看来她不回应,卢允夏不会善罢甘休,于是她顿住脚步,沙哑着声音回道:"我终于知道钟戍初为什么要跟你分手了。"

卢允夏神情一滞,然后力争:"戍初哥哥没有跟我分手,是你横在我们之间。"

庄籽芯冷笑一声:"是吗?"她呵呵两声,干咳的笑声里充满了嘲讽的意味。

卢允夏瞪直了眼,神情慌张:"你知道了什么?"

庄籽芯抿直唇角,一脸严肃地说道:"你比我差的真的不是那一分半分,求求你先做个人吧。"说完她转身回村委会。

卢允夏开始慌了,心里一直念叨:这个女人是不是知道了什么?戍初哥哥不是那种人,不会到处乱说的。

"我不会输给你的!你庄籽芯能做到的,我卢允夏也一定能做到。戍初哥哥永远都是我的人!"卢允夏望着她的背影,咬紧牙根,不忘甩下狠话,说完气冲冲地跑走了。

来去一阵风，就像是个神经病。再加上这智障的台词！庄籽芯不由得被气笑了，咳个不停。

这两天因感冒的事，害得她身体状况不佳，耽误了好些事。这跟卢允夏对峙过后，她竟然神清气爽，就想好好工作，把网店运作起来。

这几日的雪景视频和照片，流量成功小爆了一把，核桃和其他农副产品的礼盒也开始陆续上架销售。

第二天一早，庄籽芯打算找兰姐再核实一遍库存，却不见她和竺溪嬢嬢的踪影，于是她问大树。

大树却挠着脑袋说："那个……允夏不知道是不是吃错药了？今天一大早起床上竺溪嬢嬢家，让竺溪嬢嬢和兰姐教她铲猪屎。"

庄籽芯刚喝了一口水，直接喷了出来："噗——"

卢允夏昨天临走时放下狠话，所以该不是真的要把她做过的事都做一遍吧。

大树又说："昨天她拉着我问了你好多的事，问我你来村里做了哪些事。我就从遇见你刷痰盂开始说起，然后铲猪屎，打核桃，剥核桃，采菌子，晒谷子……凡是你做过的事我都跟她说了一遍。说完，就看见她脸色有点惨白。我问她怎么了？她反问我，你真的做了这么多的事？我说是的。然后她什么话也没说，就默默地走了。"

庄籽芯听完，不禁目瞪口呆。

大树忽然发出疑问："她该不是以为她把你做过的事情都做一遍，阿初哥哥就会喜欢她吧？好傻啊。我可什么也没多说，都是实话实说。不过，她总是一副目中无人的样子，确实是要吃点苦头，希望铲完猪屎，她的人生能有所顿悟吧。"

庄籽芯忽然发觉，大树才是最有潜力成为高端玩家的那个人。

两个人正说着，兰姐和兰溪嬢嬢前后脚进门。

庄籽芯小心翼翼地打听："今天的猪屎，这么快就铲完了？"

兰姐轻哂一声："你当那丫头是你这个无敌小强呢？"

竺溪孃孃说:"我早就猜着她铁定是受了什么刺激,一大早跑来折腾我。"

一大清早,竺溪孃孃正在家吃着早饭,卢允夏忽然跑过来,说要帮着她去清理什么猪屎。

竺溪孃孃以为她脑子进水了,一口回绝她。

她卢允夏什么人?白平村无人不知无人不晓,令人捂俗(讨厌)。

前年在村里只待了三天,闹得村子里鸡飞狗跳,上个厕所,马桶居然还付钱让人帮她刷。你说恶不恶心人?

竺溪孃孃活了几十年,一把年纪没见过这么娇惯的大小姐,要不是看在初初的面子上,换成别人,她早就骂街十里也要将这丫头赶出村子。

今早突然主动找上门来,说要帮她清理猪圈,她能信?怕是这天要下红雨呢。

谁知这大小姐不依不饶,说是不带她去铲猪屎就不让她上工,闹腾得她早饭都没吃好。

后来春兰来了,听到这大小姐的诉求后,便直接说带她去。

竺溪孃孃吓坏了,这哪能呢?她不是怕这大小姐怎么着,她是怕她那一圈的猪会遭殃。

到了猪圈门口,竺溪孃孃打算自己弄,什么都没敢让这大小姐干。

谁知这大小姐自个儿作,一把抢过铁锹冲进猪圈,什么还没有开始,就见她尖叫一声转身就跑,结果猪屎太滑,她便在里面摔了一跤。惊得那一圈的猪,吓得嗷嗷地挤成一团乱。

竺溪孃孃和兰姐两人更是吓得差点鼻子底下抹药油。

二人怕出事,连忙冲进去,将狼狈不堪的卢允夏搀扶起身,拽出来。

卢允夏一瞧见自己浑身上下全是黑臭的猪屎,顿时歇斯底里地鬼哭狼嚎。

"我对天发誓,我真的喃个都没得让她做。不敢让她做。结果……"竺溪孃孃按着太阳穴叹气,"春兰,都是你的馊主意。"

兰姐不以为意地说:"我这喃个是馊主意?你不让她去铲,你今中饭能吃上?"

竺溪孃孃叹了一口气:"我真是造孽啊,一把年纪受这惊吓。"

庄籽芯听着二位描述今日上午的情况,再联想起初来乍到,她第一次铲猪屎的惨状,不由得圣母心泛滥,担忧起卢允夏。

"那卢允夏她现在还好吗?"

竺溪孃孃叹了一口气说:"让她回去洗澡换衣服了,然后我给初初打了电话,让他赶紧回去看看,现在不知道啥情况呢。"

庄籽芯听到钟戌初会回去看看,于是摸出手机,悄无声息地发了条消息:"卢允夏她还好吧……"

白平村最高处的一处屋子,原本住着位独居的老人,因年事高,上下都不太方便,程守洛便安排在村委会旁边给老人重建了一间房子,于是这山上的房子便空置下来。

又因年代过久,房子更是破烂不堪,得到老人的许可之后,程守洛打算将这间房子作为村里的第一间民宿进行改造。

接到竺溪孃孃电话的时候,钟戌初正和程守洛、周炜炜、徐开乐以及设计师讨论如何改造民宿的问题。挂了电话,他眉头深锁,目光眺望着村委会的方向,脑子只有一个念头:是该解决所有问题的时候了。

程守洛问:"怎么了?"

钟戌初说:"允夏在猪圈滑倒了。"

徐开乐一听,惊奇:"她跑猪圈干吗?她是疯了吗?"

周炜炜眉毛一挑:"她该不是想走小芯的路子吧……"

钟戌初沉吐了一口气,说:"我先回去看看。"

程守洛说:"要我回去吗?"

"不用。"他拍了拍阿洛的肩头，和所有人打完招呼便匆匆下了山道。

等他回到程守洛家里的时候，卢允夏已经洗完澡，换了身衣服，整个人安安静静地坐在房间里。卢允夏一回头，便瞧见钟戍初，立即委屈巴巴地跑过来抱住他，开始小声哭泣。

换作以前钟戍初一定会伸手拍着她的后背安抚她，可这一次，他一动不动，任由她痛快地哭诉。

直到卢允夏感受到他的异样，这才抬起头看向他，他的表情没有之前的厌恶狂躁，而是前所未有的平静，一如当初平安夜那天晚上，打开酒店房门看到的表情。

卢允夏害怕了，于是拉着他的手说："戍初哥哥，我是真心想改的。她能做到的事，我以为我能做到……对不起……"

她是真心想挽回他的心，她鼓起莫大的勇气冲进那间猪圈，当看到那群臭烘烘，长相又丑的猪，她本能害怕地就想跑，谁知道脚底太滑了……

天知道，她摔下来的瞬间，都不想活了好吗？刚才洗澡的时候，头发身上她至少用洗发水和沐浴露搓了三遍。

钟戍初调整好气息，语气十分平缓地说："允夏，我们从小认识，没有三十年也有二十多年。你确定你是真的爱我吗？"

卢允夏不假思索地说道："我当然是真的爱你。"

钟戍初凝视着她，幽深的目光渐渐变得清澈明亮，唇角淡淡弯起。

明明那样温柔纯粹的笑容，卢允夏却忽然觉得有些毛骨悚然，那是无声的讽刺。

若是真的爱他，她又怎么会背着他和别的男人开房？

于是，她深呼吸一口气，哽咽着道："我只是不甘心。我们是分手了，是我的错，是我背叛你，我承认，但是我不甘心。为什么只是几个月的时间，你可以有这么大的变化，而我们在一起七八年，你却

227

从来没有为我心动过。七八年的时间,你就真的没有爱过我吗?"

说到最后卢允夏有些声嘶力竭。

从大学开始到毕业,和钟戍初交往的时间说不长也不长,说不短至少也有七八年,他是做到了每个男朋友都应该做的事,可是就是缺了些什么。直到后来遇到别的男人,她才知道,她和他缺乏的是情侣之间爱的激情。

他从来不会把她的照片放在自己的朋友圈当作背景图,可是他却放了庄籽芯的。哪怕只是一张有许多人的核桃林,右下方有个靠着树睡着头发乱蓬看不清脸的女人。

他的朋友圈里,通常除了学术讨论,一般不会有其他的内容。可这次来到白平村,他会偶尔发一些有的没的,比如什么老人用的坐便器,评论里却是回复送给一个半残废的便秘患者。

别人看不出来,她却看得出来,这不是送给什么老年人残疾人用的,而是送给一个女生用的,只是他用了"半残废"这样的昵称罢了。

哪怕只是一张最简单的蓝天白云的照片,那照片里的云却像是个拉长变了形的爱心。又或者是银河的照片,漫天星辰,像极了爱情的思念。

别人看不出来,但她一眼就看得出来,他恋爱了,或者深陷爱情泥沼中。

这些她都不曾拥有过,所以她才会想方设法知道他在哪里,才会赶到这里来。

到了这里,看到的一切更加让她焦虑心痛。

"我尝试过很多次想让你快乐,哪怕是最后一次平安夜,我甚至偷偷回来没有联系,都是在想给你惊喜……"钟戍初顿了顿,"但是我发现无论我做什么,永远都是错的。其实,我们不只是喜好不相同,而是很多都不相同,起居、饮食等。如果不是双方家庭的关系,我们可能会是很好的异姓兄妹。所以,仔细回想一下这几年,你是和我在一起的时候快乐多呢,还是和别人在一起的时候快乐多呢?"

卢允夏没有回答,而是眼泪落得更多。

钟戌初笑着替她回答:"我想你和别人在一起的时候快乐更多吧。"

他说的没错。是的,每次和他在一起吃饭、聊天、逛街,她感受到的都是那种浑身每一寸细胞都不舒畅的难受,时间久了,甚至是一种精神负担。

他喜欢的,她不喜欢。她喜欢的,他不喜欢。

她喜欢热闹,喜欢化妆打扮,喜欢泡吧,喜欢一切年轻人喜欢的刺激项目。他通通不喜欢。他喜欢他的高山流水,他的山河花海,他的草原星空。

就连拍照,他都不愿为她精修一次图,认为脸上有瑕疵才是最美的她。

"如果和我在一起,那么将来,你还会再遇到像今天这样的事情。你并不喜欢,你也不开心。你说你为了我去做的,那是因为你觉得你不甘心,没有征服的快感在作祟。强迫自己去征服一个自己并不喜欢的人,何必呢?这么折磨自己?"

他们不是彼此没有爱,而是完全两个世界的人,根本找不到共鸣,因为长辈的承诺而强迫在一起。吸引她的,不只是他的外表,还有他的家世。所以,这才是她死活不肯放手的原因。

卢允夏抱着他"呜呜呜"地哭了起来。

钟戌初终于还像以前一样,如同一个大哥哥一般,伸手拍了拍她的后背安慰她:"允夏,你会遇到适合自己的,那一个对的人。"

"对不起……其实我也并不知道他有老婆有孩子,我以为那是我的爱情……谁知道,是他骗我……对不起……"这一次,卢允夏真诚地道歉。

"对你来说,我也不是一个好情侣。所以,下次一定要看清楚了。"

229

"对不起……"

卢允夏收拾好行李箱,打算先到丽江转转,再乘机回N市。

庄籽芯好奇了一天,没想到铲屎的威力这么大。

谁知卢允夏一见着她,第一句话便是:"庄籽芯,你简直不是人!"

庄籽芯先是一愣,然后笑眯眯地回道:"哟,被你发现是神啦。"

卢允夏说:"别以为你可以为戌初哥哥铲猪屎,就很了不起。我等着你哭鼻子的那天。"

"等等……等一下。谁跟你说,我是为了他铲的猪屎?"庄籽芯眉毛一挑,不可思议。

她那明明是为了人民币铲的猪屎好吗?

晚饭的时候,卢允夏依旧没有给庄籽芯好脸色,依旧当着钟戌初的面冷嘲热讽:"戌初哥哥,你可要小心这个女人,她段位高着呢。"

庄籽芯不甘示弱地回敬:"哟,承认是手下败将了?"

卢允夏气得直瞪眼:"你……"

庄籽芯不气,反倒是往她碗里夹了一筷子鱼肉,笑道:"吃吧,明天一早就走了,可就再也吃不到炜炜哥烧的鱼了。"

卢允夏看着碗里的鱼肉,眼色一飞:"谁说我吃不到的?只要他回N市,我让他烧给我吃。看着炜炜哥的分上,懒得跟你这个女人计较。"

周炜炜夹在两个女人中间,尴尬地赔笑。谁来救救他?

Chapter24
离开不是告别，归来依旧是初心

第二天一早，钟戌初陪着卢允夏一起去了丽江三义机场。正巧临近期末，钟戌初回校处理一些事情。卢允夏也不想一个人留在丽江转悠，干脆和他一起离开。

整个白平村终于又回到原先的平静。

大伙儿一如往常般忙碌着，似乎这些天的闹腾，随着太阳的升起，都化成了阳光下的泡沫或尘埃，无足轻重。

可谁又能想到，这其实只是暴风雨前的宁静的一碟调味小菜。

庄籽芯和大树两个人弄得网店终于初见成效。

在"你霸气水姐"小V粉丝效应下，竟然一下子销售出去一百多份核桃礼盒和山菌礼盒。

竺溪孃孃和兰姐等几位村干部在工作之余，加入他们的销售队列。

良好的开头给众人打足了气。

可好景不长，第三批礼盒销售出去没多久，不只是"你霸气水姐"账号下的粉丝评论，甚至网店商城里的评论也开始有买家反馈，核桃缺斤少两,分量不足。

甚至有粉丝对庄籽芯表示感到失望,直接在微博公众号上对她进行抨击。

  闭月的小妖:"粉丝都是出于对你的信任,才会助农民创收,购买他们种植的核桃,没想到这么坑,对你真的太失望了!"

  奶瓶断了:"核桃是好核桃,但是也不能这么欺骗我们粉丝的感情吧。"

  大橘为重:"万万没有想到,这年头居然还搞短斤少两的事,这与抬高价格有什么区别?太恶心了呀。"

  明天开始不熬夜:"看在水姐的面子上,不退货了,多给的钱当捐款了。但,以后没有以后!"

  九十岁带病推塔:"宝,答应我,下次别再接这种广告了!"

  …………

庄籽芯看到网友留言,表示十分不解。

他们的核桃都是按质按量进行严格筛选之后,才装盒装箱销售的,怎么会出现分量不足缺斤少两的现象呢?

公司的同事发现此类评论,即刻用支持的好评压了下去。

庄籽芯翻看了网店商城里的所有评论,有几个买家将纸盒和核桃重量的上秤对比图晒了出来,包装盒上标明核桃应有500g,但实际核桃称重只有460g,少了近一两的核桃。

评论里的买家直说这到底是卖包装盒还是卖核桃?无良商家!差评!

她点开图片,仔细看后,发现包装盒内竟然莫名其妙多了一层厚厚的夹层。她分明记得最初的包装盒内根本没有这样的夹层。

不只是核桃，店里的其他山菌产品也没能逃脱差评的命运。

于是，她从货架上找了一个礼盒拆开，果然里面多了一层瓦楞纸的夹层。

当初就是怕包装占分量过重，他们特地选择了最轻的塑料盒包装，怕运输过程中核桃被压碎，便在纸盒内增加一层充气袋包裹核桃，防止撞碎。

该有的充气袋不见了，取而代之的竟是厚厚一圈瓦楞纸壳夹层？这些是谁弄的？

她眉头轻皱，即刻找了几位平日里关系比较好的铁粉询问。

几位铁粉开始支支吾吾，她再三追问下，这才确认评论里反映的情况属实。

老粉豆豆直言，这次购买核桃是送给长辈吃的，结果长辈一拆开包装后就说网上买的东西不靠谱，短斤少两。于是，豆豆对比了上一次购买的核桃，发现比之前购买的核桃确实轻了好多。经过核秤一对比，两个礼盒总重量如同包装盒上的标重一样重，但这次新发的礼盒外包装重了，核桃少了。

因为是自己的偶像"水姐"强烈推荐的东西，所以也就忍忍算了，反正也没多少钱。

庄籽芯安抚完粉丝，只得向负责包装的竺溪嬢嬢询问："竺溪嬢嬢，你知道包装盒里多了一层瓦楞纸夹层吗？"

"什么瓦楞纸夹层？"竺溪嬢嬢走过来，看到拆开的包装盒，愣了好半晌才说，"这包装盒不是我们订的吧？"

大树指着包装盒上的地址说："这就是我们以前订的包装盒呀。你看，上面还有我们白平村的地址电话呢。"

"走，去仓库确认一下包装盒。"竺溪嬢嬢看完电脑上的评论和照片之后，二话不说，拉着庄籽芯去仓库验包装盒。

到了仓库，他们验过所有包装盒，并没有发现什么异样。

"真是奇了怪了。"

233

兰姐不死心地将所有包装盒又都翻了一遍,还是没有发现任何问题。

大树忽然挠了挠脑袋说:"那、那会不会是装盒的时候塞进去的?"

这一句话让所有人如同醍醐灌顶。

兰姐眉毛一挑,说:"我知道了,一定是那对公婆干的。"

"喃个?"庄籽芯跟着方言都溜了出来。

竺溪嬢嬢气得双手都开始发抖,说:"还能有谁?周丽芝和王富贵那对公婆。难怪她最近这么积极地要求帮忙。"

之前几批核桃和农副产品装箱,都是竺溪嬢嬢亲自把关。前阵子,她要去乡里参加妇女干部学习,这装箱装盒的事就交给了周丽芝和她老公王富贵负责。

兰姐更是气愤,说道:"嬢嬢,你忘了吗?去年上交核桃的时候,他们家还以次充好。人家筛选核桃的时候,就把他家的核桃定为一级,他们夫妻二人硬是逼着阿洛让人家电商给结算特级的价钱。阿洛实在是没办法,最后自己掏了腰包填补了差价。说到底,就是这夫妻俩抠搜,舍不得花钱买好的肥料去提高核桃的品质。这次八成多余的特级核桃都给他俩公婆扣下了。"

"敢在老娘眼皮底下玩花样!走!上她家克!"

竺溪嬢嬢和兰姐两人气势汹汹地冲到周丽芝家。

周丽芝正在家里叠着瓦楞纸,忽然看到闯进门来的竺溪和春兰,吓了一跳。

她下意识将手中的瓦楞纸藏到身后,可怎么也遮不住脚旁堆着的一小堆折好的瓦楞纸。

她壮着胆问:"你们俩这是干吗呢?这么吓人!"

兰姐瞧见她手中的瓦楞纸,即刻上前夺了过来:"和包装盒里的一模一样。"

竺溪嬢嬢怒目圆睁:"周丽芝,包装盒里的瓦楞纸是不是你放

234

的？那短斤少两的特级核桃是不是你拿了？"

丽芝孃孃见事情败露，毫不客气地将兰姐手中的瓦楞纸抢过来，拉下脸说："你在说什么？我这是帮包装厂折纸盒，赚点零头工钱。"

"赚点零头工钱？我看你是不见棺材不落泪！"兰姐毫不客气，直接冲到院子里的仓子里搜罗。

丽芝孃孃急了，想要去阻止，却也来不及。

只见兰姐端出一箩筐又大又圆又饱满的核桃："这特级核桃是你家种的？你家喃个种出这种特级核桃了？"

丽芝孃孃结结巴巴："你、你哪只眼睛看出来，就、就不是我家种的？"

兰姐说："周丽芝，这全村种了喃样的核桃，我这里都有记录。你当我眼瞎呢！"

无论兰姐怎么摆事实，丽芝孃孃就是不承认："你有喃个证据证明不是我种的？你叫它，它要是告诉你，它是哪家的，我就承认你说的是对的。"

"你……"兰姐气得浑身发抖，她脾气向来耿直，最受不得这种歪理邪说的浑气。她气恨不得抄起打核桃棍，将眼前这个戳气不要脸的老婆娘给揍一顿，"我……"

说着，她看着院墙角堆着的木棍，直接上前抄起。

庄籽芯一见兰姐这要打人，连忙上前拦住她。

"小芯，你让开！我今天非得好好收拾这个不要脸的老婆娘。"

"打人啦！杀人啦！"丽芝孃孃扯着嗓子就叫了开来。

竺溪孃孃碍于自己是妇女主任的身份，气得脏话也跟着飚出口。

"兰姐，咱们是来解决问题的，不是来打架的。快放下！"庄籽芯好不容易夺下兰姐手中的棍子，往地上一扔，然后直视着丽芝孃孃厉道，"丽芝孃孃，我尊你一声孃孃，敬你是长辈。"

丽芝孃孃翻了个白眼，不以为意。

庄籽芯继续说："你可知道你这种行为，让这一两个月以来，全

235

村所有人的心血都白费了吗?"

丽芝嬢嬢眼神闪烁,结巴说:"怎、怎么就白费了?"

兰姐气极,指着箩筐里的核桃说:"就你们王八公婆俩扣的这点核桃值几个钱?就为贪这点蝇头小利,知道失去多大的市场吗?"

庄籽芯说:"现在网友都觉得咱们白平村的人做事不厚道,缺斤少两,可能不打算再买我们的核桃了。"

丽芝嬢嬢脸被说得青一块白一块,终于承认:"我就每个盒子里拿一把,没有几个核桃。"

庄籽芯锁着眉心,直摇头:"这不是一把两把的问题。做生意,最讲究的就是诚信二字。没有诚信二字,谈何赚钱?"

她叹了一口气,转身离开。

竺溪嬢嬢和兰姐一人啐了口唾沫在地,跟着一起离开。

大树一边走,一边追问:"小芯,这事要怎么解决?"

庄籽芯深吸一口气,说道:"道歉,然后按双倍购买的核桃补给买家。哪怕是贴运费,也要补给买家。"

庆幸第三批出货的核桃并不多,损失没有想象中的那么大,但是这样的补偿是一定要去做的。否则,以后就不会再有以后了。

大树不可置信地说:"这样就行了?那以后大家还会再买我们的核桃吗?"

"是呀,还会再买我们的核桃吗?"竺溪嬢嬢和兰姐两个人一脸急切地看着她。

其实这事,庄籽芯也没有底。

一旦闹起来,不仅是没有人再买白平村的核桃,很可能她连"你霸气水姐"的号都要跟着一起埋葬。但为了让他们安心,她浅浅笑了笑,说:"待会儿什么事都别做,多找几个人,我们一起拍视频道歉。"

竺溪嬢嬢和兰姐犯起愁。

几个人刚回到委村会,还没有迈进门,就听见里面传来吵吵嚷嚷的声音。

"发生什么事了？"

只见村子里好几个叔公叔伯和婶子都挤大村委会的大厅里。

庄籽芯一头雾水，这正要准备解决销售差评的事，好像有更严重的事情闹了起来。

一波未平，一波又起。

现任村主任王富根，也就是大树的父亲站在正中央，被各位父老乡亲一个个围攻。

同样被围攻的还有程守洛，他蹙着眉头，紧抿着嘴唇听着众人数落。

"枉我们一个个这么信任你，你居然背着我们这些叔伯孃孃，欺骗我们。"

"有拨款不发给我们，却让我们先抵押房子贷款。你当初可不是这么说的。"

"我听说，贷款利息都很高的。不要利息，哪有这种好事？"

"就算不要利息，但是几年一过，贷款到期了，我们连本金都还不上怎么办？我们到时候房子也没了怎么办？"

"对，到时候房子没了，我们住哪儿？"

"我们不要贷款盖民宿，先把钱给我们。"

…………

庄籽芯悄悄走近程守洛的身边，小声问道："怎么回事呀？"

程守洛看了她一眼，抿了抿唇，顿了好一会儿才压低了声音，说："还记得之前我们去镇政府遇到的三位长辈吗？都给你说中了。"

他们在镇政府门外遇到三位长辈，不是偶然。

庄籽芯惊诧，薄唇紧抿，看向正对面椅子上，坐着的两位德高望重的长辈，一个是老村主任王镇山，一个是程守洛的三叔爷程奉平。

两位老人家一人捧着一杯茶，优哉游哉地喝着，任凭其他村民在那里吵闹，也不劝阻。

王富贵则站在人群中一脸看好戏。

原来，村子里有一小部分人，听说上面拨下来修路的款项，是能分到每家每户的头上，家在村口的一些人家，门口的路在与村村通修路时连在一起，早已修好，这次全村户户通修路，这些人家门口是无须再铺的。

他们也不知从哪儿听来，这次不用铺路，钱就可以分到每家的头上，想修的修，不想修的可以不修。

老村主任王镇山大爷他们就是悄悄地代表了这一小部分人，前去镇政府询问这事，尽管镇政府的人再三说明，这钱不分到各家户头，他们还是不信，所以隔三岔五几个人就上镇上去为难镇政府的人。

也正是因为这样，上面害怕村民闹事，这钱拖了两三个月才发放下来。

程守洛之前不仅为此开过大会，还挨家挨户上门解释过，以为所有村民都听明白了，这钱，绝不是分发给个人的。

可不想以王镇山和程奉平为首的部分村民，坚定地认为，这钱就该发给他们。

加上最近几日，在每家每户征集民宿贷款意见，这程奉平一听就闹起来，找老村主任王镇山商议过后，直接喊王福贵找了其他村民一起集中到村委会闹事。

明明是为了白平村将来能够发展得更好，但是以王镇山和程奉平为首的老一辈村民，愚昧无知，倚老卖老，这让程守洛不但难受，还很难过。

原本以为自家亲戚长辈会支持自己的工作，不想第一个在背后捅刀子的却是本家的叔爷爷。

今日他们这么一闹，几乎是等同于否认了这些年来，他和全体村民共同为白平村付出的所有努力与辛苦。

村主任王富根匆忙赶来，见状，十分努力地稳定局面，一次又一次扯着嗓子重申："各位，各位，冷静一下！我再说一遍，那个钱，是户户通计划的修路款，不是给每户的补贴款。不管上次修过，还是没有修过,这次的钱没有分配一说。你们听到的是谣言!谣言!"

"我们去镇里问过了,我们这些靠近村口的人家,路早就修好的,这次的钱是可以给每户有一千五百块的补贴。"一个村民叫嚷着。

"对。我们这次又不用修路,这个钱本来就是要给我们的。"另一个村民跟着附和。

这一下子众人又七嘴八舌顶起来。

王富根终于也忍不住,吼着嗓子道:"谁跟你们说的?谁承诺你们的?你让他给我打电话。你让他给我看红头文件。你们看到红头文件了吗?你们要看这次的户户通修路计划的红头文件,我这里有,可以给你们每人一张复印件。补贴的事如果没有文件,你们就别在这里造谣生事,都给我回去干活。"

这时,王富贵不由得冷哼一声:"有些人以为当了村主任,就了不起了,拿着鸡毛当令箭,罔顾村民利益。"

"我们不管什么红头文件不红头文件。总之,这个钱就是要给我们。"

"对,我们今天就是要钱,把钱给我们。"

…………

吵闹到最后,最初有关民宿贷款的事,根本就进行不下去。

原本有一部分支持贷款改造民宿的村民,也开始动摇。这事究竟谁对谁错,他们早已分不清了。

而这次户户通计划列入修路的村民,最后也演变成加入要钱行列。

程守洛只要一开口,所有人都在跟他叫嚣着要钱,无论他怎么解释,长辈们完全压着不让他说话,直至筋疲力尽。

兰姐和竺溪孃孃两人加入了对战,直对着王富贵夫妻一顿骂,但二人始终寡不敌众。

周炜炜和徐开乐不停地劝说调解,也是无用功。

239

眼见场面将要变得一发不可收拾,在一旁观战许久的庄籽芯拉着大树,从网店的货架上找了好些礼盒。

两人拆开包装,将这些礼盒全部掼在了带头闹事的王富贵和周丽芝夫妻二人的面前。

霎时,整个村委会大厅安静下来。

丽芝嚷嚷一看那包装盒,脸色骤变,立即退到丈夫王富贵的身后躲着。

王富贵心里也咯噔了一下,但他还不知道家中瓦楞纸的事已经败露。

他扯着嗓子,瞪着眼看向庄籽芯,道:"你个小姑娘什么意思?"

庄籽芯冷嗤一声,然后冷着眼一一扫过闹事的村民,道:"我不是来想帮谁,在你们争吵出结果之前,我想先跟全村的人汇报一件事。"

大树已经接好了电脑和投影仪。

庄籽芯指着投影幕布上的图片,开始说:"网店最新出的一批货,因为在包装盒里加了瓦楞纸,被顾客投诉差评,说我们白平村的东西缺斤少两,白平村人弄虚作假,不守诚信。"

庄籽芯将一张张评论图片对比播放给众村民看,大树将一条条评论读给大家听。

程守洛看到照片和评论也十分吃惊,这阵子网店刚有了起色,突然出这事他竟然不知晓。

大树在他耳边低声说:"刚发生的事,还没来得及说呢,这边已经闹起来了。"

村民们开始窃窃私语,直到有人气愤地喊道:"我们哪个不守诚信?"

接着,接二连三,所有村民都表示抗议,认为网上的评论都是在胡说八道。

"这个网店一直都是你们在搞,出了事情,现在赖在我们头上?"说话的正是王富贵。

庄籽芯望着他，笑而不语。

站在王富贵身后的丽芝孃孃一直拉着他的衣袖，让他不要说话。

王富贵看着庄籽芯皮笑肉不笑，十分不爽，甩开袖子，冲着他老婆周丽芝恼道："你做啥子嘛？"

一直看戏的老村主任王镇山，往手中的保温杯里吐了一口茶叶，然后盖上杯盖，"呵呵呵"地冷笑起来："我们白平村的人淳朴善良，在买卖生意上从来没有坑过任何一个人。出于信任，我们把核桃和农副产品的网店销售，交到你这个外人手上，现在出现这种缺斤少两的事情，你反过来质疑我们白平村的人，弄虚作假，不厚道，不守诚信，哪来的道理？"

笑完，他迅速板起脸，原本一双浊眼忽然如同鹰眼一般犀利地瞪着庄籽芯。

庄籽芯微笑着看他老人家，缓缓说道："这正是我要同大家汇报的，导致这些差评的原因，是有人在这包装盒上做了手脚，把原本规定重量的核桃和山菌减了数量，用瓦楞纸替代增重。"

村民们一片哗然。

王富贵立即说："包装盒不也是你们负责采购的吗？"

"贵叔，我原本敬您是长辈，但是……"庄籽芯原本笑眯眯的一张脸，在转向王富贵时忽然拉了下来，"有些人不需要给脸。您每天和丽芝孃孃两个人在家里折瓦楞纸，很辛苦吧？"

大树随即将方才在他们家拍到的视频播放出来，视频里丽芝孃孃正在折瓦楞纸，见到兰姐和竺溪孃孃吓得惊慌失措，接着就是先前的一番争吵，还有他们家小仓库里堆着的好些瓦楞纸和偷换下来的核桃山菌，全部暴露。

王富贵一下子站不住了，回头瞪了自家婆娘一眼："没用的东西！"

所有村民皆怒了，全部反过来指责王富贵为人不厚道，坑害全村人。

241

王镇山和程奉平，两张老脸顿时也挂不住了，相继质疑王富贵。

王富贵眼见事情败露，却仍旧死猪不怕开水烫，忽然叫嚷开来："我王富贵自始至终都是为了我们白平村好，为了帮大家讨要修路补贴，我什么时候叫过苦叫过累？就这一点核桃和菌子卖的钱，还不够我克镇上的路费呢。我和大爹、平叔，三个人去镇山那么多次，来回的路费，全是我掏的腰包，我有跟你们算过吗？你们摸摸你们的良心，讨要修路补贴是我王富贵一个人的好处吗？"

既然躲不掉，他索性将老村主任王镇山和程奉平一起拖下水。

谁知他这一顿吼竟然管用，吵嚷的人一个个默不作声。

程守洛早已被气得不知该说什么话了。

王镇山眼见自己被拖下水，顿时黑着脸，他心里恼羞王富贵做人不厚道，但是今日这事闹成这样，早就骑虎难下。先前他们花了大把的力气争取修路补贴，若是王富贵这么栽了，他们之前所做的一切都将打水漂。

他心有不甘，站起身来，呵斥众人："我说公道话，王富贵说的也没错。这两件事一码归一码。我们今天主要来的目的是讨要修路补贴款，包装盒这事等补偿款确定给到我们，我们再来商讨王富贵弄虚作假这事也不迟。"

众人又陷入交头接耳的迷茫。

程奉平只好硬着头皮跟着说："对，我们是来讨要修路补贴的，先把这事解决了，再说其他的。"

程守洛眉心紧蹙，深叹一口气，内心一言难语。

王富根一下子也犯了难。

王镇山不仅是前任村主任，还是村里辈分最高的长辈之一。

庄籽芯难以置信，证据明明就摆在眼前，可是这几个长辈却是顾左右而言他，意图混淆视线，颠倒黑白。

她终于忍不住说道："原来几位长辈是这样目光短浅，就为了偷扣这点山菌核桃，为了一点点蝇头小利，就要断送好不容易重新打开的刚有一些起色的网络销路？有人做出这种损害全村利益的事，明明事实就摆在眼前，可你们却罔顾无视，还在争论拨下来修路的钱是否是补贴？如今村子里的路修整得有多好，我刚来的时候是什么样子，现在是什么样子，你们应该比我还要清楚。"

她还记得当时好多路，到处都是土路，一到下雨天四处泥泞不堪，走不好便要摔跤，现在不仅路修好了，还通了车，路边立了一排太阳能路灯。

夜晚村子也变得亮丽起来，不再像以前一样漆黑一片，不用怕走夜路了。

王镇山厉道："我们白平村的人在讨论自己家的事，哪容得你一个外人在这里指手画脚？"

程守洛拉过庄籽芯，小声说道："小芯，这事你别参与了，我会想办法的。"

不是他不放心她，而是他不想把她一个外人拖下水。

与全村最有权威的一群长辈争执，那不是说理的事，即便有理，也是无理，怎么说都说不清。万一她在争执中受到什么伤害，他会内疚一辈子。

庄籽芯却按住他的手臂，道："阿洛，我早就看出来了，你要做的事很伟大，但是挡在你前面有几座无形的墙，你破不了，我帮你破。请你相信我，有些话，你不方便说，但我这个外人方便讲。"

"小芯，面对这些老人家，不是你想的只是吵架这么简单。"

"阿洛，你相信我。钟戌初他不在，若是他在，他一定会支持我的。从现在开始，你什么话都别说。接下来不管我说什么，你都别管，你不要说话。"

她能够成为一个小V，拥有众多的粉丝，见过许多大风大浪，随机应变的能力自然是有的。虽然这是一群老顽固，但是只要有理，她庄籽芯就能给他们说通。

程守洛最终长叹一口气，放了手。

她转身便对这些村民说道:"户户通计划是国家的系统工程,不是哪一个人的事。要想富,先修路。这是幼儿园小孩都知道的道理,而你们——"她指着之前争吵闹事的人,"你们这些家住在山下的人,就该享受出门运输的便捷?而家住在山上的人,就活该一辈子出门困难?讨论自己家的事?你们是忘了白平村是一个集体,还是忘了村里都是你们的亲人?一个个只知道自扫门前雪,你们这种路不从自家门前过就不关自家事的行为,叫作自私自利。难怪村里的年轻人一个个流失,宁可在外打一辈子工,也不愿回村来进行改造建设。因为他们知道,你们这些老顽固,不仅目光短浅,贪小失大,还故步自封。一个个只会倚老卖老,不愿做任何改变。

"也难怪以前白平村那么多年在各位的带领下,一直都是贫困村。"

更难听更伤自尊的话,她压在心底硬是没有说出来,她也怕说重了会横尸这里,但仅是"老顽固""目光短浅""倚老卖老"等几个词已经够让几位长辈暴跳如雷了。

她这话说完,整个村委会大厅鸦雀无声,静得连一根针掉地都能听见。

周炜炜和徐开乐两人无比惊恐地看着她。

完了,这丫头净瞎说什么大实话。本来就够乱了,现在她这么一搅和更乱了,接下来怕是一场惊天动地的战争。

程守洛神情复杂地看着她,正当他想打圆场,只见王镇山大爹怒喝一声:"你说什么?!你再说一次!"

"大爹……"程守洛连忙拦着,然而只叫了一声,就听老爷子怒吼一声:"你给我闭嘴!"

老爷子是成功被激怒了。

"你这个外来的丫头,一个废物一样的城里人,有什么资格在这里说三道四地批评我们?每天打扮得妖里妖气,作风不正,带着村子里的几个女人都变得歪门邪道。"

之前兰姐、竺溪嬢嬢她们几个人贴面膜的事，传得村里四处流言飞起，这会儿被翻出来当众说事。

"别以为打着帮扶的口号，我们就不能把你怎么着。你是觉得自己城里人，有学历，有文化，能赚钱，很了不起？以为天天帮着我们打核桃，就能感同身受了？你们这些城里人根本就不懂我们山里的人。滚！滚出去！我们白平村不欢迎你这样的人，给我滚！"

"大爹，你先别生气。"周炜炜和徐开乐吓坏了，连忙出来阻拦。

"你们也都给我滚！我们白平村不需要你们来帮扶。滚！"王镇山手指着他们两人，怒瞪着眼。

王富贵跟着骂道："滚！"

场面终于是失控了。

但是庄籽芯并不畏惧，似乎早就料到这样的结局。

她昂首挺胸，站在王镇山的面前，字正腔圆地回道："我不走！"

"信不信我打你？"王镇山气得就要找棍子。

众人见着，连忙拦住他。

程守洛一把拉过庄籽芯，冲着她摇了摇头，示意她不要再说了。

庄籽芯拍了拍他的手臂，以示安慰，然后转过头踩上一张椅子，居高临下地望着众人说道："我庄籽芯是外人，没错！我一个城里人，有工作，有家人，却千里迢迢跑这儿来吃苦头，帮你们打核桃剥核桃，推广核桃山菌，帮你们改造民宿，你们觉得我是吃饱了撑的，还是脑子有大病？

"你们怎么看我没关系，但你们的支书程守洛，他硕士毕业，放弃城市的高薪工作，一心回来建设自己的家乡，要带领自己的父老乡亲脱离贫困，共同走向富裕。为什么？因为这里有他的亲人，你们都是他的亲人。

"这几年白平村发展如何，大家都有目共睹。白平村能够这么快摘掉贫困的帽子，每家每户每年能拿到现在这么多的收入，有多不容易,你们心里比谁都清楚。

"这一两年,云南各地广种核桃,导致滞销的情况比比皆是,程守洛想尽办法打开销路。为了打造白平村的乡村文化旅游,为村子创收,严防返贫,你们知道他在背后做了多少事,为此付出多少心血?

"改建民宿,保护你们白平村房屋的特色文化,他做的一切难道是为了他自己吗?他忙了这些年,三十岁早就过了,老婆至今都顾不上娶,没日没夜不着家,他有怨过谁?他辛苦赚的所有钱都用来建设白平村,他有问你们谁要过?因为你们都是他的亲人。亲人,懂吗?

"而你们这些所谓的亲人,不分青红皂白,却在这里质疑他的工作。难道就是为了再过上以前那种日子吗?如果你们想要过以前那种日子,你们现在就登记人数,我看看有多少户就缺这一千五百块。"

所有人集体沉默,就连王镇山之前霸道的气焰也一下子消了下去,面对这样的指责,他也只有哑口无言。

庄籽芯继续说道:"对于扶贫贷款,国家是给予最优惠的无息政策,根本没有你们想象的那么可怕,什么利滚利的高利贷。在我们S省乃至整个华东地区,最初乡村的改造建设,都是通过这样的方式一点一点改建过来。都是靠着众人齐心协力才能成功,如果都只想着自己的利益,整体利益不上去,个人利益又怎么得到保障?"

"我支持庄小姐的观点。"门口忽然传来王忠良大爹的声音。

众人齐齐看向大门口,忠良大爹在厚子的搀扶下,缓缓走进村委会。

王忠良看了一眼庄籽芯,然后对程守洛说道:"阿洛,大爹支持民宿改造,需要贷款,我老头子第一个带头签字。总有一个房子需要先动工,就拿我家的旧宅先改造吧。"

得到忠良大爹的支持,庄籽芯宛如吃了定心丸。

忠良大爹也是村里最德高望重的长辈之一,辈分还在王镇山之前,算起来是他远房的一位表哥。

他家的老屋原本也在山上,自打他的岁数越来越大,上山下山逐渐不方便。前几年下雪，不慎摔过一次之后，便在村里人的帮助之下，带着厚子搬到了湖边上，修了两间小屋。

"镇山，你究竟什么意见，直说吧。别让小的一辈在那儿乱搅和了。你是咱们白平村上一任村主任，没什么不可直说的。"忠良大爹直接点名王镇山。

王镇山看向自己的老哥哥，头发花白，脸上爬满了皱纹，身形看起来也比前些年佝偻一些。前阵子下雪，听说他又不慎摔了，今日看来，这腿脚还有些不利索。旁边扶着他的傻厚子，似乎眼神看起来更傻了。

这些年，他一直住在湖边上，捕鱼烧鱼，弄着那间破棚屋的小餐馆，几乎不怎么参与村里的事。全村的人都知道他有个智商有问题的儿子，对他除了同情，私下里更多的是嘲笑。

但在王镇山眼里，王忠良到底算是自己的一位老哥哥，见他老来这样，不免也心生怜悯。

他想了想，于是说道："修路的钱，我们可以不要。但是关于民宿改建贷款的事情，阿洛和这丫头吹得天花乱坠，还是要打问号。我保留意见。"

王镇山终于退让了一步。

庄籽芯说："我那不叫吹得天花乱坠，我说的都是实话，而您，需要对扶贫贷款好好地深入了解。"

王镇山冷哼一声，表示不敢苟同。

庄籽芯又道："那究竟要怎么样，你们才能不干涉民宿改建的事？"

王镇山看了她一眼，对这小丫头的事情，他早有耳闻，虽然之前说话重了些，但是他不得不承认，这丫头韧劲够强。

庄籽芯见他不说话，于是破釜沉舟，道："镇山大爹，不如我们打个赌？离过年还有一个月的时间，我若是能在一个月内，令网店核桃的销量是线下上个月的双倍多，从今以后，以你为首的，你们所有

247

人都必须服从程守洛的指示和安排,不得干扰民宿改造计划。"

程守洛抬眸望着她,满眼全是担忧。

她却给了程守洛一个坚定的眼神。

众人又陷入交头接耳的迷茫之中,一个个看向老村主任王镇山。

王镇山拉着脸,不说话。

庄籽芯激将:"怎么?镇山大爹,不敢赌吗?"

程奉平立即冷哼一声,道:"有什么不敢赌?你这个小丫头,不要信口开河,到时候输了就难看了。"

"我不会输的。"庄籽芯微笑着回应,自信满满,"镇山大爹,敢赌吗?"

跟随着王镇山一派的村民,都眼巴巴地看着老村主任,甚至有些人开始骚动,小声说着:

"大爹,跟她赌。我们都听你的。"

"老村主任,跟她赌。就算输了,我们也不会吃亏。"

王镇山看了一眼程奉平,程奉平收到眼神暗示,立即道:"那你要是输了呢?"

庄籽芯看着王镇山,笑了笑,然后一脸严肃地说:"我要是输了,你们这几家要的什么补贴钱,我个人掏。还有,我从七星望月亭开始一路跪下来,一边叫你们所有人爷爷,一边跪到村口,然后滚出你们白平村。"

程守洛一听她说这话,不由得蹙紧眉心,向她伸出手,说:"小芯,你先下来说话。"

王镇山一直冷着脸不说话,但听到这句赌注,也不由得失笑:"我看你从七星望月亭走下来都费劲。"

老村主任的笑容里有些不怀好意,周围的人都跟着哄笑起来。

兰姐和竺溪嬢嬢两个人脸色瞬变,对着她拼命招手:"小芯,你别瞎闹,快下来。我们想其他办法。"

周炜炜和徐开乐、大树三人急得团团转,大树更是上前想要抱她下来，却被她一把按住："大树，我骗过你吗？"

大树锁着眉着，摇了摇头。

"那不就是了。你对自己没信心，难道对我也没有信心了吗？"庄籽芯又问他。

大树一下子信心满满。

庄籽芯跳下椅子，在他的耳边耳语几句。

大树收到指示，立即拉着程守洛奔向办公室。

庄籽芯站在王镇山的面前，再次问他："镇山大爹，你敢赌吗？"

终于，王镇山被这么一激，回道："我有什么不敢赌的？我还怕你这小丫头不成？"

"说话算话。君子一言。"

"驷马难追！"老村主任回答得铿锵有力。

庄籽芯看向程奉平、王富贵以及他们身后的村民："你们敢赌吗？"

众人面面相觑。

王富贵说："有什么不敢赌？我们跟着老村主任走。"

众人一起跟着喊："赌！我们跟着老村主任。"

庄籽芯等的就是这句："好，口说无凭，得签字画押才行。大树！"

"哎，来了！"大树将方才打印好的厚厚的一沓承诺书拿过来，每个村民手中发了一份。

周炜炜和徐开乐拿了笔，分别开始盯着每个村民签字。

村民们签完了字，一个个终于满意地离开了村委会。

顺利拿到全村人不再闹事的承诺书，庄籽芯整齐地交给了程守洛。

程守洛望着手中厚厚的承诺书，再看庄籽芯，便不由得摇了摇头笑了起来。

庄籽芯高兴地说："总算是搞定了，咱们民宿的样板房终于可以开工啦。"

程守洛叹了口气，说："刚才，我真是替你捏了一把冷汗。"

周炜炜说："我的心都跳到嗓子眼了。"

徐开乐说："我刚跟炜炜商量了，要是几位老爷子真的要带人揍你，我们就只能背着你拔腿就跑了。"

庄籽芯狂笑不止。

周炜炜叹气说："小初初一不在，你就跟个窜天猴一样。上天入地，拦都拦不住。"

庄籽芯做了个鬼脸，说："因为我知道有阿洛在，我肯定不会有事的。你们不能轻易地去揭他们的伤疤，让他们看清楚坏肉，但是我可以。问题总是要解决的，若是一直卡在这个地方，没有人去打破这个僵局，那只会是越来越糟，最后就是一个死局。那大家之前付出的努力可能都要打水漂了。"

程守洛深吸一口气，说："谢谢你，小芯。真的不知道要该如何感谢你。"

庄籽芯说："别谢了，等到两个样板间民宿改造好，就是对我今天冒险的最大肯定。"

程守洛笑道："这还用说吗？"

庄籽芯忽然拍了拍他的肩头，说："还有你的终身大事。刚才我也给你都说了，你可得上点心，有合适的姑娘就要抓住机会。不然机会一旦滑走了，你会后悔一辈子。"

周炜炜和徐开乐秒懂，直言："民宿搞定，就是咱洛兄弟洞房花烛夜之时。"

程守洛被这么一说，脸微微一红，一直红到耳后根。

"哎哟，脸红了。"

程守洛用胳膊肘捅了捅他们，让他们闭嘴。

庄籽芯忽然想起什么，说："不跟你们闲聊了，我还有更大的一仗要打。大树，大树——"

她急嚷嚷地叫着大树的名字。

包装盒这事,第一时间联系买家,处理赔偿和道歉才是当务之急。

网友和村里的大爷大妈们相比,村里大爷大妈们的武力值若用"小米加步枪"来形容,那这届网友的战斗力就是"飞机大炮",若是一不小心再引发对家水军出动,那就是"核武器战"。

这对她来说,才是最可怕的。

从事自媒体行业这么久,她见惯了各种事件引发的网暴,很多事件可能只需要一两个晚上,甚至几个小时就有可能发酵,发展到一发不可收拾的地步。

到时候别说马甲丢了,连底裤都能被扒光,不仅祸及公司,甚至还会连累自己的家人和朋友被"人肉"。到那时候,她无论抱着谁的大腿叫爸爸,都没用了。

所以作为一名专业的自媒体人,她绝对不能允许这样的事情发生。

这种可怕的歪风,一定要掐死在萌芽出土之前,就必须烂在土里。

钟戌初远在N市,得知庄籽芯向老村主任成功下出了"战帖",于是发来消息表示关心慰问。

可是当前正是处理赔偿的紧要关头,庄籽芯只回了他一句"对不起哈,正忙着,回头找你哈",然后就再也没有然后了。

钟戌初从几位哥们儿那里得知包装盒的事,对庄籽芯除了心疼,还有些内疚,若不是他将她拖来,也不至面对这么多棘手的事情。他发了几句鼓励她的话,便也没好意思打扰她。

经过两天的努力,所有购买最近批次核桃山菌的顾客,都得到了满意的赔偿。很多顾客主动删除了差评,并重新对店铺进行了好评肯定。

无论是微博公众号,还是粉丝群里,庄籽芯都同步进行了最真诚的文字道歉和视频道歉。

视频里,除了她,还有程守洛、大树、兰姐和竺溪孃孃等村委会的一众办事人员鞠躬进行最诚挚的道歉。

在冷哥和公司同事的帮助下,话题进行了控评,事情算是得到圆满解决。

这一次及时而真诚的道歉,不仅得到粉丝们的原谅,还让庄籽芯收获了不少新粉。

其实,自从她进入白平村开始之后,微博公众号更新的内容就与以前的风格完全不同,少了许多批判的负能,多了很多贴近乡村生活的正能量。从记录白平村学龄儿童教育的点滴,到与年轻一辈村民一同风趣幽默地直播介绍风景优美的白平村,推广极具当地风情特色的西南民屋……点点滴滴,粉丝们都能感受到不一样的变化。

许多老粉表示无悔关注她这么久,这一点让她十分感动,或许她才是最该无悔感恩从事这份工作的人,无论前方会出现多大的风浪,总是有那么多不知名的人,始终在默默地支持着她,喜欢着她。

道歉,赔偿,重新包装,发货……几天的时间,让庄籽芯如同一个重力永动机一样,不停转动,直到忽然看到钟戍初拖着行李箱,出现在村委会的门口,出现在她的面前,她才恍然如隔世,意识到两人许久不曾相见。

她跑过去,怔怔地凝望着他,嘴角绽放着微笑,可是一时间竟不知道要说什么,害羞地扒了扒头发。

钟戍初望着她干净清透的素颜皮肤,没有精致的妆容遮盖,脸颊也变得红扑扑的,有了点高原红的可爱,他唇角轻抬,伸手将她拉进怀里,紧紧地抱住,声音柔浅如风:"我很想你!非常想你!"

她轻笑:"我也很想你。"

他抗议:"想我却不回我信息。"

她抬眸看他,也抗议:"我回了。"

"每次都一个字——忙。"

"是很忙嘛。你都不知道这些天我有多忙。你怎么跟个怨妇一样？"

"是怨夫。"他在她的额头上轻轻印上一吻。

"救命！我的洗洁精呢？我要去油！"

钟戍初轻笑，然后趁着她不注意，低头在她的唇上偷了一个香吻："好了。去油了。"

她捂着嘴巴，紧张地四下看去，好在大伙儿一见钟戍初回来，自觉隐身，将空间留给两位有情人。

她伸手在他胸口轻轻拍打了两下："你要死啊！这里人来人往。"

"哦，那我们去那边小树林。"说着，他便拉着她就走。

她吓得花容失色，一边跟着他，一边惊羞地叫道："疯了吧你。以前也没见你这么不正经。"

"以前你还不是我女朋友。要是以前就对你不正经，你才要疯了地报警。"

她抿着唇直笑。

到了没人的地方，他将额头轻轻抵在她的额上，说："你居然敢跟老村主任下战书，胆真肥！"

她嘟着嘴唇说道："喊！我还跟着你签字画押来大山里帮扶呢，也不怕被你拐卖了。"

他轻笑："你才是拐卖人口的那一个，而且还是个贼。"

"你瞎说！我拐谁了？我偷什么东西了？"

"我和我的心！"

她抿唇轻笑："你这些土味情话都是在哪个网站看到的？"

"这种东西还需要看吗？这是天赋！"他无比自豪地说完，便深深吻住她的唇。

短暂的分别之后，激起的一定是最浓烈的思念。

直到她缺氧喘不上气，他才放开她，笑着抱着她，两个人像个不倒翁一样快乐地摇晃着。

253

"我想过了，要是你打赌输了，我给你打一对不锈钢护膝，这样保证你一路跪着走下来，还能站着去丽江机场坐飞机回家。"

她轻啐他一口，道："我还以为你会说，你会代替我跪着下山呢。谁跟你说我会输的？我才不会输呢。等着他们'啪啪'打脸吧。"

网店的销量是有严重下滑，但是在道歉过后，销量在慢慢地恢复，目前呈增长的趋势，按她的预计，只要保持这个增长状态，再过十天，她就能提前顺利完成这次的赌约。

钟戌初抱住她，重重亲一口："厉害了，我的宝！"

之前他回学校处理期末一些事宜，这次再回来，不仅带了两位美院环境艺术设计系的学生前来帮忙，还带来了一个好消息。

拍摄好的纪录短片，已交由郑庭栋在北京开始做后期的制作处理，如果快的话，正片能顺利赶在春节之前制作完成，接下来只用耐心等待在平台播出之后的反响了。

所有一切都在他们的预期之下顺利进行着，如今只剩下，他们期待已久的民宿改建样板房。

山顶两间旧屋，一间因年代过久破旧得厉害，若在原屋上进行修葺还原传统中式，成本会过高且不值，所以小团队经过商讨之后，决定拆除这间破屋，在原地基上重建新房，打造时下最流行的以室内大面积留白，全景落地玻璃的北欧装修风格的小别墅。

忠良大爹的房屋保存得比较完好，所以将会在老房原基础上进行修葺，并装修成传统的中式风格。

忠良大爹将这几年积攒的养老钱，全部拿了出来，用于旧房改造。

程守洛看着那一张张破旧的纸币，瞬时有些哽咽。

"如果没有阿洛，没有你们几个孩子，我老头子可能早几年前就不在了。这几年，我那小破餐馆赚了些钱，生活条件慢慢改善，已经很好了。我老头子反正也用不着这些钱。万一哪天我要是不在了，这民宿经营的钱，能让厚子好好生活，那就够了。"

庄籽芯没忍住，眼泪直接滚了出来。

在忠良大爹的支持下，山顶老旧的房屋终于开始动工。

从门窗到地面找平，从水电到屋内供暖，再到传统家具的置办，所有一切，几个年轻人亲力亲为。整整一个月的时间，一间传统中式的民宿终于改造完成。

当村民都集中在这栋新屋前，一个个无不感叹，眼中流露着羡慕期盼的光芒。

老村主任王镇山推开古朴的雕花窗，眺望着远方连绵的青山，蓝天白云，爬满皱纹的嘴角不由得轻轻上扬。

确实是要放下成见，积极配合工作了。

这一幕，恰巧被庄籽芯瞧见。

她悄悄地走过去，在老村主任的耳边轻轻地问道："这房子怎么样？大爹？"

王镇长偏过头看了看她，原本带有歧视的目光也变得柔和了。

短短一个月的时间，那个和他打赌的小丫头，竟然真的做到了核桃农副产品销量暴增，惊诧了全村人，令他老头子折服。

他故作云淡风轻地回道："还行吧。"

庄籽芯笑眯眯地说："我明白，还行就是很不错，您很喜欢对吧？"

老村主任傲娇地轻哼一声，不说话，慢慢地下了楼梯，走出民宿。

庄籽芯站在窗前看着他挺得板直的傲娇身影慢慢走下台阶，出了小院，不禁冲着他的背影大喊："大爹，您说话可要算话啊，等过了年，装修队可就要上您家改造啦。"

老村主任双手背在身后，远远地听着，不禁笑了，脸上爬满了愉悦的皱褶。

离开的一天终究还是要到来，庄籽芯站在村口的停车场回望整个村子，忽然之间内心产生了浓浓的不舍之情。

昨天晚上，她和李昭如、竺溪孃孃、兰姐她们抱头痛哭，说好了今日不许她们来送别，因为她今天特地化了一个精致的妆容，她要美美地回家。若她们来了，她一定会哭花妆容。

身后一幢幢白墙黑瓦的房子，一条条阡陌交错的小道……

这里留下了太多美好的回忆，白平村的人勤劳纯朴善良，与他们相处的点点滴滴，都会令她重新开始思考自己的人生理想与追求。

这时，一个穿着藏青色羽绒服的身影在村口停车场出现，竟是老村主任王镇山。

老头子手中提着一个纸袋子，里面装了满满的山核桃，然后递给她说："我种的，给你路上吃。"

"谢谢大爹！"庄籽芯微笑着接过，鼻子忽然一酸。

老村主任又道："人家说坐飞机不能说一路顺风，要说一路平安。一路平安！欢迎你明年再来。"

一句"一路平安"让庄籽芯彻底破防，她上前拥抱了这位老村主任，然后哭着说："对不起，我之前说话说重了，不是故意当众想指责您，让您难看，希望大爹您别跟我计较……"

老村主任先是一怔，然后拍了拍她的肩头，安慰说："我多大的人，跟你计较。快走吧，早点到机场，安心。"

庄籽芯吸了吸鼻子，然后点了点头，坐上了车。

等到车子发动时，她又拉下车窗，冲着老村主任喊道："大爹，提前祝您新年快乐呀！"

老村主任笑眯眯地跟她挥了挥手："也提前祝你新年快乐！"

这时候，停车场入口的地方陆陆续续来了好多人，大树、兰姐、竺溪孃孃、李昭如、王柏乐……全都是她熟悉的面孔。

她哭着与众人一一告别，待到车子驶出白平村的时候，她终于忍不住抱着钟戌初难过得号啕大哭。

说好了今天化了妆，不能哭的，然而从离别的那一刻开始，她的眼泪就没有停过。

钟戍初轻抚着她的头发，安慰她说道："你忘了合约还有半年时间吗？过了年，我还会拉你过来的，别想违约。"

她扑哧一声没忍住，破涕而笑。

钟戍初又道："离开并不是告别，我们以后还会继续前往很多个'白平村'，待到日后归来，这里依旧会是我们的初心所在。"

"哎呀，你这人真讨厌……"

这是安慰人吗？

这是让人继续哭吧。

（正文完）

番外 ✧
女友，请多指教

春节期间，有关白平村的公益宣传纪录短片终于在平台上发布，庄籽芯在微博进行了转发。

针对打核桃剥核桃的那一集，粉丝们纷纷开始夸赞她朴实无华的"演技"：

奶瓶断了："水姐，你这'演技'真的太逼真了，我好像看到了我自己，这集应该取名叫'废物的一天'。"

闭月的小妖："成人版《变形计》水姐本色出演辛苦了。"

我是你的宝啊："水姐不化妆好好看啊，这皮肤真的慕了。"

不要喜欢我我不会爱你："啊啊啊啊，原来我吃的核桃都是水姐亲手剥的，好感动呀。"

躺赢上上签："姐姐你是怎么做到紫外线那么强，皮肤还这么好的?"

你霸气水姐回复躺赢上上签:"脸基尼你值得拥有!"

躺赢上上签回复你霸气水姐:"啊啊啊,被姐姐翻牌了,好激动!"

…………

眼尖的网友发现该纪录片的导演,竟然是去年夏天的烂片《伏魔传》的导演郑庭栋。

整个弹幕瞬间沸腾起来,满屏滚动都是"原来烂片导演也是可以有情怀的,我又相信人间有爱了"。

随之,该系列短片一下子在网上流传开来,获得超亿点击量,引起巨大反响,网友们纷纷表示求白平村旅游的度假攻略。

白平村因此受到世人的关注变多,慢慢地也开始有企业联系,希望能够投资合作。

郑庭栋是最先被热心网友艾特出来发微博表示的:"对,烂片导演也是可以有情怀的。要相信人间有真爱!"

有网友在纪录片的最后字幕里,还发现了"钟戌初"的名字,经过深度挖掘之后,发现他就是之前获得了徕卡奥斯卡·巴纳克摄影奖的那位大触。

教授好帅啊!
是我们美院的老师,欢迎报考我们美院——
这个制作团队好强大啊!

越来越多的网友发现了这个小团队不简单,在这个系列的短片出来之前,小团队经常活动的专业论坛里,出现了一张庄籽芯在核桃树下睡觉的照片,而拍摄者署名正是钟戌初。

网友通过短片和照片相结合对比,嗅到了一丝不寻常的爱情酸臭

259

味，于是开始猜测二人的关系。

　　我怀疑钟教授和这个女主是一对！
　　照片里的女孩，就是那个纪录短片第二集里的女主，也是那个大V"你霸气水姐"。
　　两个人绝对有奸情啊！
　　…………

　　庄籽芯正感叹自己终于从评论两位数的小V，成功晋级成三位数的大V时，结果粉丝们全在评论区八卦自己的感情问题。
　　她忍不住开玩笑回应了一位老粉："对不起，我是这位教授的忠实'黑粉'！"
　　结果另一位昵称叫作"心怀善意"的粉丝在评论区留言："你好，我的'黑粉'女友，请多指教！"
　　正是这一条评论，又让她的评论区炸开了，一个个直呼："姐夫来了！好甜！"
　　庄籽芯眼见着这个昵称有些眼熟，她开始翻看以前的评论，终于在铲猪屎的那条博文下找到了这位粉丝。
　　原来是那个百度复制铲猪屎的作用的"黑粉"。
　　她不敢相信地给钟戌初发了一条微信："心怀善意是你？"
　　很快钟戌初回复："你好，我的'黑粉'女友，有何指教？"
　　"钟戌初，你竟然一直在窥屏！"
　　"没有，我只是悄悄潜伏在我女朋友的微博里，进行人类友好观察。"
　　"我那时候还不是你女朋友！！"
　　"哦……"随即钟戌初发了一个"爱你"的表情糊弄。
　　"哦你个头！"
　　"你什么时候过来接我下课？"

"喂，不是应该你过来接我下班吗？"

"不嘛，我就是想你来接我下课，你的副驾座只能由我来坐。"

"钟教授，求求你做人行不？好好讲话。"

"嘻嘻。"他又给她发了一个求亲亲求抱抱的表情。

男人一旦撒起娇来就没有女人什么事。

约好了今天一起去钟戌初家里见见他的父母，庄籽芯其实内心十分紧张，但是钟戌初一直安慰她淡定，甚至不断向她撒娇卖萌，要她去接他。

这让庄籽芯心里莫名有了一种怪怪的暖意。

等到了美院，庄籽芯在路边停好了车，正要进大门，忽然被正在站岗的保安拦住："这位女士，你不能进去！"

庄籽芯怔怔地看着眼前这位保安大叔，一脸迷惑："为什么？"

保安大叔忽然从传达室的桌子上拿出一张泛黄了的A4纸，上面打印着她的照片。

"我记得你，去年就是你想混进我们学校。"

庄籽芯惊恐地望着保安大叔手里的那张A4纸，一脸的不可思议："这张照片，你怎么还留着？"

"就算是过了大半年，身为美院保安处最强大脑的我也是不会忘记的，更何况今天钟教授刚交代过，我们必须要严肃予以执行。"

庄籽芯无语凝噎："什么？今天才交代的？不可能！"

"确实是！"

"我是他女朋友，我今天是来接他下课的。不信，你可以给他打电话。"

保安大叔"呵呵"干笑两声，声音里充满了嗤笑，眼神更是强调：绝对不可能！别想蒙混过关！

庄籽芯拨打钟戌初的电话，却是无人接听。

"这位女士，我劝你不要骚扰我们钟教授。"保安大叔义正词严地劝说。

261

"我真的是他的女朋友啊。最近网上还八卦过呢,你没看八卦吗?"

"我们从来不看无聊娱乐绯闻八卦,我们只看社会新闻,提防诈骗。"

庄籽芯哑然,正当她一筹莫展之时,钟戍初从林荫道上一路小跑过来:"籽芯——"

"钟教授来了,你们可以问他!"

钟戍初轻轻揽过她,然后对保安大叔郑重地介绍:"我女朋友,庄籽芯!"

保安大叔行了一个礼,然后将那张泛黄的A4纸撕掉,赞美说道:"庄小姐和大半年前一样漂亮。"

庄籽芯一头雾水:"钟戍初,你今天又让保安拦着我是什么操作?下次不来接你了。"

钟戍初揽着她向停车场走去,笑着说:"哦,就是想先练习一下,待会儿怎么和我爸妈介绍你。"

庄籽芯无言。

✦ 后记

又到了写后记这个最愉快的时刻!

《许你向星辰告白》可以说是,我写了这么多文以来,最折磨我,最耗我心血的一篇小说。(好像之前前好几篇小说结尾,我也都这么说的……)

有多折磨?从2019年开始起笔,到2021年,历经两年时间,全文原定22万字,结果写到25万字无法收尾,只能又埋头写到29万字……内心慌得不行,咬牙决定要在30万字以内收尾,不然再写下去,只能是35万字才能收尾了……

有多耗心血?为了写《许你向星辰告白》,我是查了一篇又一篇的资料,看了一个又一个的纪录片和短视频。先说一个"最下饭"的铲猪屎情节。现在回想起来,都有些难以置信,我当时每天都在平台上搜索"猪屎长啥样""怎样铲猪屎""为什么要铲猪屎""猪屎有什么用"……如果大数据有思想,估计一定在想:这人怕是脑子有大病。

再来说说，我为啥突发奇想，写这样一个现实题材的文。其实这类现实题材很不好写，而且我还要偏偏写一个搞笑风格的现实题材文，这简直就是在作死的边缘反复试探。

最初我给这篇文章取的名字，叫《黑粉女友，我劝你善良》，这名字一看就很不现实题材，很网络，很直白。

六七年前我认识一位骨子里极具浪漫文艺情怀、年轻帅气的导演——米宝，每次同他交流都十分有趣。某日突发奇想，我要以他为原型，写一个非常有理想有情怀有抱负的纪录片导演，为了生存被迫去接商业片，拍烂片赚烂钱。

某日，我将这个无耻的想法告诉了米宝，并得到了米宝的支持。在写文的过程中，很多摄影摄像方面的专业知识，我都会向他请教。有关米宝导演的作品，大家感兴趣的，可以去网上进行搜索。

最初我设定的男主钟戌初的职业是纪录片导演，也就是后来师兄郑庭栋这个角色。然而在当时的环境下，出于某种原因，纪录片导演这个职业无法作为主角，只能被迫将男主的职业改成美院摄影系的教授。而纪录片导演这个角色，是我的初衷，我不想放弃，于是给了他的师兄郑庭栋，作为一个配角存在。

女主庄籽芯从一个有理想有抱负的编辑沦落成一个只想赚烂钱的营销人员，各种昧良心吹捧烂片。只有男主看出来她良心未泯，需要进行"变形计"式的思想改造。这样两个矛盾的人物是不是很绝配？于是就有了最初这个文的一个内核。

把男主的人设拔高之后，《黑粉女友，我劝你善良》就晋级成为《许你向星辰告白》。

2019年，我们省作协组织了一次西南红色学习之旅，我们一群网络作家进入当地的希望小学，与一群可爱的孩子进行深入交流，让我对希望小学有了新的认知。

文中所有关于山村的故事情节，我除了查阅各种文字视频资料，还多次跑去西南大山里近距离地观察和交流。

我会跑到山区的寨子里，跑遍每一条山道，计算人家寨子整个上下来回需要多长时间，累了渴了就蹲下喝着村里流过的山泉水；仔细观察和记录每户人家的院子里堆放的是什么，种植的花草树木是什么；和村民商量进入人家的二楼，观察房屋构造家具什么的，脑子里想着打造什么样的民宿最理想；坐人家院子的树下，用铁锹在大砂锅里炒过辣子鸡；蹲在农村的土灶前用柴火生火，差点把自己呛死，最后烧出来的菜虽煳但是有烟火味；和文中提到的旅游UP主交流，在六月太阳最烈的时候，看着他们装备整齐地在梯田间直播；寒冬腊月的天气，坐在山区湖边一个前不着村后不着店、非常简陋而"草率"的棚屋里吃着鱼（文中有写，鱼非常棒）；在山里开过车，面前就是悬崖峭壁，所谓初生牛犊不怕死，眼睛里看到的只有阳光、梯田、小溪和野花；在大雪纷飞的日子，在湖边踩着雪，喂着从西伯利亚来过冬的鸟，看着如梦如幻的湖面，脑子里想的也是我要把这画面写下来；在某个村子里，和老爷子商量借厕所，彼此根本听不懂话，但最终还是交流成功，看到厕所那一秒后，我又默默地退缩了……

有了以上这些经历，于是就有了本文的骨头和肉，所以说，这是最耗我心血的一篇小说，就目前为止，没有之一。

文中男主钟戌初的名字，是我认识的一个男频作者长缨的本名。一次偶然，看到他的本名"钟戌初"，惊为天人，便说要把他的名字拿来给我的文当男主，于是就有了《许你向星辰告白》的男主角"钟戌初"。在写这篇后记的时候，我还很无耻地以此骗到了长缨一顿饭，哈哈哈哈……

絮絮叨叨说了这么多，是时候收笔啦！

希望亲们看完后，会喜欢我这种将搞笑风格与现实题材相融合的言情小说，能感受到我要将快乐带给你们的初心。感谢一路以来陪伴的你们，没有你们的支持，就不会有今天的我。

最后，感谢米宝导演，作者长缨，以及耐心等待我交稿的编辑暖暖和绪花。

爱你们！比心心。

花清晨
二〇二一年十一月十八日于宁